BESTSELLER

Sergio Martínez (Santander, 1975) es licenciado en historia por la Universidad de Cantabria. Actualmente trabaja en esa misma universidad y es coordinador editorial del Museo Cartográfico Juan de la Cosa (Potes, Cantabria). Ha publicado varios libros de investigación y divulgación, y ésta es su primera novela.

SERGIO MARTÍNEZ

Las páginas del mar

DEBOLS!LLO

Primera edición en Debolsillo: enero, 2016

© 2015, Sergio Martínez Martínez
© 2015, Penguin Random House Grupo Editorial, S. A. U.
Travessera de Gràcia, 47-49. 08021 Barcelona

Printed in Spain – Impreso en España

ISBN: 978-84-663-2932-3
Depósito legal: B-21.674-2015

Compuesto en gama, s. l.
Impreso en Liberdúplex
Sant Llorenç d'Hortons (Barcelona)

P 329323

Penguin
Random House
Grupo Editorial

A los que me acompañaron en este viaje

1

Vi la primera luz un 3 de abril, en el año del Señor de 1500, al igual que lo hicieron dos, cuatro, seis y nueve años antes mis hermanos, y me bautizaron en la ermita de Santa Olalla con un nombre que ahora no viene al caso. En aquel primer contacto con el agua, elemento que luego marcaría el rumbo de mi vida, dijeron que lloré sin consuelo, y no me extraña; tiempo habrá de contar el porqué.

La coincidencia en el día del nacimiento de sus hijos siempre le pareció a mi padre, hombre algo supersticioso, un augurio de buena suerte y de fortuna. Por eso, cuando mi hermano Nicolás dio señales de querer venir al mundo el 2 de abril de 1504, se inquietó profundamente. Contaban que, en cuanto a mi madre le entraron los dolores del parto, se sentó junto a ella pidiéndole que aguantara y lo retrasase. A pesar de sus denuedos, el alumbramiento tuvo lugar. Entonces, frunció el ceño y dijo:

—Una desdicha. Este chico nos traerá mala suerte.

Esa tarde, ni siquiera las bromas de los vecinos sobre cuál pudo ser el incidente que esa vez distrajera a mis padres en el momento de la concepción, y que en otra ocasión le habrían arrancado una carcajada, lograron levantarle el ánimo.

Dudo mucho que el nacimiento de mi hermano fuera en sí mismo culpable de nada, y mi padre habría de darse cuenta de lo injusto de su comentario, pero sí es cierto que desde entonces las cosas comenzarían, lenta e inexorablemente, a torcerse.

Vivíamos mis padres, mis cinco hermanos y yo en una aldea

de apenas treinta hogares en Liébana, rodeados de montañas tan altas y escarpadas, tan fragosas e inaccesibles, que uno se sentía, en cierto modo, como un prisionero en su cautiverio. Los horizontes despejados que yo luego hube de descubrir en los páramos amarillentos de Castilla, en los verdes campos de Andalucía y en las largas travesías por el mar no existían en nuestra tierra norteña. De pequeño, caminando agarrado a la mano de mi hermana María o pegado a las faldas de mi madre, pensaba, ingenuamente, que no podría haber en el mundo montañas más altas que aquéllas. Luego la vida me demostró que las cumbres más elevadas y más difíciles de superar las tenemos en nuestro interior.

Nuestra casa se levantaba en la parte más alta del pueblo, aunque mejor debiera decir que se sostenía, porque su endeblez nos hacía temer casi de continuo que alguna de las vigas, si no todas, se desplomase y nos aplastara. Mi madre sufría por ello y algunas noches de invierno, cuando la techumbre crujía azotada por el viento y la lluvia, nos dejaba a los más pequeños aovillarnos en su cama, lo que tanto a nosotros como a ella nos brindaba seguridad y nos llenaba de paz, y a mi padre, de enojo. Incluso ahora recuerdo el olor de mi madre y el calor de su pecho, junto al cual me acurrucaba. A pesar de la oscuridad, yo notaba que sonreía, y el sosiego que transmitía su cuerpo era lo que me hacía conciliar el sueño, sin importarme ya los ruidos o las tormentas.

Dormíamos todos en el primer piso, al que se accedía por una angosta y maltrecha escalera de madera; una ligera cortina de lienzo separaba la cama de mis padres de la que compartíamos los seis hermanos. Todavía recuerdo con cariño las peleas y las patadas que nos dábamos por conseguir un hueco y que, a veces, Nicolás y yo terminábamos durmiendo sobre el heno que tapizaba el suelo, arrebujados con una manta de lana áspera y tiesa como no creo que hubiera otra. Y recuerdo también los suspiros y gemidos al otro lado de la cortina, que me intrigaban y divertían de niño y que me hacían sonrojar cuando ya empecé a saber qué era aquello del amor.

En la estancia sólo quedaba sitio para un arcón, donde mi madre guardaba la ropa de la casa y nuestras pocas prendas de vestir, pues lo que llevábamos puesto a diario era casi todo lo que poseíamos. Era una gran costurera, remendaba con delicadeza jirones y rotos, y ajustaba las ropas de los mayores para los más pequeños. Recuerdo que mi hermano Joaquín se reía al verme enfurruñado cuando mi madre me probaba la camisa y el calzón que a él ya no le servían, y que primero habían sido de Pedro.

—Haber nacido antes —me dijo en una ocasión con malicia—. Ya estrenarás ropa el día que te cases.

Encima del dormitorio estaba el sobrado, en el que almacenábamos el grano, la paja, las manzanas, las castañas, las nueces, los garbanzos. Era un lugar misterioso al que Nicolás y yo rara vez nos atrevíamos a subir si no era en compañía, y aun así con buenas dosis de arrojo. Por la noche se oían ruidos: crujidos fruto del viento o el correteo de los ratones que diezmaban nuestras escasas provisiones. Cuando sucedía eso, mi padre se levantaba, agarraba un palo y, a la vez que golpeaba el techo, juraba bien alto contra todos los santos, empezando por santo Toribio y siguiendo por otros cuyos nombres ni conocíamos. Mi madre le rogaba que acabase con aquellos reniegos, más por miedo a los vecinos que por el castigo que pudiera llegar del cielo, aunque tenía una fe sincera. Mi padre, por su parte, era más blasfemador que descreído: aprendió los mandamientos, preceptos y plegarias a varazos del cura, y a obedecer a éste a base de bofetones de su propio padre. Nosotros, como mi madre, creíamos firmemente en nuestro Padre Creador, en su hijo Jesucristo y, especialmente, en la Virgen María, a quien profesábamos gran devoción. Siempre nos resultó más sencillo rogar a una madre cariñosa y cálida que a un padre adusto y autoritario.

He empezado mis recuerdos por el tejado, pero era en la planta baja donde pasábamos más tiempo. Un portón de madera, que se abría en dos alturas, permitía a mi madre conversar con las vecinas que pasaban por la calle sin necesidad de tener la puerta entera siempre abierta. En lo más duro del invierno, cuando hasta el portillo de arriba se cerraba para que la nieve no entrara, sólo podíamos ver el mundo exterior por un ventanuco con rejas de hierro y papel encerado, y por un agujero siempre pendiente de reparar en la pared del poniente. Por él, decía mi madre, se colaba el frío y se escapaban los disgustos.

En la pared opuesta se encontraba el hogar: un suelo de barro y un gancho de hierro del que pendía un caldero de cobre siempre humeante. Alrededor de la lumbre pasábamos las tardes más frías y oscuras los hermanos: María e Isabel cuidando de Nicolás, hilando, tejiendo o desgranando las legumbres, y Pedro, Joaquín y yo riñendo por ver cuál sería el siguiente leño en arder o por cualquier otro asunto sin importancia. Aunque yo no tuviera razón, María, la mayor de todos nosotros, siempre estaba presta a defenderme, y en ella encontraba yo la complicidad de una hermana y el cariño de una segunda madre. Pedro, que la seguía en edad, le recriminaba que me estaba convirtiendo en un mimado y que haría mejor en no consentirme continuamente, pero ella, sin contestarle y dedicándome una dulce sonrisa de soslayo, volvía a sus quehaceres. Recordar ahora esa sonrisa me devuelve emociones tan queridas como pesarosas, pues sólo en la pérdida somos capaces de apreciar el verdadero valor de aquello que alguna vez nos hizo felices.

Por entonces, la vida en la aldea, cuyo curioso nombre no tiene mayor importancia en esta historia, discurría aún sin sobresaltos. Cada tiempo tenía su faena a la que toda la familia se dedicaba, cada uno dentro de sus posibilidades. Trabajábamos nuestras tierras de cereal, en la mies del concejo, con un viejo arado tirado por una vaca flaca, de capa amarilla y de enormes cuernos. En el huertuco junto a la casa cultivábamos berzas, zanahorias, nabos, garbanzos y guisantes. Teníamos un gallo, así como unas cuantas gallinas que nos proporcionaban buenos huevos cuando la zorra o el gavilán no asomaban para darse el festín a nuestra costa. Tres o cuatro ovejas y unas cuantas cabras pastaban por el encinal cercano, y adosada a la casa había una pocilga en la que criábamos un cerdo cada año con los frutos que recogíamos en el monte. Todo ello, empero, daba lo justo para alimentar ocho bocas permanentemente hambrientas.

Muy de cuando en cuando venía por la aldea una vendedora de pescado que portaba toda su mercancía en una enorme cesta sobre la cabeza. Aunque comíamos con frecuencia truchas y salmones del río, mi madre se ponía muy contenta los días que podíamos comprar pescado del mar, ya fuera fresco o en salazón. Ese pescado era, además, todo lo que yo conocía del mar, porque, a pesar de estar a sólo dos jornadas de camino, no lo vi hasta los catorce años. Cuánto lo pude odiar después.

Casi todas las familias de la aldea vivían como nosotros, arrancando con esfuerzo un pobre sustento de la tierra. La única excepción era don Lope, un hidalgo rico, pues hidalgos pobres había casi tantos como pecheros. Tenía más tierras que nadie, y las que no cultivaba directamente las cedía en arrendamiento o aparcería, consiguiendo la abundancia de bienes que a los demás nos faltaba. Su mujer y él no habían tenido hijos, pero habían acogido a un sobrino que se quedó huérfano. Guzmán llegó con catorce años, y desde el primer momento fue consciente de que él estaba por encima de los demás muchachos de la aldea, al igual que don Lope se sentía por encima del resto de los vecinos.

Lo poco que las familias obtenían de las tierras se veía menguado, además, por los diezmos a la Iglesia y los obligados pagos al señor don Diego Hurtado de Mendoza, marqués de Santillana y duque del Infantado, bajo cuyo señorío estábamos. En todo caso, la figura del señor era lejana y no se inmiscuía demasiado en nuestra vida. Era en el concejo, que agrupaba a varios pueblos de los alrededores, donde se tomaban los acuerdos que más nos afectaban. Mi padre acudía a aquellas reuniones con la cabeza alta, seguro de lograr lo mejor para el bien común, pero aunque todos tenían derecho a opinar y las decisiones debían aprobarse por mayoría, siempre había alguien que trataba de hacer valer sus intereses. Muchas veces regresaba a casa con la cabeza gacha y no hacía falta preguntar para saber el motivo.

En verdad, apenas guardo recuerdos de mi primera infancia pero, aun así, me complace traer a la memoria aquellos tiempos en que la vida discurría sin temores ni problemas, sin conciencia clara del ayer o del mañana, sin desengaños ni frustraciones, sólo preocupado por jugar con mis hermanos y sentir el abrazo cálido de mi madre o la mano de mi padre revolviéndome el pelo.

Apoyado en este viejo escritorio de roble sobre el que ahora escribo, en una ciudad muy distinta a la aldea que me vio nacer, con un hilo de aliento, sin apenas pelo, las piernas hinchadas y casi inútiles y la vista agotada, he llegado a un momento de la vida en que acepto la muerte no sé si como el tránsito a otra mejor, pero al menos a una existencia más descansada. Al final la naturaleza se portó bien conmigo: mi mujer no me sobrevivió, pero sí lo hará mi pequeña. De este modo, creo haber evitado el mayor dolor que alguien puede sentir, que es el de perder a un hijo. No me espera una muerte violenta, como imaginé hace años: moriré en la cama, tranquilo, consciente de mi fin. Tampoco temo la muerte, pues más motivos he tenido para temer a la vida. Mis ojos cansados han visto mucho y sé que soy afortunado por ello. Pocos hombres pueden afirmar lo mismo. ¡Quién me lo iba a decir cuando en mi aldea me parecía una aventura adentrarme apenas unos pasos en el monte, lejos de la protección de mi padre o de mis hermanos mayores! He vivido cada uno de mis días con pasión y, aunque no de todo estoy orgulloso, bien lo sabe Dios, tampoco me arrepiento de mis pasos. Nuestro Señor ya nos advertía de lo ancho que es el camino que lleva a la perdición y lo estrecho que es el sendero para los que buscan el bien; pero, cuando se mira atrás con los años, se comprende que el verdadero dilema no es elegir entre uno y otro, sino ser capaz de diferenciarlos.

Supongo que es la cercanía de la muerte lo que me ha impulsado ahora a abrir el viejo manuscrito tantos años guardado en el arcón de la biblioteca y manchar de nuevo mis dedos de tinta para terminar lo que empecé a escribir tanto tiempo atrás, tachando y reescribiendo sobre las páginas arrugadas y con olor a sal. Es posible que con el paso de los años esta historia pueda interesarle a alguien, pero, en realidad, creo que escribo sobre todo para mí, para recordar, y para dejar definitivamente en el papel las penas que mi viejo corazón aún guarda. Sólo espero que Dios no me llame a su lado antes de lograr mi meta, y que consiga llevar a término el vanidoso proyecto que supone relatar la vida propia. Y aunque a veces el pudor o la vergüenza vengan a alejarme del camino, trataré de mentir lo menos posible.

He comenzado, como es natural, por hablar en primer término de mi nacimiento, mi familia y el lugar que me vio crecer. Tiempo habrá para contar más cosas sobre mi juventud, pero ahora me apremia relatar el momento en que el azar se cruzó en mi camino para dirigirlo a un destino absolutamente insospechado. Lejos de mi tierra, sin rumbo, cargando una culpa y herido en el corazón, me encontré asomado a un mar que no era el mío y contemplando el horizonte más amplio que nadie pueda imaginar.

Aquel día terminó una vida y dio comienzo otra. Recordemos, pues, y vivamos.

2

Sevilla era la ciudad más animada y caótica que yo había visto jamás. Como un hormiguero en febril actividad, las calles bullían de gente que iba y venía, hablando, riendo, mirando, comprando. Cada callejuela atestada desembocaba en otra más repleta aún, y las minúsculas plazuelas no desahogaban la situación, sino todo lo contrario; allí los comerciantes y tenderos aprovechaban hasta el más mínimo resquicio para instalar los tablones y puestos en los que ofrecer sus mercancías. El olfato se veía golpeado a cada paso. El tufo de los caños de las calles, del sudor de la gente, de la sangre y las tripas de las reses, las aves y los pescados se mezclaba con el aroma de las tortas recién fritas, el azahar y las especias hasta embotar los sentidos. «¡Zapatos de buen cuero!», «¡Paños de seda!», «¡Sardina arencada!», «¡Olivas en salmuera!», voceaban los vendedores para hacerse oír por encima de la permanente algarabía. La vista se recreaba ante el brillo del sol, el fulgor de las paredes encaladas, las telas tintadas, el rojo de las rosas... un estallido de color que resultaba asombroso para alguien nacido en una tierra de cielos plomizos, lluvia pertinaz y verdor infinito.

A Sevilla llegaba todo: el trigo del Guadalquivir, las naranjas de Murcia, el vino de Jerez, los paños de Flandes, la lana de Castilla, el hierro de Vizcaya, el azúcar de las islas Canarias, las especias de Oriente y el oro de las Indias. Allí todo se compraba y vendía sin descanso, abiertamente por el día y en secreto por la noche.

¡Y qué decir de las gentes! Todas las naciones conocidas se daban cita en aquella Babel. Fue en Sevilla donde vi al primer negro, siguiendo los pasos de su amo y cargado con voluminosos fardos de lana. Me sorprendió tanto el color de su piel como su impresionante fortaleza y sus ojos enrojecidos y penetrantes. A diferencia de su desdentado señor, poseía una dentadura perfecta y blanca que asomaba detrás de unos labios tan gruesos como longanizas. Pude ver también judíos y moros conversos pero fácilmente identificables, por lo general esquivos, indios de piel cobriza y ojos negros y penetrantes, ingleses de tez sonrosada y cabello rojizo, alemanes blancos como la leche y con mirada gélida, griegos de pelo rizoso y pendencieros, y genoveses de piel dorada y alborotadores.

A los pocos años del descubrimiento de las tierras del otro lado del mar Océano, Sevilla era la nueva ramera de Occidente, la digna sucesora de otras grandes putas de la humanidad como Sodoma, Roma o Constantinopla, ciudades en las que se mezclaban la lujuria, la lascivia, el hedonismo y la falta de pudor; bella mujer que recibía gustosa y complaciente a todos sus amantes, llegados a su lupanar desde cualquier punto del mundo conocido.

Pero si en algún sitio se reunía todo aquel conglomerado de pueblos y culturas era sin duda en las tabernas. Servían mal vino y peor comida, apenas cerraban y en ellas siempre podían verse mujeres fáciles, borrachos pendencieros y jugadores, hombres sin pasado y sin futuro, despojos humanos capaces de jugarse a su madre por un trago de vino, y asesinos dispuestos a matar por unas pocas monedas.

En aquellas tabernas de mala muerte, apestosas e infames, pasábamos las horas mi hermano Nicolás y yo en el sofocante verano del año del Señor de 1519.

Habíamos llegado a Sevilla esa misma primavera, después de vagabundear durante meses por tierras de León y Castilla, ofreciéndonos a trabajar de cuando en cuando a cambio de pan y jergón, y estafando o robando la mayoría de las veces. Utilizábamos la triquiñuela de que mi hermano era retrasado para dar lástima y sacar así alguna limosna de buenos ciudadanos que, de ese modo, confiaban en ganar el favor divino. A los pocos días el rumor de nuestra farsa corría y nos veíamos obligados a abandonar el lugar para dirigirnos a otro pueblo o villa, donde la repetíamos. Aprovechábamos cualquier descuido para hurtar lo que podíamos: una hogaza, algo de queso o, con suerte, una bolsa con dinero. En más de una ocasión nos cogieron y nos dieron una buena paliza, aunque nunca terminamos en la cárcel que nos merecíamos. Alguna temporada la pasamos en compañía de otros rufianes y ladrones, con los que compartíamos las viandas afanadas. Dormíamos donde bien podíamos y nos dejaban, al aire libre si el cambiante tiempo de Castilla nos lo permitía y, cuando el frío apretaba, en los pajares o en los establos al calor de los animales. Poco duraban nuestras estancias: unos días en Osorno, otros en Burgos, varias jornadas en Madrid, otra en Talavera… Vivíamos sin ocupación ni posesiones, sólo preocupados de qué comer hoy o dónde descansar mañana. Sobre nuestros hombros y nuestra conciencia pesaban la vergüenza y el arrepentimiento por un pasado que deseábamos olvidar. Huíamos sin rumbo ni destino, pero en aquella huida encontrábamos al menos un motivo para seguir viviendo. Temíamos que si algún día parábamos, no encontrásemos de nuevo las fuerzas para continuar.

Fue entonces cuando el destino vino a salvarnos de aquella vida sin porvenir de una forma curiosa e imprevista, que es como al destino le gusta actuar.

Después de haber pasado unas semanas por los caminos polvorientos entre Puertollano y Andújar recalamos al final de una mañana en el pueblo de Montoro. Recorrimos sus calles bordeadas de casitas encaladas y terminamos frente a un mesón bullicioso. Yo habría preferido ir a un lugar menos concurrido, pero Nicolás tenía ganas de un trago de vino y algo de diversión, como de costumbre.

—Alegra esa cara, hermano —dijo mientras me daba una palmada en el hombro—. Nos vendrá bien un poco de distracción después de tanta caminata. —Y me empujó adentro.

El lugar estaba lleno y reinaba un gran jaleo. El mesonero y una moza servían vino y carne a los comensales mientras un hombre cantaba acompañándose de una guitarra y un criado echaba a la calle a un borracho que ya no se tenía en pie. Al fondo, en torno a una mesa que cojeaba de una pata, cuatro hombres jugaban a los naipes. Todos sudaban y en sus rostros se reflejaba tensión.

—Vamos a echar una mirada —me dijo Nicolás apuntando con el mentón a la mesa.

Le seguí y nos colocamos detrás de los jugadores, junto a otros hombres que observaban la partida y cuchicheaban entre sí. En el centro de la mesa se amontonaban más monedas de las que jamás hubiéramos visto. En ese momento uno de los jugadores lanzó con rabia sus cartas, maldijo por lo bajo, se levantó, dio un trago a su jarra de vino y se alejó. Dos manos después, cuando la apuesta aumentó, otro hizo lo mismo.

Sólo quedaban dos jugadores: un joven de veintipocos años, con el pelo negro y grasiento, un ridículo bigotillo y un jubón raído, que había estado apostando sin pestañear, y un hombre algo mayor, apuesto, con ropas lujosas y un saquillo de cuero del que sacó buenas monedas de plata.

—Veo —dijo este último.

Se habían agotado los descartes. La suerte estaba echada.

Entonces Nicolás me dio un ligero codazo y, con la mirada, me señaló al tipo con pinta de hidalgo. Estaba haciendo unas señas casi imperceptibles a uno de los mirones, quien al percatarse contestó con una ligera cabezada. Al instante, se tambaleó y derramó su jarra de vino sobre uno de los espectadores.

—¡Maldito seas, cabrón! —respondió éste enojado, empujándole de un manotazo.

—¡Quita esas manos, hideputa! —Y a su vez le dio un cabezazo.

La disputa y las voces de la gente, que jaleaban la riña, atrajeron al mesonero y a su criado, que se interpusieron entre ambos. Nosotros, sin embargo, no habíamos apartado la vista del hidalgo. Mientras su contrincante seguía atento y regocijado la disputa y los esfuerzos del mesonero por zanjarla, él hizo surgir un naipe de la manga de la camisa.

Antes de que pudiera detenerle, Nicolás gritó:

—¡Se ha sacado una carta!

Al oírlo, el del bigotillo se levantó de la silla como una exhalación, agarró el brazo del hidalgo y descubrió la carta en la mano. El hidalgo le dio entonces un puñetazo en la barbilla, a lo que el otro contestó con un guantazo tan fuerte que tumbó al tramposo. Mientras el mesonero trataba de poner en vano algo de paz, el joven del bigotillo agarró cuantas monedas pudo de la mesa y salió corriendo. Antes de que nadie pudiera decirnos nada, le imitamos.

El joven cruzó la puerta y tomó una callejuela. Al oír nuestros pasos, volvió la cabeza y, al reconocer a Nicolás, sonrió, nos indicó con la mano que le siguiéramos y continuó a la carrera.

Y nosotros tras él. ¿Por qué no? Éramos forasteros, y quién sabía qué amigos tendría el hidalgo y en qué lío podríamos habernos metido por levantar la liebre.

Ya habíamos dejado atrás el pueblo cuando el joven se detuvo. Se cercioró de que nadie nos había seguido y, en cuanto recobró el aliento, dijo:

—¡Lástima de partida! Tenía buenas cartas... En fin, son cosas que pasan. —Miró a Nicolás—. Gracias por avisarme. ¿Por qué lo hiciste?

—Fue sin pensar. No creí que fuese a causar tanto alboroto...

Impulsivo, como siempre. Así era Nicolás.

—Pues espero que no estuviera esperándote una moza en Montoro —le respondió mientras guardaba las monedas en el saquillo de cuero—, porque no vas a poder volver en bastante tiempo. El tipo al que has descubierto es un comerciante muy rico de esta zona y tiene muchos amigos... casi tantos como enemigos, en realidad. Os habéis metido en un buen lío.

—¿Y tú? —dije yo—. No te has marchado de vacío...

Se pasó la mano por el pelo grasiento y empezó a sacudirse el polvo del jubón y las calzas.

—¿Yo? ¡Yo no tengo hogar! Hoy estoy aquí y dentro de un mes

en la otra punta de Castilla. Y nunca me marcho de una partida de naipes o de dados de vacío, si puedo evitarlo. —Al ver mi mirada, soltó una carcajada—. ¡Menuda cara! ¡Ahora me dirás que te extrañas! ¿O crees que sólo aquel imbécil tenía cartas guardadas?

—Vaya —dijo Nicolás mirándome de soslayo—, así que le he salvado el cuello a un sinvergüenza...

—¿Me llamas sinvergüenza? Y vosotros, ¿qué?—dijo con una sonrisa socarrona—. ¿A qué os dedicáis?

Nicolás y yo guardamos silencio. La sonrisa del joven se hizo más amplia.

—Mi nombre es Tomás Marchena y, sinvergüenza o no, pago mis deudas a quienes me ayudan. Venid conmigo, vamos a celebrarlo. Al fin y al cabo, hoy ha sido un buen día —concluyó mientras sopesaba el saquillo en la mano.

Mirando atrás de cuando en cuando, atravesamos campos y olivares hasta llegar finalmente a una caseta de adobe y techo de paja.

—¡Bienvenidos a mi morada! —dijo Tomás extendiendo el brazo en un arco—. Éste ha sido mi hogar durante las últimas semanas... Hoy, lástima, dejará de serlo. Recojo unas cosas y nos vamos.

Salió con un zurrón colgado y un pellejo de vino en la mano. Emprendimos de nuevo camino y sólo cuando empezó a anochecer nos detuvimos en un claro en el monte. Tomás sacó del zurrón un pan, un poco de carne seca y unas morcillas, que colgó espetadas sobre el fuego que había encendido Nicolás.

—Hincad el diente al pan y contadme algo de vuestra vida. Estoy harto de contarme la mía cada día.

—¡Sin tardar! —respondió Nicolás con una gran sonrisa.

Comimos, bebimos y hablamos de nuestro pasado y del suyo; algunos recuerdos alegres, muchos míseros. Sólo le ocultamos lo más terrible, aquello que por su bajeza guardábamos para nosotros. El vino hizo efecto y seguramente hablamos algo más de la cuenta, pero si Tomás llegó a enterarse de algo que no debía, nunca lo demostró. De hecho, el primero en desplomarse fue él, tras haber dado cuenta de un larguísimo trago de vino.

—¡Mañana se verá! —exclamó antes de sucumbir.

Aquella noche dormimos sumidos en una tibia borrachera bajo el cálido manto de la noche primaveral. Cuando el sol apenas había asomado por encima de los largos serrijones cubiertos de encinas, Tomás nos sacudió con brusquedad.

—Hay que partir, holgazanes.

Mientras yo me ponía en pie y Nicolás rezongaba por lo bajo, agarró el pellejo de vino y se echó un buen trago.

—¿Adónde vamos? —pregunté.

—A otro mundo, amigos.

Aquel día recorrimos campos y campos de olivos y de trigo, monótonos pero hermosos, vibrantes de color bajo el implacable sol andaluz. Mientras caminábamos, Tomás nos hablaba de Sevilla, «la puerta de la gloria» según decía.

En el confín de Europa, Sevilla era el centro del mundo. Desde que el genovés Colón había vuelto de sus viajes a las Indias, se había convertido en una de las ciudades más importantes del reino, probablemente la más grande e influyente. Aunque no tenía mar, era la emperatriz del océano. A ella llegaban, subiendo el Guadalquivir, los barcos de toda Europa y de África, y también las flotas de las Indias. En Sevilla nadie conocía a nadie, cada cual sólo se ocupaba de hacer la mayor fortuna posible por medios honrados o deshonrosos, daba igual. Los ricos se hacían infinitamente más ricos y los pobres tenían al menos a su alcance la posibilidad de salir de su miseria arriesgándolo todo en un golpe de suerte: un barco era el medio y las Indias el destino.

Tomás nos habló de personas que había conocido y que habían emprendido el viaje a esas tierras. Algunas habían encontrado oro y perlas y se habían hecho ricas con su venta a su vuelta a Castilla. Le hablaron de los hombres que se quedaron para señorear grandes propiedades trabajadas por los indios y de los que habían muerto por las terribles enfermedades contraídas al otro lado del mar Océano o por las luchas con los indígenas. Poco importaba, decía Tomás, nada se tenía aquí y nada había que perder. Cruzar el mar era la única esperanza para cientos de hombres miserables como lo éramos nosotros tres, dispuestos a soportar las mayores calamidades en su afán por alcanzar siquiera un pedazo de la anhelada riqueza que aquí podían ver, pero no disfrutar. A nosotros tal idea nunca se nos había pasado por la cabeza, pero la incesante plática de Tomás empezó a calar en nuestros corazones y nos hizo albergar la esperanza de que en aquellas tierras lejanas tal vez pudiera estar nuestra redención.

Las siguientes jornadas recorrimos el valle del Guadalquivir, de buen humor y sin prisa alguna. Un día en Villafranca, varios más en Córdoba, otros cuantos en Almodóvar... Frecuentábamos los mesones, comíamos y bebíamos hasta hartarnos, y manoseábamos a las criadas.

A veces, hasta los recuerdos me abandonaban por unos instantes.

Y por fin, una calurosa mañana del mes de mayo, nuestros ojos descubrieron, en la lejanía, una maravillosa vista a la vera del río Guadalquivir. La anhelada Sevilla estaba ante nosotros y Tomás no nos había mentido: al traspasar sus murallas y adentrarnos en sus ajetreadas y bulliciosas callejuelas, pudimos comprobar que aquélla era la ciudad más hermosa y llena de vida que hubiéramos podido imaginar.

3

Cuando cumplí ocho años mi padre me puso en las manos una azada y dijo:

—Ya eres bastante mayor para trabajar la tierra.

Cogiéndome del hombro me llevó afuera de la casa para enseñarme a cavar el huerto y arrancar las malas hierbas. Anteriormente ya había ayudado en cuanto me pedían, recogiendo leña, acompañando a mi madre y mis hermanas a buscar agua o dando de comer a las gallinas. Aquel día me convertí en uno más a la hora de colaborar en el sustento de la familia.

Por aquel tiempo yo no era consciente, pero varios años de malas cosechas tras el nacimiento de Nicolás habían empeorado el frágil equilibrio en el que vivía mi familia. Con ocho bocas para alimentar, mi padre se veía obligado a trabajar nuestras tierras de cereal sin dejarlas descansar, y cada vez más a menudo tenía que acudir a don Lope, ofreciéndose como jornalero. La angustia y el cansancio le fueron quebrando la salud y cambiando el carácter. Su jovialidad de antaño se había convertido en una permanente amargura que amenazaba con contagiarnos a todos, salvo a mi madre. Ella sabía lo difícil que era la situación, pero no se dejaba llevar por la desesperanza.

—Si Dios nos ha dado seis hijos sanos, no nos abandonará en las dificultades que estén por venir —le decía a mi padre con cariño.

Él asentía y bajaba la cabeza, con más resignación que fe en sus palabras.

Mis hermanos y yo crecíamos, y cada día comíamos más; en realidad, engullíamos como animales, sobre todo Pedro y Joaquín, que eran los que más ayudaban a mi padre en las tierras. Trabajaban como mulas, y yo trataba de seguirles el ritmo, si bien mi corta edad me lo impedía. Aun así, las labores en el campo me gustaban y mi complexión se fortalecía con las tareas que tenía que realizar.

Mi madre, María e Isabel también iban a las tierras y cuidaban de los animales, además de limpiar, cocinar, hilar y coser. Con sus diecisiete años, María ya era toda una mujer. Las caderas se le habían ensanchado, tenía el trasero más respingón y, bajo la camisa, se le adivinaban dos pechos generosos. Todo su ser irradiaba frescura y vitalidad: era como un torbellino que podía con cuanto se pusiera por delante. Dulce y cariñosa, no dudaba en reprendernos si algo hacíamos mal, sobre todo a Nicolás y a mí, y a Isabel, aunque ella era tan obediente que apenas había que regañarla.

Para mí, María era la viva imagen de la felicidad y de la alegría de vivir. Yo disfrutaba viéndola ir de aquí para allá, canturreando, riendo por cualquier cosa, ayudando en todas las labores. Supongo que en mis ojos infantiles algo debía de brillar al verla, pero no todos la miraban con la misma dulzura e inocencia.

En el pueblo, quien más, quien menos, todos comentaban su belleza. Las señoras ensalzaban su gracia y buen carácter, las muchachas le envidiaban su simpatía y su donaire, y los hombres, jóvenes y mayores, alababan su tez clara, el cuello alto y esbelto, los labios carnosos, los ojos celestes y el pelo ensortijado.

María al principio se ruborizaba cuando percibía sus miradas, pero luego le gustaba que los muchachos se fijasen en ella. Una vez, en la plaza, la vi recogerse la larga melena para dejar al aire la nuca, a la vez que se secaba el sudor del pecho. Gestos como aquél les volvían locos. Supongo que mi padre tenía sentimientos encontrados: por un lado, sufría viendo a su primogénita hecha mujer y atrayendo las miradas ardientes de los varones, aunque, por el otro, sonreía con orgullo de saberla la más guapa de la aldea. Mi madre, por su parte, la reprendía de cuando en cuando para que sus miradas pícaras o sus contoneos no despertasen demasiadas habladurías entre las vecinas.

—Bien está disfrutar de lo que Dios nos da, María, pero cuida que tu nombre no vaya de boca en boca —le decía.

Entre los jóvenes del pueblo, el primero que comenzó a rondarla más en serio fue Ricardo, un mozo fornido y un tanto brutote, de ojos verdes y pelo rojizo, bromista, algo soñador y de corazón noble. Todos podíamos ver que estaba perdidamente enamorado, a pesar de que trataba de disimular sus sentimientos. Hablaban y reían, pero Ricardo sabía que su familia era aún más pobre que la nuestra, sin apenas tierras en el concejo, y un cortejo abierto no habría hecho gracia a mi padre, que se habría visto obligado a desairarle a él y a los suyos.

Y, de repente, a mediados de junio, otro joven empezó a pretender a mi hermana sin grandes alardes pero con empeño. Guzmán, el sobrino de don Lope y heredero de su casa y posición, llevaba ya cinco años en el pueblo. Hasta la muerte de sus padres había vivido en la villa de Carrión de los Condes y fue educado en las formas y los modales de una familia distinguida. Sus manos no eran las de un labriego, como tampoco sus andares, sus ropas o su forma de hablar. Las muchachas del lugar tenían puestos los ojos en él, y ponderaban su apostura y distinción. No destacaba por su talla ni por sus facciones, y no obstante desprendía algo que las hacía suspirar y cuchichear en cuanto lo veían. Él, consciente de su posición en la aldea, mantenía las distancias, con un punto de altivez.

Sin embargo, se fijó en María. A mi hermana siempre le había resultado un tanto engreído. Pero un día, Guzmán se ofreció a llevarle el cubo cuando ella regresaba del río, y más adelante a acompañarla un trecho a las tierras de labor. Días después, le regaló una cinta para el pelo... Pasadas dos semanas, María lo miraba de soslayo y sonreía con timidez, subyugada, embriagada. No tenía ojos para nadie más.

En un pueblo todo se acaba sabiendo, y que Guzmán tontease con la hija de un labriego no entraba, evidentemente, en los planes de don Lope, por mucho que entendiera que su sobrino estaba en edad de desfogarse con jovencitas. No en vano, don Lope siempre había deseado un buen casamiento para él. Su intención era emparentar a Guzmán con alguna rama de la familia Mendoza de la Vega, dueños de grandes extensiones de tierras y señores de toda la comarca.

A pesar de ello, los guiños, las miradas furtivas y las medias sonrisas continuaron entre Guzmán y mi hermana, haciéndose evidentes para todos. Mi padre, venciendo su rechazo inicial a que ningún hombre osara siquiera dirigir la palabra a su querida hija, comenzó a albergar esperanzas respecto a aquel admirador. Nunca antes se le había pasado por la cabeza tal posibilidad, pero casar a María con Guzmán la uniría a la familia más rica de la aldea, y eso podría ayudar a resolver nuestros acuciantes problemas. Mi madre meneaba la cabeza al oírle hablar. Conocía al viejo zorro de don Lope y dudaba de Guzmán.

—Hija, no te fíes —oí que decía a María una mañana, mientras recogían los huevos en el gallinero.

—Pero, madre, si sólo se muestra galante...

—No te fíes, te digo. Hay cosas en este mundo que no cambian, y te aseguro que nunca unos hidalgos ricos pusieron sus miras en la hija de una pobre familia de aldeanos. Que sus ojos negros, sus buenos modales y sus riquezas no te hagan perder la cabeza, si no otra cosa.

—¡Madre!

—Tú hazme caso.

La festividad de San Juan Degollado era un día grande en nuestro pueblo y en los del entorno. Tras la misa, se preparaba una gran comida, sonaban las gaitas y los tambores y se abría el baile. Las mujeres cocinaban desde el amanecer para tener a punto al mediodía torreznos, cocido y frisuelos como para alimentar a la comarca entera, y llevaban las ollas y las escudillas, junto con grandes jarras de vino, a unos tablones de roble montados en la plazuela.

¡Bien lo pasábamos en aquella fiesta! Mayores y chicos comíamos y bebíamos y, al final de la tarde, colocábamos en la plaza un espantajo hecho con ramas y paja, al que golpeábamos con palos, tirábamos piedras y prendíamos fuego. Ese día los adultos charlaban amigablemente, agradeciendo el momento de dicha y alegría que Dios nos regalaba, y los críos corríamos, bailábamos y hacíamos trastadas sin que nadie nos regañase. Aunque los que aún no eran mayores, pero habían dejado de ser pequeños, eran sin duda los que más disfrutaban.

Aquel 29 de agosto María se había levantado más temprano que de costumbre y se había lavado el pelo, que mi madre le peinó con esmero, perfumándolo con agua de rosas. Se puso la camisa, la faldeta y la saya de todos los días, adornándose sólo con una cinta de color ceñida bajo el pecho y un pañuelo en la cabeza. Estaba hermosísima.

A la hora del baile las jóvenes se reunieron en una esquina de la plazuela y, entre risas y cuchicheos, lanzaban miradas furtivas hacia el otro extremo, donde estaban los muchachos, que se mostraban altaneros. Entonces Guzmán hizo un comentario a los demás, cruzó con paso firme la plaza, donde algunos adultos ya bailaban animadamente al son de las gaitas, y se acercó hasta el corro de las jóvenes. A la vista de todos, hizo una pequeña inclinación ante María y le tendió la mano para sacarla a bailar.

Mi hermana estaba tiesa y algo pálida, y yo, que la observaba desde lejos, pensé que iba a rechazarlo. Miró de reojo a mi padre, y vio que le sonreía y hacía un gesto de asentimiento. Aceptó la mano de Guzmán y, con la cabeza gacha, se dirigieron al centro de la plazuela. Sólo cuando otras parejas de jóvenes se unieron, levantó la cabeza y le sonrió entre sorprendida y esperanzada. Sentado a una de las mesas, don Lope fruncía el entrecejo.

Entre tragos de vino y orujo, el baile continuó y todos disfrutamos de un día de fiesta maravilloso, acompañado por un sol radiante y un hermoso cielo azul.

Entonces ocurrió lo que nunca tendría que haber pasado. Aprovechando un descanso en el baile, Ricardo se acercó a María. Empezaron a hablar, y al poco mi hermana reía abiertamente. Guzmán, de cuando en cuando, volvía la cabeza para echarles una mirada enigmática y oscura, para luego departir de nuevo con los demás. Los músicos se levantaron de los bancos, dispuestos a tocar un par más de piezas. Comenzaron a formarse las parejas y, en medio del barullo, Ricardo cogió a María de la mano y la llevó detrás de una de las casas que cerraba la plaza, al abrigo de las miradas indiscretas, pero no de la mía y las de mis compañeros de juegos, que, a hurtadillas y llevándonos el dedo a los labios para obligar a mantener en silencio a Nicolás y un par más de pequeños, les habíamos seguido.

Ricardo agarró a María por la cintura y la besó, primero suavemente y luego, cuando mi hermana le rodeó el cuello con los brazos y se apretó a él, con mayor ardor. Se separaron y él tiró de la mano de ella, mientras a la vez empujaba la puerta del granero adosado a la casa. Me pareció que María iba a resistirse, pero finalmente le siguió. Pensando que nadie les veía, cerraron la puerta tras de sí.

Conteniendo las ganas de reír, volvimos al baile. En la carrera me di de bruces con Guzmán, que miraba la puerta cerrada. Arqueó las cejas y regresó a la plazuela.

Mi padre abrió los dos portillos de la entrada y entró una ráfaga helada de viento. Noviembre estaba avanzado y al sol le costaba calentar.

—Vamos —dijo—. No os estéis, o llegaremos tarde a misa.

Isabel estaba acabando de vestir a Nicolás junto a la lumbre mientras los demás nos limpiábamos un poco las ropas, manchadas de barro tras haber estado sacando las berzas del huerto. Ya arreglados, tomamos el camino a la iglesia de la Santa Cruz, que se levantaba en una loma a mitad de camino entre nuestra aldea y otras cercanas. Mi padre iba en cabeza y sonreía. Se mostraba menos hosco desde que soñaba con el enlace de Guzmán con María, del cual le oíamos hablar con mi madre cuando creía que nadie más le escuchaba. Ella decía que aquello no era posible, que se dejase de tonterías, pero mi padre insistía. A mí me gustaba verle de nuevo enérgico y feliz. Quizá la vida comenzara a sonreírnos otra vez.

Cuando llegamos, ya estaban los corrillos formados. Normalmente, mi madre y mis hermanas gustaban de charlar con las vecinas, pero aquel día entraron sin detenerse. Yo las seguí. El interior estaba frío y húmedo, y apenas se veía, pues sólo un pequeño ventanuco en el ábside iluminaba la nave. Se sentaron apretadas junto a Mencía, una anciana medio sorda, en uno de los bancos más apartados. Yo, en cambio, me dirigí al primero, que permanecía vacío. No acababa de sentarme, cuando un vecino me reprendió:

—¡Levanta de ahí! Es el sitio de don Lope y su familia.

Busqué a mi madre en la penumbra y vi que hacía ademanes para que me acercase.

—Vete al fondo, donde los demás críos, y no llames la atención —me dijo algo irritada.

Todos fueron entrando a la iglesia al toque de las campanas y don Teodulio ofició la misa, con don Lope y su mujer en el primer banco. Guzmán no los acompañaba.

Al acabar el oficio salimos de nuevo tratando de calentar nuestros cuerpos con los tímidos rayos de sol que se colaban entre las nubes. Mi madre y mis hermanas se adelantaron un poco, con Nicolás pegado a las faldas de María. Pedro y Joaquín se quedaron hablando con otros muchachos de su edad. Mi padre, conmigo de la mano, fue hacia un corro de hombres que charlaba amigablemente.

El hijo de Sindo, uno de los vecinos del pueblo, se había comprometido con una muchacha de Vendejo, un pueblo cercano al nuestro. Todos felicitaban a Sindo y éste sonreía feliz por el enlace.

—¡Enhorabuena, Sindo! —exclamó mi padre, al tiempo que le arreaba unas palmadas en el hombro—. Espero que la felicidad acompañe a tu chico y su esposa y que Dios les dé hijos sanos y fuertes.

—Así sea, Manuel —respondió Sindo—. Ése es el mayor don que el Señor puede darnos.

—Sin duda —apostilló Gonzalo, otro buen amigo de mi padre, con una amplia sonrisa—. A mí me bendijo con nueve vástagos, bien que yo también hice mi parte, no creáis que no.

Todos rieron con su comentario; él, quien más. Estaba tan gordo y colorado que todos pensábamos que un día iba a estallar.

—Por ahí viene don Lope —avisó Vicente el de Barreda, y removió los pies. Las risas cesaron mientras se acercaba.

—He oído lo de la boda de tu hijo, Sindo, y vengo a felicitarte —dijo don Lope nada más llegar. A diferencia del afectuoso saludo de mi padre, don Lope prefería guardar las distancias—. Tu muchacho trae una joven honesta y sencilla a tu familia… y no siempre es fácil lograrlo.

Don Lope clavó los ojos en Sindo, quien desvió la mirada, nervioso.

—Gracias, don Lope, así es.

—Por cierto, creo que una de las parcelas que tu nuera trae como dote linda con una de las mías. Quizá un día podríamos hablar con tu hijo sobre ello.

Sindo tragó saliva.

—Bueno, de todo se puede hablar —dijo algo nervioso—, pero ya sabéis que al concejo no le gusta que se vendan las propiedades que vienen como dote. No es la costumbre.

—En el concejo se habla mucho —replicó don Lope con una sonrisa condescendiente—. Cosa distinta es lo que se haga, ¿verdad?

Nadie levantaba la mirada del suelo.

—Ya veremos, don Lope —contestó Sindo un tanto incómodo.

Mi padre, viendo a Sindo azorado, cambió de tema.

—Hace unos días que no vemos a Guzmán, don Lope. ¿Está enfermo?

Don Lope se volvió y miró a mi padre. Parecía sorprendido por la pregunta.

—Un poco indispuesto, nada más. Gracias por el interés.

—Es un buen muchacho, sí señor. Todos en mi casa le tenemos mucho aprecio.

—Te lo agradezco, Manuel.

—Sobre todo María…

Don Lope carraspeó.

—Sí, me di cuenta. Creo que todos se dieron cuenta, en realidad.

Noté que la mano de mi padre empezaba a sudar a pesar del frío intenso.

—¡Quién sabe! Quizá un día podamos ver otra unión en el pueblo…

Mi padre miró a don Lope y alzó las cejas buscando aprobación a sus palabras, pero lo que obtuvo fue un silencio sepulcral. Vicente, con la cabeza gacha, no dejaba de remover el suelo con el pie.

—Manuel —dijo Sindo, que parecía preocupado—, ¿podríamos hablar un momen…?

Don Lope levantó la mano haciéndole callar.

—Manuel, si te refieres a tus hijos —empezó a hablarle en un ligero tono de burla—, sabes bien que no tengo hijas con quien juntarlos.

Mi padre trató de mantener la compostura. Tomó aire y, con una media sonrisa, dijo:

—Creo que sabéis adónde quiero llegar, don Lope.

Don Lope avanzó un paso y levantó la barbilla.

—Sí, Manuel, creo que sé adónde quieres llegar, pero tu camino está errado desde el comienzo. Ignoro qué extrañas ilusiones te has hecho, pero si consideras que los tonteos de mi sobrino y tu hija tienen algún futuro, estás muy equivocado.

La sonrisa de mi padre se borró del todo.

—Cada cual tiene un lugar en el mundo, Manuel —prosiguió don Lope—, y no es propio poner los animales en la sala, ni la lumbre en el pajar. ¿No recuerdas las palabras que don Teodulio cita frecuentemente en su sermón? «No se enciende una lámpara para ponerla debajo del celemín.» Pues lo mismo te digo: cada cosa en su sitio, y cada cual con quien le corresponde. Mi sobrino nunca se casará con tu hija. Y ahora, menos todavía. Lo que me extraña es que tú mismo no lo sepas.

Mi padre miró a Sindo, a Gonzalo y a Vicente, y no encontró más que cabezas gachas. Las mejillas se le encendieron por la vergüenza. No debía de darse cuenta, pero me apretaba con fuerza la mano.

—¿Qué es lo que debería saber?

Lope puso su mano en el hombro de mi padre.

—Manuel, eres un buen hombre y no me gusta verte humillado, pero creo que deberías hablar con tu hija. Y no nos busques a mí ni a mi sobrino para solucionar el problema.

Mi padre rogó con la mirada que alguien le explicase qué ocurría, pero sus amigos y vecinos disimulaban. Todos parecían saber de lo que don Lope estaba hablando; todos, menos él. Dio media vuelta y, sin soltarme de la mano, notando los ojos clavados en su nuca, se llegó hasta donde mi madre, mis hermanas y Nicolás nos esperaban. Pasó la mirada de mi madre a María, sin saber por dónde empezar.

—María —dijo por fin—, ¿hay algo que deba saber?

—¿Algo, padre?

Mi padre tomó aire, tratando de dominar los nervios. Su mano apretaba la mía cada vez más. Me hacía daño, pero no me atreví a quejarme.

—María —dio un paso hacia ella—, acabo de ser humillado delante de todos los vecinos y aún no sé por qué. ¿Hay algo que me estés ocultando?

Mi madre se interpuso entre ambos.

—Manuel, vamos a casa.

—¿Qué ocurre aquí? —preguntó mi padre, cada vez más enojado—. ¿Qué me estáis ocultando?

—Tranquilízate, Manuel, y baja la voz, por Dios —suplicó mi madre.

—¡No quiero tranquilizarme, quiero que me digáis qué pasa!

María temblaba, sin atreverse a encontrar la mirada de mi padre.

—Manuel —dijo por fin mi madre en un susurro—, María está embarazada.

Mi padre cerró los ojos y me soltó la mano. Permaneció callado durante un rato que se hizo eterno para todos. Mi madre abrazó a María y ésta ocultó el rostro en su pecho.

—Embarazada...

—Me lo dijo hace unos días, Manuel. No había encontrado fuerzas para contártelo. Ahora vámonos a casa, por favor.

Miré a mi padre. Parecía que fuera a derrumbarse de un momento a otro.

—¿Quién es el padre?

María no dejaba de sollozar.

—¿Vas a decírmelo?

Mi hermana trató de hablar pero la voz se le ahogó.

—Es Ricardo, ¿verdad? ¡Cómo he podido ser tan estúpido! Todos en el pueblo lo sabían menos yo. ¿Te forzó? ¡Dímelo! ¿Te forzó?

—No, padre, no lo hizo —contestó mi hermana entre sollozos.

—María, ¿te das cuenta de lo que has hecho? ¡Has traído la vergüenza a esta familia!

Las palabras de mi padre quedaron suspendidas en el aire como una losa a punto de caer sobre nuestras cabezas. Se dio la vuelta muy despacio, mientras mi madre y mis hermanas se alejaban. A unos pocos pasos estaba don Lope y otros vecinos que se habían arremolinado a ver qué ocurría ante las voces de mi padre.

—Supongo que ya lo sabes, Manuel —dijo Lope acercándose—. Los chiquillos de la aldea los vieron meterse en un granero en la fiesta de San Juan, mientras tú bebías vino y bailabas alegremente. ¡Qué demonios, supongo que todos lo hacíamos! Sé que mi sobrino y tu hija tontearon, pero no pasó nada entre ellos; tuve buen cuidado de que así fuera. Mi sobrino se casará, pero con quien yo decida y le convenga.

Creo que mi padre tuvo ganas de alzar la voz y decir algo en su defensa, pero no encontró argumentos. Su posición era en extremo débil: había quedado en ridículo y, lo peor de todo, para mantener a su familia necesitaba del trabajo en las tierras de don Lope, ¡la persona que acababa de humillarlo delante de todos!

34

—Lo siento, don Lope —acertó a decir—. Fui un necio por suponer algo tan estúpido.

—Los errores se pagan, Manuel; los de juventud, durante el resto de la vida. Debes obrar en consecuencia. Si hubiera sido mi sobrino, yo habría sido el primero en darle una paliza y obligarle a casarse. ¡Lo digo aquí, delante de todos los vecinos y por mi honra! Un error se corrige con determinación: si lo dejas pasar, lo alimentas y termina devorándote. Tú sabrás qué decisión has de tomar.

Don Lope se alejó sin mirar atrás, seguido de los demás, que, poco a poco, fueron dejando a mi padre solo y aturdido. Se apoyó contra un árbol, tratando de encontrar el sostén que le faltaba. Me acerqué y le agarré la mano con firmeza. Me miró a los ojos y pude ver las lágrimas que le corrían por las mejillas. Juntos regresamos al hogar que ya nunca volvería a ser el mismo.

A los pocos días se ofició la boda. Don Teodulio casó a María y Ricardo en una ceremonia sencilla y no hubo celebración, pues no había nada que celebrar. Una semana más tarde mi hermana y su marido partían del pueblo con dos hatillos al hombro, algo de dinero y una carta, que el cura había redactado en nombre de mi padre, para mi tío Julián el Cordelero en la que le solicitaba que los acogiese en su casa de Herrera de Pisuerga, lejos de las habladurías y las maledicencias de nuestra aldea. Ricardo debía empezar de inmediato a aprender el oficio de cordelero y María ayudaría en la casa; mi padre y los de Ricardo se comprometían a costear la estancia de la pareja hasta que mi hermana diera a luz. Si luego tío Julián no los quería más con él, mi padre le pedía que les obligase a dejar a la criatura en un convento y les conminase a buscar otro lugar donde vivir.

En otras circunstancias una boda habría zanjado el problema del embarazo, pero mi padre no estaba por dejar pasar tan fácilmente la afrenta y la humillación recibidas. Había tomado muy en serio las palabras de don Lope y pensaba llevarlas a sus últimas consecuencias. Para él, María había cometido un error imperdonable y había deshonrado con su conducta a toda la familia. Sólo con determinación podía arrancarse de raíz el perjuicio causado. Hasta el momento mi hermana había sido un ejemplo para todos; mi padre temía que pudiera serlo también en lo malo.

Para María, aquellos días fueron muy dolorosos. Desde que se conoció públicamente su embarazo no había vuelto a salir de casa y apenas se atrevía a dirigirse a nosotros. ¡Ella que había sido la más deseada entre las muchachas del pueblo se veía ahora en boca de todos no por su belleza, sino por su falta de cordura y su ligereza! Imagino su vergüenza y su arrepentimiento.

Mi madre suplicó cuanto pudo para que mi padre reconsiderase su decisión, pero fue en vano. Ante todo quería proteger la honra de su familia, y si el precio era que mi hermana se fuese del pueblo, él estaba dispuesto a pagarlo. Aun así, en su rostro se reflejó el más grande de los pesares cuando se acercó a María el día de su marcha y, besándola en la frente, le dijo:

—Ve con Dios, hija, y encuentra la felicidad si te es posible.

Dio media vuelta y con los ojos arrasados en lágrimas se encerró en casa. Nunca más la volvió a ver.

Yo sí lo hice, pero varios años después y con gran sorpresa por mi parte. Pero eso pertenece a otro momento que no viene al caso relatar todavía.

4

Aparté el brazo de la muchacha que dormía profundamente a mi lado, me levanté y desnudo me asomé a la ventana. En la calle apenas había movimiento aún, la luna todavía lucía espléndida y sólo el canto de los gallos anunciaba el nuevo amanecer. En una de las esquinas del cuartucho se oía el mordisqueo de una rata. Me vestí con pausa, sin quitar los ojos de la joven. Cuando terminé, me acerqué y le acaricié el cuello. Se estremeció sin llegar a despertarse, lanzó una larga espiración y, dándose media vuelta, continuó durmiendo.

Salí de la habitación y, procurando no hacer mucho ruido sobre las viejas tablas del pasillo, me dirigí a oscuras hasta la pieza contigua. Nicolás dormía medio recostado sobre la espalda de una muchacha de unos dieciséis años. Las sábanas apenas los tapaban y, a las primeras luces del día, pude ver el hermoso trasero de la chica y el arranque de uno de sus pechos. Me detuve en contemplar su espalda; su curva tenía la belleza de la espiga mecida por el viento o del junco en la corriente. Nicolás, a sus quince años, tenía un cuerpo fornido y unos brazos musculosos. Palpé la bolsa y recordé que apenas nos quedaba dinero para dos o tres días. Agarré a mi hermano por el pie.

—Despierta —susurré. Me acerqué un poco más y le zarandeé el hombro. En voz baja, repetí—: ¡Despierta, Nicolás! Tenemos que irnos.

Cuando se hubo vestido, bajamos despacio la escalera para no despertar a la viuda propietaria de aquella hostería de mala muerte. Saqué las monedas que aún le debíamos, pero me lo pensé mejor y sólo dejé la mitad sobre la mesa.

—El resto que lo paguen las de arriba con lo que les dimos, ¿no te parece?

Abrimos en silencio la puerta y, por las callejuelas que ya nos eran familiares, nos dirigimos hasta El Arenal, en la margen izquierda del Guadalquivir. El barrio portuario ya había despertado, y desayunamos en un puesto unos dulces grasientos hechos con manteca, harina, almendra y miel.

En cuanto llegamos a Sevilla, Tomás nos llevó a las tabernas y las bodegas donde medraban marinos viejos que esperaban embarcarse o que partiera su barco, así como buscavidas, rufianes, pícaros, sinvergüenzas y canallas que soñaban ser admitidos en una nave que les llevara a las Indias, donde por fin tendrían al alcance de la mano las oportunidades y riquezas que les estaban vedadas en nuestra tierra.

En uno de esos tugurios, en medio del barullo reinante y entre tragos y tragos de vino áspero y aguardiente, fue donde Tomás nos dijo:

—¿Qué os parece, amigos? Este arenal fangoso es la puerta a otro mundo. Las carracas que veis en el astillero, y que no parecen más que esqueletos de ballenas, serán en breve las naos que surcarán el mar Océano rumbo a las islas o a tierra firme. —Se llevó la jarra de vino a la boca y luego se limpió con el dorso de la mano. Suspiró complacido—. Ah, es el único futuro posible, os lo aseguro. ¿Os he dicho que hace años tuve la oportunidad de embarcarme?

Nos había dicho muchas cosas, pero ésa no.

—Pues sí, estuve a punto de hacerlo, creedme, pero una sevillana de ojos negros se interpuso en mi camino.

Tomás se quedó unos instantes mirando al infinito, como intentando traer a su mente la imagen de aquella mujer.

—Fui un imbécil, ahora lo sé, pero ¡tendríais que haberle visto los pechos!

Soltó una carcajada y, alzando la voz para hacerse oír, pidió otra ronda para los tres.

—Esta vez no sucederá, os lo juro —prosiguió—. Cruzaré el mar en cuanto tenga ocasión.

Guiñó un ojo a la moza de la taberna que nos traía las jarras, le quitó de las manos una y echó un buen trago. Luego intentó dar un abrazo a la chica, pero ella se revolvió.

—¡Quita! ¿Qué te has creído? —le espetó.

—Por como te responden, mejor que partas cuanto antes —soltó Nicolás en tono malicioso.

—No es por eso, granuja. No voy en busca de mujeres, no. Aquí faltan tierras y allí hombres para poblar villas y ciudades. Trabajaré en lo que sea necesario, pero no pienso seguir recorriendo los mismos caminos polvorientos de aquí por más tiempo, sabiendo que nunca poseeré nada. ¡Aquellas tierras no tienen comparación! ¿Os he contado que algunos dicen que en La Española hay ríos que discurren sobre lechos de oro? ¿Y que otros hablan de playas donde los indios sacan perlas del tamaño de cerezas?

Sí, sí nos lo había contado, una y mil veces, pero no nos importaba. Nicolás y yo escuchábamos incansables esas y otras muchas historias, pensando extasiados en el día en que seríamos nosotros los que estuviésemos frente a tales maravillas.

Aquellas primeras semanas nos pasamos la mayor parte del tiempo encerrados en las tabernas, oyendo hablar de la riqueza que cada cual esperaba encontrar, al tiempo que se maldecía la miseria de la tierra propia. Allí había andaluces vivarachos y orgullosos que se vanagloriaban de ser el centro del nuevo orbe; extremeños adustos y soñadores, vigorosos como pocos y con una capacidad de sufrimiento sin límite; gallegos, vascos y montañeses... Y también franceses, portugueses, alemanes, griegos, genoveses: gentes venidas de todas partes, desheredados sin ganas de mirar atrás y con el azul del mar como único horizonte posible. Algunos habían participado ya en otros viajes, pero o bien no habían amasado fortunas, o bien la habían dilapidado a la vuelta.

Todos hacíamos tiempo hasta que se organizara una nueva expedición. Aunque la mayoría de la gente estaba ansiosa por encontrar barco, Nicolás y yo nos demorábamos. Después de tanto huir, disfrutábamos en aquel ambiente ruidoso y jaranero. Jugando a los naipes y trampeando a los dados sacábamos lo necesario para sobrevivir y pagar mucho vino peleón, mala comida y mujeres de dudosa reputación. Pero arrastrábamos una mala racha, las cartas venían mal dadas y las ganancias se esfumaban con cada apuesta equivocada. Si queríamos dejar atrás nuestro pasado y afrontar la esperanza de algo mejor, había que empezar a buscar de verdad barco.

Así fue que Nicolás y yo amanecimos en aquella posada barata con dos putas que habíamos jurado, como para darnos ánimos, que serían las últimas antes de partir.

Tras dar cuenta del desayuno, empezamos a pasear por El Arenal para preguntar por la flota que partiría próximamente hacia las Indias y a quién debíamos dirigirnos para enrolarnos. En ésas nos tropezamos con Tomás, al que hacía un par de días que no veíamos y que charlaba con unos individuos malcarados. Nos saludó con la mano y se acercó.

—Qué alegría dar con vosotros, ¡no os creeréis de lo que me he enterado! ¿Sabéis?, no todos estos barcos van a La Española.

—¿Ah, no? Pensaba que todos se dirigían allí primero —se extrañó Nicolás, y yo con él—. ¿Por cierto, dónde te has metido?

—Oh, he estado por aquí y por allá, hablando con unos y con otros… Venid. —Tomás nos condujo junto al puente de barcas que unía las dos orillas del Guadalquivir—. ¿Veis aquellos barcos en el astillero? Partirán en breve, pero no a las Indias.

—¿Y cuál es su destino? —preguntó Nicolás, intrigado.

Tomás soltó una carcajada.

—¡El lugar donde los árboles dan oro!

Con la vista clavada en aquellas naves bañadas por los rayos de sol, escuchamos a Tomás explicarnos lo que había descubierto.

—Mirad, hace ya más de veinte años que los portugueses llegaron a las islas de la Especiería: el Moluco, lo llaman unos; las Molucas, otros. El nombre es lo de menos, lo importante es que aquél es el único lugar del mundo donde crecen las especias. Para traerlas hasta Lisboa, desde donde las comercian con todas las naciones de Europa, los portugueses bordean África, surcan el mar de la India, llegan hasta las islas de las Especias, y luego hacen a la inversa esa ruta para la vuelta. Tienen, cerca del Moluco, algunas factorías para facilitar el comercio, aunque su posición aún no es tan fuerte como quisieran. Es una travesía larga y arriesgada, pero con ella los portugueses consiguen saltarse el camino por tierra, bajo el control de los árabes y los venecianos, que eran los que se llevaban la tajada de este comercio antes que ellos. ¡Y menuda tajada es!

Oigo a Tomás como si fuera ayer. ¡Cuánta razón tenía! Aquellos benditos condimentos, que conseguían hacer sabrosa y apetecible cualquier comida, por insípida que fuera, alcanzaban en toda Europa precios absolutamente desorbitados, sólo comparables a los de los metales preciosos. Los granos de pimienta se contaban uno a uno, como si fueran de plata, y lo mismo ocurría con la nuez moscada, el clavo o la canela. En unas ciudades en que era frecuente la escasez e incluso las hambrunas, todo el mundo corría tras unos granos insignificantes, pagando por ellos auténticas barbaridades.

El reino de Portugal había encontrado su ruta y su negocio. En cambio, en su viaje hacia el oeste, Cristóbal Colón y los que le siguieron, en vez de Cipango y Catay, se habían topado con unas cuantas islas y una tierra firme que no parecían tener nada que ver con el anhelado Lejano Oriente. Se sabía que al otro lado del continente había una enorme extensión de agua, el «mar del Sur» visto por Vasco Núñez de Balboa, y se suponía que por él podría llegarse a las islas de la Especiería, cumpliendo finalmente el sueño del almirante Colón. Sin embargo, no aparecía ningún paso que comunicara el océano y ese mar del Sur. Alonso de Ojeda, Rodrigo de Bastidas, Juan Díaz de Solís: todos habían recorrido la costa buscándolo... y todos habían fracasado en el intento. Pero entonces yo aún no lo sabía, así que pregunté:

—¿Y qué tienen que ver las especias, los árabes, los venecianos y los portugueses con estos barcos que estamos mirando?

—Según he averiguado —prosiguió Tomás—, esta flota pretende llegar a la Especiería navegando por los territorios de nuestro buen rey don Carlos, siempre hacia el oeste, y su capitán, un portugués renegado, sostiene que encontrará el paso que une el océano conocido con ese mar que llaman del Sur. ¿Por qué habría de triunfar él donde otros han fallado? Algunos dicen que sabe de la existencia de ese paso por haber estado allí en una expedición anterior; otros, que lo vio en un mapa en Lisboa, el cual robó y trajo a Castilla, y que por eso sus compatriotas le odian tanto; e incluso alguno asegura que un navegante se lo dijo en secreto poco antes de morir. —Se encogió de hombros—. ¡Quién sabe! ¡Quizá ni siquiera exista el paso a fin de cuentas! El caso es que a nuestro rey don Carlos parece haberle caído en gracia este capitán y está dispuesto a equipar una flota para que explore esa ruta que dice conocer, por mucho que su éxito sea incierto.

Fue la primera vez que oí hablar de Fernando de Magallanes, un hidalgo y marino portugués despechado con su rey, a quien había dado los mejores años de su vida. Vino a Castilla para ponerse a los pies del joven monarca don Carlos y ofrecerle su sueño: lograr la ambición de Colón de alcanzar el Lejano Oriente y la Especiería navegando siempre hacia Occidente, como estaba obligado nuestro reino por el Tratado de Tordesillas, según el cual el papa Alejandro VI había dividido el orbe terrestre entre España y Portugal como un cuchillo corta por mitad una naranja: el oeste para nosotros, el este para ellos.

—¿Y si tal paso no existiera? —pregunté.

—Supongo que al rey la apuesta no le parece tan alta como para achicarse. Si no encuentran la ruta a la Especiería, habrán perdido tiempo y dinero. Pero si dan con ella, además de los buenos dineros que sacarán con las especias que traigan de vuelta, Castilla conseguirá disputar su comercio a Portugal, ¿entendéis?

—¿Será ésta, entonces, la oportunidad que estábamos esperando, Tomás? —dijo Nicolás, con un brillo en los ojos.

—¿Estás loco? ¿Un paso que nadie da por seguro que exista,

más bien lo contrario? ¡No, no! —Tomás meneaba enérgicamente la cabeza—. No es mi intención ir en busca de fortunas a cualquier precio, por muy golosas que sean. Quiero partir y hacerme rico, ya lo sabéis, pero no tengo ánimo para emprender un periplo a lo desconocido. Por lo que he oído en el puerto, están encargando pertrechos y vituallas para más de dos años de travesía. ¿Por qué ese acopio tan grande de víveres si ese capitán dice conocer el modo de llegar a la Especiería? Todo me parece muy oscuro... No es para mí, os lo aseguro. Seguiré esperando aquí, en Sevilla, me embarcaré en una nao que me lleve a La Española y me quedaré allí para no volver, está decidido. Y vosotros haréis lo mismo si tenéis un poco de seso.

Nicolás y yo cruzamos una sola mirada. Aquella flota a la Especiería era la oportunidad de decir adiós a la vida miserable y sórdida que arrastrábamos desde hacía meses, de obtener fortuna y, sobre todo, de borrar nuestras huellas alejándonos lo más que pudiéramos del reino de Castilla.

—¡Vaya! Siempre he envidiado el modo en que los hermanos os habláis sin palabras —dijo Tomás—, y hay algo que me dice que no vais a venir conmigo a La Española.

Nicolás y yo lo miramos sonrientes.

—No, Tomás —reconocí—. Por favor, sigue hablándonos de esa expedición, ¿qué más has oído de ella?

—En fin —dijo Tomás resoplando—, estáis de suerte. Ayer me contaron que aún andan buscando gente para cubrir la dotación de las naos. Al parecer, el portugués ha estado tratando de conseguir marineros de la tierra, pero no son muchos los que quieren embarcarse en un viaje sobre el que se abrigan tantas dudas... —Hizo una pausa para ver si nos había convencido, pero con un ademán Nicolás le indicó que continuara—. Ha tenido que recurrir a hacer llamamientos a los que están respondiendo sobre todo extranjeros. Esa flota debe de parecer la Torre de Babel. ¡No soy capaz de imaginar cómo hará para gobernarla!

—Creo que ése será nuestro viaje —dije.

Tomás se quedó callado unos instantes y luego, con una amplia sonrisa, añadió:

—¡Pues id a enrolaros y que Dios os proteja! Quizá aún tengáis suerte y encontréis un hueco entre toda aquella jarcia de alemanes, portugueses, griegos y genoveses. Yo, de momento, me voy echar un trago. Tanta charla me ha dado sed.

Poco después Nicolás y yo llegábamos al astillero. Preguntamos a un aprendiz cómo podíamos enrolarnos en la expedición, y nos señaló a uno de los encargados de coordinar el trabajo, quien, tras dos preguntas, se dio cuenta de que teníamos bien poca idea de nada referente al mar. En los barcos se prefería a gente con algo de experiencia, aunque fuese de la peor calaña; aun así, en esa flota todavía faltaba tripulación.

—¿Qué sabéis hacer que pueda sernos útil? —preguntó.

—Yo puedo cargar con lo que me echen —respondió Nicolás. Sólo con verlo, ya se sabía que no exageraba; alto, nervudo y recio, Nicolás daba una impresión de fortaleza mayor a sus años.

—Y yo conozco un poco el oficio de herrero —dije sin mucho convencimiento.

—¿Algo más?

Dudé unos instantes.

—También sé leer y escribir —añadí. E inmediatamente me sentí como un idiota.

El encargado nos miró de arriba abajo con una expresión indefinida.

—Volved mañana y os diré. Lo hablaré con el capitán general.

Al día siguiente, bien temprano, regresamos y lo buscamos entre el barullo de carpinteros, calafates, porteadores y aguadores que trabajaban alrededor de los barcos. Cuando por fin dimos con él, nos dirigió una sonrisa apenas perceptible.

—Muy bien —dijo—. Id y dad vuestros nombres. Podéis empezar esta misma mañana.

Sin que nos viera, Nicolás y yo nos miramos complacidos, pues era la primera vez en mucho tiempo que teníamos ante nosotros la posibilidad de participar en algo digno. Nos inscribieron en el registro de tripulantes como grumetes, es decir, como aprendices de marineros encargados de ayudar a los veteranos en todas las tareas. Falseamos nuestros nombres, borrando la última huella en un intento de dejar atrás nuestros pecados, y nos pusimos a trabajar.

Las naves eran cinco, cada una de distinto tonelaje y hechura, todas ellas con muchas leguas en el mar y necesitadas de buenos arreglos. La mayor se llamaba *San Antonio*, y la seguía en tamaño la *Trinidad*, la nao capitana, a la que fui asignado. Estas dos eran las principales. Luego venían la *Concepción*, la *Victoria*, en la que fue admitido Nicolás, y la *Santiago*, con capacidad de carga algo inferior. A nosotros, poco conocedores de las cosas del mar, nos parecían maravillosas y nos asombrábamos de su tamaño y capacidad. Los marineros nos decían, con razón, que eran barcos medianos y que su respuesta en el mar iba a depender de las reparaciones que llevásemos a cabo en las siguientes semanas. Todo debía estar perfecto para la travesía que íbamos a afrontar.

A las órdenes de carpinteros y marineros, y sudando bajo el inmisericorde sol de junio, serramos madera, ensamblamos tablas, calafateamos las junturas, enceramos, cosimos velas y trenzamos cabos. Nuestros brazos doloridos y nuestras manos rasguñadas, negras y apestando a brea nos hacían sentir uno más entre todo aquel grupo de hombres curtidos. Nicolás cargaba como una mula, y siempre con buen ánimo, fardos, cajas, lonas y maderos; nada le resultaba demasiado pesado. Yo, por mi parte, ayudaba en el fuelle, en cualquier otra tarea que me pidiesen y, muy de cuando en cuando, también al escribano de la *Trinidad*, León de Espeleta, a tomar nota de los materiales que llegaban a la nao. La primera vez que así de nuevo la pluma y la posé sobre el papel, sentí un nudo en el estómago que me hizo encogerme mientras mis recuerdos volaban a otra tierra y otros momentos nunca del todo olvidados.

Vi por primera vez al capitán general en una jornada especialmente calurosa a finales de junio. Lo había imaginado alto y vigoroso, y por ello me sorprendió que fuera de baja estatura, algo rechoncho y con una evidente cojera. Una densa y oscura barba y unas cejas pobladas endurecían su rostro, en el que destacaban una nariz ancha y prominente y unos ojos negros no muy grandes pero sí muy intensos y que transmitían una enorme fuerza interior y una gran autoridad. ¡Y vaya si se notaba su autoridad!

Nada más entrar en el astillero al alba, todavía soñolientos, ya nos lo encontrábamos exigiendo que se inspeccionasen bien los barcos, asegurándose de que no quedasen huecos entre las tablas y de que estuvieran en perfecto estado, sin visos de pudrición y sin fisuras. Lo controlaba todo con una meticulosidad enfermiza, yendo de aquí para allá, dejando sentir su presencia en cada rincón, como queriendo que no quedase duda alguna de su mando sobre la flota.

Y aquello no dejaba indiferente a nadie, para bien o para mal, porque por mucho que la idea y el impulso del viaje hubiesen sido de Magallanes, los oficiales castellanos no podían soportar que un capitán extranjero les diese órdenes con aquella soberbia. Algunos de ellos pertenecían a la nobleza y, pese al favor real con que contaba la expedición, se enfrentaban continuamente al portugués por las cuestiones más nimias, tratando de minar su voluntad y de dejarle en evidencia. Durante los meses anteriores, Magallanes hubo de doblegar serias revueltas en su contra instigadas tanto por los castellanos como por algunos portugueses enviados por el rey don Manuel, empeñado en acabar con aquella empresa que le había sido ofrecida y él había despreciado, antes incluso de su partida. Le consumía que se repitiese el episodio que su padre había protagonizado cuando negó la ayuda a Colón para realizar su viaje.

Las personas en las que Magallanes podía confiar no eran muchas, aunque sí selectas. En primer lugar, estaba don Carlos, nuestro joven rey, que había apostado por él; en segundo lugar, su valedor en la corte, el obispo de Burgos, Juan Rodríguez de Fonseca; a un nivel más mundano, Diego Barbosa, su suegro y teniente de alcaide de los Reales Alcázares y Atarazanas de Sevilla, y por último los portugueses que participaban en la flota. El resto, la inmensa mayoría, se le mostraba indiferente o abiertamente hostil. Sin embargo, los enfrentamientos más graves se habían producido tiempo antes de nuestra llegada a Sevilla. Para cuando Nicolás y yo nos incorporamos a la expedición, estaban ultimándose los preparativos y no había fuerza en el mundo capaz de detenerlos.

Julio llegó y pasó rápidamente con los últimos arreglos y con la ingente labor de aprovisionamiento de los barcos, cuyo volumen sobrepasaba los límites de la imaginación más abierta: ¿cómo calcular los suministros necesarios para más de doscientos marineros en un viaje cuya duración se desconocía? Bajo la atenta, a veces opresiva, supervisión del capitán general, se fueron cargando en las bodegas de las cinco naos los víveres para la larga expedición: galleta de barco, frutos secos, aceite, pescado seco y en salazón, tocino, legumbres, ajos, cebollas, mostaza, higos, alcaparras, sal, vino, agua... Y junto con los alimentos, los más variados pertrechos y materiales: cañas y redes para pescar, anzuelos, madera, clavos, martillos, tela para velas, pez, estopa, grasa, cabos, baratijas para hacer intercambios, vestidos, pólvora, armas... Miles de artículos que podían resultar útiles y cuya falta sería desastrosa en altamar. Nada podía dejarse a la improvisación.

Y por fin llegó el 10 de agosto del año de Nuestro Señor de 1519. El día amaneció espléndido y ya desde primera hora sudábamos. Todos los tripulantes estábamos en un estado de gran excitación y nerviosismo, con una mezcla de miedo, esperanza e ilusión por la partida. Nicolás y yo tomamos nuestro último desayuno en tierra con el bueno de Tomás y brindamos por nuestro futuro.

—¡Id con ventura y no miréis nunca atrás! ¡Ahora el mar es vuestra senda! —se despidió mientras nos abrazaba.

Se quedó en Sevilla aguardando un sueño que no sé si llegó a cumplirse. Espero que Dios no tratase con excesiva dureza a aquel joven de risa fácil, mano larga y buen corazón.

Poco después, con gran solemnidad y guardando un escrupuloso silencio, la tripulación completa de las cinco naves se dirigió a la iglesia de Santa María de la Victoria de Triana, donde escuchamos misa y rogamos suerte para la expedición.

Con lágrimas en los ojos, yo también pedí silenciosamente perdón por mi pecado.

Tras la misa, el corregidor Sancho Martínez de Leiva entregó el estandarte real a Fernando de Magallanes y éste hizo entrega a los pilotos de las cartas con la derrota del viaje hasta la primera costa que habríamos de tocar en tierra firme. Magallanes juró lealtad al rey de España, y a su vez todos los capitanes y pilotos prometieron fidelidad al capitán general de la flota.

Se acababan los actos protocolarios y comenzaba el viaje que me marcaría para el resto de mis días.

5

La marcha de María nos dejó una herida incurable, especialmente a mi pobre madre. Por lo demás, no sirvió para que cesaran las habladurías; tampoco ninguno de nosotros sintió un renacer de la honra perdida, sólo una inmensa pérdida y una gran desazón interior. En mi cabeza de niño mi familia era una realidad inquebrantable, algo que debía permanecer inalterable para siempre. Todos habían estado ahí desde que yo tenía uso de razón y nunca había encontrado motivo alguno para pensar que aquello pudiera cambiar. Por eso resultaban tan dolorosas las palabras que un día oí a mi padre, tratando de justificar su decisión:

—Nuestro Señor ya lo dijo: «Si tu mano derecha te hiciese caer, córtala y arrójala de ti, porque es mejor perder uno de tus miembros antes que todo tu cuerpo».

En verdad, un miembro de aquel cuerpo que era nuestro hogar había sido seccionado y ninguno en la familia se sentía con fuerza suficiente para cicatrizar la herida. Quizá fuera preferible esperar a que se convirtiera en un muñón.

Mi madre apenas dirigió la palabra a mi padre durante las siguientes semanas. Él repetía que había hecho lo mejor para el buen nombre de la familia, aunque supongo que ni él mismo lo creía. Cuando le veía caminar con la cabeza gacha, parecía como si cargase un yugo sobre los hombros.

A cada uno de los hermanos nos afectó de un modo diferente.

Isabel se encerró en sí misma. Siempre había sido algo tímida y taciturna, pero la marcha de María la privó de su mejor amiga y confidente, y no encontró con quien llenar aquel vacío. Traté de acercarme a ella, pero Isabel se hizo más reservada, guardando para sí sus emociones. Se refugió en los brazos de mi madre y en las labores del hogar, y por la noche permanecía callada mirando la lumbre, alimentando quién sabe qué pensamientos.

Los mayores, Pedro y Joaquín, se pusieron del lado de mi padre y hablaban sin que nadie les preguntase de la importancia del honor y la honra, y de cosas semejantes que ni ellos sabían muy bien qué significaban. Ahora creo que lo hacían sobre todo para poder llevar alta la cabeza por el pueblo y, llegado el caso, pegarse con los otros muchachos que se mofaban de nuestra situación. Como todos, culpaban más a mi hermana que a Ricardo. Al fin y a la postre, ¿no decían las Escrituras que las mujeres eran el origen de los males de los hombres? Joaquín era duro e intransigente y procuraba ni mencionar a María, como si callando su nombre pudiera borrarse su mancha y la nuestra. Pedro no se mostraba tan inflexible; añoraba a nuestra hermana, aunque tenía, como Joaquín, la firme determinación de apartarla de su recuerdo. Cada vez estaban más unidos y más alejados de mí, pues yo mantenía una postura bien distinta.

Porque para mí, por encima de razones y honras, lo importante era que había perdido a mi hermana mayor. María era la dulzura hecha carne. Me decía que no tenía más que pájaros en la cabeza y me besaba los cabellos. Yo me pegaba a su cintura y sentía fluir por mí todo su calor. Cuando creció y comenzó a tontear con los muchachos, sentí que ya no me hacía tanto caso, y aquello me fastidiaba. Creo que ella se daba cuenta y se reía por dentro. Me abrazaba con fuerza y me decía:

—Siempre serás el primero en mi corazón, por muchos hombres que conozca.

Yo me tranquilizaba con sus palabras, aunque en el fondo sabía que algún día un hombre la alejaría de mí. Lo que nunca pensé es que pudiera ser tan pronto.

Por aquel entonces Nicolás no era más que un mocoso de cuatro años y apenas se enteraba de nada de lo que pasaba. Supongo que notaba la tristeza que se había instalado dentro de las paredes de nuestra casa, pero no era posible que la marcha de

María le hubiese causado una huella demasiado profunda. Por eso fue tan sorprendente todo lo que ocurrió años después.

Llegó la fiesta de Navidad y mi madre volvió a hablar a mi padre, aunque la tristeza no se le borraba del rostro. Ese invierno tallé mi primer caballito de madera con la navaja que me había regalado mi padre, y se lo di a Nicolás, que daba brincos de alegría. Durante el día, sacaba a pastar nuestras pocas cabras y ovejas o acompañaba a mi padre al monte a recoger leña y cazar algún conejo o liebre. Mientras caminaba a su lado, no paraba de preguntarle por el nombre de todo lo que veía.

—¡Demonio de crío! —solía decirme—. ¡Es más fácil saciar tu estómago que tu curiosidad!

Sin María, en casa había una boca menos que alimentar, aunque a la vez dos brazos menos para ayudar, y su trabajo en las tierras recayó sobre todo en Pedro y Joaquín, pero también en mí. Con la llegada de la primavera, mi padre se encontró con la desagradable sorpresa de que don Lope, para mostrar a todos que no quería relacionarse con una familia indigna, le negó el trabajo como jornalero. Así que tenía que levantarse aún de noche para llegar con la primera luz del día al monasterio de Santa María la Real de Piasca, a buena distancia, o a las tierras del hidalgo don Íñigo, en un concejo cercano, donde se deslomaba para obtener un exiguo jornal. A pesar de todo su esfuerzo, las raciones eran cada vez más justas y dependíamos en gran medida de lo que nos daba el monte, de tal modo que si no era posible hacer pan de trigo, de centeno o de otro cereal, molíamos las castañas y las bellotas que habíamos recogido en otoño y hacíamos un pan amargo que, aunque no nos gustaba, al menos nos alimentaba.

Con nueve años recién cumplidos, salí una tarde a solas por el monte. Los días eran ya largos y podía alejarme sin miedo a que se me hiciese de noche en algún lugar apartado. A pesar de ello, mi madre sabía de mis despistes y me advirtió:

—No te alejes de los caminos y vuelve antes de que anochezca, ¿entendido?

—Sí, madre, lo haré —respondí mientras me alejaba.

Llevaba un zurrón de cuero para recoger frutos silvestres y mi pequeña navaja por si tenía la suerte de matar una ardilla, un ratón o algún otro animalillo para el puchero.

Tomé el camino que bajaba al río, al que por su continuo soniquete llamábamos Bullón, y subí por una varga entre robles, castaños y arces hasta un pequeño claro en el monte. Desde allí se veía a la perfección nuestra aldea, en una ladera empinada y solana; al fondo se divisaban algunas de las inmensas e inexploradas cumbres de las Peñas de Europa y, más allá, estaba el mar, según me habían dicho. Aunque todavía no lo conocía, me placía imaginar cómo sería notar en los pies el contacto con toda aquella masa de agua. ¿Estaría tan fría como la del río? Todavía quedaba tiempo para que lo comprobase.

Continué mi ascensión, aunque la senda era cada vez más tortuosa y la vegetación más espesa. Me orientaba por las peñas y los árboles, que tenía grabados en mi mente. Allí estaba la roca con forma de oso y un poco más allá el roble de tres patas, majestuoso y enorme, con sus ramas llenas de hojas verdes que iluminaban los rayos del atardecer. Crucé un regato y descendí una pendiente suave para volver a subir un poco más adelante, por unas lanchas a las que llamábamos las Escaleras. Por ellas bajaba un arroyuelo que se remansaba en muchos puntos y que favorecía el crecimiento del musgo, tan espeso que parecía una de aquellas alfombras que, según se decía, don Lope tenía en su casa. Las Escaleras se convertían al final en una pared vertical. Tanteando apoyos, subí un poco. Como iba descalzo no me costaba demasiado meter los pies en cualquier rendija para ascender. Miré hacia arriba: la trepada sólo tenía un punto peligroso, una pequeña cornisa a la que había que asirse después de dar un ligero salto. Una vez agarrado a ella, únicamente había que auparse para asomar a lo alto de la pared y a una hermosa braña rebosante de escoba, brezo y orégano.

Había muchas más formas de llegar a aquel lugar, pero entre los jóvenes del pueblo era una tradición alcanzar la braña salvando la pared. Mis hermanos y otros muchachos lo habían hecho muchas veces e incluso Manuela, una chicarrona que competía con ellos en rudeza y osadía, lo había logrado sin ningún problema. Yo no me proponía subir por allí la pared, sino simplemente llegar hasta el lugar del salto para verlo de cerca... Pero de pronto me encontré a un paso de la cornisa con una pierna flexionada, la otra estirada y apoyada en un saliente y los brazos a medio cuerpo, con las manos aferradas a sendas piedras. Entonces por mi cabeza cruzó una idea: «¿Lo hago?». Miré hacia abajo, y me dije que, dada la altura a la que me hallaba, la caída sería dura. Hacia arriba, en cambio, sólo tenía que impulsarme un poco para llegar a lo alto de la pared. ¡Si fuera capaz de hacerlo...! Pensé en la cara de asombro que pondrían los muchachos del pueblo cuando les contase que lo había conseguido; sobre todo se lo restregaría a mi hermano Joaquín, que siempre se reía de mis extremidades flacas y huesudas. Aunque también era probable que nadie me creyera. ¿Debía hacerlo?

De la tensión, los músculos se me estaban agarrotando; notaba los antebrazos duros como piedras. Sabía que tenía que tomar alguna decisión, y de forma rápida. Sin pensarlo más, dejé caer el cuerpo hacia abajo para darme impulso y me lancé con todas mis fuerzas hacia la cornisa. La así firmemente con ambas manos. ¡Ya casi lo tenía! Sin embargo, los pies corrieron peor suerte; por mucho que tanteaba, todos los huecos eran pequeños o estaban cubiertos de musgo húmedo, y por más que me esforzaba no hacía más que resbalar. En ese momento pensé que me iba a caer y que quizá me matase con el golpe; un escalofrío me recorrió de arriba abajo y maldije mi estupidez. Hice un esfuerzo supremo por flexionar los brazos e impulsarme, pero fue en vano. Las fuerzas me fallaron y caí al vacío.

No sé cuánto tiempo estuve sin conocimiento, pero cuando recuperé la conciencia ya estaba anocheciendo. Me dolía todo el cuerpo, sobre todo la coronilla. Me la palpé y noté sangre. Me mojé la cabeza con el agua que bajaba entre las lanchas, para tratar de mitigar el dolor, pero estaba demasiado fría y la sentí como un puñal. Cogí un trozo de corteza de sauce, lo humedecí y lo apliqué en la herida, presionando sobre ella, como Tomasa, la curandera, decía que había que hacer.

Además de la brecha en la cabeza, también tenía un buen gol-

pe en una espinilla y en un hombro, aparte de múltiples magulla-
duras y arañazos. Con todo, a pesar del dolor y el escozor, me
puse en pie decidido a volver a casa cuanto antes. A esas horas
todos debían de estar ya buscándome. En ese momento oí un ruido entre la maleza que me heló la sangre. Retrocedí apresuradamente, tropecé con una raíz, caí de espaldas y rodé por una pronunciada pendiente. Cuando me detuve, me levanté y eché a correr
monte a través, lastimándome las piernas con los arbustos. No me
importaba; sólo quería alejarme de allí. Después de un buen rato,
me apoyé contra un árbol y contuve un momento la respiración
para escuchar. Lo único que oí fue el latido de mi corazón, que
parecía querer salírseme del pecho. Esperé unos instantes y por fin
me dejé resbalar al suelo, reclinando la espalda contra el tronco.
De forma impulsiva comencé a llorar de miedo y de vergüenza;
únicamente a alguien tan estúpido como yo se le podía haber ocurrido semejante memez: ¡subir aquella pared, solo y por la tarde!

Estaba totalmente perdido. Aunque aquéllos eran los mismos
lugares por los que tantas veces había llevado al monte las cabras
y ovejas, la oscuridad me impedía encontrar el camino a casa. La
noche no era muy fría, soplaba algo de viento del sur, pero debía
refugiarme hasta que saliera el sol. A poca distancia vislumbré un
roble enorme caído y con una oquedad en el tronco. Me acerqué
y palpé el interior. Me pareció que podría guarecerme en él. Recorrí los alrededores sin perder de vista el árbol, y reuní todas las
ramas y hojas que pude encontrar. Me metí en el hueco y las atra-
je hacia mí, para cerrarme al exterior. Era un mísero refugio,
pero me hizo sentir a salvo.

Allí fuera sólo se oía el canto del cárabo. Yo rezaba con todas
mis fuerzas para no haber de escuchar el aullido de los lobos ni
ser descubierto por las alimañas. Por si acaso, agarraba la navaja
con ambas manos.

Acurrucado en el corazón del roble, me rondaban mil pensamientos. Me di cuenta de que en aquella estúpida caída pude
haberme reventado la cabeza. Por primera vez fui consciente de
que podría haber muerto, y esa idea me produjo un profundo
estremecimiento que me recorrió la espalda.

Las horas se me hicieron eternas, pero mantuve la guardia y recé fervorosamente a la Virgen María hasta que, cerca ya del amanecer, el sueño me venció y me quedé dormido con la cabeza apoyada contra las ramas que cerraban mi guarida. Un rayo de sol que penetraba entre ellas, dándome directamente en la cara, me despertó.

Abrí los ojos y vi el hocico negro y blanco de una bestia introduciéndose entre la maleza. Más asustado de lo que había estado en toda mi vida, salté como un gato entre el amasijo de hojas y ramas y comencé a darle puñaladas. El bicho se revolvía como podía. En un movimiento desesperado conseguí acertarle en lo que pensaba que era el cuello, y el animal huyó entre gemidos para caer desplomado un poco más allá. Cuando me repuse del susto, me acerqué y comprobé que era un tejón grande y gordo. Aún no entiendo cómo logré atravesar con mi pequeña navaja y mis escasas fuerzas el pelo y la piel durísima de aquel animal. Supongo que la desesperación hace que saquemos las fuerzas para acometer actos inimaginables, como más tarde tuve ocasión de comprobar en muchas situaciones. El tejón había terminado de gemir y de sus heridas ya apenas brotaba sangre. Lo zarandeé con el pie y comprobé que estaba muerto.

Con la luz del día traté de encontrar el camino a casa, lo cual me resultó más fácil con la referencia de las montañas. Al poco pude oír las voces de varias personas que me llamaban a cierta distancia. Me habían estado buscando toda la noche, pero no pensaron que me hubiese alejado tanto.

—¡Aquí, aquí! —grité con todas mis fuerzas y entre sollozos.

—¡Hijo! —respondió mi padre—. ¿Dónde estás?

—¡Aquí, padre, aquí, donde lloro!

Ante mí aparecieron mi padre y mi hermano Pedro, ambos con profundas ojeras y el rostro tenso. Les acompañaban algunos vecinos. Mi padre se acercó hasta mí; me besó, me abrazó y me dio un sopapo, aunque no recuerdo si fue por ese orden. Con los ojos llenos de lágrimas, levanté el animal muerto y le dije:

—Hoy comeremos tasugo.

6

Todo gran viaje comienza dando un paso, pero no imaginé que el nuestro sería tan corto. Tras la solemne ceremonia de despedida en Sevilla, las cinco naos bajaron el Guadalquivir y anclaron en el puerto de Sanlúcar de Barrameda, en el estuario, donde recalaron durante algo más de un mes para completar el avituallamiento: los oficiales, por su parte, debían ultimar asuntos y negocios que aún quedaban pendientes. Entre ellos, el capitán general hubo de dejar un memorial al rey en el que se señalaba exactamente la posición de las islas de la Especiería para que, en caso de morir durante la travesía, el soberano de Portugal no pudiese alegar que el Moluco caía dentro de su jurisdicción.

Todo esto únicamente pude saberlo mucho después, porque en aquel momento los grumetes y los marineros sólo éramos las piezas más pequeñas de ese enorme engranaje que era nuestra flota. Durante el día nos manteníamos ocupados con la carga de más pertrechos y víveres; incluso hicieron subir seis vacas recién paridas que nos darían leche durante algún tiempo en nuestra travesía. Al atardecer, cuando nos daban permiso, visitábamos las tabernas para beber aquel vino de Jerez que luego tanto nos consolaría en nuestro viaje, y también los burdeles, claro está. Dado que el capitán general había prohibido la presencia de mujeres a bordo, ingenuamente esperábamos apaciguar nuestra fogosidad de ese modo para los próximos meses.

A comienzos de septiembre se produjeron algunos cambios en las dotaciones de los barcos, y yo fui uno de los afectados, a la par que afortunado. Un carpintero de la *Victoria* pasó a la *Trinidad* y, a cambio, yo fui asignado a aquella nao. Con gran alegría abracé a mi hermano y, sin que nadie me oyera pronunciar su nombre, le dije al oído:

—No hay fuerza en el mundo que nos separe, Nicolás.

Por fin, el martes 20 de septiembre de aquel año de 1519, al amanecer, las velas se izaron y con una estruendosa salva de cañones nos despedimos, esa vez sí, de aquella patria que muchos ya nunca volverían a ver. En la cubierta de la *Victoria*, Nicolás y yo nos miramos pensando en lo poco que dejábamos atrás y lo mucho que nos quedaba por descubrir. Lentamente la costa fue alejándose. Le dimos la espalda, y, con algo de congoja, comenzamos el primer día en altamar a las órdenes de nuestro capitán y tesorero de la flota, Luis de Mendoza, un hombre delgado, con barba corta y algo canosa y de temperamento un tanto impulsivo.

Para quien no ha navegado nunca, los primeros días en un barco suponen un auténtico calvario. Aquella misma tarde y durante toda la noche, Nicolás y yo no dejamos de vomitar, como la mayoría de quienes pisaban por primera vez una nave, mientras los veteranos se reían de nosotros.

—¡Bebe, grumete! —Un marinero me levantó la cabeza y me llevó una taza a los labios.

Tragué con dificultad un sorbo y tosí.

—Es… vino de Jerez —balbucí sorprendido—. ¿Ayudará a que me desaparezca el mareo?

—No creo, pero ¡al menos estarás borracho! —contestó entre las risotadas de los demás mientras me obligaba a terminar el trago.

Seguí arrojando hasta que no me quedó nada dentro, y volví a echarme en mi pequeña y ruda estera en cubierta.

—Me muero por una cama… —musitó Nicolás a mi lado.

Llevábamos un día navegando.

¿Qué sentía un novato como yo en sus primeros momentos en el mar? Incertidumbre, extrañeza, algo de miedo… Pero, ante todo, que el tiempo y el espacio cobraban un significado distinto. Por supuesto que en tierra existen muchas cosas que pueden resultar exasperantemente lentas; sin embargo, encerrado en un barco donde todo, las tareas, la travesía, las odiosas calmas, se acaba haciendo prolongado y monótono, el tiempo enlentece. La impaciencia, la desesperanza y el aburrimiento son los compañeros inseparables en un lugar en que, por mucho que se desee, todo discurre según el capricho del viento, del que no se puede escapar. ¡Cuántas veces soñé con las carreras que daba de niño para llegar antes a cualquier sitio! ¡Cuánto recordé todos aquellos momentos fugaces y cotidianos de mi vida, instantes y situaciones que me distraían la cabeza y reducían la duración de un día a un breve suspiro! En mis vagabundeos por los páramos y altozanos de Castilla nunca se me hizo largo un camino; después de una cuesta venía un collado o una loma, tras un bosque aparecía un claro y pasados unos campos se llegaba a un pueblo o una villa. Un castillo aquí o un árbol allá animaban el paisaje más monótono y, si había prisa, podía apretarse el paso o buscar un atajo.

En el mar no hay atajos y, salvo que ocurra algo excepcional, parece que todo se paralice. Siempre el mismo vaivén, siempre las mismas tareas, un día, una semana, cuatro meses; no hay nada que pueda hacerse para acelerar las cosas. El hombre se siente insignificante y miserable frente a un mar inmenso que todo lo vence: el espíritu más duro, la voluntad más férrea o la mayor ilusión. En el mar la prisa es inútil y la monotonía el enemigo más cruel.

Las primeras jornadas navegamos con buen viento. De día las naos permanecían a la vista unas de otras. Por las noches, para mantener unida una flota tan dispar como la nuestra, se había ideado un ingenioso sistema de señales luminosas que la nao capitana realizaba con sus faroles de modo que las otras cuatro pudieran seguirla sin dificultad y obedecer sus órdenes. Además, todos los atardeceres cada uno de los barcos debía acercarse a la *Trinidad* y su capitán saludar a Magallanes con las palabras «Dios os salve, señor capitán general e maestre, y buena compañía», a fin de recibir a continuación las órdenes precisas para la noche y el día siguientes. Así, Magallanes mantenía cohesionada la flota a la vez que recordaba de forma diaria la autoridad que ejercía sobre los capitanes de las otras naos.

El sistema era eficaz, pero despertaba en los españoles un profundo recelo, pues les parecía un claro gesto de arrogancia por parte del portugués, por mucho que el mismo monarca así lo hubiese dispuesto. Y a quien con diferencia más ofendía aquella actitud prepotente era a Juan de Cartagena, capitán de la *San Antonio*, la mayor de las naves, veedor real, miembro de la más alta nobleza castellana y, según instrucciones explícitas del rey don Carlos, «conjunta persona» de Magallanes en aquel viaje, aunque supeditado a su mando. En la *Victoria* algunos marineros comentaban en voz baja el desencuentro entre ambos ya desde la preparación de la flota en Sevilla y auguraban serios problemas si las cosas se ponían difíciles.

En sólo seis días, costeando África llegamos a las islas Canarias, en concreto a la de Tenerife. Sobre el mar en calma se levantaban murallones de altura descomunal, completamente desnudos de vegetación y de un color oscurísimo, como de ceniza, y en el centro de la isla se elevaba una enorme montaña cuya altura debía de superar con mucho las más altas cimas de mi tierra natal. En varios puntos de la costa estaban fondeadas naves castellanas, y a uno de sus puertos, el de Santa Cruz, arribamos para abastecernos de carne, agua y leña. Tres días después nos desplazamos al de Montaña Roja, en la misma isla, para recibir un cargamento de pez.

Permanecimos allí tres días más y en ese breve tiempo sólo sucedió una cosa singular. La tarde anterior a nuestra partida una carabela castellana se colocó al costado de la *Trinidad*. De la nao capitana se echó la escala y un hombre subió con un sobre lacrado en la mano. Un oficial le guió de inmediato al camarote de Magallanes, donde permaneció varias horas.

A la mañana siguiente, el 3 de octubre, partimos de Tenerife muy temprano. Según las cartas dadas por Magallanes en Sevilla, en breve debíamos tomar rumbo oeste para dirigirnos hacia las

Indias, como hacían habitualmente las flotas castellanas. Sin embargo, pasó aquel día y el siguiente, y hasta los más torpes en el arte de la navegación nos dimos cuenta de que seguíamos el rumbo que marcaba el sol al mediodía, en vez del que éste recorría al ponerse. El capitán Juan de Cartagena, extrañado y molesto, pidió a Magallanes razón de aquel cambio repentino.

—Seguidme como es obligado —le respondió—. De día por la bandera y de noche por el farol. Y no me pidáis más cuenta.

Lo cierto es que, desde que había recibido en Tenerife aquella carta, de cuyo contenido no había informado a los otros capitanes, el carácter del portugués se había vuelto más agrio y reservado. Su actitud había pasado de ser prepotente a insultante. No sólo les hablaba con sumo desprecio, sino que tampoco les consultaba para ninguna cuestión, por muy trascendental que fuese.

En breve sufrimos el primer incidente en la navegación. El nuevo rumbo adoptado llevó a la flota a una zona sin vientos donde nos vimos atrapados durante más de veinte días. En la *Victoria*, algunos veteranos murmuraban que esas jornadas perdidas se debían, sin duda, a la impericia del capitán general y a su negativa a dejarse aconsejar por otros hombres muy conocedores del mar y de los vientos oceánicos. Sólo mucho tiempo después comprendí a qué se debía, tal vez, la extraña actitud del portugués.

Ya antes de la salida de Sevilla, Magallanes sabía que los capitanes y gran parte de la marinería castellana le odiaba profundamente, sobre todo porque no podían admitir que un extranjero renegado de su patria les mandase, y menos aún con tamaña soberbia. El mes que pasamos en Sanlúcar, de hecho, respondió en gran parte al deseo del capitán general de alejarse de las intrigas de los sevillanos hostiles, aunque el avituallamiento no se hubiese completado. Supongo que todo ello le hizo ser precavido en exceso y exageradamente desconfiado. Pero lo que le hizo afirmarse en la prepotencia y la arrogancia que mostró tras partir de las Canarias fue la carta recibida en Montaña Roja, que le había sido remitida por su suegro, Diego Barbosa. Unos creían que con la misiva pretendía advertirle de un plan tramado por los castellanos para arrebatarle el mando en altamar y poner las naos en manos de alguno de los capitanes españoles, seguramente Juan de Cartagena; otros, para ponerle sobre aviso de la presencia de una flota portuguesa enviada por el rey don Manuel a fin de hacer fracasar la expedición y detenerle a él por traidor y rebelde. Si fue como decían estos últimos, el cambio en la derrota nos pudo salvar del apresamiento, aun a costa del tiempo perdido; si fue como afirmaban los primeros, creo hoy, pasados los años, que tal vez fuera comprensible la actitud despótica del portugués.

Sin viento, las tareas se reducían considerablemente y matábamos el tiempo como podíamos. Después de escuchar misa, organizábamos partidas de cartas (aunque las teníamos prohibidas), cantábamos acompañándonos de algunos instrumentos y, sobre todo, dormíamos y reñíamos.

A bordo, la ociosidad es el peor castigo que puede darse a un marinero y las peleas entre nosotros eran frecuentes, aunque nunca serias. Habría sido inevitable, empero, en una tripulación compuesta por hombres venidos de tantos lugares diferentes y reclutados, en buena parte, en los rincones más lóbregos de Sevilla. De los más de doscientos sesenta que embarcamos allí, casi todos éramos castellanos, pero había también más de una veintena de portugueses, otros tantos genoveses, nueve franceses, seis griegos, cinco flamencos, varios alemanes, un inglés, dos negros, algún sacerdote, por fortuna para ellas ninguna mujer y un personaje realmente curioso, siempre con un cuaderno y una pluma en la mano: el cronista Antonio Pigafetta, natural de Vicenza, fiel amigo de Magallanes en todo momento y encargado de recoger con exactitud y rigurosidad los pormenores del viaje.

Pigafetta tenía libertad para pasar de una nao a otra, y a todos nos resultaba simpática su estampa desgarbada y su mirada atenta a cuanto sucedía, incluso a las cosas más insignificantes. Por aquel entonces, el italiano era un completo desconocido para mí, pero tiempo después hubimos de compartir algunos de los mejores momentos de la travesía. Verle escribir me traía recuerdos muy queridos y me llevaba a otra época en que creí que mi destino sería también sostener una pluma.

El cronista estaba al tanto de todo lo que ocurría en la flota, pero para la marinería tampoco era una tarea imposible. Siempre encontrábamos un momento para comunicarnos a gritos cuando las naves se acercaban a la *Trinidad* a fin de hacer el saludo reglamentario. Cada nao transportaba al menos un bote que permitía bajar a tierra y, continuamente en medio del mar, llevar hombres, mensajes o lo que hiciese falta de un barco a otro. La comunicación entre las naos era más fluida de lo que cabe pensar. Y eso a pesar de que entre aquella amalgama de nacionalidades que poblaban los barcos, el idioma que hablábamos era un castellano bastardo con más incorrecciones que reglas.

Tras la calma vino la tempestad, y sufrimos muchos días seguidos de viento en contra y de fuertes tormentas. Recuerdo una en especial. Después de haber soportado durante toda la tarde ventoleras que nos obligaron a arriar las velas, al anochecer nos envolvió una intensísima lluvia racheada que apenas nos dejaba abrir los ojos. El capitán y los oficiales daban órdenes a voz en cuello mientras los demás tratábamos de sostenernos de pie a duras penas entre los bandazos del barco y las olas que barrían la cubierta. Fue entonces, en lo peor de la tormenta, cuando los gritos del vigía nos alertaron y todos miramos hacia arriba. De los mástiles de la *Victoria* salían lenguas de fuego de un brillante color blanco azulado, y lo mismo sucedía en las otras naos. Los que nunca habíamos navegado observábamos aquello con asombro y terror, pensando que el barco ardería en medio del mar y que todos íbamos a perecer ahogados.

—No es fuego de verdad —nos tranquilizó Esteban Villón, un marinero bretón rechoncho y pelirrojo, al reparar en la expresión de Nicolás y la mía—. Yo lo he visto muchas veces en otras travesías. No es más que una luz que nos envía san Telmo, nuestro patrón, para consolarnos en medio de la tempestad. Creedme cuando os digo que en breve cesará y, con ella, el temporal.

Efectivamente, al poco rato, y tras un intenso fogonazo que nos dejó cegados, el fuego cesó y la tormenta se alejó de nosotros, volviendo una calma reconfortante a los barcos y a nuestros corazones. Todos nos arrodillamos y agradecimos a san Telmo su intervención.

Quedó una leve brisa, y me acodé en la borda; era un placer contemplar el brillante reflejo de la luna en las aguas, ahora tan tranquilas, del mar. Nicolás se me acercó. Aún tenía el alivio grabado en el rostro.

—Nunca imaginé que pudiera existir una cosa tan extraña —me dijo—. ¡Fuego que no quema! ¡Una señal del cielo!

—¿Te has creído lo que nos ha contado Esteban?

—No sé, supongo que es mejor creerle. Aquí en alta mar es todo tan distinto que prefiero confiar en lo que dicen los veteranos. ¿Tú no?

—¡Pues claro! Aún nos queda mucho que aprender. De algún modo Esteban sabía que el fin de la tormenta se acercaba con aquel fuego, pero lo de san Telmo… De veras que nunca oí ni leí nada semejante.

Nicolás miró hacia la *San Antonio*, cercana a nuestro barco, donde también disfrutaban de la plácida calma.

—Estamos muy lejos de casa —dijo de repente—. ¿Te arrepientes de haber embarcado?

—No sé —respondí al cabo—. Algunos trabajos me resultan muy pesados y me cuesta dormir siquiera un rato seguido. Echo de menos la tierra firme, pero ¿qué nos esperaba en Castilla? ¿Seguir huyendo? ¿Solos, sin porvenir? Esto no es una huida, es un comienzo. Siento que este barco es el primer hogar que tenemos desde hace mucho tiempo.

Nicolás tomó mi mano y la apretó entre las suyas. Siempre se mostraba jovial e ilusionado, pero aquella noche su mirada reflejaba algo de melancolía.

—Nunca podré agradecerte bastante lo que hiciste por mí, hermano —me dijo.

Le besé las manos.

—No tienes nada que agradecerme. Si alguien ha de cargar

con la culpa, ése soy yo. Por mí no te preocupes, soy feliz con poco: algunos recuerdos, tiempo para pensar... No me hace falta más. Tú, en cambio, eres distinto. Sé que tu lugar en este mundo es encontrar una mujer y formar un hogar, aunque tú no lo creas. Te lo mereces y un día lo lograrás. Yo me pregunto cuál será el mío, pero supongo que lo reconoceré cuando lo vea.

—Dios te escuche, hermano.

Sonreí a Nicolás.

—Me parece que a veces lo hace.

El fuego de San Telmo nos consoló en aquella noche de tormenta y en otras sucesivas. Algún marinero dijo incluso haber visto el cuerpo del propio santo y otras cosas maravillosas, como pájaros sin cola, aves celestiales y peces voladores. Dudo que así fuera, pero lo que sí aparecieron, y en abundancia, fueron tiburones de diversas clases. Capturamos varios de ellos con nuestros curricanes, pero su carne no nos gustó, salvo unos de pequeño tamaño que resultaban más sabrosos. El pescado fresco siempre era bien recibido, y así podíamos dejar a un lado por un tiempo el arroz, las lentejas, los garbanzos, las habichuelas y el tocino que nos daban a diario, si bien en los festivos nos servían carne de vaca, ya que las sacrificábamos en cuanto dejaban de dar leche, o de cerdo. Lo regábamos con el agua de los toneles y sobre todo el vino de Jerez, que conseguía mitigar como ninguna otra cosa el trabajo a bordo.

Porque el trabajo se hacía muy duro bajo el intenso sol del trópico. Aunque habíamos entrado en el otoño, el calor era continuo, tanto de día como de noche. En la cubierta, nuestras camisas blancas no nos ofrecían apenas protección contra sus inclementes rayos, que nos abrasaban la espalda.

Después de la comida, que realizábamos a turnos como el resto de las tareas, a Nicolás, a mí y a otros grumetes nos gustaba tumbarnos unos instantes en la cubierta, a la sombra de la vela del palo mayor, y mecernos con el bamboleo del barco, que hacía tiempo que no nos revolvía las entrañas y que incluso nos incitaba a dormir. Me placía notar el crujido de las cuadernas en mi cuerpo y escuchar el azote del viento en el velamen. Despertábamos con la voz del contramaestre o la de algún otro oficial, y volvíamos a las tareas de la tarde, que se nos hacía especialmente larga y tediosa.

Todos deseábamos llegar a tierra. No sólo por pisar de nuevo suelo firme y dejar de estar encerrados en aquella cáscara de nuez, sino también por acabar con la terrible incertidumbre que nos atenazaba. Algunos decían que el mar Océano no podía ser tan grande y que el capitán general nos llevaba a Portugal o a alguna de sus factorías africanas, con la idea de traicionar al rey don Carlos. Aquello se desmentía fácilmente con sólo fijarse en la posición del sol, siempre a babor; con todo, el ambiente entre la tripulación estaba enrarecido. Supongo que a Magallanes le llegaban los rumores, pero nada le importaban. Todos los días, justo antes del ocaso, se dejaba ver sobre la cubierta de la *Trinidad* para recibir el obligado saludo de los capitanes, que rabiaban por dentro con aquella muestra de sumisión. La tensión era tal que sólo faltaba una chispa que hiciera detonar todo aquel odio recíproco. Y así ocurrió.

Cuando llevábamos casi un mes de navegación desde que partimos de Tenerife, una tarde Magallanes salió de su camarote, donde permanecía horas repasando sus cartas de navegación, y ascendió al castillo de proa. Gaspar de Quesada, al mando de la *Concepción*, acercó la nao, saludó y recibió las órdenes para la noche y el día siguiente. Igualmente lo hicieron nuestro capitán, Luis de Mendoza, y Juan Rodríguez Serrano, de la pequeña *Santiago*. Le tocaba el turno a la *San Antonio*, pero Juan de Cartagena, de pie en el castillo de proa, en el último momento dio un paso atrás al tiempo que se adelantaba uno de los marineros.

—¡Dios... Dios os salve, señor... capitán e maestre! —dijo en voz alta pero algo trémula, y enmudeció. Esperó erguido y en tensión la reacción de Magallanes.

Desde los distintos barcos, todos observábamos en silencio. Durante un instante el rostro de nuestro capitán general reflejó rabia, casi odio, e inmediatamente se controló.

—Ésa —dijo con su voz estruendosa y el semblante serio, dirigiéndose al marinero y sin mirar siquiera a Juan de Cartagena— no es la manera reglamentaria de saludar. Hay que decir: «capitán general».

Y es que Juan de Cartagena no sólo había mandado hacer el saludo a un simple marinero en su lugar, sino que le había dado instrucciones de modificar la fórmula. Una manera de indicar a Magallanes que lo consideraba su igual y no su superior. ¿Acaso el rey don Carlos no le había nombrado «conjunta persona» del portugués en la expedición?, debía de pensar, y hasta ese momento el portugués no había hecho más que desoírle y desairarle.

Entonces Juan de Cartagena apartó al marinero y, bien alto, para que todos lo oyéramos, gritó:

—He enviado al mejor de mis marineros para dar el saludo. Si no os gusta, quizá otro día envíe a un paje.

Y tras aquellas palabras volvió a su camarote.

Magallanes, más tieso que el palo mayor, hizo como que no le había escuchado.

Las jornadas siguientes transcurrieron monótonas y aburridas, pero cuando llegaba el ocaso la tensión aumentaba en las naos, pues Juan de Cartagena se negaba a saludar y recibir las órdenes de Magallanes. Nadie se engañaba: la expresión contenida del capitán general, erguido en el castillo de proa, no presagiaba ningún desenlace afortunado.

Con el paso del tiempo, los marineros, que nos habían gastado bromas pesadas a los grumetes y siempre nos dejaban las peores tareas al principio del viaje, ya nos aceptaban. Nicolás había congeniado especialmente con Domingo, un grumete portugués, y con Benito Genovés, un joven marinero. Compartía con el primero tanto sus pocos años como el optimismo y la vivacidad; del segundo le gustaba escuchar las historias que nos contaba de sus viajes por el Mediterráneo. Yo les oía bromear y reír, y disfrutaba al comprobar que mi hermano había recuperado, tan lejos de casa, una alegría demasiado pronto interrumpida.

Una noche, mientras descansábamos en cubierta, me desveló una voz que hablaba en susurros.

—Despierta, muchacho.

Reconocí al maestre de la nao, el siciliano Antón Salomón. Abrí soñoliento los ojos y vi que estaba de pie junto a Domingo, que dormía un poco más allá a pierna suelta. Antón miró alrededor y meneó al grumete con un pie.

—Vamos, despierta.

—¿Qué ocurre, señor? —preguntó en voz alta Domingo al tiempo que se desperezaba.

—Chitón, no hables alto —musitó el maestre—. Ven conmigo. Necesito que me ayudes.

Domingo se levantó presto y, frotándose el rostro, marchó tras el maestre. Yo me incorporé un poco, y vi que Antón abría la trampilla y que bajaba a la bodega seguido del joven grumete.

—¿Pasa algo? —preguntó Nicolás a mi lado con voz adormecida.

—El maestre se ha llevado a Domingo a la bodega —susurré.

—¿Para qué?

—No lo sé, pero me resulta extraño.

Me puse en pie y desperté a Benito.

—*Merda!* —exclamó malhumorado. Siempre volvía a su idioma natal cuando maldecía—. ¿Ya es nuestro turno? Y yo que estaba soñando con una hermosa muchacha…

—Escucha, el maestre se ha llevado a Domingo a la bodega.

—¿Y dijo para qué?

—No, no lo hizo, pero no me gusta nada.

Benito frunció el ceño.

—Vamos a ver qué pasa. Acompáñame.

Vi que Nicolás apartaba la manta como para levantarse él también.

—Espéranos aquí —le ordené, y seguí a Benito.

El marinero genovés se acercó a la trampilla y con cuidado, sin apenas hacer ruido, la abrió. Los oficiales de guardia, en el otro extremo del barco, no se habían dado cuenta de nuestros movimientos; si nos sorprendían, seríamos castigados severamente.

Bajamos despacio y nos detuvimos al pie de la escala. Yo sólo oía el crujir de las tablazones y el correteo de las ratas. De repente, Benito me puso la mano sobre la boca, acercó sus labios a mi oreja y me susurró:

—Allí, al fondo, detrás de los toneles.

Agucé el oído y también lo oí: unos golpes sordos, acompasados y unos gemidos ahogados. Tratando de hacer el menor ruido posible avanzamos entre los pertrechos y los sacos de vituallas. En la penumbra distinguimos a Antón Salomón, desnudo, jadeando, mientras sometía a Domingo. Le penetraba violentamente, golpeándole contra un barril mientras le tapaba la boca con una mano.

—*Cazzo!* ¿Qué ocurre aquí? —bramó Benito.

Antón se apartó y, torpemente, trató de subirse los calzones. Domingo cayó al suelo y comenzó a gritar.

—¡Atrás! —ordenó Antón—. ¡Atrás! ¡Largo de aquí!

Domingo no dejaba de chillar. Me acerqué y, como pude, le subí los calzones. Entre los dedos noté un hilo de sangre que le bajaba por la pierna.

—¡Esto no va a quedar así! —exclamó Benito.

Echó a correr hacia la trampilla, pero por la escala ya bajaba Mendoza, seguido del alguacil Diego de Peralta y unos marineros. Traían una antorcha, y a su luz pude ver el rostro congestionado de Antón Salomón y su expresión de terror. Nuestro capitán lo hizo apresar de inmediato y lo envió con las manos atadas a la espalda a la bodega inferior del barco. Benito y yo acompañamos a Domingo de nuevo a la cubierta. Lloraba como un niño. Todavía recuerdo el semblante espantado de Nicolás cuando le vio llegar. Le cubrió con una manta y le abrazó.

—¿Qué le ocurrirá al maestre? —pregunté a Benito—. ¿Será castigado?

—Sin duda —respondió Esteban Villón, que se había acercado—. Un acto así no se pasa por alto.

—Y el castigo no será leve, os lo aseguro —dijo Benito.

No lo fue. Cuando Magallanes recibió el informe de nuestro capitán, decidió dar ejemplo e imponer al maestre Salomón la pena capital. Pero antes de dictar una sentencia tan grave, hizo llamar a Juan de Cartagena, Luis de Mendoza, Gaspar de Quesada y Juan Rodríguez Serrano, los otros cuatro capitanes, en busca de su aprobación.

Con el sol en el cénit llegaron sus botes a la *Trinidad*. De lo que allí ocurrió sólo pude enterarme mucho tiempo después, pero al parecer Magallanes los recibió en su camarote con un almuerzo ligero y unas copas de su mejor vino, y ellos aprobaron por unanimidad el castigo para el maestre de la nao *Victoria*.

Pero no estaban dispuestos a que esa oportunidad que el portugués les daba de consultar con ellos acabara ahí. Tras casi dos meses de silencio impuesto, se desataron las lenguas y expusieron sus quejas y peticiones. Esperaban del capitán general que empezara a contar con ellos y con su experiencia a la hora de decidir los rumbos y las cuestiones generales que afectaban al viaje.

Magallanes les escuchó con expresión severa. Cuando terminaron, se levantó de golpe de su silla.

—Señores —dijo secamente—, no os he llamado para recibir consejos ni indicaciones sobre el modo de llevar la expedición; en eso me valgo muy bien solo. Cuando ninguno habíais puesto aún un pie en un barco, yo ya navegaba por la India y participaba en todo tipo de exploraciones. Ocupaos de vuestras naves, que yo me ocuparé del conjunto de la flota. Podéis retiraros.

—Pero señor... —exclamó Gaspar de Quesada, capitán de la *Concepción*.

—He dicho que podéis retiraros.

—¡No lo haremos mientras no nos prestéis la atención y el respeto debidos! —saltó Juan de Cartagena, puesto en pie él también, incapaz de soportar por más tiempo la situación—. Quizá en Portugal fuerais alguien importante, pero entre nobles castellanos no os permitiremos este comportamiento.

—Insisto en que os retiréis.

Aquella actitud altiva y fría del portugués enojó a Cartagena más que si le hubiera dado un puñetazo. Rojo de ira, se acercó a Magallanes y, a apenas un palmo de su cara, le espetó:

—No atenderé vuestras órdenes si no se toman en consideración nuestras peticiones.

Eso era lo que Magallanes esperaba.

—¡Daos preso! —exclamó, y mientras el capitán de la *San Antonio* intentaba entender lo que ocurría, Magallanes ordenó al alguacil que lo detuviera.

Al verse prendido, Cartagena comenzó a vociferar, insultando al portugués y amenazándole con que un acto de esa naturaleza no quedaría impune a la vuelta a España. Luis de Mendoza, Gaspar de Quesada y Juan Rodríguez Serrano no daban crédito a lo que veían. Cuando quisieron reaccionar, Cartagena estaba maniatado y amordazado.

Entonces nuestro capitán, Luis de Mendoza, se atrevió a interpelar a Magallanes para solicitarle que le permitiera custodiar al detenido en la *Victoria*, manteniéndolo, bajo palabra, a disposición del capitán general, y éste, a fin de evitar un nuevo enfrentamiento que podría causarle más perjuicios que ventajas, aceptó. Cartagena fue sacado del camarote y conducido de inmediato hasta nuestro barco, para desconcierto de las tripulaciones de las distintas naos. Al tiempo que quedaba preso, Magallanes nombraba nuevo capitán de la *San Antonio* al contador de la flota, Antonio de Coca.

—¿Qué ha podido ocurrir? —me preguntó Nicolás mientras tomábamos nuestra ración de bacalao en salazón con arroz.

—No sé, pero me parece claro que el capitán general se ha librado de su mayor enemigo.

—Creo que vienen días difíciles, amigos —terció Juan Griego, un viejo marinero enjuto que por primera vez se había sentado a cenar con todos nosotros. Era buen amigo de Benito y Esteban, aunque hasta entonces no había hecho caso de los grumetes si no era para despotricar contra ellos con su lengua afilada—. Supongo que el cabrón del portugués ha aprovechado el momento idóneo para asestar su golpe. Es muy listo, sí, pero nos subestima. Os aseguro que en breve alguien se amotinará, y yo no me voy a quedar de brazos cruzados cuando suceda.

—Todos juramos obediencia, Juan —le recordó Benito—, y no sólo ante el capitán general, sino también ante el rey. Sí, ¡sí! —dijo levantando la mano cuando vio que Juan iba a interrumpirlo—, estoy de acuerdo contigo en que Magallanes ha ido muy lejos esta vez, pero ya sabíamos a lo que veníamos antes de embarcar.

—Creía que lo sabía —rezongó Juan por lo bajo—, pero no se parece en nada a esto.

Aquella noche no descansamos tranquilos en la *Victoria*, alterados por el grave suceso de la jornada. Muy cerca de nosotros, y fuertemente vigilado, Cartagena permanecía detenido, rumiando su odio y su venganza. Sólo debía esperar el momento propicio.

7

La enfermedad de mi madre comenzó con un estornudo. Aquel día había estado trabajando en las tierras y había caído un chaparrón. Llegó a casa con las ropas mojadas, pero no le dio tiempo a cambiarse antes de que las tareas del hogar reclamaran su atención. El estornudo fue el arranque de un resfriado que a la mañana siguiente la obligó a guardar cama. Al mediodía no lo soportó más y se levantó para ayudar a Isabel a recoger los cacharros y limpiar.

—Sentaos, madre, y dejadme que lo haga yo —le dijo Isabel. Mi madre no la quiso escuchar. Entonces, le atacó la tos y al cabo de un rato tuvo que tumbarse de nuevo. Los días siguientes fue a peor, pues al enfriamiento y la tos se sumaron la fiebre y el dolor de huesos. Se sentía muy cansada y apenas podía mantenerse en pie, aunque lo intentaba cada poco rato.

Al principio, mi padre no le dio demasiada importancia y dijo que se curaría con unos días más de descanso. Para mí, en cambio, aquello era una tragedia. Mi madre nunca había estado mala antes; al menos, yo no lo recordaba. Siempre la había conocido con una fortaleza extraordinaria. Trabajaba en el huerto y en las tierras de cereal a la par que los demás, y al llegar a casa realizaba, ayudada por Isabel, las tareas del hogar que ninguno de los varones nos molestábamos en hacer. Ella afrontaba todo con buen humor y alegría, pero las cosas terminan calando, aunque a veces tenga que pasar mucho tiempo.

—¿Qué os ocurre, madre? —le pregunté sentado junto a ella en el borde de la cama.

—Me encuentro un poco débil, hijo, pero no te preocupes, que pronto estaré bien de nuevo.

—¿Vais a morir?

—¡Claro que no! ¿De dónde has sacado esa tontería?

—Gonzalo dice que su madre se murió, cuando él era pequeño, de una infección en el pecho.

—La gente se muere, hijo, pero no de un resfriado. A todos nos llega la hora. Pero no temas por mí; aún me quedan muchos años a tu lado.

Acepté a regañadientes la explicación.

—¿Y luego?

—Luego moriré, claro está. Y vosotros me sobreviviréis, como es ley de vida. Pero nunca os dejaré, desde el cielo vigilaré para que nada malo os ocurra.

—¿Es eso posible, madre?

—¿No te vigilan a ti los ángeles?

Asentí sin mucha convicción.

—Pues igual haré yo.

Mi madre me agarró por el brazo y me acercó para besarme en la mejilla. Habían pasado ya cuatro años desde la marcha de María y de su rostro aún no se había borrado del todo la tristeza. Le sonreí y la abracé.

—Corre a ayudar a tu padre.

Bajé a toda prisa la escalera y salí de la casa en dirección a los campos de cereal. Mi padre acababa de llegar de las tierras de don Íñigo y ya estaba de nuevo a la faena. Trabajábamos mucho, Nicolás incluido, que ya tenía ocho años, pero ni así conseguíamos escapar de los apuros en que nos encontrábamos. La primavera había sido muy seca ese año y los cultivos venían todos con retraso. Si la situación no mejoraba, apenas tendríamos trigo ni cebada, y quizá tampoco sacásemos mucho del huerto. Nos hacía falta un golpe de suerte.

Lo que vino, en cambio, no fue más que calamidades. Mi madre no se recuperó esa semana, ni tampoco la siguiente. Permanecía en cama con mucha fiebre, una tos profunda y le costaba respirar. Mi padre comenzó a inquietarse e hizo llamar a la única persona en el pueblo que sabía algo de dolencias y curaciones: Tomasa, nieta de un curandero de la Pernía, una comarca cercana, que le había transmitido sus muchos conocimientos.

Tomasa vino a visitar a mi madre y valoró su aspecto. Había perdido peso, tenía las mejillas pálidas y hundidas y los ojos carecían del brillo habitual. Después de palparle el pecho, escucharle la respiración e inspeccionarle la boca, me mandó en busca de un montón de hierbas y raíces, con instrucciones precisas para encontrarlas. Salí de casa con un cesto en el brazo y me interné en el mismo monte en el que me había perdido tiempo atrás. Rastreé el terreno según las indicaciones de la curandera y hallé las plantas requeridas, todas menos una de pétalos azules.

Volví a casa corriendo y entré jadeando en la sala, donde Tomasa calentaba agua en el caldero.

—A ver qué me traes, chico.

—Cuanto me dijisteis, tía Tomasa, salvo la flor de los pétalos azules.

—No te preocupes, ésa sólo sirve para suavizar el sabor de las demás.

Tomasa fue echando a cocer las plantas y raíces en distintas proporciones, preparando una infusión de color indefinible y de intenso olor. Llevó el mejunje hasta el piso de arriba, donde mi madre se encontraba tiritando, acompañada por mi padre y mi hermana Isabel. Se acercó y le pidió que abriera la boca. Obedeció, y Tomasa le dio a beber la infusión. El solo contacto con la lengua le produjo arcadas y vomitó el desayuno.

—Es normal —le dijo Tomasa—. Ni una cabra querría esto. Aun así, debes hacer el esfuerzo. Isabel, tápale la nariz.

Mi hermana se sentó al lado de mi madre y siguió las instrucciones de la curandera, y ésta la obligó a tomar un buen trago de aquellas hierbas amargas como la hiel. Un escalofrío de asco le recorrió el cuerpo, pero esa vez logró contener el vómito. Tras dos o tres sorbos, se recostó y se negó a beber más.

—Subid un caldero con agua caliente y echad estas hojas; respirar los vapores le ayudará a descansar.

Aquella tarde mi madre apenas tosió y la fiebre le bajó algo. Durmió un buen rato, y al despertar se encontraba descansada y con mejor cuerpo. Mi padre la velaba con el rostro entre las manos. La tensión contenida de los últimos días por la enfermedad de su mujer, la previsión de la mala cosecha y las dificultades para alimentar a su familia habían dañado su espíritu. Cuando en casa comenzó a escasear la comida, él fue el primero en racionar la suya; podía soportar el hambre, pero no podía ver que a sus hijos les faltase el sustento. Muchas veces decía que no tenía apetito para que nosotros tuviéramos más que llevarnos a la boca, y al poco le oíamos rugir las tripas. Mi madre le miró con ternura.

—Mañana podré volver al trabajo, Manuel.

No fue así. Su convalecencia aún duró otra semana, durante la cual tuvo que seguir tomando el amargo brebaje y otros remedios que Tomasa le preparaba. Para todos fue un alivio verla recuperarse y pensar que dentro de poco estaría de nuevo ordenando nuestras vidas. Le importaba más saber lo que habíamos hecho un instante antes y lo que haríamos un instante después, que lo que íbamos a hacer el resto de nuestra vida. Siempre decía que de eso se ocupaba Dios y que no merecía la pena perder el tiempo pensando en cosas sobre las que no se podía influir. Mi padre, en cambio, miraba mucho más al futuro y se preocupaba de las tierras que podría dejarnos y de la posibilidad o no de sostener a su familia en adelante. Tenía razón.

Varios meses después, avanzado ya el otoño, y como para romper la larga racha de mala suerte, un triste suceso vino a cambiarlo todo.

Ocurrió no demasiado lejos de la aldea, en una casa algo apartada y medio escondida en el monte. En ella vivían Sancho el Tuerto y su hijo Ramiro, un muchacho sano y fuerte al que las jóvenes del pueblo no quitaban ojo de encima en las contadas ocasiones en que lo veían. Habían llegado al pueblo hacía unos pocos años. Tenían ambos un carácter algo huraño, aunque tampoco rehuían por completo a los vecinos. Simplemente, les gustaba vivir a su aire y a salvo de los chismosos del pueblo. Poseían buenas tierras y no pasaban ninguna estrechez pues, según decían, Sancho había recibido una herencia considerable de su padre y de un hermano soltero.

Ramiro subió una mañana a su tejado para sustituir algunas tablas podridas por las que se colaba el agua. Perdió el equilibrio y cayó al suelo, con tan mala fortuna que la cabeza fue a golpearle contra la rueda del carro. Murió desnucado. Su padre le encontró tirado allí, con los ojos abiertos y la cara amoratada. Algunos hombres que trabajaban en los campos cercanos oyeron sus gritos y sus lamentos, y acudieron rápidamente. Cuando llegaron, Sancho sollozaba abrazado al cuerpo de su hijo.

Al día siguiente se celebró el entierro, al que asistió el pueblo en pleno, menos los niños. Acabada la ceremonia, Sancho se dirigió a los vecinos.

—Necesitaré a alguien que me ayude en casa. Quizá alguno de vuestros hijos podría hacerlo.

Todos quedaron callados unos instantes. Al final, mi padre se adelantó.

—Nosotros te ayudaremos, Sancho. No te preocupes por eso ahora.

Un día después mi padre me informó de mi nuevo cometido.

—A partir de mañana irás todos los días a casa de Sancho y le ayudarás en las labores que él te mande. Nos pagará por ello. ¡Sabe Dios que lo necesitamos! No puedo prescindir de tus hermanos mayores.

Me levanté nada más asomar el sol y me dirigí con paso lento a casa de Sancho el Tuerto. Podría haber ido corriendo, como iba a todas partes, pero tenía miedo y no sabía cómo enfrentarme con aquel extraño al que a partir de entonces tendría que ver a diario. Dejé atrás la aldea, tomé un fuerte repecho y salí, por una senda pegada al monte, al camino que llamábamos de las Regás, que conducía a Obargo. Antes de llegar a ese pueblo el camino se bifurcaba, y tomé el ramal de la izquierda. Tras cruzar por una estrecha vereda bordeada de encinas y fresnos, me encontré de frente con la casa de Sancho. Tenía dos alturas y un desván, y los muros eran de buena piedra, con algún sillar en las esquinas. Junto a la entrada estaba el carro contra el que se había matado Ramiro.

Me acerqué a la puerta y apoyé la oreja en la madera. Dentro no se oía nada. Entonces coloqué el ojo sobre la cerradura para tratar de ver algo, cuando una voz me hizo estremecer.

—¿Eres el hijo de Manuel?

Sancho el Tuerto estaba detrás de mí. Era alto y delgado, y lucía una barba corta y canosa. Tendría por aquel entonces algo más de cincuenta años. El ojo izquierdo estaba completamente cerrado; el derecho, en cambio, me miraba de forma inquisitiva. Paralizado por el susto y la vergüenza, no fui capaz de responder. Sólo incliné ligeramente la cabeza.

—¿Acaso eres bobo o algo así? ¿No sabes responder?

—Sí, señor. Si sé.

—Me pregunto si me serás de alguna ayuda.

Dio media vuelta, se dirigió al gran establo anejo y entró. Dudé un instante, pero al final le seguí. A la tenue luz que se colaba por la puerta, vi cuatro vacas, dos bueyes y varias ovejas. Al llegar, me había fijado también en que tenía una pocilga y una cuadra, de la que me llegaban los relinchos de un caballo y los rebuznos de varios asnos. Como bien decían en la aldea, la posición de Sancho era desahogada. Él ya estaba dando de beber a los animales.

—No soy tonto, señor, y sé trabajar como el que más.

—Pues entonces empieza por barrer todas estas boñigas.

A partir de entonces, todas las mañanas me plantaba a la carrera en casa de Sancho. Me gustaba la sensación de estar ayudándole, al tiempo que aliviaba en cierto modo la situación de mi familia.

El mal temple con que Sancho me recibió el primer día fue cambiando a medida que nos conocíamos. Yo aprendí a respetar su brusquedad y sus silencios, fruto del dolor por la muerte de su hijo, y él comprobó que no era tan mal trabajador como al principio se imaginó. Cebaba a los animales y los llevaba a pastar, limpiaba el establo, recogía y partía leña, cuidaba del huerto; en definitiva, hacía cuanto él me mandaba con la mejor de mis voluntades y sin quejarme por nada.

Debía de llevar dos meses allí cuando ocurrió algo inesperado. Un sábado, por la mañana, acudieron a su casa tres muchachos, aproximadamente de mi edad, y una chica, algo menor. Ninguno de ellos era de mi pueblo, aunque a uno le había visto los domingos en la iglesia. Llevaban buenas ropas y buen calzado. Los cuatro entraron en la casa mientras yo, en el huerto, quitaba los caracoles de las berzas. No imaginaba ni por asomo la razón de su presencia. Poco antes del mediodía la puerta se abrió y los cuatro salieron bajo la atenta mirada de Sancho.

Marché aquel día sin atreverme a preguntar, pero el lunes siguiente, mientras estábamos en el establo, cedí a la curiosidad.

—Señor, ¿a qué vinieron aquellos chicos el sábado?

Sancho bajó la horca y me miró.

—Sus padres quieren que aprendan las letras y las cuentas, y yo les enseño. Son familias con posibles y hacen bien en darles lo que para otros está vedado.

—¿A leer y a escribir, como don Teodulio y don Lope? ¿Y vienen cada sábado?

—Así fue el año pasado. Estas dos últimas semanas pedí que no lo hicieran, no me sentía con ánimos. —Enmudeció—. Pero la vida sigue… A partir de hoy vendrán a diario. Llegarán dentro de poco.

Apoyó la horca en la pared. De repente, me preguntó:

—¿Te gustaría asistir a las clases?

Jamás se me había pasado por la cabeza aprender a leer y a escribir. Dudé un momento… y luego bajé el mentón.

—Mi padre no puede pagar. Apenas tenemos para comer.

Sancho me miró con su ojo solitario, y me pareció ver en él un destello de lástima. Me puso la mano en el hombro y, con una inusual sonrisa, me revolvió los cabellos.

—De vez en cuando hay que obrar por caridad —dijo—. Dios no lo hace muy a menudo por estos lares.

8

Por fin, el 8 de diciembre, tras casi dos meses de navegación ininterrumpida por el mar Océano, avistamos la tierra de Brasil, el pequeño territorio portugués en las Indias Occidentales. Lo que vimos desde la borda, al aproximarnos, nos impresionó: árboles de tamaño descomunal crecían junto a la costa elevándose como columnas sobre la arena dorada de las playas. Bajo su dosel se adivinaba una maraña de plantas y arbustos de aspecto totalmente impenetrable. Ni siquiera en los bosques de mi tierra natal había visto yo semejante espesura y árboles tan grandes y majestuosos.

—Es como el Paraíso —dijo Benito Genovés, a mi lado, con una amplia sonrisa.

Yo recordaba cuando Sancho me habló del árbol del sueño de Nabucodonosor: «Sus ramas se extendían hasta el confín de la tierra y de él se alimentaba toda la carne».

Durante varios días costeamos en dirección sudoeste sin bajar a tierra. La simple contemplación de aquel horizonte de verdor me llenaba de alegría, harto de ver siempre sólo mar y cielo. Todos realizábamos las tareas con mayor ahínco esperando el momento de echar el ancla y pisar las playas. Después de tres meses desde que saliéramos de Sanlúcar, ardíamos en deseos de poner nuestros pies en suelo firme. El día 13 de diciembre llegó, al fin, nuestra oportunidad.

Aquella jornada dichosa, dimos con la bahía más hermosa que el Creador pudo imaginar. Tras la arena blanca se levantaban unas inmensas moles de piedra lisa y pulida, de color oscuro, bajo las que crecían árboles gigantescos. Aquella bahía había sido explorada ya por los portugueses, pero no contaba con ninguna guarnición que pudiera incomodarnos. Ellos la llamaban Geneiro; nosotros la bautizamos, atendiendo al santoral, como Santa Lucía.

Desde la borda, miraba sin descanso aquel paisaje, incapaz de asimilar de un solo golpe tantas maravillas. Nicolás y yo fuimos de los primeros en desembarcar y no tuvimos paciencia siquiera para esperar a que el bote llegase a la orilla. En cuanto pudimos saltamos al agua y cubrimos el último tramo nadando entre aquellas aguas verdiazuladas y transparentes. Al alcanzar la playa, nos dejamos caer de espaldas sobre la arena al tiempo que las olas nos bañaban los pies.

Entonces, inesperadamente, se desató una tormenta. Mientras reíamos bajo la lluvia, comenzaron a asomar los habitantes de aquellas tierras. Cuando estuvieron cerca, observamos que venían completamente desnudos, tanto los niños como los ancianos, y las mujeres como los hombres. Su piel tenía un hermoso color tostado y todos llevaban el cuerpo completamente depilado. Algunos hombres se habían perforado el labio inferior en tres puntos en los que habían introducido pequeñas piedras. Su aspecto era lo más raro que nunca habíamos visto. Los pobres indios debieron de pensar que éramos nosotros los responsables de aquella lluvia, que supimos luego que esperaban desde hacía tiempo, y se postraron a nuestros pies en señal de agradecimiento. Nosotros les mostramos una cruz de madera que llevábamos y les dijimos, como pudimos, que la adoraran a ella, y así lo hicieron.

Supongo que el mismo estupor que nosotros experimentamos lo sentirían ellos también, pues si bien ya conocían a los hombres blancos, dudo que nunca los hubiesen visto en tal cantidad y diversidad. Las muchachas miraban con incredulidad a los marineros alemanes y flamencos, asombradas ante la blancura de su piel. Algunas se montaron en sus propias barquichuelas, unos simples troncos vaciados, y se dirigieron hacia nuestros barcos, trepando a continuación por las escalas para acceder a la cubierta.

Una vez allí cogieron a varios marineros por la mano y los condujeron a la playa. Como después pudimos comprobar, las doncellas se entregaban sin pudor alguno, todo lo contrario que las casadas, que ni siquiera dejaban que sus maridos las abrazaran en público.

Magallanes observaba la escena con algo de recelo. Sabía que los marineros tenían merecido un buen descanso y que el encuentro con aquellas jóvenes desahogaría su fogosidad, previniendo contra nuevos casos de sodomía. Pero, por otro lado, le preocupaba que aquel libertinaje nos plantease problemas con los indios y que las necesarias labores de aprovisionamiento de los barcos no se realizasen adecuadamente. Por ello encargó a los alguaciles vigilar que no se cometieran excesos ni en tierra ni en los barcos, y asegurarse de que todo el mundo se comportara con cristiana compostura.

De lo primero se ocuparon, en efecto, los alguaciles, porque de lo segundo era imposible: aquellas muchachas eran extremadamente sensuales y atractivas. Sus cuerpos desnudos eran la manzana que todos queríamos morder, y sólo con mucha voluntad podíamos contenernos ya que ellas se mostraban complacientes. Y para sus padres, además, que las hijas se ofreciesen abiertamente a los marineros no sólo resultaba natural, sino un honor. De hecho, cuando descargamos de los barcos algunos espejuelos, campanillas y otros objetos para hacer trueque, hubo indígenas que entregaron a cambio hasta a dos de sus hijas por un infame cuchillo alemán de la peor hechura.

A pesar de todo, los trabajos de aprovisionamiento se organizaron finalmente bajo los dictados del capitán general. Magallanes se apoyó en esa ocasión en el piloto portugués Juan Carvallo, que había estado en aquella bahía años atrás. De hecho, una de las primeras cosas que hizo éste nada más desembarcar fue ir a hablar con los nativos en busca de un hijo que había tenido allí. Los indios le reconocieron y al poco fueron con el pequeño, que contaba ya con siete años, y con la madre de éste, quien se lo ofreció. Carvallo pidió permiso al capitán general para integrar al niño en la flota y Magallanes se lo dio aunque, por lo sucedido después, más le habría valido al crío quedarse en la bahía.

Durante toda la tarde estuvimos acarreando los víveres obtenidos al interior de los barcos y, cerca ya del anochecer, los capitanes nos dieron permiso para descansar en unas improvisadas tiendas que levantamos en la playa. No habíamos prendido siquiera un fuego para cocinar cuando un gran tumulto nos sorprendió. Saliendo de sus enormes viviendas de caña y palma, apareció ante nosotros una comitiva de indios que danzaban tocando tambores y golpeando palos a la vez. El ritmo era frenético. Nicolás y yo contemplábamos absortos aquella escena cuando del grupo se separaron dos hermosas muchachas con unas guirnaldas de flores al cuello como único atuendo. Nos cogieron por la mano y nos invitaron al baile. Seguimos como pudimos aquel ritmo endiablado, dejándonos llevar y haciendo caso omiso de las risas de nuestros compañeros. Las chicas fueron a sacar a otros marineros, que mostraban tan poca pericia como Nicolás y yo.

La noche fue cayendo mientras bebíamos, comíamos y reíamos sin parar, olvidando todas las penurias pasadas. Los oficiales trataban de guardar las formas, pero participaban también de aquel jolgorio. En un momento en que compartía unos tragos de vino con Nicolás y Domingo Portugués, quien poco a poco se sobreponía de su incidente con el maestre Salomón aunque no había recobrado su vivacidad de antes, vi que una muchacha me observaba desde el otro lado de una de las hogueras. Fue apenas un suspiro, antes de que desapareciera por completo entre las sombras. La música y el bullicio a mi alrededor cesaron mientras trataba de encontrarla de nuevo. Entonces, surgiendo tras dos indios gordos y borrachos, apareció ella. Rodeó la fogata mostrándome su desnudez y se acercó.

No creo que tuviera más de quince años. Tenía un hermoso rostro ovalado, unos ojos oscurísimos, con un brillo intenso, vidrioso, y unos labios carnosos y perfilados. Bajo la guirnalda de flores que llevaba al cuello se descubrían dos pechos perfectos que, si bien no eran muy grandes, parecían sostenidos en el aire por unas manos invisibles. Comenzó a bailar alrededor de mí, enseñándome el trasero y el sexo sin ningún pudor, como algo natural. Yo trataba de mantener la cordura, pero la sola contemplación de aquel cuerpo me nublaba la razón. El ritmo que inundaba aquella playa se me metía en la cabeza y no me dejaba pensar... Claro que ¿para qué pensar? Ella me tomó la mano, sonriéndome, y me sentí transportado por encima de aquellas arenas sin rozarlas, volando como un ave, acompañado en mi vuelo por aquella muchacha de ojos negros. Cuando toqué de nuevo el suelo y recuperé la consciencia, los dos estábamos tumbados en la arena junto a una palmera. Yo, aún vestido; ella, encima de mí, sin su guirnalda de flores.

No había nadie cerca de nosotros y la música no era sino un suave murmullo lejano que se confundía con el batir de las olas. Entonces, ella acercó su rostro al mío, sonrió y me besó en los labios con una pasión que apenas recordaba. Al abrir ella los suyos me invadió un intensísimo aroma a fruta, a fruta salvaje, rabiosa, dulce, caliente, líquida. Todo mi cuerpo se vio invadido por un calor infernal que me recorrió de los pies a la cabeza. La abracé y me puse sobre ella, sin dejar de besarla ni de beber aquel néctar de su aliento. No recuerdo si me desnudé o me desnudó, pero al poco los dos estábamos sobre aquellas arenas yaciendo con un ansia indescriptible. Las caricias quemaban y el simple roce de la piel nos encendía. No podía distinguir si aquello era verdad o sólo una ensoñación, pero si lo era no deseaba despertar por nada en el mundo.

Con un beso profundo en el que pude respirar todo su ser, caímos desplomados y exhaustos, uno junto al otro, con las manos entrelazadas. Se dio media vuelta, me miró a los ojos y simplemente sonrió. Luego cerró los párpados y, recostándose sobre mi hombro, se quedó dormida. Yo respiraba su aliento, su pelo, el ligero olor de su piel sudada. Esos aromas se mezclaban y me producían un estado cercano a la locura. ¿Cómo había ocurrido? ¿Quién era esa muchacha? ¿Por qué me había elegido? Pero acto seguido me pregunté si acaso todo aquello tenía alguna importancia. Pensé en mi propia tierra, en el honor, la rectitud, la vergüenza. ¿De qué servía todo eso donde me encontraba? Allí estaba yo tendido en la arena con una joven de belleza salvaje, disfrutando del mayor regalo de este mundo sin miedo a nada ni a nadie, sin temer los comentarios o las consecuencias. ¿Era amor lo que ella había sentido por mí? Y si no lo era, ¡qué importaba! Quizá, en su ingenuidad y su sencillez, no supiese siquiera lo que era el amor, pero en sus caricias y en su sonrisa yo sentí renacer una emoción que ya creía olvidada.

Oyendo su respiración, me dejé vencer por el sueño. Así, abrazados, dormí aquella mi primera noche en las Indias, sin más abrigo que el manto de estrellas y con la única compañía de aquella muchacha preocupada tan sólo del disfrute de los goces y el regalo de los placeres.

Cuando desperté, se había ido. Miré a mi lado y vi la huella de un cuerpo en la arena. Al menos, pensé, no había sido un sueño. Me levanté y caminé hasta la orilla. Tenía el estómago revuelto y un tremendo dolor de cabeza, y únicamente deseaba zambullirme en el mar para despejar aquella horrible resaca. Ya estaba con el agua por las rodillas cuando oí una voz tras de mí.

—¡Grumete! ¿Te parece propio de un castellano andar de esa guisa por la playa? —me increpó Diego Hernández, el contramaestre de la *San Antonio*.

Me miré y comprobé que estaba completamente desnudo, como mi amante me había dejado la noche anterior.

—No, señor. Supongo que no —acerté a responder torpemente.

—Busca la ropa y regresa de inmediato a tu barco. Hemos venido aquí a dar ejemplo de rectitud y cristiandad, no a comportarnos igual que estos salvajes. Si no eres capaz de hacerlo, recibirás azotes hasta que se te caiga la piel. Y no lo repetiré. ¿Lo entiendes?

—Sí, señor.

Salí del agua atemorizado y, tapándome como pude con las manos, corrí hasta la palmera junto a la cual se encontraba mi ropa. El castigo al maestre Salomón estaba muy fresco en mi memoria y no quería dar motivos para ser azotado. Me vestí a toda prisa y esperé en la orilla a que llegase el bote de la *Victoria*, que iba y venía de tierra firme al barco con toneles de agua dulce, frutas, aves y otras vituallas que se intercambiaban con los indios a cambio de baratijas. Subí al bote y me presenté en cubierta. El contramaestre, el griego Miguel de Rodas, me reprendió por no haber cumplido con las tareas matinales y por mi falta de decoro, y me impuso tres días sin permiso. Así pues, mientras mis compañeros disfrutarían de su media jornada en tierra, a mí me tocaría permanecer a bordo, realizando las labores bajo el sol abrasador. Aunque el verdadero calor lo llevaba dentro.

Nicolás fue más listo que yo. Después de haber yacido aquella noche con varias de las indias, subió a bordo antes del amanecer.

—Es fantástico, hermano —me dijo en el barco—. Esta noche volveré allí y me acostaré con cuantas muchachas quiera; no veo la hora de desembarcar.

—Vete a la mierda —respondí— y déjame seguir trabajando o no saldré de aquí en toda la semana.

Movido por algo que supongo eran celos, no dejaba de pensar en que mientras yo tendría que estar allí fregando la cubierta, recosiendo velas y bajando los víveres a la bodega, alguno de mis compañeros iría a fornicar con mi muchacha. La rabia me reconcomía y no hacía más que maldecir mi estupidez y mi falta de conocimiento.

Pasé aquella segunda noche desvelado por mis pensamientos y por el calor tropical, que no se aplacaba y que hacía que emanasen todo tipo de olores de las bodegas del barco. Llegada la mañana, comencé a trabajar a bordo cuando pasó junto a mí el contramaestre Miguel de Rodas. Armándome de valor, me acerqué a él.

—Disculpadme, señor —le dije—. He trabajado todo el día de ayer sin descanso mientras mis compañeros disfrutaban de sus permisos en tierra. ¿Sería posible que hoy bajase a la playa siquiera un momento, a la tarde quizá, o cuando vos consideréis apropiado? Sé que cometí un error, pero ha sido mucho tiempo en el mar y necesitaba sentir de nuevo la tierra bajo mis pies...

—Grumete, no es potestad de tu condición solicitar nada a un oficial. Seguirás a bordo mientras yo te lo ordene. Y si desobedeces, me veré obligado a prolongar tu castigo por tiempo indefinido.

Agaché la cabeza mientras me mordía los labios. Entonces ocurrió algo extraordinario. Por la escala de la nao *Trinidad*, más ágil que una ardilla, subía mi muchacha. Iba completamente desnuda salvo por una flor enganchada en su pelo. En el castillo de proa estaban el capitán general y Antonio Pigafetta, con su inseparable cuaderno. Deambuló a su antojo por la cubierta del barco hasta que encontró algo que llamó su atención: un simple clavo. Acto seguido, se lo introdujo sin ningún rubor en los labios de la vagina y, tomando de nuevo la escala, abandonó el barco. Aún recuerdo la risa de Pigafetta y la estupefacción de Magallanes. Tanto ellos desde la *Trinidad* como mi contramaestre y yo desde la *Victoria* nos asomamos por la borda para seguirla con la mirada mientras se alejaba nadando hacia la orilla.

Al igual que Pigafetta, Miguel de Rodas también reía con la escena.

—No sé de qué clase de arcilla vil hizo Dios a estas criaturas —dijo.

—La vileza está en nosotros, señor, no en ellas. Aún viven en el Paraíso.

Aquel comentario me valió tres días más de sanción, pero poco me importaba: la había visto de nuevo y estaba decidido a bajar a tierra, con o sin permiso.

Trabajé con todas mis fuerzas aquella tarde porque con el cansancio aliviaba en parte el infierno que ardía dentro de mí. Aun así, el dolor de los brazos, las piernas y la espalda no era mayor que el de mi pecho, tan profundo y sin sentido que me ahogaba en una inquietud y una espera que se me hacían eternas.

El sol comenzó a declinar. Había dos personas de las que debía ocultarme: el contramaestre y el alguacil. Miguel de Rodas se encontraba en ese momento con el capitán Mendoza en su camarote y no suponía un riesgo. En cambio, el alguacil Diego de Peralta se hallaba junto a los marineros que esperaban en fila para bajar a tierra. Entonces, un oficial se le acercó y se pusieron a hablar. Aprovechando la distracción, me colé entre los hombres que ya empezaban a bajar al bote. Me las prometía muy felices, pero el alguacil acabó la conversación con el oficial y, dando media vuelta, comenzó a inspeccionar la fila. Me encontraba de los últimos, pero inevitablemente iba a llegarme el turno. No sabía si quedarme y esperar un milagro o escabullirme confiando en que no se fijase demasiado en mí.

El corazón me latía a toda prisa, era incapaz de decidirme, cuando se produjo algo inesperado: Nicolás y el grumete Domingo Portugués comenzaron a repartirse puñetazos, a la vez que se intercambiaban insultos e improperios. El alguacil acudió presto, golpeándoles con un garrote de madera y amenazándoles con sacar la espada si era necesario. Unos marineros corrieron a separarles, mientras ellos se resistían a abandonar la pelea. Fue sólo un instante, si bien bastó para que la fila avanzase y yo pudiera descender por la escala hasta el bote. Algunos de mis compañeros me miraban sorprendidos, pero ninguno me delató. La camaradería era muy fuerte entre nosotros y más por un tema de esa naturaleza.

Por fin, el bote se alejó del barco.

Al poco ya estábamos todos en la playa y cada uno optó por lo que más le apetecía: unos se dedicaron a comer como auténticos salvajes, otros a beber el vino dulzón que ofrecían los nativos, otros a dejarse querer por las jovencitas... Yo sólo ansiaba una cosa: volver a encontrar a la muchacha.

Me senté junto a la misma palmera de dos noches antes y esperé a que apareciera. Sabía que lo haría. De hecho, sentía que ella me estaba mirando desde algún lugar en ese mismo momento. Algunos de los marineros vinieron a darme conversación, bastante cargados ya de vino, pero los despaché con presteza. Entonces oí unos pasos leves sobre la arena, a mi espalda. Permanecí completamente inmóvil hasta que una mano me tocó en el hombro. Me volví; allí estaban aquellos brillantes ojos negros y aquella sonrisa ante la que nada podía. Puso su cara junto a la mía y me dijo algo que, por supuesto, no comprendí.

—No te entiendo.

Cogió mi mano y se la llevó al pecho. Luego me repitió las mismas palabras.

—Lo siento, pero no hablo tu lengua, como tampoco tú la mía. Pero no me hace falta. ¿Sabes?, una vez quise a una mujer. Habría dado mi vida por ella, pero ya nunca volveré a verla. Y ahora te he conocido a ti y he recobrado sentimientos que creía perdidos. La he visto en tus ojos; es posible incluso que tú seas ella, dentro de otro cuerpo...

Sin dejarme terminar, me besó. Yacimos con la arena pegada a nuestros cuerpos sudorosos, totalmente entregados, sin ser conscientes del mundo a nuestro alrededor.

Caímos dormidos. Al poco desperté, recogí mis ropas y, tras darle un beso en los labios, me acerqué al bote que esperaba en la orilla para llevarnos de nuevo al barco. La posibilidad de volver a verla dependía por completo de regresar a la *Victoria* antes de que el alguacil reparase en mi ausencia.

Una vez junto al barco, subí por la escala tratando de no despegarme mucho del resto de los marineros. La noche jugaba a mi favor, pues las sombras dificultaban la identificación de nuestros rostros. Aun así, el alguacil debía de estar dormido ya porque no le vi en cubierta. Me quedé un momento a respirar el aire cálido de la noche, sintiéndome totalmente embriagado, recordando aquellos besos y aquellas caricias que hacía un instante había disfrutado.

Hasta que una mano aferró mi hombro. Me di la vuelta y vi el rostro de Diego de Peralta. El corazón me latía apresuradamente. Sólo me quedaba confiar en que no me hubiese visto subir a la nao.

—Te crees más listo que nadie, ¿verdad, montañés? —preguntó el alguacil.

—No, señor. Únicamente respiraba un poco el aire del mar.

—No seas cretino. Sé que has bajado a tierra. Este barco no es tan grande para que no me dé cuenta.

Bajé la cabeza.

—Ha sido por un buen motivo —argüí de forma lastimosa.

—Las mujeres son siempre el peor motivo, montañés. Te roban la razón y luego hacen contigo lo que les place. El amor es la ruina de los hombres.

Dudé si responder.

—Para mí el amor es lo único que merece la pena, señor —dije finalmente—. Las otras cosas en este mundo no valen para nada; ni las riquezas, ni la comida, ni las diversiones ni el vino. Es mejor sentir un solo instante la herida del amor que vivir hasta el último de los días sin él.

—Vaya, vaya. ¡Tenemos a bordo un poeta de verbo despierto! Me conmueven tus palabras, hijo; aun así, no voy a permitir que te saltes la disciplina. Tenías orden de no bajar a tierra y la has incumplido. No volverás a hacerlo en lo que nos queda de recalada y serás afortunado si el capitán no decide azotarte. Ahora mismo voy a llevarte ante él.

—Señor —le supliqué atemorizado—, no lo hagáis. Trabajaré sin descanso del alba al anochecer, pero permitidme que baje a tierra por las noches. Pedidme lo que queráis a cambio —añadí en voz baja.

—¿Qué crees que puede interesarme de ti, infeliz? —preguntó con ironía el alguacil.

—Mi lealtad —respondí, y de inmediato me sentí completamente estúpido.

Pero, para mi sorpresa, a él no le pareció una estupidez. Se le borró la sonrisa y me miró fijamente.

—Dicen que los montañeses sois hombres de palabra. ¿Es así, grumete?

—Así es, señor. Antes me quitaría la vida que romper un trato. Decidme qué queréis a cambio de dejarme bajar a tierra, y yo lo haré. Os lo juro por mi honor.

—Ahora nada, muchacho, pero es posible que dentro de un tiempo te pida algo. Será entonces cuando necesitaré tu lealtad.

—La tendréis.

Diego de Peralta retiró su mirada de mí y la fijó en la playa.

Algunas hogueras seguían ardiendo, y me pareció que, de cuando en cuando, llegaban lejanos los gemidos de las parejas desde la lejanía.

—¿Qué tienen de especial esas muchachas?

Permanecí un momento en silencio.

—Para ellas el amor es un lazo, no una cadena.

El alguacil esbozó una sonrisa socarrona. Presentí que alguna idea le rondaba la cabeza.

—Bajarás a tierra cada noche, siempre que el contramaestre no esté presente. Yo te ocultaré. No hace falta que tu hermano y ese idiota de Domingo vuelvan a montar el numerito de la pelea. No te pediré nada a cambio ahora. Pero cuando tu ayuda me sea precisa, me obedecerás sin rechistar. ¿Trato?

Sin pensarlo, contesté:

—Trato.

9

Sancho el Tuerto era un maestro excepcional. Cada mañana, antes de comenzar la lección, prendía la chimenea para que la sala estuviera caliente y acogedora. Después preparaba la mesa colocando cinco tablillas de pizarra y otros tantos pizarrines. Entrar en aquella estancia era como penetrar en un templo de saber y conocimiento cerrado hasta entonces por puertas de hierro. Sus lecciones fueron el mejor regalo de mi juventud.

Poco después de preguntarle sobre lo que hacían aquellos muchachos en su casa, comencé a asistir a sus clases. Ello no significaba en absoluto que desatendiera mis obligaciones; al contrario, acudía algo más temprano para hacer las tareas indispensables, que luego continuaba desde que regresaba de almorzar hasta que caía el sol. Todo esfuerzo se me hacía pequeño frente a la inmensa ilusión que sentía por aprender a leer y a escribir. En mi pueblo, casi todos eran iletrados. Yo me moría de ganas por dar a mi familia la noticia, pero sabía que era preferible mantener la discreción. Mi padre podía pensar que descuidaba mi trabajo en casa de Sancho y, dada nuestra precaria situación, no quería levantar ninguna sospecha de ese tipo. No sé por qué tenía la vana ilusión de que nadie lo descubriría nunca.

El primer día de enseñanza resultó, por decirlo de manera sencilla, extraño. Hasta entonces yo había aprendido a sembrar, a roturar, a podar vides, pero nada tan complicado como asir un delgado pizarrín entre los dedos y hacerlo bailar para dibujar signos. Porque aquello no se parecía ni por asomo a los rayones que de vez en cuando realizaba sobre las rocas de la Collá Alta ni a los manchurrones que mis hermanos y yo dejábamos en las piedras con la sangre de los corderos. Escribir era muy distinto. Aunque aún no sabía apenas ni cómo agarrar el pizarrín, intuí que tendría un poder mágico.

Los tres muchachos y la chica ya conocían los rudimentos de la escritura y la lectura, y, si bien lo hacían muy despacio y con ciertas dificultades todavía, me sacaban una ventaja que resultaba evidente. Lo primero que hizo Sancho fue mostrarme las letras del abecedario, insistiendo en que las memorizase como si de ello dependiese mi vida. Luego me enseñó a sujetar con firmeza el pizarrín y a dibujar aquellos trazos una y otra vez, sin cesar, sin descanso, hasta que me resultaron tan familiares como mis manos, mi nariz o mis pies. Al principio no conseguía más que trazos temblorosos, pero al cabo de unas semanas las líneas rectas y curvas comenzaban, por fin, a componer letras reconocibles. A eso me dediqué algo más de dos meses, mientras los demás leían, en voz alta y con parsimonia, pequeños textos que Sancho les proporcionaba. Yo cometía muchos errores, pero me esforzaba en mejorar, y de eso se daba cuenta mi maestro. Los otros chicos se reían con mis torpezas y me consideraban incapaz de aprender nada; para ellos, no era más que el que limpiaba las boñigas al acabar la clase. Pero había alguien para quien yo no era ningún torpe. Para ella, para Lucía, no lo era.

Durante las primeras clases estuve tan concentrado en no confundir entre sí aquellas letras endiabladas que apenas me daba cuenta de nada de lo que sucedía a mi alrededor. Quizá Lucía me mirase ya entonces, pero yo no fui consciente hasta un tiempo después. Nunca se nos ocurría hablar mientras lo hacía Sancho, y al salir de su casa lo más que intercambiábamos era un «adiós» o un «hasta mañana». Un día, sin embargo, ella me habló con su mirada. Yo estaba concentrado en escribir juntas una «l» y una «a» cuando advertí que me observaba de reojo. ¿Por qué lo estaría haciendo? Me fijé en mis letras y vi que no estaban tan mal para llamar de ese modo la atención de nadie. Entonces, venciendo la vergüenza que me invadía, decidí averiguar el motivo de su curiosidad.

—¿Qué ocurre? —susurré en un tono irritado.

—Nada —dijo, y volvió a sus ejercicios.

Al día siguiente el que miraba era yo.

Lucía acababa de cumplir doce años. Su cabello era castaño claro, muy largo y algo rizado, y con un brillo precioso. Tenía la nariz afilada, los labios gruesos y los ojos claros, de un tono difícil de precisar: entre verde y grisáceo. Era menuda y muy delgada. Con todo, su sonrisa borraba de la memoria cualquier otro rasgo de su ser. Después del día en que ella me miró, mi concentración en las letras comenzó a decaer al mismo ritmo que aumentaba mi interés por reconocer todas y cada una de las líneas de su cuerpo. Cuando Sancho no me observaba, desviaba mi atención hacia Lucía y me fijaba en sus manos y en cómo se movían al escribir las letras; me gustaba la manera en que sostenía el pizarrín y la delicadeza con que agarraba la tablilla. Mi interés se centraba también en sus cabellos, sobre todo en los pelos rebeldes de la parte alta de su frente. A veces me quedaba absorto contemplando su boca y la forma en que se mordía el labio inferior cuando tenía que escribir alguna palabra especialmente complicada. Otras veces me embelesaba con los graciosos movimientos de su naricita. Si ella se volvía, yo desviaba la vista, pero sabía que me sonreía.

Estaba aprendiendo todo su ser a golpe de miradas furtivas y disimuladas. En aquel momento pensé si aquello sería lo que los mayores llamaban «amor», aunque quizá no lo fuera aún.

Con el paso de los meses mi aprendizaje se hizo más evidente y comencé a leer sílabas y luego palabras enteras. Como Sancho debía prestar atención a los otros chicos, en ocasiones era Lucía la que se encargaba de corregir mi lectura, pues sobresalía entre los demás alumnos.

—Lee esto —me decía—. Pero despacito, ¿eh?

Yo lo hacía lo mejor que podía y en la medida que me dejaban los nervios, porque su sola cercanía me disparaba el corazón.

—Así, lo haces muy bien.

Un mediodía, al terminar la lección, fuimos afuera bajo una intensa tormenta primaveral. Los chicos, Juan, Francisco y Nuño, salieron corriendo hacia sus casas, pero Lucía se quedó bajo el alero del tejado, sin atreverse a marchar. Mi madre ya había intuido que aquel día llovería y me envió a casa de Sancho con una gruesa capa de lana engrasada.

Miré a Lucía y, armándome de valor, le dije:

—Si quieres te dejo mi capa. Si no, vas a coger una buena mojadura.

—¿Y tú?

—Yo puedo correr rápido hasta casa y apenas me mojaré. Tú vives más lejos.

Lucía se quedó pensando un momento.

—¿Y por qué no me acompañas hasta la mía primero?

¿Era cierto lo que estaba oyendo? El ofrecimiento era realmente tentador. Más aún: llevaba tiempo esperándolo. Sin darle opción a cambiar de idea, agarré la capa de lana y la eché a la vez sobre su cabeza y la mía.

—¡Vamos! —exclamé, y ambos salimos corriendo bajo la furia de aquel afortunado aguacero.

Lerones, el pueblo de Lucía, era uno de los más grandes del valle y se encontraba casi a media hora de casa de Sancho siguiendo el camino de carros. Para atajar, atravesamos un prado recién segado, tratando de pisar en las piedras que asomaban y evitando los barrizales. Después de saltar una cerca, tomamos por fin el camino a Lerones bajo la protección de una doble hilera de fresnos. Pero al salir de aquel pasillo protector la lluvia comenzó a traspasar la capa y a mojarnos la espalda.

—¡Hacia allí! —gritó Lucía señalando un abrigo rocoso que se divisaba a lo lejos.

Cruzamos un terreno anegado para alcanzar finalmente la protección de unas rocas que enmarcaban la entrada a una gruta. Jadeando, nos dejamos caer contra la pared, agotados por la carrera y calados por completo.

—Deberíamos esperar a que escampara —dije—. Con esta lluvia es imposible continuar.

Lucía asintió, sin pronunciar palabra.

—Haré un poco de lumbre.

Reuní las ramas y hojas secas que pude encontrar en aquel abrigo hasta formar una pequeña pira. Saqué de la bolsita donde guardaba mis tesoros una piedra de pedernal y un eslabón de hierro, y los golpeé repetidamente hasta que una de las chispas provocó una diminuta llama. Soplando con mucho cuidado conseguí acelerar la combustión hasta que el montón comenzó a arder con cierta alegría. Entonces, fui añadiendo más ramas secas hasta que la hoguera me pareció aceptable.

Estaba orgulloso. En casa de Sancho, y también en la mía, hacía fuego con frecuencia para quemar los rastrojos, pero nunca lo había intentado en un día tan húmedo y sin algo de paja seca.

Lucía me observaba complacida mientras acercaba las manos a las llamas. Aquella mirada significaba todo para mí.

—Deberíamos secar las ropas; están empapadas —dijo—. No mires.

Sin darme apenas tiempo a apartar los ojos se quitó las mangas, el ceñidor de la cintura, el sayo y se quedó en camisa, que también estaba mojada. Le di la espalda, preguntándome el motivo de su pudor. Al fin y al cabo tenía menos pecho que yo, cosa que por fortuna me abstuve de comentar, y yo había visto desnudos muchas veces a mis hermanos y hermanas, no era pecado. Me quité igualmente las ropas.

—¿Te has fijado alguna vez en alguna chica de tu pueblo? —me preguntó.

—No —mentí.

—Pues yo sí en ti —dijo; y, tras un silencio que se me hizo eterno, añadió—: Y creo que tú en mí también.

Sentí que toda la sangre del cuerpo me subía a las mejillas. Incapaz de responderle, me estiré junto a la hoguera, todavía de espaldas a Lucía.

—Yo no me fijo en las chicas —refunfuñé finalmente—. Ya tengo bastantes quehaceres a lo largo del día.

Rió y, echándose a mi lado, pasó su brazo sobre mi pecho y me abrazó. Sentí su calor en mi espalda y un escalofrío me recorrió. Nunca había experimentado una sensación semejante en mi piel, ni siquiera con los mimos de mi madre. Me parecía que su cuerpo y el mío se iban a unir en uno solo en cualquier momento. Lo único que quería era permanecer así, quieto, sin hablar, gozando de aquel calor más intenso que el fuego junto al que estábamos. Entonces, Lucía me susurró al oído:

—Sé que te has fijado en mí, y no me importa; al contrario, me gusta. Sé también que en las clases estás más pendiente de mí que de las letras. Es la misma mirada que he visto que se cruzan los mayores.

—¡Tonterías! —Me aparté y me puse en pie—. No me fijaría en una chica aunque estuviese loco.

—¿Por qué tienes miedo? —preguntó sentándose y rodeando las rodillas con los brazos.

—No tengo miedo, pero ya se está haciendo tarde y a mí todavía me queda un buen trecho. —Empecé a vestirme.

Lucía sonrió y bajó la cabeza. Recogió sus prendas, aún algo húmedas y se las fue poniendo. Luego, acercándose hasta mí, se alzó de puntillas y me dio un beso en los labios. Seguidamente, echó a correr hacia su casa bajo una lluvia que ya remitía.

Quedé petrificado por aquel maravilloso instante. Por un lado estaba enfadado, pues hasta aquel momento las chicas no habían sido para mí más que unas criaturas estúpidas que no sabían jugar a tirar piedras, ni vadear ríos ni subir a los árboles, como hacía yo con Nicolás y otros muchachos de mi pueblo. ¿Por qué tuvo que robarme un beso? Por otro lado, sentí que el calor que el contacto de su cuerpo me producía en la espalda no era nada en comparación con el fuego de aquel ligero roce de sus labios en los míos. Como un idiota, sonreí, doblé la capa bajo mi brazo y salí corriendo en dirección a mi casa.

Con tan sólo trece años ya conocía el sabor del cielo.

10

Siempre he desconfiado, y creo que así ha de ser, de los hombres que cuentan sus hazañas amatorias. Hay en ellas, por lo común, menos verdad que en un libro de caballerías. Por eso me cuesta tanto relatar el raudal de pasión que vivimos la joven india y yo durante aquella tórrida semana bajo el sol de Brasil. Hacía ya mucho tiempo que no sentía una necesidad tan grande de amar y de sentirme amado. En aquellos momentos, estar dentro de ella y creer que éramos uno solo era más importante para mí que comer, beber o incluso respirar.

El día a bordo discurría como un sueño. Únicamente pensaba en el momento de regresar a tierra oculto por el ocaso y disfrutar de nuevo de aquel cuerpo abrasador y aquellos besos cálidos e intensos. Cada atardecer, ayudado por el alguacil, me introducía en el bote, aun a riesgo de ser descubierto y azotado por el contramaestre. No en vano, esa misma semana se ejecutó la sentencia contra Antón Salomón, que fue ahorcado en la playa delante de todas las tripulaciones como aviso: la indisciplina se castigaba. Yo sólo podía confiar en que para el alguacil mi lealtad siguiese resultando interesante.

Había contado a Nicolás mi pacto con Diego de Peralta y, aunque entendió mis razones, me previno:

—¿Recuerdas las palabras que decía padre?

—Sí: «El que recibe un favor carga con una deuda».

Yo sabía que mi hermano tenía razón, pero ¿qué podía hacer? Aquella muchacha era lo único que me importaba en esos momentos. De hecho, me cuesta traer a la memoria algo más de esa semana. Sé que allí estaban Nicolás, Domingo, Benito, Juan Griego, Esteban Villón y, en fin, todos mis compañeros, y no obstante creo que no podría relatar nada que tuviese relación con ellos. Recuerdo que celebramos la Navidad a bordo con una misa y con una comida especial en la que abundó el vino y la carne asada, pero no podría decir junto a quién la compartí o de qué hablamos en aquel convite intrascendente. Sólo vivía por y para ella, y el único momento del día que me satisfacía eran los ratos, tan escasos, que pasábamos en la playa.

Por eso recibí como un mazazo la noticia que nos dio Luis de Mendoza el 26 de diciembre, bien de mañana:

—Por orden del capitán general, mañana partimos de nuevo. Es nuestro último día aquí.

El anuncio me llenó de consternación. Aquella bahía maravillosa era ya para mí un hogar, a pesar de que no llevábamos más que unos días en ella. Sus gentes sencillas y afables, inocentes y primitivas, eran lo más cercano a una familia que había tenido en mucho tiempo. Quizá para algunos marineros también lo fuera. Algunos lloraron y otros se refugiaron en la bebida para soportar momentos tan amargos. Tener que despedirme, sabiendo que nunca volvería a aquel paraje tocado por la mano de Dios, me puso un nudo en la garganta. ¿Sería capaz de abandonar a mi amada, ahora que era lo más importante en mi vida?

Al atardecer bajé a tierra en el bote de la *Victoria*. Las fuerzas que siempre me conducían como flotando hacia ella se habían transformado en esa noche aciaga en un lastre que, atado a mis piernas, me impedía casi avanzar. Llevaba la cabeza gacha y sentía el pecho oprimido por una profunda angustia. Me preguntaba por qué toda mi vida tenía que ser una sucesión de pérdidas y despedidas de los seres amados. ¿Por qué no podía ser distinto aquel día?

Allí, junto a la palmera, me esperaba ella con una sonrisa. Me cogió la mano y paseamos descalzos por la arena. Se volvió hacia mí y repitió aquellas palabras incomprensibles mientras se pasaba la mano por el vientre. Detuve mi paso y la miré fijamente. Ella sonreía con una dulzura infinita.

—¿Qué quieres decirme?

Pronunció la frase una vez más. Ante mi mirada de incomprensión, cogió mi mano y con ella se acarició la barriga y luego el pecho. Estaba completamente desconcertado. Aunque ella insistió, tanto daba; lo que me importaba a mí era hacerle entender que nunca más nos veríamos, que el barco zarparía a la mañana siguiente y que todo aquello quedaría como un sueño que sería cada vez más lejano y más difuso. Pero ¿cómo decírselo? Entonces me acordé. El portugués Alonso Gonzales, despensero de nuestra nao, había estado anteriormente en esa tierra y conocía los rudimentos de la lengua de sus habitantes. Tenía que encontrarle sin perder tiempo.

La agarré por el brazo y nos dirigimos al centro del poblado, donde todo el mundo disfrutaba, con cierta tristeza, de nuestra última noche en tierra. Pregunté a varios marineros hasta que uno me dijo que había visto a Alonso con otros bebiendo y bailando con varias chicas. Me señaló el camino y corrí hacia allí con mi india de la mano.

—Alonso, te necesito —le dije.

—¿No eres capaz de satisfacerla tú solo?

Las risas brotaron de sus compañeros, completamente borrachos. Le aparté a un lado.

—Esto es serio. Lo que necesito de ti es que me ayudes a explicar algo a esa muchacha. Es importante para mí.

El portugués debió de advertir la desesperación en mis ojos. Se restregó la cara, como para quitarse los efectos del vino de palmera.

—Está bien, grumete; me puede el corazón. ¿De qué se trata?

—Alonso, desde que puse el pie en esta bendita bahía no he estado con otra mujer más que con ésta. Ella me eligió nada más llegar. Los dos estamos enamorados, y quiere decirme algo, aunque no consigo entenderla. Tiene que saber que mañana partimos y que nunca más volveremos a vernos.

—¡Vaya, pues sí que te han atrapado, amigo! En fin, intentaré que lo comprenda.

Alonso se dirigió a mi india y, ayudándose con variados ademanes, tradujo mis palabras. Ella le miró con los ojos muy abiertos y, llevándose de nuevo las manos al vientre, repitió lo que me había dicho. El despensero se rascó la cabeza, perplejo.

—Quizá esté equivocado, pero creo que la chica quiere tener un hijo contigo y hoy, por lo que se ve, es un día propicio.

Sentí como si un puñal se hundiese en mi costado.

—¿Estás seguro, Alonso? ¿Son ésas sus palabras?

Alonso volvió a hablar con ella.

—Desea que te quedes, como también su familia. Ya sabes que estas indias son muy promiscuas, pero... —Me miró de arriba abajo—. Por alguna razón que no logro entender, ella no quiere a otro más que a ti.

Agarré la mano de la muchacha con fuerza y le di un beso en los labios.

—Tienes que ayudarme —supliqué a Alonso—. Dile que no la voy a abandonar. Dile que me quedaré con ella y que no partiré con los barcos. Dile que tendremos ese hijo.

Él se sobresaltó. Si aún notaba los efectos del vino, en ese momento se desvanecieron del todo. Me sujetó del brazo.

—¿Estás loco? Me niego a decirle eso, y tú, por supuesto, no vas a hacerlo. El capitán general no permitirá que ningún marinero se quede en esta playa. ¿Te imaginas qué sería de nuestro viaje si en cada recalada se quedase en tierra quien quisiera? ¡Piensa con la cabeza, grumete, no con los huevos!

Me liberé de su brazo, airado.

—Me importan una mierda tu opinión, la del capitán general y hasta la del rey. No dejaré a la muchacha. ¡O se viene conmigo en el barco o no subo a él!

—¡No digas más sandeces! En primer lugar, Magallanes lo ha prohibido tajantemente. Y además, una mujer a bordo no duraría ni una semana. ¿Te ves capaz de estar despierto durante los próximos meses para que nadie abuse de ella? ¿Y a quién crees que sacrificará nuestro capitán si en algún momento pasamos dificultades en la ruta que aún nos queda? Si la quieres de verdad, no la condenes a ese sufrimiento.

Me parecía estar viviendo una pesadilla de la que no podía despertar. Tras mucho tiempo, por fin encontraba de nuevo alguien a quien querer, un amor verdadero y sincero, algo por lo que merecía la pena vivir... y lo iba a perder irremediablemente. Tenía que haber una salida; lo único que sabía era que no podía dejarla. Sin dar tiempo a que Alonso reaccionara, tiré de ella y corrimos hacia la selva. Prefería ser perseguido como un fugitivo que abandonar a mi amada.

Al poco, la selva se hizo casi impenetrable. La muchacha me relevó y me guió con paso firme a través de algunos senderos sólo insinuados entre la maleza. La noche era muy oscura y apenas se veía nada. Mi alma se debatía entre el amor por ella y el miedo de intuir que me esperaba una muerte segura si era apresado. Necesitaba recobrar el valor en sus labios. Detuve el paso, la tomé por la cintura y, mientras la besaba, la estreché con fuerza contra mí. El calor de sus pechos desnudos fue lo último que sentí instantes antes de caer desplomado.

Cuando desperté, la cabeza me daba vueltas y estaba aturdido. Pensé que debía de encontrarme en el interior de la selva y que mi amada estaba junto a mí. Entonces noté un bamboleo familiar.

Me incorporé a duras penas y, aunque todavía se me nublaba la vista, descubrí que me hallaba en la cubierta de la *Victoria* y que a mi lado estaban Nicolás y Domingo. Fui a gritar, pero Nicolás me puso la mano en la boca y me abrazó para que no me moviera. Me debatí, pero no me soltaba. Sólo lo hizo cuando, rendido y gimiendo lastimeramente, cesé de luchar. Entonces me susurró:

—¡Cállate o pondrás las cosas aún peor!

Cuando recuperé algo de calma, me apartó la mano de la boca. Domingo se alejó de nosotros y yo me puse de rodillas.

—Nicolás, por Dios, ¿qué me habéis hecho? —musité—. ¡Debo regresar a tierra! ¿No entiendes que esa muchacha es lo único que me queda? ¡Tienes que ayudarme!

—Sé que no lo aceptarás, pero ya te he ayudado, hermano.

Alonso y otros marineros te siguieron por la selva y te golpearon en la cabeza. Iban a llevarte ante el capitán Mendoza por desertor. Y a buen seguro que lo habrían hecho si Domingo y yo no les hubiésemos visto antes. Les juramos que te traeríamos a bordo y que te retendríamos hasta que zarpásemos.

—¿Hemos zarpado?

—Sí, hemos zarpado. No hace mucho, pero ya hemos dejado atrás la bahía. Conseguimos subirte a bordo, y cuando el alguacil nos vio le dijimos que estabas borracho y que no te tenías en pie. Hiciste un pacto con él, ¿no te acuerdas? Te habrían matado; él, el capitán Mendoza o el capitán general, tanto da porque no están dispuestos a permitir ninguna indisciplina. ¿No viste acaso lo que le pasó a Cartagena sólo por responder a Magallanes? ¿Y no recuerdas la ejecución del maestre?

Sin fuerzas apenas para sostenerme, me senté.

—Tendrías que haberme dejado morir en la playa. ¿Qué voy a hacer ahora, Nicolás? Con ella había encontrado por fin la felicidad, esa que tanto tiempo llevo buscando.

Hundí el rostro entre las rodillas. Oí los pasos de Domingo, que se acercaba de nuevo hasta nosotros.

—Sé lo que sientes, hermano —Nicolás me puso una mano en el hombro—, pero tienes que comprenderme. No podía dejarte morir. Tú lo diste todo por mí cuando lo necesité y siempre estaré en deuda contigo. Haría lo que fuese por ti.

Domingo se acuclilló a mi lado.

—Yo también estaba en deuda contigo, ¿recuerdas?

Les aparté con el brazo.

—Hoy no me habéis salvado la vida. Me la habéis quitado.

Las siguientes jornadas transcurrieron para mí como el peor de los suplicios. Aunque los días eran azules y luminosos, cada instante se me hacía una eternidad. Todas las tareas me resultaban insoportables, y las voces y las risas de los demás me herían como si fuesen insultos.

No era el único, empero, que se sentía así. En la *Victoria*, algún que otro marinero deambulaba por la cubierta como un fantasma; supongo que también habían dejado en tierra a sus amadas y, al igual que yo, les parecía que les faltaba un trozo del alma, que algo de su ser se había quedado en la arena de aquella playa de oro.

Pero, como siempre, el tiempo todo lo borra y todo lo cura. Por muy duro que sea el golpe o muy intenso que sea el dolor del corazón, las heridas acaban por restañarse. Un día te sorprendes sonriendo al oír la broma de un marinero y al otro te recorre un escalofrío de gozo al notar la brisa del atardecer en el rostro. Aunque sientes la pena en tu interior, y jamás dejarás de sentirla del todo, la vida te invita a disfrutar de nuevo de ella. No importa que quieras refugiarte en la soledad o en la tristeza, porque algo en tu interior hace que te levantes cada mañana sabiendo que un día serás más fuerte y estarás lo suficientemente curado para ser de nuevo feliz.

Aun así, el recuerdo duele. Yo revivía sobre mi piel sus besos y sus caricias, la notaba junto a mí, recordaba su dulce aliento, sus ojos, su sonrisa, el brillo de su pelo y el calor de sus labios. En aquella playa de Brasil había encontrado otra vez a mi amada, con otro cuerpo, pero con el mismo espíritu. Nunca la volví a ver y nunca la he olvidado.

11

Espoleado por el cariño que sentía por Lucía y las irrefrenables ganas que tenía de verla, las lecciones en casa de Sancho el Tuerto se convirtieron para mí en el mayor de los placeres. Ya no había necesidad de que ocultara mis miradas ni de que rehuyese las suyas. Por el contrario, nos gustaba mirarnos cada poco y sonreírnos cuando nadie se apercibía.

Con la alegría inmensa que acompañaba a aquel ingenuo e infantil amor, mi aprendizaje se aceleró. Pasado el verano, leía ya con cierta fluidez y seguía los dictados casi al mismo ritmo que los demás. Sancho siempre tenía en las manos un cancionero, del que nos recitaba poemas galantes, y un repertorio de crónicas de reyes y sus gestas.

Con aquellas lecturas descubría un mundo inmenso de emoción y fantasía que nunca había imaginado. Mis tareas diarias con los animales, en el huerto o en las tierras de cereal, tanto en casa de Sancho como en mi hogar, pasaban como un relámpago mientras recordaba aquellos versos y relatos maravillosos que mi maestro nos hacía copiar. De pronto, el mundo en el que vivía se había hecho demasiado pequeño para contener todo aquel aluvión de imágenes e historias. Cuando sacaba el estiércol de la cuadra, no era una simple pala lo que llevaba en las manos, sino la lanza con la que podía derrotar a cualquier enemigo; cuando cepillaba a los burros, éstos se convertían en corceles veloces. Hasta la más pequeña colina se transformaba por arte de mi imaginación en una alta montaña sobre la que se alzaba un castillo inexpugnable.

En casa, sentado junto a Nicolás, me gustaba relatarle aquellas gestas leídas o copiadas por la mañana con buen cuidado de que nadie más me oyera. Añadía los detalles más truculentos y fantasiosos, y me deleitaba con el efecto hechizante que ello tenía sobre él. Me escuchaba con los ojos muy abiertos creyendo que todo aquello que yo le contaba era cierto. Mi hermano era alegre y cariñoso, «un cascabel», decía mi madre, y, aunque a veces nos peleábamos por tonterías, se fue afirmando entre nosotros una fuerte unión que habría de perdurar durante toda nuestra vida y que sólo había sentido hacia María.

Mi relación con Isabel seguía siendo distante. A los quince años era guapa, pero con una belleza más frágil que la de mi hermana mayor. Solía ser muy reservada, salía poco y casi siempre en compañía de mi madre; apenas tenía un par de amigas y ni miraba a los chicos de la aldea, a los que ya comenzaba a atraer. Le gustaba, eso sí, levantarse pronto para ir a rezar a la ermita de Santa Olalla. En contadas ocasiones la vi reír, y abiertamente sólo una en que Nicolás cogió las enormes albarcas de mi padre y se paseó por la planta baja dando tumbos hasta caerse de bruces. Lo levanté mientras él reía más que ninguno, e Isabel se acercó y nos besó a los dos. Gestos como aquél eran muy raros en ella y, aunque yo trataba de ofrecerle mi cariño, Isabel prefería no expresar sus sentimientos.

Con Pedro y Joaquín las cosas eran aún más complicadas. A Nicolás y a mí nos trataban siempre con superioridad y muy a menudo con desdén. Siempre había sido así, pero con el paso de los años la distancia se hacía cada vez mayor.

En todo caso, aquello me importaba muy poco en aquel momento. Lucía ocupaba casi todos mis pensamientos y no me dejaba tiempo para ningún tipo de preocupación. Por las mañanas, en clase, me encantaba sentarme a su lado para leer juntos los textos, corrigiéndonos el uno al otro cuando nos equivocábamos. Como avanzaba a buen ritmo con la lectura, Sancho comenzó a enseñarme también las cuentas y pronto alcancé a los demás.

Por las tardes, mientras me dedicaba a las labores del campo, seguía pensando en Lucía. A veces me parecía que se encontraba incluso más cerca de mí y su imagen se me presentaba idealizada: me sonreía, me cogía de la mano, me hablaba. Yo, en mis ensoñaciones, me convertía en un caballero dispuesto a hacer cualquier cosa por ella. Mis pensamientos favoritos eran aquellos en los que se encontraba en algún serio peligro. Una tarde, mientras echaba de comer a las vacas, la imaginé durmiendo en su casa junto a la lumbre. Entonces, una chispa saltaba del hogar y encendía un montón de paja. El fuego se avivaba y prendía un banco cercano. Al poco, toda la casa estaba en llamas. Los padres de Lucía salían corriendo sin acordarse de su hija que, al despertar, se veía sola y acorralada. Nadie se atrevía a entrar; todos decían que era imposible salvarla. Entonces, como una exhalación, yo cogía una manta y, empapándola en agua, derribaba la puerta de la casa venciendo las terribles llamaradas. Avanzaba entre ellas y el humo, y la levantaba en mis brazos. Su cuerpo desmayado apenas era peso para mí. La cubría con la manta y, de un salto fabuloso, ambos salíamos sanos y salvos a la calle, donde todos alababan mi hazaña.

Más de una vez Sancho me sorprendió con cara de idiota echando la paja al suelo en vez de al pesebre.

—¡Muchacho! ¿En qué mundo estás? ¿No ves lo que haces?

—¡Lo siento, señor! Me distraje, no volverá a pasar.

Pero al rato ocurría de nuevo. Cuando no era un incendio, era una terrible tormenta y, cuando no, una inundación. Y si la imaginación no me permitía recrear nuevos desastres, retornaba a los anteriores, añadiendo detalles aún más emocionantes. No quería más que ser su héroe y ganarme por completo su admiración. ¿Quién se reiría entonces de mí? ¿Quién me volvería a llamar mocoso o inútil?

Cada día, tanto en la lección como en mis labores diarias, pedía a Dios que me diera la oportunidad de demostrar mi arrojo. En mi inocencia le imploraba que en la comarca sobreviniese algún desastre, pero que nadie sufriera daño; tan sólo que fuera lo suficientemente violento para requerir mi valiente intervención y que pudiese mostrar a Lucía que mi amor era inquebrantable y que estaba dispuesto a arriesgarlo todo por ella, en caso de necesidad. En un mundo tranquilo y sin sobresaltos, pensaba, nada podía diferenciarme de los demás.

No sé si fue Dios, el destino o la casualidad, pero pronto tuve oportunidad de demostrar mi valía y de llevar al terreno de los hechos mis fantasías.

Juan, Francisco y Nuño, los otros tres muchachos que acudían a clase con Lucía y conmigo, hacía tiempo que habían advertido las miradas y las sonrisas que nos intercambiábamos cuando creíamos que nadie nos observaba. Quizá sintieran celos, no lo sé, o puede que les fastidiase la pasión que ponía en las lecciones. Yo gozaba con la lectura; era mi forma de evasión, mi universo íntimo y particular. Sentía como mío todo lo que leía y soñaba con ser yo, un día, quien narrase historias que hicieran emocionar a otros. Para ellos, en cambio, esas horas en casa de Sancho eran poco menos que un castigo. No sabían la suerte que tenían con poder estudiar, y ni por asomo se imaginaban que yo fuera de forma voluntaria y sin que mis padres lo supieran.

Una virtud de la juventud es que raramente oculta los malos sentimientos por mucho tiempo; cuando algo tiene que aflorar, lo hace más pronto que tarde, sin el gusto de los mayores por la venganza fría y calculada.

Un mediodía, ya empezado el otoño, Juan, Francisco y Nuño se marcharon pronto al acabar la lección. Sancho nos despidió en la puerta, como de costumbre. Yo acompañé a Lucía durante una parte del camino a su casa. Solía hacerlo cuando otras tareas no me apremiaban. Era, para mí, el mejor momento del día. Lo que en clase eran miradas de soslayo en aquel trayecto se convertían en sonrisas tan abiertas que podía sentirlas penetrar hasta lo más hondo de mi ser.

La cogí de la mano y me estremecí con el contacto de su piel cálida y suave.

—¿Sabes? Un día escribiré una historia como las que leemos en casa de Sancho —le dije.

—¿Un historia sobre qué?

—Como las que leemos: con gestas, caballeros, duelos y batallas. Será lo mejor que jamás se haya escrito y la gente se emocionará cuando la lea.

—¡Vaya! Yo no creo que pudiera escribir nunca algo así, me falta imaginación. Tú sí que la tienes, ¡te pasas todo el día distraído en clase!

Me habría gustado decirle que en mis fantasías ella era la protagonista, que todas las batallas eran por liberarla a ella y que todos los malvados pagaban con su sangre por ofenderla, pero me daba vergüenza. Prefería mantenerlo para mí hasta el día en que pudiera mostrarle todo aquello de lo que era capaz por mi amor.

Fue entonces cuando, saltando de detrás de un seto de espino, Francisco y Nuño se abalanzaron sobre Lucía y la tiraron al suelo mientras le sostenían firmemente los brazos. Juan, saliendo del otro lado del camino y con una gruesa vara en la mano, se interpuso entre ella y yo.

—¿Dónde ibais, tortolitos?

—¡Soltadla! —grité sin moverme del sitio.

—¿Por qué no lo intentas tú, ya que estás tan enamorado? Igual es porque sólo eres un cobarde que se pavonea de que lee mejor que los demás.

—Yo no me pavoneo de nada. Si leo mejor que vosotros no es mi problema, sino el vuestro.

—Eres un idiota, como lo son todos los de tu familia —prosiguió—, empezando por la tonta de tu hermana María, que se dejó preñar por el garrulo de Ricardo.

—¡Calla!

—Vamos, gallito, ven a salvar a tu amor.

Miré a Lucía tirada en el suelo, con la cara manchada por el polvo del camino y con los brazos inmovilizados por aquellos dos desgraciados. Miré a Juan, que esperaba mi ataque para propinarme el garrotazo que tanto deseaba darme. Era la oportunidad que yo tanto había pedido. No había tormentas, fuegos, ni inundaciones, pero ella estaba en peligro y yo podía salvarla con sólo avanzar y derribar a aquellos brutos.

—Vamos —repitió Juan—, ¿es que no piensas defenderla?

Apreté los puños con fuerza y me mordí los labios de pura rabia. Veía los ojos implorantes de Lucía junto a la sonrisa cruel de Juan. Francisco y Nuño, mientras tanto, se reían y me miraban con desprecio. Tenía que hacer algo.

—¿Es el palo lo que te da miedo? Porque puedo tirarlo...

Juan lo lanzó al borde del camino.

—¿Ves? Ya estamos iguales.

Lucía me miró fijamente a los ojos.

—¡No les hagas caso, no son más que unos idiotas! Sólo quieren pegarte —dijo pataleando con todas sus fuerzas.

Claro que querían pegarme. Pero para eso estaban los héroes: para sobreponerse al miedo y al dolor y vencer sobre la injusticia. Tenía que actuar, debía hacerlo... Sin embargo, el miedo al que debía someter me atenazaba. Sentía las piernas paralizadas y no veía la forma de lanzarme sobre aquel muchachote mucho más alto y corpulento que yo. ¡Con lo sencillo que resultaba en mis sueños! ¿Por qué ahora era incapaz de reaccionar? ¿Por qué no hacía nada?

Entonces ocurrió lo que debía pasar. Juan se volvió a sus dos amigos y les dijo:

—Dejadla.

Ya era demasiado tarde. Francisco y Nuño soltaron a Lucía, quien se puso en pie de un salto y se alejó de inmediato de ambos. Luego se unieron a Juan, que cogió de nuevo su palo, y al pasar junto a mí corearon:

—¡Cobarde!

Nunca habían tenido intención de hacer daño a Lucía; sólo querían retarme. A mí probablemente tampoco me habrían hecho nada, o quizá me habrían dado una patada y dos o tres golpes como los que tantas veces intercambiaba con Joaquín.

Pero allí estaba yo, quieto, como una estatua, plantado en el mismo sitio en que empezó todo, con las piernas separadas y los puños apretados... sin haber movido ni un dedo por ella.

Lucía se me acercó mientras yo bajaba la cabeza, avergonzado, dolido en lo más profundo de mi ser, humillado.

—Son unos idiotas —susurró—. Has hecho bien en no pelearte.

Aquello era demasiado. Con los ojos llenos de lágrimas eché a correr hacia mi casa. Pude imaginar las risas de los chicos tan vivamente como en otras ocasiones imaginaba mis hazañas y mis promesas de amor y valentía. Quise jurarme que nunca más volvería a ocurrirme algo así; pero, para mi pesar, hube de reconocer que lo único que podía jurar es que nunca más volvería a prometer algo que no estuviera dispuesto a cumplir.

12

Al poco de zarpar de aquella bahía de dicha en la que de nuevo creí haber encontrado el verdadero amor, aquel que podría haberme anclado a un lugar, el paisaje exuberante que nos había dado la bienvenida en nuestro primer contacto con la tierra firme se fue tiñendo, poco a poco, con tonos más sombríos. Las palmeras y otros enormes árboles que observábamos unas jornadas antes desde la cubierta dieron paso a una vegetación más rala. Los bosques se alternaban ahora con arbustos, matorrales e interminables pastizales.

Estábamos a finales de diciembre y seguíamos avanzando hacia el sur. Para muchos de los grumetes resultaba extraño, pero en aquella parte del mundo las estaciones estaban invertidas, y si en nuestra tierra el mes de enero era el mes más duro del invierno, en esas latitudes meridionales significaba el apogeo del verano; por tanto, según pasaban los días, nos íbamos internando en el otoño austral. Al principio el cambio no fue muy apreciable, pero al cabo de unas jornadas las temperaturas comenzaron a ser ligeramente más frescas y el sol que nos achicharraba poco antes no era ya tan inclemente.

Siempre hacia el sur, siempre. Pero ¿hacia dónde? Magallanes seguía mostrándose igual de inescrutable. Como nueva medida de poder, ascendió a un primo suyo, Álvaro de Mesquita, al mando de la nao *San Antonio*, en sustitución de Antonio de Coca, a quien había nombrado capitán tras la detención de Juan de Cartagena. El portugués se negaba a hablar con los otros tres capitanes, Luis de Mendoza, Gaspar de Quesada y Juan Rodríguez Serrano, y no admitía consejos ni advertencias de ninguno, ni siquiera de Mesquita. Tampoco respondía a sus preguntas acerca del derrotero, ni sobre el tiempo que nos llevaría encontrar el paso que decía conocer. Quizá por ello, las elucubraciones y los rumores crecían entre los marineros.

—¿Habéis oído hablar de Juan Díaz de Solís?

La pregunta de Esteban Villón nos llenó de asombro. «No», respondimos casi al unísono Nicolás, Domingo, Benito, el grumete Martín de Ayamonte, un joven andaluz algo taciturno y muy reservado, y yo. Esteban se reclinó contra el palo mayor, junto al que nos habíamos sentado a cenar, y dejó en el suelo la escudilla vacía y la taza de vino. Le apasionaban las anécdotas que había recopilado en otros viajes y en las tabernas de Sevilla sobre la conquista de aquellas tierras.

—Solís intentó, hace unos años, hallar un paso que comunicara el mar Océano con el que existe al otro lado, ese mar del Sur que descubrió Balboa hará… —contó por lo bajo con los dedos: *unan, daou, tri, pevar, pemp, c'hwec'h*— cinco o seis años. —Tenía un castellano casi perfecto, sólo muy de cuando en cuando le habíamos oído algo en su lengua natal—. Al parecer, Solís exploró las costas hacia las que ahora vamos y, cuando encontró una gran lengua de agua que unos decían mar y otros río, fue apresado por una tribu de caníbales que le confundieron con la cena. Supongo que ahora nos toca comprobar qué fue lo que descubrió.

—Soy algo duro de entendimiento —dijo Benito—, pero ¿qué obtiene Castilla buscando ese paso? *Madonna mia*, ¿por qué no seguir el camino del mar de la India?

—Porque eso iría en contra de lo que el papa Alejandro dispuso. Magallanes quiere hallar una comunicación directa entre los dos mares y llegar así a las islas de la Especiería mucho más rápido que los portugueses alrededor de África y, por supuesto, sin surcar las aguas y rutas que les corresponden.

—¿Y por qué está tan seguro de que el paso existe? —pregunté.

—Parece que cuenta con informaciones privilegiadas que nadie más en Castilla conoce —dijo bajando la voz—. Después de todo, él estuvo trabajando para el rey don Manuel y no me extrañaría que se hubiese llevado consigo de Portugal un buen fardo de secretos.

—No lo dudo —intervino Benito—, pero el invierno se nos echa encima. Será difícil encontrar el maldito paso si cada nuevo día el tiempo empeora y las condiciones son más adversas. ¿No os habéis dado cuenta de que las horas de luz son cada vez menos?

—Claro que nos hemos dado cuenta —dijo Esteban—, pero ese estrecho no puede estar ya demasiado lejos. Si Magallanes nos ha traído hasta aquí apostando su honor en esta empresa es porque debe de tener la seguridad de que existe y de que se encuentra cerca.

—¡Dios te oiga, Esteban! —Benito resopló—. No pongo en duda lo que dices, pero me pregunto si estarás confundiendo tus deseos con la realidad. Lo que sé es que hasta ahora llevamos más de cinco meses de navegación y que aún no hemos encontrado nada. Según afirmas, Magallanes quiere hallar una vía más rápida a la Especiería, pero ¿no tardan mucho menos los portugueses bordeando África? ¿Qué sentido tiene entonces este viaje interminable?

Esteban no supo qué responder.

Mientras, los barcos seguían rumbo hacia el sur, siempre costeando. Los días de bonanza comenzaban a alternar de forma cada vez más frecuente con las jornadas borrascosas. A pesar de todo, la navegación era buena gracias a los vientos constantes que encontramos. Además, la pesca era abundante, en la bahía brasileña habíamos cargado toneles de agua dulce, así como otros que contenían el sencillo vino que hacían aquellos benditos indígenas, y todavía nos quedaban buena parte de las vituallas embarcadas en España. Con el estómago lleno y el cuerpo curtido por aquellos meses en el mar, la única inquietud se encontraba en nuestros corazones. ¿Tendría razón Esteban?

En las siguientes jornadas, el tiempo se calmó algo y avanzamos sin sufrir ningún contratiempo. A pesar de ello, navegar tan cerca de la costa nos obligaba a extremar las precauciones, pues un banco de arena o un arrecife rocoso podían ser fatales para cualquiera de nuestros barcos. Tanto de día como de noche cinco vigías oteaban sin descanso desde el palo mayor de cada una de las cinco naves. Era un trabajo que a casi nadie gustaba, tanto por la obligación de estar continuamente alerta y sin dejarse vencer por el tedio, como por el peligro de caer y por el frío que había que soportar en las cada vez más frescas jornadas.

A mí, sin embargo, me complacía. En lo alto del palo de la *Victoria*, solo, era feliz. No había de oír las mismas bromas y discusiones de siempre, no recibía las órdenes afiladas de los oficiales, no tenía que hablar ni responder. Las voces me llegaban lejanas. Me sentía como la única persona del mundo, un navegante solitario en el azul inconmensurable, en una selva interminable de olas y espuma. No quería saber quién estaba en cubierta con los aparejos o a quién le tocaba fregar o reparar las tablas. Nada de eso me importaba. Me limitaba a llevar la mirada del mar a la costa y de la costa al mar. Siempre a lo lejos, y no sólo hacia fuera, sino también hacia mi interior.

Recordaba mi niñez y mi juventud, me veía paseando por los caminos de mi tierra, podía incluso sentir sobre la piel la espesa niebla que tantas veces invadía nuestra verde comarca. Pensaba en mi madre, en lo que sufrió por nosotros y en lo que sufrimos por ella; pensaba también en mis hermanos y en mi desgraciado padre, a quien la suerte no acompañó. Me acordaba de mis lecciones, de mis sueños infantiles y, sobre todo, de Lucía. ¿Cómo estaría? ¿Habría encontrado la tan merecida felicidad después de todo? ¿Seguiría en el pueblo? Sentía un hormigueo de inquietud que me subía desde el vientre hasta la garganta y que me invitaba a alejar de mí aquellos pensamientos. Pero no podía hacerlo. De hecho, me gustaba aquella sensación, mezcla de nostalgia y de melancolía. ¡Si no hubiese en la vida más obligación que aquella de mirar a lo lejos!

La mañana del 10 de enero de 1520 me sorprendió, como muchas otras, en lo alto del mástil. A pesar de haber estado toda la noche alerta, no sentía ningún cansancio. Con la vista fija en la costa, las primeras luces del alba me permitieron vislumbrar entre la niebla matutina un entrante de mar sobre el que se levantaban tres pequeñas colinas. Cuando estaba a punto de anunciarlo, una voz se me adelantó.

—¡Monte vidi! —gritó el vigía de la nao capitana.

Al poco, la *Trinidad*, con las otras cuatro naves siguiendo su estela, se adentró en aquel profundo quiebro de la costa que nos dirigía decididamente hacia el oeste. Miré hacia el otro lado de la inmensa lengua de mar y no pude ver tierra por ninguna parte. Pensé que se debía a la niebla que aún cubría aquellos parajes, pero al cabo de varias horas de navegación, con el sol brillando ya en lo alto, se hizo evidente que al sur de esas aguas no había tierra alguna. Una pregunta me vino inmediatamente: ¿sería aquél el paso que andábamos buscando?

Cuando bajé a la cubierta comprobé que la misma pregunta ya se la habían planteado también los otros marineros. Todos miraban la costa que nos acompañaba al norte y el mar inmenso que se abría al sur. ¿Cómo podía confundir nadie aquello con el estuario de un río? Ni siquiera el Guadalquivir en toda su grandeza contaba con una separación tan notable entre sus orillas. Aquello no era un río, no podía serlo.

A media tarde, Magallanes ordenó a las naves que se detuvieran; de la *Trinidad* se bajó un caldero y luego se subió. Un marinero probó el agua.

—¡Es salada!

Gritos de alborozo brotaron de los cinco barcos al unísono. Esa noche todos celebramos la noticia de nuestro hallazgo. Nos encontrábamos, por fin, donde Solís interrumpió su viaje y con la certeza de que lo que encontró no fue la desembocadura de un río, sino un entrante en aquella dilatada costa. Comimos, bebimos y bailamos al son de los tambores y los panderos. El fin de nuestro periplo, pensé, estaba un poco más cerca.

Al día siguiente la navegación continuó a muy buen ritmo, en nuestra nueva dirección hacia poniente. El viento nos era propicio y la corriente también. Al finalizar la jornada, un nuevo caldero de agua fue izado a bordo.

—¡Salada!

Al tercer día, Magallanes decidió, por vez primera desde que partimos de Sevilla, dividir la flota. Por ser las dos naves más pequeñas y ligeras, la *Santiago* y la *Victoria* fueron enviadas a reconocer aquella lengua de mar en dirección oeste, mientras que las otras, bajo el mando directo del capitán general, explorarían en dirección sur.

Juan Rodríguez Serrano, capitán de la *Santiago*, y Luis de Mendoza, el nuestro, recibieron la orden expresa de no desembarcar por ningún motivo, para evitar un destino similar al que sufriera Díaz de Solís años atrás, y limitarse a reconocer la costa. Ese mismo día partimos con el ánimo henchido. Estábamos contentos de ser los encargados de descubrir el paso y nos mataba la impaciencia por hallarlo.

Durante varios días navegamos en dirección oeste-noroeste siguiendo de cerca el litoral. Una noche, al acabar la jornada de navegación, bajamos el caldero y lo llenamos de agua. Ya en cubierta, pudimos comprobar que no estaba tan salada como hasta ese momento. ¿Qué estaba ocurriendo? Si no era un mar, ¿qué era aquella inmensidad con una sola orilla?

Gracias al buen viento, avanzamos bastante durante toda la mañana y buena parte de la tarde siguientes. Cuando el sol estaba a punto de declinar, el vigía de la *Santiago* divisó a lo lejos una mancha verde que le pareció tierra. Como la noche ya caía, recalamos cerca esperando que amaneciese para continuar la exploración. Con las primeras luces nuestras peores sospechas se confirmaron: podía apreciarse con claridad que la costa, que hasta entonces se divisaba decididamente hacia el oeste, tenía continuación en otro tramo que parecía cerrar el contorno de una enorme bahía.

Bajamos el caldero y al subirlo la noticia no pudo ser, paradójicamente, más amarga: el agua era dulce. No estábamos en una lengua de mar, sino en el gigantesco estuario de un río de dimensiones descomunales. Abatidos, dedicamos otra jornada a constatar de nuevo nuestro descorazonador descubrimiento, antes de tomar el rumbo de vuelta al lugar que Magallanes había bautizado como Montevidi.

Varios días después llegamos a la entrada del estuario, donde los otros tres barcos nos esperaban, supongo que anhelando ver banderas ondeantes y gestos de alegría; no se los pudimos ofrecer. Lentamente, nos aproximamos hasta la nao *Trinidad* y los dos capitanes, Serrano y Mendoza, subieron a detallar al portugués los pormenores de la expedición. Mientras, los marineros de la *Santiago* y de la *Victoria* contamos a los de los otros barcos nuestro aciago descubrimiento. A su vez, desde la *Concepción* nos dieron la triste noticia de que uno de los marineros había muerto al caer por la borda, en medio de una tormenta, y desde la *Trinidad* nos informaron de que habían visto un indio al que habían invitado a subir a la nao capitana. Para agasajarle, se le ofreció un poco de vino servido en una copa de plata. Al ver el metal, el indígena se puso a dar saltos y a gesticular, señalando con su dedo en dirección este. Magallanes trató de preguntarle si más allá había tierra o mar, pero no logró hacerse entender. El hombre sólo tocaba la copa y señalaba al interior. Al menos, dedujeron, hacia el interior debía de haber plata en abundancia. Después de que el indio se emborrachase con unas cuantas copas más, le bajaron de nuevo a tierra. Poca recompensa para tantos días de exploración.

Más tarde, mientras estábamos sentados en cubierta, Esteban dijo:

—Quizá el capitán general ya sabía que éste no era el paso buscado, pero probablemente tuviera órdenes de la Corona de reconocer el territorio.

—Hemos perdido demasiadas jornadas en este estuario, Esteban. Si éste no es el paso, ¿dónde está? ¿Lo sabe él o lo anda buscando a tientas?

Las preguntas de Nicolás quedaron suspendidas en el aire como un negro nubarrón.

—Tiene que estar más al sur —respondió Esteban tratando de insuflarnos algo de ánimo—. No debemos desconfiar. Es normal que el capitán general quiera reconocer con detenimiento estas tierras; es necesario que así sea a fin de dejar bien establecida la ruta para las siguientes expediciones.

Benito Genovés frunció el ceño.

—No lo veo nada claro. Pienso que en algún momento viraremos y tomaremos la ruta de la costa africana.

—No seas terco, Benito —replicó Esteban—. Esa ruta es de Portugal. Los barcos castellanos tienen prohibido recorrerla, y eso lo sabe muy bien Magallanes.

—Resultaría estúpido seguir la costa de las Indias para luego retornar a África —dije—. No tiene sentido. Si nos ha traído hasta aquí es porque tiene algo grande en mente. Algo que, por supuesto, no es cartografiar esta maldita bahía.

Nicolás me miró como dudando de mis palabras. Domingo y Martín de Ayamonte, como siempre, callaban.

—Creo que no debemos precipitarnos —zanjó Esteban—. Es preferible esperar a que los capitanes terminen de relatar a Magallanes nuestras averiguaciones. Entonces sabremos adónde nos dirigimos.

Vana esperanza. Sin que nos hubiese dado tiempo apenas a acabar la discusión, Mendoza y Serrano salieron del camarote de Magallanes y se dirigieron con la cabeza gacha a sus respectivas naves. Cuando Mendoza subió a bordo de la *Victoria*, llamó al contramaestre Miguel de Rodas.

—Informe a los hombres de que mañana partimos de nuevo en dirección sur.

Dirigí la mirada a la *Trinidad*. En el castillo de popa se alzaba la exigua figura de Magallanes, pequeña en tamaño pero con un halo de poder y orgullo a su alrededor. Permaneció unos instantes con la mirada perdida en las aguas. Acto seguido volvió al interior del barco.

A la mañana siguiente reanudamos la navegación con la *Trinidad* en cabeza y los otros barcos detrás, como Magallanes disponía. Tras dejar atrás la bahía, a la que bautizamos como río de Solís y tiempo más tarde llamarían río de la Plata, seguimos navegando rumbo sur. El paisaje se volvió aún más monótono: la costa era baja, no se veía ningún ser humano por la orilla y la vegetación se componía en su mayor parte de matorral. Las tormentas nos acompañaban día sí, día no, y el fresco de las noches comenzaba a contagiar a buena parte del día.

Frente a un promontorio rocoso tuvimos un serio percance que nos detuvo por dos jornadas. Sucedió que la *San Antonio* se acercó demasiado a la costa y la quilla rozó el fondo rocoso, de suerte que la dañó seriamente y hubo que proceder a su reparación. Ante la ausencia de poblados indígenas por los alrededores, bajamos despreocupadamente a tierra y aprovechamos para hacer aguada. Bautizamos el lugar como cabo de San Antonio, y, una vez que la nave fue reparada, continuamos nuestra ruta al sur.

El tiempo empeoró por momentos en cuanto entramos en el mes de febrero. Las tormentas se cernían sobre la flota impidiéndonos el avance. Trabajar en esas condiciones en la cubierta de la *Victoria* resultaba insufrible. El agua me azotaba la cara y las manos y me empapaba las ropas; las velas eran por completo ingobernables. No había descanso. Habíamos dormido sólo un par de horas y la campana nos llamaba de nuevo al relevo, debiendo salir a soportar la lluvia incesante y el intenso frío. El culmen se produjo a mediados de mes, cuando una terrible tempestad a punto estuvo de llevar a pique nuestro barco.

Había estado lloviendo durante toda la tarde y al anochecer se sumó un espantoso vendaval. El velamen de la *Victoria* apenas podía manejarse, y el oleaje y las corrientes nos fueron empujando hacia la costa. Casi no podíamos abrir los ojos bajo aquel infierno de agua y viento y, sin darnos cuenta, perdimos el contacto con los otros barcos y nos dirigimos contra un promontorio rocoso. Sólo la habilidad del capitán Mendoza y nuestra rápida respuesta a las órdenes que él nos voceaba nos salvaron de una muerte segura. En el último momento conseguimos recuperar el control de la nave y regresamos junto a la flota donde, a falta de buen tiempo, al menos contábamos con el alivio de la compañía de los otros barcos.

Subir al palo mayor en aquellas noches atroces había dejado de ser un placer incluso para mí. Aun así, me ofrecía voluntario para trepar hasta lo más alto y comunicar de inmediato cualquier cosa que pudiera divisar. Lo que se avistaba era poco. Cuando el tiempo lo permitía nos acercábamos a la costa para contemplar, desolados, el mismo paisaje monótono: llanuras y más llanuras de matorral y herbazales, con algún que otro bosquete aislado. De cuando en cuando se abría alguna bahía y, entonces, el capitán general mandaba detener la flota y explorar el lugar.

Un día, algo llamó nuestra atención poderosamente. Miles de aves cubrían las rocas cercanas al litoral; eran unos pájaros realmente extraños y bien distintos de cualquier otro que hubiésemos visto antes. En principio parecían patos, pero caminaban mucho más erguidos y su plumaje era negro y blanco. Descendimos a tierra y capturamos sin dificultad muchos de ellos, dada su mansedumbre. «Pájaros tontos», los bautizó uno de los marineros. Nos extrañó que, a pesar de contar con alas, no volasen. Por el contrario, se zambullían con destreza y capturaban peces con su desarrollado pico. Ya en cubierta sacrificamos varios y comprobamos que su carne era en extremo grasa; aun así, por la noche nos dimos un festín con ellos y con las últimas reservas del vino brasileño.

En otra isla cercana a la costa descubrimos otro animal sorprendente. Era muy voluminoso y carecía de patas; en sustitución de éstas, contaba con unas cortas y poderosas aletas que le servían para desplazarse con lentitud y dificultad por las rocas y la arena. En cambio, en el mar era un nadador tremendo. Su cabeza era similar a la de una vaca, si bien el sonido que emitía era del todo distinto. Benito Genovés aseguró haber visto alguna vez una bestia similar en el Mediterráneo, sólo que de tamaño mucho menor. A diferencia de los pájaros, estos «lobos marinos», como dimos en llamarlos, eran muy agresivos, y nos costó lo nuestro abatir uno y llevarlo a bordo de la *Victoria* para comprobar que su carne era tanto o más grasa que la de los extraños pájaros de plumaje negro.

—Pájaros tontos y lobos de mar, menudos compañeros de viaje —dijo Martín de Ayamonte, y escupió en la cubierta.

Ni rastro de personas. Sólo un día, y a mucha distancia, un marinero de la *Concepción* vio correr a un grupo de individuos vestidos con toscas pieles, huyendo hacia el interior. Otros marineros del barco comenzaron a gritar y a hacer sonar campanillas para atraer su atención, sin conseguir que ninguno de ellos se detuviera. Fue el único atisbo de vida humana en aquellas inhóspitas latitudes y, a pesar de la alegría que nos causó, no consiguió aliviar nuestra inquietud. ¿Dónde demonios estábamos? ¿Y adónde demonios íbamos?

El 24 de febrero la costa mostró un profundo entrante hacia el oeste. El capitán general ordenó detener de nuevo la flota y mandó a la *Santiago* internarse en aquella lengua de mar. Con el corazón encogido por la tensión y los músculos ateridos por el intenso frío de la mañana, vimos partir al pequeño barco. ¿Encontraría un paso al otro mar?

Pronto lo íbamos a comprobar.

13

Al día siguiente del vergonzoso incidente en que quedó en evidencia mi cobardía, Juan lo contó en su casa. Su padre, entre risas, lo explicó a su vez a Antonio, un vecino de Barreda, uno de los pueblos de nuestro concejo, y éste a Vicenta, la mujer más deslenguada de todo el valle. Antes del anochecer la noticia había llegado a mi aldea y así mi padre se enteró de la pelea no consumada, de mi amistad con Lucía y de las lecciones a las que, sin su permiso, asistía en casa de Sancho el Tuerto.

—¡En esta casa mando yo! —gritó después de cruzarme la cara de un sopapo.

Sentí el rostro ardiendo del bofetón, pero me mantuve de pie sin derramar una lágrima. Ya era todo bastante humillante para completarlo con un lamentable lloriqueo.

—¡Si digo que tienes que trabajar, es que tienes que trabajar! Aquí no nos sobra la comida ni el dinero.

—Yo he seguido trayendo el dinero, padre.

—¡Has aceptado la caridad y la limosna de un buen hombre! Ésa no es una forma digna de ganarse la vida. Mi abuelo siempre lo decía: el que recibe un favor carga con una deuda. Lo que tienes que hacer es trabajar, para eso nos paga Sancho.

No sabía qué responder. Mi padre se acercó y me cogió por el hombro.

—Lo de leer y escribir nunca te valdrá para nada. Dios nos pone a cada uno en un lugar en esta vida. A nosotros nos puso para trabajar la tierra, somos hombres de campo. Lo de las letras no es para nosotros, eso es cosa de los ricos y los monjes. ¿Cuánta gente conoces por aquí que lea o escriba? Aprendiendo a hacerlo te pones en ridículo a ti y pones en ridículo a toda la familia. ¿No has visto cómo nos miran ahora en el pueblo? Todos se ríen de que el hijo de un labriego se dé aires de grandeza.

—Esos otros niños también estudian. Y nadie se ríe de ellos —dije lastimosamente.

—Estudian porque sus padres pueden pagar a Sancho; nosotros, en cambio, necesitamos su dinero. Y, la verdad, no entiendo por qué esa familia de Lerones deja asistir a su hija. Bien pueden costear a la cría un tutor en casa.

—Se llama Lucía, padre.

—Tanto me da cómo se llame. Hazme caso, hijo, todas esas letras y esas pamplinas no harán más que llenarte la cabeza de fantasías y estupideces. Sancho nos ofreció una oportunidad y tú te aprovechas dándole lástima. Las cosas no se hacen así, hijo.

¿Tendría razón mi padre? Al fin y al cabo, las fantasías despertadas con los relatos que aquel hombre empleaba para enseñarnos no me habían traído nada bueno hasta el momento; no eran más que ilusiones, sueños imposibles de cumplir fuera del papel.

—Mañana irás a casa de Sancho y le dirás que no vas a volver a las lecciones. Y a partir de ahora trabajarás en lo que te mande, sin rechistar y sin quejarte lo más mínimo. Nos hace mucha falta ese dinero. Toma como ejemplo a tus hermanos mayores.

Miré por el ventanuco y vi a Pedro y a Joaquín laboreando el huerto que teníamos junto a la casa, con el pecho sudoroso bajo el tibio sol del atardecer. Rebosaban vitalidad y fuerza. Sus voces se habían vuelto potentes como las de los mayores; la mía aún era de crío. No era más que eso: un muchacho con la cabeza llena de pájaros. Un día tendría que crecer y madurar, pero ¿para qué? ¿Para casarme con una mujer del pueblo, tener hijos y una existencia tan mísera como la nuestra? ¿No había más posibilidades? ¿No valía más la pena un momento de ilusión y fantasía que toda una vida de penurias y sinsabores?

—¿Me has oído? —gruñó mi padre, sacándome de mis pensamientos.

—Sí, padre, os he oído.

—Pues por hoy estás castigado sin cenar. Sube y duerme, mañana te toca trabajar de verdad.

Mi padre lanzó un suspiro y salió a la calle. Supongo que le desesperaba mi carácter soñador en unos momentos en los que, más que nunca, se hacía necesario poner el máximo empeño en el trabajo. Días atrás, se había visto obligado a vender una de nuestras parcelas a Sindo, su viejo amigo, pues nos hacía falta el dinero para pagar el diezmo. Don Lope también se interesó por ella, e incluso le ofreció un poco más, pero a mi padre no le gustaba nada que se hiciera con demasiadas tierras porque tendría aún más fuerza para influir en las decisiones del concejo.

Aunque no lo pareciera, yo sí me daba cuenta de la situación. Veía que las raciones eran cada vez más escasas, que el pan era cada día más moreno y que la carne ya casi no aparecía por nuestra mesa. Todo eso lo veía, pero no estaba seguro de si quería renunciar a lo que me gustaba para convertirme en un labriego atado a aquella tierra de por vida, sin más esperanzas y sueños que dejar que la vida pasase ante mis ojos sin atrapar siquiera un pedazo de ella.

—¿En qué piensas, hijo?

Mi madre había estado todo el tiempo en una esquina de la estancia, sin atreverse a intervenir. Desde que tuvo la enfermedad no era la misma. Aunque se recuperó, no volvió a tener la fuerza de antaño. Caminaba más despacio y hablaba más bajo. Su voz, eso sí, seguía siendo igual de dulce.

—No pienso en nada, madre.

—Seguro que sí. No te enfades con tu padre; él sólo busca lo mejor para todos nosotros. Y ahora lo mejor es que tú trabajes y traigas el jornal a casa.

—Nunca he dejado de traerlo, ni de traba…

—Lo sé, lo sé —me interrumpió mi madre—. Y sé que para ti esas lecciones han debido de ser muy importantes. Te conozco bien; tu mente vuela como un pájaro, libre. Yo también sueño a veces con otros lugares y me pregunto qué habrá más allá de las montañas… ¡Cuánto me gustaría descubrirlo!

—A mí también, madre, ¡y no sólo detrás de las montañas, sino más allá del mar, en otras tierras! Pero nunca podré saberlo. Padre ha dicho que no debo pensar en esas cosas, que sólo debo concentrarme en el trabajo, que las letras no son para nosotros...

—Las letras son para cualquiera que tenga capacidad de aprenderlas, no hagas caso de todo lo que dice tu padre.

Mi madre me miró con ojos traviesos.

—Haremos un trato —propuso—. Puedes seguir leyendo y estudiando si tienes oportunidad de hacerlo; pero será a escondidas, tu padre no puede saberlo. Yo no diré nada, y si por algún descuido llega a enterarse, ya me ocuparé de defenderte. A cambio, tú me contarás todas las cosas maravillosas que aprendas. ¡También yo estoy cansada de ver siempre las mismas casas y las mismas montañas!

El corazón se me encendió como una llama y brotó una sonrisa de lo más profundo de mi ser.

—¡Claro que sí, madre! —grité lleno de júbilo.

—¡Calla! Tu padre no debe oírnos. Será nuestro secreto.

Me abracé a ella con todas mis fuerzas. Al cabo de un rato me separó, se acercó a la lumbre y me dio un trozo de tocino y un pedazo de pan. Se me quedó mirando con dulzura.

—Aún recuerdo cuando gateabas por toda la casa. Ya tenías esos ojos profundos y soñadores.

Permanecimos por un momento en el centro de la estancia, felices. Me daba la impresión de que aún quería decirme algo más.

—Por cierto, esa muchachita... Lucía, ¿no? Te gusta, ¿verdad?

Así era mi madre. Tenía una mirada radiante.

A la mañana siguiente me desperté pronto y fui a la planta baja. Joaquín había madrugado aún más y estaba desayunando unas gachas aguadas. Me miró con rabia.

—¡Hay que ver! Mientras los demás nos deslomamos, tú te dedicas a perder el tiempo —dijo.

Bajé la cabeza sin saber qué decir, cogí un pedazo de pan y eché a correr. Cuando llegué a casa de Sancho, él salía por la puerta.

—Llegas antes que otros días.

—Sí, señor. Es que… debo deciros algo.

Sancho me miró expectante, sin mover un músculo de la cara. Yo me quedé callado.

—¡Di lo que tengas que decir, muchacho, pero no te quedes ahí como un pasmarote!

—Señor —comencé—, mi padre no me deja que siga tomando las lecciones. He sido un descarado abusando de vuestra generosidad. A partir de hoy trabajaré durante todo el día, como se os prometió.

Sancho se sentó en el tocón de roble donde yo solía partir la leña.

—¡Vaya! Así que tu padre no quiere que sigas aprendiendo. ¿Te ha dado algún motivo?

—Sí, señor. Ya os dije: mientras aprendo, no trabajo, y en mi casa nos hace falta el jornal.

—Nunca he dejado de pagar a tu padre a pesar de tu asistencia a las lecciones.

—Eso dije yo, señor, pero él cree que es preferible que simplemente trabaje. Además, dice que las letras no son para un labriego.

—Vaya, vaya… Las letras no son para un labriego.

Pensé que Sancho iba a enfadarse por el comentario, pero, en cambio, sonreía.

—Una vez que se aprenden, las letras son iguales para todos, ya lo has visto. Sólo son diferentes para los zoquetes que no quieren aprenderlas o para los desafortunados que no tienen la oportunidad de hacerlo. Creo que tu padre pertenece al primer grupo.

Me quedé pensando si debía tomarme a mal el comentario, pero no saqué una opinión muy clara al respecto.

—Tú tienes facilidad para aprender, lo vi desde el primer momento. Tu trabajo me es muy útil y necesario, no lo niego, pero, si te soy sincero, obtengo más placer de verte aprender que de verte trabajar. Eres rápido y coges las cosas al vuelo mucho mejor que tus compañeros, casi tan bien como Lucía. Ya lees con soltura y lo más importante es que entiendes lo que lees. No puedes dejar de acudir a las lecciones, sería un disparate. Cada persona tiene un lugar en el mundo...

—Lo mismo dice mi padre —le interrumpí.

—... y el tuyo no es arar la tierra, te lo aseguro. ¿A que eso no te lo dice?

Sancho hizo una pausa, se atusó la barba y continuó:

—¿Sabes?, un médico de la Antigüedad afirmó una vez: «No me digáis qué enfermedad tiene ese hombre; decidme qué hombre tiene esa enfermedad». ¿Comprendes? Las cosas están ahí y parecen iguales para todos, pero únicamente lo son en apariencia. Cada hombre es distinto y sólo unos pocos entre todos son aptos para cada cosa; los hay diestros trabajando la madera, forjando el hierro, pintando imágenes... o arando la tierra, por supuesto. Y los hay también diestros en las letras y, a mi entender, éstos son quizá los mejores entre todos, porque son capaces de perpetuar el conocimiento para las generaciones futuras y aumentarlo con su propio esfuerzo. Creo que tú perteneces a ese tipo de personas. Por eso, chico, ¡no me digas qué oficio le corresponde a ese hombre, sino qué hombre le corresponde a ese oficio!

Escuchaba las palabras de Sancho embelesado; nunca nadie me había hablado de aquella manera, pero aun así...

—Mi madre no se opone a que aprenda. Pero mi padre no comparte vuestra opinión, señor. Dice que tenemos muchas dificultades y que todos debemos arrimar el hombro y trabajar.

—Y tiene razón: debes ayudar a tu familia, pero, como opina tu madre, no por ello es preciso que abandones el estudio.

—Si se entera es posible que me prohíba venir aquí y que me mande a alguna otra casa.

—¡Pues tendremos que ingeniar algo! Por de pronto, esta mañana no acudas a la lección. Déjame que piense.

Estaba Sancho terminando de decir aquellas palabras cuando aparecieron a lo lejos Juan, Francisco y Nuño y, por otro lado, Lucía. Los muchachos venían hablando entre sí y riendo; me miraban con desprecio. Ella, en cambio, llegaba con los mofletes sonrojados y su sonrisa más hermosa.

—Vamos, adentro —dijo Sancho introduciendo a los chicos en la casa.

—¿Y tú? —me preguntó Lucía mientras se le borraba la sonrisa de los labios.

Sancho la hizo pasar sin esperar mi respuesta y cerró la puerta tras de sí.

Sin pensarlo, me dirigí al establo. Al menos, había una esperanza.

Trabajé toda la mañana sin descanso. De hecho, disfrutaba con las labores del campo, sobre todo atendiendo a los animales. Me gustaba sacar las vacas al prado y llevar las ovejas a pastar al encinal. Me divertía echar a los cerdos castañas, bellotas y berzas, y verlos gruñir y pelearse por la comida, como también me entretenían las gallinas, todo el día picoteando el suelo en busca de gusanos mientras el gallo se mostraba altanero, subido a un poste o al tejado de la casa. Y aquel día, aunque disgustado por no haber podido entrar en clase, todas aquellas tareas me gustaban aún más porque pensaba que el camino para retornar a la enseñanza aún estaba abierto.

Cuando el sol llegó a lo más alto, se abrió la puerta. Los chicos salieron, me miraron y comenzaron a imitar a las gallinas mientras soltaban grandes risotadas. Yo hice caso omiso de las bromas y continué con mis quehaceres. Después salió Lucía, se despidió de Sancho y acudió hasta donde me encontraba.

—¿Por qué no has entrado hoy?

Yo aún estaba avergonzado por mi acto de cobardía y me costaba mirarla a los ojos.

—No voy a volver; mi padre no me deja.

—¿Por qué no?

—Tengo que trabajar más para llevar el jornal a casa.

Lucía bajó la cabeza, apenada.

—¿Qué habéis hecho hoy? —le pregunté.

—Poca cosa, yo leer un poco; a los otros zoquetes todavía les cuesta escribir una frase sin ayuda. No sé si aprenderán alguna vez.

Sonreí. Me gustaba ver que Lucía aún seguía de mi lado, a pesar de mi manifiesta cobardía.

—Te he echado de menos en clase.

Miró hacia la casa por si Sancho estaba en la puerta. Luego se acercó y me besó en la mejilla.

—Tengo prisa, mañana nos vemos —dijo, y tomó corriendo el sendero que llevaba a Lerones.

Supongo que Sancho estaría mirando, porque nada más irse ella, salió de la casa y se acercó a mí.

—Creo que ya tengo una solución a nuestro problema.

Presté atención.

—Para no levantar sospechas, debes llegar pronto todos los días y ponerte a trabajar, como hoy. Cuando vengan los muchachos y Lucía deben verte ocupado. Una vez que estén dentro, puedes dejar tus tareas y entrar en el establo; allí te dejaré una tablilla y un pizarrín para que escribas. Con la puerta abierta tendrás suficiente claridad para ver. Por la tarde, cuando los demás no estén, yo corregiré lo que hayas hecho.

—Pero si alguno de los muchachos se entera, tarde o temprano mi padre lo sabrá.

—Nadie se enterará; creerán que estás trabajando. Además, si pegas mucho el oído a la pared, es posible que oigas las lecciones. Creo que voy a abrir un pequeño agujero en el muro esta tarde —dijo sonriendo.

No era la solución ideal, pero era una solución. Y, dadas las circunstancias, a mí me servía.

—Gracias, señor.

—No me llames señor, muchacho, no soy señor de nadie. Llámame Sancho, simplemente, y no me agradezcas nada; soy yo el que estoy en deuda contigo. Cuando perdí a mi hijo Ramiro creí que todo se había acabado: era todo cuanto me quedaba. Me recuerdas a él. Era tan listo como tú; tenía tantas ilusiones…

Sancho cerró su ojo sano y se sentó sobre el tocón de roble, a la puerta de la casa. Le puse la mano en el hombro y noté que sollozaba en silencio.

—Vete, que tus padres te estarán esperando —dijo.

—Sí, Sancho. A la tarde vuelvo.

Me alejé con una opresión en el pecho. Sólo tenía trece años y sabía poco de la vida, pero a pesar de ello, intuía el dolor de Sancho por la pérdida de su hijo. Recordé a mi hermana María: la vi cruzando el umbral y marchando sin mirar atrás. Recordé a mi madre tendida en la cama, enferma, pálida. ¿Y si hubiese muerto? ¿Habría podido vivir sin ella?

Aceleré el paso para distraer mis pensamientos. Gracias a Dios, en aquellos años una simple carrera con un palo en la mano bastaba para hacerme olvidar todo lo malo.

14

El 25 de febrero de 1520 amaneció con buen tiempo y mejor temperatura. Después de varias jornadas soportando cielos nublados y un intenso frío, me alegró recibir de nuevo en la cara los rayos del sol. ¿Quizá fuese una premonición del éxito de la *Santiago* en su expedición por aquella entrada de mar que acabábamos de descubrir?

Entre los marineros de la *Victoria*, sin embargo, reinaba cierta tensión. Ya era mucha la costa y varias las bahías y ensenadas que la flota había explorado, y el resultado siempre había sido el mismo: ninguna conducía al ansiado mar del Sur. Y lo peor no era eso, sino que toda la tripulación sentía una enorme angustia e inquietud ante la actitud del capitán general. Magallanes siempre se mostraba imperturbable, seguro, confiado. Pero si tanta confianza tenía en la misión y en ese paso para llevarla a cabo, ¿por qué dar tantos rodeos? ¿Por qué perder tiempo en cada una de aquellas bahías que no conducían a ninguna parte? Algunos comenzaban a pensar que el capitán general nos guiaba hacia un desastre.

—Si uno sabe donde está el queso, no abre todas las puertas de la despensa. Me pregunto por qué el portugués se empeña en verificar cada tramo de costa si dice conocer el camino. —A pesar de la rudeza de su lenguaje, Juan Griego, marinero veterano y curtido en mil aventuras, resumía a la perfección nuestro estado de ánimo.

—Lo mismo debían de pensar los marineros de Colón —terció Esteban—, y al fin lograron su objetivo.

—¡Sí, morir en el fuerte Navidad, comidos por los caníbales! —soltó Benito.

—No seas zopenco, hombre, no todos acabaron así —respondió Esteban.

—Pues nosotros sí que vamos a acabar así —dijo Juan Griego, malhumorado—. ¡Harto me tiene esta expedición! Estamos más al sur de lo que nadie haya llegado antes, hace frío, las tormentas son cada vez más terribles y hace días que no vemos un ser humano. Aunque no me extraña, ¡a quién demonios se le ocurriría vivir aquí!

Nicolás y Domingo permanecían callados, pero asintieron a las palabras de Juan. A Martín de Ayamonte, a pesar de que rara vez expresaba sus opiniones, se le veía con ganas de intervenir, pero yo me adelanté.

—Magallanes nos ha traído hasta aquí sin sufrir percances y confío en que volveremos a España del mismo modo. ¿Por qué motivo iba a empeñarse en un viaje de esta naturaleza si no tuviera confianza en su buen término?

—¡Por buscar la gloria, maldita sea! —exclamó Juan—. El mundo está lleno de tipos sin escrúpulos a los que no les importa lo más mínimo jugar con la vida de los demás con tal de lograr lo que ellos ansían. Yo creo, mientras nadie me demuestre lo contrario, que el portugués está absolutamente perdido y que espera un golpe de suerte para salvar la situación. Si hay un paso, ¿por qué no nos lleva a él directamente, sin tanto rodeo? Y, por otro lado, ¿por qué tiene que haber un paso?

—Yo opino como Juan —dijo Martín—. Parece claro que nadie ha estado aquí antes; si no, toda esta costa ya la habrían descrito y no perderíamos el tiempo explorándola de nuevo.

—Ya os conté que Magallanes estuvo mucho tiempo al servicio del rey de Portugal —intervino Esteban—. Y es sabido que los portugueses llevaban mucha ventaja cuando Colón descubrió las Indias. No sería raro que alguna expedición portuguesa hubiese explorado ya estas tierras y que Magallanes esté al corriente.

—¿Y por qué no lo dice? Tenemos derecho a saber adónde nos dirigimos. —Juan nos miraba uno a uno, interrogándonos—.

Y más aún los capitanes. ¿No os habéis fijado en que nunca habla con ellos? ¿Os parece normal que en seis meses no les haya consultado ni una sola vez? Lo que yo os digo: nos trata como a putas, no le importamos lo más mínimo.

Esteban quiso responder, pero Juan Griego se alejó maldiciendo.

Al atardecer, vimos aproximarse a la *Santiago*. Todos contuvimos la respiración esperando ver una bandera ondeante en el mástil, algún gesto de júbilo... No fue así. No hubo gritos de alborozo ni tronar de cañones. El resultado estaba claro: aquello no era el paso, sino una nueva bahía. La bautizamos como San Matías.

Al día siguiente, bien pronto, izamos las velas y partimos de nuevo hacia el sur, siguiendo el perfil de la costa en una navegación de cabotaje que cada vez se hacía más peligrosa. No conocíamos nada de esas tierras y cualquier bajío podía dañar el casco de nuestros barcos. Todo debía hacerse con suma atención, pero contábamos con el inconveniente añadido de que los días eran cada vez más cortos y las horas de navegación, por tanto, se reducían. A pesar de todo, nosotros continuábamos. Una jornada, una playa; otra, un promontorio rocoso; otra más, una ensenada... Ni rastro de un paso o de nada que nos hiciese presumir el éxito de nuestra misión. Y Magallanes siempre en cabeza, en el castillo de la *Trinidad*: altanero, sin hablar con nadie y sin dejarse tratar, imperturbable.

—¿Crees que podremos seguir navegando mucho tiempo en estas condiciones? —me preguntó una noche Nicolás.

—No creo, hermano. Pero ¿qué podemos saber tú y yo de eso?

—Tú y yo, nada; y la mayor parte de los marineros, tampoco. Pero el capitán general debería saberlo, lo mismo que los otros capitanes, supongo.

—Tu hermano tiene razón —intervino Juan Griego, que aprovechaba cualquier ocasión para expresar su malestar—. Esto hace tiempo que se salió de madre. Vamos directos a la muerte.

—No hables así, Juan —dije—. Debemos guardar al menos un poco de esperanza. Estoy seguro de que en una o dos semanas las cosas estarán más claras.

Pero pasaron no dos sino tres semanas y las cosas seguían igual o, mejor dicho, peor. A duras penas habíamos recorrido un pequeño tramo de aquella costa desierta, descubriendo otras dos bahías sin salida, bajo unas condiciones que comenzaban a ser infernales. Recuerdo que durante cuatro días seguidos soportamos una tormenta como nunca había visto, un vendaval insufrible con lluvias intensísimas que apenas nos permitía sostenernos en cubierta. La bodega de la *Victoria* se inundaba continuamente y debíamos achicar agua con la bomba en turnos agotadores. Además, el peligro de encallar obligaba a la flota a dirigirse mar adentro, lo que dificultaba el mantenimiento del rumbo. Las velas de tres de los barcos se rasgaron y hubo que repararlas, al igual que los palos de la *Concepción* y la *Trinidad*. Fueron días horribles en los que todos trabajamos como bestias al límite de nuestras fuerzas.

Tras aquellos cuatro días de tormenta endiablada, el temporal amainó un poco, lo que nos permitió avanzar a mejor ritmo. Aun así, la lluvia apenas cesó y las horas de luz seguían decayendo. Estábamos ya a mitad de marzo y nos esperaba todavía lo más crudo del invierno en aquellas latitudes.

Una tarde estaba solo, reparando un cabo y ensimismado en mis recuerdos. Pensaba en mi juventud, en el pueblo, en Lucía, en Sancho. Entonces ocurrió lo que tanto tiempo llevaba temiendo: Diego de Peralta, el alguacil de la *Victoria*, que desde nuestra recalada en Brasil me había ignorado por completo, se me acercó.

—Grumete —me dijo—, supongo que aún recuerdas la promesa que me hiciste, ¿verdad?

—Sí, señor. No lo he olvidado.

—Así me gusta, porque es muy posible que dentro de poco te la reclame. Y espero que estés ahí para cumplir tu palabra.

—Os la di —respondí con un nudo en la garganta— y la cumpliré.

Se alejó; por lo visto, aún no había llegado el momento. Las jornadas siguientes continuamos navegando sin descanso en dirección sur. La desesperación se había apoderado de la tripulación de toda la flota, salvo, al parecer, del capitán general. Cada día le veía en el castillo de popa, mirando sin descanso el horizonte, revisando cada minúsculo tramo de costa, tomando notas, midiendo la fuerza y la dirección del viento. Y siempre el mismo resultado: nada. Nuevas playas, nuevas calas, nuevas bahías, nuevos arrecifes... y ningún paso. Nos aproximábamos a regiones cada vez más frías e inhóspitas. Si tuviéramos que desistir de nuestro empeño, ¿estarían nuestras naves preparadas para el retorno? Y si no encontrásemos vientos favorables, ¿cómo haríamos para regresar?

Las conversaciones iban subiendo de tono, y ya no eran sólo cosa de la marinería. Los oficiales hablaban cada día con mayor libertad y en voz más alta de su descontento con la actitud de Magallanes. El portugués dirigía la expedición con mano de hierro hacia el invierno, sin molestarse en dialogar con nadie o en pedir consejo. Muchas veces los capitanes habían solicitado que les recibiera a bordo y que les comunicara el derrotero de la expedición, pero el portugués siempre denegaba la solicitud. Se limitaba a comunicar un «sigan las órdenes dictadas». Y a pesar de que la navegación era tan lenta que resultaba imposible que ninguna nave pudiera perderse, Magallanes se empeñaba en mantener el sistema de señales y la pública humillación y sumisión de cada atardecer. En aquellos días, el capitán Juan de Cartagena, aherrojado, pasó de nuestro barco a la *Concepción*, bajo el mando de Gaspar de Quesada. Mientras lo trasladaban, pude ver el odio en sus ojos.

El día 28 de marzo se produjo el primer incidente grave a bordo desde la sublevación de Juan de Cartagena. El grumete Pero García, de la *Santiago*, no soportó más la presión y perdió la cabeza. Estaba izando con otros la vela del palo mayor cuando soltó un aullido y comenzó a golpear a sus compañeros.

—¡Quiero regresar a Castilla! —vociferaba—. ¡No quiero navegar una legua más! ¡Muerte al capitán general!

Cualquiera de los gritos le habría valido un buen castigo,

pero el insulto y la amenaza directa a Magallanes era demasiado. El contramaestre de la *Santiago*, acompañado de otros tres marineros, consiguió reducirle y amordazarle antes de que profiriese improperios aún peores.

A la tarde, fue conducido a cubierta. Iba con la cabeza gacha y sollozaba; parecía incapaz de dar siquiera un paso, reflejaba un cansancio infinito. Lo ataron al palo mayor, el contramaestre tomó el látigo y, después de leer la acusación contra él, le dio veinte latigazos en la espalda. Como los demás miembros de las tripulaciones, fui obligado a presenciar el castigo. Sabía que aquel pobre muchacho que sollozaba y gritaba con la espalda en carne viva podía haber sido yo o cualquier otro: todos estábamos al borde de la desesperación. Cuando el castigo concluyó, lo desataron y cayó desmayado. Entre varios marineros se lo llevaron para curarle las heridas. Magallanes observó la escena desde la *Trinidad*, solo. Poco después, su contramaestre salió a cubierta y dictó las órdenes para el día siguiente: seguiríamos navegando en dirección sur.

Y así lo hicimos, durante ese día y dos más. El frío fue muy intenso en esas tres jornadas y las labores en cubierta se hicieron insufribles. Dos de los vigías de la *Victoria* tuvieron que bajar del palo mayor antes de tiempo porque temían no ser capaces de sujetarse a los cabos con sus manos congeladas. Nuestra ropa no era la adecuada para aquellas temperaturas y debíamos mantenernos en continua actividad si queríamos conservar algo el calor.

Por fin, el día postrero de marzo, nada más comenzar la jornada de navegación, llegamos a un nuevo entrante de la costa. Otro más. La *Santiago* penetró en él con el fin de dilucidar si era un paso o una bahía. A esas alturas yo también dudaba de que realmente hubiera un paso en algún lugar. Y estaba en lo cierto; al cabo de unas horas la nao regresó confirmando lo esperado: aquel entrante no era sino una bahía. Aun así, los cinco barcos se adentraron en ella por mandato del portugués. Allí desaguaban unos cuantos riachuelos de buen caudal y, a simple vista, pudimos apreciar también abundantes bancos de peces. Le dimos el nombre de bahía de San Julián.

—Sería un hermoso lugar si no estuviera en el rincón más alejado del planeta —dijo Juan Griego con una mueca de desprecio.

Magallanes, en el castillo de la *Trinidad*, escudriñaba aquello con suma atención, como solía hacer siempre. El viento estaba casi en calma y las naos navegaban muy despacio. A una señal del capitán general, el maestre de la *Trinidad* ordenó arriar las velas; la misma orden se transmitió a las demás embarcaciones. ¿A qué venía aquello? Todavía era pronto y podíamos navegar durante varias horas más. En ese momento, un mal presentimiento me atenazó. Quedé inmóvil, expectante, deseando no oír lo que tanto temía. El portugués se volvió y mirando al conjunto de la flota gritó:

—¡Abajo las anclas!

En aquel lugar remoto, desierto, azotado por vientos heladores, cubierto por la niebla y completamente deshabitado, íbamos a pasar el invierno. Que Dios nos protegiese.

15

Siguiendo las instrucciones de Sancho el Tuerto y con la aprobación secreta de mi madre, pude seguir aprendiendo. No era lo mismo que asistir a las clases, pero era la única manera de continuar con las lecciones y sortear a la vez la negativa de mi padre a que lo hiciera.

Aunque me moría de ganas de decir a Lucía que seguía estudiando, Sancho me había aconsejado que no se lo revelase a nadie.

—Cuantas menos personas conozcan nuestro secreto, mejor.

Lucía se mostraba muy apenada por mi situación y no comprendía por qué motivo mi padre me negaba la posibilidad de estudiar.

—Ya sabes que en mi casa somos pobres —le expliqué un día cuando salió de clase—. Tenemos pocas tierras y somos muchos; no nos llega casi ni para comer.

Asintió con tristeza. Me di cuenta de que habría preferido otra respuesta, pero era lo suficientemente madura para saber que ciertas cosas no tenían fácil solución.

—En mi casa nos va bien. Mis padres no tienen hermanos y heredaron buenas tierras. Tenemos muchas vacas, y varios hombres de mi pueblo trabajan en nuestros campos como jornaleros.

Me costaba siquiera imaginar lo que podía ser vivir de ese modo, sin estrecheces, sin incertidumbres…

—Aun así —continuó—, no todo es tan sencillo. Mi padre no es bueno con mi madre. Él habría querido tener más hijos, pero mi madre no puede dárselos; estuvo a punto de morir cuando nací yo. De haber tenido un varón, probablemente él habría sido el que estudiase. Después de mucho discutir, mi madre consiguió convencer a mi padre de que yo viniera a aprender a casa de Sancho. Para mí, estar aquí por las mañanas es un alivio, de veras.

—¿Discuten? —Me extrañaba.

—Sí, casi de continuo. Según se dice en mi pueblo, se casaron sin quererse, fue un acuerdo entre familias.

Bajó la cabeza, apenada.

—Mis padres sí se quieren —dije—, pero la pobreza también causa malestar.

Lucía asintió en silencio. Luego me miró, me cogió la mano y me preguntó:

—¿Quieres dar un paseo?

Cuando paseábamos juntos por aquellos caminos flanqueados por olmos, sauces y fresnos, y regados por mil arroyuelos, el mundo nos parecía maravilloso. A veces nos tendíamos en el suelo a mirar las nubes. Nos gustaba jugar a adivinar sus formas: una vaca, una casa, un carro. Reíamos y disfrutábamos de la compañía del otro. ¿Era eso lo que sentían los mayores entre sí? ¿Por qué eran, entonces, tan desdichados?

Acompañé a Lucía un buen trecho hasta Lerones y luego tomé el sendero de vuelta a mi aldea. Ya cerca de las primeras casas, me crucé con Guzmán montado a caballo. Llevaba camisa y calzón blancos, un rico jubón, una capa de buena lana y borceguíes hasta la rodilla. Yo iba descalzo. Hacía mucho tiempo que no le veía. Le saludé. Él torció el rostro y pasó sin mirarme siquiera, tirando de las riendas. El coletazo del caballo en la cara fue la única respuesta que obtuve.

Aquel otoño hubo mucha bellota y mucho hayuco, y pudimos criar dos cerdos muy hermosos. Los matamos por San Martín y conservamos algunas piezas en sal y otras en su propia grasa. Con aquello tendríamos para enriquecer el puchero durante una buena temporada, y suponía un gran alivio después de bastante tiempo de aprietos. Pero las alegrías no duran mucho cuando se es pobre, y las cosas pronto se torcieron de nuevo. Aunque de una forma que nunca habríamos imaginado.

Isabel no era feliz. Aunque no hablábamos de ello, todos en casa lo notábamos. Yo era consciente de su desapego por lo mundano. Trabajaba en las tierras y en el huerto como la que más, y nunca se quejaba de nada ni daba a mis padres un motivo para reñirla o afearle ninguna conducta. Pero mientras los demás al acabar la jornada disfrutábamos charlando y comentando los temas más triviales en familia o con los vecinos, ella tenía en la cabeza otros proyectos y otros sueños. En lo más profundo de su corazón sentía que no pertenecía a este mundo, que el matrimonio, los niños y la familia no eran para ella. En la primavera del año del Señor de 1514, al poco de cumplir dieciséis años, nos lo comunicó.

—Quiero entrar en un convento.

Para ella supongo que fue algo así como una llamada; para el resto de nosotros fue sólo una nueva y dolorosa pérdida.

La noticia fue recibida con una mezcla de sorpresa y tristeza por parte de mis padres; él sabía poco de su hija menor y lo consideró un capricho pasajero; ella la conocía bastante bien para saber que era una decisión sin marcha atrás. A pesar de todo, trató de convencerla, y le habló de lo maravilloso de tener hijos, de la dulzura de ser madre, de la felicidad de pasar la vida junto a un ser amado. Pero Isabel se mostraba inconmovible; decía que sólo entre las paredes de un convento podría lograr la calma y el sosiego que no tenía.

A mí la noticia me dejó consternado.

—Isabel, no lo entiendo, ¿por qué quieres dejarnos? —le pregunté una noche sentados junto a la lumbre.

Isabel me miró desde muy dentro y con una sonrisa muy triste.

—No es que quiera dejaros. Es lo último que desearía. Pero en el rezo encuentro la felicidad.

—Puedes rezar aquí...

Negó con la cabeza.

—No os olvidaré, te lo prometo. Rezaré por vosotros, pidiendo a Dios que os ayude y os colme de dichas. Estaré más cerca de lo que imaginas.

—No lo entiendo, Isabel. Ya se fue María, no quiero que te vayas tú también.

Isabel me abrazó. El corazón le latía pausado. A pesar de la desazón que a mí me invadía, ella estaba tranquila, en paz. Sabía que el camino que había escogido era el adecuado.

En poco menos de tres meses llegó el momento de partir de casa. El convento de Santa Clara, cerca de la villa de San Vicente de la Barquera, fue el escogido. Aunque por lo general sólo admitía a jóvenes de buena familia, aceptaba muy de vez en cuando alguna muchacha de condición humilde. En aquel momento, además, un comerciante acomodado de la villa había legado en su testamento un dinero para dotar a jóvenes doncellas sin recursos que quisieran ingresar en el convento. Un hermano de mi madre, que marchó del pueblo recién nacido yo y que se había convertido en un herrero de cierta holgura en la villa, medió también para conseguir el ingreso, después de que mi madre se lo solicitase, y le compró la tela para mandar hacerle el hábito. Sin que se enterase mi padre, yo fui el encargado de escribirle la carta, que fue enviada mediante un carretero que venía cada dos semanas al mercado de Potes, la capital de nuestra comarca, con su cargamento de sardinas, bacalao y anchoas. Por primera vez mi aprendizaje servía para algo útil.

Al alba, nos pusimos en camino mi padre, mi madre, Isabel y yo. Mi padre se opuso a que yo fuese, pues decía que alguien debía cuidar de Nicolás mientras los demás trabajaban. Pero el empeño de Isabel pudo más: no quería recorrer ese último tramo de su vida en familia sin la compañía de, al menos, uno de sus hermanos. Finalmente, una vecina se ofreció a cuidar del pequeño durante los cuatro o cinco días que esperábamos que durase nuestra ausencia.

De quienes primero se despidió Isabel fue de Pedro y de Joaquín. Desde que mi hermana comunicó su irrevocable decisión, ellos habían hecho como que la noticia no les atañía. Pedro se mostraba imperturbable y, cuando la gente del pueblo le preguntaba, decía que le daba igual, que ella sabría lo que hacía. Joaquín eludía el tema y respondía con gruñidos. En el fondo, les importaba y mucho, sólo que no se atrevían a manifestarlo. Habían llegado a la edad en que lo peor que puede hacer un hombre es mostrar sus sentimientos ante los demás. Por fuera permanecían indiferentes; por dentro lloraban. Al despedirse, ambos la abrazaron con fuerza y le desearon buena suerte. Ella los besó y les dijo que rezaría por ellos, que fuesen buenos con nuestros padres y que deseaba que encontrasen la mujer adecuada con la que casarse y tener hijos. Se volvió, y una lágrima resbaló por la mejilla de Pedro.

Luego le llegó el turno a Nicolás. Cuando María se fue de casa, era demasiado pequeño para enterarse; por tanto, para él aquélla era la primera pérdida que se producía en la familia. Lloró amargamente sin que las muestras de cariño de su hermana le consolasen, pero al fin se calmó y pidió a Isabel que rezase también por él.

—Así lo haré, Nicolás, aunque estoy segura de que no te hará falta.

Se equivocaba.

Sin mirar atrás, cogimos el camino que llevaba a Potes. Cruzamos el río por el viejo puente de piedra y ascendimos para alcanzar primero el pueblo de Basieda y luego el de Los Coos. Mi padre caminaba delante, llevando dos corderos que quería vender en el mercado de Potes. Los demás le seguíamos: Isabel y yo sin mayor problema, pero mi madre de vez en cuando debía detenerse en las cuestas para descansar.

En Los Coos comenzaba una pronunciada bajada hasta el pueblo de Piasca, donde se encontraba el monasterio de Santa María la Real. Aquélla fue la primera vez que vi la iglesia de Piasca. A simple vista se notaba que había sido reformada no hacía mucho, ya que había partes en las que la piedra parecía como recién puesta en la pared. No fue, empero, la forma de la iglesia lo que llamó mi atención, sino las extraordinarias esculturas de las puertas y los aleros del tejado. ¡Qué poco se parecía aquello a la sencilla decoración de la iglesia de mi pueblo! De todas las escenas esculpidas una me gustó sobremanera: la de la caza del jabalí. Un lancero, cuyo miedo podía advertirse en sus ojos, sostenía con firmeza una enorme lanza mientras atravesaba el pecho del animal, dotado de unos enormes colmillos. Pero no era, ni con mucho, la única imagen que me cautivó. Bajo el alero de la nave central se desplegaba un repertorio de figuras fantásticas: un ciervo de cuernos gigantescos, un águila de enorme pico, una mujer con cola de pez en vez de piernas, hombres con cuerpo de caballo... ¿Qué significaba todo eso? Mis padres no supieron darme respuesta, ni tampoco Isabel.

—¿Qué te importa? —fue todo lo que mi padre me dijo—. Siempre preguntando tonterías.

Como para casi todo, tendría que recurrir a Sancho para disipar mis dudas.

Tras salir de Piasca, continuamos nuestro camino a Potes, siguiendo siempre de cerca el curso del río Bullón. Dejamos atrás Cabezón, Frama, Ojedo: pueblos de bellos nombres pero tan míseros como el nuestro, rodeados de huertos, viñas y campos de cereal, con una vaca aquí o allá y amplios rebaños de ovejas y cabras pastando por los encinales cercanos. Algunos vecinos desocupados quisieron que parásemos un rato a charlar y a tomar un trago de orujo, pero mi padre tenía prisa y pasamos sin demora por entre las casas para llegar cuanto antes a Potes.

Situada donde todas las aguas confluían, la capital de la comarca era una población muy distinta al resto de las aldeas. Sus numerosas casas se agrupaban de forma apretujada alrededor del cauce de los ríos Deva y Quiviesa, sobre los que se levantaban sendos puentes. La iglesia de San Pedro y San Pablo y la de San Vicente Mártir sobresalían por entre las construcciones populares de piedra y madera, pero los edificios más destacados eran las torres nobles del Infantado y de Orejón de la Lama. La primera de ellas era, de hecho, el edificio más grande de Potes. Sus cuatro muros robustos y macizos culminaban en una azotea almenada que mostraba con toda claridad su carácter guerrero.

Muy cerca de la torre se celebraba cada lunes el mercado, quién sabe si desde siempre. El bullicio era indescriptible. A Potes cada uno acudía a comprar lo que le faltaba y a vender lo que le sobraba: ganado, hortalizas, frutos secos, queso, herramientas, vestidos, calzado. Todos los rincones estaban ocupados por algún puesto donde el vendedor pregonaba a voz en grito las excelencias de su mercancía. Los animales y las personas se confundían en las apretujadas callejas y los primeros soportaban con paciencia el ruido y el alboroto, supongo que deseando volver cuanto antes a la soledad de sus prados o sus establos. Yo miraba aquello entusiasmado. Me encantaba oír aquellas voces potentes. «Carne seca y cecina. De lo mejor, se lo aseguro, señora», decía una mujer a mi madre. Todos intentaban atraer nuestra atención. «Fíjese, fíjese en estos cuchillos, señor», «Queso picón, el mejor que encontrarás en el valle, ¿no te apetece un poco, chico?», «Mira qué cintas más bonitas, hermosura. ¡Hacen juego con tus ojos!»

Agradecimos haber bajado pronto porque al cabo de un rato el hedor se volvió insoportable. Al tufo de los excrementos de los animales se unía el sudor de vendedores y compradores y el indescriptible olor del queso picón, que, según decían, lo hacían unos individuos que vivían en lo más alto de las Peñas de Europa, allí donde nadie más se atrevía siquiera a aventurarse.

Mi padre se acercó a los corrales del ganado y comenzó los tratos. Hacía tiempo que un paisano de la aldea de Avellanedo le había encargado que le guardase los dos mejores corderos que tuviera porque los quería para el convite de la boda de su hijo, y él los había alimentado con mimo; estaban espléndidos. El trato se cerró con prontitud, y mi padre nos apremió a abandonar las atestadas callejuelas.

Salimos de Potes y encaminamos nuestros pasos hacia el lugar donde el río Deva se internaba en un impenetrable laberinto de piedra. Sólo algún árbol poblaba aquellas alturas asiéndose con sus raíces a las rocas desnudas.

—¿Tenemos que pasar por allí, padre? —pregunté con congoja.

—No, hijo, seguiremos otro camino menos peligroso. Ni loco iría por esos despeñaderos.

Justo antes de la entrada a aquel desfiladero, cogimos hacia un valle al que llamaban Bedoya. Atravesando varios pueblines llegamos, tras una fortísima subida, a un collado con buena vista no sólo de nuestra comarca, que desde aquella altura parecía como moldeada con arcilla, sino también de las tierras más allá de las montañas. Mientras cogíamos resuello, mis padres y mi hermana contemplaron el valle tratando de adivinar el nombre de tal o cual pueblo, o de esta o esa peña. Pero mi mirada se dirigía a otro lugar.

—Padre —dije—, ¿qué es aquello que se ve al fondo?

Me agarró por el hombro.

—Es el mar.

Fue la primera vez en mi vida que lo vi. Difuminadas por la bruma y la lejanía, las aguas eran de un azul pálido hermosísimo y se perdían en el horizonte.

—¿Dónde acaba? —pregunté ingenuamente.

—No lo sé, hijo. Más allá del mar hay otras tierras. Y luego más mares aún. Eso dicen, al menos, los que lo conocen, y no seré yo quien lo compruebe, te lo aseguro. Hay que estar muy loco para adentrarse en esas aguas sin saber qué hay más allá.

Cuánta razón tenía mi padre.

—¡Mirad, se ve San Vicente! —exclamó—. ¡Allí!

Efectivamente, en la costa, sobre un pequeño promontorio, se recortaba el perfil de la villa. Yo, sin embargo, tenía mi vista fija en el mar. No podía apartarla; estaba totalmente absorto.

Decidimos hacer un alto para almorzar y nos sentamos sobre unas piedras. Mi padre sacó del zurrón un buen trozo de pan moreno, un pedazo de queso y algo de tocino. Mi madre añadió el pellejo de vino y unas pasas. Comimos todo aquello con el apetito abierto por la caminata. La tensión que nos envolvía cuando salimos del pueblo se había ido relajando y ahora charlábamos alegremente. Mi madre recordaba anécdotas de nuestra infancia y mi hermana reía.

—Un día, siendo muy chiquitín, te subiste a la higuera persiguiendo a un gato, ¿te acuerdas? —me dijo Isabel—. No hubo manera de que bajases hasta que María se encaramó y te dio la mano.

Todos nos quedamos en silencio. Mi madre cerró los ojos y suspiró.

—¡Cuánto me habría gustado verla de nuevo! —dijo Isabel.

Mi padre carraspeó, guardó las viandas y se levantó apresuradamente.

—Vamos —dijo con voz trémula—, no hay tiempo que perder si no queremos que se nos eche la noche encima en el monte.

De vuelta al camino, descendimos por un oscurísimo bosque de hayas hasta llegar de nuevo a terreno habitado. Mi padre sólo recordaba vagamente aquellos parajes, por lo que varias veces debimos preguntar la dirección a seguir. Moría el día cuando llegamos a un pueblo cuyo nombre ya no recuerdo, y pedimos a uno de los vecinos que nos dejase dormir en el pajar. Refunfuñó un poco, pero al final aceptó y así pasamos la noche sobre un lecho de heno y con el calor del establo colándose entre las tablas.

A la mañana siguiente reemprendimos la marcha por el valle de Lamasón, siempre hacia la costa. El aire comenzó a oler de forma especial, extraña.

—Ése es el olor del mar —dijo mi padre.

Era un aroma peculiar: salado, fresco, muy distinto al cálido y perfumado de nuestras montañas.

Atravesamos muchas aldeas charlando de vez en cuando con los paisanos con los que nos tropezábamos. A fin de cuentas, ni las gentes ni el paisaje diferían tanto de los de nuestro pueblo, las casas, por ejemplo, eran tan míseras y destartaladas como la mía.

Cuando llegamos a las inmediaciones de la villa de San Vicente, y atravesamos el arrabal de las Tenerías, nos topamos con algo totalmente diferente: ante nosotros, una cerca de piedra separaba las tierras extramuros del interior de la villa, dos mundos opuestos. Aunque deteriorado en muchos puntos, aquel muro resultaba amenazador.

—¿Adónde os dirigís? —nos preguntó un hombre armado apostado en la puerta y con cara de pocos amigos.

—A casa de Pedro, el herrero de la calle del Corro —le contestó mi madre.

El guardia nos miró de arriba abajo y, viendo que no llevábamos mercancías, nos franqueó el paso.

Pasamos la puerta de la villa y entramos en el recinto amurallado. Caminamos esquivando en la medida de lo posible los charcos y los excrementos de los animales. En la planta baja de las casas se abrían grandes ventanas ante las que se colocaban tablones para la exposición y la venta de diversas mercaderías: desde hortalizas, verduras, carnes y pescado hasta cuchillos, cerámica, telas, pieles, zapatos...

Isabel no perdía detalle; me imagino el miedo que debía de sentir por dentro y las dudas que soportaría en aquel momento crucial de su existencia. Sin haber salido nunca de nuestro mísero y diminuto pueblo, ahora encaminaba sus pasos a un monasterio de una bulliciosa villa. ¡Todo era tan distinto! La vi cerrar los ojos y dejarse conducir por la mano de mi madre a través de aquellas riadas de gente, sin apenas posar los pies en el suelo, como volando entre la multitud.

Tras algún que otro empujón y después de librarnos de varias personas que querían vendernos cosas que nosotros ni necesitábamos ni podíamos comprar, llegamos ante las puertas del edificio más asombroso que yo había visto: la iglesia de Santa María de los Ángeles. Me costaba imaginar cómo podría haberse construido algo semejante. Más que un templo, parecía una fortaleza inexpugnable entre aquella maraña de casas que se multiplicaban a su alrededor. Y ¡qué maravilla al acceder a su interior! ¿Dónde se sujetaban aquellas paredes y aquellos techos que parecían flotar en el aire? Por más que miraba, todo me resultaba inexplicable. Ciertamente, sólo con el aliento de Dios podían los hombres haber levantado algo semejante.

Después de rezar fervorosamente por mi hermana y dar gracias por el buen viaje que habíamos tenido, salimos. Estaba convencido de que nunca en la vida volvería a ver algo igual. ¡Cuán equivocado estaba! Pero ¿quién me iba a decir a mí en aquel momento que un día contemplaría la iglesia más grande y maravillo-

sa del mundo en la ciudad de Sevilla, a las orillas de un Guadalquivir que me llevaría a sufrir el más dilatado y desgraciado viaje
del que nunca se haya tenido noticia?

Santa María de los Ángeles estaba en el punto más alto de la
villa, por encima incluso del imponente castillo. Descendimos
por la calle del Corro hasta llegar a un punto repleto de pequeñas
tiendas y talleres, cerca de la iglesia de San Nicolás, pero nosotros sólo buscábamos un lugar: la casa de Pedro, el hermano de
mi madre.

—¡Manuel! ¡Hermana!

En un instante, nos vimos engullidos por los brazos de un
hombre enorme que, no sé de qué manera, nos estrechó entre
ellos a los cuatro a la vez. Acto seguido comenzó a darnos besos
y achuchones sin parar de parlotear y de rociarnos con saliva.
Antes de que yo reaccionase, me preguntó cuántos años tenía, si
ya sabía segar, me dijo que no me veía desde que era un renacua-
jo y me dejó los mofletes doloridos de tantos pellizcos. Cuando
acabó con los demás y se calmó, nos invitó a pasar a su casa.

—¡Elvira! —gritó con todos sus fuerzas—. ¡Elvira, ven! ¡Están aquí mi hermana y su familia!

Del huerto trasero de la casa se acercó con paso lento una
mujer enjuta que llevaba en la cabeza un pañuelo del que asomaban mechones de pelo cano y reseco. Por su gesto deduje que su
carácter no se parecía en nada al de mi tío Pedro. Sin despegar
los labios nos miró a todos de arriba abajo con evidente desprecio; no hacía falta ser muy listo para darse cuenta de que nuestro
aspecto pueblerino le resultaba asaz desagradable. Antes de que
le diera tiempo a saludarnos, su marido exclamó:

—¡Están todos aquí! ¿No es estupendo?

Y empujándonos con suavidad y firmeza nos obligó a sentar-
nos a la gran mesa de madera.

—Elvira, ponles vino y queso, y saca la hogaza nueva y las
olivas que nos trajeron el otro día. Porque tenéis hambre, ¿no?

Intentamos decirle que habíamos almorzado poco antes.

—¡Qué tontería, claro que tenéis hambre! Elvira, ¿a qué esperas?

Entre exclamaciones y nuevos abrazos, mis padres y mi tío hablaron durante un buen rato, recordaron los viejos tiempos en el pueblo, rieron las historias del pasado y se lamentaron de todo aquello en lo que la vida les había tratado mal.

Fue entonces cuando supe que mis tíos no tenían hijos y que eso les había hecho infelices, especialmente a Elvira. Su sueño había sido tener una gran familia, un hogar repleto de críos riendo y gritando, aliviando el paso de los años, renovando el amor que se tenían... pero no fue así. Al poco de casarse y cuando ya esperaban su primer hijo, Elvira sufrió una infección que la tuvo al borde de la muerte. Perdió al niño y, aún peor, la capacidad de concebir otro. Se sumió en una profunda tristeza de la que sólo a duras penas pudo levantarse para llevar una vida vacía, sin ilusión. Pedro, aunque aquello también le marcó, lo soportaba mejor. Su espíritu era optimista por naturaleza. Se consolaba pensando que cada uno desempeña un papel en este mundo y que el suyo no era ser padre. Se volcó en su trabajo y en ofrecer a su mujer todas las comodidades posibles para que olvidase su desgracia. Todo en vano, porque ella no anhelaba nada material, sino el cariño y la ternura que sólo un hijo puede dar.

—La vida no es fácil, hermana —dijo mi tío Pedro con algo de tristeza y bajo el efecto sosegador del mucho vino ingerido.

—No, no es fácil, pero sí hermosa. Hay que vivir cada día como el milagro que es y abrir el corazón a todo lo bueno que nos llega. Así lo quiere Dios.

—Yo hace tiempo que no sé lo que Dios quiere.

—No blasfemes, Pedro. No está bien hablar así.

Mi tío echó un buen trago de vino antes de responder.

—No blasfemo, hermana, pero es que hay cosas que resultan difíciles de entender. Dios entrega hijos en abundancia a quien no puede mantenerlos y los niega a quien podría darles un buen futuro.

Mi padre no recibió con agrado aquel comentario, lo noté en su rostro. Su cuñado se dio cuenta de inmediato de la inconveniencia de aquellas palabras.

—No lo tomes a mal, Manuel —dijo mientras le llenaba el

vaso de vino—, pero resulta descorazonador vivir deseando regalar felicidad y sin saber a quién. Elvira y yo somos mayores y ya nos hemos dicho todo lo que teníamos que decirnos. Apenas hablamos. Nos despertamos cada día con el deseo de tener algo o alguien por quien preocuparnos, de ver crecer una vida nueva junto a nosotros. Me lo perderé. —De repente, se tapó la boca y miró avergonzado a su mujer.

Observé a mi tía. Su rostro, que hasta entonces me había parecido impenetrable, era en realidad el reflejo de la soledad y la frustración. Las palabras de Pedro eran ciertas, pero ella se avergonzaba de que otros las oyeran. En aquel momento me di cuenta de que bajo su aspecto seco y desagradable no se escondía un mal corazón, sino un corazón dolido.

Los seis permanecimos en silencio un rato que se me hizo interminable. Yo no era aún tan mayor para haber sentido por mí mismo aquel dolor del que hablaban, pero sí lo suficiente para comprenderlo. En mi inocencia creía que tenía que haber algo que pudiera liberar a mis tíos de aquella amargura por lo que no habían vivido. Es lo fabuloso de la mente de un muchacho: piensa que todo debe ser sencillo y por ello a veces encuentra soluciones a problemas que parecen irresolubles.

Levanté la vista y ante el asombro de mis padres dije:

—Yo podría ser esa vida nueva de la que habláis, tío Pedro.

Él me miró durante un instante. No sabría decir qué pasó por su mente. Despacio, tomó la jarra y se sirvió un buen vaso de vino.

16

Nuestra recalada en aquella bahía del fin del mundo se inició con un anuncio descorazonador:

—Marineros, a partir de hoy se reducen las raciones y el vino —gritó en voz alta, para que lo oyéramos bien en la *Victoria*, el contramaestre Miguel de Rodas.

Era lo que nos faltaba para convencernos de que aquella estancia iba a ser dilatada. Y, además, venía a golpearnos en lo que más podía dolernos: el vino. Parece mentira, pero en un barco beberlo es tan importante como respirar. Cada trago de aquel vino de Jerez con sabor a sal y a tonel avinagrado era para nosotros un hálito de vida, una ausencia del mundo. Las horas interminables en la cubierta, la comida insípida y repetitiva, las conversaciones gastadas y las bromas cien veces oídas se borraban ante el cálido sopor en que nos envolvía aquel líquido divino. Y ahora, precisamente en el momento en que nos decían que deberíamos pasar un largo período en aquella bahía del demonio, nos privaban de lo único que nos hacía olvidar la realidad. El murmullo de desaprobación, como era de esperar, no logró ningún resultado.

—Órdenes del capitán general —se limitó a añadir el contramaestre.

La mañana había comenzado fría, con una leve brisa de levante. Recibida la noticia del racionamiento, Juan, Benito, Esteban y yo nos dedicamos a echar las redes y capturar sardinas, mientras Nicolás, Domingo, Martín y otros marineros bajaban a tierra con la misión de llenar los toneles vacíos en los riachuelos. Al menos agua y pesca no iban a faltarnos en los días que se avecinaban; del resto, era posible que sufriéramos privaciones.

El mal humor y el desasosiego se habían apoderado de todos en la *Victoria*. El primero en desatar su ira fue Juan, como siempre.

—¡Estoy hasta las narices de este barco, de este viaje, de este mar y del capitán general! —dijo dando un puñetazo en la borda—. El muy cabrón nos conduce a la muerte, hacedme caso. ¡A quién se le ocurre recalar en esta bahía para pasar el invierno! Llevamos ocho meses navegando, ¿por qué demonios no volvemos a España, contamos lo que hemos encontrado y que vengan otros con una flota bien pertrechada y mandada?

Sin atreverse nadie a expresarlo con tanta franqueza, la mayoría de las tripulaciones pensaba lo mismo, incluidos casi todos los capitanes. Todos sabíamos que Luis de Mendoza y Gaspar de Quesada, así como el contador Antonio de Coca, habían hecho llegar una carta conjunta a Magallanes solicitándole que tomase en consideración la posibilidad de regresar ahora que aún estábamos a tiempo. ¿Tendría efecto?

—Debemos resignarnos a acatar la decisión que tome el capitán general, muchachos. No hay nada que podamos hacer para cambiarla.

Las palabras de Esteban encendieron de nuevo el ánimo de Juan.

—¡Me niego a resignarme! No he venido hasta aquí para morir de frío en un barco podrido y apestoso. La decisión del portugués ha de ser regresar a Castilla, se mire como se mire. Lo contrario es una locura.

—Puede que sí, Juan —dijo Esteban tratando de calmarle—. Yo también tengo dudas, como tú y tantos otros aquí, pero hasta ahora hemos recorrido este mar sin contratiempos gracias a las buenas dotes de Magallanes. Por eso me resisto a desconfiar de su criterio aunque en ocasiones me parezca erróneo.

—¡Me cago en su criterio! ¿Dices que no ha habido contratiempos? A punto hemos estado de acabar con la nao destrozada contra las rocas en varias ocasiones. Y si no ha ocurrido es porque

Dios no ha querido. ¿No recuerdas tampoco cuando estuvimos detenidos durante más de veinte días frente a las costas de África por su cambio de rumbo? Hasta un chiquillo lo habría hecho mejor. ¿Saben acaso menos nuestros capitanes que él? No lo creo.

Resultaba difícil llevar la contraria a Juan. Sobre todo porque haciéndolo durante mucho rato sólo se conseguía enfurecerle más y que su voz fuera elevándose, lo cual podía resultar comprometido.

El caso es que, con la tensión acumulada de las últimas jornadas, habíamos olvidado por completo que nos encontrábamos en Semana Santa. Esa misma tarde, víspera del Domingo de Ramos, se celebró en tierra una misa solemne a la que asistimos casi todos los marineros y los oficiales de las cinco naos. El silencio sepulcral que se guardó durante la ceremonia apenas contenía la desazón que cada uno llevaba en su pecho. Cuando finalizó el oficio, Magallanes ocupó el improvisado estrado del capellán Pedro de Valderrama. Paseó la mirada sobre todos nosotros, que anhelábamos un mensaje de esperanza.

—He recibido una carta —comenzó— en la que los capitanes Luis de Mendoza y Gaspar de Quesada así como el contador Antonio de Coca me piden que reconsidere la decisión de seguir adelante en nuestro viaje. He estudiado con atención sus razones y agradezco el consejo que me dan.

Contuve la respiración. Juan me miró, pero no supe qué le pasaba por la cabeza. Al capitán Mendoza se le veía ufano.

—Sin embargo, no he tomado la palabra en esta víspera de Ramos para anunciar una rendición, sino mi más enérgica voluntad de seguir adelante y de cumplir con el mandamiento de nuestro rey don Carlos. ¿Qué habéis de temer? ¿Falta de agua dulce o de víveres? Mirad alrededor: hay buenas fuentes y pesca en abundancia. ¿Tenéis miedo del frío? ¿No hay acaso leña por doquier para calentarnos? ¿Pensáis que son pocas las provisiones? ¡En absoluto! Las bodegas están surtidas, y con buen juicio hemos decretado las tasas que han de consumirse para que nada falte. No temáis, por tanto, pues es seguro que cumpliremos con lo empeñado sin faltar a nuestra palabra y nuestro honor.

Miré al capitán Mendoza. Su gesto satisfecho se había transformado en una mueca de disgusto.

—Decidme, ¿qué hemos logrado hasta ahora? —continuó Magallanes—. Nada. ¿Qué hallaremos cuando termine el invierno y pasemos al mar del Sur? ¡Riquezas, especias, oro! No sufráis ni tengáis miedo, pena ni fatiga, pues os aseguro que dentro de poco nuestro trabajo se verá recompensado con la mayor gloria y los mayores galardones. Y si estáis temerosos de que los esfuerzos os resulten insufribles, yo os aseguro que seré el primero en soportar lo que sea necesario o dar mi vida si es preciso, antes que volver a España con mengua o ignominia.

El silencio se adueñó de la playa; una débil neblina comenzaba a difuminar el contorno de las naos. Nadie se movía; ni los marineros, ni los oficiales ni los capitanes. Al fin, después de unos instantes que se hicieron eternos, Magallanes abandonó el estrado y ocupó su lugar el maestre de la *Trinidad*, Juan Bautista de Punzorol, quien anunció la celebración al día siguiente, Domingo de Ramos, de una misa en tierra y de una comida en la nao capitana, a la cual estaban invitados los capitanes de las otras cuatro naves.

Por la noche, ya en el barco, Esteban tomó la palabra.

—No sé si el capitán general tendrá razón o no, pero al menos me consuela su determinación y su arrojo. Si alguien puede llevar a término esta empresa es él.

Juan estaba esperando que alguien hablase para soltar lo que llevaba dentro.

—¿Cómo puedes ser tan crédulo? ¿Acaso crees que el portugués tendrá que soportar los trabajos, el frío, las nevadas, las calamidades que nos esperan? Él lo verá con una copa de vino en la mano mientras nosotros nos pudrimos en la bodega del barco o en alguna apestosa caseta en tierra. ¡Nos conduce a la muerte!

Nicolás y Domingo tenían la cabeza gacha. Eran los más jóvenes y no se atrevían a participar en la discusión. Benito y Martín escuchaban atentamente.

—Juan, amigo mío —dijo Benito—, todos sabemos que lo que nos espera es duro, pero no podemos caer en la desesperación.

—Pero entonces ¿qué deberíamos hacer? —intervino Martín—. Nadie puede afirmar que no hayamos tenido paciencia. Y si el portugués fuera un loco, o un desalmado, ¿habría que seguirle hasta la muerte?

—Hemos de tener confianza —contestó Benito—. Magallanes ha invitado a los otros capitanes a la comida de Pascua. ¿No es ése un buen signo? Quizá a partir de mañana las cosas se sosieguen.

El día siguiente amaneció de nuevo con una densa niebla. Tras unas horas anodinas realizando las labores en tierra y en los barcos, al mediodía llegó el momento de celebrar la misa. Poco antes de comenzar el oficio apareció Magallanes con sus mejores galas. No había, como en otras ocasiones, ningún gesto de desprecio o de altanería en su rostro, pero tampoco de renuncia. Su firmeza era ya obstinación. Se le veía seguro de sus decisiones y sólo dispuesto a suavizar un tanto su carácter en aras de un mayor entendimiento con los capitanes españoles.

Pero fueron éstos los que entonces le dieron la espalda. Despreciados y ninguneados durante ocho meses de navegación, ni Mendoza ni Quesada acompañaron en la misa al capitán general, como tampoco lo hizo el siempre leal capitán de la *Santiago*, Juan Rodríguez Serrano. Magallanes, con las manos entrelazadas y cerrando los ojos en actitud de recogimiento, escuchó el oficio con la única compañía de su primo Álvaro de Mesquita, a quien había puesto al mando de la *San Antonio*. Cuando la misa terminó, regresó a la *Trinidad*.

Aún hoy, no sé qué pudo pensar aquella tarde. Lo imagino sumido en la mayor de las soledades, atormentado a partes iguales por la determinación y las dudas. Ahora creo que por nada del mundo hubiese deseado verme en su lugar. Al fin y al cabo de él dependía la fortuna y la vida de más de doscientos hombres, y me parece imposible que alguien, a no ser de una inigualable maldad, no sufra al pensar que de sus decisiones pueden derivarse el mayor de los éxitos o la muerte.

A media tarde llegó el momento de la cena, a la cual, como cabía esperar tras el desaire del mediodía, no acudieron tres de los capitanes. Únicamente Mesquita quiso estar al lado del capitán general en aquel convite que supongo tan triste y amargo como el que Nuestro Señor soportó en su última cena. La noche cayó, y la oscuridad y el silencio se adueñaron de la bahía. Sin ánimos para cantar, bailar o hacer nada que rompiera aquellas tediosas horas a bordo, mis compañeros, Nicolás y yo bajamos al interior del barco, pues el frío nos impedía permanecer en cubierta, y nos echamos a domir. Sólo una pequeña vela mantenía algo de luz en el vientre de la nao; con su compañía caí en un sueño profundo del que pronto despertaría.

Poco antes de medianoche, noté que una mano me zarandeaba. Entreabrí los ojos y vi un rostro cerca del mío. Lo reconocí: era el alguacil Diego de Peralta.

—Llegó la hora. Sube a cubierta.

El corazón me latía apresuradamente, no sé si por el brusco despertar o por un mal presentimiento. Me levanté y me calcé. Avancé a tientas hasta la escala, y había puesto el pie en el primer peldaño cuando una mano me agarró por el calzón.

—¿Adónde vas? —me preguntó Nicolás con un susurro.

—No lo sé, hermano. El alguacil me ha dicho que ha llegado el momento de cumplir mi promesa.

—No me gusta nada. ¿Por qué te requiere a estas horas y con tanto secreto?

—¿Cómo he de saberlo? Me temo lo peor, pero ¿qué voy a hacer? No puedo faltar a esa promesa. Está en juego mi honor.

—Ya hiciste una en Sevilla, y no ante un hombre, sino ante Dios y ante el rey. ¿Lo has olvidado?

—¿Qué elección le cabe tomar a uno cuando tiene dos señores a los que servir?

Mi hermano me miró fijamente a los ojos.

—Eso lo decía a menudo don Teodulio en su sermón, ¿recuerdas?

—Sí: «Nadie puede servir a dos señores, porque aborrecerá al uno y amará al otro».

Nicolás me soltó.

—Te toca escoger.

Bajé la mirada, avergonzado. Como yo, otros marineros habían sido despertados y se acercaban a la escala, entre ellos Juan Griego, que me miró complacido. Arriba, dos oficiales hacían guardia para que nadie más que los seleccionados saliéramos de la bodega.

—Todo irá bien —dije a Nicolás, y hasta a mí me sonó falto de convicción.

Agarré con fuerza la escala y subí a cubierta.

Diego de Peralta nos condujo a mí y a otros cinco hasta la borda. A la pálida luz de la luna pude ver un bote en el mar, con un grupo de marineros. Entonces apareció junto a nosotros el capitán Luis de Mendoza.

—Bajad y seguid las instrucciones del capitán Cartagena —ordenó con semblante serio y decidido—. Habéis jurado servir a vuestro rey, y esta noche tenéis la oportunidad de demostrarlo. Vuestra patria sabrá agradecéroslo. ¡Aprisa!

Sin tiempo apenas para reaccionar descendimos por la escala de mano hasta el bote. No daba crédito a lo que veía: en aquella pequeña embarcación se encontraban el capitán y veedor Juan de Cartagena, el capitán Gaspar de Quesada y el contador Antonio de Coca. También había un religioso, el padre Pero Sánchez de Reina, quien se había manifestado repetidas veces a favor de volver a España. Un hombre armado me tocó en el hombro y me introdujo una daga en el cinto.

El capitán Cartagena se dirigió a nosotros.

—Marineros, habéis visto en los últimos meses cómo Magallanes, con el mayor de los desprecios, ha conducido esta flota hasta el confín del mundo desoyendo los consejos de los capitanes españoles. Yo mismo fui el primero en probar su vileza, y no he sido el único. —Tomó aire y continuó—: Es imposible que podamos soportar el invierno en estas latitudes. Moriremos todos de frío y hambre si no actuamos. Eso, empero, no es lo peor:

tenemos fundadas sospechas de que el portugués espera en esta bahía la llegada de una flota de su patria para apresar los barcos de nuestro señor el rey don Carlos y poner las tierras recién descubiertas bajo la soberanía de don Manuel. No podemos ni debemos permitir más agravios. Ha llegado el momento de actuar, no con afán de venganza, sino de justicia. Daremos a Magallanes la oportunidad de rectificar y llevarnos de nuevo a España, como el buen juicio requiere; si no lo acepta, no quedará ya duda de sus verdaderas intenciones. Seguid mis instrucciones y todo saldrá bien.

Estaba aturdido. Cartagena, liberado de su prisión en las bodegas de la *Concepción* por Quesada, como supe después, nos comandaba en una misión secreta para poner la flota bajo su control. ¿Tenía razón en lo que decía? Al fin y al cabo es lo que muchos marineros veteranos pensaban desde hacía tiempo: que el portugués había perdido el rumbo y nos conducía a un desastre seguro. Por otro lado, ¿era lealtad o traición al rey lo que nos proponíamos hacer? ¿No había sido el mismo don Carlos quien había entregado la dirección de la flota a Magallanes? ¿Qué derecho nos asistía para revocar aquel deseo?

Remando despacio para no hacer ruido nos aproximamos hasta la *San Antonio*, capitaneada por el primo de Magallanes. La situación se me hacía más evidente a cada momento. Los rebeldes, entre los que ya me incluía, controlaban la *Victoria* y la *Concepción*. La *Santiago*, gobernada por Juan Rodríguez Serrano, carecía de importancia dado que era la nao más pequeña y peor armada. Además, un error durante el abordaje podría desatar la alarma general, ya que Serrano siempre había sido el más afín a Magallanes entre los capitanes, por mucho que también mostrase con él sus diferencias. Si había que jugársela con el asalto a una nave, ésa tenía que ser la *San Antonio*, pues era la más grande y mejor pertrechada, y, además, bajo el mando de Álvaro de Mesquita, la más fiel al capitán general. Si era capturada, nada podría detener la sublevación.

Cuando estuvimos junto a la nao, Diego de Peralta lanzó un cabo con un gancho, que encajó a la primera en la borda. No había ningún centinela. El alguacil ascendió por el cabo y, una vez arriba, nos echó la escala. Sin demora subimos todos, con Cartagena y Coca a la cabeza. Ambos habían sido capitanes de la *San Antonio* y la conocían a la perfección. Mandaron a Peralta con unos cuantos marineros armados a la bodega, donde dormían los tripulantes. Yo, junto con otros rebeldes, seguí a Cartagena, Quesada y Coca, que se encaminaron al camarote de Mesquita. Sigilosamente llegamos hasta la puerta; Cartagena me ordenó a mí y a otro marinero derribarla. Cogimos algo de carrera y cargamos contra ella con nuestros hombros. Con un fuerte estruendo, cedió.

Sin darle tiempo a reaccionar, Cartagena y Coca se abalanzaron sobre Mesquita y le retuvieron mientras un marinero le colocaba unos grilletes en los pies. Mesquita estaba estupefacto; tenía los ojos desorbitados.

—¿Có… cómo os atrevéis? —fue lo único que logró balbucear.

Cartagena le tapó la boca y le sacó a empellones del camarote.

—Ahora el control es nuestro, la flota retorna a mando español.

Apenas pronunciadas aquellas palabras, a nuestra espalda apareció Juan de Elorriaga, el maestre de la *San Antonio*. Aún no se había percatado de que teníamos preso a Mesquita.

—¿Qué significa todo esto? —preguntó—. ¿Qué hacéis a bordo de nuestro barco?

No hubo tiempo para más. Quesada se lanzó sobre él y le asestó varias puñaladas. La sangre comenzó a salir a borbotones, como de un odre agujereado. Las salpicaduras me alcanzaron el rostro y la camisa. Con una expresión horrible en la cara, Elorriaga cayó al suelo llevándose las manos a las heridas y tratando de detener la hemorragia.

—¡Maldita sea, Gaspar! —gritó Antonio de Coca—. ¡Esto no debía hacerse así!

Cartagena miró el cuerpo tendido de Elorriaga, que se retorcía resistiéndose a morir. Gaspar de Quesada aún sostenía en la mano el puñal ensangrentado.

—No hay tiempo para discusiones. Hemos de hacernos con el control del barco —ordenó.

De hecho, ya casi se había logrado. Diego de Peralta y sus hombres habían aherrojado a todos los que se resistieron con el apoyo de algunos de los propios marineros de la *San Antonio*, sumados a la sublevación. Sólo faltaba el remate para hacerse con el control absoluto, y Cartagena sabía cómo lograrlo.

—Subid vino y carne de las bodegas. ¡Se acabaron las privaciones!

Los marineros aplaudieron la decisión de Cartagena. Todo había salido a la perfección. Todo menos la agresión a Elorriaga, quien, gravemente herido, se aferraba a la vida. Su cuerpo ensangrentado ensombrecía un asalto por lo demás tan efectivo como incruento.

Los capitanes sublevados ordenaron mantener la calma y el silencio, lo que no impidió los abrazos y el júbilo de la tripulación. En el fondo, todos los presentes sentíamos un gran alivio. Bajo el mando español, aquella locura había concluido. En breve regresaríamos a España y pondríamos término a aquel arriesgado viaje al que nos había conducido Magallanes. Pero, a pesar de todo, no podía dejar de sentir un profundo remordimiento. Al fin y al cabo no sólo habíamos desobedecido las órdenes de quien estaba al cargo de la flota, sino que habíamos apuñalado a uno de sus más fieles servidores.

Cartagena nos habló.

—Marineros, ninguno de nosotros somos traidores. No queremos deponer al capitán general, sino ganarnos su respeto. Las circunstancias nos han obligado a tomar unas medidas que nunca habríamos deseado adoptar. Dialogaremos con él y haremos que acepte nuestro punto de vista. Volveremos a España como héroes, no como rebeldes.

Aquél fue el primer gesto de indecisión que observé en los capitanes sublevados. Con la situación a su favor y el control de casi todas la naos, Cartagena, Quesada y Coca renunciaban a imponer su fuerza en pro de un acuerdo con el portugués. Enseguida comprendí la situación: en realidad, todos ellos habían sido nombrados por el rey y todos habían acatado el mando de Magallanes. Por tanto, cualquier tipo de rebelión iba en contra de los deseos del monarca. Así pues, no bastaba con ser más fuerte que el portugués; había que convencerle de su error y conminarle a que aceptase las tesis de los españoles. Quizá fuera mejor así.

Coca y Quesada regresaron a la *Concepción*, mientras Cartagena, acompañado por el maestre vasco Juan Sebastián del Cano, permaneció en la *San Antonio*. Los marineros de la *Victoria* regresamos también a nuestro barco en la oscuridad y el silencio de la noche. A bordo nos recibieron entre abrazos y palabras de ánimo. Mi mirada se cruzó con la de mi hermano. Supongo que advirtió en mis ojos el terror, quizá la vergüenza. Al fin se me acercó.

—Espero que todo esto salga bien —me dijo al oído—. Si no, no os espera nada bueno.

—No nos espera, Nicolás —susurré—. Ahora todos somos sublevados.

—Sí, pero sólo algunos habéis actuado. Mírate la camisa, está llena de sangre. Te conviene retirarte y pasar inadvertido. No confío en que esto se resuelva tan fácilmente.

Las palabras de Nicolás me sorprendieron. En aquel momento no concebía que la sublevación fracasara. ¿Cómo podría ocurrir algo así? Al mando de Magallanes sólo quedaban la nao *Trinidad* y la pequeña *Santiago*, inútil ante cualquier enfrentamiento armado. Los capitanes españoles tenían la partida de su lado, y por mi bien era preferible que así continuara. Me acosté y traté en vano de dormir. Mis compañeros hablaban de lo sucedido, la mayor parte a favor y algunos pocos en contra, como Esteban.

—Me parece que todo esto ha sido una insensatez. Tratar de deponer al capitán general por la fuerza es como atentar directamente contra el rey don Carlos. Cuando volvamos a España nos van a colgar a todos por traidores.

—Eso no es cierto, Esteban —respondió Juan—. Nuestro soberano nombró a los capitanes españoles para aconsejar y ayudar a Magallanes en su misión, mientras que éste no ha hecho más que despreciar una y otra vez su consejo y auxilio. ¿Debemos apoyar al portugués aunque nos lleve a la muerte?

—*Cazzo*, tendrían que haberlo hablado, Juan —dijo Benito—. Del modo en que se han hecho las cosas es imposible que acepte ahora el ofrecimiento de diálogo. Tened por seguro que actuará, ya sea para recuperar el mando o para morir.

En ese momento apareció el alguacil Diego de Peralta con una amplia sonrisa. Para él no había dudas ni remordimientos; hacía tiempo que tenía conocimiento del plan que se acababa de ejecutar, que apoyaba desde el principio. Se acercó hasta mí.

—Buen trabajo, muchacho. Ya estamos en paz.

Puede que ya estuviera en paz con él, pero no conmigo mismo. A cada instante que pasaba, mi arrepentimiento aumentaba. Pensé en lo cobarde que se puede llegar a ser por no saber decir que no. Recordé cuando muchos años atrás prometí ser un héroe sin atreverme a cumplirlo. Ahora, tras una promesa insensata, estaba a un paso de convertirme en héroe, o en traidor, contra mi voluntad.

La mañana despertó envuelta en una espesa bruma. Desde la borda, intenté ver la bahía y, sobre todo, la nao capitana. Reinaba la calma, pero esa situación no podía durar: en breve el capitán general se daría cuenta de la sublevación y asistiríamos a la culminación del enfrentamiento. Mientras estaba ensimismado en esos pensamientos, el movimiento comenzó.

Como ocurría cada vez que efectuábamos una recalada, el bote de la *Trinidad* fue bajado para hacer aguada en tierra; antes, sin embargo, debía pasar a recoger a unos cuantos marineros de cada una de las otras naves. Al aproximarse a la *Concepción*, la *San Antonio* y la *Victoria*, sin embargo, no descendió nadie.

—En este barco no se atienden las órdenes del capitán Magallanes —fue la respuesta que Francisco Albo, contramaestre de la *Trinidad* al mando del bote, oyó por tres veces.

Desconcertado, Francisco Albo decidió regresar a su nao para informar al capitán general. Todos en las naves sublevadas conteníamos la respiración. El silencio se había vuelto opresivo, pero no era nada en comparación con lo que nos aguardaba.

Durante más de cuatro horas esperamos alguna respuesta por parte de Magallanes. En un ataque de ira podría haber dirigido contra nosotros sus cañones para intimidarnos; en un arrebato de humildad, haberse avenido a dialogar, o en un gesto de abandono, haberse rendido y renunciado al mando. Pero nada de eso sucedió. En las aguas de aquella bahía cubierta por la neblina no se oía más que el estruendo del silencio. Tal era la calma, que todos sentíamos como tambores los latidos de nuestros corazones.

—No me gusta nada esta espera —dijo Juan—. El portugués debe de estar tramando algo. Quiere sembrar el desconcierto entre nosotros.

—No hay manera de que responda, Juan —intervine—. No dispone más que de su propia nave, lo que le imposibilita para un ataque armado. Ni siquiera podría continuar él solo el viaje. Para cualquier cosa que haga debe contar con las otras naos.

—Yo os digo que quiere ponernos nerviosos. El muy cabrón está esperando un signo de debilidad para devolver el golpe.

Al poco de decir esas palabras, el bote de la *San Antonio* fue bajado al agua y se dirigió, con una veintena de marineros, hacia la *Trinidad*. No fue hasta más tarde que lo supimos, pero llevaba un mensaje de puño y letra de Gaspar de Quesada que, en nombre de todos los capitanes, explicaba los motivos del levantamiento y ofrecía obediencia a Magallanes si éste se avenía a consultar con ellos, a partir de ese momento, las decisiones importantes en la expedición. Contra lo esperado, la barca de la *San Antonio* fue bien recibida. Lanzaron la escala a los marineros y éstos ascendieron a la nao, siendo ayudados por los de la *Trinidad*. Quizá fuera posible una solución concertada después de todo.

Transcurrió casi una hora, pero al fin vi salir a la cubierta de la *Trinidad* a cinco tripulantes. Aguzando la vista entre la niebla, que se iba haciendo más densa por momentos, reconocí al alguacil Gonzalo Gómez de Espinosa, quien portaba en la mano de forma ostensible un rollo de papel. Miré a Juan y a Benito, y los tres respiramos aliviados: ¡Magallanes se avenía a conversar y respondía a la carta de los capitanes con otro mensaje! Los cinco hombres descendieron por la escala hasta el bote de la *San Antonio*. Cinco tan sólo; definitivamente, el capitán general renunciaba al uso de la fuerza para recuperar el mando. Una única cuestión me intrigó en aquel momento: ¿por qué empleaban los hombres de Magallanes el bote de la *San Antonio* y no el suyo propio?

Despacio, sin aparentar prisa alguna, el bote surcó las aguas en dirección a su barco donde, con su armadura reluciente, esperaban en la popa el capitán Juan de Cartagena y el maestre Juan Sebastián del Cano, que se mostraba como uno de los oficiales más activos de la rebelión. El bote se situó a unos palmos de la *San Antonio*, pero, cuando ya les iban a echar la escala, viró de forma violenta para dirigirse a la *Victoria*. Cartagena y Del Cano se miraron desconcertados. ¿Qué estaba ocurriendo? Nuestro capitán, Luis de Mendoza, hizo una seña con el brazo a Cartagena, tratando de encontrar respuesta a aquel cambio inesperado. ¿Sería que Magallanes le consideraba a él como el más indicado para ofrecerle la respuesta?

Por de pronto, Mendoza ordenó descolgar la escala y los cinco marineros ascendieron a nuestro barco y saludaron cortésmente al capitán. Espinosa alargó el brazo para ofrecerle el mensaje de Magallanes. Nuestro capitán lo desenrolló y leyó con calma. Cuando terminó, su rostro estaba rojo de ira.

—¡Que os acompañe a su nao para dialogar con él! —exclamó—. Esto es intolerable, no soy tan estúpido. Aún recuerdo lo que hizo con Cartagena cuando tuvo oportunidad. Si quiere dialogar, que lo haga aquí o en la *San Antonio*, o al menos que responda con claridad a nuestro ofrecimiento. ¡Cualquier otra solución es inaceptable!

Acababa de pronunciar aquellas palabras cuando Espinosa sacó de debajo de su capa un puñal y se lo clavó en el cuello. Mendoza cayó exánime al instante. Al mismo tiempo, los otros cuatro asaltantes sacaban también sus aceros y hacían rehenes a cuatro de los nuestros colocándoles el filo en la garganta.

—¡Que nadie se mueva o habrá más muertos! —gritó Espinosa.

El contramaestre, el alguacil y otros subalternos que habían gozado de la confianza de Mendoza se lanzaron hacia los asaltantes, dispuestos a repeler la agresión. En ese momento observaron algo que les dejó atónitos. Por la borda de nuestra nao ascendían, con las armas en la mano, más de veinte hombres al mando de Duarte Barbosa, cuñado de Magallanes. Aprovechando la niebla que cubría la bahía, los de Barbosa habían remado en el bote de la *Trinidad* hasta la *Victoria* sin que nadie se percatara de ello. Asustados, Miguel de Rodas, Diego de Peralta y sus hombres soltaron las armas. Sin capitán y aterrorizados por el fulminante asalto, el barco había dejado de ser nuestro.

Los asaltantes se dirigieron al castillo de popa y ordenaron izar las velas y levar el ancla. Ante el desconcierto de Coca y Quesada en la *Concepción*, y de Cartagena en la *San Antonio*, que no comprendían qué estaba ocurriendo, la *Victoria* lanzó un cañonazo y fue a colocarse junto a la nao capitana y la *Santiago*, cerrando el paso de la bahía. Magallanes había recuperado el control de la situación: con tres naves fieles, ahora eran los capitanes españoles los que se veían en desventaja. Sólo les quedaba luchar. Pero ¿estarían sus tripulaciones dispuestas a hacerlo?

No estaba claro. A pesar del ardor desplegado por Quesada y Cartagena para responder al golpe de mano de Magallanes, los marineros no estaban ya seguros de pertenecer al bando ganador. Angustiados, pensaban que si la sublevación fracasaba, como parecía que iba a ocurrir, no sólo serían tenidos por traidores, sino también por contumaces. Muchos alzaron la voz en contra de continuar la lucha, y los capitanes se preguntaban cuál era la elección adecuada.

La noche llegó mientras en la *Concepción* y la *San Antonio* se deliberaba qué hacer. Yo, atadas las manos a la espalda con una soga y aterido, permanecía en cubierta, custodiado, como otros, por varios hombres armados fieles a Magallanes. Mi destino y mi vida habían dejado de pertenecerme; la expedición se había visto sacudida. ¿Podrían curarse las heridas causadas? ¿Dónde habían quedado el honor y la confianza?

A medianoche el cielo se abrió un instante y, entre las nubes, pude ver algunas estrellas. Formaban un cúmulo difuso, como una nube flotando en el confín del universo. No conocía su nombre, ni tampoco el de ninguna otra de las estrellas de aquella triste noche. De aquello Sancho nunca me había hablado. Cerré los ojos y me dormí pensando que el día siguiente iba a ser muy largo.

17

—No vas a ir, y se acabó.

Con esas simples palabras mi padre despachó la cuestión de si debía o no ir a vivir con mis tíos a San Vicente. De vuelta en nuestro pueblo, tras habernos despedido de Isabel a las puertas del convento de Santa Clara, mi padre no estaba para más cantinelas. Yo le recordé lo tristes que parecían el tío Pedro y la tía Elvira por no tener hijos, pero me respondió que aquél era su problema, no el nuestro.

Mi madre me miraba con ternura. En el fondo creo que reconocía la buena intención de mi propuesta, aunque coincidía en la negativa a dejarme marchar. Ya era bastante el haber perdido dos hijas.

Yo, por mi parte, sentía en mi corazón una pena y una ilusión. Me había llegado al alma el dolor que padecían mis tíos por la ausencia del amor de un hijo. Pero, por otro lado, presentía que la única esperanza de escapar a una vida atada a la tierra y la pobreza era marchar a la villa. ¿Qué existencia era vivir como mis padres, sembrando y cosechando, sufriendo cada día por si una tormenta daba al traste con el trabajo de todo un año, o desesperándose por la falta de lluvias? Yo anhelaba alejarme de mi pueblo sin mirar atrás, salvar las montañas y volver a ver el mar. Anhelaba muchas cosas, y sobre todo ser libre. Lo único que me retenía con la fuerza suficiente para no dejarme ir era Lucía.

—¿Cómo crees que será tu vida de mayor? —le pregunté unos días después.

Me miró con sorpresa. Creo que no esperaba una pregunta así.

—Supongo que mis padres querrán casarme con algún muchacho con posibles. Es lo que siempre insinúan.

Bajé la mirada. Estaba disgustado, aunque era precisamente la respuesta que me había esperado. A pesar de sus aptitudes y su inteligencia, Lucía no soñaba, como yo, en otras cosas para la vida. O no la dejaban soñar.

—¿Es lo que quieren tus padres o lo que quieres tú?

—¿Qué diferencia hay?

No supe qué responder.

Tomé su mano entre las mías.

—He pedido a mis padres que me dejen ir a San Vicente con mis tíos Pedro y Elvira. No tienen hijos. Él es herrero y goza de buena posición. Me podrían dar un futuro mejor.

—¿Y qué te han dicho?

—Se han negado. Dicen que mi futuro está aquí, que debo seguir ayudando en casa y que cuando sea más mayor lo comprenderé.

—¿Y qué crees tú? —preguntó Lucía con cierto miedo.

La miré a los ojos.

—Yo no quiero vivir en el pueblo. Todo esto me parece muy pequeño. Al otro lado de estas montañas hay un mundo enorme del que no conozco nada. No deseo vivir como uno más.

Lucía me soltó la mano y, por primera vez en mi vida, comprendí el daño que pueden causar las palabras.

—Yo también soy poco para ti, ¿no es así?

No era poco para mí, pero no sabía cómo expresarlo para que no pareciese una mentira misericordiosa.

—No, tú eres lo único que me retiene. Si no fuera por ti, saldría corriendo ahora mismo a cualquier lugar.

Se levantó y me miró con un reproche en los ojos.

—No quiero ser ningún freno. En realidad, no creo que lo sea. Si tantas ganas tienes de dejar todo esto, hazlo.

Salió corriendo. Dudé si ir tras ella, pero pensé que no tenía mucho más que decir. Al fin y al cabo, quizá tuviese razón: ¿era un freno tan grande para impedirme marchar? No podía saberlo entonces.

Regresé a mis obligaciones en casa de Sancho. El esfuerzo físico tenía la virtud de distraerme de mis otros pensamientos. Me gustaba llegar agotado por la noche y sentir que podría comerme un cabrito entero si me lo sirvieran. Por desgracia, nunca tuve la oportunidad de hacerlo.

Sin desatender las labores, sacaba tiempo también para realizar en el establo los ejercicios que Sancho me ponía con la ayuda de la escasa luz que entraba por la puerta y escuchar las lecciones con la oreja pegada al agujero que él había hecho en la pared. A pesar de las incomodidades, me resultaba excitante estar allí escondido. Me aplicaba, y siempre abandonaba el establo antes de que los demás acabasen para que no advirtieran mi asistencia secreta a las lecciones. Al salir, Lucía me miraba de reojo, sin decirme nada.

He de decir que para mí, en aquel momento, esas lecciones a escondidas eran todo lo que podía desear, pero Sancho se encargó de hacerme ascender nuevos escalones en mi vida.

Un día, a la vuelta de la comida, me llamó:

—Ven, que quiero enseñarte algo. Pero no puedes contárselo a nadie, ¿de acuerdo?

Acudí con el corazón en un puño. ¿Qué pretendía mostrarme que fuera tan necesario mantener secreto? Le seguí adentro de la casa. Al pasar por la sala experimenté una sensación como de pérdida. Aún no aceptaba que se me negase la presencia en las lecciones. Entramos en un cuarto que hacía de despensa. Sancho sacó una vieja llave de su bolsa de cuero, apartó una alacena y tras ella apareció una pequeña puerta no más alta que yo. Giró la cerradura, se agachó y entró. Me quedé fuera esperando, sin saber muy bien qué hacer. Prendió un candil y la luz se hizo en aquella pequeña estancia. Apenas podía ver nada desde fuera.

—¿Vienes o qué, pasmarote?

Con algo de aprensión entré en aquel cuartuco. Me quedé atónito: colocados en dos o tres estantes, había más libros que los que podía haber imaginado juntos. ¿Cuántos eran: treinta, más?

Había algunos tan pequeños como una mano junto a otros tan grandes y pesados que yo apenas habría podido levantarlos. Unos estaban encuadernados en cuero y en madera; otros estaban en legajos sueltos y algunos incluso en rollos. Tal era mi emoción que apenas podía distinguir los títulos de aquellas obras. Pensé que una vida no podía bastar para leerlas todas, para aprehender su significado. ¿Qué fin tenía entonces su posesión? Sancho cogió un volumen de uno de los estantes.

—Este libro fue escrito por un sabio de la Antigüedad llamado Aristóteles.

Me lo quedé mirando sin saber qué decir.

—A partir de hoy lo vas a conocer muy bien, y no sólo a él.

Aquel día Sancho se me antojó una persona aún más fascinante. No sé las horas que permanecimos allí dentro alumbrados sólo por la luz del mísero candil. Sacaba con mimo los libros y me los enseñaba con veneración, como si fueran las reliquias de algún santo, con más admiración aún. Nombraba a los autores, y yo apenas era capaz de retener todos los nombres: Tomás de Aquino, san Anselmo, Raimundo Lulio, san Agustín de Hipona, Jorge Manrique...

—No todo, obviamente, pero bastante de lo que se ha pensado desde que el mundo es mundo está aquí recogido —comenzó—. La vida, la muerte, el gobierno de los pueblos, la virtud, la excelencia: todo eso se pensó y se discutió, y luego se escribió. Y de todo ello hay una parte que la Iglesia acepta y otra que niega y prohíbe, o sobre la que no quiere que se piense.

»Aquí hay un poco de todo —prosiguió—, por eso debes guardar silencio sobre lo que has visto esta tarde y sobre lo que vas a ver de aquí en adelante. Eres la primera persona, después de mi hijo, a la que considero digna de conocer este tesoro. Nadie más sabe de su existencia. Aquí están el esfuerzo y el sacrificio de muchos años. Cada uno de estos libros es una joya en sí mismo. Unos pocos eran de mi padre, otro de mi abuelo y otro incluso del padre de mi abuelo. Otra buena cantidad procede de la herencia de mi hermano Ramiro, el soltero. Decían que no se casó porque en su corazón no había hueco para el amor, pero no era cierto. Su amor eran los libros; cada uno de ellos era su mejor amante.

Escuché aquello con cierto sonrojo.

—Con el dinero de la herencia de mi padre y de mi hermano me he dedicado estos años a ampliar mi pequeña biblioteca. Tengo buenos contactos, algunos religiosos amigos míos del monasterio de San Luis y del convento de San Francisco me facilitan de vez en cuando una copia de las existentes en sus fondos. Otras las conseguí por distintas vías, que algún día conocerás. Todo es más sencillo desde que apareció la imprenta, ¿sabes? Ya no hay que copiarlos a mano como antes. Eso me ha permitido aumentar la colección.

Sancho se detuvo un instante y me miró fijamente.

—Todo pensamiento y toda idea tienen su contrario —continuó, cambiando de tema—. Es muy difícil que una idea sea irrefutable. A eso se lo llama un axioma.

Mi asombro no dejaba de crecer.

—Es algo que no necesita explicación, que se explica por sí mismo: es como la fe, pero aplicado a un conocimiento no necesariamente religioso. Ésas son las únicas verdades que no se discuten. Del resto se puede debatir hasta la saciedad. Pero aunque discutir no es malo, para los poderosos, tanto religiosos como laicos, no todo es aceptable. Hay ciertas ideas que se consideran peligrosas para la fe o para el orden de las cosas, y que conviene mantener ocultas. Hay quienes, a riesgo incluso de su vida, guardan libros con esas ideas y los hacen circular. Con dinero y conociendo a las personas indicadas, se puede conseguir casi todo.

Sancho tomó un pequeño volumen sencillamente encuadernado.

—Mi biblioteca es rica, ya lo ves, pero también frágil, y no sería la primera vez que algo tan bello es destruido. Hace muchos años, en Sevilla, un poeta árabe escribió abiertamente sobre el amor y la religión. El rey de la taifa de Sevilla, para amedrentarle, decidió quemar en público sus obras. ¿Sabes cómo respondió él? Le dijo: «Aunque queméis el papel, nunca quemaréis lo que contiene, puesto que en mi interior lo llevo, viaja siempre conmigo cuando cabalgo, conmigo duerme cuando descanso y en mi tumba será enterrado luego». En efecto, su saber no murió en la hoguera. Algunos libros pudieron salvarse y su pensamiento sobrevivió a las llamas. De veras te digo que admiro su entereza, pero lo último que desearía es tener que presenciar algo semejante.

—¿Y si os descubriesen?

—¡Quién sabe! Vivimos tiempos complicados. El concejo podría investigar, o denunciarme ante la Iglesia, no sé. Sé que me tildan de raro en este valle, pero eso sería demasiado. Por esa razón es importante que no se lo cuentes a nadie, por mí y por ti también. Ahora eres depositario y partícipe de un secreto. Ten en cuenta que tienes ante ti un tesoro del que muchos poderosos carecen.

Un escalofrío me recorrió la espalda. Las piernas me temblaban.

—Siento haberte involucrado, pero es necesario que todo esto no llegue a perderse. Al contrario, mi deseo siempre fue que se acrecentase. Yo ya soy mayor y mi hijo ha muerto. El cuerpo no me responde como antes y a veces el corazón se me acelera, aunque por fortuna todavía mantengo bien mi cabeza. Un día moriré y, si bien no sé cuándo llegará ese momento, quiero tenerlo todo previsto.

—¿Y de qué modo podría yo conservar todo esto?

—Eso ya se verá. Lo importante por ahora es que sepas de su existencia, pues ése es el mejor seguro para su pervivencia. A partir de mañana comenzarás a conocer estos libros y aprenderás a amarlos como yo lo he hecho. Te lo aseguro.

Aquella noche regresé a casa alterado. Me eché en la cama sin probar bocado. A la pregunta de mi madre respondí que estaba demasiado cansado para cenar. Mi padre lo tomó como un berrinche por nuestras últimas discusiones; mis hermanos lo celebraron. A mi mente acudía la imagen de todos aquellos libros: ¡llegar a conocer todo lo que esas páginas contenían! Sancho debía de haber perdido la cabeza. Ya me costaba un triunfo asistir a las clases debiendo esconderme de los demás, como para encima empezar a estudiar aquellos volúmenes. Definitivamente aquello era imposible. Al día siguiente tendría que decírselo.

Al final, tras mucho pensar en cuanto había visto, el cansancio me pudo y me quedé dormido.

Me desperté tarde; tan cansado estaba que ni escuché el canto del gallo al alba. Bajé la escalera a toda prisa, pero no tan rápido para evitar que mi padre me sorprendiera.

—¡No eres capaz ni de ir a trabajar a tu hora! —dijo mientras me daba un pescozón en la cabeza.

Salí sin probar bocado. Estaba ansioso por ver a Sancho cuanto antes. Iba decidido a explicarle que lo que me proponía era imposible. Yo no disponía ni de tiempo ni de capacidad para aprender todo lo que aquellos libros contenían.

Cuando llegué a su casa ya estaban entrando en clase Lucía, Juan, Francisco y Nuño. Los tres chicos no me vieron; ella hizo como que no me veía. Cogí la pala grande y fui al establo a recoger las boñigas. Sabía que Sancho me habría dejado los deberes de la mañana, pero no quería mirar. No deseaba continuar hasta haber hablado con él. Llené de heno los pesebres, puse agua en el abrevadero. Una inquietud empezó a recorrerme el estómago: ¿qué lección me habría preparado Sancho? Me reproché mi falta de carácter. Traté de concentrarme en lo que hacía, pero no me podía quitar de la cabeza el rincón en el que siempre me dejaba las tareas. ¿Es que no iba a tener fuerza de voluntad para mantener mi decisión siquiera una mañana?

—¡Maldita sea! —murmuré y me dirigí a mi rincón; evidentemente, la voluntad no era mi mejor virtud.

Me senté junto a aquellos papeles y advertí de inmediato que sobre ellos había una nota manuscrita que no se correspondía con los deberes que solía dejarme. Con la mano temblorosa cogí el papel y leí: «Me he permitido el gusto de traducirte del latín algunos pasajes de este autor. Seguro que su lectura te resultará gozosa».

Era un extracto de alguien llamado Herodoto.

Comencé a leer. Aparecieron ante mí reyes y princesas, soldados, comerciantes y esclavos, bellas mujeres capaces de arrebatar la cabeza a los hombres... Aquello superaba con mucho las fantasías más increíbles que yo había leído con anterioridad.

Una historia me gustó en especial. Un rey llamado Candaules estaba profundamente enamorado de su esposa y ponderaba su belleza ante todos. Un día se dirigió a su más querido oficial y le dijo: «Giges, como creo que, pese a mis palabras, no estás convencido de los encantos de mi mujer, prueba a verla desnuda». El oficial, turbado, respondió que no dudaba en absoluto que la esposa de su señor fuera la más bella y le pidió que le eximiese de verla desnuda, pues cuando a una mujer se la despojaba de su túnica, se la despojaba también de su pudor. Pero Candaules, empecinado, insistió: «No tengas miedo ni creas que hago esto para probarte ni para causarte daño; lo dispondré todo de modo que ella no te vea. Te apostarás tras la puerta de nuestra alcoba y así podrás mirarla mientras se desnuda. Cuando por fin nos metamos en la cama, tú saldrás de la habitación con todo sigilo para que ella no te descubra». Dado que era imposible contradecirle, Giges aceptó. Oculto tras la puerta vio entrar a Candaules y a su esposa; a continuación, ella se desnudó y, cuando se dio la vuelta, Giges aprovechó para salir. La mujer lo vio; sin embargo, no profirió grito alguno y disimuló, aunque comprendió bien lo que su marido había hecho. Al día siguiente, mandó llamar al oficial y le habló: «Giges, de entre los dos caminos que ahora se te ofrecen, te doy a escoger el que prefieras seguir: o bien matas a Candaules y te haces conmigo y con el reino de los lidios, o bien eres tú quien debe morir sin más demora para evitar que, en lo sucesivo, por seguir todas las órdenes de Candaules, veas lo que no debes». En la duda de matar o morir, Giges escogió el primer camino. Oculto tras la misma puerta que el día anterior le había servido para ver a la reina desnuda, esperó a que los esposos entrasen en la alcoba y se acostasen. Entonces salió con sigilo de su escondite y asesinó a Candaules con el puñal que ella le había facilitado, haciéndose así también con el reino entero.

Tras más de una hora de lectura, por fin encontré las fuerzas suficientes para despegar los ojos de aquellas líneas maravillosas. Una infinidad de imágenes cruzaba por mi cabeza. Me eché hacia atrás y sonreí. Ya estaba perdido.

18

Sin dilación, Magallanes decidió aplicar a los rebeldes su justicia. Investido de los más altos poderes por el rey don Carlos, el portugués era libre para responder con dureza al acto de rebeldía que habíamos protagonizado. Al mando de la escuadra de nuevo tras la rendición de las naos *Concepción* y *San Antonio*, el capitán general necesitaba mostrar su autoridad y su determinación.

El primer acto se produjo al día siguiente de vencida la sublevación. Los rebeldes, casi noventa entre los autores directos y los sublevados a continuación, observamos desde la playa cómo fue descendido a tierra el cadáver del capitán Luis de Mendoza. En silencio, varios marineros clavaron en la arena una serie de maderos y cuatro cabrestantes. A continuación ataron allí los brazos y las piernas de Mendoza con unas sogas y fueron tensando hasta que el cuerpo del capitán quedó descuartizado. Alguno no pudo evitar el vómito; otros, como yo, bajamos el mentón avergonzados y temerosos, incapaces de mirar aquella escena. Todavía recuerdo el crujido de sus extremidades al desmembrarse.

Un marinero se acercó y separó de un hachazo la cabeza del tronco. Rodó y quedó boca arriba, mostrando la cara desfigurada de quien había sido nuestro capitán. Acto seguido se plantaron en la arena unas picas de madera y sus despojos fueron ensartados en lo más alto.

Maniatados y custodiados fuimos llevados de nuevo a las bodegas de los barcos.

Con los restos despedazados del capitán Mendoza como macabro escenario comenzó, cuatro días más tarde, el juicio a todos los acusados. El proceso se celebró en la playa. La mañana era fría, pero en contraste con la niebla que nos envolvió en las jornadas anteriores, lucía un tímido sol, incapaz, en cualquier caso, de calentar nuestros cuerpos ateridos. Con las mismas formalidades de un juicio celebrado en España, los acusados descendimos a tierra custodiados en todo momento por hombres fieles al portugués. El agobiante silencio sólo era interrumpido por el batir de las olas. Al poco llegaron Mesquita, que actuaría como presidente del tribunal, y el propio Magallanes, como juez supremo.

Mesquita tomó la palabra y comenzó a leer las acusaciones. No sé cuánto pudo durar aquel alegato, porque el tiempo se detuvo para mí. Me olvidé de la expedición, de Sevilla, del mar, de las constantes huidas. Como en un sueño, únicamente fui capaz de traer a mi memoria una serie de recuerdos: los libros de Sancho, la sonrisa de Lucía y un puñal rasgando el aire. Miraba los labios de Mesquita sin escuchar sus palabras; no me hacía falta, sabía que estábamos condenados. Y tampoco hacía falta que nadie me lo dijera, yo ya me sentía culpable en mi corazón.

Al fin Mesquita concluyó y Magallanes tomó la palabra. Despacio, sabiéndose dueño de la situación, se puso en pie.

—Hoy me toca juzgar el execrable acto de traición que se perpetró contra mi persona y cuya intención era arrebatarme el mando que me fue entregado por el rey don Carlos. No me temblará la mano ante tamaña vileza. Pero puedo deciros que, muy dura que hoy sea mi justicia, mucho más lo será la que imparta la historia. En esta bahía de San Julián la cobardía y el deshonor quedarán siempre unidos a vuestros nombres.

El capitán general fue posando la vista en todos nosotros. A pesar de la vergüenza que sentía, no quise apartar la mirada. «Al menos —pensé—, recibe el castigo como un hombre.»

Tomó aire y dictó la terrible sentencia: cuarenta condenas a muerte, incluida la mía.

El silencio más absoluto se hizo en la playa. Nadie se atrevía a mover siquiera un músculo de la cara. Tras una larga pausa, Magallanes continuó:

—Por lo que respecta al capitán Juan de Cartagena y al sacerdote Sánchez de Reina, cobardes instigadores de la rebelión, les condeno al abandono en esta bahía. La sentencia se cumplirá cuando la flota zarpe de nuevo. Dios se encargará de darles lo que merezcan, para bien o para mal.

Varios de los hombres condenados a muerte cayeron al suelo de rodillas o desplomados, vencidos por la tensión del momento. Juan Griego, a mi lado, cerró los ojos con impotencia. Unos sollozaban; alguno se orinó encima. Cartagena y el sacerdote bajaron la cabeza, heridos en su orgullo. El portugués, frío e inteligente, había encontrado la manera de imponerles la pena capital sin mancharse las manos con la sangre de un noble y un religioso. Dejaba a Dios la potestad de decidir acerca de su vida o su muerte a sabiendas de que sólo podía esperarles lo segundo en aquella tierra castigada por el frío y la desolación más absolutos.

Con los demás no iba a haber tantos miramientos. Las sentencias estaban dictadas: únicamente nos quedaba saber cómo y cuándo. Magallanes, sin perder ni por un momento la compostura, se dirigió al capitán Gaspar de Quesada.

—En consideración al cargo que detenta, se le concede excepcionalmente a don Gaspar de Quesada, cuyas manos están manchadas con la sangre de mi fiel piloto Juan de Elorriaga, la gracia de escoger la forma de su muerte: por garrote o por decapitación.

Quesada le miró con desprecio. Eligió la espada. Varios hombres armados se dirigieron hacia él para conducirle ante el tronco de madera que se había dispuesto. Quesada se zafó de ellos y caminó por su propio pie al lugar escogido para su fin. Pero aún quedaba un escollo por salvar: ¿quién se atrevería a cercenar la cabeza a un capitán nombrado por el rey don Carlos en persona?

—Por la autoridad de que fui investido —dijo entonces Magallanes—, conmino a Luis de Molina, criado de Gaspar de Quesada y colaborador en su infame conducta, a que ejecute personalmente la sentencia. Si así lo hace, quedará perdonado de su condena a muerte.

Luis de Molina escuchó aquellas palabras aterrado. Cayó de rodillas al suelo y comenzó a suplicar que no le hicieran escoger entre su vida y la de su señor, pero el capitán general se mostró imperturbable. Como Giges ante la esposa de Candaules, sólo dos caminos le quedaban: acabar con su señor o terminar con su propia vida.

Con los ojos arrasados en lágrimas, Molina se levantó y acudió junto al capitán Quesada, quien lo miraba con dureza y desprecio.

—Perdonadme, mi señor —fue todo lo que acertó a decir.

Los soldados le dieron la espada, a la vez que ataban a Quesada las manos a la espalda y le colocaban la cabeza en el tronco de madera.

—¡Cúmplase la sentencia! —gritó Mesquita.

Molina se santiguó y levantó el acero sobre la cabeza del capitán. El sonido del metal golpeando contra la madera fue lo último que oímos antes de que la cabeza de Quesada se separara del cuello. El cuerpo se retorció en un espasmo y la cabeza cayó al suelo boca arriba, con los ojos parpadeando y la lengua fuera. Parecía que en cualquier momento fuera a levantarse y recogerla, como hacían los santos en sus milagros.

La sangre manchaba la arena. Varios hombres sollozaban pensando en su triste destino. Poco antes se habían visto como héroes y ahora gemían esperando la sentencia. Ya sólo quedaba nuestra propia ejecución. Entonces Magallanes levantó la vista y pronunció unas palabras que me quedaron grabadas:

—Nuestro Padre hace salir el sol sobre malos y buenos, y hace llover sobre justos y pecadores. El delito que habéis cometido es grave y graves son sus consecuencias. Pero Nuestro Señor también nos enseñó que el camino a la virtud comienza con el perdón a los pecadores. Sobre los hombros lleváis la vergüenza de vuestra falta, pero aún podéis haceros dignos de la redención.

Lanzó una mirada a los condenados.

—Si actuáis con rectitud, si trabajáis como el que más, si ofrecéis vuestra mejor cara y no la que habéis mostrado en estas horas cuyo recuerdo aún siento como un puñal en el pecho, un día vuestro pecado quedará atrás y su huella se borrará como se borran las pisadas en la arena.

Tomó aire profundamente y concluyó:

—Por la autoridad que me confió su majestad el rey don Carlos, perdono a los condenados las penas de muerte impuestas por estos graves delitos de deslealtad y traición.

Todos los condenados nos arrodillamos inmediatamente y agachamos la cabeza en señal de sumisión, perdón y gratitud. Todos menos uno: Luis de Molina, que lloraba amargamente por el cruel juego del que había sido víctima.

El capitán general se dirigió de nuevo a nosotros:

—¡Levantaos!

Era evidente que nos había tenido que perdonar contra su voluntad. A tanta distancia de España, con cinco barcos para gobernar y en aquellas difíciles condiciones que todavía no habían hecho sino empezar, Magallanes no podía permitir una sublevación. Pero tampoco podía prescindir de sus hombres, aunque no todos le fueran leales.

Luego, dirigiéndose a quienes habían conducido a la muerte a Quesada, les ordenó:

—Cúmplase con el capitán Quesada el mismo protocolo que se dio al cuerpo del capitán Mendoza.

A esas alturas del proceso ya ninguno de nosotros era capaz de reaccionar. Asistimos en silencio al descuartizamiento del cuerpo de Gaspar de Quesada: los cabrestantes se tensaron y sus miembros se separaron del tronco. Los soldados recogieron los restos y la cabeza, y los clavaron en otras tantas picas, junto a los de Luis de Mendoza. Magallanes miró a Mesquita y éste anunció:

—El proceso ha finalizado.

El juicio había acabado, sí, pero no la pena.

Para el capitán general, por mucho que se hubiese visto obligado a perdonarnos, éramos culpables; para mí, también. Había quebrantado un juramento y mi palabra había quedado en entredicho. ¿Sería un traidor de por vida o encontraría algún tipo de redención? No sentía dentro de mí más que vergüenza. Una vez más me había dejado llevar por mis impulsos y había actuado de manera estúpida, con terribles consecuencias. Quizá algún día lograse el verdadero perdón, pero en mi fuero interno yo me sentía sucio e indigno.

Con todo, lo peor del castigo no fue el sentimiento de culpa, sino el desprecio de mis compañeros. Los que siempre habían sido partidarios de Magallanes nos miraban a los sublevados con desdén, pero incluso los que en los meses anteriores habían criticado al capitán general y habían puesto en entredicho sus decisiones ahora me recriminaban mi comportamiento.

—Ir en contra de la voluntad de nuestro rey, ¡a quién se le ocurre! —me espetó Martín de Ayamonte—. La respuesta de Magallanes ha sido lo menos que podía esperarse. ¿Adónde iríamos a parar sin disciplina?

Aunque Martín solía ser comedido en sus comentarios, aquel día no se guardó una palabra. Me mordí la lengua porque, en el fondo, sabía que tenía razón. Por fortuna, siempre había alguien dispuesto a responder.

—Hablas así por cobardía, Martín —terció Nicolás, enfadado—. Tú también criticaste al capitán general y dijiste que había que tomar medidas si no queríamos acabar todos muertos. ¿No llamaste acaso «desalmado» y «loco» a Magallanes?

—¡Y tú hablas así porque tu hermano es uno de los traidores, montañés de mierda! No tenéis palabra ni honor.

Agarré por el brazo a Nicolás antes de que se lanzase sobre Martín para golpearle. Y a buena fe que lo hubiese hecho, porque no sólo tenía gran corpulencia, sino también un carácter irascible.

—Los montañeses somos gente de palabra —repuse con toda la calma que pude— y también sabemos cuándo nos equivocamos. Yo he cometido un desacierto y pagaré la pena que me corresponda por ello. Lo acepto y lo apruebo. Sé que ahora no me creéis, pero os aseguro por mi honor que pondré a partir de hoy todo mi ánimo y mi voluntad para que esta empresa triunfe, por muchos sufrimientos que haya que soportar. Seré el primero entre todos para cualquier trabajo, si es preciso. No os daré más motivos para que desconfiéis de mí.

Martín me miró. Había en sus ojos arrepentimiento por las palabras que me había dicho. Creo que no lo había hecho de mala fe, pero en aquel momento bastaba cualquier motivo para que nuestro ánimo se crispara. Al fin y al cabo, sólo tenía miedo, como yo.

—No quise hablarte así. Lo que pretendía decir es que...

—Déjalo, Martín —intervino Esteban—, sabemos que no lo hiciste con mala intención. Todos estamos alterados, pero no podemos dejarnos llevar por la desesperación, nos queda aún mucho para completar con éxito esta misión, si es que algún día lo logramos.

—¿También tú lo dudas ahora? —exclamó Nicolás—. Tú siempre habías confiado en nuestro éxito.

—¡Quién sabe! ¿Alguno de vosotros conoce, acaso, si estamos cerca del final o del principio? Hemos llegado a este punto siguiendo el trayecto que otros navegantes dejaron inconcluso, pero no tenemos la certeza de que finalmente se encuentre un paso. ¿Y si la tierra continuase todavía más al sur? No estamos capacitados para navegar durante mucho más tiempo en estas condiciones: los cascos de las naves sufren, las velas se rasgan, los cabos se rompen, los ánimos se agotan... Bien sabéis que siempre he apoyado al capitán general, pero las dudas también me asaltan.

—Lo lograremos, Esteban, hemos de tener confianza —dije—. Nuestro esfuerzo no será en vano. Un día seremos recibidos en España como héroes, más pronto o más tarde.

—No todos. Hasta ahora ha habido suerte, pero pronto empezaremos a caer: primero unos, luego otros. El frío es cruel. Yo nací en Croisic, un pequeño pueblo de Bretaña. Los veranos allí son maravillosos, os lo aseguro, pero los inviernos son muy duros y mucho más en los mares del norte. He navegado por aquellas aguas y sé lo que es sentir el cuerpo como un témpano de hielo. ¿No os dais cuenta de que aún estamos en abril? ¿Qué será de nosotros cuando lleguen los meses de junio y julio, cuando el sol no se levante sobre nuestras cabezas más que unos pocos instantes cada día?

—Eso no es posible —dijo Benito—. Nunca he visto que el

sol haga tal cosa. En Génova sale cumplidamente cada día, y no creo que en ese pueblo impronunciable del que afirmas venir las cosas sean muy distintas.

—No lo has visto porque nunca has estado tan al norte —intervino con su duro acento el lombardero Hans de Aquisgrán, un alemán enorme y blanco como la leche, que estaba apostado cerca de donde hablábamos—, pero ocurre. Cuando llegue el pleno verano, el sol ni siquiera saldrá: estaremos completamente a oscuras durante días enteros. Yo también he navegado por los mares del norte y sé de lo que hablo.

—Espero que te equivoques, Hans. Y si no es así, ¡que Dios nos coja con la confesión hecha!

Las palabras de Benito resumían a la perfección los sentimientos que a todos nos atenazaban: el miedo, la desesperación, la incertidumbre. Pero a ello había que sumar la desconfianza y el mal humor que se vivía después de la sublevación. Iba a hacer falta mucho tiempo para recuperar lo perdido.

Pero ¿cuánto duraría la invernada? Ninguno de nosotros podía saberlo. De momento lo único que apreciábamos era que desde hacía un tiempo las jornadas contaban cada vez con menos horas de luz y, si Hans estaba en lo cierto, no dejarían de decrecer todavía durante muchas jornadas. ¿Podríamos soportar el frío? ¿Y el tedio? ¿A qué íbamos a dedicar aquellos días oscuros y cubiertos de niebla?

Magallanes lo tenía claro. Sabía muy bien lo peligrosa que puede llegar a ser la inactividad y por eso no pensaba darnos ni un momento de respiro. En un principio aquello nos disgustó, pero luego comprendimos que era lo mejor que nos pudo pasar.

Acabado el juicio y devorados ya los restos de Mendoza y Quesada expuestos sobre las picas por las aves carroñeras, el capitán general dispuso duros turnos de trabajo para todos. Con las primeras luces del día las dotaciones de los cinco barcos nos levantábamos para realizar las labores más diversas. ¡Y de cierto que no eran pocas! Tras tantos meses de navegación las naves estaban seriamente dañadas. La sal había atacado la tablazón y las jarcias, y se hacía preciso repararlas o sustituirlas.

Lo primero era lograr madera. Aunque aquella tierra era en extremo pobre y agreste, en los lugares más abrigados de la bahía, fuera del feroz embate de los vientos, crecían árboles robustos. Comenzaba a ponerse de manifiesto el buen juicio de Magallanes a la hora de preparar la expedición. Nada faltaba en las bodegas de los barcos: hachas, sierras, cepillos, martillos, clavos... Sin duda el portugués había previsto que nuestro viaje iba a ser largo, pero a todos nos sorprendía su capacidad de previsión, que alcanzaba hasta el más mínimo detalle.

Con todos los instrumentos precisos, los marineros nos afanamos en talar árboles, serrar los troncos y cortar tablas. Después las cepillábamos hasta desbastarlas para, a continuación, curvarlas al calor de la lumbre y así adecuarlas a la forma precisa del armazón del barco. Las tablas viejas fueron retiradas y sustituidas poniendo sumo cuidado en no dejar ni un pequeño hueco por el que pudiera colarse el agua. Luego, con pez y estopa, nos dedicábamos a calafatear la nueva tablazón.

A pesar de las duras condiciones de trabajo, yo disfrutaba aprendiendo de los marineros más expertos y de los carpinteros y calafates. Muchas veces me había considerado superior a ellos por conocer las letras y por haber recibido una instrucción de la que ellos habían carecido. ¡Qué equivocado estaba! En aquel momento comprendí que no sólo es sabio el que aprende de los libros, sino el que es capaz de abrir los ojos y mirar el mundo con inteligencia. Había tenido la suerte de que en mi juventud mi maestro veló por mí y me llevó de la mano a un universo inmensamente rico e infinitamente grande; pero, al tiempo, había vivido muchas veces de espaldas tanto a los quehaceres como a las sanas diversiones de los demás. Sin embargo allí, trabajando en la playa más remota del mundo, rodeado de sencillos grumetes y marineros, me sentía feliz volviendo a aprender, y en aquellas manos curtidas, expertas y sabias de mis compañeros veía el mismo brillo y la misma sabiduría que en las palabras y los consejos de mi maestro. Aquellos marineros que a pesar de los desvelos, los sufrimientos, el frío y el hambre habían sido lo bastante fuertes para no desistir en su empeño y no faltar a su palabra se convirtieron en mi guía para lograr el perdón.

En mi desesperada lucha por encontrar algo de luz, recordé uno de los salmos del Libro de David, que junto a Sancho tantas veces leía: «Rocíame con el hisopo y seré libre; lávame y seré blanco como la nieve; pon dentro de mi pecho un corazón puro y renueva en mí un espíritu de príncipe». Lloré y sentí en mi interior que alguna vez podría ser perdonado. Lo pedí con todas mis fuerzas y toda mi humildad. Prometí soportar sin queja ni lamento todas las dificultades y penalidades futuras, y luchar día a día por hacerme merecedor del perdón que me había sido concedido. ¡Qué poco sabía en aquel momento a qué dificultades y penalidades nos iba a conducir todavía el destino!

Durante el día, ayudaba en todo lo que podía a los marineros y artesanos. Sus sonrisas, sus bromas y también sus palabras de ánimo ante mi falta de destreza en algunas labores eran el mejor de los regalos. A la vez, fui requerido también por el escribano de nuestra nao, Martín Méndez, quien sabiendo de mis conocimientos de escritura y aprovechando que durante la invernada tocaba hacer de nuevo recuento de las provisiones me ordenó que le ayudase a anotar qué cantidades y en que estado estaban en las bodegas.

Ése era, quizá, el punto en el que Magallanes se había mostrado menos clarividente. Aunque calculadas para dos años, algunas vituallas no habían soportado el paso por el trópico, sobre todo las cebollas, los ajos y algunas piezas de carne no del todo bien saladas, y hacía tiempo que habíamos tenido que echarlas por la borda. La galleta de barco, todavía abundante, era pura piedra. El vino comenzaba a picarse en los toneles. Los frutos secos estaban agusanados, lo que era un mal menor, y las legumbres estaban plagadas de pequeños insectos, pero hacía tiempo que no nos molestábamos en apartarlos.

Todo se anotaba en los cuadernos con suma meticulosidad para dar una muestra exacta del estado de las provisiones, aunque en ocasiones éstas se veían fortuitamente aumentadas. Poco antes de detenernos en la bahía de San Julián, un marinero había atrapado una rata entre los sacos de nueces. Tardó apenas unos instantes en pasarla por el fuego. Algunos mirábamos con asco al principio a aquellos bichos, hasta que alguien comentó que, a fin de cuentas, no eran tan distintos de un conejo, y admitimos con agrado la comparación. De forma eventual, también atrapábamos en tierra avestruces, zorros, algún pájaro bobo o un lobo marino, y entonces disponíamos de carne en abundancia y de cantidades ingentes de grasa. Otras veces conseguíamos derribar gorriones y cuervos. La pesca seguía siendo abundante y el agua dulce no nos faltaba. Pero, cuando partiéramos y sin la sal necesaria, ¿cuánto de todo aquello podríamos llevar con nosotros?

Aunque era mucho el trabajo que realizábamos, las horas de sol eran pocas y eso nos dejaba largo tiempo para sestear. A la tenue luz del candil mis compañeros y yo nos acurrucábamos en el interior de las torpes casetas que habíamos construido en la playa para pasar la invernada, tratando de mantener el calor a pesar de la humedad que nos calaba hasta el alma. Rodrigo, un grumete gallego de nuestra nao, tocaba a veces una gaita con aires melancólicos que se avenían muy bien con los días grises que soportábamos en aquellas latitudes. Muchos de nosotros llorábamos en silencio pensando en nuestra tierra. Alguno sollozaba abiertamente. Con todo, no siempre era así, pues en otras ocasiones el tono se volvía alegre, no festivo como en las tonadas andaluzas, pero al menos cargado de esperanza.

En aquellas largas noches australes acudían a mí los recuerdos. Pensaba mucho en Sancho y en sus lecciones. A mi mente venían todas las enseñanzas que me había transmitido: la historia, la geografía, los viajes, la filosofía, la poesía. No había olvidado nada, a pesar del paso de los años. Lo tenía grabado en mi memoria, como se graban las letras sobre la piedra. Era mi tesoro y mi salvación. Esas remembranzas eran lo único que me quedaba de mis sueños y mis esperanzas de juventud. Todo se lo debía a Sancho, a su infinita generosidad, a su noble corazón.

—¿En qué piensas? —me preguntó una tarde Benito.

Le miré y pensé en responder con una evasiva. ¿Cómo explicarle mis sentimientos, mi sensación de pérdida? ¿Tendría algún interés en algo de lo que yo pudiera contarle? Me sentí completamente solo. Entonces, no sé cómo, una luz se encendió en mi pecho y, como un fogonazo, me pareció que aquellas frías noches podían iluminarse.

—¿Tú sabes leer, Benito?

—¿Bromeas? —dijo con una amplia sonrisa—. Ni siquiera mi nombre. Nunca nadie me enseñó.

—¿Te gustaría aprender?

Benito rió con ganas.

—¿Y con qué esperas que te pague, maestro: con galletas o con ratas?

—No te preocupes por eso, Benito. Yo seré el que esté en deuda contigo.

19

Supongo, como él mismo dijo, que los libros que Sancho atesoraba en el rincón más escondido de su casa no eran sino una pequeñísima parte del conocimiento de los hombres, pero para mí significaban el todo, el más alto escalón del saber. Los había cristalinos como el agua e impenetrables como el humo, tan intrincados que cada línea exigía horas de reflexión para discernir su significado. Estos últimos eran los que más me gustaban. Hasta aquel momento, todo en mi vida había girado en torno a frases sencillas: «Come», «Ve con las ovejas», «Ayuda a tu padre», «Limpia la pocilga». Pero eso era distinto. En aquellos libros se ocultaban mensajes complejos, pensamientos nacidos de una reflexión profunda, concepciones que huían de lo concreto para adentrarse en el mundo inconsistente de la idea.

Un día Sancho me preguntó:

—¿Existe el concepto de silla o sólo existen sillas?

Me dijo que por cuestiones tan simples como ésa los hombres discutían desde hacía siglos. Yo me reí al principio, pero él insistió.

—¿Las ideas existen o sólo existe la individualidad de las cosas? ¿Cómo puede existir el concepto de «mesa» si no existen dos mesas iguales?

—¡Pues claro que existe el concepto de mesa! —argüí yo—. ¿Cómo si no iba a poder reconocer una mesa cuando la veo?

—Eso defienden unos, pero otros argumentan que esa idea sólo engloba cosas parecidas a una mesa y que el concepto en sí no tiene verdadera existencia.

—Sigo sin entenderlo, Sancho. Una mesa, grande o pequeña, alta o baja, sencilla o torneada, es una mesa, ¿no? Además, no sé adónde quieren llegar con esta discusión.

—Es posible que a ninguna parte, pero aun así es una discusión bella, es razonar por razonar, probablemente sin ningún objetivo, por el simple goce de saber hasta dónde puede llevarse un razonamiento. Eso es lo que mueve al filósofo: el amor por el conocimiento. Y también del que ama a Dios, pues las Santas Escrituras lo dicen: «Amé la sabiduría más que la salud y la belleza, y preferí su posesión a la misma luz, porque su resplandor es inextinguible».

En otra ocasión Sancho me relató una bella alegoría cuyo autor era un filósofo de la Antigüedad llamado Platón, quizá el más sabio entre todos los pensadores habidos en el mundo. Sancho tenía la obra *Divini Platonis opera omnia* en dos bellos volúmenes y me leía algunos pasajes.

—Varias personas que vivían cautivas en una caverna habían permanecido toda su existencia en la oscuridad; sólo disponían de un foco de luz: una hoguera que, tras ellos, proyectaba sobre el fondo de la caverna las sombras de todo cuanto ocurría a su espalda. Aquellos desdichados únicamente conocían el mundo a través de esas sombras y, por supuesto, pensaban que aquello era en verdad la realidad. Hasta que un día uno de ellos escapó del cautiverio y comprobó el engaño: las sombras no eran la realidad, sino una simple y pobre representación de la misma. Corrió entusiasmado a contar la noticia a sus antiguos compañeros de las tinieblas, pero no le creyeron: «¡Mientes!», decían, «¡Quieres engañarnos!»; y por mucho que lo intentó no fue capaz de convencerles de lo contrario. Para ellos, ignorantes del mundo real, la única verdad eran las sombras de la caverna.

—¿Qué significado tiene esta historia?

—¿Tú qué crees?

A Sancho no le gustaba resolver los enigmas, sino incitarme a buscar las soluciones.

—Creo que significa que no siempre podemos diferenciar entre la realidad y la fantasía, entre lo verdadero y lo falso. ¡Como las historias que cuentan las viejas del pueblo acerca de hadas y duendes!

—No es sólo eso: el significado del mito es mucho más profundo. Quiere decir que únicamente podemos apreciar la realidad a través de los sentidos, que al fin y al cabo no son más que sombras de aquélla. Las flores huelen, pero nosotros sólo podemos saberlo después de olerlas. ¿Puedes asegurar que lo que tú hueles es lo mismo que huelo yo?

—Supongo que sí.

—Lo supones, pero no puedes saberlo con seguridad. De hecho, habrás visto que muchas personas mayores no son capaces de ver con claridad las cosas cuando están lejos o cuando están muy cerca; y hay otros que apenas ven, o que no ven en absoluto. ¿Es igual la realidad para ellos que para ti, que ves perfectamente? No lo creo. La realidad existe, cómo no, pero ninguno de nosotros somos capaces de percibirla en estado puro, sino después de que pase por nuestros sentidos y nuestro conocimiento. Por tanto, lo que vemos no son sino sombras: las proyecciones en la pared de la caverna.

—Pero si cojo la flor, la flor huele, y además otras personas me pueden decir lo mismo. Por tanto, el que alguno no pueda olerla no quiere decir que carezca de olor. Ésa es la realidad de la flor.

—Por supuesto que la flor huele, pero ésa no es la cuestión. Lo que el sabio nos muestra con este mito es que nunca podremos conocer con certeza cuál es ese olor sino sólo cómo se presenta ante cada uno de nosotros. ¿No te has fijado que tu madre puede coger la olla o los platos sin apenas quemarse mientras que tú los soltarías con un alarido? Sus manos están curtidas y no notan tan intensamente el frío ni el calor; las tuyas, en cambio, más sensibles, notan la diferencia de inmediato a pesar de que el calor sea el mismo.

Tras lecciones como aquélla yo solía permanecer un rato en silencio. Aunque en muchas ocasiones sentía que, en el fondo, era yo quien tenía la razón, casi siempre me quedaba sin argumentos ante Sancho. Había algo en su manera de discurrir que me impedía contradecirle. Empezaba a sospechar que las palabras y la razón podían ser armas poderosas.

—¿Cómo hacéis para salir triunfante de todas las discusiones, Sancho?

—No se trata de triunfar, sino de razonar —respondió—. Esto no es ninguna batalla.

—Sí, pero a veces, aunque tenga la razón, creo que no soy capaz de demostrarlo: vuestras palabras son más poderosas que las mías.

Sancho sonrió y me pasó la mano por el cabello.

—No tienes más que catorce años y, aunque creas que puedes entenderlo todo, tu cabeza aún es muy joven. La razón, como la fuerza, hay que entrenarla. Yo lo llevo haciendo casi cincuenta años.

—¿Y cómo hay que hacer para entrenarla?

—De eso también sabían mucho los sabios del pasado. El entrenamiento de la mente debe hacerse con los instrumentos adecuados. Por lo general se considera que hay siete, aunque puede haber más.

—¿Cuáles son esos siete instrumentos? —pregunté ansioso.

—Sus nombres no te sonarán: retórica, gramática, dialéctica, aritmética, música, geometría y astronomía.

Efectivamente, sólo me sonaba la música.

—Cuando discuto contigo, utilizo la dialéctica y en ocasiones también la retórica. Con la primera doy cuerpo a mi discurso y con la segunda lo embellezco. Una verdad siempre convence más cuando va vestida con bellos ropajes.

Sonreí ante las palabras de Sancho. Debía reconocer que su discurso se vestía con tela de seda mientras el mío no llevaba más que una ruda estameña. Estaba deseando que me aleccionase en todo aquello.

—¿Cuándo me enseñaréis esos trucos para convencer?

Rió con ganas.

—No son trucos —dijo—. Se les llama artes. En las universidades de las ciudades las estudiaban y las estudian todavía de forma ordenada. Las dividen en dos grupos. En el *trivium* se estudian las artes relacionadas con la elocuencia y en el *quadrivium* las referentes a la matemática. Sólo cuando los alumnos las aprenden a la perfección se sienten capacitados para adquirir otros conocimientos: derecho, teología, medicina... Así que nos estamos adelantando.

Estábamos yendo muy rápido, cierto, pero no sólo por mis ganas de aprender, sino también por las ganas de Sancho de instruirme. Cuando me explicaba todas aquellas ideas tan complicadas, pero también cuando me enseñaba las cuentas u otras cosas más sencillas, veía un resplandor en su rostro, sentía un fuego ardiendo en su interior. Hablaba despacio y, a diferencia de los otros hombres del pueblo, apenas gesticulaba ni realizaba ademanes. Todo lo que quería expresar lo hacía a través de sus labios y de su ojo sano. Al oírle, sentía paz, y creo que él también la sentía al ver cómo lo escuchaba.

Por las noches, como habíamos convenido, relataba a mi madre algo de lo que había aprendido, pero muchas veces debía morderme la lengua para no revelar el secreto que Sancho había compartido conmigo. A Nicolás le contaba también algunas cosas, aunque en ocasiones eran tan complejas que terminaba haciéndome un lío, y Nicolás mirándome sin entender nada.

Todo el universo de ideas y pensamientos que Sancho ponía ante mí me mantenía absorto. Lo único que era capaz de distraerme como una campanilla, que, de todos modos, yo trataba de acallar, era Lucía. Fue en aquellos días cuando comprendí que una mujer puede soportar muchas cosas, pero no la indiferencia. Y eso justo era lo que yo le estaba regalando últimamente, pues, frente a su negativa a hablarme o saludarme, yo opté por ignorarla. Lucía mantuvo durante algunos meses su dura actitud de dignidad, pero terminó por ceder.

—¿Es que no piensas hablarme nunca más? —me espetó una mañana al salir de la lección.

—Pensé que eras tú la que no querías hablar conmigo —dije mostrando falso asombro.

Me miró y una leve sonrisa se dibujó en su rostro. Yo le sonreí también y, acercándome, le cogí la mano. Sentí de nuevo ese inmenso calor capaz de quemar más que un leño ardiendo.

—¿Te acompaño un rato?

Paseando por aquellas veredas eternamente verdes y húmedas, Lucía y yo recobramos el cariño perdido. Dejamos a un lado todo lo que pudiera hacernos daño y conversamos sobre los temas más diversos. A ella le dolía todavía que mi padre me prohibiera la asistencia a las clases, le parecía una actitud injustificable. Yo deseaba decirle que sí tomaba lecciones y que estaba aprendiendo, más incluso de lo que lo hacían ellos. Sin embargo, aún no era el momento, y pensé que quizá no lo sería nunca ya que por nada del mundo quería involucrarla en algo que ya era comprometido para Sancho y para mí.

Lucía estaba cambiada. Con catorce años recién cumplidos, se había despojado de las vestiduras de niña y comenzaba a mostrar aires de mujercita. Sus pechos apuntaban ya, bajo la blusa, el ansia de amar, y las caderas, que hasta hacía poco no sobresalían mucho más que las mías, se habían ensanchado. Pero no sólo su figura revelaba esa transformación, sino también la mirada, la voz, los gestos; todo.

Un día, paseando, me hizo partícipe de un secreto que no supe comprender.

—Ya soy mujer —dijo sencillamente.

La miré y asentí, como si la hubiese entendido. No supe qué decir. Aquel anuncio implicaba algo que yo desconocía, pero no me atreví a preguntar. En aquel momento me di cuenta de que Lucía estaba madurando más rápidamente que yo y que conocía cosas que hasta aquel momento sólo los mayores sabían. Desde entonces me he sentido en un plano de inferioridad con las mujeres; su mente puede ser libre como el águila o pesada como la roca, pero siempre es o más veloz o más sólida que la nuestra. La inteligencia de Lucía era lo que yo buscaba: la llama del candil en la habitación oscura.

—¿Por qué las niñas se hacen un día mujeres? —le pregunté a Sancho algún tiempo después.

Me miró con una mezcla de asombro e hilaridad.

—Es más bien al contrario: desde que nacen son mujeres, pero un día dejan de ser niñas.

Entendía tan poco a Sancho como a Lucía.

—Las mujeres —continuó echándose hacia atrás en la silla—, para poder tener hijos, deben dejar atrás su niñez. Eso ocurre un día concreto, en un momento. Y ellas lo notan. En los muchachos es distinto; supongo que también pasa un día concreto, pero no se sabe cuál es.

—¿Y ese día se hacen hombres?

Sancho sonrió.

—Estás preguntando demasiado, ¿no te parece? Ya es hora de que vuelvas a casa.

Tomé el camino al pueblo totalmente confundido. Una vez en casa, miré a mis hermanos mayores y pensé que quizá ellos ya habían pasado el día crítico al que Sancho se refería; varios jóvenes del pueblo de su misma edad ya tenían hijos, por tanto, Pedro y Joaquín también debían de ser hombres. ¿Cómo no había pensado antes en ello? Tanto leer me había distraído del conocimiento directo y primero de las cosas cotidianas. No me volvería a pasar.

Al día siguiente, cuando los muchachos salieron de la lección, llamé a Lucía con un susurro. Ella dejó a Juan, Francisco y Nuño, y vino hacia mí.

—Lucía —comencé—, ya entiendo lo que me dijiste el otro día...

—¿El otro día?

—Sí, ya sabes, lo de que ya eres mujer.

Me miró sin pronunciar palabra.

—Sólo quiero decirte que me alegro y que en el momento que sea hombre serás la primera en enterarte, aunque todavía no sé cuándo ocurrirá.

La risa de Lucía me dejó perplejo.

—Gracias, pero no creo que sea necesario que me lo cuentes.

Se acercó a mí, puso sus manos alrededor de mi cara y me besó en la mejilla.

Definitivamente, íbamos un paso por detrás de ellas.

20

Hay determinadas cosas que resulta más fácil enseñar a una mente inocente que a una resabiada; aprender a leer es una de ellas. A pesar de mi voluntad y la suya, aquellos marineros eran una pared contra la que se estrellaban mis ánimos y mis esfuerzos. Sobre las frías arenas de la bahía de San Julián y a la luz de las lámparas de aceite que colgaban de lo alto de nuestra caseta, cuando se ponía el sol y se interrumpían las labores, yo trataba de enseñarles los fundamentos de la lectura. No disponíamos de papel, de modo que nos teníamos que conformar con las cortezas de los árboles, sobre las cuales escribía con un punzón o con la punta de la navaja, y también dibujando con un palo en la arena. Era rudimentario, pero carecíamos de otros medios.

Comencé por enseñarles el abecedario. El primer día, casi veinte alumnos atendieron mis explicaciones. Al siguiente, eran la mitad; tres después, sólo unos pocos. No me importaba. De hecho, resultaba más sencillo aleccionar a un grupo reducido y atento que a otro numeroso y adormecido. Yo no quería obligarles, quería que fueran ellos los que desearan aprender. Pero no era fácil. La mayor parte de los marineros eran individuos endurecidos por la vida, interesados únicamente en aquello que pudiera reportarles un beneficio inmediato. ¿Qué podían obtener de las letras?

Una semana después, mediado abril, Juan Griego se hartó de mis explicaciones.

—Se acabó, amigo —dijo—. Me lo he pensado y creo que esto de leer y escribir no me va a servir de nada.

—Vamos, Juan, aprender te será más útil que pasar la tarde dormitando o bebiendo vino, ¿no te parece?

Juan rió.

—¿Bebiendo vino? ¿Llamas beber vino a esa mísera taza de caldo picado que nos dan? Vino era el que yo bebía en Nauplia. Las tabernas eran animadas; las calles, bulliciosas; el cielo, hermoso, y el mar, azul brillante como nunca lo has visto. ¡Quién me mandaría salir de allí!

—El caso es que estás aquí, Juan, y que puedes aprender algo que te sirva.

—Las letras sólo sirven a los poderosos —dijo mientras negaba con la mano—. Con ellas nos mantienen sometidos. Siempre fue así.

—El poder no proviene de su saber, sino de tu ignorancia. Ellos tienen las puertas abiertas y tú cerradas. Si no sabes leer, estarás a merced de su voluntad. Es como si llevases una mano permanentemente atada a la espalda.

—Pues entonces utilizaré la otra como almohada.

Juan dio media vuelta y se dispuso a dormir. Mi discurso no había tenido el menor éxito. Ni la dialéctica ni la retórica eran armas suficientes para convencer a los marineros, y menos a Juan Griego, quien desde la sublevación de Pascua se había vuelto aún más hosco y reservado. A pesar del perdón otorgado por Magallanes, seguía aferrado a sus ideas y no tenía la más mínima intención de rectificar su postura. Sabiendo que no podía expresar en alto sus opiniones, mascullaba entre dientes y despreciaba en silencio al capitán general. Y creo que a mí me despreciaba también, quizá porque le recordaba más que nadie su fracaso.

Al final, sólo Martín de Ayamonte, Nicolás, Domingo Portugués, Esteban Villón y Benito Genovés sobrevivieron a la continua sangría de alumnos. Era mejor que nada. Cada tarde me esforzaba por hacerles entender aquellos signos hasta el momento ininteligibles para ellos.

A Nicolás no resultaba fácil enseñarle. Era un muchacho de acción, todo lo que sabía del mundo lo sabía de primera mano, directamente, y creo que no le gustaba la idea de leer lo que otro dijera sin poder interrogarle o rebatirle. Nunca dudé de su inteligencia; es más, ahora pienso que fue mucho más inteligente que yo. No es más sabio el que más conocimientos tiene, sino el que mejor fruto sabe sacar de ellos, y en eso creo que mi hermano siempre me superó: comprendió el mundo que le tocó vivir y fue feliz.

Domingo era tímido, pero atesoraba un gran corazón. Su vida no había sido fácil y su experiencia en la travesía tampoco. No se separaba de Nicolás, y a fe que por eso atendía también a las lecciones. Escuchaba con atención y ponía empeño, bastante más que mi hermano.

Por lo que respecta a Martín de Ayamonte y Benito Genovés, eran de ese tipo de personas que nunca en su vida se habrían molestado por preguntar el motivo de algo, pero que recibían con agrado una explicación si se les ofrecía. No les importaba por qué funcionaba una brújula, les bastaba con saber que lo hacía; pero, si se les explicaba, no lo rechazaban como algo superfluo.

Esteban, por último, era una mente privilegiada; sabía de casi todo y en especial de los acontecimientos más recientes. Aunque había nacido en la Bretaña, y aún conservaba un ligero acento, había pasado muchos años en Sevilla, donde se había empapado de las múltiples historias que contaban los marineros a la vuelta de las Indias; de hecho, ya había participado en otra expedición ultramarina. Conocía a la perfección los viajes de Colón, de Rodrigo de Bastidas, de Americo Vespuccio, de Juan Díaz de Solís, de quien nos había hablado hacía ya tiempo, y de otros marinos a las órdenes de los reyes de España. Lo que a mí más me impresionaba era que todos aquellos conocimientos los había adquirido sólo escuchando y gracias a una memoria prodigiosa, ya que no sabía leer ni su nombre. Cuando le pregunté si le gustaría aprender, algo se iluminó dentro de él. Fue uno de los pocos que vio una puerta abierta y no un muro desnudo. Y también algo se iluminó dentro de mí: la posibilidad de devolver parte de lo que mi maestro me había regalado en mi juventud.

En lo que todos coincidían era en su lentitud. Lo que un niño aprende en un día ellos tardaban en asimilarlo una semana. No obstante, ponía lo mejor de mí, y me acordaba de los años en que el ignorante era yo y de toda la paciencia que Sancho empleó conmigo. No me importaba si confundían continuamente las letras, estaba decidido a aportar algo de luz a aquel oscuro invierno y no iba a sucumbir ante nada. Al menos, eso creía.

Hacia el 20 o el 21 de abril de aquel año del Señor de 1520, el infortunio decidió visitarnos. Habíamos estado trabajando toda la mañana. Como siempre, los marineros nos encargábamos por grupos de cortar madera, preparar tablas, aprovisionarnos de agua, pescar o recoger fibras para hacer cabos. Si nos escabullíamos para holgazanear, el látigo estaba presto para devolvernos a la actividad. Al mediodía, el cielo se volvió completamente blanco y el viento cambió. El aire cálido del norte que nos había acompañado en las últimas jornadas viró al sur, transformándose en un gélido vendaval que nos heló hasta la sangre. Nunca me había sentido tan aterido, ni siquiera en lo más alto de mis montañas. Al poco, algunos marineros comenzaron a quejarse; las manos no eran capaces de sostener las hachas ni los serrotes, y el aliento se congelaba en la espesura de las barbas y los bigotes. Cayó algo de nieve, pero de forma breve, pues el frío era tan intenso que ni ella se atrevía a aparecer.

Magallanes nos observaba cubierto por una gruesa manta de la mejor lana castellana. Su rostro reflejaba dureza. Varios oficiales se acercaron y le comunicaron las dificultades para continuar las labores. Dialogaron durante un rato, pero el capitán general se mostró inflexible: era preciso continuar con el plan establecido y trabajar hasta la puesta del sol. Entregó su manta de lana a uno de los oficiales.

—Si yo puedo soportarlo, también ellos.

Tras aquello seguimos trabajando en unas condiciones realmente penosas. Nuestras ropas apenas nos protegían del aire y el frío, y muchos de nosotros no podíamos parar de tiritar. En otro tiempo habríamos protestado, pero, tras los acontecimientos vividos apenas quince días antes, ninguno quería ser el primero en alzar la voz.

Un marinero de la *Santiago* que, junto con otros, estaba cortando un tronco con el hacha no pudo sostener la herramienta entre las manos y ésta, al salir despedida, rebotó contra el tronco y le golpeó en la pierna. El acero atravesó la lana del calzón y le produjo un profundo corte en el muslo. Cayó al suelo entre gritos de dolor, mientras sus compañeros le asistían como podían, tratando de detener la hemorragia. Entre varios le levantaron y le llevaron a una de las casetas.

A pesar de su negativa anterior, Magallanes tomó entonces verdadera conciencia de la situación. Ordenó a los capitanes que los trabajos cesaran y, con gran alivio, regresamos a las casetas. Mis compañeros y yo nos envolvimos con las mantas y nos acurrucamos junto al hogar. El vapor que emanaba del puchero nos dio un hálito de vida. No obstante, lo peor estaba por venir.

No sólo aquella noche, sino durante los cinco días siguientes hubimos de soportar el más espantoso frío que pueda imaginarse. Ya ni siquiera dentro de la caseta podíamos aguantarlo. El cocinero mantenía caliente la perola todo el tiempo, y cada poco tomábamos un caldo para tratar de reanimar nuestros maltrechos cuerpos. Durante aquellas jornadas ningún trabajo fue posible en el exterior. Permanecimos hacinados como ratas en los refugios, rezando por que el temporal amainase.

Una mañana, el sevillano Francisco Rodríguez, marinero de la *Concepción*, abrió la puerta de la caseta. Venía aterido e inmediatamente se sentó junto a la lumbre. Se sopló las manos y dijo:

—Sebastián ha muerto.

Sebastián era un grumete andaluz, vigoroso y risueño, que había hecho buenas migas con Nicolás y Domingo. Aunque era muy delgado, trabajaba como el que más en todo lo que le ordenasen.

—Hacía días que le dolía mucho el pecho y apenas dormía —nos explicó Francisco—. Tosía de continuo, pero anoche ninguno nos dimos cuenta de que había dejado de hacerlo. Esta mañana comprobamos que había muerto. Lo movimos, y estaba tieso, con todas las articulaciones congeladas. Habrá que esperar a que amaine para enterrarle; ahora apenas pueden mantenerse los ojos abiertos ahí fuera.

En aquellas condiciones dolía hasta respirar, pero ni aun así abandonamos las lecciones. A la tarde, después de comer, aprovechando el calor que emanaba de nuestros estómagos, nos poníamos a ello. Supongo que era una forma como otra de evitar el hastío o la desesperación, y al menos nos tenía ocupada la cabeza durante una o dos horas. A la luz tenue y cálida del candil, aquellos días mis alumnos terminaron de aprender el abecedario y comenzaron a escribir.

Una mañana despertamos y no oímos ya el silbido del viento. Salimos de debajo de las mantas y, con los músculos entumecidos, abrimos la puerta de la caseta. El paisaje era aterrador: la costa que habíamos conocido verde no era sino un arrasado páramo blanco, sin perfiles ni contrastes. No había apenas nieve; mucha más había visto yo en los inviernos de mi pueblo. Era el hielo lo que cubría con un manto aquella bahía que Magallanes nos había impuesto como hogar. Miramos nuestro barco: todo él era un carámbano, desde el casco hasta lo alto de los palos.

Cuando la neblina matinal se despejó, el capitán general ordenó que el cadáver de Sebastián se sacase de la caseta. Armados con picos y palas, dos marineros de la *Concepción* cavaron un hoyo en el suelo helado y le dieron sepultura. Luego se colocó una torpe cruz y rezamos por él. Sentimos su muerte como algo propio: su fin no nos era ajeno, era un aviso de lo que podía esperarnos en el tiempo que aún permaneciésemos en aquella bahía. ¿Semanas, meses? ¡Cómo saberlo!

De vuelta a la caseta, los ánimos flaqueaban.

—Me pregunto si saldremos con bien de ésta —dijo Nicolás. A pesar de su fortaleza, se le veía abatido con la muerte de Sebastián.

—¿Qué otra cosa podemos pensar? La esperanza es nuestro único recurso ahora; todo lo demás es desolación —respondí.

—Desolación y muerte —puntualizó Benito—. ¿Dónde queda la esperanza, entonces?

—No lo sé, Benito. Mi maestro de juventud me dijo en una

ocasión que todos nosotros tenemos una llama dentro. Si conseguimos que esa llama no se apague, siempre tendremos calor. Si se consume, nos consumiremos con ella. Yo deseo volver a ver una primavera, deseo volver a bañarme en las aguas cálidas de una playa de arenas doradas. ¡Maldita sea, deseo volver a comer pan caliente y cabrito asado!

—¡Y a beber buen vino! —añadió Esteban.

—Sí, ¡y a beber buen vino! ¿No os ocurre igual? No dejaré que nada ahogue mi ilusión y vosotros tampoco debéis hacerlo. Seremos más fuertes que todas las desdichas... y venceremos. ¿No se llama nuestro barco *Victoria*? Pues tened a buen seguro que un día la lograremos.

Mis compañeros me miraban con todo su cuerpo en tensión.

—Por favor, no dejéis que vuestra llama se apague.

En las jornadas siguientes el tiempo mejoró. El viento volvió a rolar al norte y en los últimos días de abril el sol lució con fuerza. Algunas partes de la costa se despejaron de hielo y pudimos reanudar de forma casi normal el aprovisionamiento del buque y las reparaciones. Tras el confinamiento en la caseta, disfrutar del aire libre era una sensación indescriptible. Por las tardes continuábamos las clases. Las letras ya comenzaban a formar sílabas.

Sólo un incidente desgraciado vino a turbarnos. Uno de los grumetes de nuestro barco, Antonio de Génova, había estado trabajando en el interior de la nao con otros marineros, reparando la tablazón. Mientras me hallaba en tierra serrando madera con Nicolás y Domingo, vimos a Antonio salir gritando a la cubierta.

—¡No he hecho nada! —decía.

Dos hombres corrían tras de él y lo acorralaron en la proa.

—¡Sodomita! —gritaban—. ¡Has tratado de abusar de Bernal! ¡Nos lo ha dicho!

Antonio estaba aterrorizado. Sin dar tiempo a que le apresaran saltó por la borda y se sumergió en las gélidas aguas de la bahía. Salió instantes después y trató de nadar hacia el exterior de la ensenada, pero finalmente se hundió, dejando sólo un rastro de espuma en las aguas. Desde la *Victoria* los marineros le echaron un cabo, pero todo fue inútil. Domingo bajó la cabeza; supongo que recordaba el triste incidente con el maestre Salomón y su trágico desenlace.

—Aquello ya pasó, Domingo —le dije.

Me miró mientras una lágrima se le escapaba de los ojos.

—El maestre murió por mí.

—No digas eso. Antón quiso forzarte y abusar de su poder. Sabía que estaba mal y sabía a lo que se exponía.

—Y el portugués se lo recordó —dijo Juan, uniéndose a la conversación—. A él sí le gusta abusar de su poder.

El griego se separó de nosotros sin decir más. Domingo miraba las aguas de la bahía.

—No sentí ningún consuelo viéndole morir. Sólo me gustaría que nada de aquello hubiese sucedido.

Mi hermano dio un empujón a Domingo.

—¡Alegra esa cara, hombre! Como alguien se atreva a tocarte de nuevo, le estampo contra una piedra, te lo aseguro.

Domingo sonrió tímidamente y continuó trabajando con Nicolás. Al poco ya estaban otra vez bromeando y riendo. Aquel grumete portugués, tímido y reservado y que apenas habría cumplido quince años, se había convertido para Nicolás en un hermano.

Magallanes pasaba largas horas mirando el cielo, la evolución de las nubes y el color de los atardeceres. En sus observaciones nocturnas le acompañaba a menudo el cosmógrafo y astrólogo Andrés de San Martín, que escrutaba en los astros el futuro de nuestra expedición. Cuando las noches eran especialmente claras y no había luna, podían verse miles de estrellas desconocidas en nuestras latitudes de origen. El capitán general tomaba nota, pero sus preocupaciones eran otras. Debía de rondarle la cabeza el fantasma de una nueva rebelión en la flota. Desde la anterior, las cosas no habían hecho sino empeorar: el frío era mucho más intenso, y las raciones de comida y vino cada vez más escasas. Sabía que en cualquier momento la desesperación podía conducir a un nuevo levantamiento, cuanto menos a algún tipo de protesta. Entonces, aun a sabiendas de que todavía nos esperaba lo peor del invierno, el portugués decidió aprovechar la bonanza para seguir explorando aquella inhóspita costa hacia el sur. No iba a ser, empero, toda la flota la encargada de hacerlo, sino sólo la *Santiago*, la más pequeña y manejable de las naos.

Al mando de su leal Juan Rodríguez Serrano, la nave partió cargada con la ilusión de todos. Si había un paso, si existía una salvación, la *Santiago* nos traería noticia de ello. Aunque luego hubiéramos de permanecer por más tiempo en la bahía, al menos tendríamos la certidumbre de haber encontrado aquello que tanto habíamos buscado. Esperanzados, vimos al barco partir aprovechando los buenos vientos del norte que aquellas jornadas nos acompañaban.

Cerré los ojos y les deseé la mejor de las suertes.

21

La primavera de 1515 nos sonrió como sólo la naturaleza sabe. Las lluvias suaves se alternaron con cálidos días de sol. Los cereales alcanzaron buena altura, y las espigas se encontraban granadas y espléndidas. Aquél iba a ser un buen año: si conseguíamos una cosecha abundante, alejaríamos por un tiempo el fantasma del hambre, no tendríamos que vender ninguna de nuestras parcelas, que don Lope y otros vecinos deseaban adquirir, y, con algo de suerte, quizá mi padre me dejase visitar a mis tíos de San Vicente. El aprendizaje con Sancho estaba resultándome tan enriquecedor que ya no deseaba marchar definitivamente a San Vicente, aunque sí me apetecía conocer el mundo de una villa, que apenas había intuido cuando acompañamos a Isabel. Y seguro que Lucía lo comprendería.

—Mañana tenemos que segar el trigo —dijo mi padre a comienzos de julio—. Di a Sancho que no podrás acudir a su casa, que ya irás el martes.

Casi todas las parcelas de cereal, pequeñas y entremezcladas por causa de innumerables herencias y repartos, se encontraban juntas, en la mies del pueblo. Formaban un mosaico complejo, pero cada quien sabía bien cuáles eran sus tierras, y mover una estaca o un mojón era considerado poco menos que un crimen. Y si alguna vez había disputas, en el concejo se discutían y solucionaban.

El día de la siega toda la familia tenía que participar. Lo haría mi hermano Nicolás, que ya tenía edad para esos menesteres. Lo harían mis hermanos mayores, tan fuertes como caballos. Lo haría yo. Y sobre todo lo haría mi padre. Para él, junto con la vendimia, aquél era el momento más feliz del año. Disfrutaba como un niño haciendo bailar la guadaña entre las espigas doradas a la cabeza de sus hijos. De vez en cuando se hacía un descanso para echar un trago de vino o comer un pedazo de pan con queso, pero enseguida volvíamos a la tarea. La fuerza y la vitalidad de mi padre tiraban de todos nosotros. A gritos, bromeábamos con los otros segadores, y él aprovechaba para sacar la piedra mojada de la colodra y afilar el dalle. Eran días muy felices los de la siega.

Salí corriendo hacia casa de Sancho y me dediqué con ahínco a las labores habituales. Estaba ansioso por terminarlas para, a escondidas, sacar de debajo de una tabla mi deseada lectura. Hacía días que estaba enfrascado en una obra maravillosa: las *Confesiones* de san Agustín de Hipona. Sancho tenía una edición manuscrita en latín, pero me traducía extractos al castellano.

—San Agustín fue un pendenciero y un pecador durante la mayor parte de su vida, hasta que encontró el camino de la fe —me dijo tiempo atrás—. Tenía tanto de santo como de filósofo: reflexionaba sobre la vida, sobre la existencia de Dios, sobre la verdad, sobre los sueños y la realidad. Nada escapaba a su mirada de pícaro.

Lo cierto es que había algo de cínico en su prosa, pero escribía de forma tan maravillosa que yo me deleitaba leyendo su obra. Me gustaban en especial varios pasajes en los que hablaba de la naturaleza del Creador: «No con conciencia dudosa, sino cierta, Señor, te amo yo a ti. Heriste mi corazón con tu llama y te amé. Mas he aquí que todas las cosas de la tierra me dicen también que te ame».

Cuando la lección acabó y los alumnos se fueron, mi maestro me llamó al comedor. Aquel día no iba a comer en mi casa, pues mi padre me había dicho que ayudase a Sancho todo lo posible para no tener que acudir a la mañana siguiente. Me senté a la mesa con él y saqué de mi zurrón un buen pedazo de queso, varias rebanadas de pan y unas habas tiernas.

—Guarda eso, muchacho, te hará más falta mañana. En mi casa se come siempre caliente.

Sirvió una cazuela de lentejas cocidas con verduras que me hicieron la boca agua. Dispuso sendos cacillos de madera y unas cucharas, y comimos aquel guiso con verdadera hambre. Repetí tres veces ante la sorpresa y la risa de Sancho.

—¡Válgame Dios, hacía tiempo que no veía a nadie tragar de esa manera! ¿Es que no te dan de comer tus padres?

Realmente en casa comía menos de lo que quería, pero no deseaba que Sancho sintiera lástima de mí. Bastante se esforzaba por mi bienestar para darle más motivos de preocupación.

El día había sido espléndido, caluroso, con un hermoso cielo azul y una luz especial, de esas que hacen resaltar todos los objetos, hasta la más pequeña brizna de hierba, como algo individual y único. Después de comer, el aire se cargó y el cielo se volvió casi blanco, tal era la fuerza del sol. La brisa, que había estado soplando durante toda la mañana, aliviando el sofocante calor, cesó. Poco después llegaron unas nubes negras y pesadas, y comenzaron a descargar algunos truenos y a relampaguear. Yo me hallaba fuera, partiendo algo de leña, cuando Sancho me llamó.

—Ve a buscar las vacas y las ovejas y métalas en el establo, muchacho. Creo que se avecina una tormenta.

Corrí a toda prisa hasta un prado cercano donde se encontraban los animales. Se los notaba inquietos; quizá presagiaban algo. Siempre he creído que las bestias son capaces de percibir los cambios de tiempo antes que los humanos. Con una vara en la mano saqué el ganado del prado y lo conduje apresuradamente hasta el establo. Estaba entrando tras ellos cuando una gota me cayó en el brazo. Era gorda como una cereza.

—¡Ata a las vacas y entra, corre!

La llamada de Sancho me asustó. Salí cerrando apresuradamente la puerta y corrí adentro de la casa; Sancho trancó tras de mí y cerró las contraventanas. Las arrugas de su frente denotaban preocupación; sus ojos, miedo.

La lluvia comenzó a caer violentamente sobre los campos mientras observábamos desde un pequeño ventanuco. Las gotas levantaban la tierra y combaban las espigas. A los pocos minutos se habían convertido en una cortina de agua que apenas permitía la visibilidad. Un instante después el cielo se partió y un terrible relámpago lo iluminó; el estruendo siguiente nos recorrió todo el cuerpo, como un latigazo. El aguacero se transformó en pedrisco y comenzó a golpear con fuerza las tejas de la casa. Parecía que el techo pudiera hundirse en cualquier momento. Afortunadamente, no duró mucho; tras el pedrisco las gotas volvieron, aunque ahora de forma algo más suave, y regaron los campos durante casi media hora.

En todo aquel tiempo, Sancho y yo apenas nos movimos, y apenas hablamos. Cuando por fin cesó la lluvia, abrió la puerta y salimos. La entrada estaba hecha un barrizal y resultaba difícil caminar. Sorteando los charcos nos dirigimos a un pequeño montículo cercano para así tener una mejor vista de las tierras circundantes. En apariencia, el efecto de la tormenta no había sido tan desastroso como en principio habíamos pensado. El cereal estaba dañado y también las huertas, pero no en la magnitud que nos habíamos temido.

Sancho tocó las espigas de trigo con cuidado, examinándolas con detenimiento.

—Creo que Dios no ha querido terminar con nosotros, al menos en esta ocasión. Parece que la cosecha se ha salvado; si no toda, buena parte.

Miré hacia mi aldea. Sobre ella aún se cernían nubes negras y grandes, una cortina blanquecina tapaba las pobres casas. Señalé con el dedo. Sancho frunció el ceño.

—Será mejor que vayas a tu casa, es posible que te necesiten; ya sabes que las tormentas no descargan igual en todas partes.

¡Nuestras tierras! Tan absorto había estado en la contemplación del aguacero que había olvidado por completo que al día siguiente debíamos segar el trigo. ¿Habría descargado allí la tormenta con más fuerza?

Salí a toda prisa, sin despedirme siquiera. Recorrí los caminos anegados y cubiertos de barro sin coger resuello y salvando los charcos más grandes. En alguna ocasión tuve que encaramarme a las cercas para no meterme en el agua hasta las rodillas. A cada paso que daba el panorama era más desolador; si en casa de Sancho los daños habían sido moderados, según me acercaba a la aldea los destrozos crecían en intensidad.

En eso un chillido me partió el corazón. Juana, una vecina del pueblo, se encontraba arrodillada en su pedazo de tierra. A su alrededor no quedaban más que unas pocas espigas en pie. Pensé en ayudarla, pero ¿qué podía hacer? ¿Qué consuelo cabía en esa situación? Seguí mi camino, para tropezarme a cada instante con escenas semejantes. Nuestros vecinos, tras el fin de la tormenta, comenzaban a salir de las casas para comprobar el resultado de la ira de los cielos. Unos se llevaban las manos a la cabeza, otros lloraban, otros tenían la mirada perdida. Atravesé las callejas sin detenerme. No hablé con nadie, sólo quería llegar a mi hogar y ver a mi familia.

Encontré la puerta entreabierta.

—¡Padre! ¡Madre!

El silencio fue la única respuesta. Entré y llamé a mis hermanos; tampoco contestaron. Salí de nuevo y miré el huerto arrasado; las berzas, los guisantes, las cebollas, las acelgas… todo estaba en el suelo, destrozado por la fuerza del granizo. Levanté la vista y, más allá, en las tierras de trigo, vi a mis padres y mis hermanos. Con las piernas temblando corrí hasta ellos. Mi madre lloraba, abrazada a Nicolás. Pedro estaba de rodillas, con la frente en la tierra y los cabellos empapados. Joaquín se encontraba sentado a su lado. Mi padre permanecía de pie, con los brazos caídos y unas espigas de trigo rotas entre las manos. Extrañamente, me dirigió una mirada llena de sosiego.

—Vienes de casa de Sancho, ¿no? ¿Cómo estaban las cosas por allí?

Tuve que tragar saliva para poder hablar; sentía la garganta como un cerrojo y no entendía la pregunta. ¿Qué importaba cómo estuvieran los demás? ¿Acaso no teníamos ya bastante con lo nuestro?

—Descargó una fuerte tormenta, padre —dije a duras penas—, con algo de granizo, pero no tanto como aquí. Allí la cosecha se salvó.

Me miró y esbozó una sonrisa amarga.

—Bien, bien… Al menos algo se ha salvado. Como siempre, Dios castiga a los más necesitados.

—Padre…

Me faltaban las palabras. ¿Qué iba a ser de nosotros ahora?

—¿Está todo perdido, no es posible aprovechar algo?

—La huerta está arrasada, de allí no obtendremos nada. Ni tampoco de los campos. Mira el trigo, está todo por el suelo, mojado, embarrado.

Así era. Sólo unas pocas espigas permanecían aún en pie señalando de forma acusatoria al cielo, el mismo que semanas atrás había dado alas a nuestra esperanza, a nuestros sueños.

—Habrá alguna forma de salir, padre. La encontraremos, lo haremos, ¡siempre lo hemos hecho!

—No, hijo, no siempre lo hemos hecho. A María la eché de casa, Isabel se la entregamos a Dios y ¡mira cómo nos paga! Y vosotros estáis mal alimentados, como tu madre, como yo mismo. Y las deudas nos ahogan. Este año pensaba recuperar alguna de las tierras que tuve que vender, la cosecha se prometía buena. Pero ya no me quedan esperanza ni fuerzas.

Le agarré la mano. Otra vez en el pasado lo hice, cuando se enteró del embarazo de María, y don Lope le humilló ante todos los vecinos. Entonces, mi manita de niño apenas abarcaba su enorme manaza; ahora, mi mano había crecido y cogí con fuerza la suya.

—Saldremos de ésta, padre. Dios no nos va a castigar siempre. Un día se apiadará y nos llenará con sus dones.

No sé si me escuchaba. Su mirada estaba muy lejos. Supongo que pensaba en el futuro, en cómo alimentar a su familia, en cómo iba a arreglar el tejado…

Mientras observábamos desolados el triste espectáculo, un gorrión vino a posarse a pocos pasos de nosotros. Sin dejar de mover la cola, comenzó a picotear el suelo y a comer los granos de trigo. Ni siquiera nos molestamos en espantarlo. Al fin y al cabo, por mucho que hiciéramos, aquella noche los pájaros se darían un festín a nuestra costa.

22

En los días siguientes a la partida de la nao *Santiago*, el tiempo estuvo muy inestable. Las jornadas de bonanza, que no de calor, se alternaron con otras terribles en las que el viento del sur parecía querer barrernos de la faz de la tierra. Muchos marineros no soportaban la tensión de la espera ni la desesperanza de verse atrapados en aquel desdichado lugar, y el mal humor reinaba en casi todos los ánimos. En casi todos, porque mis alumnos, ya con algunas semanas de clases a sus espaldas, estaban empezando a vislumbrar lo maravillosa que podía ser la lectura. Aun con muchas dificultades, las sílabas se convertían en sonidos y, aunque éstos les eran conocidos, verse capaces de arrancarlos de las torpes líneas escritas en una corteza de árbol les producía una alegría indescriptible.

—¿Cuándo podremos leer un libro?

—No tan deprisa —les frenaba yo—. Todo conocimiento conlleva tiempo.

—Menos mal que tiempo es lo que nos sobra…

Las palabras de Benito fueron reídas por todos. Era cierto: en aquella bahía desolada no eran muchos los entretenimientos a los que podíamos entregarnos. Otros marineros preferían los naipes, la música, las grescas. La bebida ya no era una distracción posible desde que el capitán general nos racionara aún más el consumo de vino. Pero nosotros estábamos embarcados en otra ocupación que sabíamos más elevada e importante. Ellos lo entendían como algo útil; yo, en cierto modo, como algo sagrado. Tras cada clase impartida, sentía nacer en mi interior el resplandor de un candil que un día fue la luz abrasadora de una hoguera. El destino me había hecho abandonar todo lo amado y conducido al rechazo del saber y al abrazo de otros placeres mundanos. Y ahora, en ese apartado lugar, soportando las más duras condiciones que puedan imaginarse, me reencontraba con mi más querido pasado. Si una vez, en la penumbra de un establo, descubrí un texto de un autor griego y me sentí atrapado, en esa playa me sentía, al fin, liberado de una pesada carga que hacía ya demasiado que me acompañaba.

Frente a mi entusiasmo y las ganas de superación de mis compañeros, la confianza en el éxito de la expedición seguía en declive. Los ánimos decaían, y más aún los cuerpos. La humedad unida al calor puede resultar molesta o insana, pero combinada con el frío tiene la capacidad de arruinar hasta la fortaleza de un titán. Mi cuerpo se resentía cada día que permanecíamos en aquella bahía desolada; pasaba aterido la mayor parte del día y de la noche, incapaz de quitarme esa sensación de helor por toda la ropa que me pusiera o más mantas que me echara encima. Eran muchos los casos de fiebre o de malestar general, y los estornudos y las toses eran ya unos sonidos tan constantes como el del batir de las olas contra la arena.

Pero ¡qué podíamos hacer! Las órdenes del capitán general eran aguantar a toda costa en la bahía, y ello llevaba aparejado todas esas terribles consecuencias. Al menos nos quedaba la esperanza de la nao *Santiago* y su expedición en busca del paso.

Debían de haber transcurrido tres semanas desde su partida cuando un día se produjo un avistamiento inesperado. La mañana estaba en calma y yo me encontraba en tierra haciendo recuento de vituallas junto con el escribano Martín Méndez, cuando algo me llamó la atención: dos figuras se aproximaban desde el sur, vestidas con extraños ropajes y profiriendo unos sonidos que no era capaz de entender.

—¡Indios, indios! —alerté.

Martín Méndez y Domingo, que se hallaba cerca, se volvieron para mirar a aquellos dos espectros que agitaban los brazos sin parar, subiendo y bajando las colinas que bordeaban la costa.

—¿Están pidiendo auxilio? —preguntó Domingo.

—No puede ser —respondí, y agucé el oído.

—¡Auxilio, auxilio! ¡Ayuda!

Me froté los ojos y les reconocí: ¡eran Bocacio Alonso y Pedro Gascón, dos de los marineros de la *Santiago*! ¿Qué habría ocurrido? Corrí a su encuentro, seguido de Martín y Domingo. Cuando estuvimos a un paso de ellos, cayeron desplomados. Su aspecto era horrible: llevaban puesto un montón de ropas de abrigo de todo tipo, sus manos y sus caras estaban rasguñadas, tenían los ojos hundidos y sus labios prácticamente habían desaparecido.

—¿Qué ha ocurrido? —pregunté.

—El... el barco... naufragó —respondió Bocacio a duras penas.

—¿Cómo fue? ¿Qué sucedió? —insistió Martín Méndez.

No hubo más respuestas. Ambos habían caído desmayados.

Horas más tarde, convenientemente aseados, Bocacio y Pedro pudieron relatar lo sucedido a Magallanes. Ya por la noche, en el interior de nuestra caseta y al calor de la lumbre, nos repitieron el relato.

Tras unos días de navegación, aprovechando los buenos vientos del norte que habían encontrado, la *Santiago* había hallado una nueva bahía, otra más, a unas treinta leguas al sur de San Julián. Tras explorarla con todo cuidado para descartar que se tratase de un paso, Juan Rodríguez Serrano decidió detener el barco para descansar antes de proceder a nuevas exploraciones. No hubo tiempo: una terrible tormenta de viento y nieve les azotó sin clemencia arrastrando la nave contra los arrecifes que bordeaban la bahía. Creyeron morir todos, pero finalmente sólo uno pereció en el naufragio, el criado negro del capitán.

—El pobre no sabía nadar —nos dijo Bocacio.

Todavía con el miedo en el cuerpo, Serrano reunió a sus hombres y los condujo a un pequeño abrigo rocoso. Empapados y soportando un frío que apenas les dejaba sostener ni un triste palo entre las manos, tuvieron el valor y la fuerza necesarios para hacer acopio de leña y encender una hoguera a la entrada de aquel refugio.

—El capitán nos ordenó desnudarnos para no morir congelados —nos contó Pedro—. Le obedecimos y dejamos las ropas a un lado mientras nos calentábamos junto a la lumbre. Aquello fue nuestra salvación.

El calor les devolvió la vida casi perdida y consiguieron pasar la noche. Con las ropas ya secas, salieron del abrigo para comprobar la magnitud del desastre: el barco estaba casi partido en dos, tenía el casco destrozado. A la orilla habían llegado restos a la deriva: un saco aquí, una caja allá. Se hizo preciso recuperar lo más posible si querían sobrevivir.

Los treinta marineros de la *Santiago* se afanaron durante horas por recoger el mayor número de mercancías y pertrechos. Cuando el sol comenzó a caer, habían conseguido recuperar lo suficiente para sobrevivir durante unos cuantos días: varios sacos de galletas, uno de tocino y dos de legumbres, así como palas y picos, varias cañas de pescar y alguna red. Como la noche anterior, con una buena lumbre alejaron el fantasma del frío y las tinieblas. Pero aquello no era suficiente. Bien estaba no morir congelados o de hambre, pero ¿podrían esperar en aquellas condiciones a que les rescataran? Porque ¿cuándo consideraría Magallanes que era mucho el tiempo sin que la *Santiago* regresara?

—El capitán Serrano lo vio claro —dijo Bocacio con los ojos muy abiertos. Con el calor del caldo que sostenía entre las manos, su rostro iba recuperando el color—. Era necesario a toda costa avisar al capitán general del naufragio, y la única forma de conseguirlo era volver a San Julián por tierra. Nos escogió a Pedro y a mí, por ser los más fuertes, y nos ordenó que partiésemos a la mañana y siguiéramos en dirección norte hasta llegar aquí. Nos entregó abundante ropa de abrigo, pedernal y hierro para hacer fuego y algunas provisiones de comida para el camino. Consideró que en seis o siete días podríamos conseguirlo.

Animados por el resto de la tripulación partieron temprano. Al principio la travesía fue bien, pero pronto empezaron las dificultades. El segundo día un farallón les cerró el paso y tuvieron que adentrarse hacia el interior para volver a recuperar más tarde la costa, pero tras dar un amplio rodeo. El tercer día una tormenta de nieve les impidió avanzar y hubieron de refugiarse en una covachuela al borde del mar.

—Luego el tiempo mejoró durante dos jornadas —continuó Pedro—, pero no las tres siguientes. El viento helado y la nieve nos paralizaron. ¡No podéis imaginar nuestra impotencia!

—Y eso no fue lo único —añadió Bocacio—. Se nos acabaron las provisiones y, para sobrevivir, tuvimos que arrancar raíces y hierbas. Yo como de casi todo, la verdad, pero os juro que antes muero que volver a probar esas inmundicias.

Nicolás rió con ganas y rellenó el tazón de Bocacio con caldo bien caliente.

—Al noveno día tomamos la decisión de continuar, aun bajo una impenetrable cortina de agua —continuó Bocacio—. El tiempo se nos acababa. Con el estómago vacío y las últimas fuerzas que nos quedaban caminamos casi sin descanso durante tres jornadas hasta que conseguimos avistar la bahía.

A la mañana siguiente, Magallanes envió un bote con pertrechos para asistir a los náufragos y durante una semana se procedió a recuperar lo que el mar iba devolviendo a la playa. Nos iba a hacer mucha falta cuando reanudásemos la expedición, si es que eso llegaba a ocurrir. Aunque el capitán general trataba de mantener la calma ante las tripulaciones, la pérdida de la *Santiago* era un golpe demoledor y no hacía sino sembrar aún más dudas sobre el futuro de nuestra empresa.

Algo después de que conociéramos la noticia del naufragio de la nao *Santiago*, un hecho vino a distraernos, esa vez de manera grata. Entre los matorrales que poblaban la bahía, una extraña figura apareció.

—¡Un gigante! —gritó un marinero.

Volví la mirada para admirar al enorme indio que descendía por la colina hacia el lugar en que nos encontrábamos. En aquel momento todos estábamos en los barcos, y Magallanes ordenó permanecer en ellos hasta comprobar las intenciones del curioso individuo. Cuando estuvo más cerca comprobamos que se trataba de un hombre realmente alto, con una figura esbelta, el pelo largo y atado a la cabeza, la cara decorada con dos círculos verdes alrededor de los ojos y sendas manchas en forma de corazón en las mejillas. Su cuerpo estaba cubierto por pieles. Llevaba en una mano un arco y en la otra tres o cuatro flechas con punta de pedernal. Su aspecto era imponente, y el capitán general no se atrevía a enviar a nadie a tierra.

En eso, el indio se puso a bailar; dejó en el suelo el arco y las flechas y comenzó a echarse arena sobre la cabeza a la vez que señalaba el cielo con los dedos. Todos reímos y él rió igualmente. Magallanes, entonces, ordenó a dos de los marineros que descendieran a tierra e imitaran al gigante. Antón de Noya, de la nao *Trinidad*, y Hans de Aquisgrán, de la *Victoria*, que se encontraban en uno de los botes, desembarcaron y comenzaron a bailar y a echarse arena a imitación del gigante. El indio se puso loco de alegría; acudió a abrazarles y danzó aún con mayor desenfreno. A pesar de la gran altura de Hans, el indio le sacaba una cabeza.

Magallanes mandó a tierra a otros cuatro marineros que ofrecieron al gigante toda suerte de baratijas: collares, cuentas, telas y un espejo. El indio, al verse reflejado en el cristal, reculó asustado; quizá era la primera vez que veía su rostro. Tal era su tamaño, que en el retroceso derribó a tres de los nuestros. Recuperado del susto rió con su enorme vozarrón mientras seguía bailando entre los marineros. Uno de ellos le acercó un cubo de agua y el indio lo bebió de un solo trago, para a continuación comerse una rata entera, sin siquiera despellejar.

—*Santa Madonna!* —exclamó Benito—. ¡En mi vida he visto semejante voracidad!

A un gesto del gigante, otros como él descendieron la colina y se aproximaron a la playa, llevando consigo unos extraños animales, mezcla de oveja y camello, a los que llamaban «guanacos». Todos los indios mostraban la misma alegría pues, superada la indecisión inicial, ahora tomaban a los marineros como amigos. Tras los hombres apareció un grupo de mujeres, mucho más pequeñas y gordas, y con enormes pechos que les colgaban hasta la barriga. A diferencia de aquéllos, que sólo portaban sus armas, ellas venían cargadas como acémilas y con sus criaturas asidas a los pechos. Dos de los indios fueron invitados a subir a la *Trinidad* y se les ofreció cuanto desearan, especialmente las bagatelas que habíamos traído de España para ese fin. Otros, en tierra, comenzaron a hacer exhibición de su forma de cazar, que consistía en atar un ejemplar pequeño de guanaco y esperar a que otro grande acudiera a su encuentro. Entonces los acribillaban con sus flechas emponzoñadas.

Ya al anochecer, los indios con sus mujeres abandonaron la bahía, dejando de nuevo como único sonido el batir de las olas en las rocas.

Seis días después de aquel primer encuentro, otro de los gigantes apareció en la bahía. Venía vestido como los primeros y saltaba con todas sus fuerzas alcanzando gran altura. Sus enormes pies estaban cubiertos por una especie de zapatos hechos con piel de guanaco, que los hacía parecer aún más grandes. Magallanes le llamó, por ello, «patagón». A diferencia de los otros indios, éste permaneció con nosotros durante varias jornadas. Le enseñamos algunas palabras españolas e incluso aprendió a recitar el padrenuestro con su potente voz.

—Con lo rápido que aprende, creo que podrías enseñarle a leer —dijo Bocacio, entre las risotadas de los demás.

Le bautizamos con el nombre de Juan Gigante, y el capitán le regaló una camisa, un jubón, unos calzones y un espejo. A la mañana siguiente regresó con uno de aquellos guanacos, obsequio que repitió en jornadas sucesivas. Luego, sin embargo, dejó de visitarnos sin que llegáramos a saber el motivo.

Dos semanas más tarde, otro grupo de cuatro patagones descendió la colina y se acercó a la orilla. En esa ocasión iban sin armas. Aquel día la mayor parte de las tripulaciones estábamos en tierra, y el capitán general mandó a varios marineros para que recibieran a los indios de la manera habitual, es decir, bailando con ellos y ofreciéndoles abundantes regalos. Tomaron los presentes alborozados, con amplias sonrisas y gritos ensordecedores. Pero esa vez las intenciones de Magallanes no eran de generosidad.

Aprovechando el desmedido gusto que aquellos desdichados tenían por las bagatelas, los marineros siguieron agasajándoles con ellas hasta que sus manos fueron incapaces de sostenerlas. Entonces, les enseñaron unos grilletes y los hicieron sonar. Los indios estaban locos de alegría, porque les encantaban todos los objetos metálicos que producían sonidos. Hicieron a dos de ellos el gesto de ponérselos en los pies y los gigantes asintieron entusiasmados, pero, una vez colocados, aprovecharon para empujarles y derribarlos. ¡Qué gritos profirieron! Todo lo que antes había sido risa y jolgorio se transformó en un instante en ira y desesperación. Los dos desgraciados pataleaban y se revolvían, pero los marineros les mantenían sometidos, bien que con gran esfuerzo. Los otros dos, al ver a sus compañeros en el suelo, huyeron despavoridos, arrojando todos los presentes que habían recibido. Sin embargo, su carrera se vio interrumpida por varios de los nuestros, que les dieron alcance.

Inmediatamente, dos de los patagones fueron conducidos a la bodega de la *Trinidad*. Magallanes deseaba llevárselos consigo a España para mostrar la veracidad de su viaje y los extraños individuos que habitaban en las tierras que la expedición había visitado. Pero también quería que fueran acompañados de sus mujeres y, por ello, ordenó al piloto portugués Juan Carvallo que, con la ayuda de los dos apresados en la playa, se acercase al poblado y las obligase a ir a los barcos si querían recuperar a sus maridos. Yo, junto con otros cinco marineros, fui enviado a la misión.

Uno de los indios, al ponerse en pie, consiguió zafarse, pero el otro no tuvo tanta suerte y, contra su voluntad, nos sirvió de guía. Ascendiendo varias colinas llegamos hasta el poblado cuando ya el sol comenzaba a declinar. Dos de las mujeres, al ser informadas por el indio de la situación de sus maridos, comenzaron a gritar y a chillar, desesperadas. Juan Carvallo dispuso a los marineros con armas de fuego alrededor del diminuto conjunto de chozas, en el que habitaban cuatro hombres, siete u ocho mujeres y muchos niños.

—No les quitéis ojo —nos dijo—. No me fío de ellos.

Encendimos una hoguera y pasamos la noche sin mayores sobresaltos. Cerca del alba llegaron otros dos patagones, que se sumaron al grupo.

—No dejan de cuchichear —dije a Juan Carvallo—. Creo que traman algo.

En un instante, todos, hombres, mujeres y niños, se levantaron y, atropellándonos, echaron a correr tierra adentro. Aturdidos, tratamos de detenerles, pero fue en vano porque corrían como demonios trazando eses para evitar ser alcanzados por los disparos. Uno de los indios, a buen seguro el más osado, recogió un arco que tenía escondido entre la maleza y disparó una flecha envenenada que alcanzó a Diego de Barrasa, hombre de armas de la nao *Trinidad*; la flecha le hirió en el muslo y cayó al suelo entre grandes gritos de dolor.

Visto que no podíamos detenerles, tratamos de ganar cuanto antes la costa para evitar caer en una emboscada y para atender convenientemente a nuestro compañero, pero no hubo tiempo, pues mientras nos acercábamos a los barcos Diego expiró bajo los efectos de la ponzoña. Fue nuestra primera baja en un enfrentamiento armado.

No volvimos a ver a ninguna de aquellas fantásticas criaturas. Asustadas, prefirieron poner distancia de por medio. Supongo que muchas noches nos observaban desde lo alto de las colinas, pero, si así fue, no tuvimos noticia de ello.

Cinco naves habían partido de Sanlúcar hacía más de diez meses. Cuatro quedaban ahora sin haber logrado aún nada, salvo haber hallado una tierra lejana e infame, habitada por los hielos y los gigantes. ¿Era eso todo lo que podíamos esperar?

23

El día siguiente a la tormenta que hizo añicos nuestras esperanzas comenzó con un sol espléndido. Por todas partes se oía el sonido del agua escurriéndose entre las piedras, arrastrando el grano que tenía que haber sido nuestro sustento. Sin que nadie lo propusiera, aquella mañana los vecinos del pueblo y otros muchos de las aldeas cercanas nos encaminamos a la iglesia de la Santa Cruz. A mediodía el cura don Teodulio ofició misa y, arrodillados, pedimos a Dios que no nos volviera a castigar de aquel modo tan horrible. Cuando la ceremonia concluyó, un vecino de cada aldea se acercó al altar y entre todos cogieron la cruz procesional, que sólo salía de la iglesia en momentos de grandes calamidades. A la vista de la cruz de plata, con la efigie de Nuestro Señor en su calvario, muchas mujeres empezaron a llorar. Abandonamos la iglesia y comenzamos una procesión improvisada alrededor del templo. Los gemidos se transformaron en una letanía que era incapaz de entender, por mucho que me esforzara. Era un sonido como surgido de las entrañas de la tierra, el lamento de todo un pueblo, un grito de dolor que despertaba miedos atávicos, temores ante la fuerza desbocada de una naturaleza anterior a la religión, a las religiones, anterior incluso a Dios.

Tras una interminable sucesión de vueltas en torno a la iglesia, el cortejo se detuvo. La cruz fue devuelta al interior del templo y cada cual regresó a su casa, con los estómagos igual de vacíos, pero con el alma sanada. Estaban en paz con Dios. De hecho, había varios que ya lo estaban antes de entrar a la iglesia. Don Lope y su sobrino Guzmán miraban la escena de penitencia con regocijo; aunque algunas de sus tierras también se habían visto afectadas, otras apenas habían sido alcanzadas, por lo que esperaban obtener aún una buena cosecha. Además, tenían la costumbre de acumular cereal para momentos como aquél. Con la mayor parte de los campos arrasados, el trigo iba a escasear en los próximos meses y ellos se encargarían de venderlo a un precio mucho más alto de lo habitual. Para los ricos, nuestra desgracia era su negocio. A pesar de que ya se frotaban las manos, en misa permanecieron en actitud de absoluta devoción, rezando fervorosamente y alabando la virtud de la caridad.

De vuelta a la aldea, observamos de nuevo el terrible efecto de la tormenta. Las manos de mi padre temblaban mientras nos acercábamos a los campos de trigo. Mi madre no pudo aguantar la tensión y regresó a casa, seguida de Nicolás. Pedro se acercó al huerto, donde apenas unas pocas hortalizas permanecían erguidas. Joaquín se puso a recoger unas habas y unas arvejas que habían sobrevivido milagrosamente. Mi padre y yo continuamos hasta llegar a las tierras de cereal. El panorama era desolador.

—Todo está perdido, hijo. La tormenta ha arrasado los campos. ¿Qué pecado tan grande habremos cometido? De veras que me gustaría saberlo.

Miré las tierras de cereal y no pude sino darle la razón. Quise abandonarme como él a la desesperación, pero, dentro de mí, sentí que lamentarse no era la solución a nuestras desgracias.

—Con Dios están la sabiduría y el poder, a él pertenecen el consejo y la inteligencia. Si retiene las aguas, hay sequía; si las suelta, inundan la tierra.

Mi padre me miró asombrado.

—Son palabras del Libro de Job. Cuando el diablo le puso a prueba él fue capaz de sobreponerse y no renegar de Dios. No lo hagamos nosotros. Si Él ha querido enviar esta tormenta hemos de aceptarlo. ¿Qué otra cosa podemos hacer? Pero eso no quiere decir que debamos conformarnos con nuestra desgracia. A Dios le gustan aquellos que se levantan y perseveran.

—¿Y qué esperanza crees que nos queda? ¿No ves los campos?

—Sí, padre. Veo que el Señor nos ha castigado, pero aún no está todo perdido. Yo digo que luchemos, que no nos rindamos. ¿No podríamos todavía recuperar algo de las tierras?

Mi padre observó otra vez los campos. La primera mirada se había visto teñida por el miedo; era necesario, ahora, mantener la calma. El destrozo era grande, en efecto, pero de algunas zonas aún podía sacarse provecho. Donde el pedrisco no había doblado las espigas podía esperarse a que la tierra secase para luego segar, como si nada hubiese ocurrido. Con todo, había muchas zonas donde las espigas estaban partidas, en el suelo; algunas habían soltado el grano, quedando esparcido entre el barro. ¿Merecería la pena el esfuerzo? Miré a mi padre a los ojos y vi un brillo especial en ellos.

—Vete a casa y trae los sacos, aprisa. Y di a tus hermanos y a tu madre que vengan de inmediato.

Salí corriendo para volver con los demás, portando los sacos que debían haber servido para guardar el grano.

—Vamos —dijo mi padre agarrando un saco—, debemos recoger todas las espigas que no estén dañadas. Hurgad entre las piedras si es necesario.

—Pero, Manuel, están esparcidas en el suelo y embarradas —adujo mi madre.

—¡Hacedlo!

Sin perder un instante, mis hermanos y yo nos arrodillamos y comenzamos a recoger el trigo. Algunas plantas estaban rotas, pero por fortuna las espigas no habían soltado la grana, gracias a lo cual pudimos aprovechar casi todo. En otros puntos, el granizo había echado por tierra la totalidad del trigo y era casi imposible separarlo del barro. Era una tarea agotadora. Cuando acabábamos con un campo íbamos al siguiente, sin descanso. Los labriegos nos miraban asombrados, pues la mayor parte había dado por perdida la cosecha y ya sólo pensaban en la del año siguiente. Otros, en cambio, tan pobres como nosotros, nos imitaron. Aquélla era la lucha contra el hambre, nuestro futuro dependía de ese esfuerzo. No paramos en toda la tarde. Cuando al filo del anochecer terminamos de recoger, teníamos un montón de espigas embarradas. Comenzó entonces la labor de la noche: limpiarlas de piedras y barro, primero con un cedazo y luego a mano. Apenas conseguíamos mantener los ojos abiertos, pero a pesar de todo trabajamos hasta el alba sin desfallecer. Cuando cantó el gallo, casi todo el trigo estaba limpio. Tocaba entonces la siguiente parte.

Mi madre dispuso en el exterior de nuestra vivienda las sábanas y las mantas de nuestras camas, en dirección al sur. El día amaneció cálido y al poco tiempo ya lucía espléndido. Mientras mis hermanos Pedro y Joaquín se afanaban en recuperar algo más de trigo de los campos, Nicolás y yo removíamos continuamente las espigas expuestas al sol para acelerar su secado; era imprescindible que perdieran toda la humedad para que no germinasen. Cuando considerábamos que estaban bastante secas, las retirábamos y echábamos otro tanto más para repetir el proceso. No recuerdo si aquel día comimos o no; sólo me acuerdo del continuo vareo, de horas y horas de trabajo extenuante bajo el implacable sol de julio. A la tarde regresaron mis hermanos con otro buen montón de espigas, algunas limpias, pero la mayor parte embarradas. Después de toda la jornada, tocaba ahora repetir la labor del día anterior y limpiar el trigo.

De ese modo estuvimos durante cuatro días con sus noches, sin descanso, sin apenas comer, sin casi dirigirnos la palabra. Los ojos de mi madre se habían hundido, como supongo que les ocurría a los míos. Todos estábamos agotados, pero el esfuerzo dio su fruto, y nueve sacos de trigo limpio y seco descansaban en el interior de nuestra casa. Cuando hubimos atado el último, caímos desplomados junto a la lumbre, sin fuerzas siquiera para subir a la alcoba. Allí pasamos la noche. Antes de cerrar los ojos, pude ver que mi padre me miraba y en su expresión de profundo agotamiento descubrí un gesto de aprobación y agradecimiento. No sé si alguna vez en mi vida me he vuelto a sentir tan orgulloso de algo.

Al día siguiente mi padre hizo recuento. Aquello era poco más de un tercio de lo que esperábamos haber cosechado.

—Hijos, la situación no es fácil. Con esto habrá para volver a sembrar y comer durante una temporada, pero no nos alcanzará para todo el año porque hay que descontar los pagos al señor, el diezmo y la parte del molinero. Este invierno tendremos que aprovisionarnos bien de bellotas, nueces y castañas, y aun así no será fácil.

Todos asentimos.

—Creo —continuó— que ha llegado el momento de vender la parcela de la Juntana. Así podremos disponer de algo de dinero. Nos va a hacer mucha falta para reparar la casa y para comprar el cerdo el año próximo. Y también para pagar las deudas pendientes.

La parcela de la Juntana estaba algo alejada de la casa y para trabajarla debíamos pasar por propiedades de otros aldeanos, lo que a veces ocasionaba discusiones. Hacía mucho tiempo que varios vecinos la pretendían, pues nuestra parcela colindaba con las suyas y les entorpecía el paso cuando llevaban el arado o el carro. De hecho, podía ser mucho más útil para ellos que para nosotros. Principalmente eran Vicente, Gonzalo y Sindo los más interesados. Hasta entonces mi padre nunca había querido vender esa propiedad, pese a ofertas muy generosas, pero en aquel momento lo consideró imprescindible.

—Si vendemos la Juntana aliviaremos un tanto nuestra situación. En primavera regaremos con el agua de la fuente las otras tierras, así lograremos que produzcan un poco más. Creo que es mejor que vendamos algo y tratemos de sacar más de lo que nos quede; al fin y al cabo, somos menos y eso se nota. Tanto para trabajar como para comer.

Efectivamente, los brazos a trabajar eran cada vez menos: Isabel se había ido y mi madre cada día se encontraba más débil. Hacía tiempo que participaba poco en las labores del campo y se dedicaba casi en exclusiva a la casa. Su salud nos preocupaba a todos.

—Pero, padre —dijo Joaquín—, si seguimos desprendiéndonos de nuestras tierras llegará un día en que no nos quede nada.

—No temas, Joaquín, aún hay suficientes si sabemos aprovecharlas. Creo que, si nos esforzamos, podríamos sacar de ellas mucho más trigo. El año que viene va a ser próspero, ya lo veréis. Dios no va a castigarnos siempre. Tampoco lo hizo con Job —añadió mientras me miraba con una media sonrisa—. Y, además, vosotros pronto os casaréis, y esperemos que vuestras mujeres traigan buena dote.

—¡Si es que algún día nos casamos! —terció Pedro.

—¿Qué tontería es ésa, hijo? ¡Claro que os casaréis! Joaquín y tú sois buenos mozos, y no faltarán muchachas casaderas que os quieran como esposos. Es posible que el año que viene ya estéis prometidos. Hacedme caso cuando os digo que hemos de vender la Juntana; es la mejor solución.

Aunque no estábamos muy convencidos, los hermanos preferíamos confiar en sus palabras. Me pareció que mi madre tampoco estaba del todo de acuerdo, pero creo que no tenía fuerzas para discutir. Si mi padre lo quería así, así sería.

Al día siguiente, domingo, se celebró la santa misa. Con gran esfuerzo seguíamos el oficio en latín, respondiendo obedientemente a las palabras del sacerdote. «Dominus vobiscum», decía él; «Et cum spiritu tuo», contestábamos al unísono. El sermón, en castellano, era de lo único que nos enterábamos, aunque la mayor parte de los fieles se dedicaban a charlar desenfadadamente mientras el cura hablaba. Cuando acabó, don Teodulio se dirigió a toda la feligresía:

—Vecinos, Manuel quiere vender su parcela de la Juntana. Como sois varios los interesados, el concejo ha dispuesto que la venta se lleve a cabo por subasta, aquí en la iglesia. El próximo domingo, cuando acabe la celebración, podréis presentar vuestras ofertas de la manera acostumbrada. Id con Dios.

A la salida todo eran comentarios:

—Manuel, al fin te decidiste a vender la puñetera tierra, ¡con todo lo que yo he porfiado por ella!

—Lo sé, Vicente, pero nunca me había visto en la necesidad. Ahora creo que es lo mejor.

—Está bien, hombre, está bien.

El grupo se separó y cada cual se encaminó a su hogar.

El lunes aún tuve que trabajar en mi casa, pero el martes pude volver a la de Sancho. En todas había dificultades, y los chicos no habían acudido a clase desde la tormenta. Tampoco Lucía. Yo deseaba verla con todas mis ganas, preguntarle qué tal les había ido en su pueblo, si habían tenido muchos destrozos por el pedrisco.

Sancho me recibió a la entrada.

—¿Cómo han ido las cosas?

Le conté todo lo sucedido: el desastre que había causado el aguacero, la angustia de los aldeanos, el ingente trabajo de recoger las espigas del suelo, de limpiarlas y de secarlas, la decisión de mi padre de vender su parcela de la Juntana.

—Me alegro de que al menos consiguierais recuperar algo de trigo. En mis tierras la tormenta no fue tan destructiva, ya lo viste. Aunque muchas espigas se rompieron, las que quedaron estaban granadas y hermosas como hacía tiempo que no se veía. Y además, ¡qué demonios! Para mí, ¿qué más puedo necesitar?

Así era. Solo en el mundo, Sancho podía tener muchos problemas, pero no de esa clase. Sus tierras le bastaban y sobraban para llevar una vida holgada.

—Me pregunto por qué Dios juega con nosotros de esa manera —dije—. Todos confiábamos en una buena cosecha este año, y ahora...

Me puso la mano en el hombro.

—No es fácil entender a Dios, hijo, pero no podemos dejarnos llevar por la desesperación. Aunque a veces tengamos dudas, Él es misericordioso y no se olvida de nosotros.

—Espero que así sea —contesté.

Cogí la horca y me dirigí al establo para llenar de heno los pesebres, como de costumbre, pero Sancho me detuvo.

—Deja eso ahora, que los animales no se van a morir por comer un poco más tarde. Quiero enseñarte algo que ha sido siempre para mí un gran consuelo. Quizá también lo sea para ti.

Sin ningún otro chico por allí el sigilo no era necesario, de modo que Sancho entró en casa y sacó del cuarto un libro no muy grande y de sencilla encuadernación.

—Este cancionero me lo regaló alguien a quien conocí hace años en Zamora. Contiene el homenaje que el poeta Jorge Manrique dedicó a su padre muerto. Son páginas de una belleza sublime. Me gustaría que lo leyeras. Aprenderás a entender mejor a Dios.

Cogí el libro con veneración, casi con miedo. Me senté en el tocón de roble junto a la puerta y comencé a leer:

> Recuerde el alma dormida,
> avive el seso y despierte
> contemplando
> cómo se pasa la vida,
> cómo se viene la muerte
> tan callando,
> cuán presto se va el placer,
> cómo, después de acordado,
> da dolor;
> cómo, a nuestro parecer,
> cualquiera tiempo pasado
> fue mejor.
> Pues si vemos lo presente
> cómo en un punto se es ido
> y acabado,
> si juzgamos sabiamente,
> daremos lo no venido
> por pasado.

La lectura completa me llevó casi una hora. El ritmo era inquietante, muy distinto al de las cancioncillas que sonaban en los días de fiesta. Cada tres versos uno acababa cortado, en suspenso, sosteniendo una tensión que sólo se resolvía continuando la lectura.

Me adentré en aquellas páginas con admiración y escuché la voz de un hijo dolido ante la muerte del padre, y no sólo por la propia muerte, sino por la injusticia, la soberbia, el afán de acaparar riquezas, el gusto por las cosas mundanas. Aquel poeta sostenía la existencia de tres vidas: la terrenal, pasajera y carente de importancia; la de la fama, aquella que por los siglos recordarían los hombres en función de nuestras buenas obras; y la eterna, junto a Dios en su gloria. De nada valía atesorar riquezas o deleitarse con estúpidos placeres; lo importante era obrar con espíritu elevado, buscando la excelencia en todos nuestros actos, como ejemplo supremo de amor al Señor. Eso es lo que quedaría de nosotros al morir: el recuerdo grabado en los que nos conocieron.

—¿Es realmente así? ¿De veras no vale nada lo que hacemos en este mundo?

—Vale siempre que obremos guiándonos por la bondad, persiguiendo un objetivo elevado. Entonces seremos recordados como buenas personas. De otro modo, nuestro nombre caerá en el olvido.

—Pero eso no es siempre así. Hay muchas malas personas cuyo nombre se recuerda. ¿Qué me decís, Sancho, de aquellos reyes malvados que aparecen en los libros? ¿No eran la mentira y el asesinato su forma de gobernar?

—Sí, es cierto. A algunos se les recuerda por lo que hicieron mal, pero por eso mismo es necesario obrar siempre con la mayor rectitud. Una vida de gloria puede quedar manchada por un solo acto impuro. En ese caso, nuestro nombre será recordado por sus faltas, no por su valía. ¿Comprendes?

La verdad es que no comprendía muy bien.

—Todos los hombres somos pecadores —continuó—, la tentación nos lleva a su antojo y, por mucho que queramos, no podemos ser siempre justos o elevados. La virtud consiste en saber reconocer nuestros errores y nuestras miserias, y sobreponernos a ellas confiando en la compasión de Dios. ¿Tú eres siempre bueno o valiente?

Recordé el día en que no fui capaz de socorrer a Lucía. Me vi de pie, inmóvil, asustado.

—No, Sancho, no siempre lo he sido. Creo más bien que soy bastante cobarde.

—¡Válgame Dios! Tú no eres un cobarde. Te veo cada día enfrentarte a la vida que te ha tocado vivir, tratando de escapar de ella, buscando el saber por encima de lo que piensan los demás, por encima incluso de tus padres. Eso también es valentía. Pero, aun así, todos tenemos debilidades, momentos en los que nuestro ánimo flaquea y caemos derrotados. A mí me pasa, no creas, pero debemos sobreponernos, levantarnos, mirar al cielo y pedir ayuda a Dios. Si obramos así, nuestras miserias quedarán en el olvido y sólo perdurará de nosotros lo bueno. Si, por el contrario, obramos por voluntad propia con maldad, con injusticia o sin virtud, de nosotros sólo quedará la sombra de la villanía, el sello de la infamia.

Resultaba imposible contradecir a Sancho cuando hablaba con esa autoridad. Sus palabras eran una lluvia de flechas; las mías, un diminuto escudo. Había, no obstante, una cosa que quería preguntarle hacía tiempo, pero no me había atrevido aún. En aquel momento encontré fuerzas.

—Decidme, ¿es cierto que hay personas que no creen en Dios?

Sancho inspiró con fuerza.

—Sí, así es, y no todas son iguales. Las hay que niegan su existencia de forma absoluta. A ésas se las llama ateas. Otras, en cambio, dudan de si Dios existe o no. ¿Comprendes la diferencia?

—Entonces ¿cómo creen que se hizo el mundo y todas las cosas si no las hizo Dios?

—¿Por qué no te respondes a ti mismo? Explica lo que has querido decir y encontrarás la respuesta.

Sancho siempre me ponía a prueba.

—Quiero decir que todo lo que hay a nuestro alrededor tiene algo anterior a ello: mis padres me tuvieron a mí y a mis hermanos, porque antes mis abuelos los tuvieron a ellos y a aquéllos sus padres. El mango de madera del hacha viene del árbol, y éste nace de una semilla y la semilla de otro árbol... Todo tiene una causa. Pero en algún momento ha de haber un comienzo.

—¡Buen razonamiento! Veo que te gustó la lectura de Tomás de Aquino, ¿verdad?

Mi sonrisa me delató.

—A eso se lo llama el razonamiento de la causa primera: si cada causa tiene un causante, y eso es incontestable, porque lo vemos continuamente a nuestro alrededor, tiene que haber una causa primera no causada por nada ni por nadie. Ahí aparece Dios.

—Pero, en todo caso, eso no es más que trasladar el problema, porque entonces ¿quién creó a Dios?

—¡Vaya, vaya! Veo que tu mente ya vuela sola. Ésa es una buena pregunta, pero se responde en sí misma: si Dios es la causa primera no puede ser a la vez resultado de causa alguna. Dios es el origen, es la pieza necesaria para dar sentido a todo lo que vemos. Las cosas existen, ¿no es verdad? Tú, yo también, tu familia. Y ya hemos dicho que si las causas fueran infinitas no habría un posible principio. Cuando tú caminas de aquí al establo, tienes que dar un primer paso; sin él, no existiría el resto del paseo. Dios es el comienzo de todos los paseos, el impulso necesario para que existan las cosas.

—No sé, Sancho. Creo que no lo entiendo del todo bien. Perdonadme si blasfemo, pero me parece que, según vuestro razonamiento, Dios no es sino una invención de la mente, la pieza que utilizamos para dar sentido a todo aquello que no entendemos.

—¡Maldito mozo! —Se echó a reír—. Efectivamente, Dios es una pieza en mi razonamiento, pero ¿qué mejor forma de llegar a Él? Ni los caballos ni los perros saben de Nuestro Señor. Sólo las personas lo conocemos, y fue Dios quien nos dio la inteligencia para lograrlo. Por tanto, si queremos conocerlo debemos emplear nuestra mente y todos los instrumentos de los que ésta se vale, sobre todo la lógica, y si ella nos dice que existe, ¿a qué dudarlo?

Empezaba a entender la argumentación de Sancho, pero no pensaba rendirme tan pronto; la discusión me resultaba excitante.

—Y si la lógica nos vale para conocer a Dios —aduje—, ¿para qué sirve entonces la fe? ¿No dice el párroco cada domingo que debemos tener, ante todo, fe?

Sancho me miró con su único ojo y me susurró:

—Acabas de tocar el punto que más me gusta. Ya te expliqué que en mi biblioteca guardo algunos libros que la Iglesia no aprueba. ¿Sabes por qué lo hago? Porque me parece que la fe es la herramienta que tienen los poderosos para impedirnos pensar.

Respiró profundamente y continuó:

—Si yo puedo demostrar que Dios existe, ¿por qué debo creerlo sin razonar? Si me parece que en la despensa hay un ratón, lo normal es que vaya a comprobarlo, no que me conforme con creer que está, ¿verdad?

—Supongo que sí.

—Hace mucho tiempo hubo un sabio llamado Raimundo Lulio, del que tengo varias obras en mi biblioteca, quien creía que el hombre que tiene fe pero no inteligencia es como un ciego: puede encontrar ciertas cosas al tacto, por simple casualidad; sin embargo, no conseguirá encontrarlas todas, ni siempre. Otros sabios piensan igual, pero también los hay de la opinión contraria. Hay algunos que sostienen que si nos acercamos a Dios con la razón, por el mismo motivo podemos alejarnos de Él. Tú y yo acabamos de mantener una conversación en la que hemos llegado a poner en duda su existencia. ¿Te imaginas el efecto de estas discusiones en alguien no letrado?

Por supuesto que lo imaginaba.

—Por ese motivo —continuó—, la Iglesia silencia todo aquello que considera peligroso o subversivo. Hace falta mucha cultura para comprender a Dios, pero hasta el más tonto puede creer en Él.

—Yo sí creo, Sancho, no vayáis a pensar lo contrario. Me parece, como a vos, que es la pieza necesaria para que todo el mecanismo funcione, pero a veces me invaden las dudas.

—A mí también, hijo. He pasado momentos muy duros, luchas internas de una ferocidad inimaginable, que me llevaron a dudar de todo. Algunas lecturas me hicieron mucho daño, te lo aseguro. Luego, gracias a la razón, encontré de nuevo a Dios. Ahora, ya viejo, creo que empiezo a creer en Él con más fe que razón. Ya no tengo las fuerzas de antaño, creo que dudar a estas alturas podría acabar conmigo. Y luego está la muerte de mi hijo. No es sólo que crea, es que necesito creer. ¿Qué sería de mí si no lo hiciera? Necesito pensar que un día me encontraré con él, que volveré a verle, y también a mi mujer... ¡Dios mío, ya apenas recuerdo su voz!

Tenía ganas de continuar, pero no quise ahondar más en la herida. Me disgustaba ver a Sancho sufrir. No lo merecía. Le abracé para coger a continuación la horca. Bien estaba que los animales pudieran esperar, pero no cabía pensar que se alimentasen de palabras.

El domingo siguiente amaneció con una ligera llovizna, pero enseguida las nubes se disiparon y el sol comenzó a calentar. Mis padres, mis hermanos y yo nos arreglamos un poco y nos dirigimos a la iglesia.

Después del oficio, el párroco volvió a tomar la palabra.

—Como os anuncié la semana pasada, Manuel quiere vender su parcela de la Juntana. Los que deseen pujar por ella se acercarán a esta mesa y dirán a este muchacho al oído la cifra que corresponda. Él la escribirá junto con el nombre y la guardará hasta que el reloj de arena se consuma. Cuando así sea, el que más haya ofrecido se la quedará.

El escogido fue Francisco, uno de los alumnos de Sancho. En otra ocasión podría haber sospecha de que los vecinos conviniesen con anterioridad un precio bajo, pero dado que tanto Vicente, como Gonzalo y Sindo tenían mucho interés en conseguir la parcela, mi padre estaba seguro de que obtendríamos por ella un buen precio.

Pasó un rato y nadie se acercó a ofertar. Era normal, pues solía decirse que era de mal agüero ser el primero. Cuando comenzábamos a pensar que aquello se estaba alargando ya de forma un tanto sospechosa, al fin alguien se aproximó a la mesa. Don Lope recorrió la nave de la iglesia acompañado de su sobrino Guzmán y cuchicheó a Francisco una cifra. Él lo escribió y lo metió en una caja de madera. ¿A qué venía aquello? El hidalgo nunca se había interesado por esa parcela; de hecho, se encontraba totalmente separada de las suyas y le serviría tan poco como a nosotros.

Siguió pasando el tiempo y nadie más se acercaba a pujar. Mi padre miró el reloj de arena: le quedaba ya menos de una décima parte. Comenzaba a temerse algo. Se dirigió al rincón donde estaba Vicente y le preguntó al oído:

—¿Qué ocurre aquí? Siempre has querido esa tierra. ¿Por qué no pujas por ella?

—Manuel, las cosas se han puesto difíciles, ya lo sabes, con todo esto de la tormenta. No tengo mucho dinero en este momento. Quizá en otra ocasión.

—¡Maldita sea, Vicente, no va a haber otra ocasión! —dijo mi padre elevando el tono—. La tierra se vende hoy.

—Habla con Gonzalo o con Sindo. ¡Si me la hubieras vendido cuando te la pedí...!

—Pero es ahora cuando lo necesito —dijo mi padre, y su voz sonó a súplica.

Vicente desvió la mirada. Se le notaba avergonzado. Había algo que callaba.

—¡Diantres, Manuel! —dijo por fin—. ¿Es que no lo ves? Hace tiempo que don Lope quiere hacerse con todo el pueblo, para su beneficio y nuestra ruina. Ya sabes que anda buscando una esposa para su sobrino y desde siempre ha deseado emparentar con la casa Mendoza de la Vega. Si eso se consuma, será el amo y señor de todo esto. Y ahora con la tormenta más aún. Ya verás el precio al que nos vende el trigo. No podemos ir contra él. Nos ha prohibido que pujemos por tu parcela. No creo que vaya a darte por ella más de mil maravedíes.

—¿Mil maravedíes? Pero ¡si vale al menos tres veces más! ¿Cómo puede hacerme esto? Voy a detenerlo, hablaré con el padre don Teodulio.

—¡No lo hagas! —exclamó cogiéndole del brazo—. ¿Crees que no lo sabe? Él es el primer interesado en la suerte de don Lope, nadie sabe cuántos regalos y donativos recibe de él y de su familia. Si denuncias a don Lope sin pruebas te expones a un castigo muy severo, y no seré yo quien testifique a tu favor, te lo aseguro. Está en juego mi familia.

Mi padre se derrumbó. Sus ilusiones se estaban viniendo abajo por la codicia de don Lope. El reloj estaba a punto de descargar sus últimos granos de arena.

—En vista de que no hay más ofertas... —se apresuró a decir don Teodulio.

Pero entonces una voz se oyó desde el fondo.

—¡Un momento! Yo quiero pujar.

Sancho el Tuerto avanzó entre los aldeanos que llenaban la pequeña iglesia. Todos le miraban con incredulidad; los que más, don Lope y Guzmán. Sin fijar la vista en nadie avanzó con paso firme hacia donde estaba Francisco y le susurró una cifra. Éste la escribió y la guardó en la caja, junto a la de don Lope.

El reloj se vació.

Rojo de ira, don Lope asistía a un desafío a su autoridad. Don Teodulio tomó la caja en su mano y le pidió permiso con la mirada para abrirla. Don Lope asintió levemente. El párroco leyó:

—Lope, mil maravedíes. Sancho... —Don Teodulio hizo una pausa—. Sancho, tres mil quinientos maravedíes.

En medio del imponente silencio que reinaba en la iglesia, Sancho se acercó a mi padre y le dijo, simplemente:

—Mañana cerraremos el trato.

Don Lope y Guzmán estaban rojos de ira. Tras haber amenazado a los vecinos a quienes la parcela podía interesar, en el último momento venía aquel ermitaño que se las daba de sabio para arrebatarles la tierra que pensaban obtener por una miseria. Y, además, les descubría como lo que eran: unos miserables. Don Lope no pensaba dejar las cosas así. Al menos no quería que los vecinos se fueran de la iglesia pensando que se le podía desafiar de ese modo.

—Habéis tenido suerte, Sancho —le dijo acercándose—. Lo que me extraña es que un hombre viudo y sin hijos tome tantas molestias en adquirir una tierra que no necesita.

Sancho se volvió muy despacio, casi con parsimonia.

—Lope, ¿no recordáis las palabras de san Pablo? Don Teodulio las repite muy a menudo en el sermón: «Aunque yo hablara las lenguas de los hombres y de los ángeles, si no tuviera caridad, soy como bronce que suena o címbalo que retiñe. Aunque tuviese el don de la profecía y conociese todos los misterios y toda la ciencia, y aunque tuviese tanta fe que trasladase las montañas, si no tuviera caridad, nada soy. Y aunque distribuyese todos mis bienes entre los pobres y entregase mi cuerpo a las llamas, si no tuviera caridad, de nada me sirve». ¿Comprendéis? No hay nada tan importante ni tan grande que pueda superar al amor al prójimo: ni mi saber, ni vuestra riqueza.

Guzmán ahogó una maldición, al tiempo que se acercaba desafiante a Sancho. Don Lope lo detuvo.

—Está bien, Sancho, está bien. Quedaos con la tierra dado que tanto amáis a vuestros vecinos. Veremos cuánto os quieren los demás cuando seáis vos el que esté en dificultades.

Él y Guzmán abandonaron la iglesia con la cabeza tan alta que temimos que se fueran a golpear en el dintel de la puerta. En los corazones de todos los presentes ardía una luz que irradiaba felicidad. Vicente se acercó a mi padre.

—Manuel, ¡cuánto me alegro de que hayas obtenido un buen precio por la tierra!

—Déjalo, Vicente, no sigas. Era otro el momento para haber mostrado tu amistad. Creo que ya sé con quién se puede y con quién no se puede contar.

—Pero ya oíste lo que te dije. ¿Qué podíamos hacer Sindo, Gonzalo o yo frente a don Lope? Las cosas siempre fueron así. De habernos opuesto a él, no habría parado hasta arruinarnos.

—Lo va a hacer igualmente, Vicente, ¿no lo ves? Todos llevamos una existencia mísera; basta el menor traspié para que caigamos a tierra y no podamos levantarnos. Entre los nobles y los monasterios nuestras mejores tierras no nos pertenecen, sólo nos quedan las migajas.

Vicente bajó la cabeza, avergonzado. Puedo imaginar la lucha que se libraba en su interior; un hombre puede hacer cualquier cosa por el bien de su familia. Mi padre le levantó el rostro y le abrazó.

—Perdona por lo que te he dicho. Siempre fuimos amigos y lo seguiremos siendo. Al fin y al cabo, creo que has obrado bien; tu familia te necesita, como a mí la mía.

Abandonaron la iglesia abrazados. Yo les seguía detrás con el corazón latiéndome apresuradamente.

Así era la vida en mi pueblo cuando yo tenía quince años.

24

Después de las jornadas en que conocimos, y ahuyentamos, a los indios patagones, la bahía se sumió de nuevo en el silencio. El frío seguía azotándonos sin piedad, y varios marineros murieron de enfermedad y agotamiento. El piloto Juan de Elorriaga, apuñalado en la revuelta de Pascua, no pudo recuperarse de las heridas y falleció. Pocos eran los consuelos que nos quedaban en aquellos días oscuros en los que el sol apenas levantaba unas horas sobre el horizonte. El veneciano Pigafetta, cronista de la expedición, que tanto había disfrutado recogiendo minuciosamente las características y las formas de vida de los patagones, se aburría ahora sin tener nada nuevo en que detener su mirada. Vagaba de un lado a otro, luchando, como nosotros, contra la desazón. Siempre la misma playa, siempre el mismo tiempo inclemente, siempre las mismas colinas...

Una mañana, corrigiendo yo algunas notas en el cuaderno que el escribano Martín Méndez me proporcionó para hacer los recuentos, Pigafetta me llamó.

—Veo que sabes escribir, grumete. No es algo muy usual —dijo con bastante buen castellano y algo de acento de su tierra.

—Antes de ser grumete fui otras muchas cosas. Por eso sé escribir.

—¿De dónde procedes?

—De Santander, una pequeña villa en el mar de Castilla —mentí.

—¿Y no tenías suficiente agua allí para venir a buscarla en la otra punta del mundo?

Pigafetta rió abiertamente. Yo le secundé. Estaba empezando a caerme bien aquel hombrecillo tan distinto al fiel acompañante de Magallanes que conocíamos hasta el momento.

—A veces ayudo al escribano Martín Méndez y también enseño a algunos de mis compañeros a leer y escribir —le expliqué—. Aunque no disponemos de materiales para hacerlo bien, la verdad.

—Sí, ya me he fijado que escribís sobre cortezas y con punzones. En fin, supongo que cualquier medio es digno si digno es el objetivo. En todo caso, si puedo ayudarte en algo, dímelo. Por otra parte, me gustaría que me contasen cosas de la marinería. ¡A veces es más fácil hablar con los indios que con los castellanos!

Ambos reímos y seguimos conversando durante un rato. Le hablé de nuestro estado de ánimo, de nuestros miedos y de las interminables jornadas en el interior de las casetas. Entonces se ofreció a conseguirme un libro para hacer más soportable aquel tedio. Lo recibí como el mejor de los regalos.

Un inoportuno aguacero puso fin a la charla, pero no a nuestra relación, que habría de consolidarse con el paso de los días.

Como habían pronosticado Esteban y Hans de Aquisgrán, las noches habían ido ganando terreno a los días, aunque no en la medida que ellos auguraban. El cielo no llegó a oscurecerse del todo, y cuatro o cinco horas de sol nos acompañaban al menos para permitirnos realizar las labores cotidianas. Aun así, ¡qué angustiosa espera de una mejoría en el tiempo! Porque las condiciones, lejos de mejorar, incluso habían empeorado. A comienzos de agosto, el frío se intensificó, las tormentas redoblaron su intensidad y durante jornadas completas estuvimos sometidos al hielo y la nieve. Nada podíamos hacer, salvo dedicarnos a la lectura.

El grupo, al que se había sumado Bocacio, avanzaba a buen ritmo. Ya eran capaces de leer frases sencillas, pero descubrí que lo que de verdad les gustaba era otra cosa. Pigafetta cumplió su palabra y me prestó un libro que había adquirido al poco de llegar a España: *Tirante el Blanco*, que trataba de las andanzas de un joven caballero. Mis amigos, por turnos, leyeron las primeras líneas, a trompicones y con dificultad. Al cabo de poco se hartaron y me pidieron que fuera yo quien se lo leyese a ellos.

—«En la muy abundosa, rica y deleitosa isla de Inglaterra —empecé—, hubo un esforzado caballero noble de linaje y hombre de grandes virtudes el cual, por su gran cordura y alto ingenio, había servido durante mucho tiempo al arte de la caballería con grandísima honra suya.»

¡Cómo disfrutaron entonces! ¡Y cómo disfrutaba también yo ese día y los que le siguieron! Como niños me rogaban que repitiese determinados pasajes: los lances más arriesgados, los encuentros más peligrosos. Yo me plegaba encantado a sus deseos. Tras tantos años leyendo obras de grandes autores, complicadas disertaciones filosóficas sobre la verdad, la existencia, la virtud o la excelencia, me placía volver a sumergirme en la lectura distendida, en la sana distracción en la que el amor, el honor, la generosidad o la violencia se presentaban de forma sencilla y llana.

¡Cuántos buenos ratos pasábamos así leyendo aquellas bellas aventuras de caballeros y hechos gloriosos, que nos transportaban de nuestra solitaria bahía a misteriosos y distantes lugares: Inglaterra, Sicilia, Constantinopla! Mientras nuestros cuerpos reposaban en tierra, nuestras mentes volaban libres, lejos del cautiverio al que nos veíamos sometidos.

Uno de esos días, después de un buen rato de lectura en la caseta, Esteban me hizo una pregunta que me estremeció.

—¿Nunca escribiste nada?

La voz se me quebró antes de responder.

Sí que había escrito. De joven, Sancho me había animado a coger la pluma. «No está bien que tomes tanto de los demás y no aportes nada, ¿no te parece?», me decía en tono de burla. Y descubrí que me gustaba escribir sobre los conocimientos que adquiría en los libros. De vez en cuando le presentaba algunas reflexiones hechas sobre un tema concreto: gramática, lógica, retórica…

Él las leía satisfecho, le gustaba ver que sus enseñanzas iban por buen camino.

Sin embargo, un día me invitó a dar un paso más: «¿Por qué no inventas una historia?». Aquello era distinto. Para entender bastaba inteligencia; para inventar hacía falta imaginación. Y, a decir verdad, no es que no la tuviera. Mi mente había volado cuando me veía salvando a Lucía de las situaciones más difíciles, y cuando añadía mis propios detalles a las historias de caballeros que relataba a Nicolás. De hecho, cierta vez prometí a Lucía que un día escribiría un relato plagado de aventuras, con caballeros, princesas, batallas; sería el mejor libro que jamás se hubiera escrito, y la gente se emocionaría cuando lo leyera.

No obstante, todo aquel manantial se convertía en sequía cuando cogía la pluma. El papel en blanco me aterraba, su luz me cegaba, ni una palabra salía de mi mano.

Sancho ideó un sistema para ayudarme. El juego consistía en darme un pie para que luego yo continuase la historia. «Amanece en la villa de Santander y un pescador recoge las redes para hacerse a la mar. En casa deja a su mujer y a su hijo enfermo...» Yo lo miraba con los ojos muy abiertos y trataba de seguir la historia: «Y entonces...». Nada. Me resultaba imposible continuar con algo sutil, ingenioso, digno al menos. Claro que podría haber escrito cualquier cosa: poner al marinero en aprietos, desatar una tormenta, sufrir el ataque de un monstruo marino... Pero todo aquello era vulgar, zafio. Sancho me animaba a emprender el camino, a dar el primer paso; todo era en vano. Casi siempre empezaba la casa por el tejado: inventaba unos personajes, les ponía nombre, y luego no sabía qué hacer con ellos. Entendía que lo primero era la historia, que todo vendría sembrado después; empero, no era capaz de encontrar el armazón necesario.

Esteban me zarandeó.

—¿No me escuchas?

—Sí —respondí—, lo hago. Sólo estaba pensando.

—Entonces ¿escribiste algo o no?

—Sí, sí escribía, pero hace mucho tiempo. De joven tuve la suerte de contar con un gran maestro, que me enseñó de casi todo; y aprovechando esas enseñanzas compuse algunos ejercicios de retórica y otras cosas. Y ahora también tomo notas de lo que ocurre. Cuando ayudo al escribano, me quedo algún papel y, a ratos, escribo. Quiero recordar esta travesía cuando la dejemos atrás.

—Ya, pero yo me refiero a si escribiste algo como esto, alguna historia de verdad, capaz de atraparte, como la de Tirante.

La insistencia de Esteban se estaba volviendo fastidiosa.

—No, nunca he escrito historias así. Ya hay bastantes, no sé qué podría añadir yo.

Por mi tono de voz, mi amigo debió de apreciar que la conversación me cansaba. En realidad, me fastidiaba no haber sido capaz de haber escrito algo semejante.

—¿Y por qué no escribes sobre nosotros? —saltó de repente Bocacio—. Sobre este viaje, quiero decir. Al fin y al cabo, nuestra aventura no dista mucho de la del caballero Tirante: hay peligro, temor, muerte, dificultades. ¡Maldita sea, lo único que faltan son las mujeres!

Todos le reímos la ocurrencia.

—No creo que lo nuestro sea como para contarlo, la verdad. ¿A quién le podría interesar la historia de un montón de hombres varados en una bahía helada? Ya ves cómo discurren nuestros días; la monotonía lo invade todo.

—Estoy de acuerdo, amigo, esa parte debes saltártela. Supongo que en los libros de caballerías tampoco se cuentan todas las cosas. De hecho, todavía no hemos leído ninguna página en la que salga algún caballero o alguna dama que se bajen del caballo para cagar.

Mis compañeros se partían de risa. Bocacio siempre tenía una broma en los labios.

—Eso es cierto —le dije—. Hay muchas cosas que no aparecen en los libros; si no, serían todos aburridísimos. Pero, en este caso, la empresa es inútil. Ya tenemos un cronista en la expedición. ¿Es que no habéis visto a Pigafetta recogiendo hasta el más mínimo detalle de todo lo que pasa?

—¡Imposible no verlo! Pero, entre nosotros, el italiano no es más que el criado del capitán general. ¡Parece su putita! Si un día volvemos a España, Pigafetta contará la historia que Magallanes quiera, no la auténtica. Él no ha tenido que soportar noches infernales en el palo mayor, ni se ha enfrentado a los indios, ni siquiera come nuestra misma comida. ¿Cómo podría relatar nuestra historia?

Las palabras de Bocacio no carecían de razón. A pesar del interés que Pigafetta me había mostrado por conocer nuestra situación, ¿alcanzaría a comprender nuestros sufrimientos? Como muchas veces me había dicho Sancho, la historia la escriben los que triunfan, no los derrotados. Si en la posteridad sólo se iba a conocer la versión de nuestro viaje por boca de Pigafetta, ¿quién recogería nuestras penalidades, nuestras privaciones? Pero ¿era yo capaz de acometer una obra así? Al fin y al cabo, pensé, la historia me venía dada y los personajes, mis compañeros de viaje, también; bastaría con darle forma, con evitar lo cotidiano y centrarme en lo relevante.

—¿Qué me dices entonces? —insistió Bocacio—. ¿Escribirás nuestra historia? Podrías poner a Martín rebañando el fondo de la escudilla o al pesado de Esteban recordando todo el día su hermosa Bretaña y esas pamplinas.

El aludido le dio un empujón.

—¡Calla, bocazas! —le dijo mientras todos reíamos.

—Tiene razón, hermano, anímate.

—Quizá… Podría hacerlo, sí. Pero no me parece que lo mejor sea retratarnos a todos. Habría peleas y empujones por ver quién sale mejor parado, ¿no creéis? Y no tengo ganas de eso, gracias. Tal vez sería mejor un personaje que reuniese en él algo de cada uno. Sí, me gustaría escribir la historia de alguien imaginario, embarcado en esta travesía y detallando todas nuestras aventuras. Y quizá habría que contar también su pasado, ¿no?

—Bueno —dijo Bocacio—, habría preferido que hablases de mí, pero ¡de acuerdo! Y, por supuesto, hay que hacerlo bien, contando las cosas desde el principio.

—De todos modos, lo que no veo es cómo. Puedo sisar una hoja al escribano de vez en cuando, pero esto sería distinto. Necesitaría papel y tinta en abundancia. No se escribe una línea sublime a la primera.

—No sé qué significa «sublime» —apuntó Bocacio—, pero por lo del papel y la tinta no debes preocuparte. Nosotros te lo conseguiremos, ¿a que sí, Esteban?

—Por supuesto. Si hemos sacado vino de la bodega de la *Victoria*, no será difícil birlar algo de papel al escribano ¡o al propio Pigafetta! Total, no creo que esté escribiendo más que tonterías.

Todos reímos; yo, el que más. Por fin había encontrado una historia digna de ser contada. Sólo me hacía falta recordar que un día tuve capacidad para escribir.

A mediados de agosto las jornadas se hicieron aún más duras. Varios marineros presentaban congelaciones en los dedos de los pies y a algunos de ellos hubo que amputárselos para evitar que la negra infección avanzase. Todo el mundo deseaba partir de una vez y dejar atrás aquella bahía desolada; no obstante, después de la desastrosa misión de la *Santiago* en busca del paso, Magallanes no se atrevía a reemprender el viaje hasta que las condiciones mejorasen algo. Pero el frío seguía siendo intenso; los días, cortos, y la mar, muy brava.

El descontento entre la marinería se manifestaba a cada momento y derivaba en discusiones casi continuas por las cosas más nimias: el sitio más caliente o más seco, un trago más de vino, una tajada más de pescado... No solían llegar muy lejos, pero creaban un ambiente desagradable, un malhumor permanente. Además, nuestra salud empeoraba. Las raciones eran menores y las dolencias que padecíamos no remitían. Los que habían participado en otros viajes decían que aquello era normal, que todo se curaría al volver a España. Pero España estaba entonces muy lejos.

Por increíble que parezca, nada de eso me afectaba porque había decidido comenzar mi historia y la ilusión me daba fuerzas. Al final no hizo falta que Esteban y Bocacio robasen el papel, pues fue el propio Pigafetta quien me proporcionó uno de sus cuadernos. Lo tomé en mi mano y lo olí; sentí que retrocedía muchos años, me vi en otro tiempo y otro lugar. Es curiosa la capacidad que tiene el olfato para traernos recuerdos del pasado, mucho más que la vista o el oído. Apenas recuerdo de qué color eran los ojos de mi madre y, sin embargo, aún tengo vivo en mí el olor de su piel.

Pero ¿por dónde empezar? Está claro que el que empuña una pluma ha de saber de antemano adónde le han de llevar sus pasos; en aquel momento, empero, había muchas cosas que se me escapaban por completo. ¿Por qué Magallanes estaba tan seguro de la existencia de un paso? ¿Hasta dónde seguiríamos navegando para encontrarlo? ¿Serían ciertos los rumores de los capitanes castellanos acerca de la intención de aquél de entregar nuestra flota a los portugueses?

De hecho, tampoco sabía yo apenas nada de nuestro capitán general, salvo lo que se comentaba. Conocía un poco su carácter, pero nada de su vida. Todos los días le veía en la cubierta de la *Trinidad*, imperturbable, orgulloso, con su pequeña estatura, su poblada barba y sus penetrantes ojos negros. Notaba en él determinación, fuerza interior. A veces incluso podía imaginar las dudas que abrasaban su corazón, su miedo a fracasar, sus rencores pasados y presentes, pero ¿qué le había llevado a esa situación? ¿Por qué había salido de Portugal como un traidor, como un proscrito? ¿Y por qué lo había acogido nuestro rey habiendo en España tantos buenos marinos?

Definitivamente, no iba a ser fácil retratar al portugués. Además, de eso ya se encargaría Pigafetta; al fin y al cabo, tenía contacto diario con él y gozaba de su confianza.

No, mi historia iba a ser diferente. No hablaría de reyes ni de reinos; no hablaría de imperios ni de grandes flotas llamadas a la conquista de nuevas tierras. Como me habían pedido mis compañeros, mi historia se centraría en lo cercano, en el sufrimiento de los humildes, en las miserias de las personas sencillas, a través de uno de nosotros. Yo mismo había propuesto que fuera alguien imaginario, pero me costaba. Entonces lo vi claro: sería mi propia historia; camuflada, sí, pero la mía. Yo sería el personaje.

Tomé el cuaderno, lo abrí y lo apoyé sobre mis rodillas. Mojé la pluma de oca en el tintero y dejé que la primera gota cayera en él; no quería manchar la página inicial. Apoyé la pluma en el papel y escribí: «Vi la primera luz un 3 de abril, en el año del Señor de 1500, al igual que lo hicieron dos, cuatro, seis y nueve años antes mis hermanos, y me bautizaron en la ermita de Santa Olalla con un nombre que ahora no viene al caso. En aquel primer contacto con el agua, elemento que luego marcaría el rumbo de mi vida, dijeron que lloré sin consuelo, y no me extraña; tiempo habrá de contar el porqué».

25

Mi padre nunca vio del todo bien la ayuda que nos prestó Sancho el Tuerto. Su orgullo no soportaba verse socorrido por la compasión de uno de sus vecinos. Nunca había pedido limosna, ni la habría aceptado. Pero aquello era distinto. No tenía más remedio que asumir el buen gesto de mi maestro, aun a sabiendas de que la tierra que le había vendido no le interesaba en absoluto.

Al día siguiente de la puja, Sancho se acercó a mi casa. No venía mucho por el pueblo. Sus viajes se reducían a ir a Potes de cuando en cuando para comprar algo. Hacía tiempo que no salía de la comarca, pero antes de venir al pueblo debió de haber viajado bastante. ¿Cómo si no conocía tantos sitios y a tanta gente? ¿Y cómo si no había formado su increíble biblioteca?

Mi padre estaba en el huerto, recogiendo unas habas, y yo, a su lado, limpiaba las malas hierbas con la azada. Al ver llegar a Sancho, dejó la labor.

—Buenos días.

—Buenos días. Por lo que veo, al menos se salvó algo.

—No es apenas nada. Este año nos las prometíamos felices, pero ¡ya ves! Algo habremos hecho mal para que Dios nos castigase así.

—No sé si Dios se está a esas cosas, Manuel. En todos sitios hay justos y pecadores, pero las tormentas no pueden distinguirlos.

Mi padre esbozó media sonrisa. Le gustaba que la gente hablase con libertad acerca de Dios. Estaba ya harto de sermones.

—Vengo a cerrar la compra —prosiguió Sancho.

Mi padre tomó aire.

—Sancho, te agradezco mucho lo que has hecho, de veras. Quizá con mi actitud no lo demuestre, pero para nosotros ha sido muy importante. Y sobre todo me alegro de que don Lope quedase como el miserable que es. Yo creo que eso le dolió más que perder la puja.

—A buen seguro que sí —corroboró Sancho.

—Sin embargo, me siento mal por lo que tuviste que hacer. Te seré franco: no me gusta recibir limosna. Heredé de mis padres unas tierras míseras y las he trabajado con ahínco desde no recuerdo ya cuántos años. Me casé y tuve hijos, y nunca ha faltado comida en la mesa, bien que tampoco ha sobrado. Tenemos lo justo para vivir, pero vivimos, igual que otros muchos campesinos. Por eso me avergüenza tener que aceptar ahora tu caridad.

—Entiendo lo que dices, Manuel. Yo nunca he tenido privaciones. Sabes que mi familia siempre poseyó bienes. Pero, con todo, nunca quisimos por ello ser más que nadie. Mis padres me educaron en el respeto a los demás, en eso que tú llamas caridad y yo llamo amor.

—No importa el nombre, Sancho, los dos conocemos su significado.

—Sí, es cierto, pero no te confundas. Lo que hice ayer no lo hice por caridad, sino por interés.

Mi padre se apresuró a contestar.

—¿Por interés? Pero ¡si esa tierra no te sirve para nada! Está lejos de tu casa y, perdóname si te ofendo, tampoco creo que te haga falta un puñado más de trigo.

—No me ofende, Manuel; me gusta que me hablen con sinceridad. Aun así, mi interés no es por la tierra. Lo que me gustaría es que me hicieras un favor.

—¿Un favor, yo? Por supuesto que te lo haré, pero ¿qué más podría hacer yo por ti? Mi hijo ya trabaja en tu casa. Si quieres también podría ir Nicolás.

—No, no, es algo distinto, aunque de hecho tiene que ver con tu hijo.

Mi padre me miró intrigado.

—Manuel, en los últimos años tu chico no sólo ha estado ayudándome en las labores de casa, también ha estado aprendiendo.

—Eso lo sé. Y le reprendí, no creas que no. De hecho, le prohibí que siguiera abusando de tu generosidad, se lo dejé bien claro. ¿No me digas que ha querido seguir aprovechándose?

—No, no ha sido él. He sido yo quien le ha incitado.

Mi padre se quedó mirándole sin entender.

—Tu hijo nunca me pidió nada. Todo lo que ha aprendido conmigo se lo enseñé por gusto. Desde el día que vino por primera vez a mi casa vi en él algo especial. ¿No te has fijado en los demás muchachos de su edad? Evidentemente no saben leer ni escribir, pero es que a duras penas saben contar. Pasan el tiempo en los campos y el resto del día se dedican a ingeniar travesuras, robar fruta, pelearse o, simplemente, dormitar.

—Bueno, eso es lo que siempre hicimos los muchachos por aquí —dijo mi padre con cierto retintín—. Tampoco veo qué tiene de malo.

—No tiene nada de malo, pero no es lo que tu hijo necesita. Cuando hablo contigo, veo un brillo en tus ojos, y también lo veo en tu mujer. Ambos sois inteligentes, bastante más que otros aldeanos. Pero la vida no os trató bien, no os dio oportunidades. Tu hijo ha heredado lo mejor de cada uno de vosotros. Coge las cosas al vuelo, no necesita más que una explicación. Ya sabe leer y escribir a la perfección y, lo que es más importante, comprende todo con suma facilidad. Y, además, tiene una oportunidad.

—¿Una oportunidad?

—Sí, Manuel. Yo no me esforzaría de este modo si no viera algo especial en él. Ya ha pasado tiempo desde que mi hijo murió. Tenía pensado un futuro para él, ese mismo año tenía decidido enviarle a estudiar a San Vicente con un amigo mío que tiene buenas influencias y le podría haber buscado un puesto en una de las escribanías de la villa. No habría sido fácil, ya sabes cómo son los de las villas, pero al menos habría llevado una vida distinta a la que le esperaba en el pueblo. Tú lo has dicho antes: tenéis lo justo para vivir, pero cualquier imprevisto o la maldad de algún vecino puede haceros sucumbir. Aunque sé que es duro oírlo, creo que tu hijo merece otro futuro.

Mi padre me miró. Yo tenía los ojos clavados en el suelo. Sancho prosiguió:

—Hace un tiempo fuisteis a San Vicente, a acompañar a Isabel. Tu hijo me contó que su tío Pedro y la mujer de éste se mostraron encantados de acogerle en su casa, que no tienen hijos y sufren mucho por ello. Además, tu cuñado tiene una buena posición en la villa. Es un herrero reconocido y seguro que, con el tiempo, podría influir para que tu hijo pudiera avecindarse allí, al igual que lo harían mis amigos. Pero, no temas, no estoy diciéndote que tengas que desprenderte de él para siempre. Yo puedo seguir enseñándole mucho aquí. Todavía no conoce apenas el latín, y eso es fundamental, y con las cuentas aún nos queda bastante, aunque tiene facilidad para ello. Sólo quiero pedirte que le dejes ir una temporada a San Vicente. Quizá en el invierno. Después de recoger las nueces y las castañas y de realizar la siembra de noviembre no hay mucho que hacer en las tierras. Podrían ser tres o cuatro meses. Le haría bien conocer la vida en la villa y decidir si es eso lo que quiere para su futuro.

—Sí —dijo mi padre—, por parte del hermano de mi mujer no creo que hubiera problema, se mostró muy ilusionado cuando mi hijo propuso quedarse con ellos, y para nosotros, por duro que suene, será un alivio el tener una boca menos que alimentar.

—Y a mí me harías un gran favor, de veras. Antes te dije que esto no era limosna, que lo que te ofrecí por la tierra iba a ser a cambio de algo, y es verdad. Durante el tiempo que tu hijo pase en San Vicente, me hará falta alguien que me ayude. Si te parece bien, podría ser Nicolás, el pequeño. He visto que trabaja como el que más.

—Y buena correa que tiene, te lo aseguro.

—Además, hace tiempo que necesitaba que alguien fuera a San Vicente por mí. Ya ves que estoy viejo y que mis piernas me fallan en ocasiones. No podría aguantar un viaje tan largo. Pero el caso es que tengo amigos allí con los que apenas mantengo el contacto; a algunos les prometí ciertos escritos, y hay otros que me los prometieron a mí. Tu hijo podría servirme de correo, me fío mucho más de él que de los carreteros o las vendedoras de pescado.

—De eso puedes estar seguro: si a alguno de mis hijos se les ocurre robar algo, yo mismo les corto las manos.

Sancho tomó aire, como para terminar la conversación.

—Entonces ¿te parece que cerremos el trato? Yo creo que los dos salimos ganando.

—Me parece, Sancho, que el que más sale ganando soy yo. Como antes dijiste, no soy tonto: pones de tu parte del trato cosas que me convienen a mí, por mucho que las disfraces. Aun así, ¿qué puedo hacer? Si él acepta...

Mi padre me miró con una mezcla de reproche y orgullo. Yo levanté tímidamente la cara, sin atreverme a pronunciar palabra. Me limité a asentir con la cabeza.

—Si así es, por mi parte no hay inconveniente, Sancho. Que vaya si es su deseo y el tuyo. Y si algún día llega a ser alguien importante, si no puede decir que le ayudé, al menos que no diga que le corté las alas.

Dejé la azada en el suelo y me abracé a él con todas mis fuerzas. Sentí el calor de antaño, de cuando no era más que un mocoso.

—Tu hijo siempre te lo agradecerá, Manuel. Hoy le has dado alas para volar muy alto.

Con el consentimiento de mi padre, ya no hacía falta que me escondiera para estudiar. Pude volver a las lecciones de Sancho con gran alegría por parte de Lucía y serio disgusto de Juan y Nuño. Francisco, el otro chico, había dejado de asistir, pues su padre dijo que ya sabía suficiente y que era mejor gastar el tiempo y el dinero en otros menesteres. Acababa de hacerse con una tierra bastante grande y necesitaba manos para trabajarla.

Me senté en mi silla de siempre, junto a Lucía. Tenía una mirada dulcísima y cada día estaba más hermosa. Ella maduraba y cambiaba, pero hacía tiempo que yo también veía cambios en mí. Mi voz se transformaba, como ponían en evidencia los muchos gallos que soltaba, mis músculos se endurecían y el vello comenzaba a salirme en la cara y en otros sitios. Yo no tenía apenas consciencia de qué era todo aquello, mis padres nunca me dijeron nada, pero sabía que el cuerpo de los hombres difería del de los niños. Había visto muchas veces a mis hermanos mayores desnudos, también a mi padre, y había admirado sus formas macizas, musculosas, llenas de pelo, y ese miembro tan grande, tan distinto al mío.

—Me alegro de que hayas vuelto —me confesó Lucía—. Las lecciones han sido un aburrimiento sin ti.

—Yo también me alegro de haber vuelto.

Nos cogimos la mano por debajo de la mesa. Había entre ellas una fuerza especial; parecían los eslabones de una cadena, algo que nunca pudiera romperse por muchas vueltas que diese la vida.

Lo que apenas tardó una semana en romperse fue la tregua con don Lope. No admitía que nadie le llevase la contraria y mucho menos que le desairaran ante los vecinos. Con los campos de cereal segados, llegaba el momento de la derrota de las mieses, el período en que las tierras se abrían para que el ganado pudiera aprovechar los rastrojos y, al tiempo, abonar el suelo. El concejo regulaba la apertura y la duración, y el proceso se repetía año tras año sin mayor problema. Así había sido siempre, pero dos días antes Sindo nos dio la noticia mientras mi padre, Pedro y yo reparábamos el tejado.

—Lope está cerrando sus parcelas en la mies.

—¿Cómo que está cerrándolas? —se extrañó mi hermano—. No es posible, va en contra de la costumbre. Lo que toca ahora es la derrota.

—Así es —respondió Sindo—, pero ¿quién levantará la voz en el concejo? Tomás, Juan y otros cuantos paniaguados que tiene votarán a su favor. Y otros muchos los secundarán por miedo. ¿Qué podemos hacer?

Las tierras de don Lope eran las más numerosas de la mies; cerrarlas suponía que los ganados del concejo tendrían menos tiempo para pastar cerca del pueblo y habría que llevarlos al monte, turnándose los vecinos para pastorearlos.

—No puedo creerlo. —Mi padre se resistía a aceptarlo—. Quiero verlo con mis propios ojos.

Bajamos del tejado y nos dirigimos a la mies. Allí vimos a Guzmán con seis jornaleros que se afanaban en levantar un cierro de pared seca. Trabajaban sin descanso, mientras el sobrino de don Lope contemplaba gozoso la escena.

Mi padre tomó aire y se acercó. No había vuelto a cruzar palabra con él desde la marcha de María, hacía ya siete años. Guzmán estaba cambiado, pero seguía teniendo el mismo aire de superioridad.

—Lo que estáis haciendo va en contra de la costumbre —comenzó—, y lo sabéis. El concejo tendrá algo que decir al respecto.

Guzmán se volvió despacio y escupió al suelo.

—Pues que lo diga. Estoy ansioso por conocer su opinión.

Sindo masculló una maldición.

—Las cosas no son así —añadió.

—Las cosas son como son —afirmó Guzmán con una sonrisa cínica al tiempo que nos daba la espalda—. ¡No paréis! ¡Mañana ha de estar cerrado!

Mi padre quiso decir algo más, pero Sindo le cogió del brazo y le apartó. Regresamos al pueblo cabizbajos. Guzmán tenía razón: la voluntad de don Lope se hacía norma. ¿Hasta dónde deberíamos dejarles seguir?

Las cosas en el concejo se ponían cada vez más difíciles, pero al menos mi aprendizaje con Sancho continuaba su camino sin interrupciones. Por la mañana asistía a las clases y después de la comida volvía corriendo a su casa para pasar la tarde leyendo aquellos libros maravillosos que él me proporcionaba. Un día puso en mis manos uno que me gustó especialmente; se trataba de un libro escrito por un religioso, arcipreste de Hita. Su vida licenciosa y su postura encontrada con la del arzobispo de Toledo, don Gil de Albornoz, le valieron ser encarcelado.

—¿Sabes una cosa? —me contó Sancho—, los curas no siempre fueron célibes. Mucho tiempo atrás, había algunos que practicaban la barraganía, algo así como un contrato de convivencia de un sacerdote con una mujer. En vida del arcipreste, la diócesis de Toledo era un punto de encuentro de muchas culturas: la cristiana, la de los judíos y la de los sarracenos. Por eso, algunas ideas como la del amancebamiento no estaban mal vistas entre los cristianos; pero el arzobispo don Gil, seguidor de la doctrina papal, no pensaba igual y ordenó el encarcelamiento del arcipreste.

Aquel libro era un canto de protesta, alegre, irónico y desvergonzado, escrito con un lenguaje llano y, a veces, incluso burdo. En sus páginas se sucedían episodios amorosos de la más variada naturaleza, la mayor parte de ellos fracasados. Sólo en uno conseguía, por fin, relaciones carnales, cuando se dejaba violar por la serrana la Chata:

> La vaqueriza, traviesa,
> dijo: «Luchemos un rato,
> levántate ya, de priesa;
> quítate de encima el hato».
> Por la muñeca me priso,
> tuve que hacer cuanto quiso,
> ¡creo que me fue barato!

Yo asimilaba todo aquello con cierto rubor, nunca antes había leído nada acerca de las relaciones entre adultos. No podía apartar mis ojos de aquellas líneas. Eran toda mi fuente de información. Pienso que Sancho lo sabía; comprendo que no me lo quisiera explicar, pero, al menos, encontraba una forma indirecta de hacerlo mediante el recurso a un libro; Sancho siempre tenía un texto para cada ocasión.

Me reí mucho con aquella lectura: con los episodios de don Melón y doña Endrina, acompañados de la alcahueta Trotaconventos, y con el debate entre don Carnal y doña Cuaresma.

Otro día Sancho me dejó un libro manuscrito obra de un noble castellano llamado Íñigo López de Mendoza, marqués de Santillana. Incluía una serie de poemas ligeros llamados «Serranillas». Aquel gran señor, bisabuelo de nuestro actual duque, había conocido mi comarca y había escrito sobre ella, pero, sobre todo, acerca de las aventuras amorosas que allí se sucedían.

Leí con fascinación la más abierta descripción del acto amoroso entre él y una moza de Bores, uno de los pueblos como el mío, como tantos otros:

> Mozuela de Bores,
> allá do la Lama,
> púsom'en amores.
>
> «Señora, pastor
> seré si queredes:
> mandarme podedes
> como a servidor;
> mayores dulzores
> será a mí la brama
> que oír ruiseñores.»
> Así concluimos
> el nuestro proceso,
> sin hacer exceso,
> e nos avenimos.
> E fueron las flores
> de cabe Espinama
> los encubridores.

No podía creer lo que leía. ¿Qué era aquella «brama»? ¿Serían acaso los sonidos que mis padres hacían por la noche, ocultos entre las mantas? ¿Y en qué consistía exactamente lo de «avenirse»? Me moría de ganas de preguntar, pero sabía que habría puesto en un brete a Sancho. Si hubiera querido explicármelo, pensé, ya lo habría hecho.

Pero el caso es que Lucía había madurado, y yo también empezaba a hacerlo en el más absoluto desconocimiento del mundo de los adultos. Por desgracia, a punto de marchar a la ciudad sabía más de letras y cuentas que de mi propio cuerpo.

26

Pasada la mitad de agosto los días comenzaron, por fin, a mejorar. El sol empezó a calentar tímidamente nuestros cuerpos; el invierno austral se despedía de aquella bahía desolada en cuyo cerro más alto habíamos plantado una gran cruz de madera, bautizándolo con el nombre de Monte Cristo. No era mucho, pero nos hacía sentir más cerca de nuestra casa, de nuestro hogar; aunque algunos no lo tuviéramos. En los más de cuatro meses de recalada, los barcos habían sido reparados casi por completo. Aprovechando las muchas plantas fibrosas que poblaban aquel lugar, habíamos fabricado nuevos cabos; también habíamos cosido las maltrechas velas. Todo estaba listo para partir, para avanzar por fin y dejar atrás aquella ensenada en la que habíamos pasado el más crudo invierno que pueda imaginarse.

Otra cosa más nos consolaba, sobre todo cuando la oscuridad nos obligaba a encerrarnos en la caseta: leer. Reunidos en torno a la luz del candil, Martín, Esteban, Domingo, Bocacio, Benito, Nicolás y yo devorábamos con verdadera fruición una nueva obra que me consiguió Pigafetta: *Los cuatro libros del virtuoso caballero Amadís de Gaula*, que a su vez le prestó el murciano Joan de Chinchilla, sobresaliente de la *San Antonio* y gran aficionado a la lectura. Era nuestro modo de escapar de la dura realidad. Sin embargo, si bien aquellas historias entretenían y entusiasmaban a mis alumnos, había otra que les interesaba aún más: la que yo escribía. Creo que para ellos tenía algo de mágico leer algo inacabado, un relato que ellos mismos veían surgir día a día. Me animaban de continuo a seguir, a añadir un párrafo más, otro pasaje. Aquello no era tan fantasioso como las aventuras del virtuoso Amadís; no había monstruos ni grandes caballeros, ni siquiera grandes hazañas. Pero para ellos significaba plasmar la realidad, la historia de una persona humilde en conflicto no con los sarracenos, sino con su destino. Yo escribía acerca de un pueblo en las montañas, pobre, pequeño, cuyos vecinos debían enfrentarse a los poderes de la religión y del siglo. Y escribía sobre una persona pobre, pequeña, enfrentada a una infancia llena de privaciones y miserias. Les hablaba de una fiesta, de un embarazo accidental, de una hija expulsada de su casa con una criatura en su vientre. Cuando leían, o cuando lo hacía yo mismo, veía en sus caras el dolor, la melancolía, la nostalgia, pero también la esperanza de un futuro mejor. Mis amigos se identificaban con un joven perdido en su infancia, anhelante de lo por venir, solo en el mundo.

—¿Cómo se llama el muchacho? —me preguntó una noche Martín de Ayamonte.

—Aún no lo sé.

—¿Cómo puedes no saberlo? En el *Amadís* el personaje principal tiene un nombre, y se le describe, y lo mismo pasa en el *Tirante*. En cambio, del tuyo apenas sabemos nada.

En efecto, en las páginas de mi libro habían aparecido ya muchas personas y muchos lugares, aunque el personaje principal, el que narraba la historia, permanecía aún innominado. Sentía que aquello les molestaba, que les causaba cierta desazón. Pero era al fin y al cabo mi historia, mi vida, y ante todo no deseaba que la identificasen conmigo. De hecho, no me costaba en absoluto cambiar el nombre de los demás. María, mi hermana, en mi historia era Catalina; Manuel, mi padre, Antón, y Nicolás, Diego. Pero ¿qué nombre darme a mí mismo? Por el momento, prefería evitarme ese esfuerzo.

El que, con razón, sospechaba era Nicolás. Aunque él era muy pequeño todavía en los pasajes que yo narraba al principio, evidentemente todo le resultaba demasiado familiar: la descripción de la casa, del pueblo, la caracterización de los personajes.

Bien pronto se dio cuenta de que aquélla no iba a ser sólo mi historia, sino también la suya. Me miraba mientras yo escribía, y callaba. Y también callaba al leerlo él o al oírme a mí hacerlo para todos en voz alta. Conocía los hechos, pero sólo su parte. No sabía apenas nada de mis clases en casa de Sancho, de mi amor por Lucía, de mi anhelo por una vida mejor fuera del pueblo. Aunque todo aquello estaba aún por llegar. Por eso esperaba en silencio, día tras día, quizá con miedo de descubrirse, más tarde, en un papel que no deseaba desempeñar.

Digo que escribía mi historia y así era. No obstante, no hay autor que pueda renunciar al goce o la tentación de añadir a todo lo vivido un punto de fantasía. Si en todo lo ficticio hay siempre algo del autor, también en toda historia real hay siempre algo de mentira. Para dar realce y tensión a las situaciones, me deleitaba inventando mundos inexistentes, exagerando la altura de las montañas, ponderando el ímpetu de las aguas desbocadas o remarcando la fiereza de las bestias salvajes. Y los personajes eran todos más bondadosos, más envidiosos, más soberbios o más malvados que en la realidad. Miro ahora las páginas arrugadas y rotas que me sirven de guía y de lazarillo, manchadas de sudor y de sangre y ajadas por el agua del mar, y sonrío. Sonrío ante un don Lope llamado don Fernando, malvado y depravado, capaz de la mayor iniquidad, inmisericorde. Con el tiempo ya no lo recuerdo así y corrijo el manuscrito. Ya no sabría decir cuál de los dos es más cercano a la verdad.

El día 20 de agosto comenzó a soplar viento del norte, que no era cálido pero sí más templado que el del sur; si se mantenía, podríamos disfrutar de buenos días de navegación. Los últimos preparativos se aceleraron; hicimos acopio de agua dulce, terminamos de calafatear el casco de las naves y cazamos con trampas algunos zorros y bastantes pájaros para disponer de carne fresca en las jornadas siguientes. En todos nosotros bullía el ansia de zarpar, aunque fuese con rumbo a lo desconocido.

Por fin, el día 24, muy de mañana, Magallanes reunió a los

oficiales para informarles de la partida. Puso al mando de la *Concepción* al siempre fiel Juan Rodríguez Serrano; en nuestra nave, a su cuñado y anterior sobresaliente de la *Trinidad*, el portugués Duarte Barbosa, y en la *San Antonio* mantuvo a su primo Álvaro de Mesquita. De ese modo, el capitán general se aseguraba a los más leales a su persona en el mando de cada nao.

Los marineros de la *Santiago* fueron distribuidos entre los demás barcos. A la *Victoria* fue asignado Bocacio Alonso, con gran contento por mi parte. Sus bromas y su buen humor eran capaces de borrar, aunque fuera por unos instantes, los malos pensamientos y las penas.

Había llegado, pues, el momento más esperado, pero antes había que proceder a saldar la última deuda pendiente del motín que más de cuatro meses atrás había cubierto de sangre la bahía. Con una simple mirada, Magallanes ordenó a su alguacil, Gonzalo Gómez de Espinosa, que procediera a cumplir la sentencia, y éste descendió por la trampilla de la cubierta. Al poco ascendió con Juan de Cartagena y el religioso Pero Sánchez de Reina. Ambos llevaban las manos atadas y estaban pálidos y demacrados. Reina iba murmurando; supongo que rezaba o, quizá, maldecía. Cartagena mostraba un gesto de absoluta desesperación; adivinaba el triste futuro que les aguardaba. Una vez en cubierta, el alguacil habló:

—En cumplimiento de la orden dictada por el capitán general, los dos condenados serán trasladados a tierra y liberados de sus ataduras. Dios decidirá sobre su suerte o su muerte.

Ambos miraron a Magallanes antes de bajar al bote que les llevaría a la playa. La tensión se reflejaba en sus rostros. Cuando Gonzalo Gómez de Espinosa les dejó en la playa y soltó las ataduras comenzaron a suplicar:

—¡No nos abandonéis aquí, tened piedad! —rogaba Sánchez de Reina con voz temblorosa.

—¡Los gigantes nos matarán! —gritaba Cartagena.

El alguacil recogió las cuerdas y se volvió para dirigirse de nuevo al bote, indiferente a los lamentos de los condenados, pero éstos, de rodillas, se abrazaron a sus piernas, impidiéndole andar.

Magallanes, al verlo desde la *Trinidad*, ordenó que otros dos hombres se llegasen a la orilla. Únicamente con su ayuda consiguió Gómez de Espinosa zafarse de los condenados, que quedaron en la playa llorando y repitiendo sus ruegos. Entonces el capitán general levantó la mano indicando la partida. Las anclas se levaron y las velas fueron izadas; el viento las desplegó de inmediato y las naos comenzaron a moverse de nuevo sobre las oscuras aguas. La recalada en la bahía de San Julián había concluido. En tierra dos hombres esperaban la muerte. Sabían perfectamente dónde les sobrevendría; tan sólo ignoraban la hora y el modo.

Nos alejamos a buena velocidad. Yo me quedé mirando el que había sido nuestro hogar durante tanto tiempo. Quizá resulte raro, pero se puede sentir pena de partir hasta de un lugar que se ha llegado a odiar profundamente.

Luego tuvimos que atender a las tareas que ya nos eran extrañas. Gracias al buen viento del norte avanzamos con rapidez, la *Trinidad* al frente y las otras naves detrás, en la formación habitual.

Nuestro primer objetivo era arribar a la pequeña bahía donde había naufragado la *Santiago* para recoger los pertrechos que se rescataron del mar tras el trágico accidente. Llegamos en sólo dos jornadas y, guiados por los marineros de la *Santiago*, nos dirigimos hasta el lugar en el que los habían dejado a resguardo de las inclemencias. Comprobamos que nadie los había tocado; al parecer, ni los indios gigantes se atrevían a acercarse a aquel paraje. Transportarlo todo nos llevó la mañana entera y parte de la tarde, pues era mucho lo que se había podido salvar. Al menos en eso había sido generoso el mar. Cuando terminamos, el sol comenzaba a declinar y el capitán general, que no deseaba navegar de noche tan cerca de la costa, prefirió retrasar la salida hasta el día siguiente.

Sin embargo, fue imposible partir. El tiempo volvió a empeorar y durante una semana estuvimos expuestos a vientos muy fríos y lluvias persistentes. Los barcos se acomodaron como mejor se pudo esperando una mejoría. Todos pensábamos en unos días más, dos semanas a lo sumo; sin embargo, la parada se alargó para nuestra total desesperación.

Magallanes ordenó que se retomasen los trabajos de reparación y aprovisionamiento de las naves, pero, aunque el tiempo fue aclarando día a día después de las primeras jornadas adversas, no daba la orden de partir.

—No está mal tomar todas las precauciones para lo que tengamos que afrontar a partir de ahora —dijo Benito mientras Domingo y yo cargábamos con él unos barriles de agua dulce—, pero ¿a qué se debe esta nueva recalada? ¿No llevamos meses preparándonos para la partida?

No supe qué responder. En cambio, Domingo, quien casi nunca se atrevía a intervenir cuando tratábamos cuestiones espinosas, tomó esa vez la palabra:

—¿Estará dudando el capitán general?

Benito y yo nos miramos. ¿Estaría haciéndolo? ¿Ya no confiaba Magallanes en el éxito de su empresa? ¿Habría aceptado su derrota?

En realidad, no le faltaban motivos. Después de recorrer aquella interminable costa desde la bahía brasileña, deteniéndonos en examinar cada mínimo quiebro hasta la exasperación, no habíamos encontrado nada que indicase la existencia de un paso: ni en el río de Solís, ni en la bahía de San Julián, ni en esta de Santa Cruz, como la habíamos bautizado, en la que estábamos. Como Domingo señaló con acierto, Magallanes dudaba y, si alguna vez había tenido la seguridad de encontrar un paso, ahora se encomendaba únicamente a la suerte, opinión esta que se fue generalizando entre la marinería en el transcurso de las semanas. No había que ser muy listo para darse cuenta de lo innecesario de aquella nueva recalada. Los ánimos volvieron a crisparse.

—Definitivamente creo que el portugués está perdido —dijo una tarde Juan Griego—. Esta nueva parada no es sino la manifestación de sus dudas: teme avanzar, pero teme aún más retroceder. Sería reconocer su derrota, y eso es algo que nunca aceptaría.

—Lo peor es que en sus dudas juega con nuestras vidas —señaló Bocacio—. Todos los que íbamos en la *Santiago* estuvimos a punto de morir ahogados, sólo un milagro nos salvó. Y ahora, aquí, justo donde naufragamos, nos detiene otra vez. No lo entiendo, pero ¡si el tiempo nos acompaña! ¿Qué hacemos quietos?

—No sabemos lo que nos espera —intervine—. Es probable que si encontramos un paso debamos navegar aún durante semanas hasta llegar a algún territorio habitado. Quizá quiera asegurarse de que no nos falte de nada.

Juan se levantó de su sitio.

—¡Cuando no nos faltará nada es cuando lleguemos de nuevo a España, y eso es precisamente lo que nunca lograremos de seguir así!

Durante aquel mes, empero, mis alumnos tuvieron tiempo para seguir progresando en la lectura y yo lo tuve para continuar mi relato. Con mucho esfuerzo por su parte y por la mía, ya eran capaces de leer con cierta soltura, si bien algunas palabras aún les resultaban complejas. Yo les ayudaba pacientemente y les corregía cuando era necesario; ellos agradecían los consejos y se alegraban de sus progresos.

Por mi parte, continuaba escribiendo. Cada día tomaba notas de nuestras actividades hasta la fecha: las tormentas, los accidentes, desgraciadamente también las muertes de los miembros de la expedición, que ya se acercaban a la veintena, y con ello construía una crónica sucinta que esperaba me sirviese para no perder los datos que luego habría de utilizar en mi historia. Porque lo que realmente me gustaba era continuar con mi propio relato camuflado. El niño salía un día de paseo y se perdía tras sufrir una caída. Permanecía durante días extraviado en el monte, debiendo luchar contra todo tipo de bestias: gatos monteses, lobos, osos... Al final, gracias a su astucia e inteligencia conseguía vencer a las fieras y regresar a casa, donde todos le esperaban maravillados de su valentía. Mis lectores disfrutaron mucho con aquel pasaje y yo más; sonreía por dentro pensando en lo fácil que es ser valiente en el papel y lo difícil que resulta serlo en la realidad.

Aquel libro estaba comenzando a ser para mí una catarsis: el medio para superar las vivencias que perturbaban sin cesar mi conciencia, recordándome mis miserias y mis debilidades. Me abandonaba a la escritura como al más querido de mis placeres, más aún que la enseñanza de mis compañeros. Leía y releía cada palabra, cada frase, cada línea escrita; corregía poco, pues cada pensamiento surgía de la reflexión, sin prisa. De todos modos, con la escasez de mis medios la corrección era un lujo al que no podía aspirar.

A finales de septiembre llegaron de nuevo días de gran bonanza. El sol lució espléndido y el viento volvió a soplar del norte de forma constante. Todos esperábamos la orden del capitán general para zarpar. Una de esas mañanas, después de que la neblina matinal desapareciera, Magallanes salió de su camarote y ascendió al castillo de popa de la *Trinidad*. Llevaba bajo el brazo varias cartas de navegación y en la mano una brújula. Realizó una serie de cálculos y luego oteó durante un buen rato el cielo y el horizonte. Yo no perdía detalle de sus movimientos. ¿Daría por fin la orden de partir?

27

Septiembre fue un mes caluroso y muchas fuentes se secaron. Podía ser malo para los prados, pero para las viñas era una bendición. Con aquellos últimos rayos de sol del verano, las uvas crecieron y maduraron al tiempo que los pámpanos anunciaban, con su vestido amarillo y encarnado, la inminente llegada del otoño. A pesar de los daños que había causado la tormenta, daba gloria ver las vides esperando ser vendimiadas, como la madre espera la boca de su hijo para calmar la ansiedad de sus pechos.

La elección del día en que se llevase a cabo la vendimia era algo realmente importante y uno de los temas que se discutía en el concejo. Si la uva se recogía verde, el vino no alcanzaría la fuerza suficiente y se picaría. Si, por el contrario, se dejaba madurar en exceso, se corría el riesgo de que se pudriese antes de ser recogida. Debido a ello, lo normal era que se realizase en unos pocos días propicios y por todo el pueblo a la vez, de modo que los pájaros no se cebasen sobre los racimos no vendimiados.

A comienzos de octubre, de buena mañana, los vecinos nos dirigimos a las viñas, situadas en las tierras más agrestes, secas y de peor calidad. Por algún misterio que nunca he llegado a entender, aquellas plantas generosas daban su mejor fruto donde ninguna otra se atrevía siquiera a echar raíces. Entre las piedras, las vides escarbaban el suelo para encontrar, quién sabe dónde, la gota de agua precisa. Creo que el hombre nunca les agradecerá lo suficiente su existencia; sin ellas, el mundo sería un lugar más triste y menos habitable. Pero ¡cuánto trabajo exigían! Podarlas en enero, cavarlas y abonarlas en febrero y marzo, eliminar los parásitos en abril, espuntarlas en el verano para mejorar su asoleamiento para, por fin, recoger el fruto en el otoño.

Las mujeres y las niñas llevaban los cuchillos y las tijeras para cortar los racimos; los hombres, los cestos de mimbre para cargarlos; los muchachos, según su edad, colaboraban en una u otra tarea. Aquel año yo tendría que cortar los racimos acompañando a mi madre; mi padre y mis hermanos mayores cargarían los cestos. Nicolás debería haber ayudado también, pero la negativa de don Lope a abrir sus tierras para la derrota obligaba a mi hermano y a otros muchachos a estar todo el día cuidando del ganado en el monte.

Nada más llegar a las viñas comenzó el sagrado ritual: con la espalda encorvada y el cuchillo en la mano íbamos robando a cada vid su fruto. Era una sensación casi mágica sentir en la mano aquellos racimos gordos y hermosos, que presagiaban el vino aún por venir. Todo a nuestro alrededor era alegría. Yo reía junto a otros muchachos del pueblo; gritábamos, saltábamos y, lo que más nos gustaba, nos aplastábamos algún racimo de uva en la cara, sobre todo las de una clase especial muy tintorera a la que llamábamos garnacha. Cuando pasaba junto a nosotros alguna muchacha nos cebábamos con ella de forma inmisericorde, hasta que salía corriendo dando gritos o riendo. ¡Qué recuerdos maravillosos! Cuando el carro se llenaba, mi padre arreaba a la vaca y llevaba el fruto hasta nuestra casa haciendo sonar las muchas campanillas que en aquel día lo adornaban.

Así discurría el día entre idas y venidas de todos los vecinos, con aire de fiesta, entre risas sanas y sinceras como demostración de un sincero amor por la tierra. Algo más lejos, don Lope y su familia observaban la escena. Ellos no se rebajaban a mancharse las manos; para eso tenían jornaleros. Él sonreía pensando en el buen vino que tendría ese año y en el dinero que podría obtener vendiéndolo; a su sobrino se le iban los ojos tras las jovencitas con ropa de faena y manchadas de mosto.

Durante dos días nos dedicamos a vendimiar en mi pueblo. Luego cada cual, con la uva en casa, comenzaba la elaboración del vino en la cuba de madera. De aquello solía encargarse mi padre con la ayuda de Pedro. Con las piernas desnudas y el sayo subido hasta casi dejar al aire los genitales, se metían en la cuba para pisar los racimos y extraer el mosto.

Mientras tanto, yo me dirigí a casa de Sancho. Aunque él ya llevaba un día vendimiando con ayuda de un par de hombres del pueblo de Obargo, todavía les quedaba faena por hacer y fui muy bien recibido. Sin dejar pasar un instante me introduje entre las viñas y comencé a cortar los racimos, tan hermosos y maduros como los nuestros. Sancho me miraba con satisfacción. Creo que le gustaba ver que disfrutaba tanto con la lectura como con las labores del campo. «Al fin y al cabo —solía decirme—, no hay mayor culto que el que cultiva.»

Cuando el sol comenzaba a declinar, me llamó a su lado.

—Ya has trabajado bastante, puedes ir tranquilo a tu casa.

Entonces tuve una idea.

—¿Podría llevar unos racimos a Lucía? No creo que en su pueblo hayan comenzado aún la vendimia.

Me sonrió.

—Claro que puedes. Coge todos los que te quepan en las manos. Seguro que le encantarán.

Cogí cuatro hermosos racimos de uvas negras y salí corriendo hacia Lerones como un loco, lleno de alegría, sin apenas posar los pies por aquellas veredas bordeadas de fresnos y cerezos. Ni un muro me habría detenido en aquel instante. Ascendí una pequeña loma y tomé el camino que llevaba al pueblo de Lucía. Al poco atravesé sus estrechas callejuelas a la carrera y salí a las tierras en que se encontraban las viñas. Por los gritos pude advertir que la vendimia había comenzado también allí. Ya más cerca vi a todos los vecinos afanándose en la tarea bajo los últimos rayos de sol de la tarde. Busqué a Lucía con la mirada y tratando de distinguir su voz entre el alboroto.

Por fin la hallé. Estaba más hermosa que nunca. Llevaba una saya de manga corta que permitía ver sus brazos bien torneados y un pañuelo en la cabeza que dejaba asomar alguno de sus rizos, casi dorados bajo la luz crepuscular. A su alrededor, varios mozos de su pueblo jugaban a mancharla, y a otras muchachas también, con las uvas, como yo había hecho el día antes con mis vecinas. El mosto le corría por la cara y le bajaba por el cuello y el escote, por donde asomaba el principio de sus pechos. Nunca antes me había fijado en ellos, tan grandes y redondos. Quise correr hacia ella y abrazarla, escuchar su risa junto a mi oído, sentir cerca de mí su calor, rozar su piel. Contemplaba la escena sin moverme del sitio, con los racimos en las manos. Sentí nacer dentro de mí un profundo odio hacia aquellos muchachos que se atrevían a tocarla, que se permitían la libertad de reír junto a ella, de hacerla correr y gritar. Me sentí impotente. No quería compartirla con nadie, pero tampoco estaba en mi mano alejarla de aquellos jóvenes. Me pareció que ni ella lo deseaba ni yo podría evitarlo por la fuerza. Dejé escapar entre los dedos los racimos y tomé el camino de vuelta.

Ya no corría. Llevaba los puños apretados y la cabeza gacha. Caminaba sin fijarme dónde pisaba. Acababa de descubrir que podía tener malos sentimientos y, por mucho que trataba de alejarlos de mí, volvían insistentemente a mi cabeza. ¿Por qué tenía que divertirse Lucía con alguien que no fuera yo? En las clases apenas la había visto hablar con Juan o Nuño. Pero con aquellos otros muchachos se la veía tan feliz... No es que no quisiera que fuese feliz, pero me irritaba que lo fuese con otros y no conmigo. ¿Qué pasaba en su pueblo cuando yo no estaba? ¿Eran aquellos gritos y aquellas risas fruto de la vendimia o sucedía cada día? No encontraba respuesta, estaba totalmente ofuscado. La idea de la posesión, que nunca me había importado en demasía, se había instalado en mi corazón y me causaba dolor. Por otra parte, pensé, Lucía y yo nunca habíamos hablado en serio de nuestra relación, éramos demasiado jóvenes. Pero es que aquella tarde estaba tan hermosa...

Pasé junto al castaño que marcaba la linde entre el pueblo de Lucía y el mío y cogí el camino que descendía hacia mi casa. Me llegó el ruido de unos pasos veloces. Una mano me tocó en el hombro.

—¿Adónde vas? —me dijo Lucía sonriendo—. Te vi saliendo de mi pueblo cabizbajo. ¿No me oíste llamarte?

—No —respondí con sequedad.

—¿Por qué viniste a Lerones?

Me avergonzaba confesar el motivo.

—Por nada, sólo estaba dando un paseo.

—Eres un mentiroso, vi los racimos en el suelo. Yo creo que viniste a traérmelos.

Me fastidiaba que Lucía fuera tan lista y que siempre me pillara en mis mentiras.

—Y si fue así, ¿qué? —respondí—. Ya vi que no te hacían falta, tenías de sobra con los tuyos y los de tus amigos.

Mi tono quería ser desagradable, pero resultó lastimoso.

—Así que fue eso...

Lucía rió y puso su mano bajo mi barbilla para obligarme a levantar la cara. Yo me resistí sin mucha convicción.

—Qué tonto eres —dijo.

Pasó sus manos alrededor de mi cuello y me besó. Saboreé en sus labios el mosto fresco, el mismo olor que ascendía de su vestido húmedo, de sus pechos.

—Ya te dije un día que el que me gustabas eras tú, y en mi casa no me dejan decir mentiras.

Sonreí, derrotado.

—Tú también me gustas —le dije por primera vez—, pero es que te reías tanto con aquellos muchachos que supongo que sentí celos. Lo siento.

—No tienes por qué. A mí me encanta que estés celoso por mí.

La abracé con todas mis fuerzas. Noté su cuerpo contra el mío y acaricié los cabellos que se le escapaban bajo el pañuelo. Podría haber estado así para el resto de mi existencia.

Acabada la vendimia y con el vino fermentando en las cubas, pude volver a las lecciones. Sancho nos explicaba por aquel entonces algunas cuentas más complejas, al tiempo que perfeccionábamos la escritura y penetrábamos en los rudimentos del latín. Nos enseñaba con las *Introductiones latinae* de Elio Antonio de Nebrija.

—¿Por qué es necesario aprender latín? —preguntó un día Lucía.

Sancho se tomó su tiempo para responder.

—Es la madre de nuestra lengua —comenzó—. Antes de que se hablara en castellano se hablaba en latín y no sólo aquí sino también en otras muchas tierras. Por eso no resulta difícil entenderse con un gallego, un portugués, un catalán, un francés o un italiano. Todas esas lenguas se parecen porque proceden del mismo idioma.

—Pues aquí ya sólo lo utiliza el cura, a nadie más le hace falta —dijo Nuño ahogando un bostezo.

—En nuestra comarca, tal vez no. Pero cuando sales de ella, sí. El latín es la lengua del conocimiento, como también lo es el griego, si no más que éste. La gran mayoría de los libros de los filósofos y los eruditos del pasado está en latín, sólo desde hace poco ha comenzado a traducirse alguno que otro. Es el idioma universal que permite que un monje de Inglaterra pueda visitar un monasterio en un recóndito valle italiano y entenderse con sus hermanos. O que hombres de distintas naciones compartan su saber y sus ideas en la Universidad de París, por ejemplo. O en la de Bolonia.

»Y además —concluyó—, en latín es todo tan hermoso y tan claro, tan perfecto...

Sancho se entusiasmaba hablando de aquello. Lucía y yo, escuchándole. Los otros dos no entendían nada, ni les importaba. Yo trataba de asimilar todo lo que oía de sus labios y me hacía el propósito de aprender aquella lengua que él me presentaba como maravillosa y que yo comenzaba a intuir como tal.

Por las tardes, como de costumbre, en el cuartuco que servía de biblioteca continuaba instruyéndome con sus libros. Sentía un gran amor por las Sagradas Escrituras, solía decir que era el que contenía más sabiduría, por mucho que algunas de las historias pudieran no ser más que alegorías. Sancho tenía algunos pasajes traducidos al castellano. Yo me deleitaba con los del Libro de los Salmos del rey David. Me gustaba especialmente el del pecado original y la idea de que no hubiera en el mundo un pecador para el que no existiera un camino de redención. También me fascinaba el Evangelio de san Mateo e incluso el Apocalipsis de san Juan, aunque no entendía prácticamente nada.

Si bien la Biblia era el libro sagrado para todos los creyentes, no estaba bien visto su posesión individual, según me dijo Sancho, porque las posibles interpretaciones del texto escapaban del control de la Iglesia. La exégesis debía ser patrimonio de los religiosos; en otras manos, podía llegar a ser peligrosa. En cambio, la Iglesia favorecía el conocimiento y la edición de las vidas de santos, por su carácter ejemplarizante. Sancho tenía uno de aquellos libros, y a mí me gustaba muchísimo e incluso alguna vez me imaginé siendo yo quien recibía aquellos martirios, torturas y sufrimientos sin renegar de mi fe. Vanas ilusiones de juventud las de querer ser mártir. ¡Quiera Dios que nunca lleguemos a saber todo lo que podemos soportar!

En ocasiones, mientras acompañaba a Lucía un trecho hasta su casa, le relataba algunas de las cosas que aprendía leyendo la Biblia y otros de los libros de Sancho. Era un momento especial entre los dos. Yo tenía unas ganas irrefrenables de contarle todo, de hacerla partícipe del tesoro de la biblioteca, pero callaba.

—¿De dónde sacas esos conocimientos? —me preguntó un día intrigada—. Nunca he visto que Sancho nos enseñe nada de eso en las lecciones.

—Mientras estoy en su casa, me cuenta muchas cosas.

—Y ¿de dónde las saca él?

—¡Qué sé yo! —dije desviando la mirada—. Supongo que las aprendió de joven.

Lucía no me creyó, lo noté, pero me escabullí como pude para no revelarle más de la cuenta. Sancho me había prevenido, y yo no quería fallarle.

Un día, a las pocas semanas de haber realizado la vendimia, mi padre me llamó. Dejé la azada con la que estaba limpiando las bardas bajo un nogal y acudí junto a él.

—Decidme, padre.

—La vendimia está hecha, y la recolección de las nueces, las bellotas y las castañas está cercana. Cuando la acabemos, podrás ir a San Vicente con tus tíos. Escribirás a Pedro el aviso que te dicte, y lo enviaremos con algún carretero para informarles. Estarás allí hasta la Pascua.

—Gracias, padre.

Aquello que tanto llevaba esperando estaba muy cerca. Por fin se me abría el camino para una vida mejor en la que, como Sancho decía, podría escapar de la miseria de nuestro pueblo y alcanzar otras metas, quizá incluso un oficio en algún concejo. Pero por el momento era mejor no hacerse ilusiones. Al fin y al cabo apenas sabía nada de lo que me esperaría al llegar a San Vicente, y quizá mis expectativas fueran demasiado altas.

Durante los días siguientes, Sancho me preparó para lo que iba a encontrar en la villa. Aunque ya había estado con mis padres cuando fuimos a llevar a Isabel al convento de Santa Clara, no habían sido más que un par de días y, por tanto, no había visto siquiera una mínima parte. Me explicó el modo en que se organizaban el concejo urbano, más amplio y diverso que el nuestro, y el mercado, así como las buenas maneras que debían seguirse; todo lo necesario, en fin, para integrarme cuanto antes en aquella nueva vida.

Sancho luego me dio dos direcciones: la de un amigo suyo, escribano, y la de un religioso del monasterio de San Luis. Para cada uno de ellos me entregó unas obras que sacó de la biblioteca. Al primero le enviaba un libro de caballerías muy antiguo llamado *Libro del caballero Zifar* y un poema que narraba las historias de un tal Apolonio, príncipe de Tiro, quien, después de triunfar en el concurso de enigmas convocado por el rey Antioco para ofrecer la mano de su hija, ha de escapar a su persecución. Al religioso, por su parte, le enviaba el tratado *Evangelios moralizados* de Juan López de Salamanca y otro llamado *Speculum Ecclesiae*. Me previno de que escondiese estos últimos en lo más profundo de mi zurrón y que no los sacase hasta el momento de entregarlos en San Vicente.

En casa mi madre no dejó de recordarme durante aquella última semana en el pueblo que me portase bien, que rezase mucho y que fuese obediente con mis tíos. Yo decía que sí a todo porque pensaba hacerlo y porque no quería darle ningún disgusto. Su salud seguía siendo una incógnita, y ése era uno de los motivos por los que más pena me causaba irme. El otro era Lucía.

El día antes de mi partida, después de la lección, la acompañé a su casa. Me dijo que se alegraba por mí y que esperaba que aprendiese mucho. Sus palabras eran sinceras, pero yo sabía que por dentro sentía un gran dolor. El mismo que yo.

—Van a ser sólo unos meses, Lucía. Luego regresaré y estaremos de nuevo juntos.

—Ya lo sé, de veras, y no me importa que vayas. Lo que temo es que esto no sea más que la primera despedida. Vendrán otras y al final llegará la definitiva. Te irás a buscar un futuro mejor y yo me quedaré aquí, en el pueblo. Es posible que no pueda seguir estudiando. Mi padre ha dicho que ya sé bastante y que el año que viene quizá deje de asistir a las clases de Sancho. —Hizo una pausa y de repente dijo—: En San Vicente te vas a encontrar a otras personas, gente más interesante que yo.

La cogí por los brazos.

—Nadie me interesa más que tú, Lucía. Pensaré en ti cada día, y regresaré contigo las veces que haga falta. Te prometo que nunca me alejaré de ti.

Me sonrió y se abrazó a mi pecho. Yo estaba asustado, pues de nuevo, a pesar de mis pasados fracasos, volvía a prometer algo que no sabía si podría cumplir. Acababa de crear un lazo, una atadura deseada pero no por ello menos pesada. ¿Qué haría si el destino me ponía en la tesitura de escoger entre mi amor y mi futuro? En aquel momento no podía saberlo. La estreché entre mis brazos anhelando que no fuera la última vez, que siempre hubiera un reencuentro, por muchas vueltas que la vida nos obligase a dar.

—¿Me esperarás? —le pregunté.

—Lo haré.

28

Para nuestra total consternación, Magallanes no dio la orden de partir de la bahía de Santa Cruz. Después de mirar el cielo y realizar sus cálculos, se encerró de nuevo en el camarote.

Días después, Bocacio se acercó mientras Esteban y yo tronzábamos unos árboles para hacer leña.

—Escuchad —dijo a media voz—, Guillén, uno de los grumetes de la *Concepción*, me ha dicho que se oyen de nuevo muchas voces en contra de Magallanes. Al parecer —dijo en un tono aún más bajo—, se habla hasta de una nueva revuelta.

—¿Qué dices, Bocacio? —exclamó Esteban, e inmediatamente continuó en susurros—: ¿Quién estaría tan loco para volver a levantarse contra el capitán general?

—Pues locos no sé —replicó Bocacio—, pero desesperados hay muchos. Yo sólo os explico lo que me han contado.

No eran más que rumores, palabras al oído, pero en aquel momento y en aquellas condiciones los rumores eran lo más cercano a la realidad. Se decía que Magallanes estaba loco, perturbado, que había perdido el rumbo, que nos conducía a la muerte, que lo único que perseguía era salvar su honor, que entregaría los barcos al rey de Portugal en cuanto tuviera ocasión. Yo también tenía mis dudas y deseaba, como todos, ver algo de luz, pero lo que tenía claro era que no pensaba participar en ninguna otra rebelión. Había sido un traidor en una ocasión y no quería volver a serlo. Si para todo pecador hay un camino de redención, yo debía encontrar el mío en la obediencia y la lealtad. Cuando me cruzaba en el barco con el alguacil Diego Peralta, reconocía en su mirada el ansia de venganza, el odio. Le veía mascar su rabia a escondidas y me decía que por nada iba a ser como él. Si de nuevo había una revuelta, que nadie contase conmigo para secundarla.

Una de aquellas jornadas, ni más fría ni más cálida que las anteriores, el capitán general ascendió a la cubierta de la *Trinidad*, como tenía costumbre de hacer cada mañana, cada tarde y cada noche. Acompañado de sus cartas, su brújula y sus otros muchos instrumentos, supongo que trataba de encontrar una respuesta en el sol, en el mar, en los vientos o en las estrellas. Y por fin la halló.

Tras casi dos meses de recalada en la bahía de Santa Cruz, y cuando ya casi nadie confiaba en salir alguna vez de allí, el portugués dio la orden que todos esperábamos: al día siguiente retomaríamos la navegación. Aquella misma noche, según mucho tiempo después pude saber, Magallanes mantuvo una reunión con los capitanes, en la cual les comunicó su decisión de continuar, si fuera necesario, hasta el paralelo 75. Si una vez alcanzado éste no se había encontrado paso alguno al mar del Sur, la flota tomaría dirección a levante para alcanzar las Molucas por la ruta portuguesa, esto es, bordeando el cabo de Buena Esperanza, en la punta meridional de África, contraviniendo así las instrucciones del propio rey y poniendo en aprietos el acuerdo que España y Portugal tenían sobre el reparto de los mares y las rutas de navegación.

En ese momento quedó una cosa clara a los capitanes: Magallanes se encontraba, como todos sospechábamos, perdido. Si en algún momento había tenido confianza en ciertas cartas náuticas que decía haber visto, ahora era evidente que buscaba un paso a ciegas. Sólo la casualidad podía salvarnos.

Después de escuchar solemnemente la misa de la mañana, el 18 de octubre de 1520 la flota izó de nuevo las velas. Por una ironía del destino, la brisa favorable que había soplado durante todas aquellas jornadas en tierra se transformó en un desagradable viento de cara una vez que nos hicimos a la mar. Navegando de bolina conseguimos avanzar algunas leguas, pero a costa de un gran esfuerzo. Los dos días siguientes transcurrieron de manera similar, con viento desfavorable y una molesta lluvia. El panorama era desolador: todos esperábamos encontrar más al sur algún indicio que nos hiciera soñar con algo distinto a lo tantas veces visto, pero no fue así. La costa se volvía cada vez más triste y pelada. Nada más que rocas y arena, rocas y arena. Y, detrás, extensas planicies arrasadas por los hielos, sin árboles, sin apenas vegetación. Por la noche no teníamos ánimos para cenar, charlar o cantar; yo tampoco los tenía para escribir. Definitivamente, pensaba, aquella tierra no tenía fin.

El cuarto día después de nuestra partida de Santa Cruz el marinero que se encontraba en el mástil de la *Trinidad* avisó a voz en grito:

—¡Cabo a la vista!

La mañana era clara, y enseguida comprobamos que, en efecto, muy cerca de nosotros la costa daba un profundo quiebro que culminaba en un prominente cabo de rocas blancas, refulgentes bajo la luz matinal. Lo bordeamos y penetramos en una bahía que, desde el primer momento, nos dio muy mala espina. Las aguas eran de un color sucio, casi ocre; el paisaje en derredor, árido, desierto, más inhóspito que todos los inhóspitos lugares en los que antes habíamos estado. ¿Cómo podía haber creado Dios un lugar tan terrible? Mientras el viento azotaba las velas, contemplábamos con miedo aquel paraje.

Magallanes, desde la cubierta de la *Trinidad*, lo examinó con detenimiento. Estaba claro que aquello no conducía a ninguna parte, resultaba evidente para todos. Las colinas que veíamos al fondo debían de cerrar aquella bahía como antes habíamos comprobado en otras ensenadas mucho más accesibles. Por otro lado, tras dos meses de recalada en Santa Cruz, no podíamos perder más días inspeccionando cada entrante de la costa, máxime si resultaba tan poco prometedor como aquél.

Todos esperábamos la orden del capitán general para partir de nuevo, para seguir hacia el sur. Me pareció que el tiempo se detenía. Entonces vi que se arriaban las velas de la *Trinidad* y comprendí que la bahía iba a ser, al igual que las anteriores, explorada.

Tras reunirse con los capitanes, Magallanes dividió la flota en dos. La *San Antonio* y la *Concepción* inspeccionarían el interior de la bahía cuanto pudieran, con un plazo máximo de cinco días para la vuelta. Ya no se podían malgastar varias semanas, como habíamos hecho en el río de Solís. Mientras, la nao capitana y la *Victoria* se quedarían explorando el exterior de la bahía.

¿Qué podíamos hacer? Nadie ignoraba que era una empresa inútil, un desatino como todos los anteriores, un sinsentido. A pesar de ello, el capitán general lo ordenaba.

La tarde discurrió tranquila. Varios marineros bajaron a tierra en una de las falúas. El piloto Juan Carvallo ascendió a una colina en lo alto del cabo para otear el horizonte, sin hacerse una idea muy clara del contorno de la bahía. Por la festividad del día, 21 de octubre, día de Santa Úrsula, bautizamos aquel resalte de la costa como cabo de las Once Mil Vírgenes. Por la noche eran muchos los miedos, pero también mucha la curiosidad.

—¿De dónde viene ese nombre? —preguntó Bocacio.

—De unas mártires cristianas que fueron asesinadas hace siglos —respondí.

—Entonces la historia es falsa —exclamó Nicolás—. No creo que nunca haya habido once mil vírgenes juntas.

Reímos la ocurrencia. Tras tantos meses sin ver ninguna mujer, salvo las de los gigantes patagones, cualquier picardía nos hacía sonreír.

—No sé si será verdad o no, pero la historia es interesante —dije.

Todos se dispusieron a escuchar.

—Úrsula, que era hija de un rey cristiano de la isla de Britania, fue pedida en matrimonio por el hijo de un gran rey pagano. Pero la joven no deseaba casarse, sino mantenerse virgen, y por eso suplicó a su padre que demorase el matrimonio al menos durante tres años. Él accedió al plazo pedido y a otra solicitud que la muchacha le hizo: ser acompañada durante ese período por diez jovencitas de noble cuna. No quedó ahí la cosa, pues tanto Úrsula como las otras diez doncellas fueron acompañadas, cada una, por mil vírgenes. Aquel singular grupo embarcó en once naves y recorrió los mares durante tres años. Cuando el plazo concluyó, y el prometido de Úrsula esperaba para reclamar a su amada, una ráfaga de viento alejó los barcos de las costas británicas. Remontando las aguas del Rin, llegaron a Colonia y, posteriormente, a Basilea, ya al pie de los Alpes. Tras una breve estancia en Roma, las muchachas regresaron a pie hasta Colonia, donde fueron asesinadas por los hunos, dado que éstos odiaban profundamente la fe cristiana.

Todos me miraban con semblante estupefacto.

—Pero si tanto Úrsula como las diez doncellas se acompañaron cada una por otras mil vírgenes, ¿no eran en total once mil once? —preguntó Bocacio.

—Bueno, supongo que sí —dije—, pero la historia no lo especifica, y no me parece que tenga tanta importancia.

—Yo no me lo creo —intervino Benito Genovés—. Es imposible que once mil mujeres quepan en once barcos. ¡Y mucho menos que se aguanten las unas a las otras durante tres años!

Las carcajadas rompieron el silencio de aquella noche aciaga en aquel lugar tan triste. Con el ánimo reconfortado por la risa, nos dormimos esperando un venturoso amanecer.

Por la mañana, la *Concepción* y la *San Antonio* dieron a la vela y levaron anclas. El viento las arrastró al interior de la bahía, hacia una suerte de canal que no presagiaba nada bueno. Los tripulantes de los otros dos barcos nos quedamos explorando el exterior de la bahía, lo cual no nos llevó demasiado tiempo, pues enseguida avistamos nuevas tierras al sur. No sabíamos si aquello sería un estrecho u otra bahía, pero lo que estaba claro es que no suponía el final del continente.

Por la tarde, una vez finalizada la inspección, echamos las anclas y arriamos las velas. El sol comenzó a declinar. La luna surgió en el horizonte. El aire cambió; de la templada brisa que habíamos disfrutado por la mañana, pasamos en un instante a un viento fresco y racheado. Al poco se había convertido en un vendaval. Las aguas de la bahía, que hasta el momento habían permanecido quietas por completo, comenzaron a agitarse violentamente, zarandeando las naos y levantando enormes olas festoneadas de espuma. Nos costaba incluso mantenernos de pie en la cubierta.

Pero lo peor vino justo después. Tras una ráfaga de especial virulencia, el cabo del áncora se partió y el barco quedó a la deriva. Vi que la nao capitana se encontraba en tan difícil situación como la nuestra, vagando sin control por la bahía. Asistimos aterrados a aquella tormenta, sin poder hacer nada salvo rezar con todo el fervor para no ser arrojados de forma impía contra los escollos de la costa. Creí que aquél era nuestro fin, que nos había llegado definitivamente el momento de morir.

No fue así. Poco antes del amanecer el vendaval remitió y la tormenta se alejó, dejando las aguas de nuevo en reposo. Dimos gracias a Dios por haber atendido a nuestros ruegos, por habernos salvado una vez más. Mas, al instante, recordamos a los compañeros de las otras dos naves.

—¿Qué habrá sido de ellos? —preguntó Esteban.

—Me temo lo peor —respondí con un nudo en la garganta.

Nosotros, gracias a haber recalado en el centro de la bahía, nos habíamos salvado de chocar contra la costa, pero ¿ellos? El día antes los habíamos visto adentrarse en un canal apenas practicable. Era imposible que hubiesen conseguido sobrevivir a la furiosa tormenta sin encallar o sin haber destrozado las naves contra las rocas. Para ellos no habrían servido ni los ruegos ni las plegarias.

El capitán general ascendió a cubierta con el rostro desencajado. Creo que pensaba lo mismo que todos: ni siquiera un milagro podría haber evitado el desastre. Vi en sus ojos un sueño hecho pedazos, una ilusión perdida, una vida malgastada. Era la viva imagen de la derrota, del fracaso.

Durante días esperamos el regreso: una jornada, dos, tres, cuatro... El plazo para que las dos naves regresaran se consumía sin noticia alguna de ellas. Sin cesar oteábamos el horizonte tratando de ver las velas, de oír un grito en la lejanía, algo. Pero el silencio era toda la respuesta. Sin aquellos dos barcos todo estaba perdido; era probable que ni siquiera fuéramos capaces de regresar a España. Y nuestros pobres compañeros, ¡ellos ni siquiera tendrían oportunidad de intentar el regreso a su tierra, a su hogar!

El quinto día el aire estaba especialmente diáfano y los vigías en cada uno de los palos mayores oteaban sin descanso. Entonces, un grito en lo alto del palo mayor de la *Trinidad* nos encogió el alma, como si de un zarpazo se hubiese tratado:

—¡Humo, humo! —gritó el grumete Basco Gómez.

—¿Qué ocurre? ¿De dónde viene ese humo? —dijo Nicolás cogiéndome del brazo.

Esteban nos dio la respuesta.

—No presagia nada bueno. Creo que las naves han debido de naufragar y nos lanzan señales para que les rescatemos.

Juan Griego dejó salir toda la rabia contenida.

—¿Todavía dudabais de la inutilidad del capitán? ¡Ahí tenéis el resultado!

Estábamos desolados. ¿Cuántos se habrían salvado? ¿Los de un solo barco? ¿Apenas un puñado de hombres?

Magallanes no perdió tiempo y ordenó bajar los botes de ambas naves para socorrer de inmediato a los náufragos. Su vida dependía de nuestra reacción, probablemente estuvieran empapados, ateridos, sedientos o al borde de la inanición, pues ¿qué había en aquella tierra arrasada para procurarse el más mínimo sustento?

Casi quemándonos las manos con los cabos descendimos los botes al agua. Cuatro marineros en cada uno de ellos iban a partir de inmediato a rescatar a nuestros compañeros cuando de pronto algo nos sorprendió. ¿Un cañonazo? ¡Sí, en efecto, pero no sólo uno, sino dos, tres! Y aquello que se veía surgir tras los escollos del intrincado desfiladero ¿no era, acaso, una vela? ¡Sí, al menos una de las naos se había salvado de la tormenta! Todos comenzamos a saltar y a gritar alborozados cuando una nueva visión nos estremeció: ¡no era sólo una nao, sino las dos las que regresaban! El aire volvió a iluminarse con los fogonazos y a temblar con los truenos que surgían del vientre de los dos barcos. Pero ¿por qué lo hacían? ¿Por qué tantas salvas?

—¡Están vivos! —gritaba Martín.

Las naves se aproximaron poco a poco hacia nosotros sin que fuéramos capaces de oír nada más que los cañonazos y nuestros propios gritos de júbilo. Pero cuando estuvieron más cerca, pudimos ver que nos gritaban, que querían comunicarnos algo. No importaba lo que nos decían; todos sabíamos que aquello era la señal de una buena nueva. ¡Por fin la suerte nos sonreía!

Llegados a nuestro lado, los capitanes de la *Concepción* y la *San Antonio* bajaron a uno de los botes y ascendieron a la nao capitana. Magallanes los recibió en la cubierta y les estrechó la mano. ¡La mano, tras más de un año de rencor y de soberbia! Inmediatamente les acompañó al interior para escuchar su relato. Por la noche, ya había corrido por toda la flota.

Tras haberse introducido en aquel canal, cual Jonás en el vientre de la ballena, los dos barcos se habían visto sorprendidos por la inclemente tormenta. Con las velas rizadas y sin control alguno sobre las naves, fueron arrastrados a merced del viento, ora hacia un lado, ora hacia el otro, con los escollos y los acantilados amenazando a cada envite sus endebles cascos. El choque contra la costa era inevitable. Pero, entonces, el miserable canal en el que se encontraban se abrió de forma milagrosa a una nueva bahía: ¡estaban salvados! Todavía con el miedo en el cuerpo pasaron allí el resto de la noche rezando por que rayara el alba y por el fin de la tormenta. Con las primeras luces de la mañana la lluvia cesó y el viento amainó. Comprobaron que, efectivamente, se encontraban en una bahía, pero advirtieron con sorpresa que, lejos de ser cerrada, se adivinaba un nuevo canal. Lo recorrieron y confirmaron que desembocaba en otra ensenada de aguas tranquilas y oscurísimas, casi negras; tenían, sin duda, una gran profundidad.

Inmediatamente descolgaron un cubo y lo izaron lleno. Para su regocijo, el líquido elemento era salado, tanto como el del mar. Observaron con detenimiento las aguas: no se apreciaba corriente alguna, ni sedimentos que presagiaran la presencia de alguna desembocadura cercana. No, aquello no era una ría; tenía que ser el paso tan esquivo como ansiado. Con el ánimo henchido de gozo emprendieron el camino de regreso para anunciar el hallazgo al capitán general.

Tras siete meses de invernada en aquel remoto lugar del mundo, tan frío e inhóspito como trágico y cruel, por fin el destino nos recompensaba, por fin recibíamos una buena noticia después de tantos pesares y sinsabores. En mi corazón guardo como uno de mis más preciados tesoros aquel momento glorioso, aquel día imborrable. Sobre la cubierta de la *Victoria*, aterido, cansado y con el estómago vacío, lloré como un niño.

29

Con el ánimo encogido, pero al tiempo cargado de ilusiones, salí de mi casa bien temprano con una vara de avellano y un morral en el que guardaba una muda, un buen trozo de queso, algo de pan y embutido, y los libros que Sancho me encomendó para que llevase a sus amigos de San Vicente de la Barquera. Mientras me alejaba camino a Potes, a mi espalda cantaba el gallo, recordándome que, aunque yo me fuera, todo en el pueblo seguiría igual: el sol saldría y se pondría cada día, las hojas caerían como cada otoño y la nieve regresaría como cada invierno.

Mediaba el mes de octubre y las noches ya habían empezado a refrescar. Noté en mi rostro el frío del alba; era una sensación que amaba, que, de hecho, aún amo. En ciertas ocasiones, cuando la lluvia no lo impide y si las fuerzas me acompañan, me gusta salir a mi huerto cuando todavía no ha amanecido y asistir, como si de una obra de teatro se tratase, al mayor espectáculo que la naturaleza puede regalarnos: la salida del sol, el despertar de la vida.

Pasé cerca de Potes sin detenerme. Dado que iba solo, quería realizar todo el viaje en el día para no tener que hacer noche en el camino, y tomé rápidamente la dirección al collado de Taruey, las mismas sendas que algo más de un año antes había recorrido junto a mis padres y mi hermana Isabel. Caminé, salté arroyos, vadeé un pequeño río y, en dos ocasiones, hube de salir huyendo de los mastines que protegían las ovejas en el monte. Al mediodía me detuve para almorzar junto a una fuente, en la que bebí y refresqué mis pies cansados. Saqué el pan, el queso y los embutidos y devoré todo con verdadera ansia, con la fruición que sólo una caminata es capaz de producir. Ya con el estómago lleno, guardé en la bolsa las sobras. Mi mano rozó uno de los libros. Recordé que Sancho me previno contra sacarlos del zurrón para no perderlos, pero las ganas de leer fueron más fuertes que yo. Extraje *El caballero Zifar*, en la edición impresa pocos años antes en Sevilla que tan bien conocía. Lo abrí por un capítulo que me era especialmente querido y leí hasta que el sueño me venció.

Me desperté sobresaltado. ¿Cuánto tiempo había pasado? Miré el sol y lo vi demasiado bajo. Me levanté a toda prisa, cogí el zurrón y la vara de avellano y eché a correr ladera abajo. Tenía que recuperar el tiempo perdido si quería llegar a San Vicente con la luz del día.

En muchos tramos el camino se convertía en una senda muy mal marcada y me costaba seguirlo; sólo recordando el anterior viaje evité extraviarme en varios lugares. Pero, a pesar de apretar el paso, las horas de la siesta fueron irrecuperables. Era evidente que no podría hacer noche en San Vicente.

Pasé por el pueblo en que dormí con mis padres e Isabel y seguí descendiendo por el valle a la carrera, despertando la risa de los labradores. Cuando el sol estaba cercano a esconderse tras una alta loma, divisé a lo lejos unas casas. Hice el último esfuerzo para llegar antes de que la oscuridad se adueñase de todo. No estaba ya muy lejos de San Vicente, pero era preferible pasar allí la noche y retomar al día siguiente el camino. Entré en la aldea sin atreverme a levantar mucho la cabeza. Me avergonzaba preguntar por un sitio donde dormir. Finalmente, vi una casa humilde y una mujer sentada a su puerta, pelando castañas.

—Buenas noches tengáis, señora. Vengo de la villa de Potes y me dirijo a San Vicente, pero se me ha hecho tarde. ¿Sería posible que durmiera en algún pajar o en un establo? Con que tenga techo me vale, como si es un bargareto.

—¿Un qué? ¿De dónde dices que eres?

—De Potes... Bueno, del valle de Valdeprado. En fin, de un pueblo cuyo nombre no creo que conozcáis.

—De eso puedes estar seguro, muchacho. No he salido de esta aldea en mi vida.

Miré a la señora sin saber qué decir. Ella guardaba silencio. Me daba apuro repetir la pregunta, pero aquella situación comenzaba a ser algo incómoda.

—¡Rodrigo! —gritó la mujer de repente—. Este muchacho dice que es de no sé qué valle y pregunta si podría dormir a techo esta noche.

De la casa surgió un hombre muy fornido con la piel oscura y arrugada. Me miró de arriba abajo.

—¿De dónde eres, chico?

—De un pueblo de Valdeprado, ¿sabéis? Cerca de Potes…

—¿De las montañas?

—Sí, señor.

—Pues haber empezado por ahí.

Supuse que él tampoco había salido nunca de su aldea.

—Puedes quedarte, muchacho. Nos darás conversación esta noche. No hace falta que duermas en el pajar, puedes hacerlo con nosotros.

—No es necesario, señor; cualquier lugar será bueno, de veras.

—¿Tienes hambre? Sí, se te ve en la cara. Teresa, pon algo de comer, que ya va siendo hora.

Sin darme opción a responder, Rodrigo me hizo entrar en su casa, más pequeña que la mía. En la lumbre había una olla con un caldo de verduras cuyo aroma me resultaba familiar. Junto al hogar, una jovencita estaba sentada en un banco de madera desvencijado. Tenía el pelo negro y liso y unos bonitos ojos castaños. Me miró y sonrió.

—Susana —dijo el hombre—, quita de ahí y deja sitio al muchacho.

Con cierto sonrojo me senté. Mientras Rodrigo y Teresa sacaban unos cuencos, algo de pan y unas tiras de tocino, yo me calentaba junto al fuego. La hija no dejaba de mirarme. Me sentía incómodo, pero no quería ser desagradable; habían sido muy amables conmigo. Por fin, Susana me habló.

—¿De dónde eres?

Pensé que aquella noche tendría que repetirlo todo tres veces.

—Es de las montañas, y no preguntes —respondió por mí el padre.

Ella siguió mirándome sin hacer más preguntas. Cenamos el potaje de verduras alrededor de una tosca mesa de roble, contestando yo a cuanto me planteaban Rodrigo y Teresa. Cuando Susana intervenía, su padre le decía:

—Cállate, niña, que quiero hablar.

Lo hacían como si no lo hubieran hecho nunca, sin dejarme apenas responder. Por otro lado, era mejor así.

Después de un largo rato, llegó el ansiado momento de descansar pues, no en vano, me encontraba desfallecido tras la caminata del día. La casa era de una sola planta y, además de la estancia principal, contaba con dos habitaciones separadas por un entramado de varas de avellano. En una de ellas dormía el matrimonio; en la otra, la muchacha.

—Tú te echarás aquí, junto a la lumbre —me dijo Rodrigo.

Dispuso unas mantas en el suelo y sobre ellas me acurruqué, feliz con mi improvisado colchón. La mujer apagó el candil y nos dispusimos a dormir.

Una mano zarandeándome me despertó.

—¿Estás despierto? —me susurró Susana.

—Ahora sí.

Levantó la manta con la que me tapaba y se metió debajo, abrazándose contra mi espalda.

—¿Qué haces? —pregunté en voz baja—. ¿Estás loca? ¡Si tus padres se despiertan me matan!

—No van a despertarse. Nunca lo hacen —respondió en el mismo tono—. ¿Hay alguna muchacha que te guste en tu pueblo?

—¿Y a ti qué te importa? Vuelve a tu cama y déjame dormir.

—Seguro que sí la hay.

No sabía cómo hacer para desembarazarme de ella sin despertar a sus padres. Estaba claro que si nos encontraban juntos bajo las mantas el que iba a salir perdiendo sería yo.

—Está bien —dije—. Hay una chica que me gusta. ¿Estás contenta? ¡Y ahora sal!

—Seguro que yo te gustaría más si me conocieras. Ya me he besado con algún chico del pueblo, y dicen que no lo hago mal.

Aquello era demasiado.

—Me importa muy poco cómo beses, Susana. Vete de mi cama, o seré yo el que coja la puerta de inmediato.

—Está bien, está bien. No te pongas así.

Levantando la manta se despegó de mi espalda. Ya me veía muerto por su padre por haberme aprovechado de su hospitalidad y de su hija. También me sentía aliviado por haber sido capaz de resistir los indiscutibles encantos de la muchacha, más en una situación tan comprometida. Sentí que, por una vez, sería capaz de cumplir una promesa.

Con las primeras luces del día, muy poco antes de que lo hicieran mis anfitriones, me desperté. Desayunamos ligeramente junto a la lumbre y luego partí tras despedirme de aquella amable familia. Cuando ya las casas del pueblo quedaban atrás y me internaba en unos campos de cereal y frutales, oí unos pasos detrás de mí. Me di la vuelta para comprobar que se trataba de Susana, que venía corriendo. Se acercó y, poniéndose de puntillas, me besó en los labios. Acto seguido salió al trote en dirección a su aldea. Me quedé quieto disfrutando de la agradable sensación. Me había gustado. Después de todo, pensé, un solo beso no podía considerarse un engaño.

Tras tres horas de caminata, por fin divisé frente a mí el contorno de San Vicente. Al fondo pude ver el mar, encrespado y oscuro. Encaramada sobre su alto promontorio, la villa parecía un barco con el castillo en la proa y la iglesia en la popa, navegando sobre las aguas. Por las puertas de la muralla salían y entraban continuamente personas, bestias y carros cargados con mercancías de todas las clases. Atravesando el arrabal de las Tenerías, al pie del recinto amurallado, llegué hasta la puerta de la Barrera, protegida por un hombre armado. Como cuando fui con mi familia, le comuniqué que iba a donde Pedro el herrero y me dejó pasar.

Ya en la calle del Corro, en lo más alto de la población, caminé hasta llegar a la casa de mi tío. Me detuve un instante y cogí aire. A continuación, toqué con fuerza la aldaba.

Oí descorrer el cerrojo de hierro. La puerta se abrió y apareció mi tía Elvira. Estaba tan seca y enjuta como en mi anterior visita. Traía la cabeza atada con un pañuelo de algodón que hacía aún más duras sus facciones angulosas.

—Ya has llegado.

La afirmación era tan evidente que dejaba poco que decir.

—Así es, tía.

Me acerqué y la besé en su fría mejilla.

—Pasa, tendrás hambre.

Entré en el que iba a ser mi hogar durante los próximos meses. A diferencia de nuestra mísera casa del pueblo, la de mis tíos era espaciosa y bien construida. Las vigas eran de buen roble y las paredes de piedra escuadrada. Anexo al piso bajo estaba la antigua fragua de mi tío Pedro. Siempre había trabajado el hierro allí, pero aquel mismo año el concejo de San Vicente había decidido acabar con las actividades molestas y peligrosas dentro de los muros y le había obligado a él, como a los otros artesanos, fueran tundidores, pellejeros, adobadores o zapateros, a trasladar sus talleres fuera, donde no se causasen molestias a los vecinos. En aquel momento mi tío estaba terminando el montaje de la fragua en un terreno sobre la ría, sin casas en los alrededores y, por tanto, sin peligro de causar incendios.

Mi tía Elvira me acompañó al piso superior. Había tres habitaciones: una en la que dormían ellos; otra en la que guardaban sus pertenencias, y una tercera, diminuta, con una cama de madera y un arcón.

—Éste será tu cuarto.

Lo miré con admiración. Acostumbrado a compartir mi lugar de descanso con mis hermanos y mis padres, me parecía increíble contar con una habitación y una cama para mí solo.

—Tu tío vendrá enseguida. Puedes dejar tus cosas en el arcón y bajar luego a comer algo.

Aunque no tenía apenas nada que guardar, esperé a que mi tía saliera y me quedé solo. Era una sensación realmente extraña la de estar en aquel hogar con dos personas a las que apenas conocía. Aun así me gustaba: me hacía sentir mayor, me veía liberado de la omnipresente tutela de mis padres. Me tumbé en la cama y me estiré todo lo que pude. A diferencia de la de casa, ni mis pies ni mi cabeza tocaban con las maderas. Sonreí y de un salto me puse en pie. Sí, aquél iba a ser un buen sitio en el que vivir los próximos meses.

Rebusqué en el zurrón, y saqué la camisa y los calzones que mi madre había mandado que llevara conmigo, así como también la comida que me había sobrado. Volví a meter la mano para sacar los libros cuya entrega Sancho me había confiado: saqué los *Evangelios moralizados*, el *Speculum Ecclesiae*, el *Apolonio*, pero ¿dónde estaba *El caballero Zifar*? Un sudor frío me recorrió el cuerpo: ¡lo había olvidado en el monte cuando eché la siesta!

Me quedé paralizado, sin saber qué hacer. A esas alturas resultaba inútil tratar de volver por él, pues era una ruta tan transitada que cualquiera lo podría haber hallado. Maldije mi suerte y mi estupidez. Luego comencé a pensar en una buena excusa para mi lamentable falta.

30

Tras la vuelta de la *San Antonio* y la *Concepción* con sus magníficas noticias, la flota reanudó la navegación por el estrecho recién descubierto. Todos teníamos el ánimo henchido, a pesar de seguir aún en el rincón más apartado del mundo. Las colinas y los montes que habíamos divisado al doblar el cabo de las Once Mil Vírgenes no eran nada en comparación con lo que encontramos a partir de entonces. Aquellos picos agrestes y puntiagudos como agujas eran altísimos, mucho mayores que las Peñas de Europa de mi tierra o que el gigantesco Teide de Tenerife. Surgían de la tierra como las garras de un oso: enhiestos, desafiantes. Sus cumbres inalcanzables estaban cubiertas por gruesas capas de hielo allí donde podían sostenerse, ya que era tal su verticalidad que en muchos puntos asomaba la roca desnuda. Entre aquellas imponentes cumbres se abrían camino las aguas del estrecho. Tenían el color más oscuro que jamás hubiéramos visto, de un azul intensísimo, plomizo, casi negro en algunos lugares. Sólo mirarlas producía en el alma una profunda inquietud y una infinita sensación de vacío.

Al poco divisamos desde la cubierta unas extrañas construcciones en tierra. Hacía ya meses que no habíamos visto ni rastro de seres humanos y aquello nos consoló en cierta medida. Sin demora, Magallanes ordenó descender el bote de la *Trinidad* para inspeccionar el lugar en busca de sus posibles habitantes. Nuestro anhelo no encontró la respuesta esperada, pues al volver al barco los marineros informaron de que se trataba únicamente de un cementerio con más de doscientas sepulturas y, junto a él, la enorme osamenta de una ballena. Aunque resultaba evidente que para que hubiera muertos también debía de haber vivos, la presencia de aquel osario no hizo sino aumentar nuestras dudas y nuestros temores.

Pero como no hay pena que no tenga su consuelo, por la noche se produjo un fenómeno que nos devolvió el ánimo y la esperanza. Sobre las colinas que bordeaban por el sur nuestro paso por aquel estrecho, se encendieron entonces, y luego a cada anochecer, minúsculas hogueras que rompían la opresiva oscuridad de aquellas latitudes. La llamamos, por ello, Tierra del Fuego. ¿Cuál era su origen? No podíamos saberlo. Por el día no encontrábamos ninguna huella de presencia humana: ni individuos, ni poblados, ni siquiera caza de la que pudieran alimentarse. Pero por la noche aquellas luces nos informaban de que alguien vivía allí, alguien que nos observaba en silencio sin atreverse a delatar su presencia.

La navegación en aquellas aguas, a pesar de las descripciones dadas por los capitanes de la *San Antonio* y la *Concepción*, resultaba lenta en extremo, no sólo por la estrechez del paso, sino también por la infinidad de entrantes, playas, ensenadas, bajíos y bifurcaciones que encontrábamos. Como siempre, Magallanes no quería dejar nada a la improvisación. Reconfortado por las buenas noticias recibidas, deseaba asegurar cada legua recorrida con la certeza de hallarse en el camino correcto. Por ello, inspeccionábamos cada mínimo vericueto que se apartaba del canal principal para descartar que pudiera ser el paso deseado al mar del Sur. En ello perdíamos mucho tiempo, pero eliminábamos la posibilidad de cometer un error que en tales circunstancias habría resultado fatal.

A finales de octubre, empero, llegamos a un punto del estrecho en que la navegación se abría, en una amplísima bahía, a dos rutas opuestas. Una se dirigía hacia el sudeste por un amplio entrante de mar; la otra, hacia el sudoeste, por un canal algo más angosto pero, en apariencia, con más posibilidades de ser el que desembocara en el mar del Sur.

Como al cruzar el cabo de las Once Mil Vírgenes, tocaba dividir la flota para inspeccionar ambas vías. En la encrucijada fondeamos los cuatro barcos esperando la llegada del alba para partir. Tras tantos meses de noches frías e interminables, ahora eran los días los que parecían no tener fin. Ya había pasado de largo el equinoccio y las horas de luz crecían a cada jornada recortando el espacio a las noches australes. Gracias a ello, la navegación por aquel estrecho resultaba algo más sencilla.

El capitán general decidió que fueran la *Concepción* y la *San Antonio* las encargadas de inspeccionar la vía del sudeste, mientras la *Trinidad* y la *Victoria* deberían explorar la del sudoeste. Al cabo de cinco días, a lo sumo, la orden era reunirse de nuevo en el lugar de partida, junto a un riachuelo riquísimo en pesca al que llamamos río de las Sardinas. Todos recibimos con gusto la noticia, sabedores de que era la mejor opción para no errar en la ruta anhelada.

—De veras creo que nos encontramos muy próximos a salir del estrecho y alcanzar el mar del Sur —dijo Esteban—. Esta vez no hay duda.

Todos asentimos, pero entonces Benito Genovés habló:

—Yo también lo creo. Aun así, lo que no sabemos es lo lejos o cerca que encontraremos tierra de nuevo. ¿Y si hemos de navegar aún muchas jornadas en mar abierto? ¿Con qué nos alimentaremos?

Sus palabras quedaron suspendidas en el aire.

—Hasta ahora no ha faltado pesca —dije.

—*Cazzo!* No podemos vivir sólo de eso —respondió Benito—. ¿Qué ocurrirá cuando salgamos a mar abierto? ¿Dónde encontraremos entonces alimento? Porque nos queda bien poco de lo que subimos a bordo en Sevilla.

Aquello era cierto: las provisiones menguaban de forma vertiginosa sin posibilidad alguna de reabastecernos. Disponíamos de pescado fresco, sí, pero ¿podríamos salarlo convenientemente? ¿Y sería suficiente para mantenernos por no se sabía cuánto tiempo?

Esa misma noche, y para su sorpresa, los otros tres capitanes y algunos de los oficiales fueron convocados a bordo de la *Trini-*

dad. El capitán general, supimos más tarde, tenía dudas y les pedía opinión. Juan Rodríguez Serrano, Duarte Barbosa y Álvaro de Mesquita, en primer lugar, le informaron puntualmente de los víveres que quedaban en cada nao. Pero ante la pregunta de su opinión sobre la conveniencia o no de continuar el viaje, guardaron silencio ya que el recuerdo de San Julián estaba aún muy cercano y todos temían expresar con franqueza su opinión. Sólo una persona de las allí reunidas se atrevió a tomar la palabra.

Esteban Gomes, piloto de la *San Antonio*, portugués y también familiar lejano de Magallanes, defendió con vehemencia que lo más sensato era regresar a España para dar cuenta del descubrimiento y volver luego con una escuadra mayor y mejor preparada que pudiera continuar con éxito la misión. Porque, le recordó, nadie sabía con certeza la duración de la navegación por el mar del Sur hasta que se hallasen nuevas tierras habitadas.

Magallanes le dejó hablar sin interrumpirle. Luego, con calma, le expuso su punto de vista: aunque era cierto que aún nos aguardaban muchas dificultades en la travesía, para él era descorazonador regresar a España con la misión a medias cuando el éxito se hallaba tan cercano.

—Aunque hayamos de devorar el cuero de las vergas —dijo—, es nuestro deber sagrado culminar esta empresa.

Además, adujo, según los cálculos de los más eminentes cartógrafos, la longitud del meridiano terrestre indicaba que las costas de la India debían de hallarse realmente cerca del lugar en que nos encontrábamos. A fe que en unas pocas semanas llegaríamos a las costas asiáticas y, lo que realmente importaba, a las Molucas, las deseadas islas de las Especias.

Esteban trató de responder a Magallanes, pero éste le cortó; ya había oído su opinión. Preguntó si alguien más quería objetar algo y, visto que nadie mostró disposición de hablar, dio por acabada la reunión.

A la mañana siguiente partieron rumbo al sudeste la *Concepción*, al mando de Juan Rodríguez Serrano, y la *San Antonio*, bajo las órdenes de Álvaro de Mesquita. El otro canal, de aguas mucho más mansas, iba a ser inspeccionado finalmente por el bote de la

Trinidad. Las tres embarcaciones partieron en sus respectivas misiones, mientras las tripulaciones de la *Trinidad* y la *Victoria* esperaríamos su regreso.

¡Qué esperanzadores fueron aquellos días! La primavera austral estaba en todo su apogeo, y las que hasta entonces no habían sido más que tierras heladas y ásperas eran ahora un derroche de colores y aromas. Aprovechando cualquier resquicio entre las rocas, miles de florecillas asomaban para mostrar sus hermosos vestidos trepando entre la hierba que tapizaba las colinas. ¡Qué sensación tan grata al corazón! ¡Qué emoción ver nacer de nuevo la vida!

Sentí crecer en mi pecho la añoranza por mi tierra, por mi infancia, por las verdes praderas de mis montañas, por la flor del cerezo y del almendro. Me acordé de mis padres. Los imaginé en el cielo, mirándome, no sé si juzgando o sólo contemplando aquella vida que yo nunca pensé que fuera a ser la mía. Me acordé de mis hermanos mayores, de su día a día en el pueblo, de su existencia apegada y sometida a la tierra. Mi mirada era menos severa que la que años atrás me había visto obligado a adoptar. Me acordaba sobre todo de Lucía. ¿Por qué tuvimos que separarnos? ¿Fueron las circunstancias o fui yo mismo el causante de nuestro adiós? ¿Por qué no tuve el valor de luchar por ella? ¿Por qué la sacrifiqué por un futuro incierto sometido al saber y al conocimiento? Me sentí miserable: ningún libro vale tanto como el abrazo de un ser querido; ni la más bella página o el pensamiento más elevado pueden superar el dulce calor de un beso apasionado. Pero no era momento de lamentarse. Aún me quedaba mucho por hacer, y quizá un día encontrase por fin el amor definitivo, el hogar último, la verdadera felicidad.

Durante aquellos días de calma, pude retomar el libro del viaje, que era en realidad el de mi vida, aunque sólo Nicolás lo supiera. Si en el pasaje del extravío en el monte me había dibujado como un héroe y mis lectores habían disfrutado con aquellas excitantes aventuras, ahora les narraba el comienzo de la enfermedad de mi madre: los remedios caseros de la tía Tomasa, la vecina; los desvelos de mi padre, junto a la cama; el llanto de los hijos; la posterior recuperación. Al leérselos a mis amigos, podía ver en sus ojos el mismo dolor y la misma alegría que yo había experimentado años atrás. Sentí que mi libro les emocionaba tanto a ellos como a mí. Aunque mis amigos no me ponían las cosas fáciles.

—¡Vaya un calzonazos que es el padre del muchacho! Su mujer muriéndose y él sólo sabe sentarse en el borde de la cama y rezar —comentó Bocacio.

—¿Y qué quieres que hiciera? —terció Benito—. En mi casa éramos seis hermanos, y el único que sobrevivió a la infancia fui yo. El mayor murió de fiebres, mis dos hermanas de infecciones y a los dos pequeños se los llevó la peste. Y mi padre no pudo más que asistir impotente, pues nadie pudo tratarles.

—Pero eso es porque los genoveses sois unos ignorantes —arremetió Bocacio—. En mi tierra hay un curandero casi en cada pueblo y de fiebres no se muere nadie, si acaso de alguna pelea.

Al instante siguiente Bocacio y Benito estaban en el suelo, liados a puñetazos. Nos costó un buen rato separarles y aún más conseguir que hicieran las paces. Aquellas peleas eran frecuentes; todos estábamos nerviosos y era el modo más sencillo para descargar la tensión. Aun así, me resultaba gracioso que se pegasen por mi familia.

El tercer día después de la partida de los barcos amaneció tranquilo y luminoso, tras una mínima noche. Como las jornadas anteriores, nos dedicamos de inmediato a capturar las cuantiosas sardinas que pululaban por la desembocadura de aquel río donde habíamos echado el ancla. En todo nuestro viaje no habíamos visto cosa semejante: las aguas azules oscuras se convertían en plateadas por aquel banco inmenso de pececillos moviéndose todos al mismo tiempo, como respondiendo a las órdenes de un inexistente capitán. En aquéllas estábamos todavía al atardecer cuando unos gritos nos sobresaltaron. Soltamos las redes y nos dirigimos al otro lado de la cubierta para tratar de descubrir su origen. Apenas entendíamos nada, pero era evidente que no eran de auxilio.

¿Serían de júbilo? Miramos en dirección al canal por el que había partido el bote de la *Trinidad*. ¡Sí, de allí procedían! Como en una aparición, de pronto los gritos tomaron forma y vimos surgir tras un recodo a la chalupa con diez marineros a bordo, todos ellos voceando y dando vivas. ¿Qué ocurría? ¿Qué merecía tanto goce? Entonces unas palabras se hicieron inteligibles.

—¡El paso, el paso! ¡Hemos visto la salida!

¡No podíamos creerlo! Por fin aquella tarde dulce y quieta como ninguna otra, la chalupa de la *Trinidad* nos traía la noticia que tanto habíamos deseado recibir: ¡el paso existía! Los marineros fueron recibidos como héroes en la nao capitana y relataron a Magallanes que el canal explorado durante tres días era sin duda el buscado. Nada lo cerraba, tenía profundidad y sus aguas eran saladas. Aquello no era un río, era el paso al mar tan ansiado como esquivo.

Todos estábamos exultantes. No nos importaban los detalles; tiempo habría para conocerlos. Lo importante era que el mar del Sur estaba abierto para nosotros, por primera vez. ¡Casi treinta años después de que Colón descubriese las Indias! Mientras saltaba y reía con mis compañeros, mi mirada buscó, entre todos los allí presentes, al que había hecho posible aquel día maravilloso. Sobre la cubierta de la *Trinidad*, solo, mirando a la nada, se erguía Magallanes. De sus ojos impenetrables, por primera y última vez, brotaban las lágrimas. Su sueño, al fin, se había cumplido.

Tras aquella tarde gloriosa ya sólo quedaba esperar el retorno de la *San Antonio* y la *Concepción* para proseguir nuestro viaje, ahora que ya conocíamos la ruta correcta. Todos nos pusimos manos a la obra para preparar la inminente partida hacia el mar del Sur. No había tiempo que perder, pues cada día nuestras provisiones disminuían alarmantemente. En cuanto se nos uniesen las dos naves, saldríamos de inmediato.

Pero llegó la quinta jornada tras su marcha y los dos barcos seguían sin regresar. No había motivo para pensar en un naufragio porque el tiempo había sido muy tranquilo en los días anteriores. Y si hubiesen encallado no habrían tardado demasiado en encender una hoguera para que viésemos el humo. El capitán general se impacientaba. El sexto día se decidió, por fin, a emprender la exploración del canal sudeste para tratar de encontrarlos.

Apenas nos habíamos adentrado cuando, a lo lejos, divisamos el velamen de una de las naves. Era la *Concepción*, y venía sola. Juan Rodríguez Serrano subió a bordo de la *Trinidad* e informó a Magallanes de lo sucedido. Al poco rato la noticia nos alcanzó a todos.

Nada más comenzar la navegación, la *San Antonio*, por su mayor velocidad, dejó atrás a la *Concepción*, de suerte que al final del primer día desapareció de su vista. En las jornadas siguientes la *Concepción* siguió examinando el canal y comprobaron que no tenía salida, pero no avistaron a la *San Antonio*, lo cual resultaba muy extraño en un paso cerrado como aquél. Ante semejante tesitura, el capitán Serrano decidió regresar a la mayor brevedad e informar. Magallanes recibió la noticia con consternación: ¿qué podía haber ocurrido a la otra nave? Serrano no pudo darle ninguna respuesta.

Al día siguiente, bien de mañana, la *Victoria* fue enviada a explorar el canal, con orden de inspeccionar cada mínimo entrante de la costa en busca de la nao perdida. En algunos puntos dejamos una bandera y, bajo ella, una olla con una carta en la que se indicaba la derrota que iba a seguir la escuadra en las jornadas siguientes. Perdimos varias sin ningún resultado. Al regresar al río de las Sardinas nuestro capitán, Duarte Barbosa, informó a Magallanes acerca de nuestras infructuosas pesquisas. El capitán general, convencido de que la nave debía de estar en algún punto del estrecho, tal vez averiada, tal vez perdida, ordenó proseguir la búsqueda durante algunas jornadas más y dejar nuevas señales en puntos elevados. Todo fue en vano.

Con el paso de los días, disminuían nuestras esperanzas y aumentaban nuestras sospechas.

—*Merda!* Éstos han desertado y se han vuelto para España —susurró una noche, airado, Benito.

Domingo lo miró alarmado; Martín y Bocacio, en cambio, asintieron en silencio, como si ellos también pensaran lo mismo.

—Ve con cuidado, genovés —respondió Nicolás sin alzar la voz. Miró por encima del hombro; por suerte, los oficiales en cubierta no nos prestaban atención—. Me parece imposible que lo hayan hecho. Su capitán es portugués, primo de Magallanes y siempre le ha sido uno de los más fieles.

—Quizá se produjera un motín. —Yo todavía tenía el recuerdo de la sublevación en San Julián fresco en la memoria—. Los de la *Trinidad* dicen que Esteban Gomes salió muy contrariado de la reunión que tuvieron los oficiales con Magallanes. ¡Quién sabe!

—No se me ocurre qué deciros —terció por lo bajo Esteban Villón. Es todo muy extraño. Lo que está claro es que cada día que permanecemos aquí sin partir nuestras posibilidades de éxito disminuyen. Los capitanes y los oficiales nos lo quieren ocultar, pero los víveres son ya muy escasos.

Así era, en efecto. Salvo las abundantísimas sardinas y una especie de apio que crecía en las orillas del estrecho, no teníamos alimentos frescos. La galleta de barco estaba casi desecha. Tocino seco y algo de pescado en salazón era lo que nos quedaba, pero nos producía una sed terrible. El vino era un lujo desde hacía tiempo. Y, ahora, ante la falta de la *San Antonio*, nuestra nave más grande y con la bodega mejor surtida, ¿qué esperanza nos cabía para continuar el viaje? La situación era gravísima.

Magallanes no daba crédito a lo sucedido. El que debía haber sido el momento más glorioso, más emocionante, más esperanzador se había transformado en el más desolador. ¿Podía ser cierto que hubiesen desertado? La idea era demasiado dolorosa para aceptarla, pero ¿qué otra cosa podía haber ocurrido? Sólo cabía buscar respuesta en las estrellas, y eso fue lo que hizo. Una de las noches en que la luna apenas brillaba y las estrellas se veían a la perfección, ordenó subir a cubierta al astrólogo Andrés de San Martín para que escrutase en las constelaciones una explicación. Éste, al tanto de la actitud de Esteban Gomes, así como del valioso tiempo que estábamos perdiendo cada día que nos retrasábamos en la partida, dio al capitán general la respuesta: la tripulación de la *San Antonio* se había rebelado y Mesquita se encontraba preso en el barco rumbo a España.

Si todos pensábamos que aquello podría haber supuesto el acicate para tomar una rápida decisión, nos equivocábamos. Magallanes quedó sumido en la mayor de las postraciones. ¿Qué hacer? ¿Continuaba navegando por un mar del que desconocía totalmente su dimensión, con una marinería hambrienta y una flota castigada y a la que acababan de robar el mejor de sus barcos? ¿O volvía a España a dar la noticia del hallazgo del paso?

De nuevo parecía que la segunda opción era la más lógica, la única acorde con la razón. Sin embargo, había un inconveniente: a esas alturas la *San Antonio* podía llevar una ventaja de ocho o nueve días, y portaba un mensaje muy peligroso. Porque, evidentemente, los sublevados no iban a hablar al rey don Carlos del hallazgo del paso, sino de la actitud despótica y suicida del portugués. ¿Cómo reaccionaría el monarca cuando se enterase de que uno de sus más fieles súbditos, Juan de Cartagena, había sido abandonado a su suerte en la bahía de San Julián? ¿Y qué opinaría de la muerte de Luis de Mendoza? ¿O del ajusticiamiento de Gaspar de Quesada? Y, en cualquier caso, aunque nuestros barcos consiguieran alcanzar a la *San Antonio* y llegar con ella a España, ¿qué podía presentar Magallanes al rey? ¿El hallazgo de un paso intrincado en el fin del mundo? ¿Una ruta aún no navegada que quizá llevase a la Especiería? En definitiva, si volvía a España, a esas alturas el capitán general tenía las de perder. Únicamente quedaba avanzar.

Magallanes no era estúpido. Tras haber alcanzado el punto crucial del viaje, el hallazgo del paso, no quería dejar ningún cabo suelto para el futuro. Cuando regresase a España, debía hacerlo con la ley en la mano. Era necesario buscar el consenso de la escuadra para continuar.

Así, por segunda vez en pocos días, el capitán general requirió la presencia de los mandos para que diesen su opinión por escrito sobre la conveniencia o no de continuar la expedición. Era el documento que necesitaba para no volver a España como un tirano. Los capitanes y los oficiales, como en la ocasión anterior, estaban desconcertados. A pesar de sus muchas dudas, no deseaban oponerse de nuevo a su superior. Ni lo deseaban, ni se atrevían. San Martín, el astrólogo, dudaba. Las estrellas, como es natural, no le señalaban ningún camino con seguridad. Pero Magallanes ya no dudaba. Con la carta firmada en su mano y sabedor de que ahora podría presentarla a su favor en la corte, decidió que la expedición debía continuar a toda costa para completar lo que hacía ya tanto tiempo habíamos iniciado: alcanzar las islas de las Especias y regresar luego a España.

El 22 de noviembre de 1520 abandonamos el río de las Sardinas y nos dirigimos, por el canal que habíamos bautizado como de Todos los Santos, hacia el mar abierto. Sólo pensar en el desafío que teníamos ante nosotros nos aterraba. Nos íbamos a adentrar en un mar nunca navegado con anterioridad. Creo que jamás en mi vida, salvo cuando tuve que abandonar mi pueblo, me vi ante un precipicio tan grande.

Veinte días después de partir, y tras recorrer milagrosamente canales, estrechos, bajíos y ensenadas, ante nosotros se dibujó por fin un cabo al que llamamos Deseado. Lo doblamos y apareció, inmenso, el tan ansiado mar del Sur. Sus aguas estaban quietas como nunca habíamos visto otras, y brillaban, rojizas y anaranjadas, bajo la luz crepuscular. A nuestro alrededor se perfilaban cientos de islas minúsculas y una gran cordillera nevada de una altura tal que parecía alcanzar el cielo.

Un marinero dijo de llamar a aquellas aguas mar de las Damas, pues por su calma bien podía ser navegado por mujeres. «Las cien mil vírgenes», musitó Bocacio a mi lado. Otros propusieron nombres muy diversos: mar de la Calma, mar de la Quietud... Más tarde le dimos en llamar, definitivamente, mar Pacífico. Ahora, desde la lejanía, sabiendo lo que tuvimos que sufrir y padecer en aquellas aguas sin fin, yo lo habría bautizado, sin dudarlo, mar de la Crueldad.

31

Mi tío Pedro era un herrero consumado y, como luego comprobé, también un gran maestro. Aunque leía con dificultad, sabía llevar muy bien las cuentas y nunca le faltaba trabajo. Cuando no tenía que herrar animales, se encargaba de fabricar cuchillos, tijeras, tenazas, llaves, aldabas, bisagras, puertas, clavazón para barcos y otras muchas cosas. Muchos vecinos de la villa, y también de los pueblos de alrededor de San Vicente, venían a hacerle encargos, y era muy reputado por utilizar buenas medidas y ser honesto. Anteriormente había tenido distintos aprendices y oficiales a su cargo, pero en el momento en que yo llegué sólo contaba con un aprendiz, Pablo. Por eso me adoptó de inmediato como su nuevo alumno.

Al principio mi torpeza era manifiesta, pues el oficio de herrero me resultaba completamente desconocido. El calor de la fragua me sofocaba y el ruido me atronaba. Veía a mi tío abrir la boca sin oír ni una palabra.

—¡Lee sus labios! —me gritaba Pablo entre golpe y golpe de martillo.

Durante los primeros días, les observaba operando en la fragua, golpeando el metal candente en el yunque o afilando los cuchillos sobre la piedra, pero a mí me tocaban las tareas de acarrear leña, barrer las escorias y acercarles lo que me pidieran. No me importaba. Siempre hay que aprender primero. Poco a poco, mi tío comenzó a enseñarme.

Cuando acabábamos el trabajo de la mañana, al que dedicábamos más de seis horas, llegaba el momento de la comida. Era tal el esfuerzo físico, que me sentaba a la mesa con un hambre voraz. Mi tía Elvira nos ponía entonces la comida: lentejas o garbanzos con tocino, guisos de carne o de hortalizas. Siempre un plato caliente y reconfortante. A diferencia de mi casa, allí no escaseaban, sino todo lo contrario. Cuando sobraba algo, mi tía lo guardaba y lo llevaba generalmente al hospital de la Misericordia para ofrecérselo a los pobres, los enfermos y los peregrinos, aunque descubrí que de cuando en cuando se llegaba hasta el convento de Santa Clara con la esperanza así de obtener noticias de Isabel, que era monja de clausura. No nos era posible hablar con ella, me dijo con su semblante serio, pero le habían comunicado que se la veía feliz. Siempre hablaba con gran economía, sin sonreír. Yo trataba de mostrarme amable, y le agradecía que se hubiese apresurado en hacerme saber de mi hermana y todas sus atenciones. Ella me respondía asintiendo, y poco más. Mi tío Pedro me decía que no me preocupara por eso, que ya cambiaría de actitud cuando me conociera mejor, pero tenía mis dudas.

Después de una semana, comencé a acostumbrarme a la rutina de ir a la herrería. Me gustaba madrugar para acompañar a mi tío fuera de los muros de la villa, al nuevo taller que ya tenía en funcionamiento. Allí nos esperaba Pablo, normalmente con unas enormes ojeras y con las legañas todavía pegadas. Era un muchacho de buen corazón. Su padre le había mandado con mi tío para que aprendiese un oficio. Él lo aceptaba sin discusión, pero a la vez sin entusiasmo.

Según pasaban los días nuestro entendimiento se acrecentaba y aprovechábamos los pocos ratos libres que teníamos para charlar o para bromear a escondidas de mi tío.

—¿Cómo es la vida en tu pueblo? —me preguntó en una ocasión.

Me detuve en los detalles y le relaté toda la belleza de las montañas: las cumbres nevadas, los picos escarpados, los montes de roble y haya. Él escuchaba con los ojos muy abiertos.

—Yo sólo he visto las cumbres nevadas en la lejanía, tras la torre de la iglesia. ¡Cuánto me gustaría poder ir un día allí y tocar la nieve con mis propias manos!

En cambio, yo estaba cautivado por el mar. En cuanto tenía ocasión descendía desde la villa hasta la costa y me sentaba en las rocas a contemplarlo, sin más. Cuando cerraba los ojos y oía el batir de las olas, sentía que eran los latidos que alimentaban mi ser.

A las dos semanas de estar en mi nueva casa, mi tío sacó la misiva que mi padre le envió para anunciarle mi llegada.

—En su carta, que supongo que escribiste tú, tu padre me contaba que habías estado aprendiendo en el pueblo con Sancho.

—Así es, tío. He estado asistiendo a lecciones de lectura y escritura, y también de cuentas, pero aún es mucho lo que ignoro. Antes de venir, Sancho me encargó que llevase unos libros a dos personas de la villa, las cuales, además, podrían enseñarme cosas nuevas.

—¿Quiénes son esas dos personas?

—Uno es un religioso, el padre Francisco; el otro, un escribano, don Alfonso Prellezo.

—¡Válgame Dios! Francisco es un iluminado y Alfonso un prepotente.

Bajé la cabeza sin saber por dónde continuar. Mi tío me levantó la barbilla.

—No pongas esa cara, hombre. No te prohíbo que vayas a verles. Si quieres ve y, si ellos están dispuestos, como dices, a enseñarte, no seré yo quien lo impida. Podrías ir algunas tardes, salvo que yo te necesite. —Meneó la cabeza—. Aunque no sé muy bien qué podrán enseñarte ese par de acémilas. En fin... Lo comprobarás por ti mismo.

Pocos días después decidí ir a ver al padre Francisco, llevando en mi zurrón los *Evangelios moralizados* y el *Speculum Ecclesiae*. Descendí por el arrabal de las Tenerías y atravesé el barrio de las Viñas para llegar al monasterio franciscano de San Luis. Su construcción se había iniciado hacía unas décadas, después de que el antiguo hubiese sido abandonado, pero aún había partes en obras, entre ellas la iglesia. Entré en el templo por la puerta del norte, donde varios canteros estaban preparando unos sillares. Al pasar de la claridad de la tarde a la penumbra me quedé cegado, de suerte que fui a tropezar con uno de los monjes.

—Perdonad, hermano —exclamé—, no os vi venir.

—Ya se nota, muchacho. ¿Adónde ibas tan aprisa?

—He de ver al padre Francisco, tengo un encargo para él de mi maestro, Sancho Roiz.

—Un encargo, ¿eh? ¿Y de qué se trata si puede saberse? —preguntó intrigado.

Sancho me había encargado que entregase al padre Francisco los libros, pero no me había dicho nada de comentarlo con otras personas.

—No puedo decíroslo, padre. Tengo que dárselo en mano.

—¡Vaya, vaya! Así que tenemos secretos dentro de la casa del Señor... —El monje frunció el ceño—. ¡Acompáñame ahora mismo!

—Pero, padre, ¡si yo sólo quiero entregar lo que me encargaron!

No hubo manera de convencerle. Me agarró del brazo y comenzó a caminar a toda prisa por el interior de la iglesia hasta la puerta que daba al claustro. Lo atravesamos y accedimos a una amplia sala con otra puerta al fondo. La empujó y, de un empellón, me hizo pasar.

Fue maravilloso. Entré en una habitación donde sólo veía libros. Los había de todas clases: con encuadernación cuidada, de mano, impresos, manuscritos, rollos. Aquello no tenía comparación con la biblioteca de Sancho. ¡Era diez veces más rica!

Me volví hacia el monje y le miré a los ojos, buscando una respuesta que, de repente, se me hizo evidente.

—Sí, muchacho, soy el padre Francisco, el encargado de la biblioteca del monasterio. Y tú eres el alumno de Sancho. Me ha hablado de ti en sus cartas.

—Así es, soy el alumno de Sancho. Mi nombre es...

—Ya sé tu nombre. Sé bastante más de ti de lo que crees. Pero tú, ¿qué sabes tú de mí?

—Nada, padre —respondí encogiéndome de hombros—. Sancho simplemente me encargó que os trajera estos libros.

Metí la mano en el zurrón y saqué con cuidado los dos tomos.

—¡Por fin! Ya era hora de que me los devolviera —dijo sonriendo—. Se los presté hace años. ¿Crees que les ha sacado partido?

—Yo diría que sí, padre. Los he leído con él atentamente, y ambos hemos disfrutado.

—Eso está muy bien. Los libros están para disfrutarlos, ¿no crees? Si sólo se hicieran para dejarlos en las estanterías no tendría sentido tanto esfuerzo. Ven, te mostraré la biblioteca.

Me puso la mano en el hombro y me condujo por la habitación, describiéndome la increíble colección. Es posible que allí hubiera más de doscientos libros. Me habría gustado ojear cualquiera de ellos, pero temía molestarle si se lo pedía; aún apenas sabía nada de él. Debía de rondar los sesenta años y tenía unas agradables facciones, con la nariz algo aguileña y la piel morena.

—Éste es el resultado de muchos siglos de trabajo, muchacho; no aquí, pues este monasterio es joven, pero sí en otros muchos de la orden. Primero los libros se copiaban sobre pergamino. Luego comenzaron a escribirse sobre papel, y hace unos años empezamos a recibirlos impresos, lo cual aumentó mucho nuestros fondos. Aun así, todavía seguimos copiando e iluminando muchas obras a mano, pues su belleza es insuperable. ¿Te gustaría ver cómo se hace?

Asentí. Lo cierto es que me moría de ganas. El padre Francisco me acompañó a una sala adyacente donde dos monjes estaban copiando sendos libros.

—Éste es el *scriptorium*. Aquí es donde se copian los ejemplares que nos llegan de otros monasterios. Es un trabajo muy delicado, pero el resultado no tiene igual.

Observé aquellas páginas hermosísimas, de caligrafía exquisita y bellos dibujos ricamente coloreados. En mi vida había visto algo tan bello.

—Detrás de cada uno de estos libros hay un trabajo excepcional; son nuestras joyas. Algunos de ellos ya apenas se leen, pero es necesario que no se pierda su conocimiento. Ésa es nuestra misión.

Durante el resto de la tarde el padre Francisco me enseñó todas las dependencias: la iglesia, la cocina, el refectorio, la sala capitular. Quedé maravillado, no sólo con su arquitectura, sino también con el orden y la paz que reinaba en cada uno de sus rincones. En mi visita pude ver a varios jóvenes deambulando por las diferentes estancias. Luego nos sentamos en el claustro, junto a una columna con un capitel decorado con bellos motivos vegetales.

—Esos chicos —pregunté entonces—, ¿estudian aquí?

—Sí, son nuestros discípulos. Algunos son muchachos de familias acomodadas, que vienen a formarse. Otros lo hacen para ingresar en la orden. Son muchos años hasta que llega el momento de hacer el triple juramento.

—¿Triple juramento?

—Sí: obediencia, pobreza y castidad.

—¿Y todos deben cumplirlo?

—Todos, sin excepción.

Me quedé un instante en silencio, reflexionando.

—¿Has pensado alguna vez en hacerte religioso? —me preguntó el padre Francisco.

En realidad, nunca había pensado en una vida de clausura entre los muros de una iglesia o de un monasterio, pero la visita de aquella tarde y la maravillosa biblioteca me hicieron reflexionar.

—No, padre. Nunca lo consideré. Pero creo que no valdría para ello.

—A todos nos cuesta, no creas que no. Tenemos tentaciones, pues la carne es muy débil y el pecado muy poderoso. Por eso debemos ser fuertes. Tú podrías serlo, si quisieras. Deberías meditar sobre lo que te estoy diciendo.

—A mí me maravilla el saber y el conocimiento, padre, pero también me gusta mucho la vida en el campo y aquí en la villa. Prefiero seguir el ejemplo de Sancho; él es feliz con sus lecciones, sus libros y sus tierras.

—¡Sancho! —exclamó el padre Francisco elevando las cejas—. Creo que sabes muy poco de él. Ha sido siempre un alma en permanente conflicto. Nació en una familia con riqueza y sus padres le enviaron a estudiar al convento de San Francisco, en Santander, donde esperaban que llegara a ordenarse. Coincidí allí con él, ambos éramos alumnos. Sancho era mucho más inteligente que yo, pero tenía menos fuerza interior. Su momento preferido era el de la lectura. Volcado sobre las páginas de los libros de la biblioteca, el tiempo desaparecía para él. Pasaba a otro mundo, créeme.

—Os creo, sin duda. Sigue siendo igual.

—En la biblioteca era feliz, sí, mas las reglas… La pobreza no era demasiado problema para él. Aunque provenía de una familia acomodada, como te dije, soportaba las privaciones sin quejarse en exceso. La obediencia le costaba algo más; aun así, aceptaba a regañadientes las órdenes del prior y de los demás monjes. Pero la castidad… Eso le superaba. No comprendo de dónde le venía semejante ansia, pues había ingresado muy pronto en el monasterio para haber podido conocer alguna muchacha; con todo, su pensamiento volaba continuamente hacia el pecado de la carne. Con sólo catorce años le oía murmurar por las noches en la celda, se revolvía, gemía. A la mañana se levantaba con el rostro desencajado, tanto como un sediento en el desierto.

El padre Francisco me invitó a levantarme y paseamos con los últimos rayos de la tarde filtrándose entre las columnas del claustro.

—Un día —continuó el padre Francisco—, abandonó el convento y regresó a casa. Sus padres nunca entendieron su decisión. Él, contrariado, emprendió camino a quién sabe cuántos lugares. Creo que peregrinó a Santiago, luego vivió en Palencia, en Salamanca, en Zamora, en Guadalajara, en Toledo, en Zaragoza. Un mundo entero se abrió ante él, y no lo dejó pasar.

—No sabía nada de todo esto. Ahora entiendo muchas cosas, sobre todo de dónde pudo sacar los libros tan maravillosos que atesora.

—Así es. En Salamanca trabajó como copista y tuvo acceso a muchos volúmenes de la universidad. Luego, en Zamora, trabajó con el impresor Antón de Centenera y se hizo con obras muy hermosas, que supongo que habrás visto. En Guadalajara accedió, no sé cómo, a la biblioteca de los duques del Infantado y en Toledo a autores árabes y judíos. Su alma buscaba sin descanso el saber. —Meneó la cabeza—. Pero a la vez su cuerpo le llevaba por otros senderos. Creyó que bebiendo de los placeres mundanos se saciaría, sin darse cuenta de que en ellos nunca encontraría lo que buscaba. En una ocasión, después de que un marido engañado le diera una paliza, perdió el ojo.

El padre Francisco advirtió el estupor en mi expresión.

—También ignorabas esto, ¿verdad? ¡Fueron años muy intensos para él! Un día, por fin, llegó a Valencia y encontró un puerto en el que anclar, pues conoció a una mujer que le dio la paz anhelada. Se casó con ella y tuvieron un hijo, Ramiro. Trabajó en una escribanía, y se dedicó asimismo a estudiar y copiar algunos libros, y a comprar otros. Todo parecía ir bien, pero a los cuatro años de comenzar aquella nueva vida, su amada enfermó de una extraña dolencia y murió. El grito de dolor de Sancho fue el más profundo del mundo. Dejó la ciudad y volvió a su tierra. Al poco vino a verme aquí, donde yo ya había hecho los juramentos, y me confesó su pena. Pidió perdón a Dios por sus pecados y juró no volver a anteponer sus deseos a su fe. Creo que logró la paz o algo parecido. En el pueblo su padre había fallecido y sólo le quedaba un hermano soltero, quien falleció también poco después, por lo que Sancho heredó buenas tierras. Desde entonces se dedicó al cuidado de su hijo y de su biblioteca, que había sido la de su padre. Él la acrecentó notablemente, ya que apenas recibió en herencia tres o cuatro libros.

La historia me dejó conmocionado. Mi maestro nunca me había hablado de aquello. De hecho, nadie en el pueblo lo sabía. Nunca le había imaginado en tan terribles tesituras, ante semejantes dudas que durante tanto tiempo lo habían consumido. Ahora comprendía por qué entendía tan bien mis desvelos por Lucía.

—Sancho es un buen hombre y puedes aprender mucho de él. ¡Aprovéchalo! Y si alguna vez te ves con fuerzas para renunciar al mundo exterior, ven a verme. Dios ama a los que se entregan al estudio y la oración. Mientras lo piensas, puedes acudir cuando quieras al monasterio. Siempre habrá un libro abierto para ti.

Miré al padre Francisco y sonreí. Me alegraba recibir aquellas muestras de aprecio nada más llegar a San Vicente, aunque sabía que mi destino no era servir a Dios desde los muros de un monasterio. Ansiaba disfrutar de los placeres terrenales, no de forma desordenada como Sancho, pero sí intensamente. Y además tenía una promesa que no iba a romper: en el pueblo me esperaba Lucía, y para mí aquél era el mayor de los placeres que yo pudiera desear.

32

Nicolás me pasó el cuenco de madera con la comida del día: un trozo de pescado seco y galleta de barco mojada en agua. Hacía casi un mes que habíamos salido del estrecho y navegábamos por mar abierto, aquel que Magallanes nos había prometido como un breve paseo hasta la Especiería. Al alejarnos del continente, los peces, sin corrientes de las que alimentarse, casi habían desaparecido. Sólo ocasionalmente encontrábamos extraños ejemplares voladores, así como doradillas y albícores. Cuando conseguíamos apresarlos en las redes, comíamos algo mejor. Pero cada vez eran menores las capturas.

Cogí el recipiente y traté de tomar un bocado. La galleta había quedado reducida a un polvo lleno de gusanos y regado por los orines de las ratas; su sabor era nauseabundo. Tuve una arcada antes de hacerlo pasar por la garganta. Inmediatamente me vino otra, y hube de apretarme el vientre para no vomitar. Nicolás me miró mientras procedía a su vez a tragar aquella asquerosidad. Tenía los ojos enrojecidos, la comisura de los labios agrietada y blanca, y la nariz pelada. En su cabeza habían comenzado a extenderse unos eccemas sangrantes. ¿Sería muy diferente mi aspecto?

Miré al horizonte. Era igual desde hacía cuatro semanas: agua, agua, agua… Siempre el mismo confín azul, las mismas aguas tranquilas y quietas. Ni un mísero pedazo de tierra en toda aquella inmensa extensión de mar. Tampoco aves o algas que anunciaran una costa cercana. Nada.

La flota navegaba rumbo noroeste y estábamos ya cerca del trópico. Las temperaturas habían comenzado a subir de forma considerable. Apenas nos acordábamos ya de los terribles fríos que habían conducido a muchos al borde de la muerte y a otros a traspasar esa frontera. Las mantas habían vuelto a la bodega, y no llevábamos puesto más que el calzón y la camisa blanca.

Contemplé la *Victoria*. Presentaba un aspecto lamentable, bien distinto al que tenía cuando partimos de Sanlúcar. Las velas estaban rotas y recosidas, varias tablas se habían podrido y los cabos estaban deshilachados y roídos. Algunos marineros sesteaban en la cubierta, a la sombra de la lona del palo mayor. Miré hacia atrás y vi la nao *Concepción*. Su aspecto no era mucho mejor que el de nuestra nave. Tampoco el de la *Trinidad*, que marchaba delante. Dada la bonanza, era sencillo seguir su rumbo. Más de doscientos cincuenta hombres habíamos partido de Sanlúcar hacía ya más de un año en cinco barcos repletos de víveres y cargados de esperanzas; sólo tres quedaban, con algo más de ciento cincuenta almas a bordo, hambrientas, enfermas, desesperadas.

Después de un mes de navegación sin recalar en costa alguna, las provisiones eran escasas. El vino, que podría haber aliviado nuestras miserias aportándonos un poco de consuelo, se había terminado para la mayoría de la tripulación; sólo los oficiales tenían derecho a un vaso diario. El agua, al menos, todavía abundaba. La falta de alimentos nos provocaba flojedad, estreñimiento, punzadas en el estómago, úlceras sangrantes por todo el cuerpo y, lo peor de todo, múltiples heridas e inflamaciones en la boca. Era tal el dolor en las encías que algunos incluso empleaban sus propios orines mezclados con agua para aliviarlo. En la *Victoria* había ya varios marineros que casi no podían alimentarse. Uno de ellos era Domingo Portugués. Su boca presentaba un aspecto lastimoso y apenas hablaba, aunque aquello no era lo peor: tragar le provocaba un padecimiento insoportable y hacía días que se negaba a probar bocado. Esteban, Bocacio, Nicolás y yo le insistíamos, pero era inútil. Sólo admitía que le diéramos agua. Pasaba las horas acurrucado en el suelo, hecho un ovillo, con los ojos cerrados y los puños apretados. Estaba tan delgado que las costillas se le marcaban bajo la camisa. Nicolás era el que más lo cuidaba.

—Me preocupa —me dijo mientras dábamos cuenta despacio de nuestra ración—. Si sigue así morirá. Tenemos que hacer algo.

—¿Como qué? —susurré para que no me oyera Domingo. Bocacio, recostado junto a Martín, me miró, pero siguió comiendo—. No tenemos nada para aliviarle el dolor.

En el rostro de mi hermano no había más que tristeza.

—No quiero que acabe como Alonso de Ébora. —Recordé al oírlo que una semana antes había muerto el sobresaliente de nuestra nao. Se había consumido hasta no ser más que un espectro—. No lo permitiré.

Nicolás se levantó, fue a sentarse al lado de Domingo y le ofreció de su cuenco. Nuestro compañero abrió los ojos un instante, con su ayuda se incorporó un poco y accedió a beber algo de agua y tragar un bocado de galleta. Luego se recostó.

—Me duele mucho —fue lo único que pudo decir, y cayó dormido.

Nicolás volvió a mi lado y le agarré la mano, tratando de infundirle ánimo.

—No puede quedar mucho, hermano. ¿Acaso has olvidado lo que dijo Basco, el piloto, el otro día? Las costas de la India tienen que estar ya muy cercanas. Entonces podremos cargar las bodegas de las naos de especias y regresar a España.

—Creo tanto en el piloto como en el idiota de San Martín, que confía en desentrañar el futuro mirando las estrellas —masculló Bocacio.

—Pues en Ayamonte había una vieja que leía el futuro en las estrellas, y en la palma de la mano también, y mucha gente la consultaba —apuntó Martín.

—¡Eso son idioteces! —exclamó Bocacio—. Las estrellas no dicen nada. El día que lleguemos a alguna tierra llegaremos, y hasta entonces estaremos navegando.

Martín prefirió no replicarle; cuando Bocacio estaba de mal humor nadie lo hacía. Podía tener una lengua muy afilada.

Aquella vez, además, tenía razón. Nada nos hacía pensar que alguna tierra pudiera encontrarse cerca. Yo tampoco creía en las estrellas, pero ¡con qué agrado habría recibido entonces algún signo propiciatorio de ellas!

A la mañana siguiente me encontraba fregando la cubierta. El viento había cambiado y soplaba más cálido. El sudor me bajaba por la espalda cuando un grito me sobresaltó.

—¡Domingo ha muerto!

Era la voz de Nicolás. Solté el cepillo y corrí a la proa. En el suelo estaba Domingo, con los ojos abiertos; un hilo de saliva le caía de la boca. A su lado, mi hermano lloraba como un niño, con la cabeza entre las piernas. Me arrodillé junto a Domingo y le busqué el pulso, sin éxito. Le cerré los ojos y abracé a Nicolás con todas mis fuerzas, sintiendo sus gemidos en mi pecho. Esteban, Martín, Benito y otros marineros se acercaron y contemplaron el cadáver del pobre muchacho. Su cuerpo rígido y consumido nos mostraba el perfil de nuestra propia muerte. Por la tarde se ofició una misa por su alma. Muchos lloraban, no sé si por Domingo o por sí mismos. Luego Benito y Nicolás levantaron el cadáver, lo llevaron hasta la borda, le dieron un último adiós y lo arrojaron al mar. Permaneció un instante a flote y después se hundió. Su huella en el agua se cerró mientras la *Victoria* continuaba su rumbo. Era la segunda víctima de la travesía por el mar Pacífico. No sería la última.

Pasaron otras dos semanas y la situación no hizo sino empeorar. Por la borda arrojamos los cadáveres del herrero Gonzalo Rodríguez y del alguacil Diego de Peralta, que hasta el último aliento renegó de Magallanes y murió preñado de odio, mascullando maldiciones. De la *Trinidad* vimos tirar otro cuerpo ese mismo día.

—¿Es éste el destino que nos espera a todos? —preguntó Martín, acodado en la borda.

—No, compañero —dijo Esteban—. No puede ser tan cruel.

Vana esperanza. Poco después atravesamos el trópico y el calor se volvió insoportable. El agua hacía días que tenía un regusto extraño, pero hasta aquel momento no habíamos sospechado el porqué. Entonces lo averiguamos: los toneles y los odres se estaban pudriendo. Con el bochorno habían crecido en su interior unas plantas minúsculas que corrompían el agua y hacían detestable su sabor. En las jornadas siguientes beber agua se convirtió en el peor momento del día. Su olor era tan horrible que muchos vomitaban nada más percibirlo. Para aguantarlo, nos tapábamos la nariz, como hizo Isabel con mi madre cuando estaba enferma, aunque era sólo un alivio momentáneo porque el mal gusto subía entonces desde el estómago hasta la boca para permanecer allí durante el resto del día.

Para tratar de aliviar aquella situación que se me hacía ya insufrible intenté refugiarme en mi libro. Estaba llegando a un punto que empezaba a resultar comprometido: las clases en casa de Sancho podían empezar a levantar entre mis compañeros las sospechas de que aquella historia no era un invento mío, nacido de mi imaginación, sino la mía propia. Era algo que no deseaba porque sentía que, en ese momento, necesitaban escuchar algo ficticio, algo fantástico. Por eso, decidí incluir en mi relato pasajes inverosímiles: el ataque de unos sarracenos, la misteriosa aparición de un ser fantástico procedente del interior de los bosques... Aquello les encantaba y yo, por mi parte, aprovechaba para presentar mis comienzos en el aprendizaje de la lectura en casa de Sancho como si fuera algo secundario. De todos modos, la redacción y la lectura del libro avanzaban despacio. Era mucho el calor y más el cansancio que sufríamos; todo nos fatigaba. A mí, pese al esfuerzo que suponía, aún me alimentaba la voluntad de escribir mi propia historia, pero ellos ya no querían leer; sólo escuchar, y no siempre.

Tras la muerte de Domingo, Nicolás había caído en un estado de postración. Era muy doloroso verle, pues siempre era quien nos había animado en los malos momentos. Parecía que las fuerzas se le hubiesen acabado. Apenas hablaba. Pasaba todo el día como adormilado, rascándose sin parar los eccemas de la cabeza y arrancándose con ellos los cabellos. Las encías le sangraban y la orla de los ojos la tenía permanentemente enrojecida.

Martín estaba algo más animoso y, a diferencia de los demás, apenas presentaba síntomas de desnutrición. Quizá su constitución enjuta soportaba mejor las privaciones que la más fornida de otros. O tal vez su carácter reservado le permitiera evadirse de aquella angustia que nos consumía. Nunca se le oía proferir queja alguna.

Bocacio, Benito y Esteban, por su parte, estaban desmejorados, pero soportaban la situación con presencia de ánimo.

A mí el hambre me hacía perder el equilibrio frecuentemente, y en varias ocasiones hubieron de sostenerme para que no me cayera. Cuando se acercaba la hora de la comida, se me cerraba el estómago, no sé si por el hambre o por el asco que me daba la bazofia que debíamos tragar. El caso es que muchas veces comenzaba a salivar de forma desmesurada, hasta que la boca se me volvía un lago y era incapaz siquiera de hablar. Luego se me pasaba, pero la vergüenza me hacía alejarme de mis compañeros en aquellos momentos. Las piernas me dolían y los brazos cansados apenas eran capaces de aguantar ya peso alguno. Y, para colmo de males, mi paladar empezaba a presentar las mismas heridas que el del difunto Domingo. Sabedor de su fin, trataba de alimentarme venciendo los dolores que aquello me provocaba, y bebía toda el agua que me era posible, a pesar de su insoportable hedor.

Cada cual en la *Victoria* y en las otras dos naos llevaba a su modo la desesperación. Los había que aguantaban con fe cristiana, otros se evadían en sus pensamientos y otros sucumbían a ella en cuanto se presentaba la ocasión. Como el grumete Rodrigo Gallego, de nuestra nao, que echó un caldero al mar, lo llenó de agua y lo subió a bordo. Estaba fregando la cubierta junto a otros marineros y nadie le dio mayor importancia, hasta que se bebió la mitad de un trago. Tratamos sin éxito de hacerle vomitar. Al poco comenzó a desvariar: hablaba con su madre muerta y con un perro llamado Moreno. Luego abrió los ojos y pareció que fueran a salírsele de las órbitas. Por fin, dio un largo suspiro y murió. Nuestro capitán, Duarte Barbosa, anunció que haría castigar con el látigo a quien osase repetir aquel acto de locura. Me quedé pensando si era peor morir con la espalda lacerada o soportar la sed que nos consumía.

Llevábamos un mes y medio en mar abierto.

Al cabo de dos semanas parecidas, al menos estábamos cerca del Ecuador y, por tanto, el calor ya no podría ir en aumento porque no creo que ni en el infierno pudiera sufrirse más. Las noches eran asfixiantes y muy pocos conciliaban el sueño siquiera una hora seguida. El cansancio nos vencía. Sólo el buen tiempo permitía a las naos seguir navegando sin contratiempos, pues la más pequeña tormenta nos habría conducido a una muerte segura.

Entonces, una mañana una extraña visión nos sorprendió. A lo lejos, muy a lo lejos, algo pareció sobresalir del mar. En ese mismo momento, un grito me ensanchó el alma.

—¡Tierra!

En los tres barcos, quienes nos teníamos en pie nos agolpamos en los costados: ¡queríamos verlo con nuestros propios ojos, allí estaba nuestra salvación! La *Trinidad*, seguida de la *Victoria* y la *Concepción*, enfiló hacia aquel débil perfil que tomaba poco a poco un colorido entre ocre y gris. Fui hasta mi hermano, que estaba recostado contra el palo mayor con otros enfermos, y le toqué el hombro.

—¡Despierta! ¡Hemos avistado tierra!

Abrió un ojo con dificultad, despegó sus ya casi inexistentes labios y me dijo:

—Cuando desembarques súbeme un poco de agua. De momento, deja que siga durmiendo.

Ardía de fiebre. Su salud me preocupaba; estaba empezando a mostrar la misma desgana e idéntico alejamiento de la realidad que Domingo.

Contemplé la tierra recién descubierta. Se trataba de un islote rocoso con unos pocos árboles y algunas decenas de pájaros. Se ordenó bajar el bote de la *Trinidad* y los hombres dieron caza a las aves. Al menos, esa noche tendríamos algo que comer. Pero no regresaron con buenas noticias: tras dos meses en el mar sólo habíamos encontrado un islote pedregoso, desierto... y sin agua.

Al día siguiente reemprendimos la navegación afectados todavía por nuestra mala fortuna. Una semana más tarde dimos con otro islote de las mismas características que el primero y únicamente habitado por pájaros y palmeras. Bautizamos esas islas con el nombre de Infortunadas. Esa vez encontramos pesca, además de algo de fruta y la carne de las aves. También observamos un nutrido grupo de tiburones. Poco premio para tanta gente hambrienta.

Tomé mi cuenco con la ración del día: un muslo de ave y un poco de fruta. Me senté al lado de Nicolás y le acerqué un trozo de carne a la boca. No quería al principio, pero al ver que se trataba de comida fresca y no de la asquerosa galleta de barco, acepté. Refresqué su frente con paños para bajar la fiebre. Durante los días siguientes, añadí la mitad de mi ración a su cuenco sin que se diese cuenta. Poco a poco empezó a mejorar. Aunque aún débil, su cuerpo recobraba un hálito de vida.

El mío, en cambio, tomaba el camino contrario.

33

Ocupado en la fragua de mi tío y en la lectura en el monasterio algunas de las tardes, me sentía colmado y feliz. A diferencia del pueblo, donde todo me resultaba ya conocido, en San Vicente siempre había algo nuevo que hacer. Había trabado buena amistad con Pablo, el aprendiz, y disfrutaba mucho zascandileando con él por las callejuelas de la villa, pues conocía todos los rincones: la huerta en la que se daban las mejores manzanas, las tabernas donde se servía buen vino y excelente sidra, las casas en que vivían las muchachas más guapas.

Una tarde, cuando ya anochecía y después de haber tomado un vaso de sidra en una taberna del arrabal de la Ribera, Pablo y yo salimos a la calle y nos despedimos hasta el día siguiente. Mi amigo se dirigió hacia su casa, en el barrio de las Viñas, mientras yo ascendía a la calle del Corro. Entonces, una visión me paralizó. Caminando, y con un cántaro de agua sobre la cabeza, bajaba una mujer joven. Di unos pasos y fui a esconderme torpemente en un soportal. Desde allí podía verla sin ser descubierto. Tenía un cuerpo hermoso. Los tobillos, fuertes, se continuaban en unas piernas que imaginaba bien torneadas bajo la recia falda de estameña que las cubría. A pesar de su espesura, aquella prenda no podía ocultar la maravillosa curva de sus caderas, que se contoneaban a cada paso que daba. La estrecha cintura aumentaba aún más el esplendor de éstas y, sobre todo, de sus pechos. El pelo recogido se escapaba en dos o tres mechones que iban a caerle sobre el cuello y la frente; sutil indisciplina de unos cabellos negros y brillantes como el azabache. El rostro, de facciones algo duras, encajaba a la perfección en aquella figura maciza, tan estable y rotunda que se habría dicho hecha de mármol de no ser por sus deliciosos movimientos. El negro de sus ojos, enmarcado por unas largas pestañas, era el misterio, la noche.

Oculto en el soportal la observé con detenimiento. En mi vida había mirado a nadie con tal lujuria. Sentí en mis carnes reacciones que antes apenas había intuido. Sin saberlo aún, acababa de descubrir que es más fácil desear que amar, y que el anhelo por un cuerpo es más sencillo e inmediato que la atracción por una persona.

Desde aquel momento, esa mujer se convirtió en el centro de mis pensamientos. Cada tarde, tratando de no levantar sospechas, caminaba por la misma calle por la que ella bajaba llevando el cántaro de agua a su casa. Me obsesionaba su belleza, pero más aún me perturbaba saber que no debía probarla; al considerarla un fruto prohibido, se acrecentaba mi deseo. Pensar en Lucía no me ayudaba en absoluto. De hecho, a veces hasta la culpaba. ¿Por qué su recuerdo tenía que perseguirme de aquel modo y provocarme remordimientos? Luego me reprochaba por mi estupidez y pedía sinceras disculpas sin destinatario. Supongo que eso es la juventud: un período en el que queremos ser fuertes pero nos falta solidez. Al fin y al cabo, todos los jóvenes sienten curiosidad por descubrir los goces de su cuerpo y del contacto con otros. Pero para mí era aún peor porque a los disfrutes carnales unía un deseo ferviente por conocerme interiormente, por crecer, por ser digno, por tener la fuerza suficiente para mirarme con orgullo.

Deseando escapar de aquellos tormentos, muchas tardes me refugiaba en la lectura en el monasterio, evitando el contacto con otras personas. Buscaba en aquellos textos alguna ayuda. Recordaba también las *Confesiones* de san Agustín, que había leído gracias a la traducción de Sancho. Sentía como mías sus debilidades de juventud, cuando tentado por la belleza y el placer se abandonó a sus más bajas pasiones: «Porque hubo un tiempo en mi adolescencia, Dios mío, en que ardí en deseos de hartarme de las cosas más bajas, y osé ensilvecerme con varios y sombríos amores, y se marchitó mi hermosura, y me volví podredumbre ante tus ojos por agradarme a mí y desear agradar a los ojos de los demás». Pero allí sólo encontraba respuesta a cómo salir del pecado, no a cómo evitarlo. Pensé que la única solución sería hablar con el padre Francisco.

Una de aquellas tardes le acompañé al claustro del monasterio. Había descubierto que, si no iba con él, no podía acceder; estaba reservado a los religiosos.

—Padre —comencé con cierto miedo—, ¿recordáis lo que me comentasteis acerca de la juventud de Sancho?

El padre Francisco asintió.

—Yo también me siento tentado por el pecado, padre. Aún no he caído, pero siento que me fallan las fuerzas.

Tomó aire y me miró fijamente.

—No hay que ser muy listo para intuir que se trata del pecado de la carne, ¿verdad?

Mi mirada de soslayo me delató. ¡Qué otra cosa podía ser!

—En mi pueblo hay una chica a la que conozco hace ya tiempo. Asiste también a las lecciones con Sancho y es muy inteligente. No estamos prometidos ni nada de eso, pero me gusta y yo le gusto a ella, creo. Pero ahora aquí, en la villa, lejos de ella, siento que la tentación me persigue, padre. Veo cada día muchachas muy hermosas, ¿comprendéis?

—Sí, hijo, cómo no voy a comprender. Aunque monje, soy hombre, y todos tenemos tentaciones. Ya te dije que a mí también me costó mucho renunciar a la vida exterior, a los placeres terrenales. La libídine es muy poderosa, ¡cómo no! Por ello debes refugiarte en Dios y en su misericordia. ¿No leíste con Sancho la obra de san Agustín? ¿No ves que tus sufrimientos son como los suyos?

—Sí, pero, y perdonadme, padre, por lo que voy a decir, él sólo renunció al pecado después de conocerlo; ése es el camino más sencillo.

El padre Francisco me miró con una sonrisa casi inapreciable.

—Efectivamente, san Agustín primero cayó y luego se levantó, pero en modo alguno es ése el camino más fácil. Comprendo lo que quieres decir: es sencillo pecar si sabemos que Nuestro Padre nos perdonará, pero obrando de ese modo le ofendemos mucho más que siendo inmorales sin conocimiento. El que tras pecar se arrepiente sinceramente, logra la redención; el que comete una falta esperando ser luego redimido, peca con conocimiento y se arrepiente sin sinceridad.

—Pero ¿por qué tiene que ser todo tan difícil? Mi amor por Lucía es sincero, y eso Dios debería aprobarlo. Sin embargo, no encuentro más que obstáculos.

—Todos los caminos son complicados, pero no debes culpar a Dios por ello. Eres tú quien elige cada uno de tus pasos. Nadie te obligó a amar a Lucía ni te obliga a serle fiel. De hecho, como tú dices, no estáis comprometidos. Si te sientes mal mirando a otras muchachas es porque tu amor es sincero y por eso te duele poder llegar a romperlo. En tu corazón hay probidad, lo puedo ver. Si no hubiera más que lujuria, no estarías aquí hablando conmigo, ya habrías pecado.

Las palabras del padre Francisco me reconfortaron. Era cierto: mi amor por Lucía era sincero y por eso me dolía poder defraudarla. Ya lo había hecho antes y prometí que no se repetiría. También prometí volver. Y ella prometió que me esperaría.

Habían pasado ya algunas semanas de mi llegada a la villa y aún no había encontrado fuerzas, ni una buena excusa, para presentarme ante don Alfonso Prellezo y decirle que había perdido uno de sus libros. Alfonso era un escribano muy respetado en San Vicente y la sola idea de acercarme a donde vivía me daba pavor, más aún con la vergonzosa noticia que debía transmitirle. Por fin, una tarde reuní el suficiente valor para dirigirme a su casa, cerca de la iglesia de Santa María. Se trataba de una vivienda de tres alturas completamente construida en piedra, a diferencia de las muchas de madera que poblaban la villa. Me llegué a la puerta y golpeé con la aldaba. Al poco se abrió y apareció una sirvienta entrada en años.

—¿Qué quieres, muchacho? —preguntó tras mirarme de arriba abajo.

—Vengo a ver a don Alfonso Prellezo. Traigo un encargo para él de Sancho Roiz.

—Aguarda aquí.

La mujer me cerró en las narices. Pude oír sus pasos por el interior y unos murmullos que no conseguí entender. Al cabo la puerta volvió a abrirse.

La criada me franqueó el paso y accedí a la casa, tan rica como bonita. Tenía alfombras en los suelos y tapices en las paredes, e incluso alguna pintura. Una voz a mi espalda me sorprendió mientras admiraba todo aquello.

—Así que vienes de parte de Sancho —dijo don Alfonso con voz grave—. Ya ni recuerdo la última vez que lo vi, espero que se encuentre bien.

—Así es, señor. Se encuentra muy bien. Me dio dos libros para vos. Aquí tenéis el *Libro de Apolonio*. —Lo saqué del morral y alargué el brazo para entregárselo.

—¡Ah!, hace ya años que se lo dejé. Es una obra fantástica.

—Sí, señor.

—¿Cuál es el otro? No lo recuerdo bien.

—Es *El caballero Zifar*, señor. Sancho me lo enviaba también para vos, pero… en fin… bueno… lo extravié.

Don Alfonso clavó en mí los ojos.

—¿Lo extraviaste? Me gustaría saber de qué manera.

Miré a aquel hombre sin saber muy bien si su mirada era de reproche o de magnanimidad. No sabía por dónde empezar. Con la voz temblando le expliqué como pude mi terrible descuido en el monte.

Se quedó un instante en silencio, sin apartar de mí la mirada, como estudiándome. Tenía el pelo cano, al igual que las cejas, la barba y el bigote. Sus ojos azules se alojaban en unas cuencas profundísimas.

—Buen intento, muchacho —dijo por fin—; pero no te creo. Creo más bien que has urdido esa burda excusa para quedarte con mi libro y venderlo. Estoy seguro de que sabes bien de su valor.

Me quedé paralizado con la acusación.

—No, señor, creedme, yo nunca haría algo así, y menos con un encargo personal de Sancho. Fue un descuido, lo juro.

—No jures en falso. Bastante mal está robar como para empeorarlo blasfemando.

Apenas era capaz de articular palabra. Su reacción era mucho peor de lo que me había imaginado. Habría preferido mil veces un enfado o un tortazo que una acusación de robo. Traté de mantenerme firme mientras el labio inferior me temblaba ya sin control.

—Señor, no juro en falso —dije tragando saliva—, fue tal como os relaté. Puedo ser despistado o incompetente, pero en modo alguno soy un ladrón, y tampoco un mentiroso.

Don Alfonso me miró con un gesto mezcla de desprecio y superioridad. Estaba claro que, a diferencia del padre Francisco, él no veía nada en mí digno de elogio. Quizá tuviera razón. En aquel momento deseé desaparecer de inmediato, como años después hubiese preferido morir que seguir viviendo. Pero la realidad tiene la mala virtud de no cambiar por mucho que cerremos los ojos esperando que se muestre diferente.

—Muchacho, te vas a salvar en esta ocasión. No por ti, vive Dios, sino por lo que me une a Sancho. Pero no creas que te librarás tan fácilmente. El libro lo vas a pagar, tenlo por seguro. Ya se me ocurrirá cómo.

Abandoné la casa cabizbajo, sin valor para levantar la vista del suelo. Muchas veces antes me habían reprendido en mi vida, sobre todo mi padre por mis muchos despistes. Pero nunca de una manera tan fría, agria y despectiva. Traté de pensar en el modo de conseguir el dinero para pagar el libro. No se me ocurrió nada, pero descarté pedírselo a mi tío Pedro. Debía ser yo quien solucionara el entuerto.

Entonces, mientras encaminaba mis pasos a casa, levanté los ojos y la vi. Estaba tan hermosa como el primer día. Llevaba un escote no muy abierto, pero que en mi mente imaginé generoso, y un pañuelo en la cabeza que no conseguía domeñar sus rebeldes cabellos. A pesar de las piedras que cubrían la calle, parecía caminar sobre las olas del mar. No tuve tiempo para ocultarme y, aunque me resistí, acabé buscando su mirada. Ella también me miró y sonrió. Fue sólo un instante, apenas un suspiro.

Aquella noche no dormí.

34

Cerré los ojos y pensé: «Cuando los vuelva a abrir, ya no estará aquí el mar: todo habrá sido un mal sueño». Apreté los párpados con fuerza, como si con aquel simple gesto pudiera hacer realidad lo imposible. Con algo de miedo los abrí de nuevo para ver ante mí el mismo horizonte que llevaba casi tres meses torturándonos. Como era de esperar, el odioso Pacífico no había desaparecido.

Nicolás avanzó hasta donde me encontraba y me abrazó.

—No desesperes, hermano. Un día alcanzaremos unas islas ricas como no las hay igual. No me preguntes por qué, pero ahora sé que es cierto.

Le sonreí con la mitad de la boca; la otra mitad la tenía tan dolorida por las llagas y las heridas que apenas podía moverla. Pero del mismo modo que el mar no desaparecía por cerrar los ojos, tampoco los dolores desaparecían sólo con intentar no pensar en ellos. Las porciones de mi comida que había proporcionado a Nicolás durante su enfermedad le habían salvado, al tiempo que yo me sumía en un lamentable estado. Las piernas casi no me sostenían, tenía la piel reseca y agrietada, y el estómago me apretaba continuamente suplicando algún alimento.

No era yo, empero, el único que sufría las consecuencias de las privaciones. Pocos días antes habían muerto dos marineros en la *Victoria*, otro en la *Concepción* y otro más en la nao capitana. Sus cuerpos, consumidos hasta los huesos, habían sido arrojados al mar por la borda tras un simple rezo. Sin honor, sin gloria.

A pesar de las palabras de mi hermano, pensaba que aquél era el fin que nos esperaba a todos.

Durante la travesía desde que dejáramos el estrecho de Todos los Santos, sólo habíamos avistado las desiertas islas Infortunadas. Los días restantes habían sido el mismo infierno de aguas calmas, de un azul límpido, en las que destellaba el sol. Algunos marineros enloquecían pensando que nos habíamos detenido en el tiempo, que no existían el ayer, el hoy ni el mañana, que aquel tormento duraría eternamente. Uno de ellos se subió a la borda y se tiró. No nos dio tiempo ni a echarle un cabo; ni siquiera antes de morir ahogado hizo el intento de nadar.

Al menos él encontró la paz. Porque para los demás el paso de las horas y de los días era un castigo insoportable. La mitad de los hombres estaban gravemente enfermos a causa de la desnutrición. No eran capaces de ayudar en el barco, muchos siquiera de sostenerse en pie. Pasaban el tiempo acurrucados en algún rincón, protegidos del sol, durmiendo... o sollozando. Poco era lo que podía hacerse por ellos. De mi grupo más cercano, ahora era Nicolás el que mejor se encontraba. Esteban Villón, que siempre había confiado en la cercanía de las islas de las Especias, no podía concebir que no hallásemos tierra. Cada mañana escrutaba el horizonte tratando de encontrar algo distinto al azul del mar. Cuando se convencía de que aquél tampoco sería el día, se alejaba de la borda discutiendo consigo mismo.

—No es posible, no es posible —farfullaba.

Juan Griego permanecía en silencio, agotado y malhumorado. Bocacio y Martín, por su parte, comenzaban a mostrar síntomas de un gran agotamiento físico y mental. Hacía mucho que no tenían ganas de nada, ni siquiera de escuchar mi relato, lo cual por otra parte me alegraba porque yo tampoco tenía fuerzas ya para escribirlo. La mano me temblaba continuamente y el hambre no me permitía concentrarme. Si seguía mucho tiempo más así, pronto pasaría del grupo de los enfermos al de los moribundos.

Las raciones eran cada vez más reducidas. Lo único que nos quedaba era polvo de galleta empapado en orín de rata. Un marinero decidió mezclarlo con serrín para engañar al estómago.

Los demás probamos y nos convenció: la ración aumentaba y el sabor a orines se disimulaba. Al cabo de unos días el serrín superaba en proporción al polvo de galleta. Entonces, como una cruel broma del destino, se hizo real el vaticinio que más de tres meses antes había pronunciado Magallanes: «Aunque hayamos de devorar el cuero de las vergas, es nuestro deber sagrado culminar esta empresa». Los capitanes de la *Victoria* y la *Concepción* recibieron su permiso para darlo de comer a la tripulación. ¡Qué lamentable penuria la nuestra! Dos de los marineros menos enfermos de nuestra nao, haciendo un esfuerzo sobrehumano, ascendieron por el palo mayor y comenzaron a separar el cuero que lo forraba para evitar el roce de la jarcia. Tras más de un año expuesto al sol, al frío, a la lluvia y a la sal, estaba reseco y tieso como la mojama; resultaba casi imposible doblarlo. Era evidente que así no podríamos ingerirlo.

—Creo que me dejaría los pocos dientes sanos que me quedan si mordiese eso —dijo Benito.

El capitán Duarte Barbosa mandó atar el cuero con una soga y echarlo al mar para remojarlo. Dos días después lo sacamos, algo más blando, sí, pero terriblemente salado. El cocinero lo puso a cocer y luego repartió la ración del día. El que podía lo mordía; el que no, lo chupaba, tratando de arrastrar con la lengua cualquier resto comestible. Varias horas después sólo quedaban un montón de pellejos y unas bocas terriblemente sedientas.

—¡Cuánto me gustaría un buen trago de la sidra que hacen en mi pueblo! —exclamó suspirando Esteban.

—Yo creo que mataría por un vaso de vino fresco y por una hogaza de pan —dijo Bocacio mientras repelaba su trozo de cuero.

—Quiera Dios que no nos veamos en esa necesidad —respondió Esteban.

Permaneció callado unos instantes. Habitualmente le gustaba contarnos historias de lo que le apasionaba, las exploraciones marítimas, pero nunca hablaba de su pasado. Fue la primera vez que lo hizo.

—Mi padre era pescador, salía en la barca con sus dos hermanos. El mar en la costa de Bretaña, donde yo nací, es hermoso pero traicionero. Puede estar en calma, brillar bajo los rayos del sol, acariciar la arena de las playas con sus olas… y en un instante se enfurece, el cielo se cubre de nubarrones y se desata la tempestad más violenta.

Calló un momento e inspiró profundamente.

—Un día la barca de mi padre no volvió. Éramos siete hermanos, y los dos mayores fueron a pedir trabajo en otras barcas, pero lo que traían a casa no bastaba para alimentarnos a todos. Nunca habíamos tenido mucho, y entonces menos. Pasamos tanta hambre que el más pequeño murió. Mi madre envió a mis tres hermanas a servir en pueblos vecinos. Y yo me embarqué por primera vez, siendo aún un crío. Al menos comía cada día. Y me enamoré del mar, como mi padre. Fui pasando de un barco a otro, navegando cada vez más lejos, y nunca regresé a casa. He pasado privaciones, sí, pero no como las que recuerdo de niño… y jamás como las de este viaje.

Todos mirábamos a Esteban en silencio.

—Ésa es mi historia —concluyó—. No creo que sea tan distinta de las vuestras, ¿verdad?

Benito carraspeó.

—Mi madre era una *puttana* —dijo.

—Entonces por lo menos no pasaríais hambre —respondió Bocacio.

En contra de lo que esperábamos, Benito no se tomó a mal el comentario. Miró a Bocacio y comenzó a reír.

—Sería puta —dijo—, pero nunca nos dio a comer una mierda como ésta.

Incluso Juan rió. Esos momentos con Nicolás y mis compañeros, mis otros hermanos, eran lo único que me consolaba en aquella agónica travesía.

Los días pasaban y el viento seguía soplando sin tregua, empujando nuestras naves no sabíamos muy bien adónde. Todos escrutábamos el horizonte buscando señales. A veces nos hacíamos preguntas.

—¿Dónde estarán ahora los de la *San Antonio*? —preguntó un día Martín.

—Si no han perecido —dijo Esteban— deben de haber superado hace tiempo el Ecuador. Quizá estén ya rumbo a España por mar abierto.

—Al menos tendrán pescado y frutas —comentó, soñador, Nicolás—, incluso es posible que hayan cazado alguno de aquellos extraños animales que había en Brasil, ¿los recordáis?

Cerré los ojos. Claro que los recordaba, y no sólo los animales y las frutas, sino también aquellas gentes sencillas y felices que nos acogieron como a sus iguales, que nos abrieron sus casas y sus corazones. Me vino a la mente la muchacha de ojos negros. ¡Qué feliz podría haber sido con ella, que me hablaba de amor con su mirada!

—Lamento que no nos subleváramos también nosotros y volviéramos a España —dijo de repente Bocacio—. Proseguimos nuestro viaje buscando la gloria, pero no nos espera más que una muerte miserable.

—Seguro que será así —respondió Juan, y escupió al suelo.

Haciendo un esfuerzo por hablar, a pesar de las heridas que torturaban mi boca, intervine.

—Toda gloria requiere su esfuerzo, amigos. Nada grande se alcanza sin sufrimiento.

—No me vengas con tonterías —replicó Bocacio. Luego me miró a los ojos. Algo pasó por su mente porque sonrió y, dirigiéndose a Esteban, añadió—: Yo tengo tres hijos y cada uno de ellos es algo grande... y no me costó ningún esfuerzo concebirlos. ¡Lo hice con mucho placer! ¡Y ellas también!

—No me refiero a eso, Bocacio —insistí. Cada palabra me costaba un esfuerzo tremendo, pero tenía que decírselo, a él, a mi hermano y a mis compañeros—. Hablaba de una proeza, un hecho glorioso, digno de pasar a la historia, algo que sea recordado por las generaciones que nos sigan, ¿comprendes? En mi juventud leí al poeta Jorge Manrique, quien lloraba la muerte de su padre y se consolaba recordando sus grandes hazañas y su gran fe. De la misma manera, un día, siglos después de que nosotros hayamos muerto y de que nuestros huesos se hayan deshecho, alguien sabrá de nosotros y de nuestro viaje. Y no lo hará con indiferencia, sino con admiración. Ésa será nuestra huella en este mundo.

—¿Quieres saber cuál será nuestra huella en este mundo, montañés?

Bocacio arrancó un clavo de una de las tablas podridas y se fue hacia el costado del barco.

—Pero ¿qué haces? —Nicolás se levantó y fue hacia él. Los demás le seguimos.

Bocacio extendió el brazo y dejó caer el clavo. Lo vi hundirse de inmediato. Se volvió lentamente y me miró a los ojos.

—Ésa será nuestra huella. Escríbelo en tu libro.

Me quedé pensando en lo que había dicho. Hasta entonces siempre había considerado que lo que hacíamos en este mundo importaba, que todo tenía un sentido, que las grandes acciones serían siempre recordadas. Pero ahora Bocacio echaba por tierra todas mis convicciones. ¿Dónde quedaban aquellos pensamientos de Manrique cuando señalaba la importancia de obrar bien en vida para que nuestros actos fueran recordados después de la muerte? ¿Era preferible esforzarse en dejar un buen recuerdo de nosotros o disfrutar de cada momento sin preocuparse de más? Recordé las tribulaciones de Job ante Eliú, que Sancho me enseñara: «Observa las nubes: ¡cuánto más altas son que tú! Si pecas, ¿qué les haces? Si multiplicas tus delitos, ¿en qué les perjudicas?». Me sentí sin fuerzas para continuar, sin ánimo para seguir luchando. No sufría sólo por mí, sino por el conjunto de los hombres. Me vi como una pieza más de un gigantesco juego en el que todos querían ganar, pero que no tenía vencedor posible.

Estaba ya a punto de abandonarme a mi derrota cuando noté la mano de Nicolás tomando la mía. Le miré a los ojos y los vi brillar con esa luz sencilla e inteligente que yo tanto quería.

—Hermano, no sufras por las palabras de Bocacio. Está cansado, como tú, como todos. ¿Sabes lo que pienso? Quizá ese clavo no haya dejado huella alguna en la superficie del mar, pero cuando llegue abajo de todo la dejará. Y cuando pase el tiempo y no sea más que herrumbre, en el fondo quedará una huella rojiza. Sólo por ser esa mancha merecería la pena vivir, pero más aún por haber sido alguna vez el clavo.

Me volví hacia Nicolás, le besé en la mejilla y le abracé. Mi hermano era alguien grande.

Un día, cumplidos ya los tres meses navegando en mar abierto, sentí un espantoso mareo y un intenso dolor de cabeza. Llevaba más de cuatro horas en cubierta ayudando con las velas bajo un sol implacable. Aquella mañana había desayunado una taza de agua podrida, un poco de polvo de galleta con serrín y un bocado de una rata que, por suerte, habíamos atrapado. Mi cuerpo hambriento y dolorido llevaba desde varias jornadas atrás dando muestras de un agotamiento atroz, y aquel día sucumbió. Solté el cabo que sostenía y me caí. Sólo recuerdo que antes de que mi cabeza golpease contra la cubierta noté una inmensa sensación de paz, como si mi alma fuese por fin a abandonar aquel cuerpo exhausto. Luego todo fue oscuridad.

Cuando desperté, miré hacia los lados sin poder distinguir apenas nada. Sobre mí la luz se filtraba en finos rayos que penetraban entre las tablas de la cubierta. Noté el bamboleo del barco y oí el crujido de la madera. Hacía un calor insoportable y sentía la boca terriblemente seca. Traté de moverme, pero me fue imposible, pues un calambre atroz me recorrió desde la nuca hasta los tobillos. Traté de hablar. Al poco me quedé de nuevo dormido.

Cuando volví a despertar, ya no me encontraba en el interior del barco, sino en la cubierta. A mi lado tenía a Benito, Bocacio, Martín, Juan, Esteban y Nicolás. Su aspecto era lastimoso. Los cuatro primeros estaban famélicos, consumidos, parecían no sostenerse más que por un débil hilo de vida. Sus ojos estaban enrojecidos y tenían la mirada ida, como si ya estuvieran en el otro mundo. Esteban permanecía sentado, con los brazos alrededor de las piernas y la cabeza escondida. A pesar del sofocante calor, le veía temblar. Nicolás me miraba con una casi inapreciable sonrisa. Bajo la fina camisa blanca se habrían podido contar todas sus costillas. Traté de hablar, pero tenía el paladar seco y los labios pegados. Haciendo un esfuerzo supremo le susurré:

—¿Dónde estamos?

—¿Dónde quieres? —Sonrió—. En el mar.

—¿Cuánto tiempo he estado inconsciente?

—Dos días. Cuando caíste desplomado pensamos que habías muerto, pero al acercarnos vimos que respirabas. Te bajamos a la bodega para protegerte del sol y te dimos agua. Desde entonces has estado durmiendo. Tuve mucho miedo, pensé que no despertarías más. Pero esta mañana despertaste, ¿lo recuerdas?

—Vagamente.

—Sí, lo hiciste, y me dijiste que querías ver el sol y respirar aire en la cubierta. Te subimos entre todos.

Miré a mis compañeros preguntándome cómo demonios habían podido cargar conmigo en su estado.

—¿No se han visto tierras?

—No. Únicamente agua. Agua al amanecer, agua al mediodía y agua al ocaso. Tampoco se han visto algas, ni pájaros, ni semillas, ni arena; sólo agua.

Traté de incorporarme, pero me fue imposible. Miré hacia un lado y vi a seis o siete marineros que seguían las órdenes de oficiales casi tan escuálidos como ellos. Miré hacia el otro y vi a un grupo de enfermos, algunos moribundos. El viento hinchaba las velas y el casco del barco rompía las aguas. Todo lo demás era silencio.

—¿Qué dice Barbosa? ¿Ha recibido órdenes de Magallanes? Nicolás negó.

—No, el portugués no ha dicho absolutamente nada. Ayer salió a la tarde, cuando el sol declinaba. Llevaba sus cartas y sus instrumentos, y miró la puesta del sol; cuando anocheció, estuvo un rato observando las estrellas.

—Me temo que está perdido —intervino Martín—. ¿Y sabéis qué es lo peor de todo? Que aunque queramos, no podemos hacer nada. Sublevarse es inútil porque nunca podríamos llegar de nuevo al estrecho; moriríamos de hambre y sed a mitad de viaje. Lo único que nos queda es seguir navegando. Y, si es así, ¿para qué sublevarse? Estamos atrapados.

Esa tarde tomé sólo unos sorbos de caldo y al día siguiente comí como pude un poco de cuero cocido y polvo de galleta con serrín. Para mi sorpresa, el estómago recibió bien el alimento y sentí que las fuerzas regresaban, lentamente, a mi cuerpo. Mientras masticaba el cuero, no sin trabajo, evitando que me rozase en la infinidad de heridas que poblaban mi boca, oí movimientos en la *Concepción*. Me levanté a duras penas y vi que tres marineros de esa nave arrojaban a un compañero muerto al mar. Su cuerpo se hundió despacio mientras la flota continuaba su camino directa a su propio fin, más trágico si cabe, y más dilatado. Tragué el último trozo de cuero y me quedé adormecido.

Horas más tarde, una voz me despertó. Provenía de la *Trinidad*, pero no conseguía entenderla. ¿Gritaba «perra»? Traté de aguzar el oído, a pesar de la somnolencia que me invadía.

—¡Tierra! ¡Tierra!

¡No era posible! Toqué en el hombro a Nicolás, que dormía a mi lado.

—Han gritado tierra —susurré a duras penas—. ¡Han gritado tierra!

Se levantó de un solo movimiento, sacando fuerzas no sé de dónde. Se acercó al costado del barco y oteó el horizonte.

—¡Sí! ¡Sí! ¡Lo veo! Parece una gran isla.

Martín se acercó y me abrazó. No me importó el dolor que me produjo porque la alegría invadía todo mi ser. ¡Estábamos salvados! Ayudado por Benito y Nicolás, me puse de pie para ver aquel hermoso espectáculo. Ante mis ojos se perfilaba una preciosa isla verde en medio del mar, muy distinta a los pedregosos islotes que habíamos encontrado hacía un mes. Aunque no estuviese habitada, allí tendría que haber agua, fruta... quizá incluso animales.

La *Trinidad* puso rumbo hacia ella, y la *Victoria* y la *Concepción* la siguieron. Cuando estuvimos más cerca, vimos que en realidad eran dos islas. De repente, mientras escrutábamos el mejor lugar para arribar a una de ellas, vimos surgir una multitud de barquichuelas repletas de hombrecillos morenos y completamente desnudos. Proferían cánticos alegres y jubilosos. Cuando ya nos encontrábamos muy cerca de la costa, nos rodearon y treparon a nuestros barcos aprovechando los cabos que habíamos dispuesto para bajar. Asombrados, observamos a aquellos indígenas que deambulaban por la *Victoria* a su antojo, haciendo como si no existiéramos. Reían, saltaban, se abrazaban. Uno de ellos encontró la trampilla que daba a la bodega y llamó a los demás. Bajaron al interior del barco y al poco salieron cargados con algunas de las bagatelas que traíamos para el intercambio: plumas, vestidos, cascabeles, espejos; todo aquello les volvía locos.

Miré por la borda y vi que en la *Concepción* también habían desvalijado la bodega. ¿Y en la *Trinidad*? No cabía en mi asombro. ¡Los muy sinvergüenzas habían cortado las cuerdas del batel y lo habían bajado al mar! Con grandes risotadas abandonaron entonces la nao capitana y se alejaron en dirección a su isla, siguiéndoles los demás.

Después de tres meses y veinte días de navegación ininterrumpida por el mar Pacífico, encontrábamos unas islas habitadas por vulgares ladrones que, en vez de ayudarnos, nos robaban nuestras pertenencias. Mis compañeros estaban tan asombrados como yo, pero nadie sabía cómo reaccionar. Hubo quien estuvo tentado de desembarcar en ese mismo instante y recuperar aquellas mercancías que, en definitiva, tampoco eran tan valiosas. Pero Magallanes tenía otros planes. Esa misma tarde llamó a Barbosa y a Serrano, y les dio instrucciones para el día siguiente.

Bien de mañana cuarenta hombres descendimos de los botes pertrechados con lanzas, espadas y armas de fuego. Era un trabajo que deberían haber hecho exclusivamente los soldados, pero a esas alturas no había suficientes en condiciones de pelear. Yo, poco mejor que otros, sostenía con esfuerzo una lanza. Las órdenes del capitán eran claras: debíamos recuperar, en primer lugar, el bote de la *Trinidad*. Luego debíamos tratar de parlamentar con los isleños e intercambiar las baratijas por comida y agua. Sólo si se resistían atacaríamos. Algunos moribundos, sucumbiendo a creencias y supercherías, nos suplicaban que matásemos a un puñado de indios y que les llevásemos sus intestinos, pues de ese modo, creían, se curarían inmediatamente. Con buen juicio, el capitán general no lo permitió.

Yo iba acompañado de Nicolás y Benito Genovés. Con el paso más firme que nos permitía nuestro lamentable estado, avanzamos por la playa, con los soldados en primer término, en dirección al poblado, unas cuarenta cabañas de madera y palma arremolinadas bajo altísimas palmeras. Uno de los isleños nos vio y sonrió. Llamó a sus amigos, que se pusieron a danzar y reír. Cogieron unos palos y comenzaron a golpearlos en el aire al tiempo que proferían unos gritos fortísimos.

Entonces uno de los nuestros levantó su lanza y la arrojó sobre el grupo de indígenas; voló sobre nuestras cabezas para ir a impactar en el pecho de uno de los isleños, que quedó ensartado sobre la arena. De inmediato los nativos comenzaron a gritar y correr, completamente aterrados. Algunos de los soldados dispararon las espingardas. Varios indígenas fueron alcanzados. A todas luces se veía que no entendían lo que pasaba. Arrastrados por el hambre y enfervorecidos por los gritos de combate, mis compañeros se lanzaron en tropel hacia el poblado. No sé a quién se debió, pero poco después de comenzar la carga, ya estaba en llamas. Las mujeres y los niños corrían despavoridos, pero lo mismo hacían los hombres, totalmente indefensos frente a nuestras armas. Sin ninguna opción, la mayor parte de ellos huyeron hacia el interior del bosque dejando abandonadas todas sus pertenencias.

Con los indígenas derrotados entramos en el poblado humeante para hacernos con las aves de corral, los cerdos y los frutos allí guardados. Pesaba dentro de mí un extraño sentimiento. No me gustaba el modo en que habíamos tratado a los isleños, pero, por otro lado, era tal mi debilidad y mi hambre que creo que habría hecho cualquier cosa por aliviarla. Eché las rodillas a tierra y tomé una de aquellas enormes y desconocidas frutas; la partí a mitad y la mordí sin acordarme del lastimoso estado de mis encías. El agua desprendida de la fruta inundó mi boca y me trasladó a otro mundo. No sé si alguna otra vez en mi vida había recibido un alimento con tanta devoción, con una sensación tan cercana a lo sagrado; fue como convertirme en fuente. Las lágrimas se me escaparon de los ojos mientras devoraba aquella fruta dulce y jugosa que alejaba de mí el infierno de la sed. Quise concentrarme en esa sensación y alejarme del mundo que me rodeaba, pero no pude. Un marinero iba por los establos partiendo el cuello de las gallinas y enganchándolas en su cinturón; otros tres perseguían a un cerdo asestándole innumerables puñaladas; uno más perseguía a una muchachita mientras otros mantenían retenidos en el suelo a dos isleños, que gritaban y lloraban sin comprender muy bien por qué aquellos seres venidos del mar se comportaban con ellos con tanta crueldad.

—¿Por qué les tratáis así? —grité a dos marineros de la *Concepción*—. Dejadles libres. No nos han hecho nada.

—Métete en tus asuntos —dijo Juan de Acurio, contramaestre de la *Concepción*, a mi espalda—. Les estamos dando lo que se merecen.

En un momento el poblado había quedado destruido. Quise pensar que aquello no me atañía, que yo no era el responsable de tales desmanes, pero supongo que en el fondo era tan responsable como cualquiera de los demás. Con mi pasividad daba por buenos los abusos que otros cometían. Entonces oí tras de mí la voz de Nicolás.

—Hermano, ¡estamos salvados! —gritó entusiasmado—. Hay agua y comida en abundancia.

—Sí, Nicolás. Estamos salvados.

Me levanté y fui a sentarme en un banco de palma mientras mis compañeros continuaban con el saqueo. Quizá en nuestro paso por aquel mar no habíamos dejado huella alguna, como el clavo sobre las olas; pero en los corazones de aquellos seres ingenuos y primitivos acabábamos de marcar a fuego la huella del terror y la venganza.

35

Don Alfonso Prellezo encontró bastante pronto la forma de hacerme pagar por el extravío de *El caballero Zifar*. Uno de los aprendices de su escribanía había marchado recientemente y todavía no había encontrado a nadie para reemplazarle. Sabía por Sancho de mi aprendizaje de las letras y me hizo llamar para que trabajase para él. Cuando se lo conté a mi tío, le pareció correcto: había cometido un error y tenía que enmendarlo.

La escribanía de don Alfonso Prellezo ocupaba un lateral de su casa y contaba con una sala de recepción y otra estancia interior para los escribanos. En ellas trabajaban dos hombres de unos treinta años. El hueco del aprendiz permanecía desocupado. Don Alfonso me sentó en la silla y me dijo secamente:

—Copia lo que ellos te digan. Si tienes alguna duda, pregunta. Ah, y que no se te olvide esto: después de copiar, olvida todo lo leído.

Con esas instrucciones comencé a copiar con mi mejor caligrafía los variados legajos que me daban. Al principio fueron documentos menores, pero al cabo de un tiempo me llegaron ya algunas donaciones, herencias, compras, cambios, contratos matrimoniales. Toda la vida de la ciudad pasaba por mis manos; lo bueno y lo malo. Comprendí inmediatamente por qué los escribanos eran personajes tan poderosos e influyentes: sabían más que los curas de todos los secretos de los vecinos. Y aunque un escribano responsable nunca diría nada de lo que obtuviera de dichos documentos, en manos de un aprovechado podía ser una información muy valiosa.

Don Alfonso había nacido en una familia de cierto poder económico, y su padre no descansó hasta conseguirle un ventajoso matrimonio con una joven de la nobleza urbana. De ese modo se unieron la opulencia y el honor para colocarlo en la posición que los suyos siempre habían anhelado y nunca habían podido disfrutar. Luego todo vino rodado e instalado en lo más alto de la sociedad, don Alfonso pasó a formar parte del reducido grupo de «hombres buenos» que controlaban el gobierno de la villa. Aunque en teoría la elección de los cargos municipales se realizaba por insaculación, el hecho de que sólo pudieran participar en el sorteo «los más ricos y abonados» terminaba por dejar el poder en manos de la nobleza y los comerciantes más adinerados, que solían ser siempre los mismos. El otro grupo lo formaban vecinos como mi tío, con cierta solvencia económica, pero con poca capacidad para maniobrar en los asuntos del común.

Alfonso Prellezo aprovechaba, y mucho, su condición de escribano en favor propio. El conocimiento de las herencias, los matrimonios, las ventas o los acuerdos entre familias le permitía maniobrar en las luchas de poder que se desarrollaban en el interior de los muros de la villa. No estaba nada mal conocer la dote de una rica heredera o el legado recibido por quienes podían ser futuros enemigos. Yo, desde mi discreto puesto en el escritorio de roble, comenzaba a darme cuenta de todo aquello.

Con todo, aún era muy joven, y había otras muchas cosas que retenían en mayor medida mi atención. El aprendizaje en la herrería de mi tío era una de ellas. El trabajo manual me entretenía y me proporcionaba una destreza que no era sólo física, sino también mental. Cada día manejaba con mayor soltura las herramientas del taller y mi tío delegaba en mí tareas un poco más complejas, lo cual yo agradecía. Disfrutaba trabajando con Pablo ya que me enseñaba casi tanto como mi tío y me corregía cuando era necesario. Además, como amigo no tenía igual. Siempre estaba dispuesto a provocarme una sonrisa con alguna broma o a sacarme por la fuerza de mi carácter demasiado taciturno, llevándome a jugar a los dados, las tabas o los naipes, o a tomarnos un trago de vino al arrabal de la Ribera. Pero en aquellas salidas, me conducía al que era el mayor de mis tormentos.

Habían pasado ya dos meses de mi llegada a San Vicente y, a pesar de mis esfuerzos, mi obsesión por aquella mujer no cejaba, sino que iba en aumento. Aunque yo trataba de ocultarlo, Pablo lo descubrió una tarde en que nos cruzamos con ella al salir de una taberna.

—Menuda mirada le has echado —me dijo—. Es guapa, ¿verdad?

Pensé en disimular, pero era inútil.

—Sí, lo es, mucho.

—Tanto como fresca. —Pablo rió con ganas.

Levanté las cejas invitando a mi amigo a que continuase.

—Su nombre es Inés, y está casada con un tundidor medio arruinado, llamado Gonzalo, que tiene el taller junto a la ría y que le lleva muchos años. Los padres de ella concertaron el matrimonio. Él le pega mucho a la bebida y dicen por ahí que ni se le empina. Pero, por lo que algunos comentan, Inés sabe cómo buscarse las compañías.

—¿Es una ramera? —pregunté.

—Yo no he dicho eso. —Pablo se puso un dedo sobre los labios—. Sólo que le gusta tontear... ¡Bah!, quizá no sean más que habladurías, a fin de cuentas. Ya sabes cómo es la gente.

Entramos a otra taberna y jugamos un rato a los dados. Mi amigo me reprendió porque no prestaba atención, y es que mi mente estaba en otra parte.

A la tarde siguiente, volví a la misma taberna sin Pablo y me quedé en la puerta, esperando. Quería verla, aunque fuera un instante. Hombres y muchachos entraban y salían y algunos me miraban, supongo que preguntándose qué hacía allí como un pasmarote. Pasada una hora más o menos, y ya de noche, decidí volver a la casa de mis tíos. Estaba subiendo a la calle del Corro cuando oí los pasos de alguien que descendía. Quise esconderme, pero no hallé dónde. Ella pasó junto a mí y me sonrió.

—Creo que no te conozco, muchacho, aunque últimamente te he visto mucho —me dijo—. ¿Eres de aquí?

El corazón me latía apresuradamente. Pensé que no sería capaz de responder.

—No, no... —balbuceé—, no soy de aquí. Vengo de un pueblo cerca de Potes.

—¿Cómo se llama? —preguntó mientras dejaba en el suelo un cesto con panes que llevaba.

—No creo que lo conozcas, es muy pequeño.

—¿Y qué te ha traído a la villa?

—Mis tíos viven solos, y a mis padres les pareció buena idea que pasara unos meses con ellos y, ya puestos, que aprendiera junto a mi tío, que es herrero.

Ella no desviaba la mirada ni un instante. Estaba hechizado.

—¿Por qué te has escondido de mí hasta ahora?

—No lo he hecho —mentí.

—¡Sí! —Se echó a reír—. Te he visto muchos días oculto tras un portal o siguiéndome con la mirada al pasar, creyendo que no me daba cuenta. Las mujeres lo notamos.

Traté de responder, pero no supe qué decir.

—¿Tienes a alguien en tu pueblo? ¿Alguna muchacha?

Tragué saliva.

—Sí, me gusta una muchacha que se llama Lucía. Somos amigos.

—¿Sólo amigos?

—Bueno, creo que yo también le gusto.

—No me extraña; tienes unos ojos castaños muy bonitos, y tus rizos...

Estaba completamente turbado.

—No estés nervioso —dijo mientras se acercaba—. Por ahí se cuentan cosas de mí, pero ¿sabes qué?

Negué con la cabeza. Inés se acercó un poco más.

—Es todo verdad —me susurró al oído.

—No he oído nada, no sé qué quieres decir.

No me dio tiempo a más. Tan sigilosa como un gato se puso frente a mí y me besó en la boca. Sin darme apenas cuenta introdujo su lengua entre mis labios, buscando la mía. Respondí lo mejor que supe, a pesar de mi inexperiencia. Pero ¿qué era aquello que sentía? Noté todo el cuerpo como una hoguera, inflamado por un brasa que descendía desde mis labios hasta mi entrepierna.

Inés se despegó de mí tras darme un mordisco en los labios.

—Mi casa está cerca y mi marido no llegará hasta tarde. Sólo sabe beber y buscar gresca, pero no complacerme. ¿Por qué no vienes conmigo?

Me quedé petrificado, sin saber qué hacer. Pensé en Lucía; la imaginé en su casa, junto al fuego, el pelo ondulado cayendo sobre sus hombros, los ojos verdes y profundos... ¿Cómo podía hacerle aquello? Por otro lado, ¿quién iba a enterarse? Entonces un remordimiento me recorrió. ¿Estaba mal hacer lo que quería hacer o lo que estaba mal era que Lucía se enterase? Mis razonamientos se habían quedado en lo superficial, como habría dicho Sancho. Lo que realmente importaba era si estaba actuando o no con virtud, no si mi error pudiera trascender. Quizá nadie llegara a descubrirme, pero ¿me sentiría luego a gusto con mi conciencia? ¿Podría volver a mirarme con orgullo? ¿Podría mirar a Lucía? ¡Cómo saberlo!

Quise salir corriendo, pero las piernas no me obedecían, o, al menos, eso quise pensar. Tampoco tenía por qué pasar nada; sólo un rato más, unos besos más.

Inés me dio la espalda, cogió la cesta del suelo y caminó hasta un callejón cercano. Estaba segura de que la seguiría, y no se equivocó. Abrió la puerta de la casa y la dejó entornada. Mirando alrededor por si alguien estuviera observando, entré detrás y cerré. Ella ya estaba subiendo la escalera, con un candil en la mano.

—Ven —me dijo desde el piso superior.

Subí los escalones despacio, escuchando el crujido de las tablas. Veía la luz a través de la puerta entreabierta. La empujé un poco más y entré. Inés estaba de espaldas. Se volvió y me miró mientras se soltaba el ceñidor de la cintura y lo dejaba caer al suelo. Poco después le siguieron la saya y la camisa de algodón.

—Ven aquí y tócame —dijo.

Me acerqué y la besé en el cuello mientras apretaba sus pechos con las manos. Nunca antes había tocado algo tan suave, tan voluptuoso. Se dio la vuelta, cogió mi mano y la llevó a su sexo. Mientras yo la tocaba, ella me besaba apasionadamente y gemía. Los labios me ardían, el corazón me palpitaba descontroladamente, cada trozo de mi piel quería ser acariciado. Sin dejar de besarme, Inés metió la mano en mis calzones y apretó mi miembro.

—Inés, yo nunca...

—Haz lo que te diga —susurró.

Me llevó a la cama. Los pensamientos se me amontonaban en la cabeza, pero no podía parar, no quería parar. Con la luz del candil, yacimos juntos. Aquella noche me hice hombre.

Al día siguiente, muy temprano, antes de que mis tíos se levantasen, salté de la cama y bajé a la sala con la huella de la vergüenza sobre mí. Con sigilo abandoné la casa y me dirigí despacio hacia la ribera. El sol apenas iluminaba las piedras del suelo y me costaba caminar. Salí de la villa por la puerta del Mar, junto al castillo. Me alejé lo suficiente para que nadie pudiera verme y llegué a la orilla, donde las olas rompían sobre la arena dorada, limpia y fría. Me desnudé sin prisa, con mucha más lentitud que la empleada la noche anterior. Avancé con decisión mientras el aire de enero hería mi piel y me introduje en aquel mar al que por primera vez en mi vida me entregaba. Las piernas me temblaban y un escalofrío me sacudió cuando el agua me alcanzó el nacimiento de la espalda. Seguí avanzando hasta que me cubrió el pecho. Entonces cerré los ojos y me sumergí.

Dentro del agua, casi ahogado por el frío que me paralizaba, lloré lágrimas calientes. Ya eran demasiadas las veces que faltaba a mi palabra, que me dejaba llevar por la tentación, por el miedo o por la cobardía. De nada valía volver a prometer buenas acciones si no tenía intención de cumplirlas. Estaba claro que no se podía confiar en mí, pues era demasiado débil para ser digno de ello. Era un ser impuro, pecador. Quise abandonarme y morir, expiar mis pecados bajo aquellas aguas más limpias de lo que yo nunca lo estaría. Pero en aquel momento, con el último soplo de aire en mi pecho, desnudo, indefenso, me sentí renacer. Me creí rociado por un hisopo redentor, por un agua bendita que borraba de mí los pecados conscientes, lo mismo que años atrás había borrado de mí el pecado original. Algo me dijo en mi interior que aquélla sería la última vez, que a partir de entonces siempre obraría con rectitud, con valentía, que nunca más volvería a engañar ni a traicionar a un ser al que amara.

Con mis últimas fuerzas ascendí para dar una enorme bocanada de aire. Quedé un instante flotando en el mar, como lo hacen los malos sueños una vez que nos despertamos. Salí y me vestí. Aunque seguía sintiéndome indigno, pensé que, al menos, ya conocía el camino hacia la virtud.

36

Tras la destrucción del poblado en aquella isla que llamamos de los Ladrones, los marineros en peor estado fueron descendidos a tierra para que reposaran y se les proporcionó comida y agua. Aun así, uno de ellos falleció. Otros estuvieron a punto de morir a consecuencia de los atracones, después de tanto tiempo sin apenas probar bocado. Los demás, con un juicio del que ahora me asombro, fuimos acostumbrando poco a poco nuestro estómago a digerir los alimentos. Todo me resultaba maravilloso: la carne de cerdo y de gallina, la caña de azúcar y una especie de higos de gran tamaño y forma alargada. Volver a probar la fruta fresca y el agua de manantial fue una bendición, un regalo.

Los indígenas fueron acercándose de nuevo a lo que había sido su poblado: primero a escondidas y luego de forma más abierta. Al segundo día algunos se atrevieron a ocupar sus antiguas casas. Su aspecto era harto extraño, mucho más que el de los indios de Brasil o el de los patagones, pues iban casi desnudos y tenían los cabellos tan largos que algunos los arrastraban por el suelo. Compartían una extraña costumbre, cual era la de pintarse los dientes de color rojo y negro empleando ciertas hierbas.

El italiano Pigafetta, después de meses de penurias y aburrimiento en la travesía por el mar Pacífico, estaba encantado con aquellos extraños individuos. Recorría la playa de un extremo al otro, con su cuaderno en la mano, tomando nota de las costumbres y la forma de vida de los nativos. Yo, después de mucho tiempo sin haber hallado fuerza para escribir, bosquejé unos simples apuntes de nuestra llegada a la isla. Cuando tuviera más ánimos, me dije, retomaría mi historia.

A pesar de nuestro larguísimo viaje, el capitán general no deseaba permanecer mucho tiempo en la isla. Sin atender los ruegos de los enfermos para alargar el descanso, tres días después de nuestra llegada mandó reemprender la marcha. El miedo entre los marineros era grande y justificado ya que nada nos hacía pensar que el siguiente territorio habitado pudiera estar cerca. Quizá tuviéramos que navegar aún durante semanas para llegar a las Molucas. Pero Magallanes lo tenía claro, y sobre la cubierta de la *Trinidad* su figura volvía a erguirse orgullosa, confiada. Una vez más el destino se había aliado con él para salvar a la flota en el instante postrero. Se sentía infalible. Con todo, aquellas soluciones dramáticas estaban empezando a pasarnos factura. A los muertos por frío en la Patagonia se habían unido en nuestra travesía oceánica los fallecidos por hambre y sed, eso sin contar con la deserción de la nao *San Antonio*. La escuadra era cada vez más débil y más reducida.

Bien de mañana tratamos de abandonar la isla sigilosamente, pero no pudimos evitar que los nativos se apercibiesen. Mientras izábamos las velas y recogíamos las anclas, cientos de ligerísimas canoas se hicieron a la mar. Iban repletas de hombres y mujeres que proferían gritos mostrándonos pescados, como si quisieran venderlo o regalarlo. Cuando estuvieron más cerca, comenzaron a lanzarnos piedras. Al mismo tiempo, las mujeres cuyos maridos habíamos matado lloraban y se arrancaban los cabellos. Nos agachamos de inmediato para evitar las pedradas, si bien algún marinero que otro resultó herido. Finalmente conseguimos zafarnos de ellos por la mayor velocidad de nuestros barcos, dejando atrás aquellas islas que nunca más habríamos de ver.

Y ante nosotros, de nuevo, el mar.

—Esto es como estar segando un campo de trigo inmenso, encontrar una pepita de oro y seguir como si nada —dijo Bocacio sin poder reprimir su desesperación—. ¡Casi cuatro meses navegando y sólo nos permite una parada de tres días! No lo puedo entender.

—Si los cálculos no son erróneos —apuntó Esteban—, las Molucas deben de estar cerca. Es entonces cuando habremos hallado la pepita de oro, no ahora. Ésta no era más que una mísera isla en medio de la nada ¿Qué pretendías que hiciéramos allí?

—¡Al menos saciarnos! El estómago todavía me ruge de hambre aunque haya comido hasta hartarme, las encías me duelen, tengo los huesos hechos polvo y la piel se me cae a jirones, ¿te parece poco?

—Todos hemos sufrido —intervine—, pero quizá Esteban tenga razón.

Llevábamos ya un año y medio surcando los mares y todavía no habíamos alcanzado nuestro destino: las islas de las Especias. Año y medio soportando el frío, el calor, la sed, el hambre, siempre con la muerte cerca. Los cuerpos estaban próximos al total agotamiento y sólo una gran recompensa podía darnos el ánimo necesario para continuar.

El tiempo era estable, como en los tres meses anteriores, y el viento empujaba los barcos de forma suave y constante. Recuperadas en cierto modo las fuerzas, era el momento de retomar mi historia. Con profunda emoción escribí el pasaje de mi frustrada pelea con los niños del pueblo mientras ellos retenían a Lucía en el suelo. Me describí más cobarde aún de lo que había sido: a pesar del peligro que ella corría, escapaba del lugar dejándola sola, sin preocuparme en absoluto por su suerte. Necesitaba retratarme de aquel modo. Mientras escribía, mis heridas se cerraban.

—¡Maldita sea! —exclamó Bocacio con su habitual falta de delicadeza cuando se lo leí—. ¡Vaya un personaje más rastrero y cobarde que has creado!

—En el mundo hay muchos hombres así: se consideran valientes hasta que la realidad les da la oportunidad de comprobarlo.

—No creo que haya nadie como dices. Ningún muchacho dejaría indefensa a la chica que ama.

Encajé las palabras de Bocacio con mi mejor cara: conforme por un lado con ellas y herido en mi amor propio por otro. Al fin y al cabo, las acusaciones duelen, sobre todo si son verdad.

—¿Tú nunca tuviste miedo, Bocacio? ¿Nunca huiste en lugar de enfrentarte? —pregunté.

—Pues si te soy sincero, no me acuerdo.

—Yo sí —reconoció Martín.

Bocacio, Esteban y yo nos quedamos mirándole. Martín era algo melancólico y, aunque casi nunca se quejaba de nada, yo sentía que llevaba dentro algo que le atormentaba. Quizá contándolo pudiera descansar, como le había ocurrido a Esteban. Estaba ansioso por oír su historia.

—Cuando era un crío mi padre nos pegaba a mí y a mis hermanos pequeños.

—A mí también —interrumpió Bocacio—. Y casi siempre los azotes eran merecidos.

—No hablo de azotainas o de regañinas, sino de verdaderas palizas —explicó Martín—. Decía que éramos unos holgazanes, que desde que nacimos no le habíamos traído más que desgracias. Pasaba las tardes rondando las tabernas, gastando el escaso dinero que mis hermanos y yo conseguíamos mendigando. Mi madre sufría muchísimo, lloraba sin consuelo, más por nosotros que por ella. Cuando yo tenía trece años una noche llegó a casa completamente borracho. Subió a la planta alta dando tumbos. El tufo a vino le precedía mientras ascendía por la escalera. Mis hermanos y yo nos hicimos los dormidos. Mi madre también. De un portazo se abrió la puerta. Entró dando voces: «¡Mujer! ¿Dónde está la cena?». Mi madre se levantó de un salto: «No grites, Baltasar, que ahora mismo te pongo algo». «¡Zorra! ¡Llego a casa y no tengo un triste pedazo de pan que llevarme a la boca! ¡Puta!» La agarró por el cuello y la zarandeó. Ella apenas opuso resistencia; sabía lo que podía pasar si no. Pero yo me levanté de la cama y le planté cara. «¡Suéltala, hideputa!», grité con todas mis fuerzas. Se me quedó mirando con los ojos cargados de odio. «Maldito crío, hace tiempo que te tengo ganas. Ven aquí si te atreves.»

Calló un instante y bajó la cabeza.

—Me quede paralizado, ¿sabéis?, como el personaje del libro. No podía reaccionar, el miedo me atenazaba. Mientras, él apretaba el cuello de mi madre. Me faltó el valor para ir allí y golpearle, para acabar con tantos años de humillación. Mi madre murió estrangulada por sus manos. —Hubo un silencio. Cuando volvió a hablar, su voz había recobrado la fuerza—. Esa misma noche los oficiales de la villa se lo llevaron preso. Nunca más quise saber de él. Abandoné mi casa y a mis hermanos, y huí a Sevilla para olvidar, para alejarme de aquellos recuerdos que tanto me dolían. Pero aún no me he perdonado, y no hay mar suficiente para borrar esa vergüenza.

No éramos capaces de articular palabra. Entonces Martín levantó la vista, tomó mis manos entre las suyas y dijo:

—Sigue escribiendo esa historia. Tus personajes sí que existen, aunque Bocacio diga lo contrario. Oírte me ha hecho mucho bien.

Martín se puso en pie y se alejó de nosotros.

—Tiene razón —dijo Bocacio—. Sigue escribiendo.

A mediados de marzo, cumplida una semana desde que partiéramos de la isla de los Ladrones, vimos aparecer en la lejanía la silueta de otras dos. Nos acercamos a la primera y más grande y descubrimos que se hallaba habitada, si bien los indígenas no tenían por costumbre asaltar los barcos de los visitantes. Al contrario, al vernos huyeron en sus canoas. Con gran juicio, el capitán general decidió reconocer la otra. Era más pequeña y, aparentemente, estaba deshabitada. Magallanes, sabedor de que lo más necesario era proporcionar descanso y tranquilidad a los muchos enfermos, decidió anclar allí. Desembarcamos de inmediato y, sobre la misma arena de la playa, construimos ese día dos grandes tiendas de madera y palma donde llevamos a los hombres que peor estaban; parecían espectros, tal era su delgadez y su lastimoso estado. Magallanes ordenó sacrificar una de las cerdas tomadas en la isla de los Ladrones, y el olor a carne asada se extendió por el improvisado campamento. Aquella noche, con el estómago cumplido y la sed calmada, dormí como un niño.

La tarde del día siguiente vimos aparecer frente a la playa una canoa con nueve hombres procedente de la isla mayor. El capitán general, que estaba en tierra, nos ordenó permanecer quietos y en silencio, a la expectativa. Descendieron y se dirigieron directamente hacia Magallanes, al cual tomaron por el jefe seguramente debido a su vestimenta. Si aquello era un ataque encubierto, el portugués estaba en serio peligro. Entonces el que parecía su líder se le acercó unos pasos más y comenzó a gesticular y a reír, golpeándose el pecho y haciendo reverencias. Los que le acompañaban le imitaron y realizaron extraños gestos para mostrar, supuse, su bienvenida.

Magallanes, al ver que sus intenciones eran pacíficas, nos mandó ir a buscar comida y bagatelas. Al poco les ofreció algo de carne de cerdo, frutas, pescado y regalos, que le agradecieron sobremanera, pero sobre todo se volvieron locos al ver los cascabeles, los gorros y los espejitos. Algunos de los nativos subieron de nuevo a la canoa y fueron a avisar a su gente. No tardaron en regresar cargados de presentes para nosotros: pescado fresco, un cuenco lleno de vino de palmera, cocos y una de aquellas frutas que parecían higos enormes. Tras la mala experiencia de la isla de los Ladrones, aquel pacífico recibimiento nos llenó de alegría.

Durante las jornadas siguientes no faltaron una sola en acercarse en sus barcas para ofrecernos nueces de coco, aquellos raros higos, más vino y gallinas. Les pagábamos con brazaletes, campanillas y cuentas de colores. En la *Trinidad* el capitán general les mostró clavo de olor y nuez moscada. El que parecía su jefe los reconoció de inmediato y señaló con el índice al horizonte, en dirección sudoeste.

Gracias a los víveres que nos traían los indígenas, nuestros enfermos mejoraron rápidamente. Las encías inflamadas fueron deshinchándose, los huesos se fortalecieron y renacían las fuerzas.

En los nueve días que pasamos en Humunu, como los nativos llamaban a aquella isla, aunque nosotros la bautizamos como Aguada de las Buenas Señales, otra cosa me causó gran placer: retomé el contacto con el cronista Antonio Pigafetta. Al principio, lo miraba de lejos. Me gustaba observar el modo que tenía de tratar con los isleños. Con suma cautela se ganaba su confianza para luego preguntarles, por signos, acerca de sus costumbres, sus cultivos, su alimentación o sus creencias. Resultaba maravilloso contemplar aquella escena que se repetía día tras día: un individuo culto y católico venido desde el otro extremo del mundo conversando amigablemente con unos salvajes adoradores de dioses de los que ni siquiera sabíamos el nombre. ¡Con cuánta admiración seguía yo su cauto proceder, el modo de sonsacar todas aquellas valiosas informaciones!

Una tarde, mientras tomaba notas en mi cuaderno, se dio cuenta de que estaba observándole.

—Acércate. ¿No creerás que voy a atacarte con la pluma? —Me sonrió—. Por lo que veo, das buen uso del cuadernillo que te entregué.

—Me gusta ver cómo tratáis con estas gentes —le dije—. Yo no sabría cómo hacerlo.

—¡Ah, no, no! En realidad es fácil. No son tan distintos a nosotros, ¿sabes? Son muy sencillos: comen, ríen, aman y mueren también. No hay más que observarles y luego dejar que hablen. En realidad, están deseando contarte todas sus cosas.

—Pero ¿cómo hacéis para entenderles? Su lengua es ininteligible.

—Ninguna lengua es indescifrable. De hecho, todas se dividieron en tiempos de la Torre de Babel. Por tanto, poseen un tronco común. En todas las lenguas hay un «yo», un «tú», un «toma», un «gracias» o un «adiós». No hay más que prestar un poco de atención y poner buena voluntad. A veces pienso que me resulta más fácil comunicarme con estos indígenas que con los estirados cortesanos que rodean a vuestro rey; todos esos formalismos, reverencias, pamplinas... Esta gente es asombrosa. Viven con lo que tienen y disfrutan con ello. Creo que son más felices que nosotros.

—Pero no conocen a Dios.

—Quizá sí lo conozcan, aunque es posible que aún no sepan su nombre. Admiran la naturaleza y sus manifestaciones, eso es un primer paso. La mayor parte de las veces Nuestro Señor se nos muestra a través de sus enviados en la tierra: la lluvia, el sol, el rayo. Si creen en todo eso, pueden creer en Dios.

Medité las palabras del veneciano. Realmente, Dios era esquivo. Con Sancho había leído aquellas vidas de santos llenas de milagros, de apariciones, de revelaciones, pero ¿dónde estaba todo eso? Pensé que en toda mi vida no había visto milagro alguno. Ahora, ya de viejo, lo corroboro. Por tal motivo el discurso de Pigafetta me resultaba tan atrayente: Dios nos hablaba a través de la naturaleza, no mediante el verbo.

—¿Qué haréis cuando regresemos a España? —pregunté—. ¿Daréis a conocer vuestras notas?

—Ésa es mi intención —respondió con una amplia sonrisa—. Deseo que todo el mundo conozca las maravillas que hemos visto y las que aún nos quedan por ver. Creo sinceramente que nuestros viejos reinos se nos están quedando pequeños. Llevamos siglos matándonos por míseros pedazos de tierra, por títulos, por dignidades. El mundo es más amplio de lo que creíamos. Desde que Colón descubrió la ruta a las Indias, no han dejado de llegarnos relatos extraordinarios de todo lo que allí hay, ¡y eso que apenas se han comenzado a explorar aquellos vastos territorios! Y este viaje es aún más importante. No estamos aquí sólo para hallar nuevas tierras y para cargar las bodegas de nuez moscada, clavo o canela. Estamos, sobre todo, para demostrar lo que desde muchos siglos atrás los sabios ya intuyeron: que la Tierra es redonda, que navegando hacia el oeste han de encontrarse necesariamente las verdaderas Indias, las que Colón deseaba encontrar. Si lo logramos y un día regresamos a Sevilla, el mundo hablará de nosotros por el resto de los siglos.

Sentí dentro de mi pecho una explosión de alegría. Nuestro viaje no era un viaje más. Si coronábamos con éxito nuestra empresa y conseguíamos volver a España, entonces todos nuestros sufrimientos y sacrificios habrían merecido la pena porque habríamos formado parte de algo más grande. Mi hermano, mis amigos y yo, simples clavos, dejaríamos una huella en este mundo.

—Y tú, grumete, ¿para quién escribes? —me preguntó.

—No sabría decirlo —respondí—. Mi intención es relatar una historia en la que se reflejen los sufrimientos, las ilusiones y los desengaños de los marineros, narrada por alguien que sea, en cierta manera, todos nosotros. Cada día tomo notas de lo que nos ocurre, de las islas a las que arribamos o de las interminables jornadas de navegación. Así tendré material para más adelante. Porque, en realidad, aún no han aparecido en el relato ni los barcos, ni los descubrimientos.

—¿Cómo es eso?

—Mi historia comienza con la infancia del personaje, en el lugar que le vio nacer y en la familia en la que creció. Todo lo que le ocurre es una preparación para el viaje alrededor del mundo. Todo es plausible, eso gusta a mis amigos, pero a la vez me complace añadir escenas totalmente imaginarias, pues la realidad es demasiado áspera sin un toque de fantasía. A ellos les encantan los libros de caballerías.

—Y ese personaje ¿es alguien real o ficticio?

Tal vez porque me sentía tan cómodo con Pigafetta y me parecía tan fácil hablarle de mis cosas, tuve la tentación de revelarle la verdad, de decirle que la historia era mi historia. Pero callé; era preferible mantener por el momento el secreto.

—Aún no lo sé —dije por fin—. Creo que es lo bastante real para ser cualquiera de los que estamos aquí y a la vez tan imaginario que no corresponde con ninguno de nosotros. Supongo que en él hay parte de mí, parte de mi hermano, parte de mis compañeros, parte incluso del capitán general…

—¿De don Fernando de Magallanes?

—Sí, cuando lo veo en la cubierta de la *Trinidad*, mirando al infinito, trato de figurar los pensamientos que pasan por su cabeza. A veces parece altanero, arrogante o jactancioso; no obstante, en ocasiones me pregunto si no es el que más sufre de todos nosotros. Pienso que en su interior hay muchas ilusiones, pero también mucho dolor.

—¡No sospechas cuánto!

La conversación se había vuelto cercana, íntima. Sentía que entre nosotros nacía un vínculo.

—Don Fernando —continuó Pigafetta— no siempre fue el gran capitán que ves ahora. Sus comienzos fueron muy duros. Durante muchos años sirvió con lealtad y abnegación al rey don

Manuel de Portugal. De su primera expedición a la India trajo una herida de la que estuvo convaleciente durante mucho tiempo. Pero, una vez recuperado, corrió a embarcarse en un nuevo viaje de descubrimiento. Frente a las costas de Malaca protagonizó hechos heroicos que salvaron a la flota portuguesa de su total aniquilación a manos del sultán. Poco después, tras un naufragio, prefirió quedarse con los hombres en tierra antes que marchar con los oficiales en el bote y obligó a éstos a que empeñasen su palabra de que volverían a salvarles.

—No muchos hombres actuarían así —dije—. Fue un gesto muy loable.

—Así es, y no fue el único. Gracias al esfuerzo de Magallanes, y de otros muchos como él, Portugal se hizo con la ruta marítima de las especias y su comercio, pero ¡ay! al volver a la patria... —Meneó la cabeza—. La nación por la que había arriesgado su vida no le reconoció ningún mérito: todos estaban demasiado ocupados amasando la inmensa fortuna que comenzaba a llegar de la India. Nadie se acordaba de los héroes que la hicieron posible.

»En la corte le ofrecieron una pensión, pero Magallanes no aceptó. Se embarcó en otra expedición a África en la que recibió una terrible herida que le produjo la cojera que aún le afecta. Le decían que cejase en su empeño, que se retirase, que viviese con la pensión que el monarca le ofrecía, pero él quería más: quería dar forma al sueño de Colón y alcanzar la verdadera India navegando siempre hacia el oeste. Presentó el proyecto al rey, pero fue rechazado con desprecio. Don Fernando, humillado y dolido, preguntó a don Manuel si le importaría que presentase su proyecto en otra corte y éste le respondió con desdén que podía mostrar sus locas ideas donde más le placiese. De modo que recogió sus papeles y su orgullo y acudió a la corte española, donde, tras muchas vicisitudes, sus ideas fueron admitidas.

Para Magallanes, éste no es un viaje más: es el sueño de su vida. No puedes imaginar sus sufrimientos cuando hubimos de recalar en la bahía de San Julián, ni su pena al saberse traicionado por los capitanes, ni su desesperación al perder la nao *Santiago* ni su amargura al ver desertar a la *San Antonio*. Si pudiera, cambiaría su dolor por el de cualquiera de vosotros. Ten por seguro que será el primero en soportar todas las estrecheces y todas las penalidades.

Nunca había pensado en Magallanes en esos términos. Su figura altanera sobre la cubierta de la *Trinidad* era para los marineros la imagen del desprecio, de la superioridad. Ahora comprendía que tras esa coraza se escondía un corazón herido, un alma esperando reconocimiento, que no venganza. Aquel día entendí muchas cosas que habían permanecido en sombras.

A partir de aquel encuentro mis conversaciones con Pigafetta se hicieron frecuentes. Él me preguntaba sobre la marinería: nuestro estado, nuestro ánimo, nuestras inquietudes; yo, sobre el capitán general, su pasado, los hechos acaecidos en la bahía de San Julián, en los que vergonzosamente me había visto envuelto. Así fue naciendo una amistad. Pero tuvo lugar un hecho que ayudó aún más a fortalecer aquel lazo. En una de aquellas jornadas Pigafetta se encontraba pescando en la borda de la *Trinidad* cuando, al apoyar el pie sobre una verga mojada, cayó al mar. Habría muerto ahogado de no ser porque el cabo de una de las velas pendía sobre las aguas y pudo agarrarse milagrosamente a él. Comenzó entonces a gritar desesperado sin que nadie en su barco le oyera. En aquel mismo momento, por fortuna, varios marineros de la *Victoria* nos encontrábamos pescando junto a la costa en el bote de nuestra nao. Primero oí una voz lejana; luego comprendí que era un grito de auxilio. Remamos hacia la *Trinidad* y vi al pobre Pigafetta agarrado al cabo y luchando contra las olas que golpeaban el casco del barco. Cuando le di la mano para subir al esquife, me sonrió.

—Ambos contaremos esto en nuestros libros —me dijo.

Tras el merecido descanso en la isla de Humunu, nos preparamos para partir, y Magallanes hizo entonces algunos cambios. Duarte Barbosa, nuestro capitán, había tenido un desencuentro con él. Lo destituyó y nombró en su lugar a Cristóbal Rabelo, también portugués y que le era afín.

Con las bodegas cargadas de víveres y agua dulce hicimos vela, no sin antes dirigir una última mirada a aquella hermosa tierra que nos había salvado de la muerte. En el horizonte se veían islas y más islas, algunas de gran tamaño, otras no más que diminutos islotes. ¿Algunas serían las de las Especias? ¿Alcanzaríamos por fin nuestro anhelado destino?

37

Evitar a Inés en las estrechas callejuelas de San Vicente era una labor tan difícil como desagradable. Cada día me levantaba a la vez que mi tío Pedro y abandonaba la casa junto a él. Recorríamos el camino que llevaba a su herrería y me encerraba allí a trabajar sin descanso, tratando de expiar así los remordimientos que me afligían. Después de comer acudía unas tardes a la escribanía de don Alfonso Prellezo y otras al monasterio de San Luis. Escogía siempre las calles menos transitadas y, cuando me era posible, avanzaba escondiéndome en los soportales y bajo los toldos de los puestos. No deseaba encontrarme de nuevo con ella, pues temía volver a pecar. Cuando iba al monasterio, me dirigía a la biblioteca y allí leía sin descanso las más diversas obras tratando de encontrar algo de consuelo para mi alma atormentada. Supongo que mi rostro reflejaba el pecado, pues a los pocos días de mi encuentro amoroso con Inés, el padre Francisco me llamó a su lado para hablar.

—¿Qué te ocurre, muchacho? Llevas un tiempo como alma en pena. Puedes hablarme con franqueza si lo deseas.

Sabía que ese momento llegaría, que no podría engañarle indefinidamente. Aun así ¡qué inmensa vergüenza la de confesar abiertamente mis bajezas cuando él mismo había tratado de conducirme a la virtud!

—Padre —comencé—, no pude evitar pecar.

Él me miró con una mezcla de reproche y conmiseración.

—¿Qué quieres decir con que no pudiste evitarlo? Nadie te obligó, supongo.

—Es cierto, padre —dije con sonrojo—, nadie me obligó. Fui yo el que acudí voluntariamente al pecado.

Me tomó la mano.

—¿Recuerdas cuando me dijiste que era fácil renunciar al pecado cuando ya lo habías probado? ¿Qué piensas ahora?

—Creo que es mejor vivir hasta el último de los días sin pecar que sufrir el remordimiento de haber caído, padre.

—¿Has leído los salmos? «Los males me han cercado en número incontable. Me han apresado mis culpas y no puedo ya ver; más numerosas son que los cabellos de mi cabeza, y el ánimo me falta.» El pecado, hijo, sólo trae dolor. La tentación es muy fuerte, lo sé, y más para un muchacho de tu edad, que todavía tiene todo por descubrir. Aun así, debes esforzarte por dirigir tu fogosidad hacia lo conyugal, como prescribe la ley de Dios. Si esa muchacha de la que me hablaste te quiere y tú la quieres a ella, y vuestros padres lo aprueban, es ahí donde debes entregar tu amor, no derrocharlo inútilmente con el único fin de satisfacer tus anhelos carnales.

El padre Francisco tenía razón. En el pueblo, Lucía me esperaba, yo lo sabía. Nunca habíamos hablado de un futuro juntos, pero estaba seguro de que entre nosotros existía algo especial, algo que había nacido de forma natural y que de forma natural podría conducirnos a una vida en común. Aunque hubiese caído, sentía que debía levantarme y dar a Lucía, la persona a quien verdaderamente amaba, lo que ella merecía.

Una tarde, tomando un vaso de vino en una de las tabernas de la villa, Pablo me preguntó:

—Últimamente te veo raro, ¿qué te ocurre?

¿Debía contarle lo ocurrido con Inés?

—Nada —mentí—, estoy bien.

—Pues nadie lo diría, la verdad.

Apuró el vaso de vino.

—¿Sabes? —continuó—, ayer vi a Inés cerca del hospital de la Misericordia. Iba con el borracho de su marido.

—¿Ah, sí? —pregunté con fingida indiferencia.

—Pues sí, ¡vaya desperdicio! El muy estúpido empinando el codo con una mujer así. ¡Menuda hermosura! No hago más que imaginarme sus pechos.

El vino se me atragantó y comencé a toser.

—¡Tampoco he dicho nada tan raro, hombre! —exclamó Pablo—. ¡A ver si tú no te has fijado!

—No sé... —Tragué saliva—. Hace días que no la veo y, además, tengo otras cosas en las que pensar.

Una de ellas era cómo evitarla. Aun así, a pesar de mis denodados esfuerzos por ocultarme, mi táctica del despiste resultó totalmente infructuosa. La villa no era tan grande para que dos personas no se encontrasen en algún momento, sobre todo si una de ellas lo deseaba.

Uno de aquellos días, cerca del anochecer, me crucé con Inés cuando volvía del monasterio de San Luis. Me asaltó con decisión, como aborda el barco grande al pequeño.

—Hace mucho que no te veía. ¿Dónde te has metido?

Estaba tan hermosa como la noche que yacimos juntos.

—He estado muy ocupado. Mi tío me necesita en la herrería y apenas tengo tiempo para salir.

—Pues para ir al monasterio sí lo tienes... Creo que me evitas. ¿Es qué no te gustó lo de la otra noche?

—¡Por Dios, baja la voz! Alguien podría oírnos.

Ella miró alrededor. Estábamos solos.

—Nadie puede oírnos aquí. Y en mi casa aún menos.

Las piernas comenzaron a temblarme.

—Inés —comencé—, lo de la otra noche fue maravilloso, de verdad. Yo nunca... ya sabes. Pero no podemos seguir. Yo no pertenezco a este lugar y dentro de unos meses tendré que regresar a mi pueblo... y allí está Lucía. Mi amor por ella es sincero, te lo aseguro.

—La otra noche no parecía que te acordases mucho de ella —dijo sonriendo.

—Sí me acordaba, lo juro, pero no fui lo bastante fuerte para resistirme a tus encantos.

Inés se acercó un poco más.

—Esa muchacha está muy lejos. ¿A quién le importa ella ahora?

Noté el sudor en las manos.

—Me importa a mí —respondí secamente—. Juré ser fiel y no lo he cumplido; no quiero volver a caer de nuevo en el mismo error.

—Para mí, estar contigo no fue un error —susurró—. Me gustas lo suficiente para correr el riesgo. ¿Sabes lo que me ocurriría si alguien se entera de que he estado contigo?

—Con más razón entonces tenemos que acabar con esto; por ti y por mí.

Dio un paso atrás.

—¡Vete con ella entonces y no vuelvas a dirigirme la palabra! No eres más que un crío.

Inés dio media vuelta y se marchó calle abajo a buen paso, sin volver la mirada. El contoneo de sus caderas era tan maravilloso como siempre. ¿Sería capaz de resistirme?

En casa, a pesar de mi carácter taciturno y soñador, contaba con el aprecio de mis tíos. Él estaba contento de tenerme como ayudante en su herrería, pero yo sentía que, sobre todo, ambos disfrutaban de la nueva vida en familia. Creo que hacía tiempo que no tenían mucho que contarse el uno al otro. Ella, aunque de forma no tan evidente, también estaba contenta. Desde mi llegada, su carácter huraño y seco había ido cambiando poco a poco hasta desembocar, si no en cariño, en amabilidad al menos. Cada mañana se levantaba antes que nosotros para hacernos el desayuno, y cuando llegábamos al mediodía la mesa siempre estaba puesta y la comida preparada con esmero. Su holgada posición les permitía comprar buenos productos a los pescadores y a los agricultores locales.

—¡Qué rico te ha quedado el bonito, Elvira! Cuando estábamos tú y yo solos no comprabas pescados como éste, ¿eh? ¿Es que quieres cebar al muchacho?

Mi tía se azoraba al oír aquellas palabras. Era evidente que se preocupaba por mí; nunca me faltaba de nada. Pero no quería oírselo decir. Creo que le avergonzaba admitir que no deseaba nada más en este mundo que tener alguien a quien dar su amor, que encontrarse por fin desempeñando el papel de madre.

—Es cierto, está muy bueno. Cuando vuelva al pueblo no me van a conocer.

—¡Bah, tonterías!

Una de aquellas noches, después de cenar, nos sentamos los tres junto al hogar. Me gustaba escuchar el crepitar de la madera en la lumbre, me traía sonidos de mi casa, de mi tierra. Después de un rato me levanté, y acercándome a mi tía la abracé y le di un beso en la mejilla. Sentí su cuerpo temblar.

—Buenas noches, tíos. Hasta mañana.

Ninguno de ellos contestó. Pedro estaba mirando a Elvira, y ella, al infinito. En su rostro se dibujó una minúscula sonrisa. Se volvió mientras yo ascendía por la escalera y me dijo:

—Gracias, hijo.

Desde aquel día tuve dos madres.

En la escribanía de don Alfonso Prellezo, me complacía ver que mejoraba; a él, el resultado final de mis escritos, pues pocas veces debía corregirme nada. Sin embargo, aún era pronto para haberme ganado su confianza. De su desprecio inicial había pasado simplemente a una actitud algo menos arrogante.

—Sancho te enseñó bien, por lo que veo.

Aunque me sentía orgulloso por esas palabras, no quería asumir méritos que en absoluto me correspondían.

—Gracias, señor, pero el mérito es todo de Sancho.

—Eso es lo que he dicho.

Después de todas aquellas jornadas, era evidente que la deuda que había contraído con la pérdida de *El caballero Zifar* debía de estar saldada con creces. A pesar de ello, don Alfonso no deseaba perderme tan pronto, aunque no lo manifestase abiertamente, y me ofreció un mísero estipendio por seguir allí hasta mi vuelta al pueblo.

Acepté sin pensarlo porque, de todos los trabajos que había realizado, aquél era el que más me satisfacía. Allí tenía la oportunidad de continuar mi aprendizaje de las letras y de introducirme en un oficio que nunca había pensado que pudiera ejercer. Copiando o pasando a limpio donaciones, herencias, compras o contratos matrimoniales, estaba empezando a familiarizarme con las fórmulas legales y los términos económicos, de la mayor parte de los cuales no tenía el más mínimo conocimiento con anterioridad. Era todo un mundo nuevo al que poco a poco me acostumbraba, al tiempo que lo asimilaba con rapidez. No tardé mucho en aprender a distinguir los diversos documentos y a emplear las fórmulas protocolarias que correspondían en cada ocasión. En cierto modo era como ser dueño de aquellas vidas que pasaban por mis manos; un número mal escrito o una letra cambiada, y el contenido de la carta se modificaba por completo. La responsabilidad era grande, pero también la satisfacción. Supongo que nada en lo que no pongamos algo de esfuerzo o de voluntad puede satisfacernos por completo.

En aquellos días invernales pasados en San Vicente había un momento que amaba especialmente. Cuando tenía un rato libre, lo cual era poco habitual, me gustaba salir de la villa y, a través del puente de la Maza, cruzar la ría del Escudo para dirigirme con paso firme y veloz al arenal que se abría al este de la ciudad. Caminaba descalzo sobre la arena fría, sintiéndola ceder suavemente bajo mis pies. Llegaba hasta la orilla y, despojándome de mis ropas, me introducía en el agua. No me importaba el frío. Entonces todo desaparecía: los problemas, las promesas, los compromisos, el futuro. Vivía sólo para aquel instante en el que, sumergido bajo el mar, me fundía con él en su infinitud. Imaginaba que así debía de sentirse el hijo en el vientre de su madre antes de nacer: seguro, protegido, feliz, ignorante del mundo. Recordaba cuando Sancho me explicaba el funcionamiento del útero, aquel órgano móvil que circulaba por el interior del cuerpo de la mujer esperando ser fecundado hasta que un día, al recibir la simiente, consentía en posarse sobre las partes naturales femeninas y dar lugar, allí, al milagro que suponía el nacimiento de un nuevo ser. Así me sentía yo. Sumergido bajo aquellas aguas saladas y vivas, creía volver al útero de mi madre y nacer de nuevo. Aguantaba todo lo que podía y luego salía buscando el aire salvador, al igual que el recién nacido se desliga del cordón que lo une a la suya y respira por primera vez con su llanto iniciático. Mirando aquel horizonte que formaban el cielo y el mar al fusionarse en una única línea, pensaba que si un día no tuviese lugar en el mundo al que ir, volvería a aquel mar que me acogía en su seno con generosidad de madre. Daba igual dónde. Al fin y al cabo todas las aguas son la misma, como Sancho me decía. Lo importante era que por fin había descubierto un sitio que siempre podría considerar mi hogar.

38

El ánimo de la expedición era radiante. Conducidos por Magallanes con mano firme, si bien un tanto más dulce, navegamos durante días entre multitud de islas. En mi cuaderno las anoté: Cenalo, Huinangan, Abarien... Bellos nombres para tierras no menos bellas, playas de arena dorada y vegetación exuberante que borraban de la memoria los primeros y espantosos meses en aquel mar inacabable. ¿Qué poder tendrán las aguas para inspirarnos alternativamente tanta atracción o tal subyugamiento?

Sólo cuatro días después de partir de Humunu, vimos al anochecer unas hogueras en una isla no muy distante. En cuanto despuntó el alba pusimos rumbo a ella. Una vez más, los nativos fueron a recibirnos en una embarcación cuando estuvimos cerca. Les saludamos amigablemente desde la borda sin obtener respuesta, por lo que el capitán general decidió que sería preferible actuar con cautela. Ahora, con la distancia de los años, no creo que haya habido nadie en el mundo tan paciente y pausado como Magallanes. Todo lo medía con calma, sopesando los pros y los contras, tanto en los buenos como en los malos momentos, lo mismo en las interminables jornadas transcurridas en la Patagonia que en las dichosas pasadas en las islas recién descubiertas.

En aquella ocasión el portugués decidió emplear una táctica ingeniosa. En vez de hacer descender a hombres armados, hizo llamar a su esclavo Enrique, el cual había sido arrebatado muchos años atrás de la isla de Sumatra y llevado a Lisboa, donde lo compró. Dada su tez morena y sus ojos algo rasgados quizá los nativos lo recibieran con mayor confianza.

Acompañado del escribano Sancho de Heredia y siguiendo las indicaciones de su señor, el esclavo se asomó a la borda y habló en su lengua natal, guardada aún en su memoria. Entonces ¡maravillosa sorpresa! Los nativos le entendieron y le respondieron. Aún recuerdo la expresión de Magallanes: su rostro se iluminó de inmediato con una alegría infinita. Enrique, el más insignificante entre todos nosotros, el único privado de libertad, regresaba a sus raíces siguiendo siempre la dirección del sol poniente. ¡Prodigioso momento aquel! Por fin un hombre, en toda la historia, daba la vuelta completa al mundo navegando en una dirección para entroncar, de nuevo, con personas de su misma lengua. No importaba que nos halláramos cerca o lejos de Sumatra: lo fundamental estaba hecho. Lo que tantos habían imaginado Magallanes lo acababa de demostrar empíricamente: ¡la Tierra era redonda, sin duda, sin posibilidad de error! El capitán general estaba exultante. Su sueño se había cumplido, al fin. Los días de miedo, de incertidumbre, de angustiosa espera habían quedado definitivamente atrás: ¡volvería a España como un héroe, como un visionario, como un triunfador!

Los nativos mostraban ahora una actitud más amistosa, aunque aún se negaban a subir al barco. Magallanes hizo que les lanzaran unas cuantas fruslerías. Las cogieron encantados y se dirigieron de nuevo a su isla. Al cabo de un par de horas regresaron donde habíamos fondeado en dos embarcaciones, una de las cuales llevaba a su rey. Enrique le saludó y el monarca envió algunos de sus hombres a bordo de la *Trinidad*. El capitán general les hizo muchos regalos, que le agradecieron efusivamente. Yo, desde la borda de la *Victoria*, lo miraba todo sin perder detalle.

Cuando regresaron a sus barcas, el rey de los nativos quiso corresponder a Magallanes con un lingote de oro y una cesta de jengibre, pero él lo rechazó. Sabía que, llegado el momento, habría que negociar con los isleños y que no convenía mostrar tan pronto aprecio por aquellas mercancías. Bocacio, que no le quitaba los ojos de encima, se tiraba de los pelos.

—¡Un lingote de oro! ¡Rechazado! Aguanté la travesía por el mar, pero creo que esto es demasiado para mí.

Al día siguiente Enrique bajó a tierra y comunicó al rey de aquella isla, llamada Macagua, que veníamos con intenciones pacíficas y que deseábamos comprarles a buen precio lo que pudieran ofrecernos. El soberano acogió con entusiasmo sus palabras y decidió visitar en persona al capitán general. Acompañado de varios de sus hombres subió a una de sus embarcaciones y puso rumbo a la *Trinidad*. En la cubierta, Magallanes le recibió, se fundieron en un hermoso abrazo y se intercambiaron presentes.

El capitán general, sin embargo, no quería sólo ganarse sus afectos, sino también demostrarle su poder. A una orden suya fueron disparados varios de los cañones de la *Trinidad*. Al oír las salvas, los nativos quedaron conmocionados. A través de Enrique, Magallanes hizo saber al rey que, dado que ya habían sellado su amistad, no tenía nada que temer. Luego ordenó a uno de los soldados que se vistiera con la armadura completa y a varios hombres que le golpeasen con las espadas y le lanzasen flechas. Cuando el monarca vio que nada de aquello le dañaba, inclinó la cabeza hacia Enrique.

—Un hombre así podría luchar contra cien—le dijo.

—Así es —respondió Magallanes exagerando, cuando le fueron traducidas aquellas palabras—, y en cada uno de nuestros barcos tenemos a doscientos hombres armados de esa manera.

Antes de volver a tierra, el rey pidió al capitán general que enviase con él a dos de los suyos para que conociesen su isla. Magallanes miró a Pigafetta y le señaló. El italiano aceptó encantado. Volvió la cabeza hacia la *Victoria*, me vio y alzó un brazo.

Poco después la barca del rey pasó a recogerme, para sorpresa de mi capitán, mi hermano y mis compañeros de tripulación.

Nada más poner el pie en la playa, el soberano elevó las manos al cielo y luego nos miró a Pigafetta y a mí. Por no contrariarle, hicimos lo mismo, al igual que los demás nativos. Fuimos entonces conducidos de la mano hasta su tienda, donde nos agasajó con vino y carne de cerdo asada.

—Hoy es Viernes Santo —dije a Pigafetta.

—Creo que Dios podrá perdonarnos —respondió.

Comimos y bebimos entre música y risas. Cada vez que el rey bebía, elevaba antes las manos al cielo, luego cogía la taza con la mano derecha al tiempo que extendía hacia nosotros el puño izquierdo cerrado, de suerte que la primera vez pensamos que nos iba a golpear. Cuando vimos que no eran ésas sus intenciones, imitamos sus gestos y tomamos con alegría aquella excelente carne y aquel vino que, tras meses de abstinencia, me sabían a gloria.

—Creo que no he probado nada tan bueno en toda mi vida —le dije al italiano.

Pigafetta, riéndose, sacó su diario y una pluma y comenzó a preguntar al soberano el nombre de todas las cosas en su lengua: el vino, la carne, las tazas, las escudillas… Todos se sorprendieron muchísimo al verle escribir y más aún cuando al rato el italiano les repitió los nombres anotados en el papel. Todos creían que era un brujo.

Acompañado con grandes ceremonias nos sirvieron más cerdo y abundante vino. Al poco nos levantamos y pasamos a otra cabaña donde nos sirvieron pescado asado con jengibre y mucho más vino. Poco a poco se me fue nublando la cabeza y el sopor me invadió. Mientras el hijo del rey me hablaba, cerré los ojos y caí desplomado.

A la mañana siguiente desperté con un intenso dolor de cabeza, en el mismo lugar y acompañado por Pigafetta y el príncipe. El italiano tomaba notas en su diario.

—¿Qué ocurrió anoche? —pregunté.

—Bebiste sin mesura y sufriste las consecuencias. ¿No lo recuerdas?

—No recuerdo nada después de la undécima taza de vino.

Pigafetta sonrió.

—No me extraña. Este vino de coco es terrible.

—Después de tantos meses sin probarlo, cualquier cosa me parece buena. Creo que podría beber vino aunque fuese de uva.

Ambos reímos y miramos al príncipe, que roncaba a nuestro lado. Probablemente hubiese bebido aún más que yo.

Al poco rato vino el rey para invitarnos a desayunar. Pero en aquel mismo instante vimos llegar a tierra nuestra chalupa, así que nos disculpamos no sin antes despedirnos afectuosamente. Cuando estábamos a punto de subir al bote, el hermano del monarca, acompañado por tres de sus hombres, nos llamó y nos pidió que le dejásemos ir al barco del capitán. Así lo hicimos. Más tarde Pigafetta me contó que, al igual que su hermano, ese hombre de cabellos largos y hermoso rostro también era rey, en su caso de Butuán, una isla cercana. Según le comunicó al esclavo Enrique, en su tierra abundaba el oro. De hecho, dijo, toda su vajilla era de ese material.

El 31 de marzo, Domingo de Pascua, cincuenta de los marineros descendimos a tierra para celebrar la santa misa en la isla. El capitán general se lo comunicó a los dos reyes hermanos y ambos se mostraron encantados, sacrificando dos cerdos para después de la ceremonia. Fueron a recibir al portugués y se pusieron uno a cada lado. Comenzó entonces con todo boato la ceremonia. Magallanes roció a los reyezuelos con agua almizclada antes de empezar la eucaristía. Ellos siguieron toda la misa con respeto, imitando nuestros actos y comulgando. Al acabar, el capitán general ordenó que se disparase una salva de cañones. Pero lo más importante estaba por llegar. A una orden de Magallanes se bajó a tierra una gran cruz con los clavos y la corona de espinas, ante la cual todos nos prosternamos, también los isleños. Entonces el capitán general habló:

—Amigos, éste es el estandarte que me fue confiado por el rey don Carlos, el más grande monarca de la tierra, para que fuese erigido en aquellos territorios que se descubriesen. Como símbolo de cristiandad, os traerá todos los bienes y os protegerá de futuros visitantes: los navíos europeos que lo vean sabrán que esta isla es cristiana y que nos acogió con amistad y generosidad. Nada tenéis que temer, pues. Colocad esta cruz en el lugar más alto y visible, y todo serán dichas en adelante.

Informados por Enrique, los reyes respondieron que nunca

dejarían de adorar aquella hermosa cruz. Entonces, guiados por ellos, ascendimos hasta la cima de la colina más alta de la isla y allí la plantamos. Todo era regocijo: sentíamos que habíamos extendido la fe cristiana a aquellas lejanas tierras. Magallanes, sobre todo, estaba visiblemente emocionado, pues su viaje de exploración se estaba convirtiendo en un viaje de evangelización. Sin duda, debía de pensar, Dios se lo recompensaría con creces.

Después de la ceremonia, el capitán general dejó que los marineros bajasen a tierra. Bocacio, Nicolás y Benito descendieron en cuanto tuvieron oportunidad y tontearon con las muchachas del lugar, que iban prácticamente desnudas. Esteban y Martín prefirieron participar en un banquete con los nativos, comiendo y bebiendo aquellos manjares. Incluso Juan Griego, que tantas veces había criticado al capitán general, hacía tiempo que no renegaba y les acompañó. Yo, por mi parte, prefería mantenerme al margen, no involucrarme demasiado. Mi propensión a enamorarme podía causarme de nuevo problemas, y eso era lo último que deseaba, tanto por el castigo que pudiera recibir, como por el dolor que me pudiera provocar.

—Estoy pensando seriamente en quedarme a vivir aquí —dijo Bocacio una de las noches—. Esto se parece bastante más al Paraíso de lo que dicen los curas. Hay vino, arroz, carne, pescado, fruta… ¡Y las muchachas van desnudas! Sinceramente, no creo que haya lugar mejor.

—Eres un zafio —respondió Esteban—. ¿Es que no sabes apreciar la belleza de una mujer por desnudar?

—Seré un zafio, pero las prefiero desnudas. ¿Tú cómo prefieres las lentejas: crudas o guisadas? Pues esto es lo mismo: ¿para qué esforzarse en conseguir algo que te pueden dar hecho?

—Yo siempre preferí guisar mi propia comida.

—Lo que tú quieras, Esteban, pero a mi edad el mejor regalo es una de estas muchachas complacientes que ni piden nada, ni esperan nada. ¡Maldita sea, ya podrían haber sido así mis mujeres!

—Bocacio —intervine—, das demasiada importancia a la belleza femenina. ¿Es que nunca quisiste a una mujer por su interior?

—Jamás tuve el placer de ver a ninguna por dentro.

—Sabes a lo que me refiero.

—¡Claro que lo sé! Pero no, nunca amé a ninguna por su carácter, si es eso lo que quieres decir.

—Entonces no me extraña que no hayas encontrado a la que amar de verdad. La belleza exterior es importante, cómo no, pero ¿cómo esperabas hallar a alguien con quien compartir tu vida fijándote sólo en su aspecto? Hay muchas manzanas que parecen sanas y por dentro están podridas...

—Ya, pero ninguna podrida por fuera está sana por dentro, si nos ponemos así. De todas formas, para ser sincero creo que jamás llegué a comprender de verdad a las mujeres. Ni ellas a mí, todo hay que decirlo. Probablemente nunca he estado dispuesto a dar mucho de mi parte. Me gusta más picar de flor en flor como las abejas. ¿A ti no?

—No, a mí no.

Juan Griego me lanzó una mirada incrédula.

—Pues con la muchachita de Brasil bien que picaste rápidamente —apuntó Benito.

—A esa muchacha la amé; habría dado cualquier cosa por ella. Creo que no hay nadie más por quien hubiese hecho lo mismo, salvo por mi verdadero amor. Las otras no han significado nada; apenas recuerdo sus nombres. Como dice Bocacio, ni les di nada, ni me dieron nada. Su paso por mi vida no dejó huella alguna.

—Yo también quise así a una muchacha en mi juventud —intervino Martín—. Tenía los ojos negros, muy intensos, y el pelo castaño. La quise mucho, bastante más que ella a mí. Un día me dijo que se iba a casar con un carnicero bien acomodado de Jerez. Lo hizo y tuvo varios hijos. En aquel momento me dolió, pero ahora pienso que obró bien. No sé si se podrá ser feliz sin riquezas.

—Y tú, muchacho —Bocacio se dirigió a Nicolás—, ¿eres tan sensiblero como tu hermano?

—No. —Nicolás rió—. Como a ti, me gusta tener lazos, no esposas. No me seduce la idea de estar siempre con la misma mujer, aunque mi hermano cree que es el futuro que me espera.

—Dudas porque todavía no has encontrado a la persona adecuada. El día que la encuentres me darás la razón —apunté.

—Pues si yo algún día me junto con otra mujer os doy permiso para que me golpeéis en la cabeza. ¡Con tres hijos ya tengo bastante!

Las palabras de Bocacio nos hicieron reír, como siempre. A pesar de todo me quedó un regusto amargo. Fuera por una razón o por otra, allí estábamos Nicolás y yo, solos en el mundo, sin un hogar, sin un pecho de mujer en el que descansar. Nos alejábamos porque no teníamos adónde ir, por el miedo a encontrarnos un día en el lugar de partida, al cual, necesariamente, ya no consideraríamos como nuestro. Al menos las olas borraban nuestras huellas sobre el mar.

Con el descanso en tierra repusimos el ánimo, pero también había que pensar en la continuación del viaje y la posibilidad de obtener beneficio del mismo. Magallanes preguntó cuál sería el mejor puerto para negociar con nuestras mercancías y los dos soberanos le hablaron de tres: Ceylon, Zubú y Calagán, si bien, recalcaron, el mejor era el segundo. El propio rey de Macagua se ofreció a acompañarnos. Sólo solicitó una cosa: que se retrasase la partida hasta después de haberse recogido el arroz, lo cual era inminente. El capitán general aceptó y durante aquellos días los marineros tuvimos que ayudar en la recolección a las órdenes de los reyes, quienes la mayor parte del tiempo estaban tan borrachos que apenas se tenían en pie, obligando a interrumpir el trabajo.

Por fin dejamos Macagua y, guiados por su monarca, navegamos entre las islas de Ceylon, Bohol, Canigán y otras varias. El 7 de abril, con gran alborozo por parte de toda la tripulación, alcanzamos la de Zubú, de tamaño mucho mayor que cualquiera de las que habíamos visitado con anterioridad. La bordeamos hasta situarnos junto a su principal aldea, también llamada Zubú, y una vez anclados, Magallanes mandó disparar una salva completa de la artillería. Luego ordenó a su esclavo y a Pigafetta que bajasen a tierra para hablar con el rey. El italiano se encontraba indispuesto y propuso que, dado que yo le había acompañado con los nativos de Macagua y conocía algo las costumbres y los ritos de esos pueblos, más que otros al menos, fuera en su lugar con el lenguaraz malayo.

El bote de la *Trinidad* nos llevó hasta la playa y de allí nos dirigimos al palacio del soberano. No se nos recibió demasiado bien, pues la descarga de los cañones les había asustado sobremanera. Enrique tranquilizó al rey diciéndole que veníamos en paz y que la salva era un gesto de amistad. Como le había ordenado Magallanes, también le comunicó que llegábamos como embajadores del monarca más poderoso del mundo y que deseábamos comerciar fraternalmente con ellos. Más calmado, el soberano de Zubú nos dio la bienvenida, pero, al tiempo, nos informó de que todo barco que quisiera anclar en el puerto, viniera de donde viniese, debía pagar un tributo. Para atestiguarlo, hizo llamar a un comerciante siamés que nos aseguró que había pagado la tasa pocos días antes. Enrique, que me había ido traduciendo la conversación, me susurró al oído:

—El capitán no aceptará ese tributo de ningún modo.

—Quizá sea preferible mostrarnos fuertes.

—Eso creo yo también. Tú —me dijo— haz lo que me veas hacer.

Enrique se puso en pie y dijo algo que no entendí. Luego se volvió para marcharse.

Yo me levanté apresuradamente para seguirle, pero entonces vi que el comerciante siamés hablaba con el rey. Enrique, con disimulo, me explicó:

—Le he dicho al monarca que si quería paz, tendría paz. Si no, sería la guerra.

—¿Y el comerciante?

—Nos ha tomado por los portugueses que conquistaron Calicut y Malaca, así que ha advertido al soberano que tenga cuidado con nosotros. Le diré que no somos portugueses, pero que nuestro rey es aún más poderoso y que desea comerciar en paz justamente con ellos. Si lo acepta nada ocurrirá; si no, emplearemos la fuerza.

Sin embargo, el rey de Zubú se había alarmado y le comunicó que al día siguiente tendrían la respuesta.

Por la tarde regresamos a la nao capitana y Enrique relató a Magallanes lo sucedido. Fue la primera vez que tuve ocasión de estar tan cerca del capitán general. Cuando el esclavo le contó su reacción cuando se nos exigió que pagásemos tributo por anclar en el puerto, el portugués rió con ganas y le abrazó al tiempo que me dirigía una mirada complacida. Ese pequeño instante ha permanecido grabado en mí desde entonces.

Enrique y el escribano de la *Trinidad*, León de Espeleta, bajaron a tierra al día siguiente para conocer la decisión del rey. Éste accedió a no exigir tributo y a comerciar con nosotros. Tras el tropiezo inicial todo salía según el capitán general había previsto.

Unos días después, me enteré por Pigafetta de que a la mañana siguiente, bien temprano, se habían presentado en la *Trinidad* el rey de Macagua y el comerciante siamés, nombrados intermediarios por el soberano de Zubú para establecer la paz con nuestra flota. Magallanes les recibió con amabilidad e hizo llamar a un hombre armado de pies a cabeza.

—Con esta armadura —dijo— no hay fuerza en el mundo capaz de vencernos. Si sois nuestros amigos, nadie osará enfrentarse con vosotros.

Los embajadores volvieron a tierra y regresaron a la tarde con el sobrino y príncipe heredero del rey de Zubú, además de un pequeño cortejo. Magallanes acompañado por Enrique, León de Espeleta y Antonio de Pigafetta, les recibió con toda dignidad y preguntó al príncipe si estaba autorizado por el monarca para concretar el tratado de paz. Él le dijo que sí, pues su tío no tenía más que hijas y él estaba casado con la mayor de ellas. El capitán general quiso saber más del modo de sucesión en la isla, y él le contó que, una vez que los herederos se hacían adultos, podían arrebatar el trono a su padre cuando lo consideraran oportuno.

—Imagina la reacción de Magallanes —me dijo Pigafetta—. ¡Don Fernando estaba escandalizado! Les reprendió duramente y les dijo que la ley de Dios disponía explícitamente el amor y el respeto por los padres. Enrique no daba abasto para traducir las reprimendas de su señor, de suerte que no sé si entendieron gran cosa de todo aquello. En todo caso, lo que sí que entendieron rápidamente fue que habían ofendido al capitán general, y le pidieron que enviase a alguno de sus hombres para que les siguiera instruyendo. Magallanes les dijo que lo fundamental era recibir el bautismo, pero no por miedo a ser castigados o por el gusto de agradarle a él, sino por verdadera fe. Ellos afirmaron que deseaban bautizarse de forma sincera, no por ánimo de agradar, aunque yo creo que mentían. El capitán general les dijo entonces que si se convertían al cristianismo nunca más tendrían nada de qué temer. Los embajadores se arrodillaron y aseguraron que confiaban ciegamente en sus palabras. En fin, Magallanes les tomó las manos y les anunció que, desde ese momento, quedaba sellada perpetuamente la paz entre el rey de Zubú y el rey de España.

Cuando más tarde conté el relato de todo aquello a Martín y a Benito, se mostraron sorprendidos.

—Bien poco se parece este capitán general al que conocimos en San Julián, ¿verdad? —dijo Benito.

—Cierto —contestó Martín—. Es como si fuera otra persona desde que llegamos a estas islas.

—Estuvimos al borde del desastre —dije—, y ahora Magallanes nos conduce de nuevo a nuestro destino. Pero no es únicamente eso. ¿No os dáis cuenta? A la vuelta a la corte española será reconocido no sólo como el descubridor del paso, sino como el defensor de la cristiandad, el primero que consiguió la conversión de todo este mundo nuevo.

Martín y Benito me miraban con suma atención.

—Creedme, amigos, tiene el triunfo en sus manos.

39

Una ligerísima nevada puso término a mi estancia en San Vicente. Poco acostumbrados a ella, los vecinos comentaban gozosos el acontecimiento. No era nada en comparación con las que caían en mi tierra, tan copiosas, pero por otro lado resultaba sorprendente ver la arena de la playa cubierta por aquel discreto manto blanco, casi transparente. Los niños se lanzaban bolas de nieve y se deslizaban por las empinadas callejuelas de la villa.

Habían transcurrido ya más de cuatro meses desde mi llegada y no podía decirse que los hubiese desperdiciado. Había aprendido los rudimentos de un oficio, el de herrero, junto a mi tío Pedro. Había abierto el corazón de una mujer infeliz hasta hacerla sentirse como una madre. Había descubierto la amistad sincera de un amigo, Pablo; el cariño y la tutela de un consejero, el padre Francisco, y la confianza —algo interesada, empero— de un notable de la villa, el escribano don Alfonso Prellezo. Y, sobre todo, me había hecho hombre. Aun con el alma dolida por el remordimiento, en aquel mes de marzo me sentía más adulto, más preparado para enfrentarme con mi destino.

Con discreción, mi tío me recordó que ya era hora de regresar al pueblo. No es que él lo deseara, de eso yo estaba seguro, pero entendía que haría falta en mi casa y que mis padres estarían ansiosos por volver a verme. Aunque sabía que el momento de la partida había de llegar necesariamente, no pude por más que experimentar un sentimiento de pérdida, de tristeza. Mis tíos Pedro y Elvira habían entrado en mi vida. Yo les di mi cariño y ellos consiguieron que me sintiera a su lado como en mi propio hogar. Nunca podré agradecer bastante lo que hicieron por mí.

Con más voluntad que ganas, fui despidiéndome de las personas que había conocido en la villa. En primer lugar, informé de mi partida en la escribanía.

—Gracias por todo, señor —concluí—. Para mí ha sido un placer trabajar aquí con vos, más aún dado mi imperdonable descuido por la pérdida de vuestro libro, pero ahora mi familia me necesita y, además, debo proseguir mis estudios con Sancho. Este año, sobre todo, continuaré con el latín.

—Esperemos que te enseñe bien. Te hace buena falta.

No sabía qué más decir. En mi fuero interno pensaba que me ofrecería algo, que me propondría seguir en su escribanía si algún día volvía a San Vicente. Pero aquello no eran sino ilusiones mías y un estúpido orgullo por creerme más de lo que era. Al fin y al cabo, en la villa eran muchos los que sabían escribir, y no faltarían los que querrían emplearse en una escribanía, siquiera como aprendices. Al ver que no me iba, me espetó:

—¿Algo más? Creo que ya te he pagado por tus servicios, ¿no es así?

—Sí, cómo no. Sólo es que hasta final de esta semana no tengo previsto partir. Si os parece bien, puedo seguir trabajando hasta entonces.

—Está bien, muchacho —dijo sin levantar la vista de sus papeles—. Pero ahora déjame, estoy muy ocupado.

Me dirigí a mi mesa y continué pasando a limpio uno de los documentos que don Alfonso había redactado: el testamento de don Ramón Oreña, un prohombre de la villa.

Al día siguiente, después de terminar mi jornada de trabajo en la herrería, me dirigí al monasterio de San Luis. Aquélla era quizá la despedida que más me apenaba, pues en el padre Francisco tenía un confesor, pero también un amigo y un guía. Atravesé la puerta del monasterio y pregunté a uno de los monjes por él. Con amabilidad me acompañó al lugar en que yo imaginaba que estaría: la biblioteca.

—Buenas tardes, padre, vengo a despedirme. Al final de esta semana regreso a mi pueblo con mi familia, y con Sancho.

—Acompáñame, muchacho. Tendrás un rato para conversar, ¿no? —me dijo con una sonrisa.

—Sí, padre. Con vos, siempre.

Fuimos una vez más al claustro, que estaba solitario.

—¿Has encontrado ya algo de paz?

No le gustaba andarse con rodeos.

—Sí, padre. No he vuelto a pecar, si es lo que me preguntáis.

—No exactamente. Hay pecadores que viven muy tranquilos con su conciencia y también buenas personas que viven atormentadas por un simple desliz. No te pregunto si has vuelto a pecar, sino si consideras que estás en el camino de no volver a hacerlo.

El padre Francisco me miraba por dentro, como hacía mi madre. Era capaz de entrever mis más ocultos pensamientos; no servía de nada mentir.

—Supongo que sí, padre. He probado el pecado, pero su gusto me pareció amargo, aunque al principio fuera dulce. En todo caso, creo que no debo ser jactancioso. Muchas veces he prometido cosas que no he podido cumplir y no me gustaría incurrir en el mismo error.

—¿Sabes lo que cuenta san Agustín que le ocurrió a su amigo Alipio?

—No, padre; Sancho no me dio a leer esa historia.

—Escucha. Alipio era amigo de san Agustín y había acudido a Roma para estudiar derecho. Su alma era justa y, por tanto, aborrecía los juegos de gladiadores, pero un día al encontrarse por casualidad con unos amigos fue arrastrado por ellos a aquel espectáculo sangriento. Riéndose les anunció: «Podéis llevar allí mi cuerpo, pero ¿creéis que podréis obligar a mi alma a mirar? Estaré como si no estuviera, y así triunfaré de ellos y de vosotros». Quisieron ver si era capaz o no de cumplir con lo dicho, y se sentaron todos en el graderío. El espectáculo estaba en su apogeo. Alipio cerró sus ojos tratando de evitar a su alma el horror de aquella lucha a muerte, pero ¡no pudo cerrar sus oídos! En un lance de la lucha fue tan grande el griterío de la turba enfervorecida que, vencido por la curiosidad y creyéndose más fuerte de lo que en realidad era, abrió los ojos. Y entonces, según cuenta san Agustín, fue herido en el alma con una herida mucho más profunda que la que acababa de recibir el gladiador. Porque en cuanto vio toda aquella sangre, cayó más miserablemente que el gladiador, bebió de ella con crueldad y no pudo ya apartar la vista, deleitándose con el crimen de la lucha y embriagándose con tan sangriento placer. Ya no era el mismo ser que había llegado, sino uno más entre la turba. Gritó aún más que los demás, voceó, se enardeció. Y después hubo de volver al espectáculo acompañado no sólo por los mismos que lo llevaron, sino arrastrando a otros consigo. ¿Comprendes, muchacho? De nada vale ser presuntuoso si no se es fuerte.

—¿Y qué le ocurrió a Alipio? —pregunté con el corazón encogido—. ¿Nunca más encontró el camino a la virtud?

—Sí, lo hizo, pero mucho más tarde, cuando aprendió a presumir menos de sí y a confiar más en Dios.

Aquella historia me había calado en el alma. Me veía, al igual que Alipio, como un ser petulante: más arrogante y presumido que sólido. ¿Sería capaz de salir del pecado por mí mismo? No podía saberlo, aunque tenía la intención.

—Padre, tras cometer el pecado de la carne acudí a la orilla del mar, me desnudé y entré en las aguas. Cuando me cubrieron por completo me confesé ante Dios, le dije que era un ser mezquino y fatuo, y me dejé llevar por las olas, no me importaba acabar allí. Pero, entonces, sentí que renacía, que algo puro crecía dentro de mí, que no volvería a pecar, que siempre sería justo. ¿Cómo puedo saber si era Dios el que me hablaba o era de nuevo mi arrogancia?

—No creo que puedas, hijo —respondió cogiéndome la mano—, pero es muy probable que fuera Dios. A Nuestro Señor le gusta hablar a través de las aguas; recuerda que con ellas lavamos nuestros pecados, como Jesucristo en el Jordán. No sólo es bendita la de las pilas, ¿comprendes?

—Sí, padre. Y espero que así sea.

Me revolvió los cabellos y me miró con benevolencia.

—Vuelve pronto, muchacho, me ha gustado tenerte cerca. Quizá ahora no lo creas, pero tu alma es bondadosa.

—Lo haré, padre, si me es posible.

—Aguarda un momento antes de irte. Quiero que le lleves algo a Sancho.

Se levantó y con paso lento se dirigió a una mesa, abrió un cajón y sacó un libro.

—¿Lo conoces?

Negué con la cabeza.

—Es el *Libro de los ejemplos del conde Lucanor y Patronio*, escrito por el infante don Juan Manuel. Es posible que Sancho tampoco sepa de su existencia, pero su lectura os gustará mucho a ambos. No lo comiences hasta llegar al pueblo, ¿de acuerdo?

—Como digáis, padre.

Con un abrazo nos despedimos sintiendo que el lazo que había nacido entre nosotros no podría romperse ya nunca.

Mi tío se esforzó durante aquella última semana en enseñarme a herrar las bestias.

—Quizá te sea útil en el pueblo —me explicó.

Creo, en realidad, que era el modo de mantenerme y mantenerse ocupado y evitar reconocer el dolor que le causaba mi marcha. Aun así, el mío era mayor, y no sólo por él, sino también por mi tía y por Pablo; hasta por Inés, con quien hacía días que no me tropezaba. Suponía que ahora era ella quien me evitaba a mí. No me gustaba irme sin decirle adiós, pero por otro lado volver a verla me causaba pavor.

Dos tardes antes de partir acudí a la escribanía. Me quedaba poco para finalizar la copia del testamento de Ramón Oreña y no deseaba dejar San Vicente sin tenerla acabada. Después de todo tipo de invocaciones religiosas y de formulismos legales llegaba el punto de registrar los bienes legados a cada heredero, esto es, su mujer, sus hijos, algunos parientes y amigos. De pronto, algo me sorprendió tremendamente en el original de don Alfonso. Entre los beneficiados de la herencia aparecía don Julián Carranzana, primo de don Alfonso y enemigo declarado de don Ramón Oreña. Copiando los documentos de la escribanía había terminado por enterarme de todas las luchas internas por el poder en la villa y ningún nombre me pasaba ya por alto, aunque fuera de las ramas secundarias de los linajes. Dejé la pluma suspendida en el aire. Evidentemente era un error, pensé; a buen seguro don Alfonso habría querido escribir el nombre de Julián Carraceja, éste sí sobrino de don Ramón, pero había confundido los apellidos, quizá porque estaba pensando en otra cosa. No podía ser de otro modo, pues la familia Oreña protestaría en cuanto se le entregase la copia del testamento; una estratagema como ésa no le valdría a don Alfonso para beneficiar a su primo. Sólo serviría para dejarle en mal lugar, bien porque creyesen que no había trabajado como era debido, lo que no se podía permitir, bien porque lo considerasen un acto voluntario. Pero ¿cómo comunicar a don Alfonso su error? ¿Me tildaría de arrogante? Recordé sus palabras: «Después de copiar, olvida todo lo leído».

No sabía qué hacer, así que decidí preguntar a uno de los oficiales. Tras señalarle la confusión de los apellidos, el oficial se echó hacia atrás en su silla. Finalmente, dijo:

—Déjalo tal cual; el error es de don Alfonso, no tuyo. Cabe suponer que se dé cuenta cuando lo repase. Y, si no, ya le llamarán la atención los herederos. Odia que le corrijan y más un simple aprendiz.

Supuse que era lo mejor. Al fin y al cabo, en dos días yo dejaría San Vicente y nada de aquello me importaría ya. Aun así, por otro lado, me fastidiaba pasar por alto algo que podía solucionarse con facilidad. Y últimamente don Alfonso confiaba lo suficiente en mí para no repasar a conciencia todo lo que yo copiaba. Tomé el original de don Alfonso y me dirigí a su sala.

—Señor —comencé—, ¿tenéis un momento?

—Ya me has interrumpido, así que adelante.

Tragué saliva.

—Se trata de este documento. Perdonadme, pero creo que hay un error.

Don Alfonso paró de escribir y dejó su pluma a un lado sin

levantar la vista. Por fin, cuando a mí ya comenzaban a temblarme las piernas, levantó ligeramente sus ojos.

—¿Un error, dices?

—Sí, señor, creo que se trata de un error… aquí, en el listado de herederos. Donde pone Carranzana quizá debería poner Carraceja.

Alargó el brazo y tomó el papel con un gesto rápido, como de enfado. Leyó con atención el documento entero y me miró a los ojos.

—¿Cómo sabes lo que debería poner?

Me quedé inmóvil y mudo. No ignoraba que aquello podía pasar, pero al menos esperaba que primero reconociera su error y que se mostrara agradecido por haberlo descubierto. Era evidente que me había equivocado.

—No lo sé, señor, supongo que de leer tantos documentos…

—Te dije que olvidases todo lo leído, ¿no lo recuerdas?

—Sí, señor, lo recuerdo.

Don Alfonso posó el papel sobre la mesa. Estaba convencido de que nunca más podría volver a trabajar allí. Muy despacio, se recostó sobre la silla.

—Está bien. Después de todo, me gusta la gente con iniciativa. Te lo agradezco, has protegido mi buen nombre y mi posición.

—No, señor, gracias a vos.

Tomé el original y me dirigí de nuevo a la puerta. Las piernas aún me temblaban. Entonces me llamó.

—Muchacho —me dijo—, si algún día vuelves a San Vicente, ven a verme. Siempre hay un hueco para quien es despierto.

¡No podía creerlo! A pesar de su carácter soberbio, Alfonso Prellezo me ofrecía la posibilidad de regresar a su escribanía en el futuro. Aquélla era la oportunidad que tanto había anhelado: trabajar en algo que me gustaba, en algo en lo que podía ser útil y aplicar mis conocimientos.

—Gracias, señor, lo haré.

Salí con el corazón henchido y con una sonrisa en los labios.

Muy temprano, recogí mis escasas pertenencias de la alcoba y bajé a despedirme de mis tíos. Los encontré a los dos en la sala, esperándome. Me acerqué a Pedro y lo abracé con fuerza.

—Gracias —le dije.

Luego hice lo mismo con Elvira. Al abrazarla noté que temblaba. Me besó en la cabeza y me dijo:

—Vuelve cuando quieras. Te estaremos esperando.

En ese momento llegó Pablo, aún con legañas en los ojos. Le sonreí y nos fundimos en un abrazo.

—¿Volverás? —me preguntó.

—Así lo espero —respondí.

Me colgué el morral a la espalda y tomé la vara de avellano que meses antes me había acompañado desde mi pueblo hasta San Vicente. Les miré por última vez y, con las lágrimas asomándome a los ojos, descendí buscando la puerta de la Barrera, en la muralla, por la que tomaría el camino a Potes. Cuando estaba a punto de salir de la villa, vi subir a Inés. Estaba tan hermosa como el primer día: las caderas balanceándose, los tobillos asomando bajo la falda, el cuello erguido, los pechos elevados… y los mechones de pelo negro escapándose bajo su pañuelo. Quise esperarla, despedirme, besarla de nuevo quizá. Sin embargo, continué adelante y crucé la puerta.

Puede que me viera en aquel último instante, pero no quise volverme para comprobarlo.

40

Muy dichosos fueron los días que pasamos en la isla de Zubú, quizá los más felices de todo el viaje. La amabilidad de aquellas gentes no tenía igual. Cada vez que bajábamos a tierra éramos recibidos con toda atención y ceremonia, como si nos consideraran príncipes o emperadores. Entre los trabajos de aprovisionamiento de las naos y los descansos en suelo firme iban pasando las jornadas sin mayores contratiempos. A pesar de todo, para muchos de nosotros aún era momento de recuperarse de la travesía oceánica. De hecho, todavía murieron dos de nuestros hombres.

Magallanes, por su parte, estaba embarcado en su cruzada personal por cristianizar a los nativos. La oportunidad para hacerlo le llegó de la mano del comercio. Después de comprobar la amistad y la buena disposición del rey de Zubú, Humabon, decidió que era hora de enseñarle nuestras mercancías. Así, el 12 de abril le abrió nuestro almacén y le mostró nuestros bienes. Todo aquello resultaba extrañísimo para los isleños y estaban dispuestos a darnos lo que pidiéramos por conseguir un espejito, una cucharilla de metal, unas campanillas u otras bagatelas. El intercambio se estableció de forma tan pacífica y placentera por ambas partes que Humabon pidió a Magallanes ser bautizado en la fe cristiana pues, empezaba a ver, no obtendría de ello más que ventajas. Como si nada, también dejó entrever que varios jefes de la isla no querían convertirse al cristianismo ni obedecerle a él como rey. El capitán general les hizo llamar y los amenazó de muerte si no se acogían a nuestra fe, y ellos, con buen criterio, aceptaron entonces bautizarse.

La ceremonia se realizó dos días después, en el centro del poblado de Zubú. Unos cuarenta hombres bajamos a tierra acompañados por otros dos completamente armados. Levantamos una gran cruz de madera y Humabon fue bautizado por nuestro sacerdote junto con el rey de Macagua, el mercader siamés, el príncipe heredero y quinientos isleños más. Al rey de Zubú se le impuso el nombre de Carlos, en honor de nuestro joven soberano. Bocacio, Benito y Nicolás, junto con otros marineros, se encargaron de quemar los ídolos de los nativos en una gran pira. Después, pasamos un buen rato mientras los isleños nos ofrecían vino de coco y carne asada.

—Si siguen trayendo vino, les quemo la isla entera —dijo entre risas Bocacio.

A la tarde continuó la ceremonia de bautismo con las mujeres. A la reina se le puso el nombre de Juana, por la madre de nuestro rey; a la mujer del príncipe, el de Catalina, y el de Isabel, a la reina de Macagua. Al caer la tarde, más de ochocientas personas habían sido bautizadas.

Al día siguiente fue el turno para otros muchos habitantes de Zubú y también de otras islitas cercanas. Sólo en una se resistieron a ser cristianizados, si bien aceptaron después de que el capitán general ordenara quemar su poblado. Magallanes estaba imbuido aquellos días por un gran fervor religioso, por un espíritu casi místico. Pero una vez conquistadas sus almas, faltaba conquistar sus voluntades. El capitán general celebró una ceremonia en la que, con la ayuda de Enrique como intérprete, hizo jurar al monarca de Zubú su lealtad y fidelidad al rey don Carlos. Colocó su espada delante de una imagen de la Virgen María y dijo a Humabon que antes debía morir que faltar a su palabra. Él acató el juramento y le regaló las mejores joyas que poseía, lo que el portugués interpretó como señal de sumisión y respeto.

Yo asistía a todo aquello con verdadera admiración. Me parecía increíble que esas gentes acogieran de forma tan alegre nuestras creencias desprendiéndose al tiempo de las suyas. Entonces llegó a oídos de Magallanes que, a pesar de su prohibición de adorar a los ídolos, un hermano del rey continuaba practicando sus cultos ancestrales. Fue a visitarle, acompañado de una comitiva integrada por Pigafetta, el esclavo Enrique, Benito Genovés y yo, además de otros cuantos marineros y sobresalientes. Nada más llegar a la casa del hermano del soberano, nuestro capitán reprendió a los sirvientes al ver que estaban realizando sacrificios rituales. Ellos, sin embargo, se disculparon diciendo que no lo hacían por ellos, sino por la curación de su señor, que estaba gravemente enfermo. Magallanes, Enrique, Pigafetta y yo, detrás de él, entramos en la cabaña y, efectivamente, pude ver a aquel hombre en un lamentable estado de postración, inmóvil y sin poder hablar. El capitán general, alimentado por su fe, informó a los familiares que si quemaban sus ídolos y aceptaban a Jesucristo como su Señor, el hombre sanaría. Todos dieron su conformidad, y el hermano del rey, su mujer y sus hijos fueron inmediatamente bautizados. Acto seguido, Magallanes se acercó al enfermo y le preguntó:

—¿Cómo estás?

Para sorpresa de todos, él se incorporó y respondió, en su lengua, que se encontraba sanado.

Fui testigo de aquello, lo vi con mis propios ojos, al igual que muchos de los nuestros y de los indígenas. Cuando salí de la tienda, me acerqué a Benito y le narré lo sucedido.

—¿Y no te parece un poco extraño todo esto?

—Sí, Benito. Tanta fe repentina me parece sospechosa.

—En fin, ¡que sea por la gloria del Señor!

Desconozco si fue porque realmente creían en el milagro o para que les dejáramos en paz, pero el caso es que todos los isleños se dedicaron con fervor a quemar sus ídolos y a destruir sus templos, dando gritos de «¡Viva Castilla!» y otras cosas semejantes.

Mientras todo esto sucedía, Pigafetta observaba, preguntaba y luego anotaba los detalles más nimios en su cuaderno: la forma de las casas, el aspecto de los ídolos, la preparación de las comidas, las ceremonias fúnebres. Todo. Un día me contó la curiosa costumbre que tenían aquellos hombres de horadarse el pene con un cilindro de oro que sobresalía por arriba y por abajo mediante unos remates en forma de cabeza de clavo.

—¿Y cómo orinan? —le pregunté.

—Al parecer, el cilindro tiene en su mitad un agujero por el que pasa la orina. El caso es que ninguno de ellos se lo quita ni siquiera para practicar el coito. Según me dijeron, son las mujeres las que les obligan a llevarlo.

—Pues será así, pero, por lo poco que he visto, se entregan más felices a los nuestros que a sus maridos.

Aunque me gustaba acompañar a Pigafetta y aprender de su inmejorable método para informarse de las costumbres y los ritos de los indígenas, también me dedicaba a escribir mi historia. En aquel ambiente feliz me costaba mucho describir los tristes momentos que viví con la marcha de mi hermana Isabel al convento de Santa Clara y mis dificultades para estudiar ante la prohibición de mi padre. Todo tomaba un aire menos dramático. Supongo que es tan difícil escribir de algo triste cuando se está contento como relatar algo alegre cuando se está sufriendo. De todos modos, aquellos días no se lo leía a nadie. Mi hermano y mis compañeros estaban tan entretenidos en la isla que apenas prestaban atención a mi historia.

Pero Pigafetta sí. Una de las mañanas me pidió mi cuaderno. Se lo entregué con cierto temor, pues temía que lo considerase una historia burda, vulgar. Se sentó bajo una palmera en la playa y, justo antes de comenzar a leer, se disculpó por no haberme dejado su diario cuando se lo pedí, alegando que contenía ciertas informaciones que debían mantenerse en secreto. Pasaron dos horas antes de que levantase la vista de mis papeles.

—¿Qué os parece? —le pregunté con cierto recelo.

—Interesante, de veras. Me gusta cómo retratas al personaje, su carácter, sus miedos, sus pensamientos. No hay muchos autores que se detengan en esos pormenores.

—Supongo que el personaje lo merece.

Pigafetta me miró con fijeza y sonrió.

—Creo que hay en él bastante más de ti de lo que estás dispuesto a admitir. —Levantó una mano—. No te preocupes, que mantendré tu secreto. Sólo te pido una cosa a cambio.

—Decidme, pues.

—No dejes de escribir.

Me devolvió los papeles y se levantó. Le seguí con la mirada mientras se alejaba hacia la cabaña del rey, supongo que para seguir recogiendo sus informaciones. Tomé la pluma dispuesto a obedecerle.

Pasamos todavía dos semanas en aquella isla, descansando y disfrutando de sus gentes. Todo marchaba bien y el comercio nos era sumamente ventajoso. Hasta que llegó a la tienda de nuestro capitán general un reyezuelo de la cercana isla de Matán llamado Zula. Magallanes había acordado con él que nos entregaría diez cabras a cambio de unas azadas y unos cuchillos, pero no vino más que con dos animales. Según tradujo Enrique, y me contó Pigafetta, el otro rey de la isla, con un nombre tan largo como difícil de recordar, Silapulapu, no deseaba someterse a nosotros y entorpecía el comercio. También le dijo que si pudiera enviar aunque no fuera más que una chalupa con unos cuantos hombres armados, Silapulapu sería fácilmente derrotado y toda la isla pasaría entonces a rendir pleitesía al capitán general y a don Carlos de España. Magallanes le prometió tomar en consideración el ofrecimiento.

Aunque Matán no era más que una insignificante isla casi pegada a Zubú, había bastante en juego en aquella ocasión. Teniendo en cuenta que nuestras fuerzas eran más bien escasas, y pese a las demostraciones de fuego que habitualmente realizábamos para impresionar a los nativos, no podíamos esperar conquistar una a una toda aquella multitud de islas. Magallanes, entonces, ideó una estratagema: hasta que regresásemos a España y pudieran enviarse allí nuevos barcos para dominar los territorios descubiertos, se hacía necesario contar con aliados fuertes y leales. Y el mejor de ellos era, sin duda, Humabon. Si conseguíamos que el rey de Zubú se impusiera sobre los otros reyezuelos cercanos, mantendría en nuestro nombre el control sobre todas aquellas islas hasta que Castilla se hiciera con su dominio definitivo. El plan era correcto en su planteamiento, pero había que ponerlo en marcha. La primera misión era derrotar al rey Silapulapu y someter la isla de Matán al dominio de Humabon.

Éste recibió con agrado la noticia, aunque no pudo evitar mostrar sus reservas: si se sometía a los vecinos por la fuerza, ¿no podrían revelarse ellos cuando los españoles se marcharan? Magallanes le tranquilizó: una vez que los habitantes de las islas cercanas vieran el modo en que Silapulapu era derrotado, nadie osaría levantarse contra un aliado de España.

El capitán general dispuso que dos chalupas repletas de hombres armados se dirigieran a la isla de Matán para dar un escarmiento a aquel caudillo. Mientras se hacían los preparativos del ataque para el amanecer del día siguiente, tuve tiempo de conversar con Pigafetta. A pesar de que el plan parecía sencillo, el italiano no estaba del todo seguro.

—En la nao capitana ha habido un enfrentamiento esta tarde —me contó—. Vuestro anterior capitán, Duarte Barbosa, no está de acuerdo con esta acción y ha pedido a don Fernando que recapacite sobre su conveniencia. Pero él lo tiene claro: dice que es la demostración que nos hace falta para que estas islas sigan bajo el control castellano cuando nos vayamos. Barbosa ha insistido, y el capitán general le ha hecho callar sin más miramientos. Le espetó que si se oponía era sólo por haber sido despojado del mando de vuestra nao. Eso es franqueza. Bueno, después de todo son cuñados.

—¿Y cuál es el temor de Barbosa?

—No lo dijo muy claro, aunque me pareció entender que considera muy peligrosa esta maniobra y que un error de cálculo podría dejarnos en serio peligro ante los nativos. No tienen más que lanzas, pero son muchos.

—Hasta ahora nuestras demostraciones de fuerza les han impresionado, ¿no? Cada vez que oyen un cañonazo huyen despavoridos.

—Aun así me temo que pueden pasar del susto a la indiferencia. ¿Y si se dieran cuenta de que nuestras armas de fuego no son tan certeras y menos aún en una lucha cuerpo a cuerpo?

La pregunta de Pigafetta quedó en el aire. ¿Estarían justificados sus miedos?

No había amanecido todavía cuando nos embarcamos en las dos chalupas bajo el mando de Magallanes. Cuarenta de los nuestros llevaban la armadura completa, espadas, ballestas y mosquetes, y diez más íbamos con protecciones ligeras y lanzas, entre ellos Bocacio, Benito, Juan Griego y yo. Otros once hombres se quedarían en las chalupas por si al enemigo se le ocurría intentar hacerse con ellas por sorpresa. Pigafetta nos acompañaba para presenciar la victoria y narrarla después.

Nuestro ánimo era excelente ya que, probablemente, aquélla sería nuestra postrera demostración de fuerza; luego podríamos continuar en dirección a las Molucas. El rey de Zubú, en el último momento, ofreció a Magallanes mil de sus hombres para la batalla, pero el capitán general declinó la oferta: no se trataba de hacer una matanza, sino de mostrar el poder de los castellanos ante aquellos isleños indómitos. «Uno de vuestros guerreros podría ganar a cien», había dicho el rey de Macagua; él estaba dispuesto a demostrarlo.

Antes de comenzar la batalla, y como gesto supremo de magnanimidad, el portugués decidió dar una última oportunidad a los guerreros de Matán enviando como embajadores al esclavo Enrique y al comerciante siamés. No sin recelo, fueron ambos a la isla para transmitir a Silapulapu el mensaje de Magallanes: si aceptaba la soberanía directa del rey de Zubú y la tutela superior del soberano de España, tendría con nosotros la mejor de las amistades. Si no, sufriría en sus carnes y las de su gente la furia de las lanzas y los mosquetes castellanos.

Enrique y el comerciante regresaron.

—Le dimos vuestro mensaje —dijo Enrique al capitán general—. Silapulapu consultó con sus hombres y su respuesta es que cuentan con lanzas y que, aunque son de caña, tienen la punta endurecida al fuego.

Era evidente que no iba a aceptar nuestra soberanía por las buenas. Magallanes alzó la mano y ordenó el avance. Amanecía.

Bajo la atenta mirada del rey de Zubú, del de Macagua y de otros reyezuelos que habían acudido en sus embarcaciones para asistir a nuestra demostración de fuerza, nuestras dos chalupas pusieron rumbo a la isla. Oíamos el griterío de los isleños. Debían de ser más de mil, aunque débilmente armados. A pesar de los temores de Barbosa, no iban a tener ninguna oportunidad. Remamos con rapidez y en breve nos acercamos a la costa. No pudimos, sin embargo, aproximarnos demasiado, ya que de la arena surgían unas rocas que amenazaban con dañar el casco de nuestros botes. De modo que hubimos de desembarcar, metiéndonos en el agua hasta la cintura, y avanzar penosamente entre los escollos. Habíamos previsto comenzar con una descarga de los mosqueteros, pero en aquellas circunstancias resultaba casi imposible disparar, y menos aún acertar. Benito y Juan Griego iban a mi lado, avanzando como mejor podían hasta que alcanzamos la arena.

—Camina ligero y siempre detrás de los mosqueteros —me dijo Juan—. Y, ante todo, ¡no dejes que te maten!

Los isleños nos atacaron divididos en tres grupos: dos por los flancos y uno de frente. Magallanes nos dispuso en dos formaciones, una mandada directamente por él y otra por Cristóbal Rabelo, recién nombrado capitán de la *Victoria*, y ordenó disparar a los ballesteros y a los mosqueteros. Los de Matán retrocedieron hasta ponerse a una distancia suficiente para que ni las flechas ni los disparos pudieran acertarles. En aquel momento una cosa me resultó extraña: al contrario de lo que había sucedido siempre con los nativos, el estruendo de las armas de fuego no les hacía huir espantados. Probablemente, como decía Pigafetta, habíamos hecho ya demasiadas demostraciones en vano.

Parapetados tras una descarga conjunta de los mosqueteros, avanzamos por la playa hasta alcanzar el poblado de los isleños. Encendimos las antorchas y prendimos fuego a las chozas de madera y palma, las cuales ardieron de inmediato y con enormes llamaradas. Pensamos que eso les atemorizaría; en cambio, les enfureció. Al incendio respondieron con una lluvia de flechas, palos, piedras y lanzas, tan intensa y por sorpresa que varios de los nuestros resultaron heridos. Los gritos comenzaron a surgir de nuestras filas. Miré a mi lado y vi a uno de los mosqueteros muerto, con una lanza atravesándole el cuello. Las piernas comenzaron a temblarme.

Magallanes ordenó seguir avanzando y llegar con rapidez al lugar en que estaban los hombres de Silapulapu, pero nuestro pesado equipamiento nos lo impedía. Cuando apenas habíamos dado una veintena de pasos a la carrera, otra lluvia de flechas y lanzas nos paralizó. Una de las voces me resultó familiar; miré a mi lado y vi a Benito en el suelo.

—¡Ayúdame! ¡Ayúdame! —gritó.

—¡Benito! —Corrí hacia él—. ¿Puedes andar?

—No lo creo. La flecha me ha atravesado la pierna.

Le agarré por debajo de los hombros y le arrastré hasta ponerlo detrás de una palmera, donde estaría a salvo de los impactos.

—Sigue —me dijo—, no te quedes aquí. ¡Hay que darles su merecido!

Su rostro reflejaba rabia, pero también miedo.

Cogí mi lanza y me reincorporé al grupo justo en el instante en que otra lluvia de flechas nos caía encima. La mayor parte de ellas no alcanzaron su objetivo, pero una impactó en la pierna del capitán general. Sin emitir ni siquiera un gemido, partió el palo de la flecha y lo lanzó al suelo. De fondo oíamos los gritos enloquecidos de los isleños y el golpeteo de sus escudos. En aquel momento, Magallanes sopesó la situación y, prudentemente, ordenó un retroceso. Aunque nuestra posición era fuerte, aún más lo sería cerca de los botes, donde las bombardas podrían darnos cobertura. Luego, tras machacar al enemigo con nuestro fuego, reemprenderíamos el ataque.

Pero lo que debía ser una retirada ordenada se convirtió, por efecto del miedo, en una desbandada. La mayoría de los nuestros, haciendo caso omiso de las indicaciones del capitán general, salieron corriendo hacia las chalupas, desguarneciendo nuestros flancos. Los isleños aprovecharon la ocasión para lanzar otro ataque. Traté de retirarme hacia la orilla siguiendo los pasos de Juan Griego, cuando me acordé de Benito. Entonces le oí gritar:

—¡Auxilio, sacadme de aquí!

—¡Juan! —llamé—. ¡Benito necesita nuestra ayuda!

Juan se detuvo un instante, me miró y siguió avanzando, en dirección a los botes. Abandoné la formación y fui hacia la palmera. Miré los calzones de Benito: estaban empapados de sangre. Sin pensármelo lo cargué al hombro y salí corriendo hacia las chalupas. Las flechas seguían volando sobre nuestras cabezas. A mi alrededor no vi más que a los nuestros, caídos y heridos. Los que podían se levantaban del suelo y se retiraban penosamente hacia la orilla. A lo lejos vi a Bocacio escapando bajo una lluvia de flechas.

En ese momento oí la voz del capitán general:

—¡Volved a los botes! ¡Volved a los botes!

Llegué al agua y me metí para alcanzarlos porque no podían acercarse más a la costa. Cerca de mí, los hombres de armas comenzaron a despojarse de sus protecciones para tratar de andar o nadar más aprisa, pero de ese modo se hacían más vulnerables a los proyectiles. A mi lado estaban el maestre Juan Sebastián del Cano y Cristóbal Rabelo.

—¡Hay que retirarse! —gritaba mi capitán. Quería nadar, pero la armadura se lo impedía—. ¡Grumete! —me dijo—. ¡Ayúdame a quitarme la coraza!

Yo llevaba a Benito, y fue Del Cano quien se volvió hacia él. En ese momento, una lanza impactó en la espalda del capitán y le atravesó el pecho. Trató de decir algo, pero no pudo y cayó desplomado. Del Cano me gritó:

—¡Rápido, hay que alcanzar los botes!

Saqué las últimas fuerzas que me quedaban y comencé a nadar, arrastrando el cuerpo de Benito. Miré alrededor. La mayoría de los hombres nadaban también en dirección a las chalupas.

Sólo un grupo mantenía la lucha permitiéndonos huir: Magallanes con cuatro mosqueteros continuaban disparando y parapetándose a la vez con los escudos repletos de flechas clavadas.

—¡Fuera de aquí! ¡A los botes!

Los hombres de Silapulapu, envalentonados, se nos acercaron en tropel. Sus flechas y sus lanzas ya no nos pretendían a mí ni a ninguno de los soldados; todas se dirigían al capitán. Lo cercaron a él y a sus cuatro mosqueteros, y comenzó la lucha cuerpo a cuerpo. Un isleño se aproximó a Magallanes. Éste trató de sacar su espada para defenderse, pero el hombre se la arrebató y de un sablazo le cortó la pierna izquierda. Los demás se lanzaron contra el capitán y los dos soldados que quedaban vivos. Fue la última vez que los vimos.

A duras penas alcancé una de las chalupas. Juan Griego agarró a Benito y le subió, luego quiso darme la mano para ayudarme, pero la rechacé. Vi llegar agotados a Bocacio y a Pigafetta al otro bote; el italiano lloraba como un niño. Con todo mi cuerpo temblando miré hacia la playa y vi a una muchedumbre que alzaba sus lanzas y las clavaba en los cuerpos de nuestros compañeros. Sus gritos retumbaban en nuestros oídos; el dolor, en nuestros corazones. ¿Cómo podía haber pasado? ¿Cómo habíamos caído tan miserablemente? Mientras mis compañeros atendían lo mejor que podían a Benito, les pregunté:

—¿Cuántos de los nuestros han caído?

—No estoy seguro, pero creo que ocho, nueve a lo sumo —me dijo uno de ellos—. El resto ha conseguido alcanzar las chalupas.

—Has tenido suerte de llegar con vida —me dijo Juan.

—Habría sido más fácil con algo de ayuda.

—Esto es una batalla, montañés, no uno de tus cuentos. Aquí no hay sitio para los héroes; lo que importa es sobrevivir.

Dejé a Juan con la palabra en la boca y miré el horrible panorama que ofrecía la playa. No podía creerlo. Armados de pies a cabeza y protegidos por el fuego de nuestra artillería habíamos sido derrotados por unos indígenas desnudos que sólo portaban lanzas. ¿Qué diablos nos había pasado? ¿Cómo habíamos sucumbido de aquella forma? La indisciplina y el desorden, pero también la petulancia, nos habían conducido a la derrota. Y, además, de la forma más terrible: perdiendo a nuestro capitán general. Lo recordé en la playa, protegiendo nuestra retirada, exponiendo su vida para lograr nuestra salvación, sacrificándose por nosotros. «¡Fuera de aquí! ¡A los botes!» Tenía su voz grabada en mis sienes. Cerré los ojos y me derrumbé. ¿Qué sería de nosotros ahora? ¿Cómo podríamos regresar a España sin nuestro caudillo?

41

Volver a mi casa me produjo una sensación extraña. ¡Qué distinto me parecía todo a pesar de que sólo habían pasado cinco meses desde mi partida! Y, sin embargo, todo estaba igual: el río, las montañas, los árboles, los campos. ¿Por qué tenía, entonces, esa sensación de extrañeza en mi interior? Ahora, en mi vejez, entiendo que recorrer el camino al hogar de la infancia es recorrerlo a nuestro propio interior, y ése es el que nunca deja de cambiar.

El sendero se separó del cauce del río y ascendí suavemente hacia mi pueblo. En los campos vi a algunos de mis vecinos, quienes me saludaron con cierta sorpresa. Quizá pensaban que nunca iba a volver. Tomé aire y completé el último repecho hasta llegar a la puerta de mi casa. El portillo de arriba estaba abierto, como siempre. Empujé el de abajo y entré. El primero en recibirme fue Nicolás. Salió corriendo desde el fondo de la estancia y se abrazó a mí, sin darme tiempo siquiera a reaccionar.

—¡Has vuelto! ¡Has vuelto! ¡Por fin!

No paraba de gritar ni de reír, con lo que me costaba bastante entender lo que decía. Le encontré cambiado, más mayor.

—¿Cómo estás? Ya veo que tan fuerte como siempre. ¡A ver esos brazos!

Nicolás se arremangó y me los mostró, tratando de impresionarme.

—¡Vaya! Seguro que has trabajado mucho estos meses, ¿verdad?

—Sí, he trabajado en casa y también con Sancho. Cuando tú te fuiste padre me envió para que le ayudase.

—¿Has aprendido algo con él?

—Sí, a cavar los huertos y a ordeñar.

Como había imaginado, el interés de Nicolás por las letras no era el mismo que el mío.

—¿No te enseñó Sancho a leer?

—No. Quiso hacerlo, pero a mí me gusta más trabajar en el campo y con los animales, es mucho más divertido.

Se abrió la puerta y entró en casa mi padre, acompañado de Pedro. Debían de haberme visto desde el huerto. Me volví y fui corriendo a abrazar a mi padre. Él sí estaba como siempre. Abrió los brazos y me estrechó contra su pecho. Me gustó reencontrarme con su olor, un olor a trabajo y esfuerzo, pero también a cariño.

—¿Cómo estás, hijo? —me preguntó cuando me separé de él.

—Estupendamente, padre. Los tíos me trataron muy bien en San Vicente. Fueron muy buenos conmigo.

Abracé a mi hermano Pedro. Sus brazos y su pecho eran ya tan robustos como los de mi padre. No tenía mucho que decirle, nunca lo había tenido. Su mundo y el mío eran muy distintos y había poco en lo que coincidiéramos. Tampoco había mucho en lo que concordase con Nicolás, pero no era lo mismo. Mi hermano pequeño podía no tener interés por las letras o la cultura, pero era un espíritu mucho más libre y abierto que Pedro. Su alma volaba, la de este último sólo caminaba.

Oí unos pasos en la escalera e imaginé que sería mi madre, pero fue Joaquín quien bajó. Me sonrió y le abracé al tiempo que me daba un pescozón. Ya estaban casi todos, sólo faltaba...

—Y madre, ¿dónde está?

Mi padre tragó saliva. Mis hermanos callaban.

—¿Está en las tierras?

No se atrevía a responder, y empecé a temer lo peor.

—Hijo, tu madre recayó de su enfermedad hace un mes. Se encontraba muy débil, como la otra vez.

Me quedé petrificado, esperando no oír lo que me temía

que iba a llegar. Mi padre me miró sin apenas expresión en su rostro.

—Está arriba, en la cama. No hagas mucho ruido, necesita descansar.

Una sensación de alivio me recorrió todo el cuerpo, del cuello a los pies. Por un momento había creído que me ocultaban algo mucho peor, algo en lo que ni siquiera me atrevía a pensar. Me dirigí al piso superior. Nada más llegar a lo alto de la escalera me recibió un fuerte olor a cocimiento de hierbas y a ungüentos. Me acerqué a la cama de mis padres y allí vi, tapada casi por completo por una montaña de mantas, a mi madre. Me costó reconocerla: tenía la tez lívida y unas profundas ojeras. El pelo, suelto, le caía en mechones por la cara. Dormía.

Me senté en una silla junto a ella y la miré. Me costaba recordarla cuando, llena de fuerza y energía, ordenaba sobre todos nosotros, organizando nuestras vidas. Me acerqué un poco más para respirar su olor, ese que prefería sobre cualquier esencia. Entonces abrió los ojos.

—Hijo —dijo con un hilo de voz—, has vuelto. Ven, dame un beso.

Me levanté y la besé en la mejilla. Su piel estaba fría.

—He rezado mucho por que volvieras pronto. Te he echado tanto de menos...

Tuve que hacer acopio de todas mis fuerzas para hablar. Sentía como si una mano me oprimiese la garganta.

—Yo también deseaba volver, madre. Estoy contento de estar de nuevo en casa.

Hablamos durante el resto de la tarde. Le dije que sabía que Isabel era feliz, aunque no era posible visitarla, y le conté todo lo que había hecho en San Vicente: mis conversaciones con el padre Francisco, mi trabajo en la fragua del tío Pedro y en la escribanía de don Alfonso Prellezo, mi amistad con Pablo. Mi madre me escuchaba embelesada y yo continuaba: la vida de la villa, los atardeceres junto al mar, los muros infranqueables del castillo, las labores de los pescadores. Su rostro se iluminaba por momentos. Incluso su color cambió, recuperando parte del pasado esplendor. Yo gozaba con su alegría, disfrutaba viéndola entusiasmarse con todo lo que le contaba. A través de mis ojos veía ella el mundo que nunca pudo conocer.

Cerca ya del anochecer tomó mi mano y con voz dulcísima me dijo:

—Hijo, baja y di a tu padre que puede prepararme ya la cena. Me gustaría que hoy me la subieras tú y que siguiéramos hablando, ¿te parece bien?

—¡Claro, madre!

Bajé la escalera dejando a mi madre adormecida en la cama. Era evidente que su estado de salud no era bueno, pero aún podía sentir en su corazón el latido de antaño, la fuerza que se resistía a abandonarla. Volvería a ser la misma, yo me ocuparía de ello.

Al día siguiente, bien de mañana, subí a llevarle el desayuno. Parecía algo mejor. Me dijo que mi vuelta le había dado fuerzas para luchar contra la enfermedad.

—Ahora —prosiguió— me gustaría que fueses a visitar a Sancho. Él también está ansioso por verte. Nicolás es muy buen trabajador, es posible incluso que mejor que tú, pero ya sabes que Sancho te prefiere a ti. Y, además, es a él a quien debes tu estancia en San Vicente.

—Sí, madre, iré a verle esta misma mañana.

Tomé inmediatamente el camino a casa de Sancho. Ascendí por el camino aún mojado por el rocío. Mi gozo aumentaba a cada paso que daba, pues tenía muchas ganas de volver a verle. Al fin llegué junto a la puerta. Estaba abierta y asomé la cabeza para ver si estaba dentro. En ese momento, una voz me sorprendió a mi espalda.

—¿Qué estás fisgando, muchacho?

—¡Sancho!

Sin pensármelo me acerqué y le abracé.

—¡Vaya, lo has debido de pasar muy mal en San Vicente!

—No, al contrario. Lo pasé muy bien allí y aprendí mucho,

con el padre Francisco y también con don Alfonso Prellezo. En verdad que he tenido suerte.

Relaté a Sancho mi estancia en la villa, la magnífica biblioteca del monasterio de San Luis y todas las otras cosas que me habían sucedido, excepto las que no podía contar. Sancho asentía a todas mis palabras sin apenas intervenir. De todos modos, mis ganas de hablar se lo habrían impedido.

—Bien, bien, parece que fue un acierto que marcharas. Me alegra que lo hayas aprovechado.

—¡Vaya, casi lo olvido! El padre Francisco me dio esto para vos: se trata del *Libro de los ejemplos del conde Lucanor y Patronio*. Me dijo que no lo leyese hasta llegar aquí.

—¡Ah, magnífico! Había oído hablar de esta obra, pero nunca la había tenido en mis manos. Seguro que la leeremos con aprovechamiento. Este año estudiaremos muchas cosas nuevas, y aprenderemos correctamente el latín, como te dije.

Me encantaba estar de nuevo en casa de Sancho. Era un lugar mágico. Me moría de ganas de comenzar de nuevo las lecciones y de ver a Lucía.

—¿Ya han empezado los demás?

Mi maestro tomó aire antes de contestar.

—No —dijo—. Y no creo que lo hagan. En el tiempo que estuviste fuera pasaron muchas cosas. Lope todavía no ha perdonado lo de la compra de vuestra tierra en la Juntana; está enojado conmigo y me lo quiere hacer pagar perjudicando a los demás. Cuando llegó la hora de comenzar las clases, habló con los padres de los chicos y les recomendó que no les dejasen venir a mi casa. Decía que mis enseñanzas eran raras y que vulneraban la ley de Dios, ¡fíjate qué estupidez! Pero prefirieron hacerle caso que ir en contra de él y de la Iglesia, pues el padre don Teodulio se puso de su lado. A Juan y a Nuño no les importó, pues ya sabes que estaban aquí por obligación; a Lucía, sin embargo, le costó mucho más aceptarlo. Su padre ya hacía tiempo que tenía la idea de que la muchacha acabase sus estudios; bien estaba que supiera leer y escribir, dijo, pero ir más allá no conducía a nada. Traté de convencerle, pero mis palabras no sirvieron de nada.

Aquello me dejó abatido. Lucía no volvería a las lecciones, no la tendría nunca más a mi lado ante la mesa, aprendiendo juntos, mirándonos de soslayo. Lo sentí mucho por ella, pero también, de forma egoísta, por mí.

—¿Has ido a verla?

—No, Sancho, aún no.

—¿Y a qué estás esperando, muchacho? ¿Es que prefieres perder el tiempo conmigo que estar con ella? Cualquier día te la birla alguno de Lerones, te lo aseguro. ¡Ya es toda una mujer!

Abandoné la casa de Sancho y salí con buen paso hacia Lerones. Sin embargo, al poco mi caminar se ralentizó. ¿Qué haría cuando estuviera ante ella? Estaba convencido de no decirle nada de mi noche con Inés. Aunque, ¿no se daría cuenta Lucía de mi nerviosismo? ¿No sospecharía de mi mentira? En el pasado siempre había sido capaz de leerme el pensamiento y de descubrir mis secretos, por lo que ahora podía suceder también. En ese caso quedaría no sólo como un traidor, sino también como un mentiroso. Sentía que negarle la verdad sería como romper el fino lazo que nos unía desde la niñez, un vínculo que estaba hecho de cariño, pero sobre todo de confianza. Estaba ofuscado. Me pregunté si conseguiría mirarla de nuevo a los ojos si no le contase mi secreto, si lo guardase sólo para mí.

Alrededor del pueblo todo era actividad: quien segando, quien sembrando, quien cortando leña; busqué a Lucía con la mirada, por allí debería estar. Al fin la hallé, junto a su madre, llevando las ovejas a un prado cercano. Nunca había hablado con sus padres y temía ponerla en un compromiso. Sin saber muy bien qué hacer, seguí andando despreocupadamente en dirección a ambas, disimulando mis verdaderas intenciones. Al final fue Lucía la que me llamó a mí.

—¡Has vuelto!

Dejó la vara que llevaba en la mano y vino a saludarme. Estaba muy guapa.

—Sí, Lucía, regresé ayer. ¿Cómo está todo por aquí?

—Igual, ya ves. Aquí nada cambia.

Su madre se me acercó.

—Tú eres el hijo de Manuel, ¿verdad?

—Sí, señora.

—Lucía me ha dicho que eres bueno aprendiendo. ¿Es eso cierto?

—Qué sé yo, señora; sería presuntuoso por mi parte reconocer que es así.

—No hace falta que hables; tu lengua te delata.

Me quedé parado, sin saber qué añadir.

—Bueno —dijo al fin—, voy a casa. Lleva las ovejas al prado, y no tardes.

—Sí, madre —respondió Lucía.

Cogimos el camino que conducía al cercano pueblo de Perrozo. Desde él se veía casi todo el valle, y era tan escarpado y expuesto que se sentía uno como un ave en pleno vuelo. Pero lo que volaba en ese momento no era mi cuerpo, sino mi alma. Relaté a Lucía mis meses en San Vicente: lo buenos que habían sido mis tíos, el gran corazón del padre Francisco, la sequedad de don Alfonso Prellezo, la amistad con Pablo. Me miraba embelesada, igual que yo a ella. Hasta que no la vi en Lerones, junto a su madre, no supe cuánto la había echado de menos. A su lado, en ese momento, todo me parecía sencillo.

Llegamos al prado y metimos las ovejas para que pastaran. Algunos vecinos volvían a Lerones por el sendero y nos miraban, seguramente preguntándose quién era yo. Para no dar que hablar, nos quedamos junto al estacado.

—Mi padre no me deja seguir estudiando. Dice que ya es suficiente para una muchacha, que hago mejor ayudando a mi madre en casa.

Ya lo sabía, pero era más doloroso oírlo de los labios de Lucía que de los de Sancho. No se merecía aquello, ni yo debía consentirlo.

—No hace falta que vayas a casa de Sancho: yo vendré y te contaré todo lo que aprenda. Nadie tiene por qué enterarse.

—No sé si a mi padre le gustará verte todos los días por Lerones, y menos a mi lado.

—A tu madre no le ha parecido mal.

—Mi madre es distinta. Aun así, tampoco lo aprobaría.

—En ese caso, cuéntale a tu padre lo de mi trabajo en la herrería de mi tío Pedro y lo de la escribanía de Alfonso Prellezo. Es posible que algún día pueda regresar y continuar allí mi aprendizaje porque don Alfonso me lo dijo. Y, en último caso, mi tío estaría encantado de que yo volviese a ayudarle. Seguro que a tu padre todo eso le parece bien.

Lucía se abrazó a mi pecho y hundió su cabeza bajo mi barbilla.

—¿Por qué tiene que ser todo tan difícil? —me preguntó.

Miré alrededor. No pasaba nadie. Acaricié sus cabellos y los besé.

—Porque nos queremos.

Lucía levantó su cabeza y nos besamos. Deseaba besarla como lo había hecho con Inés en San Vicente, con toda aquella pasión, pero si lo hacía me delataría. La separé suavemente y la miré a los ojos. Sentía dentro de mí un remordimiento que me consumía. Mi intención era permanecer callado, no revelar nada más de mi estancia en San Vicente, pero algo en mi interior me hizo despegar los labios. No podría vivir con esa vergüenza dentro, y ella no lo merecía.

—Lucía, hay cosas que no te he contado de San Vicente. Allí conocí a muchas personas e hice cosas de las que no estoy orgulloso...

Se separó un poco más y me miró fijamente. En el fondo de sus ojos pude ver una mezcla de tristeza y de reproche.

—Nada más verte supe que me ocultabas algo, lo noté.

Siempre había pensado que mi alma era penetrable para ella, pero no hasta ese extremo.

—No sé cómo decir esto, de verdad —balbuceé.

Desvió la mirada un instante. Luego volvió a mirarme fijamente a los ojos.

—Cuando te fuiste me preguntaste si te esperaría, ¿recuerdas? Y yo te dije que lo haría. Si no te pregunté lo mismo fue porque confiaba en ti. ¿Me equivocaba?

—Sí, Lucía, te equivocaste. —La voz me temblaba—. Conocí a una mujer y estuve con ella.

Bajó la cabeza y se separó. Habría deseado desde lo más profundo de mi ser borrar mi error y haberme mantenido puro para ella. No la merecía.

—Lucía, lo siento, yo...

Retrocedió un paso más y me apartó con la mano.

—Quizá no me quieras tanto como crees —dijo mientras una lágrima caía por su mejilla—. Y puede que yo a ti tampoco.

Cerró la portilla y salió a paso rápido hacia su casa sin mirar atrás. El lazo entre nosotros se había roto y no sabía si definitivamente.

Despacio, desanduve el camino con un nudo en el estómago y un yugo sobre los hombros.

42

La muerte de Magallanes nos dejó sumidos en la postración y en el caos. Sin nuestro guía, quedamos como huérfanos en medio de la nada, perdidos en un archipiélago inmenso en medio de un mar más inmenso aún. Nuestro capitán general se nos había ido en aquella batalla aciaga, en aquel golpe de mano mal calculado y peor resuelto, en aquel encuentro en el que nunca debimos tomar parte. Me pregunté si seríamos capaces de continuar en esas condiciones, si podríamos seguir avanzando sin él, sin la luz del que hasta ahora, frente a todas las dificultades, había mostrado la mayor fuerza y el ánimo más enérgico.

Aquel día, empero, nos quedaba por asistir aún a un último momento de vergüenza y bochorno. Los nuevos capitanes de la flota, Duarte Barbosa, al mando de la *Trinidad*, Juan Rodríguez Serrano, al de la *Concepción* y el portugués Luis Alfonso de Gois, como comandante de la *Victoria*, pidieron a los nativos de Matán que nos devolvieran el cuerpo de Magallanes a cambio de unas baratijas de las que llevábamos en nuestras bodegas. Su respuesta fue mucho más digna que nuestro ofrecimiento: rehusaron el intercambio y dijeron que por nada se desprenderían de su mejor botín de guerra. Silapulapu se había convertido en un héroe; nosotros, en unos lamentables apocados.

Por de pronto, los capitanes habían comenzado a desempeñar con muy poco tino su papel de nuevos caudillos de la escuadra, pues al humillarse ante Silapulapu por intentar recobrar el cadáver de su superior habían perdido buena parte del respeto que tanto el rey de Zubú como el resto de los habitantes de aquella isla nos tenían. Aún recuerdo la mirada del rey Humabon; los dioses venidos del mar, protegidos por impenetrables corazas y dotados de armas invencibles, habíamos caído como hombres temerosos y vulnerables, derrotados por un reyezuelo desnudo armado con palos.

Aun así, había que continuar. Por grande que fuera el dolor, debíamos proseguir con nuestro viaje como Magallanes habría querido e intentar, con todas las fuerzas, alcanzar el Moluco. Los muchos heridos en la batalla se recuperaban penosamente en las naos. Benito me preocupaba; la herida de su pierna era considerable y había perdido mucha sangre. Apenas hablaba y tenía fiebre. Esteban y Martín permanecían todo el rato junto a él, poniéndole paños húmedos en la frente y dándole agua.

Tanto Benito como los demás heridos necesitaban descanso, pero lo que la flota precisaba era terminar cuanto antes los intercambios y salir de aquella isla con rumbo a la Especiería. Lo primero que debíamos hacer era completar en buena amistad nuestros tratos con el rey de Zubú para hacer acopio de las mercancías que nos serían tan necesarias en las siguientes jornadas de navegación, en especial agua y comida. Aun habiéndonos mostrado como seres despreciables, todavía teníamos fuerza suficiente para negociar con ventaja con aquellos indígenas.

Al día siguiente, de vuelta a los intercambios en las tiendas montadas en la playa, hubimos de asistir a un nuevo enfrentamiento, en ese caso entre los nuestros. Ante las dificultades para comunicarnos, lo primero que demandó Duarte Barbosa fue la colaboración del esclavo Enrique para que actuara de intérprete y así terminar cuanto antes con los tratos comerciales. Pero el esclavo se negó. Había sido adquirido personalmente por Magallanes en el mercado de Lisboa y en el contrato de compra se especificaba que quedaría en libertad tras la muerte de su amo. Por ello, con la desaparición del capitán general, consideró que era, por derecho, como cualquiera de nosotros. Ante la petición de Barbosa de que le ayudase, Enrique respondió de forma altanera. Yo estaba cerca y pude oír sus palabras.

—Mi sumisión ha terminado —dijo—. No pienso servir a ningún capitán, ni obedecer más órdenes. Ya estoy en mi tierra y soy libre.

Duarte Barbosa montó en cólera y, agarrándole por el cuello, le espetó:

—¡Maldito perro malayo, mientras continúe viva la esposa de nuestro capitán general seguirás siendo esclavo y a ella te entregaré en cuanto volvamos a España para que te castigue convenientemente! Pero mientras, harás lo que te digamos o yo mismo te azotaré hasta que te arranque la piel.

Enrique, sorprendido por aquellas duras palabras, se tambaleó. Cayó al suelo delante del capitán. Quería levantarse, gritar que era libre, que su esclavitud había finalizado; no lo hizo. Sumiso, cerró la boca y se puso de pie. Con los ojos encendidos de cólera, se dirigió a las casetas para completar los tratos con Humabon y sus súbditos.

Por la tarde estuve conversando con Pigafetta. En el encuentro armado una flecha envenenada le había herido en la cara y tenía el rostro completamente hinchado. Apenas podía abrir el ojo izquierdo y le costaba hablar. Permanecía tumbado, descansando. A pesar de la muerte de Magallanes, que tanto le había afectado, seguía firme en su propósito de no dejar escapar ni uno solo de los detalles de nuestro viaje. Admiré su determinación y su voluntad de entregarse, con toda el alma, a una empresa que, si bien para muchos podía resultar fútil, a buen seguro era una de las más importantes entre todas las que desarrollábamos. Como apenas podía levantarse por los muchos dolores que sufría, me pidió que fuera sus ojos y que le contase lo que había ocurrido durante la mañana en tierra. Le relaté el enfrentamiento entre Enrique y Duarte Barbosa, los tratos a los que habíamos llegado con los nativos y las conversaciones que, en su lengua, habían mantenido el esclavo y el rey Humabon. Pigafetta se incorporó torpemente y me susurró al oído:

—Poco fruto puede esperarse de alguien que actúa por miedo. Vale más un hombre agradecido que ciento humillados.

Sopesé sus palabras. Era cierto que Enrique había sido tratado con desdén por Barbosa, pero ¿qué otra cosa podíamos hacer? En aquel momento sus servicios nos eran más necesarios que nunca y no podíamos prescindir de él porque era nuestro único intérprete.

—Don Fernando nunca habría actuado así, te lo aseguro —siguió Pigafetta—. Podía ser duro o inflexible, pero no vengativo. Ya lo viste en San Julián: si hubiese procedido como ahora lo hace Barbosa, tú estarías muerto, como otros cuarenta marineros.

Aunque sonara duro, aquello era cierto. Y también lo era que aprovecharnos de Enrique como esclavo era peor opción que haber conseguido su amistad y su colaboración voluntaria.

Cerca de la noche, Pigafetta me pidió que le leyera algún pasaje de mi cuaderno. Le leí lo último que había escrito: el momento en que Sancho me reveló la existencia de su biblioteca. El narrador miraba todo aquello desconcertado: ¡nunca habría pensado que alguien pudiera atesorar tantos libros juntos! Tocaba los lomos de cuero con admiración, con veneración incluso. Y cuando los abría... ¡qué maravillosas historias encontraba dentro! Una le gustaba especialmente: la del rey Candaules y el fiel Giges, narrada en el libro de Heródoto. Un hombre que, sin desearlo, veía a una mujer desnuda; y una mujer que, queriéndolo, castigaba a su marido por la ofensa y ofrecía a su servidor la posibilidad de ser rey.

—Bella historia —dijo Pigafetta—. Recuerdo haberla leído en Vicenza, en mis tiempos de estudiante. ¿Sabes una cosa?, se parece mucho a la terrible decisión que hubo de tomar Luis de Molina ante Gaspar de Quesada cuando Magallanes le dio a elegir entre decapitar a su señor o morir él mismo si no lo hacía.

—A mí también me lo recordó en aquel momento, os lo aseguro.

Pigafetta me miró a los ojos durante unos instantes y luego me preguntó:

—¿Qué te llevó a levantarte en armas contra Magallanes?

Su mirada fija en mis ojos era como un puñal que me hería en lo más profundo de mi ser.

—Supongo que el miedo. Aunque quizá fuese la cobardía, no

tener valor para negarme. —Hice una pausa—. De veras que no estoy orgulloso de lo que hice. El capitán tenía razón en sus planteamientos, aunque no coincidieran exactamente con la realidad. Debimos tener algo más de paciencia y un poco menos de orgullo. Ahora lo veo claro, pero en aquel momento el ambiente estaba enrarecido y sólo un hecho tan desgraciado como la revuelta pudo volver las aguas a su cauce. Siento que el capitán general haya muerto sin ver cumplido su sueño de regresar a España y considerándonos unos traidores.

—No es así. Para don Fernando la revuelta fue un golpe muy duro y de no haber encontrado el paso es probable que nunca os hubiese perdonado. Pero hubo un momento en que su corazón se ablandó: cuando encontramos el paso al mar del Sur; sintió entonces que todos los que permanecían con él no eran ya sus subordinados, sino sus compañeros, sus leales. El día que lo vio, el resentimiento desapareció de su alma.

Las palabras de Pigafetta me reconfortaron. Después de tantos meses de remordimientos, por fin podía sentirme de nuevo orgulloso de mí mismo. Aunque el capitán general no estuviera allí para verlo, me esforzaría con todo mi ser y todas mis fuerzas para conseguir dar forma a su magnífico sueño.

Pero, por de pronto, lo que se desarrollaba en la isla de Zubú se parecía menos a un sueño que a una pesadilla. Las pocas dotes de mando de los nuevos capitanes y su desconcierto ante la muerte de Magallanes habían permitido que la actitud de los marineros pasase del respeto que exigía nuestro antiguo capitán general al más absoluto libertinaje. Mientras Duarte Barbosa, Juan Rodríguez Serrano y Luis Alfonso de Gois se esforzaban por cerrar los tratos comerciales con Humabon, algunos marineros daban rienda suelta a su desenfreno teniendo como víctimas a los nativos, en especial a las jovencitas. Presencié cómo un marinero acosaba a una isleña: trataba de mantener relaciones con ella en la misma playa y ella se negaba. Entonces, varios compañeros se acercaron y la sostuvieron mientras él la violaba. Los padres de la muchacha fueron a socorrerla, y los marineros golpearon al padre salvajemente mientras la madre lloraba y se arrancaba los cabellos. Barbosa trató de poner orden, pero sólo lo consiguió momentáneamente. Al no castigar de la forma adecuada a aquellos marineros, fomentó en los demás la idea de que tales actos no tendrían consecuencias. Las violaciones se repitieron al tiempo que comenzaban a producirse saqueos en los poblados. Una ola de violencia e inquina había penetrado en los corazones de los marineros, endureciéndolos. No habían podido vengar la muerte de Magallanes contra Silapulapu, de modo que vertían su odio contra los pacíficos isleños que nos acogían.

Para poner término a aquellos desmanes, los capitanes alentaron a Enrique a que concluyese de una vez los tratos con Humabon para permitir la partida inmediata. El esclavo les informó de que el rey de Zubú, para cerrarlos, les había preparado una comida donde, además, les ofrecería fabulosos regalos. Los tres capitanes aceptaron gustosos y bajaron a tierra acompañados de veintinueve hombres, entre ellos el astrólogo San Martín, que decía haber visto en el firmamento buenos augurios para aquella reunión, y otros notables de las tres naos, como los escribanos Heredia y Ezpeleta y el clérigo Pedro de Valderrama. No les acompañó Pigafetta, dolorido aún de su herida en la cara, y que había sido trasladado a la *Victoria*. Yo permanecí a su lado. Desde la borda veíamos las tiendas de los nativos. Preparaban el banquete y tocaban música para recibir a los nuestros.

Con toda ceremonia bajaron de las chalupas los invitados al convite. Fueron recibidos amablemente por Humabon, con Enrique de intérprete. A una señal del rey varios sirvientes aparecieron para acompañar a los nuestros hacia las palmeras bajo cuya sombra se celebraría el ágape.

Había pasado sólo un rato cuando Pigafetta y yo vimos salir a dos individuos de la tienda real. Montaron en una de las chalupas y se dirigieron a las naos. Cuando estuvieron cerca de los barcos los reconocimos: el piloto Juan Carvallo y el maestre de armas de la flota, Gómez de Espinosa. Pigafetta, con muchas dificultades para hablar, les preguntó desde la borda:

—¿Ocurre algo?

—Tanta amabilidad me resulta extraña —respondió Espinosa

sin dejar de mirar a las tiendas—. Al fin y al cabo, no sé qué puede querer de nosotros el rey en este momento. Me temo que hemos dejado de serle de utilidad.

—¿Y qué pretendéis hacer? —preguntó Pigafetta.

—Hemos pensado que será mejor ir a tierra con algunos hombres armados para evitar que aprovechen nuestra inferioridad para intimidarnos o para obligarnos a aceptar otras condiciones.

—Más vale ser prudente —apostilló Juan Carvallo.

No bien habían pronunciado esas palabras cuando un sonido nos alarmó a todos en las naos: desde las cabañas dispuestas para el banquete se elevaban gritos de horror y de muerte. Carvallo se dio cuenta inmediatamente de la situación.

—¡Traidores! —exclamó—. ¡Lo pagaréis! ¡Lo pagaréis!

No cabía duda: Humabon, al que considerábamos nuestro amigo, había aprovechado la celebración para engañarnos y hacerse con las mercancías que teníamos en tierra para el intercambio. Ahora se explicaban la amabilidad y las buenas palabras.

La traición se había consumado en un solo instante, en un imperdonable descuido por nuestra parte. No cabía más que actuar. Carvallo, ante la falta de los tres capitanes, ordenó que los barcos levaran las anclas y que se acercaran más a la costa abriendo fuego con sus cañones. Reaccionamos inmediatamente y las naves empezaron a bombardear la aldea, de la que surgieron densas columnas de humo. Entonces, un hecho nos sobresaltó: entre las cabañas incendiadas uno de los nuestros era llevado hasta la orilla, apresado por los isleños. ¡Era el capitán Juan Rodríguez Serrano! Estaba ensangrentado y gritaba con todas sus fuerzas:

—¡Sacadme de aquí! ¡Enviad un bote, aprisa!

Nos asomamos a la borda. Sujeto por los nativos, trataba en vano de zafarse.

—¡Ayudadme! —gritaba—. ¡Mandad una chalupa con mercancías para pagar el rescate! ¡No me dejéis aquí!

Con grandes voces, Carvallo preguntó desde la *Trinidad*:

—¿Qué les ha ocurrido a los demás?

Agarrado por los indígenas, Serrano respondió a duras penas:

—¡Todos han muerto, todos! ¡Enrique nos traicionó! ¡Ayudadme, me matarán!

¡Enrique, el esclavo, el servidor más leal de Magallanes! Carvallo pareció sopesar la situación. Descender a tierra con los hombres era harto peligroso y, por otra parte, la desaparición de Serrano, Barbosa y Gois le dejaba como capitán único de la flota. Supongo que todo influyó en su ánimo en aquellos críticos momentos. Miró a Serrano, que gritaba desesperado, y, por fin, levantó el brazo y dio la orden:

—¡Izad los botes!

Al oír aquello, Serrano enloqueció.

—¡Traidor! ¡Traidor! ¡Maldita sea tu alma, canalla! ¡Que Dios te castigue y te pudras en el infierno, malnacido!

Fueron sus últimas palabras. Mientras izábamos los botes y poníamos rumbo a mar abierto, vimos que Juan Rodríguez Serrano era salvajemente asesinado por los isleños. Al igual que le ocurrió a Magallanes, su cuerpo se deshizo entre los golpes y los lanzazos, mientras los nativos gritaban y saltaban jubilosos. Pero algo más terminó por romper nuestros corazones: al tiempo que bailaban y gritaban en su desenfreno, la cruz que con tanta fe e ilusión habíamos levantado en la isla caía derribada bajo los golpes de los súbditos de Humabon, el rey cristiano de Zubú. En un momento desapareció toda nuestra labor de evangelización en aquella perdida isla del otro extremo del mundo, la primera en la que creímos haber extendido nuestra fe. Toda la obra de Magallanes caía derribada también con aquella cruz de madera, con aquel símbolo que un día había representado nuestro triunfo.

Desesperados por la pérdida de nuestros capitanes y de veinticuatro compañeros en la isla de Zubú, vagamos como fantasmas por aquellas aguas que habíamos considerado amigas y que ahora se nos presentaban abiertamente hostiles. Con rumbo indeciso llegamos a duras penas a una diminuta isla llamada Bohol, donde anclamos para descansar. La travesía, a pesar de que entre Zubú y Bohol no había más que dieciocho leguas de distancia, se hizo insufrible ante lo reducido de nuestras tripulaciones, pues no dábamos abasto para dirigir adecuadamente las tres naves que formaban nuestra escuadra. La misma noche de nuestra recalada, Carvallo, tras conversar con los oficiales, decidió que la mejor opción era abandonar la *Concepción*, seriamente dañada. Al día siguiente, todo lo que podía ser útil —comida, agua, cabos, clavos, madera, telas— fue sacado de las bodegas y trasladado a los otros barcos. Al anochecer, la *Concepción* era un cascarón vacío, listo para su sacrificio. Con un nudo en el estómago vimos ascender las llamas por la arboladura, convirtiendo la nao en una gigantesca pira que se recortaba luminosa sobre el cielo nocturno de aquellas latitudes.

De las cinco naves que habían comenzado el viaje, sólo dos componían ahora nuestra flota: la *Trinidad*, al mando de Juan Carvallo, y la *Victoria*, capitaneada por Gonzalo Gómez de Espinosa. Y de los más de doscientos cincuenta hombres que habíamos partido de Sanlúcar hacía ya casi dos años, sólo ciento quince continuábamos en la aventura. Los demás, muertos y desertores, ya habían dejado de sufrir. A nosotros aún nos quedaban maravillas por descubrir y penurias sin cuento.

43

Retornar las lecciones en casa de Sancho fue para mí un enorme placer, y también la manera de escapar del pensamiento que me atormentaba sin descanso: había fallado a Lucía y no encontraba el medio para solucionarlo, ni las fuerzas necesarias, porque yo mismo me sentía indigno de ella. En los libros hallaba, al menos, una forma de evadirme del dolor que sentía dentro.

Supongo que Sancho había pasado aquellos meses tan ansioso por enseñarme como yo por aprender, pues volcaba en mi instrucción todas sus energías y sus ilusiones. Lo primero fue el latín. Aunque antes de mi estancia en San Vicente ya le habíamos dedicado algunas lecciones, era prácticamente nada lo que yo conocía de aquella lengua. Al principio todo me resultaba ininteligible, pero poco a poco sus extrañas estructuras gramaticales fueron cobrando sentido para convertirse en la más bella de las arquitecturas: un edificio hecho no de ladrillos o piedras, sino de palabras y oraciones que se transformaban en las ideas que habían movido el mundo y seguían haciéndolo. En cuanto comprendí la función de cada parte, el todo se manifestó de forma natural.

Pero al tiempo que me aplicaba en el estudio del latín, Sancho me explicaba otras muchas cosas. No en todo llegábamos a profundizar lo suficiente, pero al menos conseguíamos crear un poso sobre el que yo luego desarrollaba mis conocimientos. Me gustaban especialmente la matemática, la dialéctica, la historia sagrada y el estudio de las plantas y sus propiedades. ¡Qué maravilloso descubrir que todo en este mundo tenía un sentido y una utilidad! Mi impaciencia por aprender me llevaba con frecuencia a saltar de los planteamientos a las conclusiones sin detenerme en el desarrollo o en los procesos que a ellas conducían. Sancho, con serenidad, ponía freno a mis ansias desmedidas.

—Todo se aprende con más facilidad si se conoce el método, ¿comprendes? No se pueden conocer de memoria todos los posibles resultados de la infinidad de sumas, pero si conoces el método para sumar, podrás resolver cualquiera de ellas.

—Pero hay determinadas cosas para las que no hay método, Sancho. No todo lo que veo lo puedo entender. Por ejemplo, aunque sé que los árboles crecen, no comprendo el porqué.

—Lo que dices es verdad, si bien sólo hasta cierto punto. No todo lo que nos rodea es obvio, pero la mayor parte de las cosas son, al menos, comprensibles, aunque no siempre a primera vista. Afirmas que los árboles crecen y que no sabes el porqué. A mí también me resulta extraño que las plantas crezcan sólo con agua, créeme; sobre todo porque nunca nadie ha conseguido producir madera a partir del agua. Sin embargo, si te fijas, verás que ninguna planta nace en el aire; todas se asientan en el suelo. Por consiguiente, algo han de obtener de él para crecer. Y, por otro lado, todas necesitan del sol y su calor. Por tanto, nuestra inteligencia nos dice que algo han de obtener también de él. ¿Entiendes? Quizá no comprendamos perfectamente el proceso, pero podemos intuir sus líneas maestras aplicando nuestra inteligencia.

—Pero ¿por qué es todo tan complicado? ¿Por qué Dios en su grandeza no creó las cosas de modo que fuéramos capaces de comprenderlas con facilidad?

—Escapa a mi entendimiento, pero piensa que Dios nos eligió como sus criaturas más queridas. Es posible que el hecho de que las cosas sean complicadas responda al gusto que experimentamos por descubrir su significado. ¡Qué aburrido sería todo si no tuviéramos que aplicar nuestra inteligencia para desentrañarlo! En ese caso seríamos como las mulas o las ovejas. Ellas no se preguntan por qué crece la hierba; la comen sin más. Piensa en lo bello que es observar nuestro entorno e indagar en sus misterios. Yo todos los días admiro multitud de fenómenos para los que no encuentro explicación. Me resulta fascinante saber que aún me queda mucho por descubrir. Por ejemplo, ¿nunca te has cuestionado por qué las cosas caen al suelo?

—¡Vaya pregunta! En fin, supongo que caen porque el suelo está debajo, ¿no?

—¿Y qué importa que esté debajo? Cuando yo lanzo un palo, la fuerza para lanzarlo nace de mi brazo. Pero ¿de dónde nace la fuerza para que el palo caiga al suelo?

La incógnita me resultaba excitante, pero no encontraba en mi mente las herramientas para darle solución.

—No sé, Sancho... Creo que no conozco la respuesta.

—Yo tampoco, pero hubo un sabio que también se planteó ese problema. ¿Te acuerdas de Raimundo Lulio? Si no recuerdo mal, ya te hablé de él. Él distinguía entre dos tipos de movimientos que pueden afectar a una piedra: el violento y el natural. El violento se produce cuando la piedra se arroja con impulso al aire; el natural, cuando desciende por sí sola desde nuestra mano hasta el suelo, pues entonces se mueve conforme al peso, cuyo movimiento es sensible por la vista, imaginable por la imaginación e inteligible por el entendimiento. Lulio tampoco conocía la respuesta, pero su inteligencia le llevaba a creer que existía algo que impulsaba a la piedra hacia abajo, lo mismo que nuestra mano la lanza hacia arriba. No conocemos qué es ese «algo», pero sabemos que necesariamente tiene que existir.

—Me parece que algo similar era lo que explicaba Aristóteles, ¿verdad, maestro? Él distinguía entre los elementos que tienden a subir, el fuego y el aire, y los que tienden a bajar, la tierra y el agua. De este modo, contraponiendo sus fuerzas, el mundo alcanza el equilibrio, ¿no es así?

—Así es, ciertamente. Y así te lo indica la razón. Las fuerzas que impulsan hacia arriba deben contrapesarse equivalentemente con las que descienden. En caso contrario el mundo carecería de sustento y equilibrio.

Aquellas lecciones eran maravillosas, aunque a veces terminaba con un terrible dolor de cabeza. Por eso, en muchas ocasiones prefería, simplemente, que Sancho me permitiera recrearme en la lectura de los libros, preguntándole cosas concretas cuando no las comprendía. Un día me enseñó uno fantástico llamado *Libro del famoso Marco Polo*, escrito muchos años atrás por un viajero veneciano. Leyéndolo conocí lejanos reinos orientales de los que nunca antes había oído hablar. Con aquel relato mi imaginación viajaba libre a lugares extraordinarios, distintos, llenos de gentes extrañas y con costumbres peculiares. ¡Quién me habría dicho entonces que un día llegaría a estar frente a todas aquellas maravillas, que surcando los mares conocería pueblos y culturas de los que nadie había tenido noticia jamás! Pero qué distinto es leer el relato de un viajero que ser éste en sí, y con qué distancia admiramos en los libros lo que con tanta crudeza se sufre en la realidad. ¡Qué poco sabía entonces del mundo y a cuánto habría renunciado después por no haber soportado todo lo que me tocó padecer!

A pesar del empeño que ponía en las lecciones y en la lectura, supongo que Sancho percibía la tristeza que se reflejaba en mi rostro. Una tarde, mientras leíamos la *Comedia de Calisto y Melibea* en una bella edición que él había adquirido en Toledo años atrás, me preguntó:

—Te noto triste desde que llegaste de San Vicente —comenzó—, y más aún desde que fuiste a ver a Lucía a Lerones. ¿Ocurrió algo?

Me tomé mi tiempo antes de contestar.

—Sí. Le dije algo a Lucía y ella se enfadó. Creo que no quiere verme más, y no la culpo. No he sido bueno con ella.

Sancho se recostó en la silla.

—Las peleas son normales en la juventud, y más cuando dos se quieren. Nos creemos más fuertes de lo que realmente somos y pensamos que nuestros actos no tendrán consecuencias.

—Pero las tienen...

—Sí, las tienen, y a veces nos parecen irremediables.

—Eso es lo que me temo.

Me puso una mano en el hombro.

—También es verdad que no hay jirón que no pueda remendarse, ¿verdad?

Bajé la cabeza y me quedé mirando la mesa.

—Los jirones pueden remendarse, pero hay heridas que dejan cicatriz, por muy bien que curen.

Sancho se levantó despacio.

—No voy a preguntarte más —dijo—, pero piensa que si el cariño que os teníais era sincero, eso ha de ser más fuerte que cualquier desencuentro.

Guardé el libro en la biblioteca y marché a casa cabizbajo. Ya habíamos comenzado a segar la hierba, lo que requería la colaboración de toda la familia. Siempre nos había parecido un trabajo alegre, pero, en aquellos momentos, con mi madre enferma, el ambiente destilaba tristeza. Ella, empero, siempre tenía una palabra de ánimo para mí.

—Sigues estudiando con Sancho, ¿verdad?

Su hilo de voz apenas me llegaba a los oídos, pero su alma era tan cálida como siempre.

—Sí, madre, estoy estudiando latín, historia sagrada y profana, matemáticas...

—Eso está bien, hijo. Estoy segura de que un día llegarás a ser alguien importante y que podrás salir de este pueblo y conocer otras cosas.

—No quiero irme, madre —le dije al tiempo que tomaba su mano—. Me gusta vivir aquí.

—Te gusta ahora, pero no siempre te va a pasar igual. Un día te cansarás de ver a toda hora las mismas montañas, las mismas casas y las mismas personas. Debes salir de aquí, hazme caso; aprovecha todas las oportunidades que se te presenten. Ya sabes que tu tío puede ayudarte en San Vicente. Aprendiste bien con él, aunque no fueran más que unos meses, y también en la escribanía, por lo que me dijiste. Es importante que sigas por ese camino, es ahí donde podrás hallar la felicidad.

Sabía que mi madre tenía razón, pero había muchas cosas que me ligaban al pueblo: ella, mi padre, mis hermanos, sobre todo Nicolás, Sancho... Y Lucía.

—Madre, no quiero dejaros. Mi ayuda es importante aquí.

—Lo es, hijo, pero cada uno debe encontrar su lugar en el mundo, sin mirar atrás y sin ataduras. —Calló durante unos instantes—. Supongo que habrá más cosas que te retienen aquí, ¿verdad?

—Sí, madre, ya sabéis.

—¿Cómo no saberlo? Sé que te gusta esa muchacha de Lerones. —Me sonrió con ternura—. Eso es lo más hermoso del mundo, de veras. Pero no pierdas tu propio camino; no dejes que ese amor te coarte o, quizá, terminarás por odiarlo.

—Nunca podré odiarlo. De eso estoy seguro.

Mi madre me acarició la cara. Supongo que me comprendía. Consumiéndose como una llama sin pábilo, recreaba en mí su amor de juventud, puede que invitándome a no cometer sus mismos errores.

Uno de aquellos días, como de costumbre, estaba trabajando en casa de Sancho. Entre golpe y golpe de azada repasaba mentalmente las declinaciones latinas esforzándome por alejar de mi cabeza las más interesantes pero menos importantes historias de Marco Polo. Me había detenido un momento para secarme el sudor de la frente cuando oí en la lejanía una voz que me resultó familiar. Dejé la azada y miré en la dirección de la que parecía provenir hasta que vi a mi hermano Nicolás, que como una exhalación llegaba a casa de Sancho. Fui hacia él.

—¿Qué ocurre?

—Es... es madre... —Jadeaba por el esfuerzo y hablaba entrecortadamente—. Apenas puede respirar... Dice que quiere hablarte.

Eché a correr y no me detuve ni para coger resuello. No era posible: aquella misma mañana había estado a su lado, hablando con ella y dándole el desayuno. Nicolás me seguía a duras penas. Cuando llegué a casa, subí la escalera sin apenas pisar los escalones, como llevado por un vendaval. Allí estaban mi padre y mis hermanos mayores, y dos mujeres de edad a las que no me detuve en reconocer.

—¡Madre!

Me arrodillé junto a la cama y pasé los brazos alrededor de su cabeza al tiempo que la besaba en la frente. Su piel estaba fría y tenía un color azulado. Se volvió hacia mi padre y le habló:

—Manuel, dejadnos solos, por favor.

—Pero...

—No discutas, Manuel, no tengo fuerzas para ello. Salid, os lo pido.

Mi padre me miró con extrañeza, pero obedeció. Me quedé a solas con mi madre.

—Hijo —comenzó—, no sé cuántos días o cuántas horas de vida me quedan. Siento que a cada instante se me escapa un poco más.

—No, madre, sanaréis como la otra vez, ya lo veréis.

—No. Dios me espera en su seno, eso lo sé. Lo único que no conozco es el momento. Pero antes de partir hay algo que quiero pedirte.

—Sí, lo que sea.

—Es sobre tu hermana María. Desde que se fue, no he vuelto a saber de ella, pero no la he olvidado ni un solo instante. Tengo un vacío enorme en el corazón que aún no he conseguido llenar. Necesito saber cómo está antes de morir. Únicamente así podré irme en paz.

—Lo haré, madre —dije de inmediato—. Iré a ver a María y la traeré conmigo, lo juro.

—No, hijo, no quiero que venga aquí. Este pueblo no le traería más que malos recuerdos, y además no deseo que me recuerde de esta manera. Bastante me duele que vosotros me veáis así. Sólo pretendo saber cómo está, si su hijo nació bien, si la vida le sonríe o no. Nada más que eso. Dile que la quiero y que la llevaré siempre en mi corazón, en este mundo y en el otro.

Le tomé la mano con fuerza, tratando de infundir un poco de energía a aquel cuerpo moribundo cuya alma se resistía a escapar.

—Saldré hoy mismo y os traeré noticias de ella.

—Es mejor que esperes a mañana —dijo mi madre poniendo freno a mi ímpetu—. Vete pronto, y no cuentes nada a tu padre ni a tus hermanos; no te comprenderían. Su corazón es recto, pero el tuyo es más generoso y más compasivo. Diles que es algo que yo te pido y que no puedes revelarlo.

—Así lo haré, madre.

La abracé con todas mis ganas, sintiendo su débil respiración contra mi pecho. Aquel corazón dolido ya sólo pedía un poco de paz.

44

De la férrea voluntad y la capacidad de mando que Magallanes había mostrado en los momentos más duros de nuestra travesía pasamos a la desidia y la negligencia del capitán Juan Carvallo. Desorientado en aquellos mares desconocidos e inclinado a todos los vicios, hizo que los dos barcos navegaran sin rumbo durante semanas por aquel intrincado archipiélago.

Tras partir de Bohol, estuvimos casi un mes en la isla de Butuán, donde fuimos bien recibidos por los indígenas, en especial por su monarca. Los marineros debíamos cuidarnos del aprovisionamiento y la reparación de las naves, pero la falta de autoridad del capitán dejaba demasiadas tareas sin atender y obtuvimos pocos víveres. Poco quedaba en nuestra tripulación del espíritu que Magallanes había querido inculcarnos; así, nos entregábamos a todos los excesos siguiendo el ejemplo de nuestro oficial al mando, pues, a diferencia del portugués, que nunca aceptó mujeres a bordo, Carvallo compartía cama cada noche con distintas muchachas, a veces con varias a la vez, y se daba demasiado a la bebida.

Bocacio, Nicolás y Martín disfrutaron, en todo caso, de aquellas jornadas en Butuán. A diferencia de las heladas regiones patagónicas y de la inhumana travesía por el mar Pacífico, aquel territorio nos proporcionaba prácticamente todo lo que necesitábamos, en especial diversión. Parecía como si aquellos hermosos paisajes hubiesen borrado de la mente la misión que a todos nos había conducido allí: conseguir las especias. Y, sin embargo, esa seguía siendo nuestra meta: encontrar la ruta que nos llevase a las islas Molucas y de ellas a nuestra patria. Si conseguíamos especias a buen precio, podríamos cargar nuestros barcos y regresar a España enriquecidos al tiempo que abriríamos una nueva ruta de navegación que competiría con la portuguesa por tan apetecible mercado. Pero en ese momento no todos pensaban en volver. Juan Griego lo expuso con la mayor claridad.

—Creo que podría quedarme en cualquiera de estas islas. No soporto más esta travesía y menos a Carvallo. Es todavía más inútil que Magallanes.

No tenía ganas de hablar con él y no le respondí. Pero Nicolás no pensaba dejarlo pasar.

—Hablas así porque eres un cobarde —le espetó mirándole directamente a los ojos—. No confías en el capitán ni en ninguno de nosotros. Si quieres quedarte aquí, hazlo. No se perderá mucho.

—Sé que me despreciáis. —Juan se dirigió de nuevo a mí—. Pero no entiendo por qué. Cada uno ha de velar por sí mismo. Antes de la batalla te dije que no dejaras que te matasen. Y el consejo no te fue mal, ¿verdad?

—¡Pregúntale a Benito, maldito bastardo! —exclamó Nicolás acercándose a él y apretando los puños. El genovés seguía convaleciente y apenas podía moverse.

Me interpuse entre ambos y sujeté a Nicolás.

—Muchas veces he sido indigno, Juan, pero después del perdón de Magallanes juré soportar lo necesario para no volver a sufrir aquel deshonor. Y también juré ser fiel a mis compañeros. Como dice mi hermano, haz lo que mejor consideres, pero no trates de involucrarnos.

Juan se fue mascullando. Martín se acercó y me sonrió.

—¿Sabes? En cierto modo comprendo a Juan; a veces también me planteo dejarlo todo y abandonar esta expedición. No soy tan fuerte como tú, y estoy terriblemente cansado.

—Todos lo estamos —dijo Bocacio—, pero ¡maldita sea!, después de haber venido hasta aquí al menos quiero saber cómo huele el dichoso clavo recién cogido.

Como siempre, el buen humor de Bocacio barría nuestras penas y nuestros sinsabores. Quien más, quien menos, todos habíamos dejado atrás historias de las que no deseábamos acordarnos, pasados oscuros que habíamos soñado diluir en el mar como la espuma de las olas. Jugadores, desheredados, borrachos, pendencieros; pensar en la patria nos producía rechazo, aun a sabiendas de que ése era nuestro destino final y de que volveríamos más ricos de lo que nunca habíamos soñado. Y a mí, ¿qué es lo que me esperaba? Probablemente dejar de vagar sin rumbo, asentarme en un lugar y vivir con decencia, como un hombre nuevo y sin pasado... Aunque con una gran historia que contar.

Porque a pesar de todas las cosas maravillosas que habíamos visto y que nos quedaban por ver, para mí el mayor tesoro era mi historia. En aquellas páginas estaba mi vida. Con cada línea que escribía se borraba de mí un pasaje de mi existencia, pues dejaba de ser sólo mía para hacerse de todos, accesible a cualquiera que quisiera leerla. En cierto modo, con el suave movimiento de la pluma sobre el papel liberaba a mi alma de mi pasado.

Mis amigos, por otra parte, volvían a retomar el gusto por la lectura. Pasados ya los meses de penuria, y recuperados hasta cierto punto de la muerte de nuestro capitán general y de nuestros compañeros, Bocacio, Esteban, Martín, Benito y Nicolás redescubrían el placer que atesoraban los libros, y no sólo el mío. El escribano Sancho de Heredia, muerto en el convite de Zubú, había dejado el maravilloso libro del *Conde Lucanor*. Recibir aquel manuscrito de manos de Pigafetta fue como un regalo, tanto como lo supuso años atrás, cuando hice entrega a Sancho del presente del padre Francisco. Me vinieron a la memoria de inmediato todas aquellas conversaciones entre el conde y su consejero que con tanto gusto leíamos mi maestro y yo a la luz del candil, cuentos moralizantes, dirigidos a la buena formación de los príncipes, pero aplicables también a cada uno de nosotros.

—Léenos una de esas historias —me dijo un día Bocacio.

—Podéis hacerlo vosotros, para algo habéis aprendido.

—Sí —intervino Esteban—, pero preferimos oírlo de ti. No sé por qué, pero suena mejor.

Benito, recostado en la estera, también me animó:

—Sí, suena mejor y es menos cansado para nosotros. Vamos, léenos una de esas historias.

—Está bien. Os contaré la de don Illán, el mago de Toledo. —Abrí el manuscrito, tomé aire y empecé a leer—: «Lo que sucedió a un deán de Santiago con don Illán, el mago de Toledo.

»Otro día hablaba el conde Lucanor con Patronio y le dijo lo siguiente: "Patronio, un hombre vino a pedirme que le ayudara en un asunto en que me necesitaba, prometiéndome que él haría por mí cuanto me fuera más provechoso y de mayor honra. Yo le empecé a ayudar en todo lo que pude. Sin haber logrado aún lo que pretendía, pero pensando él que el asunto estaba ya solucionado, le pedí que me ayudara en una cosa que me convenía mucho, pero se excusó. Luego volví a pedirle su ayuda, y nuevamente se negó, con un pretexto; y así hizo en todo lo que le pedí. Pero aún no ha logrado lo que pretendía, ni lo podrá conseguir si yo no le ayudo. Por la confianza que tengo en vos y en vuestra inteligencia, os ruego que me aconsejéis lo que deba hacer".

»"Señor conde", dijo Patronio, "para que en este asunto hagáis lo que se debe, mucho me gustaría que supierais lo que ocurrió a un deán de Santiago con don Illán, el mago que vivía en Toledo."»

Lo que ocurría era que en Santiago de Compostela había un deán de la catedral que deseaba aprender nigromancia y cuando supo que el más versado en dichas artes era don Illán de Toledo, acudió inmediatamente a visitarlo. En cuanto lo vio llegar, don Illán lo acogió con mucho gusto y le colmó de atenciones. Después de comer, el deán le explicó los motivos de su visita, pero el mago receló, pensando que si en el futuro el deán alcanzaba más altas dignidades en la Iglesia, se olvidaría de la ayuda que él le había prestado. El deán respondió que no sería así en absoluto y que, si le ayudaba, siempre le obedecería.

—Vanas promesas las de los curas —me interrumpió en ese momento Bocacio.

—Calla y deja que siga leyendo —le espetó Esteban.

Bajé la vista, recuperé el párrafo donde me había quedado y

continué. Hablando de ese y otros temas se aproximaba la hora de cenar y el mago llamó a su criada para que preparase unas perdices, diciéndole que no las asara hasta que él se lo mandase. Penetraron entonces en una sala oscura donde comenzó a explicar al deán los secretos de la magia negra. Pero en esto estaban cuando al deán le llegó una carta de su tío el arzobispo de Santiago en la que le comunicaba que estaba enfermo y añadía que quería verle antes de morir. La misiva causó gran pesar al deán, no sólo por la enfermedad de su tío, sino también por tener que abandonar los estudios de nigromancia. Pensó que sería mejor continuar con su enseñanza y enviar una disculpa por escrito a su tío. Al cabo de unos días, se presentaron dos escuderos muy bien vestidos con otra carta mediante la cual supo que, tras la muerte de su tío, había sido elegido arzobispo. Al oírlo, don Illán se puso muy contento y pidió que otorgase el deanazgo a su hijo el nuevo arzobispo. Éste, empero, dijo que se lo daría a un hermano suyo y prometió otro cargo al vástago del mago, para lo cual le pidió que le acompañasen a Santiago. Marcharon todos a esa ciudad y, después de un tiempo en su nueva dignidad, el arzobispo recibió una carta del Papa en la que se le otorgaba el obispado de Tolosa, autorizándole a que dejase su cargo a quien quisiera. Aunque don Illán le pidió que se lo diera a su hijo, él le rogó que consintiera en otorgárselo a un tío suyo, hermano de su padre, alegando que ya habría más tarde otro cargo para el joven. El mago aceptó a regañadientes y acompañó al arzobispo a Tolosa. Estando allí, pasaron dos años y llegó una nueva carta del Papa en la que se nombraba cardenal al obispo y se le indicaba que podía legar el antiguo cargo a quien quisiera. De nuevo se repitió la historia y el obispo lo cedió a uno de sus familiares, en vez de al hijo de don Illán. Éste se avino, y ambos se trasladaron a Roma, donde fueron muy bien recibidos. Aunque el mago rogaba a diario al cardenal para que beneficiase a su hijo con alguna dignidad, aquél siempre se excusaba.

—¿Qué os decía yo? —interrumpió Bocacio.

Un día murió el Papa y todos los cardenales eligieron como nuevo pontífice al cardenal del que hablo. Don Illán se dirigió a él: ya no eran posibles más excusas. Sin embargo, el Papa no quiso que le atosigara ni apremiara. El mago, entonces, montó en cólera y le llamó mentiroso y desagradecido; ya no podía esperar de él ningún favor. El Papa cuando oyó aquello se enfadó mucho y respondió a don Illán que, de seguir hablando así, le haría encarcelar por hereje y por nigromante. Viendo el mago la pobre recompensa que recibía a pesar de sus favores, se despidió de él, no obteniendo ni siquiera comida para el camino. Le dijo que, ya que no tenía nada para comer, echaría mano de las perdices que había mandado asar la noche que él llego a su casa. El Papa se vio entonces de nuevo en Toledo, como deán de Santiago, cuando visitó a don Illán. Fue tan grande su vergüenza que no supo qué decir para disculparse. El mago lo miró con desprecio y le dijo que bien podía marcharse, pues ya había comprobado lo que cabía esperar de él, y que daría por mal empleadas las perdices si lo invitaba a comer.

—¡Vaya con el mago! —exclamó Nicolás.

—Tonterías. —Bocacio lo tenía claro—. Nada de eso es posible: ni los magos existen, ni las perdices pueden estar esperando tantos años para ser asadas sin perderse.

—De eso se trata, Bocacio —dije cerrando el manuscrito—; es sólo un cuento. El conde Lucanor pidió consejo a su criado Patronio porque una persona que siempre le estaba pidiendo favores luego se excusaba con uno u otro motivo para no devolverlos. La moraleja aparece al final: cuanto más alto suba aquel a quien ayudéis, menos apoyo os dará cuando lo necesitéis.

—Eso es bien cierto —apuntó Bocacio—. Tengo comprobado que los más poderosos suelen ser al tiempo los más cicateros. En cambio, los pobres damos siempre lo que tenemos. Yo puedo ser un zafio, lo reconozco, pero nunca he negado nada a quien lo necesita de veras.

—Así es, amigo —le dije—, los poderosos suelen olvidar los favores recibidos cuando eran humildes. Y el mejor ejemplo lo tenemos en Magallanes. Cuando era joven luchó con todas sus fuerzas por su rey, Manuel de Portugal, desde África hasta Singapur, sin pedir nunca nada a cambio y no recibiendo más que heridas y sinsabores. Y cuando, ya mayor, solicitó al monarca que le permitiera formar una flota para descubrir una nueva ruta a las islas de las Especias, don Manuel le despreció, expulsándole de la corte. Ése fue el pago a sus esfuerzos.

Mis compañeros quedaron callados, pensativos. No conocían nada de aquello. Para ellos Magallanes no había sido más que el inflexible dictador que nos había conducido con mano de hierro, sin atender jamás a los consejos o las consideraciones de los capitanes españoles. Nunca se habían parado a pensar en su dolor interior, en sus sueños.

—¿Y por qué se embarcó, entonces, en aquella estúpida batalla contra Silapulapu cuando tenía tan cerca el triunfo? —preguntó Martín.

—Supongo que por extender la fe cristiana y por asegurar estas tierras hasta la llegada de nuevos barcos españoles —se adelantó a responder Esteban—. Pero la arrogancia le perdió: quiso mostrarse más fuerte de lo que era y despreció la ayuda que hubieran podido darle.

Su respuesta me dejó perplejo. Sin contacto con los oficiales o con Pigafetta, como yo sí tenía, había dado en el clavo con total precisión. Pero es que Esteban sabía mirar y ver a las personas.

—¿Y qué nos queda ahora, entonces? —preguntó Bocacio.

—Sólo nos queda continuar: alcanzar las Molucas como Magallanes deseaba y luego seguir rumbo a España con los barcos llenos. ¡Y quién sabe lo que aún podrá llevarnos esa travesía! —concluyó Esteban.

Lo que podía durar esa travesía nos era desconocido, pero, por de pronto, el tiempo pasaba y seguíamos perdidos en aquel archipiélago. De la isla de Butuán pasamos a la de Cagayán, poblada por unos pocos nativos muy atrasados y con los que apenas pudimos comerciar ni obtener víveres. El capitán Carvallo, entonces, decidió poner rumbo al oeste para tratar de encontrar la ruta definitiva a las Molucas. La navegación se hizo muy larga por los vientos desfavorables y a los pocos días comenzó a escasear la comida. No habíamos previsto estar tanto tiempo sin encontrar tierra y las bodegas iban casi vacías. A diferencia de Magallanes, que procuraba anticiparse siempre a los posibles problemas, Carvallo nos conducía a ciegas entregándose temerariamente a la divina providencia.

Al cabo de una semana el hambre en los dos barcos se hizo atroz, y ya no contábamos siquiera con el cuero de los mástiles para alimentarnos. El descontento creció a bordo y varios marineros pidieron poner rumbo de nuevo a Cagayán, a Butuán o a cualquier otra de aquellas islas, acabar de una vez por todas con el viaje e instalarnos allí de por vida. La idea, como Juan y Martín ya habían aventurado, era tentadora, pues aquellas islas rebosaban riqueza y sus gentes eran hospitalarias y afables. Pero algo en nuestro interior nos impulsaba a continuar, a seguir a pesar de todas las calamidades, a culminar el inmenso proyecto en el que nos habíamos embarcado.

Después de dos semanas, cuando toda la tripulación ya estaba famélica y desesperada, llegamos a una gran isla llamada Palaoán. Era más rica que Cagayán y pudimos aprovisionarnos de cabras, pollos, nueces de coco y arroz, intercambiándolo por las baratijas de las bodegas, como hacíamos habitualmente.

No permanecimos allí más que lo estrictamente necesario para abastecernos. Por otra parte, en ningún lugar podíamos recalar demasiado tiempo, pues las malas maneras de nuestro capitán terminaban por molestar a los nativos, que se volvían hostiles. El espíritu de Juan Carvallo parecía no estar adornado por ninguna virtud, pues cada vez que una embarcación de los nativos pasaba a nuestro lado, ordenaba de inmediato que la asaltásemos y les robáramos todas sus pertenencias. De ese modo pronto obtuvimos la fama que nos merecíamos.

Al poco de partir de Palaoán arribamos a otra isla mucho mayor y más poblada, y concretamente a una ciudad llamada Borneo. Nada más echar las anclas se desencadenó una terrible tormenta que oscureció por completo el cielo. El aire se hizo espeso y sobre los mástiles de nuestras dos naves vimos arder el fuego de San Telmo, nuestro viejo compañero en la travesía por el mar océano. Al día siguiente llegó una embajada de los nativos en tres embarcaciones: una especie de piragua y dos barcas de pescadores. Como de costumbre, les acogimos a bordo y se procedió al habitual intercambio de regalos: ellos nos ofrecían alimentos y bebidas, y nosotros les correspondíamos con espejuelos, gorros de colores, cascabeles y abalorios. Agradecimos especialmente un licor hecho por destilación del arroz al que llamaban *arach*, tan fuerte que consiguió tumbar a la mitad de nuestra tripulación. Yo, acordándome del penoso episodio en que me emborraché en presencia de Pigafetta, preferí degustarlo con prudencia.

El tiempo parecía no contar tan aprisa para aquellos indígenas como para nosotros. Hasta seis días más tarde de nuestra arribada no se dignaron enviarnos de nuevo a nadie con quien comerciar y parlamentar. A diferencia de otras islas, en Borneo reinaba un rajá musulmán. Se llamaba Siripada y tenía un odio furibundo contra los gentiles; no así contra nosotros, ya que éramos, como él, creyentes. Por eso nos envió su embajada con infinidad de regalos y con la invitación para visitar su palacio. Gómez de Espinosa bajó a tierra acompañado de Pigafetta y otros siete hombres para ofrecer al sultán nuestros presentes. De nuevo Pigafetta me eligió para acompañarle, pero esa vez decliné el ofrecimiento para permanecer a bordo. Benito seguía convaleciente a pesar de nuestros cuidados y la fiebre no le bajaba. Me pidió que me quedara a su lado y que le leyera otros pasajes del *Conde Lucanor*.

—Esos cuentos son la mejor medicina —me dijo—. Sanan el alma.

Sería cerca de medianoche cuando un ruido me despertó. Juan Griego y Mateo Gorfo, otro marinero griego que se había unido a nuestra nave tras la quema de la *Concepción*, estaban asomados por la proa. No había apenas luna y la oscuridad reinaba sobre la bahía. Muy despacio me acerqué hasta ellos.

—¿Qué hacéis?

Ambos se sobresaltaron.

—Calla —susurró Juan—. Nadie debe vernos.

Me miró a los ojos y vi en ellos una súplica.

—¿Qué os proponéis? —pregunté en voz baja.

Tragó saliva.

—¿Recuerdas que te dije que un día me largaría y dejaría la expedición? Pues ese día ha llegado. Mateo y yo nos quedaremos en esta isla y viviremos con los nativos. Disfrutad de las riquezas, si es que alguna vez las encontráis.

Miré alrededor. La noche era tan oscura que apenas se veía a un palmo. Bajo nuestros pies notábamos el crujido de la nao y de fondo se oían las olas rompiendo en la orilla.

—¿Vas a delatarnos? —me preguntó.

Miré a Juan a los ojos y tomé sus manos.

—Marchad; no diré nada. No soy quién para juzgaros. Buena suerte.

Me abrazó. Luego él y Mateo Gorfo se dieron la mano y saltaron por la borda.

Lo siguiente que oí fue el impacto en el agua y poco después el braceo en dirección a la costa. El piloto Francisco Albo, que estaba en ese momento de guardia, acudió presto. Yo disimulé y me desperecé, como si me acabara de despertar y hubiera ido a asomarme por el costado del barco.

—¿Qué ha ocurrido? ¿Qué ha sido ese ruido?

—No lo sé. Yo también he oído algo; me he despertado. Quizá haya sido en la playa.

Albo miró hacia la orilla, pero el chapoteo era cada vez más débil y se confundía con el batir de las olas. Se quedó unos instantes más oteando y luego continuó su ronda. Me estiré de nuevo sobre la cubierta y me adormecí pensando en mis compañeros fugados. Para ellos había terminado la travesía y comenzaba una nueva vida en un lugar remoto y con una cultura desconocida.

A la mañana siguiente se hizo recuento y se echó en falta a los dos griegos. Un par de marineros bajaron a tierra y a duras penas pudieron enterarse de que alguno de los nativos había visto a dos personas por la noche llegando a la playa, pero al parecer se internaron en la selva y desaparecieron. Con Magallanes al mando, habrían sido perseguidos y Albo habría recibido un buen castigo.

Carvallo dejó pasar la deserción y solventó el asunto con una simple reprimenda al piloto.

De vuelta a las naos, Espinosa, el capitán de la *Victoria*, Pigafetta y los demás contaron su experiencia en tierra, que a mí me hizo recordar los pasajes de Marco Polo que con tanto disfrute leía con Sancho: fueron llevados en elefante y durmieron sobre colchones de algodón y seda, rodeados de bellas mujeres y bien servidos de comida y vino. Espinosa habló con el rey de la isla y acordaron comerciar pacíficamente. Pigafetta, además, me explicó algo que le había llamado poderosamente la atención.

—¿Sabes? En todos los platos que nos sirvieron había clavo y canela. La Especiería no ha de hallarse muy lejos; por fin estamos cerca de nuestro destino.

No obstante, nuestro destino tenía que esperar. Las condiciones de Borneo eran tan buenas para el comercio que Carvallo y Espinosa decidieron que permaneciésemos algunos días más en ese puerto. No quisieron, sin embargo, que la marinería bajase a tierra, pues no se fiaban de los nativos a pesar del acuerdo al que habían llegado con el rajá. Supongo que pesaba aún en su memoria el desastroso convite de Zubú.

En todo caso, nuestra exigua flota tenía necesidades y una de ellas era la brea para calafatear, de suerte que a tierra fueron enviados cinco de los nuestros para negociar con los nativos. Como gesto de buena voluntad, y para que el rey de Borneo no desconfiase de nosotros, uno de ellos era el hijo del capitán Carvallo, al que había recogido en Brasil durante nuestra recalada.

Pasaron los días y los enviados no volvieron, lo cual comenzó a preocupar a Carvallo y Espinosa, que temían que los isleños estuvieran tratando de forzar nuestro desembarco para acabar con nosotros. Dudaban sobre qué decisión tomar, y la inquietud y la desconfianza se extendían a toda la tripulación.

Una noche, pasada la mitad de julio, mi hermano y yo estábamos asomados en la borda de la *Victoria*. La luna iluminaba las casitas levantadas sobre la orilla. Nicolás se volvió hacia mí.

—¿Alguna vez pensaste que este viaje fuera a llevarnos tanto tiempo? Pronto cumpliremos dos años a bordo y aún no hemos encontrado las islas de las Especias, y mucho menos la ruta de regreso a España. ¿Crees que lo lograremos?

—¡Quién sabe! Está claro que las Molucas no están lejos, pero bajo las órdenes de Carvallo puede ocurrir cualquier cosa. Me da la impresión de que lo hace todo para beneficiarse a sí mismo, no a la expedición.

—Pues debería andarse con cuidado —dijo Nicolás bajando un poco la voz—. Los marineros rumorean que los oficiales quieren destituirle. Y es posible que no pase mucho tiempo.

Durante aquellos días estaba tan distraído escribiendo mi historia que no me enteraba de ninguno de los chismes de la tripulación.

—Yo no he oído nada, pero no me extrañaría —susurré—. Magallanes era autoritario, pero al menos tenía claros sus objetivos. Carvallo, en cambio, improvisa esperando que la solución le venga del cielo. De ese modo nunca encontraremos la ruta a las Molucas.

Nicolás espiró con fuerza y quedó con la vista fija en las casitas de madera y palma que bordeaban el puerto.

—¿Qué harás si un día regresamos? —me preguntó sin darse la vuelta.

Aquélla era la pregunta que más temía.

—Aún no lo he pensado, pero tengo claro que no regresaré al pueblo. Supongo que me asentaré en cualquier otro lugar y trataré de llevar una vida ordenada. Si es posible, volveré a estudiar. Y escribiré. Creo que es lo que más feliz me hace.

—A mí sí me gustaría volver, aunque sólo fuera por ver qué fue de todos: de nuestros hermanos, nuestros vecinos, el malnacido de don Lope y el hideputa de su sobrino. Espero que estén pudriéndose en los infiernos.

—No hables así, Nicolás, ni siquiera de quien más daño te haya hecho. Todo eso debe quedar en el olvido; recordarlo no puede causarnos más que dolor. Tenemos que aprovechar esta oportunidad para renacer como nuevas personas en un nuevo lugar. No creo que debamos volver al pueblo, ni tú ni yo.

Se acercó y me abrazó justo en el instante en que algo llamó mi atención. A no mucha distancia se aproximaban a nuestros barcos casi doscientas piraguas a gran velocidad. Pero no era eso lo único inquietante, pues a nuestro alrededor y aprovechando la noche, otras muchas embarcaciones de mayor tamaño, a las que llamaban juncos, amenazaban con rodearnos. Estábamos a punto de dar la voz de alarma cuando desde la *Trinidad* se adelantó el aviso.

—¡Recoged las anclas! ¡Aprisa!

En la cubierta de la *Victoria* todos corrimos a cumplir la orden y a izar las velas, disponiéndonos para partir. En la *Trinidad*, Carvallo ordenó que se disparasen las bombardas contra los juncos. Varias de las embarcaciones saltaron por los aires y los nativos cayeron al agua, algunos muertos, otros heridos. Tomamos a varios de ellos y nos dimos a la vela para evitar que nos rodeasen, colocándonos al pairo a una prudente distancia del puerto. Allí permanecimos dos días.

La situación era muy complicada. Cinco de nuestros compañeros seguían en tierra, seguramente retenidos, y acercarnos demasiado de nuevo podía ponernos en riesgo a todos. Carvallo dudaba sobre qué decisión tomar cuando los acontecimientos se precipitaron. Un junco se acercó hasta la nao capitana, con más de cien hombres y algunas mujeres a bordo. Carvallo ordenó cargar contra la embarcación e hicimos varios prisioneros, entre ellos el hijo del rey de Lozón, aliado del rajá Siripada.

Entonces Carvallo erró completamente en su juicio: prestó oídos al prisionero y aceptó liberarle a cambio de una fuerte suma de oro y de la promesa de devolvernos a nuestros compañeros. En la *Trinidad* quedarían diez rehenes para asegurar el trato.

El maestre Del Cano y el capitán Espinosa le pidieron que lo reconsiderase, pues mantener al hijo del rey de Lozón como rehén era el medio más seguro de recuperar a nuestros compañeros en tierra. Carvallo se cerró a sus súplicas.

A una señal del hijo del rey, uno de los juncos se acercó a la *Trinidad* y el prisionero dio instrucciones. El junco regresó a tierra y al rato volvió con una arqueta llena de oro, que fue izada al tiempo que el prisionero descendía al junco. Al cabo de dos días, el rajá Siripada nos devolvió a dos hombres, pero dejó en tierra al marinero Domingo Barrutia, al soldado Gonzalo Hernando y al propio hijo de Carvallo, un crío de nueve años. El capitán había vendido a su hijo por un puñado de oro. Era la segunda vez que traicionaba a sus hombres.

En Zubú se lo perdonamos, pero en esa ocasión se ganó nuestro absoluto desprecio.

45

La perspectiva de volver a ver a María me llenaba de alegría. Deseaba con todas mis ganas reencontrarme con mi querida hermana mayor, cuyo rostro me costaba ya recordar, aunque recordara vagamente su expresión de dulzura y bondad. Por otra parte, sentía cierto temor por hallar, quizá, algo distinto a lo que mi memoria dibujaba. ¿Conservaría aún María algo de aquel corazón que yo tanto amaba? ¿O quizá la vida la habría vuelto dura e insensible? ¿Habría podido criar a su hijo en compañía de Ricardo, aquel joven al que apenas conocía cuando se quedó embarazada? ¿Habría logrado superar el dolor y la vergüenza por su desliz? No podía saberlo; de todos modos, en mi interior sentía que ella seguiría siendo aquella persona que tanto me había querido y por la que yo había sentido tanta devoción. Me decidí a traer a mi memoria sólo los buenos recuerdos y a borrar los dolorosos.

Salí bien pronto de casa tras despedirme de mi madre que, hablando con esfuerzo, me deseó buen viaje y me pidió que fuese rápido en mi misión.

—No me queda más que un poco de vida, hijo, pero esperaré.

Con aquellas lastimosas palabras sobre mi conciencia, dejé atrás las casas del pueblo y me encaminé hacia el alto de Sierras Albas. Penetré en un oscuro vallejo y remontando el río llegué, tras una buena caminata, a los pueblos de Vendejo, primero, y Caloca, casi arriba de todo de la sierra. Sus habitantes, aislados en aquel lugar recóndito y apartado del mundo, tenían un carácter reservado. Atravesé sin detenerme las estrechas callejuelas, con la sensación de que me observaban desde las ventanas entreabiertas, y tomé un sendero que conducía a lo alto del monte entre una espesura como yo no había visto nunca igual. Robles y hayas gigantescas bordeaban la senda sin dejar que los rayos de sol llegasen al suelo y cubriendo todo con una luz verde y misteriosa. Parecía el lugar ideal para la aparición de algún caballero andante o bien de algún ser de los bosques, pero yo temía especialmente a las alimañas. De mis anteriores experiencias en el monte guardaba un recuerdo no demasiado favorable, y en esa ocasión, además, me encontraba suficientemente lejos de casa para no esperar la ayuda de ningún familiar o vecino. Aceleré el paso y recorrí a trote lobero aquel monte impenetrable y terrible. De cuando en cuando creía oír pisadas tras de mí, pero el miedo me impidió volverme: prefería pensar, simplemente, que se trataba de un corzo o un venado.

Después de varias horas de ascensión logré alcanzar el alto. La vegetación era allí más rala y permitía una buena visión del camino que aún me faltaba por recorrer. Detrás de mí quedaba mi valle, escarpado y umbroso; ante mis ojos se abrían las tierras llanas del valle del río Pisuerga. En cualquier otra ocasión me habría sentado a contemplar el paisaje con detenimiento, pero en aquel momento sabía que cada instante contaba y que el camino para dar con María era aún largo, y larga también la vuelta a casa. Quizá si le llevara a mi madre buenas noticias de mi hermana, encontraría la ilusión necesaria para seguir luchando.

Recorrí montes de roble, pinares y pastos de montaña hasta llegar a la aldea de Casavegas. Allí, como mi madre me había indicado, pregunté por Anselmo, un conocido de mis padres, y un vecino me señaló su casa. Fui bien recibido y me invitaron a comer; mientras, les fui relatando, aunque vagamente, el motivo de mi viaje y la situación de mi familia. Anselmo insistió en que me quedase a dormir, pero yo deseaba llegar antes del anochecer a Cervera, de modo que reanudé mi marcha con el estómago lleno y las fuerzas recuperadas. Entre campos de cereal recorrí aquellas hermosas tierras, tan distintas de la mía, sin mirar atrás, con la vista fija en el horizonte que me indicaba el camino a Herrera de Pisuerga, donde, con suerte, encontraría a mi hermana.

Llegué a Cervera cerca del anochecer, y no me fue difícil dar con una posada en la que cenar algo y pasar la noche, con las monedas que mi madre me dio. Me tumbé en el camastro de heno mirando el firmamento a través de un hueco en la tablazón del tejado. Pensé que las mismas estrellas que veía en mi pueblo eran las que allí contemplaba, y deduje que así sería en cualquier lugar al que uno fuera. Aquello me dio ánimos y seguridad, pues pensaba, como mi madre decía, que las estrellas eran las almas de los familiares desaparecidos que velaban por nosotros desde el cielo, en presencia del Señor. Por el mismo motivo hube de sufrir amargamente años después cuando descubrí que, al pasar el Ecuador, el orbe celeste que conocíamos desaparecía para dar paso a otras estrellas totalmente distintas. A bordo de la *Victoria*, las estrellas dejaron de ser ángeles para convertirse sólo en luces tan débiles que nada podían iluminar.

Al día siguiente retomé el camino por campos cada vez más llanos y fértiles en busca de la villa de Herrera de Pisuerga. Tenía los pies doloridos, pero ello no me impedía avanzar con rapidez sin detenerme más que para echar un trago de agua en alguna fuente o para refrescar mis pies en algún riachuelo. Mientras caminaba pensaba en mi hermana. ¿Habrían salido bien los planes de mi padre de enviarla a la casa de mi tío Julián? ¿Seguirían María y Ricardo allí?

Pensando en ese y otros asuntos fueron pasando las horas y menguando las leguas. A diferencia de mi comarca, donde cada pueblo tenía el siguiente a tiro de piedra, donde me hallaba las distancias entre unos y otros eran enormes, lo cual causaba más fatiga en el ánimo que en las piernas. Pero al fin, en la lejanía, vi asomar sobre la monótona llanura, y bajo el inmenso y cálido cielo de la tarde, un conjunto de casas rodeando una gran iglesia. Si no me equivocaba, por las indicaciones que me había dado mi madre, aquello debía de ser Herrera. Aceleré el paso y entré en la villa, donde un paisano me confirmó que aquél era el ansiado destino de mi viaje.

—¿Conocéis dónde vive Julián, el cordelero?

—¿El lebaniego? Sí, en la calle de la Iglesia, en una casa con soportal rodeada por otras dos con escudos. No tiene pérdida.

Siguiendo sus indicaciones no me fue difícil encontrar el edificio que me había descrito. Antes de llamar a la puerta, tragué saliva e inspiré profundamente. Con humildad pedí a Dios que mi hermana estuviese dentro y que aún se acordase de mí. Golpeé con la aldaba sobre el grueso portón y esperé. La puerta se abrió con un estridente chirrido.

—¡Hermano!

Me abalancé sobre María y la estreché con todas mis fuerzas. Ella me correspondió, y así quedamos los dos unidos en un abrazo fraternal que me trasladó a un tiempo, apenas recordado ya, de inocencia e ingenuidad. Me hizo bajar la cabeza, me besó en la mejilla y sonrió.

—La última vez tuve que agacharme yo, ¿te acuerdas? Ahora eres todo un hombretón.

María estaba tal como la recordaba: radiante, feliz, rebosante de dulzura, llena de amor.

—Pero ¿qué haces ahí plantado? ¡Pasa!

Me cogió de la mano y entré tras ella. En la estancia estaban mis tíos Julián y Teresa y sus dos hijos, Ramón y Teresita. Nunca los había visto, pero me resultaron fascinantemente familiares. Me recibieron con gran afecto y me invitaron a sentarme en un banco junto al hogar. Les conté el motivo de mi viaje: la enfermedad de mi madre, cuya gravedad traté de enmascarar tanto como pude, y su deseo de tener noticia de mi hermana. También les hablé de la situación en el pueblo, de la gran tormenta que arruinó la cosecha y de las tensiones crecientes en el concejo, sin entrar en detalles. Mi tío Julián estaba encantado de tener noticias de Liébana. Salió de mi pueblo mucho antes de que yo llegara al mundo, antes incluso de que hubiese nacido María. En sus ojos brillaba la nostalgia por un tiempo quizá no más feliz, pero sí amado. Me preguntó por mis padres, por los vecinos, por don Lope, por el padre don Teodulio… Describí a cada uno con sus mejores virtudes y los menos defectos posibles, pues sabía que en el fondo no deseamos traer a la memoria lo doloroso, sino sólo lo que una vez nos hizo felices.

María me miraba con una leve sonrisa en los labios. Parecía contenta de volver a verme, pero al tiempo la noté rara, como si tratara de ocultarme algo. Entonces oí unos débiles pasos a mi espalda y me volví. Un crío me miraba con ojos curiosos, como si me reconociera. Su pelo era negro y su nariz afilada; en la expresión me recordó algo a mi hermana, pero en nada se me asemejó a Ricardo. Con todo, tenía algo que me resultaba familiar.

—¿Es...?

—Sí, es mi hijo. Se llama Manuel, como padre.

Me acerqué y le besé.

—Le he hablado mucho de ti —dijo María.

Mi sobrino seguía mirándome con sus ojos negros muy abiertos. ¿A quién me recordaba? Me vino a la cabeza en ese momento una pregunta que resultaba obvia, por mucho que no la hubiese planteado aún.

—Y Ricardo, ¿dónde está?

María tomó de la mano a Manuel y lo acercó a la tía Teresa. Luego pasó su brazo bajo el mío.

—Acompáñame.

Salimos de casa de mis tíos, recorrimos la calle mayor y, paseando, llegamos hasta la ribera del río, junto a unos álamos que se mecían suavemente bajo la fresca brisa del crepúsculo.

—Ricardo se fue —comenzó María—. Lo hizo unos años después de nacer Manuel. Nos dejó y marchó a Burgos. No he vuelto a saber nada más de él desde entonces.

—¿Y por qué lo hizo? ¿No le acogieron bien los tíos?

—Al contrario, lo acogieron espléndidamente, al igual que a mí. Nada más llegar comenzó a trabajar en la cordelería del tío, y no se le daba mal. Las cosas marchaban bien y aquí en la villa nadie se preocupaba demasiado de nuestra situación. El problema vino cuando Manuel creció.

María calló durante un instante que me pareció muy largo, como tratando de encontrar las palabras precisas para expresar algo que, obviamente, le dolía contar. Por fin, levantó la mirada y continuó.

—¿No te has fijado en su pelo y sus ojos, tan negros? ¿Y en su nariz aguileña? ¿No te recuerda a nadie?

Con un sobresalto caí de inmediato: ¡Guzmán, el sobrino de don Lope! Cómo no lo había visto antes: ¡era su vivo retrato! No, no era posible. El hijo era de Ricardo, todos lo sabían en el pueblo, don Lope lo aseguraba, María lo admitió entonces.

Dudé antes de preguntar.

—¿Manuel es hijo de Guzmán? ¿Es eso lo que quieres decirme, hermana?

María bajó la cabeza, no sé si avergonzada o dolida.

—Sí, es hijo de Guzmán, no de Ricardo. Cuando nació, nadie se percató, pero al cabo de un par de años fue evidente que Ricardo no era su padre. Imagínate: Ricardo, con su cabello rojizo y rizado, y yo con el mío rubio, y un hijo de pelo negro y lacio, y sus facciones... Cuando me preguntó, no pude mentir.

—Pero ¡si dijiste que el padre era él!

—Es más complicado de lo que parece. Ahora maldigo mi estupidez, no sabes cuánto, pero en aquellos días me encantaba ser cortejada por Ricardo y por Guzmán a un tiempo. Aunque lo disimulaba, me satisfacía ver que las otras muchachas del pueblo se morían de envidia. Dios me castigó por mi vanidad. El caso es que el día de la fiesta del pueblo yo estuve con Ricardo en el granero y yacimos juntos. —Se detuvo y, entonces, me miró a los ojos—. Pero no fue el único.

No supe qué decir. María suspiró y continuó; tal vez necesitaba sacar por fin toda la verdad de su pecho.

—No, hermano, en esos días también estuve con Guzmán. ¡Yo sabía que estaba mal! Pero él me perseguía, me halagaba, me cortejaba... y caí. Ya sabes que el sobrino de don Lope nos gustaba a todas en el pueblo, pero yo me creí más lista que ninguna y me dejé engatusar. Él era diferente a los demás, ¿sabes? Distinguido, tenía las manos finas y la piel blanca, no olía a cuadra ni llevaba las ropas manchadas. Yo sentía al tiempo el miedo de estar haciendo algo indebido y la satisfacción de ser el centro de todas sus atenciones. Y en uno de aquellos encuentros ocurrió: me dejé llevar y yací con él.

De los ojos de María habían empezado a brotar las lágrimas.

—¿Y qué ocurrió?

Tomó aire para continuar.

—Después de aquella vez seguí viéndome con él... ¡Dios mío, me muero de vergüenza de explicarte esto! Con Ricardo me sentía querida, estaba ahí y siempre lo estaría, pero con Guzmán... Era lo prohibido, como tocar una llama y arder con ella. —Hizo una pausa—. No sabía qué hacer... Pero entonces Guzmán decidió por mí.

—¿Qué quieres decir?

Mi hermana me miró a los ojos y advertí en ellos el dolor.

—Para Guzmán yo no era más que un juguete: la aldeana a la que seducir, llevar a un pajar y desflorar. Yo pensaba que entre nosotros había algo intenso, pasión, sí, pero también amor. En un momento de locura creí que rompería con todo por casarse conmigo; sin decirlo así, me lo daba a entender. ¡Qué ilusa! Para él yo sólo era un pasatiempo. Su propio tío le había advertido que no tonteara conmigo, diciéndole que si quería desfogarse lo hiciera lejos del pueblo. Pero supongo que para Guzmán yo era la manzana a la que más fácilmente podía hincar el diente.

Mientras María hablaba, sentía crecer dentro de mí una tensión a punto de aflorar.

—Jamás tuvo la menor intención de casarse conmigo. Ahora me resulta evidente, pero en aquel momento yo no era capaz de razonar. Don Lope tenía muchos planes para él, quería casarlo con la hija de alguna familia poderosa. Eso les daría la posición que siempre habían deseado. ¿Y quién era yo? La hija de una familia honrada, pero pobre. Guzmán sólo quería divertirse: yo era muy poco para él. Y aquello no fue lo peor.

Tomé la mano de María y se la estreché con fuerza, animándola a seguir.

—Un día, al final, le confesé mi amor. Dejé salir todos mis sentimientos, le pedí que nos casásemos... y él se rió. Aseguró que entre nosotros nunca podría haber nada serio; era mejor que siguiéramos viéndonos clandestinamente y sólo para yacer juntos. Yo le dije que no quería continuar con aquella relación a escondidas, pero él me respondió que no se me daba tan mal hacerlo: que si con Ricardo había podido, con él también. Fue entonces cuando caí en la cuenta de que había estado jugando con mis sentimientos. Sabía que había estado con Ricardo y no le importaba. «Cásate con él, si quieres; de veras que me da igual», me dijo. «Pero no se te ocurra sacar esto a la luz o te arrepentirás.» Para él yo no era más que una mujerzuela.

Miré a mi hermana y percibí en su corazón un vacío y un desgarro inmensos. Intuí que aún tenía más cosas que contarme.

—Me quedé horrorizada, me negué, discutí con él, pero Guzmán me tenía atrapada. Me amenazó con que si hablaba, él se encargaría de decir por todo el pueblo que yo era una fresca y que me había acostado no sólo con él, sino también con Ricardo y con quien me lo pedía. Ya se ocuparía de que otros lo corroboraran: «¿A quién no le gustaría alardear de que ha gozado contigo?». Me amenazó con arrastrar por el barro mi nombre, y con él el de nuestra familia. Pondría a don Lope en nuestra contra, los vecinos nos darían la espalda, padre no tendría voz en el concejo. Sería nuestra ruina. Yo habría querido cortar con aquello, dejar nuestros encuentros, pero con aquel chantaje me obligó a seguir viéndole y a acostarme con él cuando le viniera en gana. Y cada vez, en su rostro, yo veía reflejado el triunfo: no era más que su presa, a la que podía humillar cuanto le placiera.

María comenzó a llorar. Le acaricié la mano y esperé a que recobrara la calma para proseguir. Aquello, lo sabía, todavía no había terminado.

—Cuando unas semanas después descubrí que estaba embarazada me quise morir. No sabía qué hacer. Comprendí lo estúpida que había sido y el daño que os causaría a todos cuando se descubriese. Tuve muchas dudas y sufrí, ¡no sabes cuánto! Al final encontré la única solución posible: dije a madre que el hijo era de Ricardo, aun temiendo lo peor.

»En mi fuero interno sabía que estaba mal, hermano, pero era el único medio de salir de aquello. Ricardo me amaba, yo lo sabía y, con él podría formar una familia e incluso ser feliz. A Guzmán ni se lo conté, pues no podía soportar la idea de que me mirase con desprecio y me humillase poniendo en duda de quién era la criatura. Además, sabía que si explicaba lo nuestro pondría a padre en el compromiso de tener que defenderme ante Guzmán y ante don Lope, y eso sería lo peor para todos.

Dio un largo suspiro.

—Cuando padre decidió que Ricardo y yo tendríamos que salir del pueblo, sentí en realidad alivio, pues alejaba de todos vosotros la vergüenza y la deshonra que arrastraba, mayores de las que creíais. Supongo que si hubiese suplicado a padre él me habría permitido quedarme, pero ¿a qué precio? ¿Para ser una carga más en la familia? ¿Para ser el centro continuo de los rumores? ¿Para seguir bajo la amenaza perpetua de Guzmán, que nunca me habría dejado vivir, que siempre me habría acosado?

Mientras escuchaba a María algo se derrumbaba en mi interior: vi a mi madre en la cama, enferma, moribunda, partiendo de este mundo sin conocer el secreto más oculto de su querida hija mayor.

—Y cuando Ricardo descubrió que el crío no era suyo, ¿qué sucedió?

—Supongo que su amor por mí y por el pequeño Manuel se quebró. No montó ninguna escena, ni los tíos ni nadie en Herrera llegó a enterarse. Ricardo tiene un corazón noble y me quería de veras, pero no soportaba estar a mi lado, así que un día, sin decir nada, se marchó. No puedo reprochárselo. Yo fui quien le herí. Aun así, todas las noches me acuesto con la esperanza de que llegue a perdonarme y regrese junto a mí, y junto a Manuel. Le quería tanto…

Cerré los ojos. De repente me vino al pensamiento toda mi familia. No pude evitar decírselo.

—María, padre quedó destrozado con aquello, manchaste la buena reputación de la familia, que él tanto valora. No podíamos mencionar tu nombre en casa, y madre lloraba a escondidas. Pedro y Joaquín jamás han vuelto a hablar de ti, e Isabel no quiso saber nada de los hombres ni de la vida en el pueblo y se fue a un convento. Nicolás ni te recuerda, era tan pequeño…

—No me juzgues, hermano, por favor; ya lo he hecho yo bastantes veces en estos años. Salí de casa siendo en realidad una niña, y no una mujer como me pensaba. Cometí un error. No, cometí uno detrás de otro, lo admito, pero he pagado por ello. Quise protegerme y protegeros, evitaros el daño que, por mi culpa, Guzmán podría causaros.

—Ese daño ya nos lo ha causado. Don Lope maneja el concejo a su gusto e incluso trató de aprovecharse de nosotros después de la tormenta; ahora sospecho que es su sobrino quien lo instiga a ello. Sólo el buen corazón de Sancho lo impidió en ese momento, pero nunca cejarán en su empeño hasta arrebatárnoslo todo, estoy seguro. Uno por sus ambiciones, y el otro por su desprecio hacia ti y hacia toda nuestra familia, del que nunca había sido consciente hasta ahora.

María bajó la cabeza y volvió a romper en sollozos.

—He pensado muchas veces en volver al pueblo, de veras —dijo con voz entrecortada—, pero nunca encontré el valor. Temía a Guzmán y lo que padre podría hacer cuando viese al niño e intuyese la verdad.

En mi interior sentía crecer la rabia por la perversidad de Guzmán; el sobrino de don Lope sabía muy bien el mal que hacía. Levanté la vista y miré a mi hermana. Lloraba sin consuelo con una mezcla de vergüenza y arrepentimiento. Habría querido reprocharle su comportamiento, pero en el fondo comprendí que yo no era quién para hacerlo, en realidad el que menos, y que una falta de juventud, un arrebato de pasión, no era motivo suficiente para pagar una pena tan grande. La abracé con fuerza.

—Lo siento, lo siento mucho —dijo—. Lo siento por nuestros padres y por vosotros. No lo merecíais, lo sé; fue todo por mi culpa.

—Calla, María, ya has llorado bastante en esta vida. Pero Guzmán habrá de pagar, lo juro.

Mi hermana se separó y puso un dedo sobre mis labios.

—No, por favor, no digas eso. El pecado fue mío y lo asumo. Olvida todo lo que te he contado. Padre podría cometer una locura, y no es eso lo que quiero. Prométeme que no dirás nada; eso sólo conseguiría empeorar las cosas. ¡Prométemelo!

Inspiré profundamente. A regañadientes, a pesar del resentimiento que sentía contra Guzmán, asentí con la cabeza.

—Te lo prometo.

María lloraba en silencio y la abracé de nuevo. Entre mis brazos, mi hermana se calmó. Los sollozos cesaron y con los ojos enrojecidos me miró llena de agradecimiento.

—Me alegro mucho de que hayas venido, de veras. Necesitaba saber de vosotros. Me reconforta verte tan bien y saber que aún pensáis en mí. Di a madre que la quiero y que aquí soy feliz. Quizá un día pueda ir a abrazarla, aunque sea sin Manuel.

Yo sabía que nuestra madre no la vería más, pero preferí guardar silencio; ya eran bastantes emociones para una tarde. Tomé a María de la mano y regresamos a casa de los tíos. Cenamos todos alrededor de la lumbre como una familia normal, precisamente lo que hacía mucho tiempo que había dejado de ser la mía. Cuando mi hermana no se percataba, la miraba de soslayo. Me hacía mucho bien volver a ver su rostro después de tantos años y a pesar de las circunstancias. A mi regreso al pueblo, pensé, diría a mi madre que su hija era muy feliz y que todo le iba bien. Quizá no fuese la verdad, pero era lo que ella necesitaba oír. Aquel día pensé que la sinceridad no es en sí misma ninguna virtud si no va acompañada de la prudencia.

Miré a María una vez más; al fin y al cabo, quizá fuese cierto que era feliz.

46

Poco después de partir de Borneo hubimos de recalar con urgencia en un puerto de la misma isla dado el mal estado de la *Trinidad*. La carenamos tras alzarla aprovechando la marea y la aguantamos con vigas y escotas. La reparación nos llevó en total un mes y medio. Fue agotador. Un sol impío nos abrasaba la piel. La madera había que cortarla tierra adentro y transportarla luego por un bosque cubierto de zarzas y arbustos espinosos que nos herían los pies descalzos. Éramos ya tan pocos que nadie se libraba del trabajo, ni siquiera Pigafetta, que maldecía por lo bajo. Los turnos eran interminables y todos estábamos sumamente cansados: los marineros de trabajar; los oficiales, de Carvallo.

Uno de aquellos días, ya prestos a partir, quisieron terminar con la situación de desgobierno en la que nos encontrábamos y depusieron al capitán. No hizo falta emplear la fuerza, pues ya nadie le apoyaba. Un golpe de mano, rápido e incruento, bastó. Le quitaron el rango y le devolvieron a su puesto de piloto. Luego, entre todos, elegimos a los que habrían de dirigirnos. Para evitar que toda la autoridad recayera en una sola persona, se decidió que lo mejor sería repartirla entre los tres a los que considerábamos los más aptos: Espinosa tomó el mando de la *Trinidad*; el vasco Juan Sebastián del Cano el de la *Victoria*, y se dio a Juan Bautista de Poncevera el cargo de maestre. El escribano Martín Méndez, por último, fue designado contador.

De ese modo, la flota que al partir de Sanlúcar estaba bajo el mando único de Magallanes y que luego había permanecido la mayor parte del tiempo en manos de capitanes portugueses se volvió por completo española en aquellas lejanas aguas.

Después de todo lo que habíamos pasado en esos casi dos años de navegación, parecía una solución lógica la de dividir el mando entre Del Cano y Espinosa, pues eran los dos oficiales más apreciados por los marineros, pero no por ello resultaba menos delicada. En los trágicos momentos que la expedición vivió durante la sublevación en la bahía de San Julián, Del Cano se halló entre los sublevados; de hecho, a su cabeza, como no se cansaba de repetir Pigafetta. Espinosa, en cambio, fue el más fiel aliado de Magallanes, el encargado de ajusticiar al capitán de la *Victoria*, Luis de Mendoza. ¿Qué había ocurrido desde entonces para que dos enemigos acérrimos se reconciliasen?

No lo supe con certeza entonces y aún me sorprende hoy, pero supongo que las dificultades y las penurias vividas tras el motín borraron de todos nosotros los sentimientos de culpa, venganza o remordimiento. En las gélidas tierras de la Patagonia, todos pasamos frío. Y atravesando el interminable mar Pacífico todos sufrimos la hambruna. Encerrados en aquellos cascarones que ni merecían el nombre de naos, todos éramos unos miserables. No importaba que unos durmieran en jergones de lana y otros directamente sobre la cubierta: nos unía un sentimiento común de angustia, de zozobra, de miedo si se quiere, de esperanza quizá. Y Juan Sebastián del Cano y Gonzalo Gómez de Espinosa no eran la excepción. Separados por un pasado de enfrentamiento y unidos ahora por las circunstancias, en sus manos quedaba el reto de lograr el regreso a España en las dos únicas naves que aún quedaban de nuestra antaño hermosa flota. Pero para regresar, primero era necesario encontrar las Molucas.

Partimos del puerto natural donde habíamos reparado los barcos sin tener muy claro el rumbo a seguir. Navegamos de isla en isla, sintiéndonos como los prisioneros de un gigantesco laberinto que tratan de encontrar una salida. Vana esperanza, pues en todo el mes de septiembre de 1521 no hicimos más que vagar por aquel mar desesperante. Para nuestra desgracia vimos aparecer frente a nosotros lugares en los que ya habíamos estado: Cagayán, Butuán, Palaoán... Del Cano y Espinosa se mostraban tan incapaces de encontrar las Molucas como antes lo había sido Carvallo. Pero, a diferencia de aquél, al menos tenían don de mando. Bajo su dirección seguíamos perdidos, pero confiábamos en dar pronto con nuestro destino.

En las recaladas en aquellas islas de vegetación exuberante y arenas doradas podíamos alejar nuestras penas y nuestros miedos. Bajábamos a tierra a comerciar, y mis compañeros aprovechaban los pocos ratos libres que nos quedaban para intimar con las nativas. Las relaciones carnales se producían de forma natural y sin los convencionalismos propios de nuestra cultura: cuando les placía, lo hacían. Martín, Bocacio y Nicolás las encontraban, simplemente, encantadoras. Todos los trabajos les parecían poco pensando en la recompensa que les esperaba al acabar la jornada. A los capitanes aquello no les gustaba demasiado, pero tampoco les molestaba al extremo de prohibirlo, siempre que no se cometieran desmanes.

Mientras los demás se divertían en tierra como mejor podían, yo prefería dedicarme, junto con Pigafetta, al estudio de aquellas gentes y a tomar notas para mi historia. El italiano se mostraba entusiasmado; ya lo estaba cuando no tenía más para describir que los pájaros bobos y los lobos marinos de la Patagonia, de manera que el despliegue de vida y maravillas de aquellas islas le parecía el Paraíso. Cada mañana, y tras apuntar el día del calendario, procedía a registrar en su diario todo lo que veía en tierra, ya fuera más o menos importante. Yo le seguía como un perro fiel, aprendiendo el método. Le veía mirar, preguntar, comunicarse por señas. Pensé que las generaciones futuras apreciarían en toda su valía aquel inmenso esfuerzo por retratar un mundo hasta entonces totalmente desconocido para nosotros.

Una vez me mostró algo maravilloso. Sacó una hoja de árbol que había encontrado, con cuatro lóbulos bien marcados y un profundo nervio central. Cuando la puso sobre la mesa, la hoja, inopinadamente, comenzó a caminar. Me quedé sin palabras y traté de ver el hilo del que seguro estaba tirando.

—¿Dónde está el truco? —pregunté.

—No hay truco; la hoja se mueve sola —respondió Pigafetta, divertido—. Estoy tan asombrado como tú. Creo que la hoja ha de alimentarse del aire y no de la tierra; del movimiento de éste ha de tomar la fuerza para moverse.

Pensé en las palabras del italiano. Aquella explicación no me convencía.

—Nunca he visto nada semejante, pero me parece más probable que la hoja sea un ser a medio camino entre las plantas y los animales, dado que participa de ambas naturalezas.

Pigafetta sonrió.

—No estoy de acuerdo, pero tu solución me parece ingeniosa.

—Así es como mi maestro me enseñaba a pensar: buscar soluciones sencillas y lógicas a los problemas complejos y nunca aventurar nada basado en meras suposiciones. Si admitimos que la hoja pueda moverse alimentándose de aire, lo mismo podría hacerlo alimentándose de sonidos o de palabras. Y no sabemos de nada que se alimente de tan poca cosa.

—Tú lo haces, montañés. Tu alma necesita más las letras que el alimento.

—¡Ojalá pudiera saciarme con ellas!

Poco a poco, en aquellas jornadas en compañía de Pigafetta redescubría el placer de hablar, de razonar; me reencontraba con mi más querido pasado.

Pero también lo hacía con mi libro. Mis amigos leían los pasajes en que una gran tormenta arruinaba la prometedora cosecha y llevaba al personaje y a su familia al borde de la desesperación, sobre todo por la artera intervención del hombre más rico y malvado del pueblo. Creo que habían olvidado, incluso, el verdadero motivo que me impulsó a comenzar el relato, que no era otro que la descripción de nuestro viaje. Yo me deleitaba describiendo aquellas escenas de juventud: el aprendizaje en casa de Sancho, la maldad de algunos vecinos, el amor por Lucía. Escribiendo sobre ella me venía a la mente su imagen con una nitidez que no lograba alcanzar de ningún otro modo.

A pesar del tiempo transcurrido, ella seguía siendo el centro de mis pensamientos. La veía como la muchacha que fue y conocí. Me costaba imaginar qué aspecto tendría tras los años transcurridos desde mi precipitada salida del pueblo. ¿Se habría borrado de su faz esa sonrisa soñadora y algo melancólica? ¿Serían sus manos tan suaves como cuando acariciaba mi rostro para luego besarme? ¿Seguiría viéndose el cielo en sus ojos? No lo sabía, pero soñaba que así fuera. Sabía que nunca podría volver a verla, pero pedía con todo mi ser que la vida hubiese sido generosa en mayor medida que cuando, juntos, formábamos una sola persona.

Tras aquel mes perdido recorriendo sin provecho alguno las islas de siempre, un día de octubre llegamos a una ciudad llamada Mindanao, situada en la misma isla que Butuán y Cagayán. Nadie allí supo darnos razón de la ruta a las Molucas, pero cuando nos hicimos de nuevo a la mar, apareció frente a nosotros una piragua capitaneada por un personaje que, por su atuendo, nos pareció un rey o un príncipe.

Del Cano dio orden a la piragua de que se detuviera, pero los nativos esquivaron nuestros requerimientos y trataron de pasar entre los dos barcos. Sin dudarlo, el vasco nos ordenó que disparásemos sobre ellos para obligarlos a detenerse. La misma orden se dio en la *Trinidad* y los proyectiles hicieron blanco en los tripulantes de la piragua, que, aterrorizados, levantaron las manos y suplicaron que el fuego cesase. Sin embargo, los hombres estaban sedientos de sangre. No sé por qué extraño motivo les satisfacía descargar su odio sobre aquellos inocentes, como haciéndoles culpables de nuestra incapacidad para salir del archipiélago. Miré a Bocacio. Estaba disparando con saña contra la barca. Me pareció ver una sonrisa en su rostro.

—¡Maldita sea, suelta el arma! ¡Vais a matarlos a todos! —le grité.

—¡Y lo merecen! Juegan con nosotros para que nunca salgamos de esta ratonera. ¡Ahora aprenderán!

Miré con horror la expresión de su rostro. Nunca imaginé que pudiera convertirse en alguien capaz de matar a otra persona por placer. La rabia me invadió. Me abalancé sobre él y le di un puñetazo en la cara. El arma se le disparó y el tiro a punto estuvo de alcanzar a otro marinero. Bocacio se revolvió en el suelo y me derribó de una patada. Ambos forcejeamos hasta que vinieron a separarnos. Nos llevaron a cada uno a un compartimento de la bodega. Aunque dolorido por la pelea y asustado por el posible castigo, no pude evitar sentirme satisfecho por mi acción. A aquellas alturas del viaje podía soportar muchas cosas, pero no la injusticia, y mucho menos la crueldad. Había visto morir de hambre y sed a mis compañeros, Benito seguía convaleciente de la herida recibida en Matán, yo mismo había estado a punto de desfallecer... y luego había sido salvado por aquellos isleños que nos habían recibido como sus iguales, mejor incluso. ¿Cómo podíamos pagarles así? ¿Y por qué motivo? ¿Sólo porque no éramos capaces de encontrar la ruta a las islas de las Especias? Puede que para algunos fuera un motivo suficiente, pero para mí no lo era.

Cerca del anochecer recibí la visita de mi hermano. Abrió la trampilla de la bodega y me llamó.

—Es la tercera vez que te arrestan en este viaje. No sé cómo te las arreglas para meterte en todos los problemas.

—Tengo mis motivos. No hemos soportado tantas penurias para convertirnos en unos canallas. No podemos comportarnos así, no es correcto.

—Correcto o no, te has vuelto a meter en un lío. ¿Puedo hacer algo por ti?

—Sí, cierra la trampilla. Quiero pensar en silencio.

Nicolás se echó a reír y acató mi deseo.

A fin de cuentas, en aquel momento estar o no arrestado me importaba muy poco. En la bodega podía estar privado de movimiento, pero mi mente volaba más libre que nunca; a ella nadie podía ponerle puertas. Acurrucado y sumido en la oscuridad, traía a mi cabeza las imágenes de dos años de navegación. ¡Dos años! Me parecía mentira. Lo que había comenzado simplemente como una huida hacia delante se había convertido en una travesía interminable. ¿Había imaginado algo así cuando decidimos embarcarnos en aquella expedición? Apenas podía recordarlo. Me vi junto a Nicolás recorriendo las calles de Sanlúcar de Barrameda de taberna en taberna y de burdel en burdel, apurando las últimas horas antes de partir, poniendo fin a aquella vida que se nos antojaba vacía y miserable. ¿Era más feliz ahora que entonces? Tampoco estaba seguro. Dudaba si la felicidad se encuentra en hacer lo que queremos o lo que creemos que debemos hacer. Cuando pasaba las noches bebiendo vino y en compañía de mujerzuelas, sentía dentro el remordimiento de no estar haciendo lo correcto. Ahora, tras dos años de navegación y después de haber reencontrado el amor por las letras y por el conocimiento, pensaba que fornicando con aquellas rameras y emborrachándome, quizá fuese más feliz, aunque también menos digno. Ésa era mi pena y mi desgracia: no encontrar nunca la felicidad en lo que hacía, sino en lo que dejaba de hacer.

A los tres días, en los que no recibí ningún alimento y sólo un poco de agua, la trampilla se abrió y oí la voz del contramaestre Miguel de Rodas:

—Ya puedes salir, se acabó el castigo.

Con los músculos entumecidos trepé como pude por la escalerilla y salí a cubierta. El sol de la mañana me golpeó después de tanto tiempo encerrado en la oscura bodega. Cuando por fin conseguí recuperar la vista comprobé, desilusionado, que el panorama no había cambiado mucho durante mi cautiverio. Ante mis ojos se desplegaba el mismo mar verdiazulado y las mismas islitas frondosas y desperdigadas. Definitivamente iba a ser imposible alejarse de aquel archipiélago.

En esos pensamientos estaba cuando se me acercó Bocacio. Por un momento tuve miedo de que se abalanzase sobre mí y volviera a golpearme, pero no lo hizo. En cambio, se colocó a mi lado en la borda y permaneció en silencio durante un rato extrañamente largo. Por fin se volvió y me habló.

—La pelea del otro día no estuvo bien, lo reconozco. No suelo pedir disculpas por nada, pero no me gusta estar enfadado contigo. Siento lo que ocurrió. Creo que tenías razón.

—Yo también lo siento —le dije—, pero no por la pelea en sí, sino por lo que este viaje está haciendo con nosotros. Cuando partimos de Sevilla éramos más de doscientos cincuenta hombres fornidos y con ilusiones. Hoy somos apenas cien desgraciados sin rumbo y sin forma de salir de este maldito mar.

—Lo mismo pienso yo y por eso no pude dominar mi ira.

—Pero ¡vuelcas tu ira sobre quien no tiene culpa alguna! Estas gentes no nos han hecho nada. El que no podamos abandonar este mar es consecuencia de nuestra incapacidad, no de su malicia. No debemos sembrar el odio allí adonde vamos, no es correcto.

—Tienes razón, pero es que empiezo a estar harto de todo. Son ya dos años navegando… Si lo pienso, creo que nunca en mi vida he invertido tanto tiempo en algo.

Miré a Bocacio y le sonreí.

—Hemos de hacer lo posible por mantenernos rectos en este viaje sin fin, amigo.

Me miró y sonrió a su vez.

—Lo intentaré. Y si no es así, te doy permiso para que me golpees de nuevo.

Con un abrazo zanjamos aquel desencuentro, confiando en que nuestra voluntad fuese suficiente para vencer todas las dificultades.

Del fortuito y lamentable encuentro con la piragua hubimos de obtener, finalmente, un premio que no podíamos ni sospechar. Ante la ausencia de Enrique, el único intérprete de la expedición, nos resultaba harto difícil comunicarnos con los indígenas, lo cual retrasaba de continuo nuestras acciones. En esa ocasión, uno de los apresados, precisamente el que parecía un príncipe, fue llevado al camarote del capitán Espinosa, quien trató de comunicarse con él. Resultó en vano, como siempre. Aun así, durante la imposible conversación de repente se obró el milagro. Un marinero entró en el camarote con el almuerzo del capitán: unos pescados asados y condimentados con clavo de olor. Espinosa tomó uno de ellos y se lo mostró al nativo; éste sonrió e hizo gestos de asentimiento. El capitán, con la especia en una mano y guiando con la otra al nativo, salió a la cubierta. Como pudo, le pidió que le señalase con el dedo el lugar del que provenía. Entonces, ante el asombro de todos los presentes, el indígena se volvió y, sin dudar un instante, señaló un punto en el horizonte. Espinosa repitió sus gestos y el resultado fue exactamente el mismo. Si aquel hombrecillo medio desnudo y de piel oscurísima estaba en lo cierto, era posible que, por fin, consiguiéramos encontrar la deseada ruta a las islas de las Especias.

Siguiendo las nuevas indicaciones, cambiamos nuestro derrotero y pusimos rumbo al sudeste. Pocos días después encontramos una isla llamada Cavit. Nuestro nuevo guía explicó, con muchos gestos y pantomimas, que en ella había unos hombres velludos, grandes guerreros y magníficos arqueros, que cuando capturaban a algún enemigo le comían el corazón crudo acompañándolo de zumo de naranja o de limón. La noticia aterró a muchos de la tripulación, y los capitanes Espinosa y Del Cano prefirieron seguir la marcha sin pararse a comprobar si las informaciones eran ciertas o no, ya que, por desgracia, habíamos tenido ocasión de atestiguar la ferocidad de alguno de aquellos pueblos.

Con el ánimo encendido por la esperanza de hallar pronto las Molucas navegamos durante casi dos semanas por entre nuevas islas, en una de las cuales, llamada Sarangani, hicimos otros dos prisioneros para que nos sirvieran de guía. Éstos coincidieron en el rumbo con el otro indígena, y según sus indicaciones bordeamos multitud de islas de las que sólo mirando mis notas puedo ahora reproducir sus nombres: Cheava, Caviao, Camanuca, Nuza… En una de ellas, Sanghir, fuimos incapaces de anclar ante el mal estado de la mar. Aprovechando nuestros esfuerzos para acercarnos a la costa, varios de los prisioneros se zafaron de nuestra custodia y se lanzaron al mar con la intención de alcanzar la playa; algunos lo consiguieron, pero otros dos murieron ahogados.

Algunos días después, tras navegar muchas leguas sin encontrar tierra alguna y cuando volvía a cundir en la tripulación al completo el desánimo, un marinero dio aviso de un nuevo avistamiento. Los capitanes otearon el horizonte. Efectivamente, allí estaban cuatro islas de un tamaño algo mayor y con cumbres más elevadas que las que hasta entonces habíamos visto. Uno de los prisioneros capturados en Sarangani fue llamado a la cubierta por Espinosa, quien hizo llevar clavo de la bodega y se lo mostró. El hombrecillo sonrió y señaló al grupo de islas recién halladas. Un grito de júbilo recorrió las dos naves.

¡Estábamos ante las Molucas!

47

De mi regreso al pueblo desde la casa de mis tíos en Herrera
de Pisuerga sólo recuerdo la prisa con la que recorrí las
tierras castellanas. En mi interior bullía el deseo de llegar cuanto
antes a casa y contar a mi madre que María era feliz, que su hijo
había crecido sano y fuerte y que la vida le sonreía. Más que caminar, corría sobre las piedras del camino como llevado por una
fuerza misteriosa que me impedía sentir el cansancio o el sueño.
Tras parar de nuevo en casa de Anselmo, el conocido de mis padres, dejé el pueblo de Casavegas y emprendí el último trecho. Al
llegar al alto de Sierras Albas pude ver a mis pies toda mi comarca. El cielo lucía espléndido, de un azul intenso y luminoso, pero
bajo aquel delirio de luz se desplegaba un mar de vapores que
todo lo anegaba; al igual que las aguas rompen contra la costa
dejando el blanco de sus espumas sobre las rocas, aquel mar de
nubes chocaba con las montañas en un profundísimo silencio.
Trepaba por los valles queriendo alcanzar las cumbres, pero en
su ascensión se deshacía de nuevo en aire y moría bajo los inclementes rayos de sol. Creo que nunca en mi vida vi un mar más
hermoso que ése.

Descendí a toda prisa por el valle en dirección a mi aldea.
Poco después del mediodía divisé por primera vez las casas por
encima de las copas de los robles. Aceleré aún más el paso y remonté la cuesta que llevaba a mi hogar con el corazón amenazado con salírseme del pecho. Cuando estuve ante la puerta me
detuve un instante. En todo el recorrido no me había parado a

pensar en lo que podría encontrarme a mi vuelta. Mi madre estaba muy enferma cuando la dejé, hacía ya cuatro días. ¿Habría empeorado? Me aterraba sólo pensarlo. ¿O habría mejorado con la esperanza de recibir buenas nuevas de María?

Con todas mis fuerzas empujé los dos portillos y entré. Del piso superior venía una triste letanía que me parecía recitada en latín. Con paso tembloroso ascendí la escalera. La estancia estaba casi a oscuras y pude ver muchas personas allí: mi padre, mis hermanos, varios vecinos del pueblo y el cura don Teodulio, que se encontraba recitando de pie junto a la cama. Mi padre se volvió, pero no encontró fuerzas para dirigirme la palabra; yo tampoco para hablar con él. Me acerqué a la cama y vi a mi madre tendida, con el rostro completamente gris y los ojos cerrados. Miré la manta sobre su pecho: aunque muy débil, aún se apreciaba una tímida respiración en aquel cuerpo maltratado por la enfermedad. Tomé su mano y acercándome a su oído la llamé:

—Madre, soy yo. He vuelto.

Reaccionó y abrió a duras penas los ojos como si se le costase un esfuerzo supremo.

—¡Hijo! —musitó con un suspiro—. He estado esperando tu vuelta. No quería irme de este mundo sin que me trajeses noticias de tu hermana. ¿La viste? ¿Cómo está?

Tragué saliva para darme fuerzas.

—Está muy bien —susurré—. Los tíos la acogieron en casa, y Ricardo trabaja en la cordelería, como padre quería. Su hijo es muy guapo y sano. María me dio muchos recuerdos para vos. Me dijo que pensaba mucho en todos y que sentía lo que hizo.

El rostro de mi madre se iluminó. Parecía que el mal se hubiese escapado de su interior por un instante.

—Cuánto me alegro de todo lo que me has dicho, hijo. Ahora ya puedo encontrarme con Dios.

Dio una última bocanada de aire, larga y profunda, y expiró. Noté que su mano soltaba la mía y que la manta dejaba de subir y bajar sobre su pecho. Don Teodulio le cerró los párpados inertes.

Los recuerdos posteriores a la muerte de mi madre los tengo grabados vagamente en mi cabeza. Fue como si una nube se hubiese interpuesto en aquel momento para impedirme ver las cosas con claridad. Sé que mi padre se acercó a la cama y cayó de rodillas llorando, rodeado de mis tres hermanos. Las ancianas comenzaron a santiguarse repetidas veces y a recitar unas monsergas ininteligibles de las que sólo a veces entendía alguna palabra suelta. Los hombres, en cambio, permanecían en silencio junto al hueco de la escalera, con expresión circunspecta, los brazos cruzados y la mirada clavada en el suelo. Todos me dijeron algo, no recuerdo muy bien qué. Supongo que serían las frases consabidas que sólo consuelan a quien las dice. Y es que para mí entonces no había consuelo posible. Mi madre se había ido. La persona más importante en mi vida me había dejado para siempre.

Poco después comenzó el duelo, casi tan desagradable como la propia muerte. Uno a uno todos los vecinos de la aldea y algunos de los pueblos cercanos fueron pasando por nuestra casa para darnos el pésame. Después de hacerlo se juntaban en corrillos y comenzaban a hablar de sus padecimientos y desgracias. Una vieja comentaba que su marido había fallecido hacía unos años de un bubón sanguinolento que le salió en la axila y contra el que no se pudo hacer nada, a pesar de los ungüentos que ella le aplicaba con leche de cabra e hipérico; otra, que su hija había muerto desangrada tras horas interminables de parto al venir el niño de nalgas; más allá otra hablaba de su madre enferma y de los muchos cuidados que necesitaba cada día por estar impedida.

Yo lo oía todo como en un sueño y, desde lo más profundo de mi ser, deseaba que todas aquellas personas se fueran a sus casas y nos dejasen a solas con nuestro dolor y nuestro sufrimiento. Pero nadie parecía comprenderlo en aquel momento.

Harto ya de tantas lamentaciones, descendí por la escalera y salí de mi casa bajo una fina lluvia. Inconscientemente, tomé el camino a casa de Sancho, aunque sabía que no era mi intención llegar allí. Sólo quería alejarme, dejar atrás todo y caminar sin rumbo, cerrar los ojos y pensar que aquello había sido un mal sueño, que cuando volviera a casa mi madre estaría ahí de nuevo, igual que siempre, cariñosa, comprensiva, cálida. Las lágrimas comenzaron a brotar de mis ojos mezclándose con el agua que el cielo enviaba para acompañar mi dolor. Llevaba los puños apretados y el ceño fruncido; estaba enfadado con todo y con todos, con el mundo, con Dios, conmigo mismo por no haber sido capaz de hacer nada para salvar a mi madre. Deseaba gritar, pero no encontraba las fuerzas.

Como un sonámbulo llegué al alto desde el que se divisaba la casa de Sancho. Me quedé allí mirando, sin saber adónde ir ni qué hacer. Entonces una mano se posó en mi hombro. Di media vuelta y vi a Lucía, empapada como yo, temblando y mirándome con infinita ternura.

—Mi madre ha muerto —le dije.

—Lo sé. Te estaba esperando. Sabía que vendrías aquí.

—Lucía, yo...

—Calla.

Se acercó a mí y me abrazó. Fue la única persona de la que obtuve un verdadero consuelo en el peor día de mi juventud.

Mi madre recibió sepultura en el cementerio, junto a la iglesia del pueblo, bajo una tosca cruz de madera en la que escribí su nombre. Como el día de su muerte, en su entierro el cielo estuvo llorando durante toda la jornada, empapando la tierra en que sus huesos reposarían por toda la eternidad. En aquel momento dudé más que nunca de la existencia de Dios. Si Él existía, no era capaz de entender por qué tenía que habérsela llevado. ¿Era por ponernos a prueba? ¿Era por tenerla más cerca de sí? ¿O era, acaso, porque hubiese cometido alguna falta? Ninguna respuesta me servía. Yo sólo sabía que mi madre había muerto y que nunca volvería con nosotros.

El regreso a casa fue aún peor. Si el día antes había renegado del gentío que inundaba nuestro hogar, en ese momento habría dado cualquier cosa por que alguien nos acompañase en aquel duro trance, alguien que dijese siquiera frases de aliento que rompieran aquel angustioso silencio que se había adueñado de nuestra casa. Todo era diferente sin ella: las paredes, la puerta, el rincón de la lumbre, el hueco de la pared que tantos años pidió que alguien arreglase. Hasta el aire olía diferente.

Mi padre, mis hermanos y yo mirábamos todos al suelo, sin saber qué decir. Los ojos se nos habían secado y teníamos un nudo en el estómago que nos impedía comer y aun hablar. ¿Qué iba a ser de nosotros? Tal vez mi padre fuera el cabeza de familia, pero mi madre había sido el corazón y el alma de nuestro hogar, la pieza sin la cual nada podía ya funcionar. Sólo después de perderla éramos capaces de valorarla, de comprenderla. Pero era demasiado tarde.

Al final fue Nicolás, el más joven e inocente, el que rompió el angustioso silencio.

—Tengo hambre, padre.

Él le miró y sonrió débilmente.

—Tienes razón, hijo; ya es hora de cenar.

Todos aprovechamos aquel momento para levantarnos y hacer cualquier cosa, lo que fuera antes que permanecer inactivos. Yo me acerqué a la lumbre y puse a calentar la marmita con agua. Mis hermanos fueron troceando unas hortalizas y mi padre partió un trozo de tocino de la despensa. Por muy doloroso que fuera, había que retornar a la realidad cuanto antes.

Durante la cena hablamos de cosas triviales, de la cosecha que se esperaba y de lo poco que había llovido hasta entonces. Por no volver a sufrir el silencio, nos esforzábamos en alargar las conversaciones artificialmente. Pero al final la farsa terminó por agotarse y el silencio se hizo de nuevo entre nosotros. Fue Pedro, al cabo de un rato, quien habló, pero ya no a la fuerza.

—Padre —comenzó—, nuestra situación no es buena. Creímos que podríamos sacar algo más de las tierras, y no ha sido así. Con el trigo de este año apenas tendremos para comer si hemos de guardar para la siembra. Y con la venta de la Juntana pudimos pagar el diezmo y cubrir nuestro pago al marqués de Santillana, pero ya apenas nos queda nada. Creo que deberíamos hacer algo.

Mi padre levantó la vista de la escudilla de barro y le miró fijamente.

—Tienes razón, Pedro. Hemos de hacer algo y a no mucho tardar, si es posible.

—Ya sé que no es el momento —continuó mi hermano mayor—, pero don Lope me ha hecho una oferta antes...

—¿Antes? —dijo mi padre elevando la voz—. ¿Antes cuándo?

—Después del entierro, cuando salíamos del cementerio.

—¡Maldita sea, Pedro! —Mi padre hervía de ira; una vena que nunca le había visto se le hinchó en la frente—. ¡No sé cómo has sido capaz de hablar de nada en el entierro de tu madre!

—Pero es que don Lope me vino a hablar, ¿qué podía hacer? Nuestra situación no es buena.

—No, no lo es. Y él lo sabe.

Soltó una larga bocanada de aire y la vena se le deshinchó. Su rostro reflejaba una gran tristeza y un profundo agotamiento.

—Está bien, hijo, tú no tienes la culpa. Dinos qué te propuso con Lope.

Pedro estaba atemorizado, sin atreverse a continuar con aquella conversación.

—Veréis, dice que quiere comprarnos las tierras de la Joya, Rituerta, Tipieña y Lerta. Su oferta es generosa y se compromete a que las llevemos en arriendo.

—¿Quieres que vendamos nuestras últimas tierras para luego tener que pagar a don Lope un censo por cultivarlas?

—Sí, padre. Obtendríamos un buen dinero para pasar este año y probablemente el siguiente. Podríamos incluso guardarlo, para lo que pudiera suceder más adelante. Y, además, se compromete a proporcionarnos trigo en los años en que nos falte. Lo ha prometido.

Mi padre se levantó de la mesa y comenzó a caminar por la estancia.

—Ya lo entiendo: quiere alimentarnos como si fuéramos sus animales. Primero nos invita a venderle las tierras, luego nos hace pagarle por ellas y más tarde nos da de comer cuando estemos hambrientos, de modo que encima hayamos de agradecérselo. ¿No lo ves, Pedro? Don Lope siempre ha querido lo mismo y no sólo con nosotros, sino también con los demás vecinos del pueblo. Su único deseo es hacerse con todo y convertirse en dueño y señor de todos nosotros. Ya lo intentó cuando quiso robarnos la

Juntana, ¿te acuerdas? ¿Y ahora vas a confiar en sus promesas? Si he de vender alguna tierra, y fíjate que digo alguna, no todas, prefiero que sea a otros vecinos, no a él.

—No nos queda otra, padre, los demás vecinos están algo mejor, pero no mucho más. La cosecha de este año no promete ser muy buena, apenas tenemos animales para vender, y lo que den el huerto y el monte no será suficiente. Creo que vale más vivir sujeto a un poderoso que morir de hambre como un perro. Otros también lo hacen cuando vienen mal dadas. ¿Por qué habríamos de ser diferentes nosotros?

Mi padre agachó la cabeza, agotado. Quería luchar, pero no sabía con qué armas. Entonces Joaquín tomó la palabra.

—Yo estoy con Pedro; ya sé que no es lo mejor, pero es lo único que nos vale en estos momentos. Aunque don Lope tenga nuestras tierras, al menos nos aseguraremos el pan.

En el rostro de mi padre no había reproche ni dolor; de hecho, no podría decir qué había. Tras mirar a Joaquín, sus ojos buscaron en los míos mi opinión. Yo había permanecido callado, sin saber cómo intervenir.

—¿Qué crees tú, hijo? ¿Piensas que eso es lo mejor?

Su lastimosa voz hizo que algo se revolviese en mi interior. Le recordé cuando era un hombre fuerte, orgulloso, con ganas de vivir. ¿Dónde estaba ahora esa persona? Frente a mí vi a alguien cansado y hastiado de luchar. Si algo podía devolverle la vida, me dije, eso debía ser el orgullo, el amor propio. Pensé en don Lope y también en su sobrino. Sus acciones no nos habían traído más que desgracias hasta ese momento ¿Por qué debíamos confiar en ellos? Y sobre todo ahora que había descubierto la iniquidad de Guzmán.

—Padre —comencé—, creo que no deberíamos vender.

Su rostro se iluminó. Supongo que no esperaba una respuesta así; al fin y al cabo, yo siempre había sido el que menos apego había mostrado por el pueblo, al contrario que mis hermanos.

—Creo que deberíamos conservar nuestras tierras y enfrentarnos a don Lope. Nunca ha hecho nada por los demás, ni él ni su sobrino, y me da que ésta tampoco será la ocasión. Su intención es hacerse con todas las tierras del pueblo. Comienza por nosotros porque es lo más fácil, pero seguirá con el resto de los vecinos. Ya lo dice el proverbio: «Más vale el pobre que vive honestamente que el hombre de caminos torcidos y que es rico».

—¡Qué sabrás tú de las tierras, maldita sea! —gritó Pedro—. ¡Si ni siquiera sabes dónde están! Mientras nosotros nos matamos para cultivar el cereal y cuidar de los animales, tú te dedicas a leer, a estudiar tonterías y a marchar a la villa para luego restregarnos todo lo que has aprendido. ¡No tienes derecho a intervenir en este asunto!

—¡Tiene tanto derecho como tú, Pedro! —le atajó mi padre—. Durante estos años ha estado trabajando en casa de Sancho trayendo un jornal que nos ha sido muy necesario. Su esfuerzo no ha sido menor que el vuestro.

—¡Bah! —se burló Pedro—. Todos sabemos que Sancho le da el dinero como limosna y que allí apenas trabaja. Pierde todo el día leyendo. Y mientras tanto, Joaquín y yo no tenemos posibilidad de ahorrar para casarnos, ni la podremos tener nunca a este paso. ¿Qué familia querría comprometerse con alguien sin futuro como nosotros?

—Ya hemos hablado de eso, hijo —dijo mi padre—. Todo llegará a su debido tiempo.

—¿A su debido tiempo? Si no vendemos bien ahora, habremos de malvender dentro de un año o de dos.

—Hay que tener calma, Pedro, más ahora. Este año el concejo va a rozar un trozo de monte cerca del Oteru y lo repartirá a suertes. Si nos toca una buena parcela, podríamos sacar para ir tirando al menos, y esperar a que vengan mejor dadas.

Pedro estaba muy nervioso y la voz le temblaba.

—Si vienen mejor dadas… Y si no es así, ¿qué? Lo perderemos todo y tendremos que salir de este pueblo a ganarnos la vida como vagabundos.

Mi padre tomó aire, tratando de no dejar aflorar la tensión.

—Si ese día llega, viviremos como vagabundos. Pero no pienso vender voluntariamente a don Lope las tierras que fueron de tu madre y mías. Ella no lo habría querido. Y yo tampoco.

Dio media vuelta y salió de casa. Nicolás se acercó a mí; estaba llorando. Nunca había presenciado una discusión tan agria entre nosotros. Pedro y Joaquín me miraron con odio.

El día que murió mi madre, mi familia se rompió definitivamente.

48

Con una potente salva de artillería culminó la entrada de las naos en el puerto de Tidore. Un estruendo con el que manifestábamos el júbilo, el alborozo por haber llegado, al fin, al ansiado destino de nuestro viaje. En la cubierta de la *Victoria* apenas podíamos contener la emoción. Todos deseábamos saltar de los barcos a tierra y comenzar a negociar con los isleños la compra de las especias, pero Gonzalo Gómez de Espinosa y Juan Sebastián del Cano sabían que aquél era el momento de la prudencia, no de la prisa. Un solo paso errado, un gesto mal interpretado o un asomo de arrogancia podían arruinar por completo la transacción.

Al día siguiente de arribar, el propio rey de la isla fue a recibirnos en una piragua enorme y acompañado por un nutrido séquito. Dio varias vueltas alrededor de nuestros barcos; por fin se detuvo e invitó a que bajase una representación a su barca. Al poco descendimos siete hombres de la *Victoria*, entre ellos Pigafetta, el lombardero Hans de Aquisgrán, uno de los nativos que llevábamos retenidos y yo mismo. El rey nos abrazó uno a uno dando grandes muestras de alegría y nos hizo sentar a su lado bajo un quitasol de seda. Entonces comenzó a hablar en su lengua sin apenas respirar y gesticulando continuamente; nos miramos sin saber qué hacer.

—¡Un momento! —pidió Pigafetta, interrumpiendo.

Tomó la mano de nuestro nativo prisionero y, mediante gestos, le indicó que nos tradujera, lo mejor que pudiera, lo que el rey nos decía. Al parecer, éste estaba muy contento de nuestra llegada, pues había soñado que un día unas naves enormes arribarían a la isla surcando el mar desde países muy lejanos.

—Nosotros somos el sueño hecho realidad —dijo el italiano sonriendo.

—Sólo espero que no acabe en pesadilla, como en Zubú —contestó Hans.

Cumplido el ceremonial en la piragua, el rey subió con sus hombres a la *Trinidad*, donde fue recibido por Espinosa. El capitán le ofreció sentarse en una silla de terciopelo rojo y le regaló una túnica de un bello tejido amarillo, con la cual se mostró muy satisfecho. Inició un discurso que el nativo tradujo como pudo: Manzor, pues así se llamaba el rajá de Tidore, nos recibía como a hermanos y podíamos tomar lo que quisiéramos de su isla. Espinosa correspondió a esas palabras con una inclinación e hizo llevar más presentes: túnicas, paños, sombreros, cuentas de vidrio, peines, tijeras, cuchillos. Los hombres de Manzor miraban todo aquello extasiados. El soberano, en cambio, parecía disgustado. El intérprete volvió a traducir: el rajá decía que no tenía nada con que corresponder a tanta generosidad. Espinosa le pidió que tomase todo aquello sin preocuparse, pues era voluntad del rey de España fomentar la amistad entre los dos pueblos. Manzor aceptó la explicación y, según el intérprete, aseguró que la amistad entre él y don Carlos sería eterna a partir de entonces y que con gusto aceptaba ser súbdito de tan gran monarca. Él y todos sus acompañantes se levantaron y abandonaron el barco con las manos cargadas de presentes. Para despedirles, se disparó una salva completa de artillería.

En los días siguientes los tratos que los capitanes no habían querido forzar al principio comenzaron a brotar de forma natural. El rajá de Tidore, viendo nuestro interés por el clavo de olor, nos comunicó que el existente en la isla estaba demasiado verde, pero que él mismo se encargaría de ir a buscarlo a la isla de Bachián, donde esperaba poder encontrarlo en cantidad suficiente. Además pidió que se le diera un sello y un estandarte del rey don Carlos de modo que todos sus enemigos supieran que él era su súbdito leal.

Tidore no fue una sorpresa únicamente por su riqueza en especias sino también por otra circunstancia extraordinaria. Pigafetta, con su habilidad para comunicarse con los indígenas, obtuvo noticias de un portugués que había estado viviendo en aquel archipiélago por largos años.

—La idea de venir a la Especiería por el oeste no fue sólo de nuestro desaparecido capitán general —me dijo—, sino también de un gran amigo suyo, Francisco Serrao. Don Fernando me lo contó en la travesía por el mar Pacífico, cuando él mismo se cuestionaba que en algún momento pudiéramos alcanzar tierra de nuevo.

—¿También él dudó? —pregunté.

—Sí, ¡cómo no! No podía entender que aquel mar fuese tan inmenso; todos sus cálculos se vinieron abajo. Pero no quiso que su incertidumbre se trasladase a los demás; pensaba que eso habría acabado con la expedición. Se sentía muy solo y necesitaba compartir su pena con alguien, y me eligió. En su camarote me habló de muchas cosas, y entre ellas de su amigo Francisco Serrao. Me dijo que yo debía ser el guardián de su secreto. Tanto Serrao como Magallanes habían participado en su juventud en las campañas de conquista de Portugal en el mar de la India, pero su camino se separó pronto: mientras don Fernando puso su empeño en alcanzar la gloria militar al servicio de su país, Serrao mostró inclinaciones mucho más prosaicas. En una de las expediciones descubrió estas islas, y decidió renunciar a Portugal y quedarse a vivir aquí de por vida.

—¿Y así terminó su relación?

—¡En absoluto! Separados por un mundo de distancia, ambos mantuvieron correspondencia en la que intercambiaban sus pareceres acerca de la política de Portugal y, sobre todo, de la posibilidad de alcanzar la Especiería por el oeste. Fue el propio Serrao, según me dijo don Fernando, quien le impulsó a emprender el arriesgado viaje. El caso es que, según me han contado ahora, Serrao se hizo amigo en estas tierras del soberano de Ternate, una isla cercana y enemistada con esta en la que estamos. El portugués empleó sus dotes militares contra el rey Manzor y en pleno enfrentamiento le obligó a dar a su hija en matrimonio al monarca de Ternate. Manzor se avino al acuerdo para conseguir la paz, pero nunca olvidó la afrenta. Años después, en un viaje de Serrao a Tidore para comprar clavo de olor, Manzor lo envenenó. ¿Y sabes qué? Ese hecho se produjo, según he calculado, casi al mismo tiempo que nuestro querido capitán general moría asesinado en Matán. ¿Te das cuenta de lo caprichoso que puede ser el destino? Dos hombres separados por la distancia y unidos por la amistad dejaban este mundo casi al mismo tiempo, sin llegar a alcanzar el sueño de volver a verse y abrazarse. A veces me pregunto si no seremos más que las marionetas movidas por los dedos del titiritero.

—Mi maestro solía decirme que el destino es la manera que encontramos de dar sentido a nuestra ignorancia del mundo. Ambos buscaron su propio camino y, en cierto modo, lo encontraron. Magallanes fue feliz demostrando a todos los incrédulos que tenía razón, que era posible llegar hasta aquí navegando hacia el poniente, y supongo que Serrao también fue feliz en estas islas, alejado de todo.

—¿Y no te asombra que la muerte se los llevara casi al mismo tiempo, después de tantos años separados? —insistió Pigafetta.

—¡Qué sé yo! —respondí encogiéndome de hombros—. Lo llamáis destino y quizá tengáis razón. Puede que todo esté escrito antes de nacer y que no seamos más que muñecos de madera y trapo. Pero algo dentro de mí me impulsa a pensar que siempre podemos decidir, que Magallanes y Serrao gobernaron su vida como vos y yo manejamos cada uno la nuestra.

—Eso nos hace libres, pero a la vez responsables.

—Y ese peso es a veces insoportable, bien lo sé —respondí.

—Quizá seas tú el que un día me confieses tu secreto.

—Quizá, pero aún no es el momento.

—No te preocupes; esperaré.

No fue Serrao, en todo caso, el único portugués perdido en esos mares remotos e intrincados. Un indio cristianizado, llamado Manuel, acudió a ver a los capitanes a los pocos días de arribar a

Tidore y les comunicó que su señor, Pedro Alfonso de Lorosa, vivía en la isla de Ternate y que estaría dispuesto a abandonar al rey de Portugal para someterse a nuestro monarca. Al parecer, igual que Magallanes, se sentía maltratado por su señor. La noticia llenó de asombro a Espinosa y a Del Cano, e invitaron de inmediato a Pedro Alfonso a que fuera a entrevistarse con ellos.

Efectivamente, unos días más tarde el portugués acudió en una piragua proveniente de la isla de Ternate. Se le recibió a bordo de la *Victoria* con gran alborozo y se le agasajó como si de un compatriota se tratase. Lorosa llevaba casi dieciséis años viviendo en aquel archipiélago, el cual Portugal trataba de dominar sin tener aún el control efectivo. Pero, por lo que refirió, sólo once meses antes había llegado a Ternate, procedente de Malaca, un barco portugués bajo el mando del capitán Tristán de Menezes, quien informó a Lorosa de que el rey don Manuel, muy enojado por la expedición de Magallanes, había enviado sus barcos a interceptarla.

—Según nos dijo —me contó luego Pigafetta—, el rey envió dos flotas: una al cabo de Buena Esperanza y otra al río de Solís, pero esta última no nos localizó a tiempo. Enterado don Manuel de que nuestros barcos deberían de haber doblado el extremo sur de Tierra Firme, lo cual confirma, por otra parte, que los desertores de la *San Antonio* llegaron con éxito de vuelta a Castilla, ordenó enviar otra escuadra a estas islas para capturar nuestra flota. Pero de nuevo el destino, o la casualidad, si lo prefieres, nos ha sonreído, pues esas naves hubieron de detenerse en su camino a las Molucas para batallar contra una escuadra turca dirigida contra las posesiones portuguesas en Malaca.

—¿Estamos, entonces, fuera de peligro? —pregunté.

—No lo creo, y en eso las informaciones de Lorosa nos son de gran ayuda. Si los portugueses navegan tras nuestra estela, en cualquier momento pueden sorprendernos. Mejor partir cuanto antes hacia España.

Pigafetta tenía razón, pero aquello nos dolía tremendamente a mí y a mis compañeros, pues de todas las tierras que habíamos conocido en nuestro ya largo viaje aquella de las Molucas era sin duda la más hermosa y acogedora de todas. Y no sólo por la belleza y la grandiosidad de su paisaje, sino sobre todo por la pureza de corazón y la amabilidad de sus gentes. A diferencia de otros pueblos con los que nos habíamos encontrado, siempre interesados en obtener algo de nosotros, aquel rey Manzor y sus súbditos rechazaban nuestros regalos por no sentirse capaces de correspondernos con nada digno.

Aunque todos estábamos maravillados con aquel lugar, Benito era el que con mayor entusiasmo disfrutaba de nuestra recalada. Recuperado ya de su herida, cada vez que podía descendía a tierra para hablar con los nativos, con los que se comunicaba sin ayuda de intérprete con una mezcla de gestos y miradas. No importaba; había llegado al punto en que las palabras se hacían innecesarias. Cada día que pasaba y recuperaba las fuerzas, aumentaba su deseo de vivir allí por siempre, de convertirse en un nuevo Francisco Serrao y pasar el resto de su vida en aquella isla dichosa en la que nada parecía faltar para alcanzar la felicidad.

—¿Sabéis? —nos dijo una mañana—. Creo que en este lugar me gustaría morir. No me parece que pudiera escoger otro mejor.

—No sé —dijo Esteban—, he pensado muchas veces en lugares en los que me gustaría vivir, pero nunca en los que me gustaría morir. Me es indiferente, la verdad.

—Estás equivocado, bretón: se puede ser feliz en muchos sitios, pero el lugar en que uno quiera morir debe ser especial, allí donde se haya sentido, al menos durante un momento, la completa felicidad. —Inspiró profundamente—. En estas tierras yo soy feliz. No sé qué tienen, pero a pesar de que no llevamos aquí más que unos pocos días, ya las considero mi hogar.

—No debes encapricharte mucho, Benito —le advertí— Dentro de poco tendremos que partir de nuevo para regresar a España.

Me miró con una media sonrisa.

—Yo no. Estoy decidido a quedarme aunque me cueste la vida. Será aquí o en alguna otra isla que descubramos, pero os aseguro que mis pies no volverán a pisar mi tierra natal.

Recordé cuando yo había creído lo mismo en la bahía de Brasil y el poco valor que tuvo mi deseo. Pensé que quizá con él fuese diferente. Entonces éramos una flota potente bajo el mando de un duro y autoritario capitán, mientras que ahora éramos unos tristes supervivientes en dos viejos barcos maltrechos. No sólo Benito, otros muchos expresaban su deseo de desertar, como ya antes lo hiciera Juan Griego.

Entre reflexión y reflexión, los tratos con el rey de Tidore seguían su curso con excelentes resultados. Las especias comenzaron a llegar en grandes cantidades, tanto clavo de olor como también nuez moscada y jengibre. El rey Manzor dispuso que construyéramos en la playa un cobertizo donde llevar a cabo las transacciones con mayor comodidad. El precio de las mercancías se fijó con sumo cuidado: por diez brazas de paño rojo de buena calidad debían darnos cuatro quintales y seis libras de clavo; por quince hachas, cuatro quintales, y lo mismo por ciento cincuenta cuchillos, cincuenta pares de tijeras o cuarenta gorros. Aunque nos cuidamos mucho de decírselo, el intercambio era tremendamente ventajoso para nosotros, pues por aquellas cantidades de clavo se pagarían verdaderas fortunas una vez llegados a Europa.

Al tiempo que negociábamos el precio de las especias, los nativos nos traían también gallinas, pavos, cabras, higos, cocos y otras vituallas, que cargábamos con diligencia en la *Victoria* y la *Trinidad* en previsión de que nos faltase comida durante el regreso a España.

En una de las visitas del rey a nuestros barcos, los prisioneros que habíamos hecho tuvieron ocasión de acercarse a él y le pidieron encarecidamente que mediase en su liberación. Manzor lo hizo, prometiéndonos a cambio grandes cantidades de clavo, y los capitanes aceptaron pues, a fin de cuentas, sus servicios ya no nos eran necesarios. De tal modo, se desembarcó a todos salvo a los que habían sido capturados en Borneo, con la esperanza de que pudieran sernos útiles como guías más adelante.

La primera quincena de noviembre pasó en estos quehaceres sin que nadie mostrase excesiva prisa, a pesar de la evidente amenaza que suponía para nosotros la existencia de una flota portuguesa con orden de asaltarnos en cuanto tuvieran oportunidad. Creo que Espinosa y Del Cano disfrutaban tanto como el resto de nosotros de aquella isla maravillosa en la que el tiempo parecía haberse detenido. Con el beneplácito de los oficiales, las tripulaciones descendíamos a tierra ya fuera simplemente para bañarnos en la playa, comer con los nativos o intimar con las mujeres. A ellas, por lo que parecía, les resultábamos atractivos, pues a pesar del enfado de sus maridos yacían gozosas con nosotros. Nicolás se acostó con varias, y hasta es posible que se enamorase de alguna, o al menos así me lo pareció. Bocacio, tan bruto como siempre, alardeaba de sus conquistas, y Benito y Martín se mostraban encantados con todo lo que aquella isla ofrecía, no sólo con las mujeres. Pigafetta, por su parte, seguía con su misión particular de describir cuanto veía: el árbol del clavo de olor, el jengibre, la estructura de la nuez moscada y otras muchas cosas que casi nadie en la expedición era capaz de apreciar como algo digno de estudio.

A finales de mes el rey Manzor se presentó en la *Victoria* para invitar a los capitanes y quienes ellos escogieran a un banquete en tierra, pues, según explicó, era tradición allí celebrar un festín con los comerciantes que llegaban a la isla. A pesar de que hubo alguno que mostró su contento por la invitación, Espinosa y Del Cano la rehusaron por temor a caer en una encerrona como la de la isla de Zubú. Para disimular, alegaron que teníamos prisa por acabar con la carga de las especias y hacernos a la vela. Manzor se mostró sorprendido y apenado por el anuncio de nuestra partida y les dijo que su afán en proveernos de clavo no había tenido como intención que marcháramos en tan breve espacio de tiempo, sino sólo complacernos. Los capitanes le aseguraron que no habían pensado nada semejante de él, pero que aun así era necesario partir cuanto antes.

Viendo Manzor que nada les hacía cambiar de opinión, comunicó que debía devolver todos los presentes que se le habían hecho en nombre del soberano de España, pues, si los aceptaba, los demás reyes de las islas cercanas creerían que era un miserable y un ingrato y que no había sabido ganarse la amistad de los españoles. Tomó entonces un Corán y, poniéndolo sobre su cabeza, juró por Alá y por su santo libro que sería por siempre amigo de nuestro monarca y que obedecería los mandatos que de él llegaran. Fueron tales la sinceridad y el sentimiento con que profirió dichas palabras, que finalmente Espinosa y Del Cano le prometieron permanecer algún tiempo más en la isla.

En esos días continuó el cargamento de especias y, ante su abundancia, los capitanes dieron permiso a las tripulaciones para comerciar a su antojo con los isleños. Éstos estaban tan deseosos de que les comprásemos el clavo, el jengibre y la canela, que su precio bajó notablemente. La perspectiva de un rápido enriquecimiento al llegar a España hizo que cada uno de nosotros vendiese casi todo lo que poseía: camisas, cinturones, cadenas... La vuelta a nuestro país era inmediata, y las especias que en ese momento conseguíamos por naderías valdrían su peso en oro en Sevilla. Yo me desprendí de todo salvo una vieja camisa raída y unos calzones remendados; me deshice hasta de los zapatos.

—¡Qué daría por tener más calzones! —decía Bocacio.

Benito, por el contrario, prefirió guardar sus pertenencias.

Y llegó el momento, ¡había que partir! Al otro lado del mundo nos esperaba no sé si la felicidad, pero al menos la gloria. Los trabajos de reparación de las naos no habían cesado durante nuestra estancia en Tidore y los dos barcos estaban casi listos para zarpar. Arreglamos las velas de ambos y, sobre la del palo mayor de la *Victoria*, pintamos la cruz de Santiago y escribimos la inscripción: «Ésta es la figura de nuestra Buena Aventura».

Pero ¿cuál sería nuestro derrotero? Cuando Magallanes propuso al rey don Carlos llevar a cabo la expedición hacia las islas de las Especias, el joven monarca tuvo buen cuidado de establecer el modo en que dicha travesía debía realizarse: navegando siempre por aguas españolas. Eso significaba navegar hacia el poniente, para no tomar la ruta de la circunnavegación de África, que caía dentro del ámbito exclusivo de Portugal. A tenor de los cálculos de Magallanes, las Molucas estaban en el hemisferio español según el Tratado de Tordesillas y, por tanto, en ningún momento se vulnerarían los legítimos intereses de Portugal.

Sin embargo, ahora que estábamos allí, ¿cómo regresar a España sin tocar aguas portuguesas? La respuesta era clara: retornar por donde habíamos venido y cruzar de nuevo el estrecho. La sola idea nos aterraba, pues nos aguardaban otros tres meses de navegación ininterrumpida, con el fantasma acechante del hambre y la sed, y sin la seguridad, además, de encontrar tan buen tiempo como en la travesía anterior. Ni Espinosa ni Del Cano estaban convencidos de que aquello fuera lo mejor. La alternativa era forzar el regreso bordeando África y procurando no caer en manos de los portugueses, aunque aquello supusiera un enfrentamiento abierto con don Manuel.

Tras muchas deliberaciones, Espinosa, Del Cano y sus oficiales llegaron a la conclusión de que era lo más factible, aunque no necesariamente lo más sencillo, pues si bien para los portugueses no entrañaba ninguna dificultad la circunnavegación de África, en cuya costa tenían muy numerosas factorías donde hacer aguada y aprovisionarse de víveres, nosotros no sólo no podríamos utilizarlas, sino que deberíamos evitarlas dando grandes rodeos. La empresa era osada, tanto como cruzar de nuevo el mar Pacífico, pero por algún motivo nos parecía menos terrible.

La mañana del 18 de diciembre los capitanes dieron finalmente la orden de partir. La *Victoria* desplegó las velas y salió del puerto bajo la atenta mirada del rey Manzor y de otros reyezuelos locales. Nos detuvimos a poca distancia para esperar a la *Trinidad*. Vimos que ésta izaba sus velas, pero no se hizo a la mar. Extrañado, Del Cano ordenó entonces regresar al puerto para ver qué ocurría. La *Trinidad* tenía una vía de agua en la cala y no podía zarpar.

Era evidente que aquel día no comenzaría nuestro viaje. Durante toda la jornada nos pusimos a la tarea de descargar buena parte de la mercancía de la nao capitana para tratar de encontrar la vía y taponarla. Sacamos sacos y sacos de especias de la bodega, pero todo fue en vano: el fondo estaba inundado, y era imposible determinar por dónde se colaba el agua. Espinosa puso a los hombres en la bomba de achique, sin éxito. Por mucho líquido que se sacaba, el nivel no descendía.

Viendo nuestros esfuerzos, el rey Manzor envió a cinco de sus buceadores, acostumbrados a permanecer mucho tiempo bajo el agua para la extracción de perlas. Se sumergieron e inspeccionaron el casco del barco a fin de dar con la vía; también fracasó aquel intento. El rey, que se mostró muy disgustado por no haber podido ayudarnos, prometió que mandaría a buscar a otros tres buceadores mucho más hábiles que los primeros. Ya había oscurecido y se decidió dejar la labor para el día siguiente.

Al amanecer, los tres hombres estaban en el puerto dispuestos a comenzar la inmersión. Eran de piel muy oscura y de cabellos muy largos. Se sumergirían y rodearían la carena del casco; el agua, al entrar por la vía, succionaría sus cabellos y les indicaría el lugar exacto de la brecha. Parecía una idea excelente y pusimos todas nuestras ilusiones en aquel intento desesperado, pero tampoco funcionó: tras más de una hora buceando tuvieron que abandonar ante la falta de resultados. Manzor se mostró muy afectado por el fracaso de sus hombres.

—El pobre ha propuesto ir él mismo a contar nuestra situación al rey don Carlos —nos dijo Pigafetta.

Ni respondí. Bocacio, que estaba cerca y le había oído, ahogó una risotada.

Obviamente, los capitanes rechazaron con tacto su ofrecimiento y le explicaron que, en último caso, realizaríamos el viaje con un solo barco. Era una opción descabellada, temeraria, pero en aquel momento soplaban vientos propicios del noreste que, según rey el Manzor, permanecerían aún por muchos meses. Esperar a la reparación de la *Trinidad* era desperdiciarlos y aumentar la posibilidad de sufrir la emboscada de alguna flota portuguesa si se enteraban de nuestra presencia en Tidore. A un paso de lograr nuestra meta, la nao capitana, la que nos había guiado bajo el mando de Magallanes a lo largo de toda la expedición, se mostraba irremediablemente cansada de navegar y pedía un merecido descanso.

Espinosa y Del Cano lo sopesaron aquella tarde y llegaron a la conclusión de que la única solución factible, dadas las circunstancias, era que Del Cano intentase con la *Victoria* el regreso navegando hacia el oeste e internándose en aguas portuguesas; Espinosa, al mando de la *Trinidad*, repararía su barco, trataría de aprovechar los posteriores vientos del oeste para cruzar el mar Pacífico y alcanzar los asentamientos españoles en el Darién, en las Indias Occidentales.

Poco antes del anochecer los dos salieron del camarote de Espinosa y nos comunicaron el acuerdo a los marineros, reunidos en la cubierta de la *Trinidad*. Manzor dijo entonces que pondría a nuestra disposición doscientos cincuenta carpinteros para colaborar en la reparación de la nao y que aquellos de nosotros que nos quedásemos en la isla seríamos tratados como sus propios hijos. Pronunció aquellas palabras con tanta emoción y tal sentimiento que todos llorábamos agradecidos por su muestra de amabilidad y cariño.

Al día siguiente, Del Cano nos ordenó aligerar la bodega de la *Victoria*. El barco, pese a las reparaciones, estaba en muy mal estado, y se temía que nos pudiera pasar algo parecido a la *Trinidad*; pero en altamar no habría solución. Sacamos sesenta quintales de clavo de olor, que dejamos al recaudo de la tripulación de la *Trinidad*. Yo, y supongo que también todos mis compañeros, tenía una sensación opresiva de vacío y terror en el pecho. ¿Qué ocurriría si a lo largo de la vuelta a casa sufríamos una avería? ¿Nos iríamos a pique y nunca jamás se sabría de nosotros? ¿O, con suerte, llegaríamos a alguna playa desierta y deberíamos esperar a que nos rescatasen? Continuar la navegación con un solo barco era algo que ni en mis peores pesadillas había imaginado. Me pregunté qué habría decidido Magallanes, y no tuve claro que hubiese asumido la osadía de hacerlo. Pero allí estaba Del Cano, y nosotros con él, dispuesto a intentarlo.

La desafortunada avería de la *Trinidad* dio, sin embargo, una alegría a algunos. Benito Genovés vio abrirse la posibilidad de permanecer en aquellas islas durante algunos meses más, quizá para siempre, sin tener que desertar. Y, al igual que él, otros marineros decidieron voluntariamente permanecer en Tidore a pesar del riesgo de no ser capaces de reparar la nave o de ser capturados por los portugueses. Su puesto fue ocupado por otros marineros resueltos a intentar la heroicidad de regresar a España antes que permanecer en la Especiería.

Para Bocacio, Martín, Esteban y Nicolás la idea de quedarse en las Molucas era tentadora, pero no tanto como la de regresar a España cargados de especias. ¿Y para mí? No lo tenía claro. Mi propósito al embarcar había sido obtener riquezas, cómo no, aunque más importante fue huir y, en menor medida, pienso ahora, conocer lugares y vivir experiencias con las que había soñado. Nunca me había detenido a pensar si mi destino sería encontrar un nuevo hogar o regresar al que una vez lo fue. Recordé cuando en la playa de San Vicente creí que el mar podría ser mi refugio cuando no tuviera otro sitio al que llamar hogar.

Miré las aguas de Tidore. ¿Era el mar mi casa, era el útero materno que una vez quise ver? En mi fuero interno había algo que me decía que no, que mi fin en este mundo no era navegar, ni viajar, ni tampoco enriquecerme. Mi fin, mi verdadero fin, era ser digno de mi propio aprecio. Y para eso tenía que regresar.

El viernes 21 de diciembre de 1521 concluyeron las labores de descarga de parte de las mercancías; la *Victoria* estaba preparada para la partida. Con el alma encogida miré por última vez a mis compañeros de aquellos dos años que se quedaban en Tidore. Lo que había sido emoción contenida se desbordó cuando nuestros hermanos nos dieron en mano las cartas que esperaban entregásemos a sus padres, a sus mujeres, a sus hijos. ¿Volverían a verlos? ¿Volveríamos a verlos nosotros? No podíamos saberlo, pero juramos por lo más sagrado que antes moriríamos que faltar a nuestra palabra de entregar aquellas misivas a sus destinatarios. Algunas las tuve que redactar yo mismo; la de Benito era de su puño y letra. Recordé cuando en las frías noches de la Patagonia le había enseñado a leer y a escribir. ¡Qué lejano parecía!

—Hasta siempre, amigo —me dijo a la vez que me abrazaba.

—Hasta siempre, hermano —le respondí sin poder contener las lágrimas.

Con una salva de cañones dejamos el puerto. Mientras nos

alejábamos, los marineros de la *Trinidad* nos acompañaron en las barcas de los nativos, deseándonos suerte y buena ventura. Benito agitaba los brazos, despidiéndose. Incapaz de soportar aquel dolor en mi corazón por más tiempo, cerré los ojos oyendo todavía sus voces y sus llantos. Cuando los volví a abrir, ante mí se extendía sólo el mar.

De nuevo el inabarcable mar.

49

Un año después de la muerte de mi madre, y a pesar de las esperanzas de mi padre de que las cosas pudieran mejorar, todo seguía igual, si no peor. El concejo sacó a suertes los terrenos rozados en el monte, y las mejores parcelas fueron a caerle a don Lope y a varios de sus paniaguados. Algún vecino insinuó por lo bajo que aquello estaba amañado, pero nadie se atrevió a protestar en alto. A nosotros nos tocó una mísera parcela en cuesta, sombría y llena de piedras. Las estrecheces se hacían insoportables. Cada día pensaba que quizá mi decisión había sido errónea, que probablemente habría sido mejor haber dado la razón a mis hermanos mayores y aceptar la propuesta de don Lope. Pero cuando aquellos pensamientos acudían a mi cabeza los rechazaba con enfado; no podíamos sucumbir como unos miserables para caer bajo su yugo. Valía más arrastrarnos como vecinos libres que vivir como esclavos.

Y en realidad arrastrarnos es lo que hacíamos. Las tierras estaban agotadas tras muchos años de cultivo ininterrumpido, y las fuerzas y los ánimos que en otros momentos nos habían acompañado parecían ahora abandonarnos irremediablemente. Mi padre deambulaba como ánima en pena. Pese a su intento de mostrarse fuerte, la muerte de mi madre le había robado la mitad de la vida. Sin el calor de ella en casa, moría de soledad e impotencia. Era doloroso verle cada día entrar en el lecho que una vez fue de dos para dormir solo. A veces le oíamos sollozar.

Pedro y Joaquín se mostraban siempre irritables, sobre todo

conmigo. Con Pedro todavía conseguía hablar de cuando en cuando de manera amigable, pero Joaquín se había vuelto irascible y sólo conseguía sacar de él gestos de reproche y respuestas cortantes. Para ellos, yo era el culpable de que su idea no hubiese triunfado, y en realidad así era. El tiempo pasaba y seguían sin encontrar una mujer con la que formar un hogar, pues ninguna de las familias de nuestra aldea o de los pueblos cercanos quería entregar hija alguna a una casa con un futuro tan poco halagüeño.

Nicolás, por su parte, crecía sin que nadie pareciera darse cuenta, convirtiéndose en un mozo fuerte y enérgico. Trabajaba con más ahínco que cualquiera de nosotros. Iba a las tierras de cereal, limpiaba el huerto, atendía a los animales y cuidaba de la casa. No era muy buen cocinero, pero sí lo suficiente como para preparar el escaso puchero. Mi padre lo miraba con orgullo. Quizá ya no recordase las palabras que pronunció en su nacimiento, cuando vaticinó que su llegada al mundo nos traería mala suerte. Ahora se demostraban más injustas que nunca. Nicolás era el que nos mantenía juntos. Amaba a la familia y lo demostraba, y era el único que hablaba en voz alta de mi madre y de mis hermanas; sí, incluso de María, a la que apenas había conocido. Algunas veces le preguntaba:

—Nicolás, ¿por qué te gusta tanto recordar cosas que a los demás aún nos duelen?

Él me miraba con incredulidad.

—Son nuestra familia, ¿de quién podría preocuparme si no?

Yo procuraba ayudar en todo lo posible, pero en mi cabeza bullían otras muchas cosas. Cada día acudía a casa de Sancho, aunque hacía tiempo que dedicaba casi todas mis horas al estudio en vez de a los animales y al campo. Sancho poseía aún toda su fuerza, pero los años no pasaban en balde. De vez en cuando se quedaba mirando el aire y debía menearle para que regresase a este mundo. En otras ocasiones olvidaba lo que iba a hacer y me preguntaba con verdadera intriga:

—¿Adónde iba yo?

A pesar de aquellos despistes, su mente seguía siendo tan lúcida y admirable como siempre. Gracias a sus enseñanzas, el latín ya no era para mí una lengua imposible de entender, sino el instrumento a través del cual daba forma a mis pensamientos. Sancho me alentaba a ello.

—Lo que en otras lenguas son toscos ladrillos en latín son piedras labradas.

Así era. Y gracias al latín podía acceder a textos no traducidos al castellano, abriendo mi mente a ideas y lugares insospechados. Sancho se daba cuenta y me hablaba con sinceridad.

—Sabes que te lo he dicho repetidas veces. No debes malgastar tu vida en este pueblo: tu camino está lejos de aquí.

—Eso mismo pensaba mi madre —respondí bajando la cabeza—. Ella me alentó a que dejase todo esto sin mirar atrás.

—Y tenía razón. Tu madre era una persona de gran inteligencia, por eso debes seguir su consejo. Un día te irás del pueblo para no volver y te convertirás en alguien importante.

Con sólo oír aquellas palabras se me hacía un nudo en el estómago.

—Hay muchas cosas que me atan aquí, Sancho. Está mi casa, mi familia, Lucía... Vos siempre me habéis dicho que hay que buscar la felicidad, pero yo no estoy seguro de que vaya a ser más feliz en otro lugar que no sea éste. ¿Cómo saberlo?

—No creo que puedas, pero si no lo intentas, nunca lo descubrirás. Haces bien preocupándote por tu familia, aunque los tuyos nunca podrán entenderte. Para ellos sólo existen la tierra y el trabajo. Creo que tu lugar está en otra parte. ¿No recuerdas ya tu estancia en San Vicente y la buena impresión que causaste en don Alfonso? Él dejó una puerta abierta: eso sería un principio. Luego vendrían más oportunidades, sin duda. Siempre las hay para las personas valiosas y más aún cuando se tienen amigos.

Sancho debió de ver reflejadas en mis ojos la tristeza y la indecisión que me atenazaban.

—El poeta romano Virgilio escribió una vez una frase muy hermosa: «Trahit sua quemque voluptas». ¿Sabes lo que significa?

—¿Cada uno tiene un placer que le arrastra?

—Exacto. ¿Comprendes, muchacho? Cada persona tiene una senda para ser feliz, un camino que recorrer por sí mismo. No interrumpas tu camino porque encuentres una piedra en él; si acaso, da un rodeo.

Como siempre, Sancho terminaba por convencerme. Pero, por algún extraño motivo, sus consejos no resultaban imposiciones, sino la mano que me guiaba con suavidad y cariño. Seguir sus palabras no era alejarme de mi propio camino, sino emprenderlo.

En todo caso, hacía algún tiempo que las enseñanzas en casa de Sancho estaban tomando un cariz algo distinto. De entre los libros de su biblioteca había algunos que me había mantenido ocultos; solía decirme que aún no estaba preparado para leerlos. Pero en aquellos días todos sus prejuicios desaparecieron. Leímos los poemas del árabe Ibn Hazm, aquel cuyas obras sobrevivieron a la quema pública en Sevilla. Sancho pudo acceder a algunos de sus libros en Toledo y consiguió varias de sus composiciones en verso traducidas al castellano. También estudiamos la obra *De Confessione*, de Pedro Martínez de Osma, profesor de teología en la Universidad de Salamanca, la cual fue paseada y escupida por las calles de Alcalá de Henares y luego quemada, y su autor excomulgado. No hacía falta que Sancho me lo dijera explícitamente, yo sabía que aquellas lecturas podían llegar a ser peligrosas. No por el daño que pudieran causar a uno mismo, como más tarde hube de escuchar a los moralistas, sino por el fanatismo de los que no comulgaban con aquellas ideas. Cuando tenía uno de aquellos libros entre las manos, solía esconderme en un rincón alejado de la puerta, pues imaginaba que en último caso me daría tiempo a ocultarlo si alguien entraba por sorpresa en la casa. Mi maestro aprobaba mi precaución.

Un día, una duda me asaltó sin que fuera capaz de hallarle respuesta.

—Sancho, no quiero ser impertinente, pero ¿qué ocurrirá cuando vos ya no estéis? ¿Adónde irán todos estos libros?

Dejó sus papeles y me miró fijamente.

—¿No recuerdas lo que te dije una vez? Éste es nuestro secreto: tuyo y mío. Haciéndote partícipe de él, te hice un regalo, pero también te cargué un lastre. Un día, y ten por seguro que llegará, yo dejaré este mundo, y quiero que entonces tú seas el dueño de mi biblioteca. Es fundamental que vayas asimilándolo desde ahora: los libros serán tuyos y tú serás el responsable de que la colección se mantenga y se aumente con los años.

Advirtió la preocupación en mi rostro, pero no estaba dispuesto a dejarse llevar por la piedad.

—Han hecho falta muchos esfuerzos para reunirlos, ya lo sabes, y por nada del mundo debe dividirse lo que tanto tiempo ha tardado en conformarse. Es imprescindible que la biblioteca se mantenga completa, ¿comprendes? Cada uno de estos libros es una joya, pero únicamente juntos forman un tesoro. Es como un pensamiento. ¿Te imaginas que comienzo un razonamiento y le pongo fin antes de la conclusión? No tendría sentido, ¿verdad? Pues lo mismo ocurre aquí: estas obras son miles de pensamientos entrelazados, y si los deshacemos no serán más que frases inconexas y sin sentido. Tiemblo sólo de pensar que un día estos ejemplares acaben cada uno en un lugar: uno en la sala de lectura de un noble inculto que lo posea por el simple gusto de aparentar; otro en el armario de un prior recalcitrante que lo guarde bajo llave con la etiqueta de «obsceno» o «peligroso»; otro en la alacena de un escribano, sirviendo de contrapeso a algún legajo de contratos o testamentos. No, no es eso lo que quiero.

Me tomó la mano.

—Estos libros me han hecho muy feliz; también a ti. Sólo alguien que los ame tanto puede conservarlos. Eres, junto a mi hijo, la única persona a la que he considerado digna.

—Pero hay otras personas que lo saben: el padre Francisco, don Alfonso Prellezo…

—No, no. Saben que tengo libros, cómo no, y también están al tanto de los mismos algunas personas del pueblo, pero ni se imaginan en qué cantidad ni de qué naturaleza son. Cada uno de ellos sólo conoce una parte. Yo me he cuidado mucho de no revelarles el conjunto.

—Pero ¿cómo haré yo para mantener la biblioteca? En mi casa las cosas van de mal en peor: apenas tenemos para comer y no es seguro que el año que viene poseamos siquiera tierras para cultivar. No veo la forma en que podría hacerme cargo de los libros. ¡Ni siquiera sé cómo podría sacarlos de aquí, ni dónde ponerlos!

Sancho tomó su silla y la acercó a donde yo estaba. A pesar de que nadie nos oía, me susurró:

—Un día, cuando yo no esté, o cuando la muerte me ronde, tendrás que confiar a alguien la existencia de la biblioteca. No seré yo quien te diga a quién, has de ser tú el que elija a esa persona.

—Pero ¿a quién podría confiárselo?

—No lo sé, pero llegado el momento lo sabrás. Ese día esa persona te prestará la ayuda necesaria para que nuestra biblioteca no se pierda. Y ten en cuenta que es posible que esa persona o tú mismo debáis hacer un sacrificio para lograrlo. Piénsalo muy bien, por tanto.

Las palabras de Sancho me dejaron muy preocupado. Hasta entonces los libros habían supuesto exclusivamente una fuente de placer, me habían dado todo sin pedir nada a cambio. Pero toda la felicidad que había recibido a través de ellos amenazaba con volverse contra mí en forma de una responsabilidad que podía afectar a alguien cercano. Un escalofrío me recorrió el cuerpo cuando pensé en ello. De las personas cercanas, Lucía era la única que, en mi opinión, podía sentir por aquellos libros el mismo amor que Sancho y yo les profesábamos. Confiar en que un día ella podría ayudarme me tranquilizaba, pero al tiempo me llenaba de un profundo temor.

Mi relación con Lucía no era sencilla. Desde el día en que mi madre murió y recibí su abrazo como único consuelo, ella se había mantenido distante. Aquella tarde le pedí perdón y le dije que sentía mi comportamiento, que era ella quien me importaba y que me sentía indigno. Lucía me dejó hablar y limpiar mi alma.

—Puede que alguna vez encuentre las fuerzas para perdonarte —me dijo con calma—, pero todavía me duele demasiado. Necesito tiempo para pensar.

Asentí y bajé la cabeza, avergonzado. Lucía tenía razón y a mí no me quedaban argumentos.

Algunos días, cerca del anochecer, me acercaba a Lerones y me quedaba escondido detrás de un árbol. Esperaba allí hasta que la veía aparecer, cuando salía a pasear con su madre o con alguna muchacha del pueblo. Sólo verla me llenaba el alma de gozo. Otras veces esperaba en vano, y entonces volvía a casa cabizbajo y maldiciendo mi estupidez. En dos únicas ocasiones coincidí con ella, pero siempre iba acompañada y no pudimos más que saludarnos. La primera vez casi rehuyó mi mirada; la segunda, me sonrió tímidamente, y yo sentí una hoguera en mi pecho.

Anhelaba nuestras lecciones en casa de Sancho, nuestras miradas furtivas, las veces que yo la acompañaba a casa cuando entre nosotros no había más que afecto y cariño. Pero llega un momento en la vida de cada hombre en que se pierde la candidez y uno se asoma sorprendido al mundo real, mucho más duro que el infantil, y menos bello.

Una tarde, volviendo de Lerones y sin haber podido ver a Lucía, creí oír que algo o alguien me seguía. Me volví, pero no vi nada. Retomé el paso. Al rato, un ruido a mi espalda me sobresaltó, y cuando me giré de nuevo me topé de frente con Guzmán.

—Hace tiempo que no me tropezaba contigo —comenzó.

Le miré fijamente, sin decir palabra. Le veía cada domingo en el primer banco de la iglesia, arrogante y altanero como siempre, y tenía que morderme los labios y cerrar los puños para no saltar sobre él y decirle a todos lo que le había hecho a María, lo que nos había hecho a los de mi familia. Pero se lo había prometido a mi hermana. Y esa vez cumpliría mi promesa.

—¿Es que no sabes hablar? Y yo que había oído que eras muy avispado.

—La gente habla demasiado —respondí y seguí caminando.

Se adelantó y me cerró el paso.

—No, no creas —dijo—. Pareces inteligente; el problema es que quieras dártelas de listo.

—¿Qué buscas, Guzmán? —Le hablé con calma aunque hervía de cólera por dentro—. Valdría más que no te anduvieses con tantos rodeos.

Guzmán borró la sonrisa cínica que había asomado a sus labios y se acercó hasta que estuvo a un palmo de mi cara. Rociándome con su aliento me susurró:

—Me encontré hace una semana con alguien que había pasado por Herrera de Pisuerga. Dejó caer que estuviste allí, para ver a tu hermana, hace ya un año. Algunas noticias tardan en llegar, es cierto, pero al final no se me escapa nada de lo que atañe a este concejo, ¿sabes? Y espero que estés de acuerdo conmigo en que hay ciertas cosas que es preferible no remover.

—No sé a lo que te refieres —dije por fin—. Efectivamente fui a ver a mi hermana, pero creo que eso no es de tu incumbencia. No tienes ningún derecho a meterte en nuestros asuntos.

Guzmán volvió a sonreír y acto seguido me dio un puñetazo en el vientre, con tanta fuerza que me dobló por el dolor. Jadeando intenté erguirme, pero no pude. Luego me agarró por el pelo al tiempo que se agachaba hasta poner su cara frente a la mía.

—No se te ocurra hurgar en el pasado o verás muy pronto las consecuencias; y no sólo tú, tu padre y tus hermanos, sino también el ermitaño al que has tomado como maestro. Un día, por un descuido, su casa podría arder, quizá con él dentro. Y, por lo que cuentan, debe de tener algunos libros, ¿verdad? El papel prende muy bien, te lo aseguro.

Haciendo un esfuerzo supremo alcé un poco la cabeza.

—Eso lo saben los cretinos que lo queman.

Guzmán me agarró con fuerza por los hombros y me propinó un rodillazo en la cara. Mi nariz comenzó a sangrar mientras me retorcía de dolor en el suelo. Se acercó de nuevo a mí.

—Ya he tenido bastante paciencia contigo y con tu maldita familia, muchacho. Si no he hecho más hasta ahora ha sido porque mi tío no me lo ha permitido. Él pertenece a otro tiempo, ¿sabes? Le gusta mucho hablar de la honra y esas pamplinas. Cuando me case y domine el concejo, podré hacer las cosas a mi gusto, y entonces se acabarán tu soberbia y tus aires de grandeza.

Aunque mejor que me tengas contento desde ya. Y recuerda: nada de remover el pasado.

Dándome un último puntapié, se alejó por el camino. Con una mano en la nariz, tratando en vano de contener la hemorragia, le vi desaparecer en la oscuridad del atardecer, tan altanero y manipulador como siempre. A mí me ataba una promesa, pero ¿tanto temía él que pudiera revelar lo de María? ¿Creía que con ello podríamos chantajearle o reclamar algo que pudiera correspondernos? En aquel momento no lo sabía con certeza, como hoy, pero fue entonces cuando empecé a sospechar que el miedo y la incertidumbre no eran sólo patrimonio de los pobres.

50

Al principio de abandonar la isla de Tidore, no pasaba un solo día en que no me acordase de los compañeros que quedaron en tierra, sobre todo de Benito. Únicamente cuarenta y siete habíamos emprendido la ruta de regreso a España, al hogar, si es que aún podíamos llamarlo así. Abrumado por esos pensamientos me quedaba muchas veces mirando el horizonte y escuchando el azote del viento sobre las velas. Supongo que me invadía la melancolía, un sentimiento que en raras ocasiones se tiene de joven, pues aún no se valora en su justa medida lo que el tiempo ha ido dejando atrás. Pero en aquel viaje yo había madurado y de joven no me quedaba ya apenas nada.

Las islas se sucedían en nuestro decidido camino hacia el sur. Pigafetta anotaba el nombre de todas y cada una de ellas: Laigoma, Sico, Laboán, Titameti, Jaboli, Batutiga. Estaba encantado con su variedad y sus extrañas costumbres, pero, por primera vez, su entusiasmo y su obsesión por documentarlo todo me impacientaban a veces. Aunque me abstenía mucho de decírselo, empezaba a escuchar harto aburrido las descripciones que hacía de cada uno de los pueblos que encontrábamos. Yo, como todos en la *Victoria* a excepción del veneciano, sólo pensaba en el viaje que teníamos delante, y las recaladas, aunque necesarias para aprovisionarnos de víveres y agua, se me hacían terriblemente agotadoras.

Con vocación de ermitaño y más ilusión que fuerzas, retomé la redacción de la historia de mi vida, ya para nadie más que para mí. Comenzada con la intención de narrar la crónica de unos simples marineros, había quedado reducida al relato de un joven abrumado por su propia existencia: la pobreza de la familia, el amor por una niña que se había convertido en mujer, la partida a una villa en busca de un futuro mejor... A veces olvidaba camuflar los nombres reales y me sorprendía al encontrarlos en la relectura. De todos modos, ¿qué importaba ya? Si algún día regresábamos, aquellos papeles con olor a sal y a sudor serían sólo el testigo de mi vida y mis faltas, y nunca el libro de aventuras que creí poder escribir.

Los habitantes de aquel archipiélago inacabable eran gentes sencillas y primitivas, dispuestas siempre a acogernos, no sé si por hospitalidad o por miedo. Los había musulmanes, pero la mayoría de ellos eran gentiles, algunos con costumbres detestables: en una islilla descubrimos que eran caníbales y devoraban la carne de sus enemigos en grandes ceremonias rituales. Más pacíficos resultaron ser los de una gran isla llamada Burú, dominada por una gigantesca e impenetrable montaña en su interior. Durante la recalada allí se subieron a la nao cerdos, cabras, gallinas, caña de azúcar, higos y unos grandes frutos parecidos a las piñas por fuera y a las peras por dentro, pero con un sabor mucho más agradable.

Durante todo el mes de diciembre el viento nos fue favorable y avanzamos rápidamente. Pero en enero de 1522 la situación cambió radicalmente. Cuando nos encontrábamos cerca de una isla llamada Mallua, donde Del Cano quería fondear, nos sorprendió una terrible tormenta. El cielo se oscureció en mitad del día y el vendaval levantó un tremendo oleaje. El capitán salió de inmediato a la cubierta y ordenó recoger las velas y achicar el agua que se colaba en la bodega. Daba instrucciones sin cesar, y su voz se oía alta y firme sobre el estruendo del viento y el azote de las olas. En su rostro curtido y barbado observé la misma fuerza interior y la misma determinación que en el de Magallanes. Aquel día se ganó mi respeto y mi confianza.

Sin embargo, no todos creían en él. Para algunos, y en especial para Pigafetta, Juan Sebastián del Cano era la imagen del deshonor y la traición, del reconocimiento inmerecido. El veneciano había sido el más leal a Magallanes durante toda la expedición y no podía admitir que el nuevo capitán fuese precisamente uno de los que con mayor presteza se levantó en armas contra el portugués.

—La historia se construye por medio de injusticias —me dijo una mañana—. No importan las hazañas ni las glorias que un héroe pueda alcanzar; basta un momento de debilidad o un golpe de mala fortuna para que todo lo erigido se venga abajo en un instante. Pero descuida, que siempre atento a ese posible derrumbe hay un traidor, un advenedizo o un aprovechado que se encarga de sacar partido de la situación y de colgarse los méritos que no le corresponden.

—Creo que sois demasiado duro con el capitán. Al fin y al cabo él no fue el único que se levantó contra Magallanes. Aquello fue fruto de una situación general de descontento.

—Sí, un descontento que él y sus amigos se habían encargado de fomentar adecuadamente desde que partimos de Sevilla. Casi ninguno de los oficiales españoles podía ver a Magallanes. No soportaban la idea de ser dirigidos por un portugués renegado y mucho más valioso que ellos.

El semblante de Pigafetta reflejaba un resentimiento profundo.

—Tendremos suerte —prosiguió— si conseguimos bordear África sin ser apresados o engullidos por algún temporal. ¿Es que no lo ves? Hace apenas unos años resultaba casi una osadía ir por mar de Lisboa a la India, e incluso ahora los portugueses precisan de un gran cantidad de factorías en la costa para hacer aguada, aprovisionarse o refugiarse de las tormentas. ¡Y nosotros pretendemos rodear el continente negro sin recalar en tierra para evitarlos! Es poco menos que imposible.

—También parecía imposible llegar hasta aquí desde Sevilla y lo logramos…

—¡Lo logramos gracias a Magallanes! En manos de cualquier otro, hace tiempo que habríamos muerto. Créeme, será un milagro si doblamos el extremo sur de África bajo el mando del inútil del guipuzcoano. ¡No soporto que sea nuestro capitán después de todo lo que hizo!

—Pero ¡eso ya es pasado! Del Cano es un marino excelente y debemos confiar en él para el regreso. La historia ya nos juzgará a cada uno.

—No, montañés, la historia se pone siempre del lado del que gana. Si llegamos a España, ten por seguro que todos los loores serán para Del Cano y ninguno para Magallanes. Pero que nadie cuente conmigo para semejante traición. No pienso referir una sola palabra sobre él en mi diario. Prefiero que cuando alguien lo lea piense que nos gobernaba un espíritu o un fantasma antes que este traidor. Puede sonar duro, pero sé que la razón me acompaña.

—No sé… Muchas veces en mi vida he tenido la razón y no por ello he conseguido nada; y otras muchas he sido más dichoso mordiéndome la lengua que escupiendo verdades. No juzgaré a Del Cano por lo que hizo en San Julián; de hecho, soy el menos indicado para ello. Y además creo que estamos en buenas manos.

Pigafetta me miró con un mohín de desprecio, que me pareció más teatral que sincero.

—Piensa como te plazca —me dijo—, que yo haré lo que considere apropiado.

Sin darme tiempo a contestar dio media vuelta y se dirigió a popa, donde comenzó a analizar con todo detenimiento una serie de plantas que había subido a bordo en nuestra última recalada.

El peligro de encontrarnos con una escuadra portuguesa nos acechaba y el capitán Del Cano no perdía el tiempo en largas negociaciones con los indígenas. Pagaba con bagatelas por los víveres, o los tomaba por la fuerza si no se avenían a comerciar, aunque nuestra capacidad intimidatoria no era ya, ni mucho menos, la de meses atrás y debíamos centrar nuestros esfuerzos más en la intriga y el engaño que en la violencia. Pese a la tensión y la angustia, también se presentaban ocasiones para la distensión, como cuando escuchábamos las leyendas que se contaban en el archipiélago, y que Pigafetta se obstinaba en recoger con todo detalle. Hubo una que nos resultó especialmente esperpéntica y que nos fue narrada por uno de los guías de las Molucas que llevábamos a bordo. Según nos relató, existía en aquellos mares una isla llamada Arucheto en la cual habitaban unos seres de sólo un codo de alto, pero con orejas tan grandes que una les servía de colchón y la otra de manta. Iban desnudos y con el cuerpo rapado, habitaban en refugios subterráneos y corrían ágilmente por la selva. Todos reímos mucho con esta burda fábula, incluso el italiano, que aun así, propuso que siguiéramos las indicaciones del guía para llegar a la isla y averiguar qué había de verdad en la historia. Del Cano, con sorna, le tildó de crédulo e inocente, reproche que Pigafetta se tomó como una humillación, más aún por haberlo recibido delante de toda la tripulación.

—¿Crees que esas personas de las que nos habló el guía existen? —me planteó Nicolás.

—¡Vaya pregunta! Es evidente que no, se trata de una fábula, las mismas que en España tratan de espíritus o brujas. ¿Has visto tú alguna vez alguno de esos seres?

Mi hermano negó con la cabeza.

—Ni yo —intervino Bocacio—, pero eso no quiere decir que no crea en ellos. Tampoco tú has visto a la Virgen María y aun así te veo rezarla en muchas ocasiones.

—No es lo mismo, Bocacio, eso se llama fe —dije.

—¿Fe? Yo me cago en la fe. Creo más en las hadas y los duendes que en los ángeles o el Espíritu Santo.

—¡No blasfemes, maldita sea! —intervino Martín llevándose un dedo a la boca—. ¿Sabes lo que nos podría ocurrir si alguien nos escucha?

—¡Bah, no me vengas con tonterías! Nadie nos oye ahora. Y si así fuera, ¿qué? Simplemente os molestan mis palabras porque sabéis que tengo razón. No hace falta ser muy listo para darse cuenta de que vuestros rezos no son sinceros.

—¡Qué sabrás tú! —replicó Martín.

—Sé que dudas, y los demás también lo hacéis, sólo que os negáis a admitirlo.

Martín estaba a punto de irse, enfadado. Le detuve.

—No niego que dude, Bocacio, pero las dudas no me llevan a rechazarlo todo. Voy continuamente de una idea a otra, y lo mismo soy el más creyente que el más incrédulo. Ya me ocurría en la juventud, no creas que no.

—¡No te eches años! Puede que en este trayecto hayas pasado por muchos lances, pero no sabes nada de la vida. Yo tengo más de treinta años y ya he visto de todo, pero a ti aún te queda un largo camino por recorrer. Un día me darás la razón y coincidirás conmigo en que todo lo relativo a la Iglesia no son más que pamplinas.

—Puede que así sea, pero recuerda que en las noches de tormenta tú eres siempre el primero en arrodillarte y rezar.

Bocacio me miró con disgusto, fastidiado porque le había pillado. Con todo, se le pasó pronto y me sonrió con picardía.

—Está bien, maldito montañés, puede que sea un cobarde y un bocazas, y quizás debería mostrarme más firme en mis opiniones, pero ¿quién narices no se arrodilla a rezar cuando se enfrenta a toda la violencia del mar y los cielos? Más vale tragarse las palabras e implorar a los santos, y dejar la razón a los filósofos.

A diferencia de Pigafetta, para mi amigo Bocacio la razón era algo circunstancial y carente de importancia; si una discusión se alargaba demasiado, siempre encontraba el modo de dársela al contrario.

A finales de enero, llegamos a una isla llamada Timor. A pesar de ser muy grande y estar mejor organizada que las otras más pequeñas, las costumbres de sus habitantes eran tan atrasadas y salvajes como las de éstas. La gobernaban varios caudillos, todos ellos gentiles, que se enfrentaban o se aliaban por el control de los ricos recursos de aquella tierra, en especial el ganado, las frutas y el sándalo blanco que, según luego supimos, sólo crecía allí.

Al poco de arribar, Del Cano ordenó a Pigafetta que desembarcase para negociar con uno de esos jefes, llamado Amabán, y conseguir víveres, carne sobre todo. A Amabán le pareció poco lo que se le ofreció a cambio, y con razón: después de meses de continuos intercambios y regalos, apenas quedaba nada en la bodega de la *Victoria*. Por suerte para nosotros, otro de los reyezuelos, llamado Balibo y aliado de Amabán, había subido a nuestro barco para comprobar la calidad de las mercancías. Pigafetta amenazó a Amabán con asesinar a su amigo si no se avenía a negociar. Aceptó, y finalmente Balibo fue liberado a cambio de siete búfalos, cinco cabras y dos cerdos. Como muestra de generosidad y amistad le regalamos algo de tela, unos paños indios de algodón y seda, varias hachas y cuchillos y algunos espejos.

Los siguientes días tuve la ocasión de recorrer con Pigafetta distintas ciudadelas de Timor, haciendo provisión tanto de víveres como de nuevas y fantásticas historias. Una de ellas decía que el demonio se aparecía a los que iban a cortar el sándalo y les preguntaba si necesitaban algo. A pesar de la cortesía con la que lo hacía, sus intenciones eran malignas, pues ante su visión caían enfermos por el susto. Nos lo relataron con pleno convencimiento; luego, en alguna de nuestras recaladas, pudimos apreciar que los vapores exhalados por la madera del sándalo, al ser cortada, eran capaces de tumbar al más fornido de los hombres. No es raro que los demonios nazcan de nuestra propia ignorancia.

No sólo sus leyendas eran extraordinarias. También sus costumbres me llamaban la atención por su crudeza y salvajismo, especialmente las que tenían en la gran isla de Java, a la que por desgracia no pudimos llegar. Pigafetta fue quien oyó hablar de ellas y nos las contó:

—En Java los grandes hombres son incinerados al morir junto con su mujer favorita, a la que queman viva en la misma hoguera. Con el cuerpo desnudo y adornada sólo por hermosas guirnaldas de flores recorre las calles de la ciudad en una gran silla portada por cuatro hombres, animando a sus familiares y diciéndoles: «No os preocupéis por mí; esta noche cenaré con mi marido y luego me acostaré con él». Entonces se baja de la silla y con un último adiós se arroja a las llamas; si así no lo hiciera, sería tomada por una mujer impura y deshonesta.

—Deben de considerarlo el más alto símbolo del amor, ¿verdad? —apuntó Nicolás.

—Eso creo, pero también encuentran medios más divertidos para demostrarlo. Los jóvenes, por ejemplo, cuando se enamoran de alguna muchacha se colocan un cascabel en la punta del pene y de esa guisa se presentan bajo la ventana de sus amadas para excitarlas con el tintineo.

—Eso es porque la tienen pequeña —dijo rápidamente Bocacio—. Yo tendría que ponerme un campano.

Todos reímos con la ocurrencia y seguimos pendientes de Pigafetta, que hablaba de tierras incluso más lejanas, como la gran Catay y el enorme país de la India. El relato de su opulencia y sus riquezas llenaba a mis compañeros de asombro, pero no tanto a mí, pues algo ya conocía gracias a la lectura del *Libro del famoso Marco Polo*. Mientras escuchaba de boca de Pigafetta las extraordinarias costumbres de esos dos grandes reinos venían a mi cabeza las tardes pasadas en casa de Sancho leyendo aquellas páginas. ¡Cuánto había soñado yo con ver esas tierras cuando niño! ¡Y qué pocas energías tenía en ese momento para pensar siquiera en la posibilidad de visitarlas realmente! Nuestro pensamiento único, obsesivo, era volver, volver… Pero ¡qué largo se hacía el regreso! Muchos resistíamos, si bien alguno caía en la desesperanza y se rendía. Uno de ellos fue Martín de Ayamonte. Su carácter algo soñador había terminado por sucumbir, y perdió las ganas de continuar. Una tarde en que estábamos en tierra vino a hablar con Nicolás y conmigo. Nos separó un poco del resto y en voz baja nos anunció su decisión:

—Hoy termina mi viaje. Voy a abandonar la expedición. Lo he hablado con Bartolomé, el de Palos, y lo haremos cuando anochezca. No pensaba contaros nada, pero necesitaba despedirme.

—Martín —dijo Nicolás—, cada vez estamos más cerca de casa.

—¿Qué casa? ¿Y cerca de qué? Ya os dije que no me queda nada. ¡Quién sabe dónde estarán mis hermanos! De mi tierra sólo tengo malos recuerdos. Aquí, en cambio, creo que podría encontrar un poco de felicidad. Cuando vi a Benito despedirse de nosotros en Tidore sentí envidia, de veras.

Tenía ganas de decirle algo, de pedirle que no nos abandonase, que siguiera con nosotros, pero no encontré las palabras. Quizá es porque le entendía demasiado bien. Le miré a los ojos y vi determinación.

—Ve con Dios, Martín, y sé feliz.

Al anochecer, nuestro amigo y Bartolomé se escabulleron sin ser vistos por ninguno de los oficiales. Muchas veces me he preguntado si su decisión fue la adecuada y si encontró la felicidad.

Al oeste de Timor se abría un inmenso y hermoso archipiélago que conducía hasta la isla de Java la Mayor y el cabo de Malaca, donde los portugueses se habían hecho los dueños del comercio. Y en el trayecto se encontraban islas riquísimas como Ende, Madura y Bali. En todas ellas se producía pimienta en gran cantidad, siendo sus reyes, al parecer, muy poderosos y respetados. Probablemente las habríamos visitado si el tiempo no nos hubiera apremiado y la amenaza de la escuadra portuguesa no se cerniese sobre nosotros. Ya habían sido varias las ocasiones en que los vigías habían advertido, muy a lo lejos, la presencia de algún barco.

Así pues, tras cargar tanto como pudimos la *Victoria* con víveres, agua dulce y alguna que otra bebida similar al vino, Del Cano decidió que era el momento adecuado para emprender el verdadero retorno a casa.

El 11 de febrero, tras una misa en cubierta, nos alejamos con cierta aprensión del perfil de aquellas islas de nombres mágicos y nos adentramos en las desconocidas aguas del mar de la India.

51

Dejé la azada a la puerta de nuestra casa y me limpié los pies de barro. Mi padre estaba dentro, cabizbajo, preparando algo en la lumbre.

—Hijo —dijo al tiempo que se volvía—, ¿ya terminaste en el huerto?

—Sí. Mis hermanos también están a punto de acabar. No tardarán mucho en venir.

Sonrió a duras penas.

—Está bien. Así podremos comer todos juntos.

A pesar del mal ambiente que existía entre mis hermanos mayores y yo, mi padre disfrutaba teniéndonos a todos a su lado. En definitiva, éramos lo único que le quedaba.

—Siento causaros dolor —dije acercándome a él—, pero tengo que hablaros... de María.

Dejó de remover la olla y hundió la cabeza entre los hombros. Tras unos instantes que se me hicieron eternos, se volvió muy despacio, como si no supiera por dónde empezar.

—Hijo, ¿por qué quieres reabrir heridas que ya están cerradas?

—Porque creo que no lo están. Me parece que están más sangrantes que nunca.

Años atrás, mi padre me habría hecho callar de un bofetón. Ahora tomó la banqueta y se sentó.

—Explícate —dijo.

—Hace unas semanas, cuando regresaba a casa por la tarde,

Guzmán, el sobrino de don Lope, me asaltó en el camino de Lerones. Me preguntó por el viaje que hice cuando madre estaba a punto de morir.

—Viaje del que aún no me has hablado.

Era cierto. Mi madre no le dijo adónde me había pedido que fuera y, tras su muerte, él nunca me lo preguntó, como si eso fuera lo último que le importara.

—Tenéis razón, padre. Es justo que comience las cosas por el principio.

Y empecé, aun a sabiendas de que, una vez más, rompía una promesa dada.

—Madre no quería irse de este mundo sin saber si María estaba bien, si su hijo había nacido sano y si la vida le sonreía a pesar de todo. Así pues, cogí el camino de Castilla y me allegué a Herrera. Ya sabéis que soy ligero de pies, de modo que no me costó demasiado esfuerzo.

—Lo sé, lo sé... En eso te pareces a mí cuando era joven. Pero continúa.

—María estaba allí, en casa de los tíos, con su hijo; Ricardo, sin embargo, ya no vivía con ellos.

—¡Maldito! —masculló—. Cuando les vi salir del pueblo tuve el presentimiento de que un día la abandonaría.

—No fue exactamente así. Ricardo tuvo sus razones para hacer lo que hizo.

—¿Razones?

—Sí, yo vi a mi sobrino.

Mi padre me miró sin pestañear, como temiendo oír algo que en el fondo no deseaba escuchar.

—Continúa.

—El niño es moreno, de ojos negros y nariz afilada. Es el vivo retrato de... Guzmán.

Mi padre cerró los ojos y apretó los puños. La vena de la frente se le hinchó desmesuradamente.

—¡Guzmán! —dijo entre dientes—. ¡Maldito miserable! ¡El hijo era suyo!

—Sí, padre, así es. María no sólo estuvo con Ricardo, también estuvo con Guzmán. Ella me lo contó. Cuando descubrió que estaba embarazada pensó que lo mejor era confiar en que el niño fuera de Ricardo. Para ella, salir del pueblo fue la manera de huir de la vergüenza que había traído a la familia y de evitarnos males mayores con Guzmán y con don Lope. —Callé todo lo demás que me había contado mi hermana; habría enfurecido a mi padre.

Las lágrimas asomaron a su rostro, sin que yo pudiera saber si eran de ira o de desesperación. Con un nudo en la garganta proseguí.

—Como os acabo de explicar, Guzmán me asaltó de regreso a casa. Se había enterado de mi viaje, y me dijo que había cosas del pasado que era mejor no remover, que lo dejase todo tal cual, y que si por casualidad revolvía algo, todos nosotros lo pagaríamos. He estado pensando mucho si contaros esto, padre, pero no me parecía justo que no conocieseis la verdad.

—Has hecho bien, hijo. Es mejor saber la verdad, aunque sea dolorosa.

—Creo que Guzmán teme que todo pueda salir a la luz; tal vez imagine que el niño es suyo. No lo dejaría en buen lugar, ni tampoco a don Lope, que ansía casarlo bien y hacerse con el concejo. Aun así no lo entiendo. ¿Qué puede importarles hoy ese niño y lo que sucedió, siendo como son los más poderosos del pueblo? ¿A qué estas amenazas?

Mi padre levantó la vista con una intuición en su mirada.

—Don Lope no sabe ni sospecha nada de esto. De eso estoy seguro.

—Eso pensaba, pero tal vez esté equivocado.

—No te confundas hijo. Su corazón es muy oscuro y su ambición mucha, pero por encima de todo está su honra. Aun cuando actúa con la mayor de las maldades, trata siempre de salvaguardar su buen nombre, y sé que antes preferiría morir que ver manchada su reputación. ¿No recuerdas el incidente en la iglesia con la compra de la tierra? De todo aquello no le molestó perder la puja, sino quedar como un miserable ante todos.

Mi padre tomó aire antes de continuar, tratando de infundirse unas fuerzas que ya no le acompañaban.

—Recuerdo cuando me enteré del embarazo de María. Yo acababa de quedar como un estúpido delante de don Lope, aventurando la posibilidad de que María y Guzmán pudieran casarse. Cuando ella confesó, don Lope me dijo: «Si hubiera sido mi sobrino, yo habría sido el primero en darle una paliza y obligarle a casarse. Lo digo aquí, delante de todos los vecinos y por mi honra». Aún tengo grabadas esas palabras en mi cabeza y, a pesar de todo lo que ha ocurrido, estoy convencido de que eran sinceras. Don Lope ha estado todo este tiempo tan engañado como nosotros. Si por casualidad María regresase al pueblo con su hijo y fuese tan parecido a Guzmán como dices, creo que don Lope asumiría su responsabilidad y aceptaría al niño como miembro de su familia.

—Padre, siempre podría negarlo; hay muchos niños morenos y de ojos oscuros en el pueblo.

—Cierto es, pero algunas cosas son tan evidentes que negarlas no hace más que mostrarlas más ciertas. Créeme en lo que digo: puede que Guzmán negase, pero don Lope no lo haría.

—¿Y qué vamos a hacer ahora? Guzmán me ha amenazado, nos ha amenazado a todos, seguro que intriga desde hace años en nuestra contra, y nuestra situación no es fuerte que digamos para enfrentarnos a él; de hecho, estamos divididos entre nosotros mismos: Pedro siempre está enfadado conmigo y Joaquín ya apenas me habla.

Mi padre se acercó a mí y me pasó la mano por los cabellos. Hacía mucho que no me demostraba su cariño con aquel gesto; yo ya no era un niño.

—La situación no es fácil, pero ya nos llegará el momento de actuar. Por ahora es mejor permanecer a la expectativa.

—¿Y si cuando queramos reaccionar ya no nos queda nada, hemos tenido que abandonar el pueblo… o hemos muerto de hambre? Si destapásemos la farsa ahora, quizá las cosas se arreglasen: María podría volver y don Lope no continuaría con sus intenciones de hundirnos.

—Hazme caso, hijo —dijo mientras me agarraba del brazo—. Es mejor esperar. Tus hermanos y yo nos podemos ocupar de esto más adelante. Por de pronto no quiero hacer nada que pueda perjudicarte. Sé que tu madre te dijo antes de morir que debías salir del pueblo y estudiar, y creo que tenía razón. Éste no es tu sitio; estás llamado a hacer otras cosas.

—Pero mi vida siempre ha estado aquí. ¿Cómo podría abandonar todo esto?

Mi padre se dio media vuelta y miró hacia la lumbre, aunque parecía tener la vista fija mucho más lejos, en un lugar al que me daba miedo asomarme.

—Te irás, hijo, y cuando lo hagas no mirarás atrás. Verás ante ti un camino y lo seguirás. Ese día nada ha de importarte.

Con aquellas palabras resonando en mi cabeza oí los pasos de mis hermanos acercándose a la casa. Venían riendo, no sé por qué. Cuando atravesaron la puerta y me vieron, cesaron sus risas. Sólo Nicolás me sonrió, como de costumbre.

Después de comer acudí presto a casa de Sancho y continué con la lectura de la obra de Enrique de Villena *Los doce trabajos de Hércules*. Era un libro bellísimo, editado en Zamora en 1483 por Antón de Centenera y con magníficos grabados. Me gustaba especialmente la escena en que el can Cerbero, el monstruo de tres cabezas, era sacado del infierno y atado. ¡Cómo gozaba con aquella lectura y aquellas imágenes! Para mí aquél era un placer indescriptible. En otras ocasiones Sancho me acompañaba, pero hacía días que estaba algo taciturno. Mientras yo leía o estudiaba, muchas veces le veía por el rabillo del ojo mirando por la ventana, siguiendo el vuelo de una mosca o con la vista fija en las viguetas del techo. Tenía ganas de preguntarle el motivo de su estado, pero no me atrevía. Suponía que si lo hacía me contestaría de nuevo con lo de que mi destino era marchar del pueblo y buscar mi camino. Aquellas palabras me cansaban de tanto oírlas: mi madre, mi padre, Sancho. ¿Por qué todos tenían que decirme lo mismo? Comenzaba a pensar que lo que de veras deseaban era verme lejos. A fin de cuentas, a mi alrededor no había más que problemas. Ni Lucía me quería a su lado.

—Sancho —pregunté por fin—, ¿de qué sirve estudiar la historia? Vos me decís que es importante conocer nuestro pasado, las cosas que ocurrieron hace muchos siglos, pero yo veo que la gente puede ser igual de feliz viviendo en la ignorancia.

—Probablemente más, pero también los tontos y los locos son felices tal cual son, y eso no los hace mejores.

—¿Y dónde está el límite del conocimiento?

—Creo que no te comprendo.

—Sí, el límite —insistí—. ¿Hasta dónde es necesario conocer? Porque es indudable que una persona sola no será capaz nunca de saber todas las cosas posibles.

—¡Evidentemente! Pero eso no implica que haya que poner coto a nuestras ansias naturales de conocer. —Se acomodó en la silla—. ¿Te imaginas que tu padre dijese: «¿Cuántas berzas debemos recoger este año?». Sería absurdo, pues tu padre recogerá tantas como pueda, teniendo como único límite la fertilidad y la extensión de las tierras que posea. Pues lo mismo sucede con tu inteligencia. Nunca has de ponerle frenos ni cortapisas; debes aprender hasta donde te sea posible, sin pensar nunca que has llegado ya al final del camino. Siempre hemos de buscar nuevas fuentes de conocimiento. Eso es lo que nos mantiene vivos. Ya lo dice el libro de los Proverbios: «Adquiere la sabiduría; a precio de cuanto posees, adquiere la inteligencia, tenla en gran estima y ella te exaltará; ella será tu honor, si la abrazas».

—Pero ese ansia por conocer ¿no puede llegar a frustrarnos? A fin de cuentas, todas las cosas se emprenden porque intuimos que en un momento tendrán un fin, una recompensa. Siguiendo vuestro ejemplo, nadie planta berzas por el gusto de plantarlas, sino por el placer de comerlas.

—Así es, pero no me negarás que hay veces que disfrutamos más tratando de lograr algo que consiguiéndolo. El arte de la amatoria dice que la faceta de conquistador produce más placer que la de amante. Y lo mismo puede afirmarse del ejercicio del cuerpo: cuando sales a pasear, el disfrute no lo obtienes por desplazarte de un lado a otro, sino por gozar del aire libre y de un bello paisaje. Créeme, por tanto, cuando te digo que encontrarás en tu vida más placer aprendiendo que creyendo que ya sabes todo lo necesario.

—Supongo que será así, Sancho —admití—, pero también pienso en lo placentero que es sentarse en el borde de un riachuelo después de una larga caminata, y en la agradable sensación que se tiene en las piernas cuando alcanzamos lo alto de una montaña después de haber subido una gran cuesta. Realizar las cosas es algo grande, pero terminarlas no está mal tampoco. A veces siento deseos de lograr ya ese objetivo que todos me decís que tengo al alcance de la mano. De tanto esperarlo, creo que ya nunca lo veré llegar.

—Sí lo harás, muchacho. Puede que sea en breve o quizá dentro de mucho tiempo, pero lo verás.

Con esas palabras Sancho dio por acabada la conversación y volvió a mirar por la ventana, a un lugar que, intuyo, estaba muy, muy lejano.

Acabé de leer otro de los capítulos del libro de Villena y me despedí hasta el día siguiente. Cuando salí de la casa, me quedé pensando un instante. En vez del camino a mi aldea, tomé el sendero a Lerones. Quizá Lucía paseaba con su madre y podría verla, siquiera en la distancia.

Llegué a las inmediaciones del pueblo y me oculté detrás de un fresno a la vera del camino. Esperé largo rato, mientras la tarde caía y las sombras se alargaban, pero no pude verla. Estaba ya a punto de irme cuando oí unos pasos que se dirigían directamente hacia mí.

—Muchacho —me llamó un hombre fuerte y con voz profunda—, no te escondas, sé que estás ahí.

Despacio, salí de detrás del árbol.

—Eres el hijo de Manuel, ¿verdad? —me preguntó.

—Sí, señor —respondí y, en ese momento, caí: era el padre de Lucía.

—No quiero verte más por aquí, ni cerca de mi hija, ¿entendido?

Tragué saliva.

—Sí, señor —repetí—. Yo sólo…

—¡Calla! Vuelve a tu casa y quítate a Lucía de la cabeza...
para siempre.

Sin pronunciar ni una palabra más arranqué a andar a buen
paso en dirección a mi casa, cabizbajo y triste. Traté de infundir-
me ánimos, pero las cosas estaban empezando a resultarme demasiado difíciles.

52

A diferencia de la errática y tempestuosa travesía por el mar Océano y de la suave pero lenta por el Pacífico, el mar de la India nos presentó la cara más amable de la navegación. Hinchadas las velas por el viento constante de levante, nuestra nave devoraba leguas como atacada de pronto por un hambre insaciable. La proa de la *Victoria* cortaba las aguas y dejaba a su paso una estela de espuma.

A pesar del cansancio acumulado, el ánimo de todos había mejorado gracias al rápido avance y participábamos de buena gana en las tareas de a bordo, hasta los indígenas que nos acompañaban de vuelta a España. Sólo había un desencuentro grave: el que mantenían el capitán Juan Sebastián del Cano y el cronista Antonio Pigafetta. Aferrados a sus posiciones extremas, ninguno estaba dispuesto a dar su brazo a torcer para suavizar la situación. Del Cano ocultaba a Pigafetta nuestra derrota; por su parte, el italiano se negaba a citar al guipuzcoano en su diario, como represalia por la, a su entender, imperdonable traición a Magallanes, y se había ocupado de que eso llegara a sus oídos. Por este estúpido e irresoluble enfrentamiento, hube de desempeñar un papel que nunca pensé que me fuera a corresponder.

—Grumete, ¡el capitán quiere verte!

El grito de Francisco de Albo me sorprendió. Que yo supiera, en los últimos días no había cometido ninguna falta por la que tuviera que ser amonestado, y menos por Del Cano, que no estaba para pequeñeces.

—¿El capitán? —pregunté intrigado.

—Eso he dicho. El capitán Del Cano te espera.

Me dirigí con paso vacilante a su camarote, en el castillo de popa. Toqué a la puerta con suavidad, quizá esperando que no me oyese.

—Adelante —escuché.

Abrí y entré en la reducida pieza. Del Cano estaba sentado a la gastada mesa de roble, sobre la cual se extendían varias cartas e instrumentos de navegación. Me erguí y esperé en silencio.

—¿Qué clase de persona eres?

Me quedé de piedra ante la pregunta. ¿Qué demonios querría decir con aquello? Al ver que no respondía, levantó la cabeza y me miró.

—Me sorprende que un hombre que se expresa tan bien por escrito sea tan parco en palabras. —Esbozó una media sonrisa y continuó—: Te preguntas cómo lo he averiguado, ¿verdad? No sé de qué te extrañas, llevas dos años y medio navegando. En un barco lo difícil es guardar la intimidad. Nada de lo que ocurre me es ajeno.

—Sí, señor —respondí.

—En fin, te he mandado venir porque hace tiempo que me fijé en que observas todo lo que pasa y tomas nota. Siempre encuentras el momento para escribir y, por esto que me han traído hace un rato —aclaró levantando el cuaderno de mi historia—, no sólo lo haces sobre los lugares y las gentes que hemos conocido, como yo creía hasta ahora. —Lo dejó sobre la mesa—. No me ha dado tiempo a leerlo entero, de modo que me lo quedaré y te lo devolveré más tarde; espero que no te importe. Me gusta lo que llevo leído hasta ahora. —Volvió a mirarme con sus ojillos perspicaces—. Apostaría a que son tus propias peripecias.

No deseaba confesar mi secreto, pero el capitán era lo suficientemente inteligente para darme cuenta de que con una mentira no iba a engañarle.

—Así es, señor, aunque con matices. No todo lo que está ahí me ha sucedido, ni todo lo que me ha sucedido está narrado.

—Por supuesto, eso lo entiendo. Aun así, es una historia muy real y muy sincera.

No lograba entender por qué estaba allí y esperé en silencio.

—Como comprenderás, no te he hecho llamar por esta narración que escribes. No, lo que quiero de ti es otra cosa. Como bien sabrás, puesto que a bordo no hay secretos, el veneciano no me perdona que me rebelase contra su adorado Magallanes, y no voy a perder el tiempo explicándole cómo veíamos nosotros su autoritarismo.

Con más razón ahora, permanecí callado. No deseaba tomar partido entre Del Cano y Pigafetta.

—Ahora se niega a hacer la crónica del viaje —continuó—, y aquí es donde entras tú. Quiero aprovechar tus dotes para escribir y que lleves un diario paralelo donde lo recojas todo. Si algún día regresamos a España, me gustaría ocupar el lugar que me corresponde en esta historia, no el que Pigafetta quiera atribuirme.

—Pero, señor, el piloto Francisco Albo lleva el apunte diario de nuestra derrota. ¿Qué podría añadir yo? Sólo observo a las personas, no entiendo de navegación como vos.

—Yo no quiero el diario oficial con los pormenores de la navegación. Eso ya me lo da Albo, que es un piloto excelente. A mí me interesan las personas, el relato de lo que sucedió y sucederá. No cuento con nadie más que pueda hacerlo. Los escribanos Heredia y Espeleta murieron en Zubú.

—Martín Méndez también es escribano.

—Y estuvo del lado de Magallanes, como Pigafetta... Quiero nuestra crónica; tú estuviste con nosotros en San Julián, también te sublevaste.

—Así es, señor, pero el capitán general nos perdonó.

—En efecto, lo hizo. Quizá movido por la necesidad, pero lo hizo, y no puedo sino agradecerlo. Pero aun así, cuando regresemos a Castilla es probable que nos pidan explicaciones, y no voy a dejar nada a la improvisación. Cuantos más testimonios haya a mi favor, mejor podré defenderme. Soy el capitán y te lo pido. También podría ordenártelo.

No sabía si la amenaza iba en serio o no, pero tampoco tenía muchas ganas de comprobarlo.

—Está bien, señor, haré como vos dispongáis.

—Muy bien, empezarás por poner en orden y redactar tus notas. Ah, y cuando te sobre tiempo, continúa con tu historia. Quiero seguir leyéndola. Puedes retirarte.

Di media vuelta y salí del camarote. ¿Yo, cronista del viaje? Aquello, sin duda, me iba a enemistar con Pigafetta, a quien no le haría ninguna gracia. Caminé por la cubierta hasta llegar junto a Nicolás, Esteban y Bocacio.

—¿Qué ha ocurrido, hermano? ¿Te ha impuesto el capitán algún castigo?

—En realidad, no lo sé.

El mes de febrero pasó como una exhalación navegando en dirección al cabo de Buena Esperanza, el extremo de África que durante décadas supuso el mayor quebradero de cabeza para las expediciones portuguesas que trataban de alcanzar la India. Con todo, hacía ya tiempo que se había doblado con éxito, y tomaban esas rutas sin mayores dificultades. Tras haber superado el estrecho de Todos los Santos, cualquier dificultad nos parecía pequeña, pero sabíamos que rodear el cabo evitando las naves de Portugal sería muy complicado. De hecho, Del Cano seguía un rumbo más al sur que el que aquéllas utilizaban habitualmente para no encontrarnos con sorpresas indeseadas, aun cuando alargase algo nuestro derrotero.

A mediados de marzo apareció ante nosotros una isla de pequeño tamaño con una gran montaña en su centro. Era en su mayor parte rocosa y sólo contaba con una vegetación extremadamente pobre en algunas laderas. Asumiendo mi nueva labor de cronista, pregunté al capitán por el nombre que daríamos a aquella isla recién descubierta. Del Cano me contestó:

—Decídelo tú mismo.

En vez del santo del día, como siempre había visto hacer, le puse el nombre de mi madre. Luego lo taché; ella no merecía ser recordada por un lugar tan inhóspito.

Según los cálculos y las observaciones tomados por Francisco Albo, la isla recién descubierta estaba a la misma latitud que el cabo de Buena Esperanza, motivo por el cual cambiamos el rumbo sudoeste por el de poniente. Si todo seguía de forma tan satisfactoria como hasta el momento, pronto estaríamos en condiciones de alcanzar el mar Océano y emprender el último tramo de nuestro regreso a casa.

Ni las fuerzas ni las ilusiones nos faltaban, pues la alimentación, aun no siendo muy variada, no era del todo mala. La bodega de la nave había sido bien aprovisionada de carne en Timor, al igual que de agua y arroz. Con ello, y con la inestimable ayuda del vino de coco, conseguíamos mantener alejado el fantasma de la hambruna y las enfermedades que nos habían amargado en el Pacífico.

Siempre adelante, siempre.

Del Cano, a pesar de su aspereza, había conseguido unirnos a todos... a casi todos en la parte final de nuestra aventura. La bodega estaba a rebosar de clavo de olor, y en la *Victoria* suspirábamos con alcanzar el puerto de Sevilla y ser recibidos como héroes. ¿Sería así? Hacía más de dos años y medio que habíamos partido de Sanlúcar de Barrameda, y lo más probable era que muchos creyesen que habíamos muerto. En realidad, lo milagroso era que no hubiésemos perecido en cualquiera de las múltiples ocasiones que habíamos tenido para ello.

—Por primera vez veo cerca el final, hermano —me dijo Nicolás una tarde.

—Yo también, pero después de tantos sinsabores es mejor no confiarse...

—¿Y qué nos queda si nos falta la confianza? ¿Te parece poco milagroso que hayamos dado la vuelta al mundo en esta miserable cáscara de nuez? Yo ya soy capaz de creer en cualquier cosa, incluso en que lleguemos a España sanos y salvos.

Sonreí. Me gustaba su carácter optimista y su negativa a preocuparse por aquello en lo que no podía intervenir. ¿Para qué pensar en los vientos, las tormentas o el giro de las estrellas si no había nada que pudiéramos hacer para detenerlos? Valía más, como Nicolás decía, mirar siempre hacia delante, aun cuando ante nosotros no hubiera más que un precipicio. Aunque lo cierto es que gracias a los vientos constantes que nos acompañaban desde nuestra salida de Timor, el mar de la India nos parecía una laguna. Nada se oponía a nuestro avance y a nuestro destino final.

Nada, salvo la fatalidad.

Primero fue un ligero hedor, luego se convirtió en un tufo notable y, por fin, se transformó en una pestilencia insufrible: los víveres de la bodega se estaban pudriendo. El calor de las aguas tropicales había terminado por corromper las muchas libras de carne y de pescado que llevábamos. Los habitantes de Timor no tenían necesidad de conservar los alimentos y carecían de sal en grandes cantidades. Durante nuestra recalada en la isla habíamos hecho acopio de toda la que pudimos encontrar, y el cocinero la consideró suficiente. Se equivocó. Habíamos notado poco antes que la carne tomaba un sabor algo extraño, pero no nos preocupamos en exceso. A fin de cuentas habíamos comido cosas tan raras en aquel viaje alrededor del mundo que teníamos el paladar prácticamente insensibilizado. Pero el sol abrasador y la altísima humedad de las últimas jornadas habían acelerado el proceso de descomposición. Sólo había una solución: tirar la carne mala por la borda.

Con la mejor de las voluntades varios marineros se encargaron de subir las piezas de cordero, cerdo, vaca y gallina a la cubierta y separar aquellas partes aún comestibles de las que estaban completamente podridas. Todo el barco hedía, y resultaba casi imposible distinguir por el olfato lo sano de lo corrompido, de modo que hubo de hacerse a ojo.

Del Cano observaba la escena desde el castillo de popa, superado por aquella nueva fatalidad. ¿Cómo podríamos continuar sin víveres? Haciendo acopio de toda su presencia de ánimo, se acercó al lugar en el que se llevaba a cabo el despiece y ordenó que las piezas podridas fuesen lanzadas poco a poco al mar para ver si éramos capaces de atraer algún banco de peces.

Siguiendo sus instrucciones, la carne en mal estado se troceó y arrojó en pequeñas tandas mientras algunos de nosotros echábamos las redes con la esperanza de atrapar un banco de doradas o de bonitos. Para nuestro desconsuelo, sólo acudieron algunos ejemplares aislados a los que costó dar captura. Después de dos días de tirar carne al mar, sobre la cubierta de la *Victoria* no había pescado más que para tres o cuatro días. De pronto, todo el ánimo que nos habían acompañado desde nuestra salida se vino abajo. Apenas teníamos provisiones y ni siquiera podíamos acercarnos a la costa africana para avituallarnos por miedo a ser apresados por los portugueses.

—¿Es éste el fin? —me preguntó Nicolás.

—¿Cómo saberlo, hermano? Nos encontramos ya cerca del cabo, quizá con algo de fortuna...

—¡Maldita sea! —exclamó Bocacio—. ¿Cómo es posible que se haya podrido toda la carne? Si el capitán y el contador hubiesen sido más previsores no estaríamos en esta situación.

—Ahora has dado en el clavo, marinero.

Que Pigafetta se metiera en nuestra conversación me extrañó.

—Creo —continuó— que por fin se demuestra lo que tantas veces dije: Del Cano no es digno para esta empresa. Magallanes fue capaz de llevarnos durante tres meses de navegación desde las Indias hasta la Especiería; éste no ha sido capaz de superar el mes.

—Magallanes consiguió que muchos de nuestros compañeros murieran de hambre —gruñó Nicolás, como azotado por una rabia interior—. Con Del Cano aún no ha muerto nadie. ¡Así que cerrad la boca y regresad a vuestros papeles!

Pigafetta se sorprendió con la reacción de mi hermano, probablemente porque esperaba de nosotros más comprensión que rechazo.

—Está bien —dijo por fin—, regresaré a mis papeles, como dices, chico. Es necesario que alguien se encargue de contar la verdad para el futuro.

El comentario me dolió a pesar de que lo esperaba. El lazo que nos había unido durante buena parte de la expedición se estaba deshaciendo, no sabía si definitivamente o no. De todos modos, había problemas que me preocupaban bastante más.

Tras hacer que se guardara de la mejor manera posible la poca carne que aún podía consumirse y la escasa pesca que habíamos obtenido, Del Cano nos convocó a todos en cubierta y nos comunicó su intención de continuar con la empresa a toda costa. Según sus cálculos, el cabo de Buena Esperanza estaba próximo y, cuando lo superásemos, encontraríamos de algún modo la forma de abastecernos de agua y víveres. Con la ayuda de Dios y la Virgen, dijo, nada nos faltaría hasta llegar a casa.

Aquellas palabras, a pesar de la emoción con que las pronunció, fueron acogidas con frialdad. Todos queríamos regresar a España, pero el fantasma del hambre nos atemorizaba por encima de cualquier otra cosa. No estaba tan lejos la horrenda travesía por el mar Pacífico y la imagen de los cuerpos de nuestros compañeros hundiéndose en las aguas.

A partir de aquella semana fatídica en que la carne se pudrió, en nuestro cuenco para comer sólo había un ingrediente: arroz. De cuando en cuando se alegraba con mollas de pescado, si algún pez picaba, pero eran las menos de las veces. Dos únicas cosas nos consolaban: aún teníamos agua y, según los cálculos del capitán y los pilotos, el cabo debía de estar ya muy cerca.

Además, la suerte se había aliado con nosotros y los vientos nos eran favorables. Tras doblar el cabo podríamos realizar una rápida incursión en algún punto deshabitado de la costa para hacer aguada y proveernos de víveres. Lo único que no podíamos permitirnos era perder tiempo.

A mediados de abril de 1522, Del Cano se reunió con los pilotos Francisco de Albo, Miguel de Rodas y Juan de Acurio, y decidieron entre los cuatro la mejor forma de aproximarse al cabo de Buena Esperanza sin riesgo de ser apresados, o avistados siquiera, por los portugueses. Acabada la reunión, el capitán y los pilotos salieron a la cubierta y otearon de nuevo el horizonte. ¿Cuánto quedaría para ver el perfil del continente?

En esto, el vigía dio un aviso desde lo alto del palo mayor:

—¡Tormenta!

A lo lejos se divisaban relámpagos y unos oscuros nubarrones que venían en nuestra dirección. El viento del este, que nos había acompañado desde nuestra salida de Timor, cesó de repente y todo se sumió en una calma expectante.

—Esto nos retrasará —dijo Esteban torciendo la boca.

—No temas, marinero —contestó Francisco Albo, que se hallaba a nuestro lado—. En una semana, o a lo sumo en dos si las cosas vienen mal dadas, estaremos al otro lado del cabo.

53

Continuar mis estudios en casa de Sancho, soportar en la mía la animadversión de Pedro y Joaquín, guardar en mi corazón mi rabia hacia Guzmán y encontrar una salida a mi relación con Lucía eran tantos problemas juntos, que sentía ganas de no hacer nada y esperar a que las cosas se resolvieran por sí mismas. Pero si algo me ha enseñado la vida es que las cosas nunca se arreglan solas.

Todos aquellos asuntos me tenían sumido en un nerviosismo continuo, pero había uno que me revolvía las tripas especialmente: no poder revelar la verdad sobre Guzmán y su hijo secreto con María. ¿Por qué mi padre se empeñaba en ocultarlo? Él decía que no quería hacer nada que me pudiera perjudicar, pero en aquellos momentos habría dado lo que fuera por poder levantar mi voz y haber gritado a todo el mundo la verdad. Soñaba con ver a Guzmán rojo de ira y a su tío humillado, herido en su honra, quedando como un canalla ante todos los vecinos. Es probable que mi padre tuviera razón cuando decía que don Lope reconocería al niño si lo tuviera enfrente. Pero ¿cómo saberlo si no le colocábamos en aquella tesitura?

Por de pronto, sus planes seguían adelante. Aunque Guzmán hacía tiempo que estaba en edad de casarse, su tío seguía esperando el momento propicio para hacerlo, que no era otro que la llegada a la pubertad de Catalina, la hija de don Diego, un hidalgo emparentado con la casa De la Vega, la familia más poderosa de la comarca. Don Lope había porfiado sin descanso para que tal matrimonio se concretase cuanto antes, pero el padre de la muchacha se había negado en repetidas ocasiones a comprometerla hasta que fuera una mujer. Hay quien decía que era por protegerla, pero en realidad todos pensábamos que era más bien por asegurarse de que Guzmán obtenía en nuestro concejo la posición que él deseaba para su hija. Porque, a pesar de todos sus intentos y de las múltiples fatalidades ocurridas en los últimos años, los vecinos habíamos conseguido sobrevivir en mejor o peor forma a la voracidad insaciable de don Lope y su sobrino. Pero ahora, con Catalina convertida en una mujercita, las prisas de don Lope y Guzmán aumentaron notablemente. Si don Diego no les consideraba como la familia adecuada para su hija, era probable que decidiese su casamiento con algún otro hidalgo más pudiente, echando por tierra, así, los planes de grandeza de don Lope para su sobrino.

La primera en caer fue Miguela, una viuda con dos hijos ya mozalbetes. Su marido hacía unos años que había muerto devorado por los cerdos cuando resbaló por descuido y fue a parar a la pocilga. Si bien el concejo había dispuesto unas ayudas para Miguela, con ellas, en todo caso, no pudo más que sufragar las muchas deudas que su esposo tenía contraídas. Pero enseguida apareció don Lope con su caridad de doble filo. Les hizo el mismo ofrecimiento que a nosotros: a cambio de la compra de sus tierras, les permitía su ocupación por el pago de un canon y les aseguraba la alimentación en los períodos de escasez. A la vista del dinero inmediato y ante la posibilidad de seguir comiendo y no acabar en la más absoluta pobreza, la viuda aceptó y vendió a don Lope todas sus tierras.

Después de Miguela llegaron otros. Como el lobo que otea desde el páramo esperando descubrir un cabrito herido o un carnero separado del rebaño, así don Lope acechaba nuestras miserias para caer sobre su víctima en el momento más oportuno. Marcos, Gonzalo, Vicente... Poco a poco extendía su poderosa mano haciéndose con las tierras más valiosas o las mejor situadas. Porque en el intrincado mosaico de tierras de labor, huertos y prados que componían el paisaje de nuestro concejo y los adyacentes, una parcela podía llegar a ser más valiosa por su localización que por su fertilidad. Así era la nuestra de la Joya. Situada en un rellano entre varias colinas, recibía agua en abundancia al tiempo que su orientación al mediodía la hacía especialmente fértil. Pero había algo que la hacía aún más apetecible: el obligado paso a través de ella para llegar a las tierras de los demás vecinos.

Tradicionalmente, y la tradición era algo muy importante en nuestra comarca, los caminos que discurrían por una determinada propiedad eran servidumbre de aquellos otros vecinos que necesitasen pasar por ellos para entrar o salir de sus parcelas. Así había sido siempre y nunca había existido problema por ello. El paso de personas, animales o carros estropeaba la cosecha, desde luego; sin embargo, con buen criterio existía el acuerdo entre los vecinos de no transitar por aquellas propiedades hasta que se hubiese llevado a cabo la recolección. Pero para don Lope la tradición y las costumbres no suponían más que un lastre para sus pretensiones. ¿Por qué respetar una norma si su incumplimiento le facilitaba sus planes de dominio sobre el concejo? Ya lo había hecho cerrando las tierras durante la derrota de mieses.

Tras arruinar a Marcos Briz, un vecino del cercano concejo de Obargo, don Lope se hizo con sus parcelas, entre ellas las Laborias, una que, al igual que la nuestra de la Joya, era tránsito obligado para llegar a otras muchas. Pasando por alto las costumbres y haciendo oídos sordos a las protestas de los vecinos, don Lope decidió cercar las Laborias con una empalizada y, para mejor asegurarse de que nadie atravesaba el camino, apostó allí a uno de sus nuevos «siervos»: uno de los hijos de Miguela. El cierre del paso fue recibido con indignación por todos los vecinos. En concejo abierto fue debatido el asunto, pero ¿qué importaba aquello? Don Lope ejercía uno de los cargos de regidor y Tomás, uno de sus paniaguados, otro. Con la oposición de los regidores, la protesta no podía prosperar salvo con una reclamación ante el corregidor de la comarca, el cual, por otra parte, pertenecía a la familia con la que Guzmán esperaba emparentar. Actuar en esa dirección no podía depararnos nada provechoso ni mucho menos una solución inmediata, pues de todos era conocida la dilación con que se resolvían los pleitos. Un proceso podía durar años, pero el trigo había que recogerlo cada verano. Por otro lado, quien más quien menos, todos tenían alguna deuda con don Lope, y enfrentarse abiertamente a él sólo podía inducirle a que apremiase el cobro de los pagos pendientes.

De aquel modo, nos llegó de nuevo una propuesta del ruin hidalgo.

—Padre —comenzó Pedro hablando despacio y con aplomo—, ayer don Lope volvió a hablarme. Ya os imaginaréis sobre qué.

Mi padre dejó la cuchara y le miró. Sabía que tarde o temprano don Lope volvería a la carga.

—¿Y bien? ¿Con qué nos viene esta vez?

—Dice que le gustaría comprar la Joya. Nos ofrece por ella un buen precio y además nos entrega la suya de Segares. Afirma que nadie nos dará más por ella.

—De eso estoy seguro —interrumpió mi padre—, ya habrá amenazado a todo el pueblo.

—Es posible —prosiguió Pedro algo más nervioso—, pero aun así es una buena oferta. A nosotros la parcela de Segares nos vendría muy bien y a él la Joya también. Dice que así la unirá a las que tiene allí para poder cercar al ganado y que no entre en las tierras de labor. Todos salimos ganando.

Aunque conocía muy bien el motivo por el que don Lope quería aquella parcela, pensé que, por el momento, sería mejor no inmiscuirme en la conversación. Mi padre tomó aire antes de responder.

—La oferta parece generosa, Pedro y, de hecho, la consideraría sincera si no viniera de quien viene. Sé muy bien lo que quiere. Cuando tenga nuestra parcela, la cerrará como cerró las Laborias, pero no para guardar el ganado, sino para impedirnos a los demás el paso. Después de eso a los vecinos del pueblo sólo nos quedarán dos opciones para traer la cosecha a las casas: dar un enorme rodeo por el monte o atravesar sus parcelas con las condiciones que él nos imponga. Y no me cabe duda de que será pagando por ello.

—Pero, padre, eso va en contra de la costumbre local; nunca nadie ha cobrado por atravesar las tierras.

—Claro que no, hijo, pero tampoco nadie se había negado hasta ahora a permitir el paso por las servidumbres ni a impedir la entrada a la derrota, y don Lope lo ha hecho. Las costumbres le importan muy poco. Sabe muy bien que si consigue esa parcela otros vecinos se verán obligados a vender las tierras más lejanas por no tener manera de recoger las cosechas. ¡Maldita suerte la nuestra de estar siempre en medio de su camino!

—¿Por qué decís eso?

—Hay muchas cosas que tú no sabes, que yo no sabía tampoco hasta hace poco tiempo. Cosas relacionadas con don Lope y con nuestra familia que ya creíamos en el olvido.

Sin poder resistir más, levanté la vista de la mesa y miré a mi padre tratando de escrutar su ánimo, sus sentimientos.

—No comprendo lo que decís —continuó mi hermano. Le temblaba la voz—. ¿Qué importan ahora las cosas del pasado? Lo importante es lo que sucede hoy, y lo que sucederá mañana y después de mañana. Debemos pensar en nuestro futuro, ya que vos no lo hacéis.

Mi padre se revolvió en su asiento.

—Pedro, no te consiento que hables así. ¿Qué has querido decir?

Mi hermano se levantó de la silla, airado.

—La oferta de don Lope no se reduce a las tierras —anunció elevando la voz—. Él tiene planes para mí y para Joaquín. Dice que si colaboramos con él nos arreglará algún matrimonio ventajoso. ¡Maldita sea, tenemos edad de casarnos y aún no estamos ni comprometidos! ¿Quién querría unirse a nosotros? ¡No es sólo que seamos pobres, es que encima nos ponemos a la cabeza de los que se oponen al más rico del concejo!

Mi padre dio un puñetazo sobre la mesa y se levantó también, poniéndose a la altura de Pedro. A pesar de que ya era casi un anciano, lo aventajaba en corpulencia.

—¡Ya os he dicho mil veces que el momento de casaros llegaría a su tiempo, y no creo que sea don Lope el que tenga que decidirlo! ¡Ya he perdido dos hijas por su culpa y no quiero perderos a vosotros también!

—¡Por su culpa no, padre! Isabel era una iluminada y María una fresca. ¡Si no se hubiese acostado con el botarate de Ricardo, nada de aquello habría ocurrido!

El guantazo resonó en toda la casa. Asustado, con la cara ardiendo y tratando de ahogar las lágrimas que se escapaban de sus ojos, mi hermano dio media vuelta y abandonó la casa con un portazo. El silencio lo había invadido todo. Rompiéndolo, Joaquín se levantó y se marchó a su vez tras los pasos de Pedro. Con los ojos perdidos en el infinito, mi padre nos miró a Nicolás y a mí, y con voz lastimera dijo:

—Hijos, nuestra familia está rota. He tratado como he podido de mantenerla unida, pero sin vuestra madre me siento incapaz.

Sin fuerzas para sostenerse de pie, se sentó de nuevo en la silla.

—Quise creer, como dice el proverbio, que un pedazo de pan seco y la paz valen más que una casa llena de carne y la discordia, pero aquí ya sólo habitan la pobreza y la desunión. Hablad con vuestros hermanos y decidid lo que consideréis más apropiado. Lo que acordéis me estará bien.

Nicolás parecía asustado. Aunque fornido, no era más que un muchacho recién entrado en la pubertad. ¿Qué podía decidir él? Todo el peso de los acontecimientos futuros recaería en mí, como ya me esperaba.

—Así lo haremos —dije—. Vos no os preocupéis más por nada.

Aquél fue el último día que oí a mi padre levantar la voz.

Y mientras en casa las cosas se complicaban por momentos, en mi relación con Lucía no había visos de solución. Ante la negativa de su padre, ni siquiera podía verla de lejos, escondido, como un furtivo. ¡Si al menos pudiera ir a San Vicente y empezar allí una nueva vida, alejada del pasado, de las discordias, de la tierra! Allí me esperaba mi otra familia, la que formaban mi tío Pedro y mi tía Elvira. Todavía recordaba las palabras de mi tía al despedirme de ellos: «Vuelve pronto; te estaremos esperando». Y estaba también Alfonso Prellezo, quien me había ofrecido un puesto en su escribanía. Los comienzos no serían fáciles y tendría que estar unos buenos años de aprendiz, pero al menos era algo, pues suponía la puerta de entrada a un futuro más prometedor que el que se me presentaba en mi aldea. Todo me invitaba a irme, a sacar a Lucía de su casa y marchar juntos. Pero no era tan fácil. En el pueblo estaba mi familia, y Sancho y su biblioteca. Yo había prometido ser su guardián y no pensaba por nada del mundo faltar a esta promesa. Había empeñado mi palabra.

Cargar con tantas responsabilidades me agotaba, impidiéndome pensar con claridad. A pesar de ello, ponía todo mi esfuerzo en casa de Sancho, perfeccionando mi latín y leyendo alguno de los volúmenes que aún me quedaban por descubrir. Mi maestro estaba cada vez más cansado y, sobre todo, abstraído. El hombre despierto, de mente clara y pensamiento rápido se había convertido casi inadvertidamente en un anciano torpe que pasaba la mayor parte del tiempo observando las nubes.

—¿Hacia dónde miráis, maestro? —le pregunté en una ocasión.

—Estoy pensando en el que será mi nuevo hogar —me respondió.

Ya no miraba los libros, ni se sentaba conmigo a leer, ni discutíamos juntos acerca de interminables cuestiones filosóficas. La dialéctica y la retórica ya no le importaban lo más mínimo. Vivía sólo para su propio mundo interior, quizá más rico, pero también más impenetrable. Una de aquellas tardes, por fin, recuperó la mirada inquisitiva y despierta que yo tanto admiraba y me confesó su mal.

—Hijo, no estaré mucho más tiempo en este mundo. Me está llegando la hora.

—No habléis así, Sancho. No sois tan mayor; por estos pueblos hay mucha gente que os supera en edad.

Se volvió hacia mí.

—Estoy orinando sangre —me anunció al tiempo que me miraba fijamente con su ojo sano.

No supe qué decir. Aquello era, sin duda, síntoma de alguna enfermedad, pero quizá con algún remedio pudiera sanar. Las curanderas conocían muchas hierbas.

—¿Recuerdas aquel poema que leímos juntos? «Yo soy la muerte cierta a todas criaturas que son y serán en el mundo.» Pues bien, la muerte me acecha, y el momento en que habrás de hacerte cargo de la biblioteca se acerca. Has de estar preparado. Y debes saber con quién contarás para su salvaguarda. No me fallarás, ¿verdad?

—No, maestro. No lo haré.

La persona con la que contaría estaba elegida desde hacía tiempo. Tenía que encontrar, sin tardanza, la forma de hablar con Lucía.

54

Empapado hasta el alma descendí como pude de lo alto del palo mayor. Llevaba ya casi cuatro horas de vigía y tocaba el turno del relevo. El marinero Antonio Hernández, de Huelva, ascendía al tiempo que yo bajaba. No me hizo falta decirle nada: el viento en la proa y la lluvia azotaban nuestra nave obligándonos a mantener las velas arriadas. Gobernar el barco en aquellas condiciones era toda una proeza; tratar de avanzar, una osadía. La tormenta continuaba, y continuaría aún por bastante tiempo.

Llevábamos ya casi un mes así.

La sencilla travesía que todos pensábamos que iba a ser llegar al cabo de Buena Esperanza se estaba convirtiendo en una pesadilla difícilmente imaginable. Los vientos del oeste y del noroeste nos azotaban día y noche, y apenas conseguíamos avanzar unas leguas. Cuando secas, cuando cargadas de agua, las ráfagas eran endiabladas y resultaba casi imposible permanecer en la cubierta. ¿Cuánto duraría aquello? Del Cano, optimista, confiaba en que el viento en contra cesase pronto, con lo que en breve podríamos bordear el extremo sur de África. Algunos de los oficiales, menos confiados, estimaban que la tempestad aún podía durar varias semanas más. De hecho, el portugués Vasco Gómez aseguraba haber sufrido tormentas de meses enteros en aquel lugar. Sólo escucharle nos aterraba.

—Éste es el lugar más condenado y complicado de navegar del mundo —nos dijo a Esteban y a mí—, al menos de lo que yo conozco, que creo que es bastante. El viento lo azota continuamente, y resulta muy difícil saber la dirección que tomará en ningún momento. Lo mismo puede soplar benigno del levante, como hasta ahora habíamos disfrutado, que inclemente del oeste, cargado de agua, o incluso seco del continente. Es más enrevesado aún que la travesía por el estrecho de Todos los Santos, que recordaréis.

¿Cómo olvidarlo? Aquello había sido un verdadero calvario, pero esto se estaba encargando de hacerlo parecer bueno. ¡Un mes tratando de avistar el cabo y sin poder pasar al mar Océano! El ánimo y las fuerzas se nos acababan. Y no era lo único que escaseaba en el barco.

Las raciones de arroz eran cada vez más exiguas. La amenaza de la hambruna se hacía mayor, y empezaron las señales que ya conocíamos. Primero la delgadez, cómo no. Luego las ojeras y las llagas en la comisura de los labios. Más tarde la abundante caída del cabello. Seguidamente la flojedad y los calambres por todo el cuerpo.

Tras aquel mes de espera, volvíamos a tener el mismo aspecto fantasmagórico de los tres meses transcurridos en el mar Pacífico. Y a ello había que añadir otros dos problemas: el frío y una vía de agua en la bodega.

Para lo primero no había fácil solución, pues en las Molucas habíamos vendido toda nuestra ropa y nuestras mantas para comprar especias, por lo que ahora no teníamos para cubrirnos más que nuestras míseras camisas de marineros, rotas y ajadas tras casi tres años de navegación. Todos habíamos imaginado un rápido regreso a casa y, según los pilotos y el capitán Del Cano habían dicho, surcaríamos siempre aguas cálidas. Nadie había contado con la posibilidad de encontrar mal tiempo.

Por lo que respecta a la vía de agua, tratamos como pudimos de taponarla, pero era evidente que en cualquier momento podría volver a abrirse.

Primero lo comentaron entre algunos, luego la idea se propagó entre toda la tripulación: la posibilidad de desembarcar en la isla de Madagascar. Casi ningún castellano sabía de su existencia, pero sí algunos de los portugueses que iban a bordo y ya habían realizado el viaje a la India bordeando África. A Madagascar, cuya dimensión decían que era como la de España y Francia juntas, habían llegado barcos de Portugal algunos años antes y mantenían allí una factoría como estación intermedia en sus viajes a la India. No sin cierta resistencia por parte de los nativos, se habían hecho fuertes y disponían de una pequeña ciudadela bien aprovisionada de agua y víveres. ¡Agua y víveres! Sólo oír aquello se despertaba en nosotros un ansia terrible de dar media vuelta e ir allí. ¿Qué hacer si no? Las opciones estaban claras: bien resistir embarcados esperando un milagro, o bien entregarnos a los súbditos de don Manuel y confiar en su clemencia. Ni qué decir tiene que entre los portugueses de a bordo esta última era la alternativa mayoritaria. A los demás, las dudas nos corroían.

—¿Qué opinas de todo esto, hermano? —me preguntó Nicolás—. ¿Crees que sería mejor desembarcar en esa isla?

—No lo sé. Estamos tan cerca del final del viaje que resulta irritante el solo hecho de contemplar la idea de abandonar.

—¿Y qué otra posibilidad tenemos? —intervino Antonio Hernández—. ¿Morir de hambre en este cascarón? Con los víveres que quedan no vamos a poder llegar a España.

—Nadie ha hablado de hacerlo sin recalar —dijo Esteban—. Eso es imposible, ya oíste al capitán. Cuando pasemos el cabo, se hará una incursión. Hasta ahora nos ha resultado fácil comerciar con los pueblos que nos hemos encontrado.

—Hasta ahora teníamos algo con que comerciar —señalé—. Los regalos y las baratijas se nos acabaron en las Molucas. Supongo que habremos de recurrir a las artimañas.

—O a la fuerza —terció Bocacio—. Espadas y arcabuces no nos faltan aún.

—No quiero derramar más sangre. No volveré a España con más manchas en mi conciencia.

—Pues yo la tengo bien limpia. Siempre me he comparado con los animales. Mi preferido es el lobo. Vigila, espía, acecha y, en el momento más inesperado, ataca. Y no siente remordimientos por matar: es su naturaleza.

—Puede que tú te veas como un lobo —dijo Nicolás—, pero apuesto a que las mujeres siempre te consideraron un cerdo.

La intervención de Nicolás nos hizo reír a todos, Bocacio incluido. Cuando la conversación se volvía grosera se encontraba en su salsa.

—Algo cerdo siempre he sido, sí, pero es mejor eso a que te consideren un perro. Nunca he soportado a los hombres que baben tras las mujeres cuando quieren conquistarlas y luego pasan el resto de su vida amarrados con un collar.

—¡Mujeres! No habléis de mujeres, por Dios —exclamó Antonio—. ¡Comería arroz y agua hasta mi muerte por tener alguna a bordo!

Hablábamos y nos reíamos como si nada importara, pero en nuestro interior rezábamos. Pedíamos que se acabase, de una vez por todas, aquella angustiosa espera.

Pero pasó una semana más y la situación no varió en absoluto. El viento del oeste no cesó un solo instante e incluso arreció en algunas jornadas que resultaron totalmente insufribles. Ahora hasta los pilotos, que lo habían descartado en un primer momento, consideraban seriamente la idea de desembarcar en Madagascar. Del Cano debía dar su opinión.

Con voz firme, los llamó a su camarote. No hubo testigos, aparte de los interesados, de lo que allí ocurrió. Pero al cabo de dos horas el capitán y los oficiales salieron a la cubierta y anunciaron el resultado de la discusión: su voluntad era continuar a toda costa con el viaje, por encima de todos los contratiempos y a pesar de todas las calamidades que aún hubiéramos de sufrir.

—Marineros —dijo Del Cano—, no ignoráis las dificultades que estamos teniendo. Algunos de vosotros habéis expresado en alto vuestra idea de dirigirnos a Madagascar aun a sabiendas de que ello supondría ser apresados por los portugueses. Ya conocéis nuestra opinión, pero yo quiero que me comuniquéis la vuestra. ¿Estáis dispuestos a seguir a pesar del sufrimiento, por encima del dolor, el hambre y el cansancio? ¿Estáis dispuestos a no rendiros ante este mar que quiere doblegarnos y a cumplir con la palabra empeñada?

Todos se miraron. Había rostros aterrorizados; otros, tristes;

algunos más, desesperanzados. Pero de dentro de sus almas, surgió un grito de rabia y dolor que ni la tormenta pudo acallar.

—¡Seguiremos! —gritaron—. ¡Por nuestro honor, por nuestro rey, por Dios!

Uní mi voz a la de ellos, y me conjuré a seguir por encima de todo y a no faltar a mi palabra. Qué poco sabía yo y qué poco sabíamos todos de lo que aún nos esperaba.

Unos días después, Del Cano me llamó a su camarote. Yo había estado trabajando más de seis horas ininterrumpidas en la cubierta, y tenía las piernas agarrotadas y un tremendo dolor en los riñones.

—Grumete —me dijo—, ¿cómo va el diario?

—Como vos me encomendasteis, señor. Registrando fielmente los acontecimientos de cada día.

—Que son pocos, por desgracia...

—Así es, señor.

—No importa. Muchos o pocos, son los que nos ha tocado vivir. Supongo que en este momento Pigafetta estará ocupado en relatar al detalle nuestras desgracias. Lo más seguro es que me culpe a mí de todas ellas.

—No lo creo, señor. Últimamente le veo casi siempre centrado en el estudio de las plantas que recogimos en las Molucas y en las otras islas que visitamos. Aunque no puedo asegurarlo, ya que no hablamos tanto como antes.

—Entiendo. Le habrá molestado que te encargase esto, y en cierto modo no me extraña. Es demasiado orgulloso... y leal a Magallanes hasta después de su muerte.

Del Cano permaneció unos instantes en silencio, quizá meditando sus propias palabras.

—¿Llegaremos alguna vez al cabo, señor? —pregunté—. Los marineros empiezan a dudarlo. Creen que moriremos todos de hambre o de frío antes de conseguirlo.

Tal vez la pregunta le incomodase, pero Del Cano no era un hombre que se arredrase ante las cuestiones espinosas. De hecho, creo que se crecía ante las dificultades.

—No estamos teniendo fortuna, cierto es; aun así, un día lograremos pasar, aunque no me atrevo a decir cuándo.

—El cuándo es importante, señor —insistí—. Los hombres están extenuados, al límite del agotamiento, no se puede pedir más de ellos... Pronto empezaremos a sucumbir.

—Todo eso lo sé y no creas que no lo tengo en cuenta. Es mi deber y mi obligación, empero, mantenerme firme cuanto más difíciles sean las circunstancias. ¿Crees que no me resultaría más fácil dar la orden de desembarcar en Madagascar? Pero no es eso lo que nuestro rey ni nuestra patria esperan de nosotros. No podemos fallar ahora, tan cerca del final. Debemos ser fuertes, aunque hayamos de arriesgar nuestras vidas en el empeño.

—Así lo juramos, señor. Con todo, es evidente que la situación no puede sostenerse indefinidamente.

—No, no puede. Pero antes lograremos cruzar. Dios no nos dejará solos en estas horas amargas, tenlo por seguro. ¿Qué sentido tendría que nos hubiese acompañado todo este tiempo para abandonarnos tan cerca de casa?

—Yo no conozco las razones de Dios, señor, pero sí sus consecuencias. Cuando partimos de Sevilla éramos más de doscientos. Muchos se han quedado en la travesía para que nosotros estemos aquí.

—Es cierto, y algunos más habrán de quedarse aún. Sólo pido que sean los menos.

—Que así sea.

Del Cano me miró fijamente.

—¿Cómo va tu historia? Hace días que no me das nada a leer, y justo cuando más interesante estaba.

Así era. El muchacho había regresado de la villa a su pueblo natal y había encontrado a su madre moribunda. El último deseo de ella había sido que fuera a buscar a su querida hija mayor, expulsada de casa por su padre por haberse quedado embarazada. Pero la verdad descubierta había sido mucho más trágica de lo esperado. ¿Cómo podría hacer él para limpiar el buen nombre de su familia y a un tiempo pensar en su futuro y en no perder a su amada? Todo estaba en el aire, y cada línea surgía del profundo dolor de unos recuerdos que se agolpaban en mi cabeza pugnando por salir, por abandonar de una vez mi corazón y mi alma. Al escribir, los recuerdos volvían, pero la tinta sobre el papel los hacía irreales, pertenecientes a otro que no era yo, sino mi espejo.

—Escribo cuanto puedo, señor —dije al fin—, pero resulta difícil en estas circunstancias. Las labores en la cubierta me dejan las manos ateridas y me cuesta incluso sostener la pluma y los papeles.

—Daré orden al contramaestre de que acabes tu turno un poco antes que los demás para que puedas escribir.

—No, señor. Perdonadme, pero no lo creo conveniente. Mis compañeros me pidieron al comenzar esta historia que reflejase en ella las vivencias del viaje, las esperanzas de todos, las desilusiones de todos, las penalidades de todos. Sólo sufriendo como ellos puedo reflejar su dolor. Lo contrario sería para mí un deshonor.

Del Cano guardó silencio un rato. Finalmente sonrió y me dijo:

—Está bien, montañés. Si ése es tu deseo, cumplirás con tus tareas como hasta ahora. Admiro tu rectitud, pero hay algo que no entiendo. ¿Cómo dices que en tu relato deseas mostrar la dureza del viaje si tu historia se desarrolla en un lugar y un ambiente totalmente alejados de esta expedición?

—Toda historia tiene un principio, señor. El principio de este viaje está en ese muchacho que lucha por hacerse hombre con dignidad.

—¿Y algún día llegará a embarcar? —preguntó con una nueva sonrisa.

—De dilatarse así el viaje, creo que tendrá tiempo de morir a bordo. Pero eso habrá de ser otro quien lo escriba.

55

Teniendo cuidado de no ser sorprendido por nadie, me aproximé a casa de Lucía. Para ello empleé un sendero que no se utilizaba habitualmente por estar cubierto de bardas y escobas. La tarde estaba cayendo y la penumbra me ayudaba a pasar inadvertido. Había planeado al detalle la forma de llegarme frente a su vivienda, pero ahora que me encontraba allí no tenía ni idea de cómo llamar su atención para que saliese sin ser descubierto.

Entre las contraventanas de la planta baja de la casa se veía el resplandor de las velas; en ese momento Lucía debía de estar cenando con sus padres. No era, por tanto, la ocasión más apropiada. Acurrucado junto a un samapul esperé pacientemente a que la luz de la sala se apagase. Imaginé que ella y sus padres se dirigirían cada uno a su dormitorio porque, a diferencia de mi familia, disponían de varias alcobas. La tenue luz de un candil en su cuarto me dio la respuesta que esperaba: Lucía estaba ya sola en su habitación. Era el momento de actuar.

Rebusqué en el suelo hasta encontrar una piedra diminuta y la lancé con suavidad contra la ventana. El golpe produjo un sonido sordo, no muy fuerte pero suficiente para que Lucía lo oyese. Inmediatamente su negra silueta con la camisola de dormir se recortó sobre el fondo levemente iluminado de su cuarto. Podía percibir el aroma de su piel como si estuviese a su lado, más incluso. Miró hacia fuera sin ver nada. Entonces salí con sigilo de las matas que me protegían y la llamé:

—¡Lucía, soy yo! Estoy aquí —dije casi en susurros.

—Estás loco. ¿A qué has venido? ¡Mi padre podría verte!

En su voz se reflejaba el miedo.

—Tengo que hablar contigo. Es muy importante.

—Espera a que mis padres se duerman; luego bajaré.

Cerró la ventana, y el silencio volvió a apoderarse de la calle mientras la esperaba. Debió de transcurrir más de una hora, pero a mí me pareció apenas un suspiro. Oculto entre la vegetación, pensaba en cuánto la quería. Nos conocíamos desde niños; habíamos crecido juntos, y habíamos descubierto juntos la amistad, la sabiduría, el amor. Sólo yo me había adelantado en el conocimiento de los placeres carnales, pero esperaba poder sentirme puro de nuevo junto a ella, si aún tenía la oportunidad de recuperarla.

Al fin, la puerta de la casa se abrió sin hacer el más mínimo ruido y Lucía salió a la calle. Avanzó con los pies descalzos y de puntillas hasta donde yo estaba, pisando con suavidad la hierba que bordeaba su casa. Cuando llegó junto al samapul se agachó y apartó con suavidad las ramas.

—¿Qué haces aquí? —me preguntó con gesto serio.

—Debo decirte algo, y es importante. Un día, antes de que yo marchara a San Vicente, me preguntaste de dónde sacaba Sancho su saber, y yo te dije que no lo sabía, ¿recuerdas?

—Sí, claro que lo recuerdo —respondió con algo de inquietud.

—Pues ahora ha llegado el momento de decirte la verdad.

Con toda la claridad de que fui capaz, le relaté la existencia de la biblioteca de Sancho: su origen, su riqueza, su fragilidad, los libros que podían llegar a ser comprometidos. Ella me observaba con los ojos muy abiertos. Nunca habría imaginado que nuestro maestro poseyese tantos libros, ni de esa naturaleza.

—Ésas eran las historias que tú me contabas al acabar las lecciones. Todavía lo recuerdo.

—Yo también, Lucía. Era para mí el mejor momento del día.

Me miró con ternura.

—¿Y Sancho quiere que tú seas ahora el que cuide de la biblioteca?

—Así es. Desea que la conserve cuando él ya no esté. Y me ha pedido que la deje indivisa. Me hizo ese encargo, pero eso no es todo. Me dijo que un día yo debía confiar su existencia a otra persona, y sólo a una, quien ayudaría a conservar los libros y a protegerlos frente a cualquiera que tratara de apropiarse de ellos.

—¿Y crees que yo...?

—¿Y en quién más te parece que puedo confiar? Sé que eres la única persona que comprende la importancia de esos libros, aun sin conocerlos.

—Entiendo la importancia, pero ¿cómo podría yo ayudarte? Sabes que mi padre no permite siquiera que nos veamos.

—Lo sé, Lucía, pero algo hemos de hacer. Muchas veces he sido indigno, no lo ignoras. Hay muchas cosas de las que me arrepiento, y no quiero que ésta sea otra más. Sancho me ha dado la oportunidad de ser alguien diferente, de aspirar a algo más elevado en la vida. Le debo el conocimiento de todo menos de una cosa: el amor. Eso te lo debo a ti.

Me cogió la mano.

—Sólo espero que un día puedas perdonarme.

Se agachó y me acarició el rostro.

—Hay cosas que deben dejarse atrás, aunque duelan —susurró—. Lo que hiciste no estuvo bien, pero sé que estás arrepentido. Lo que nunca podría perdonarte es que no me quisieras.

Nos besamos mientras las lágrimas me caían por las mejillas. Sentí que, si había recuperado la confianza de Lucía, todo era posible.

—Ahora hemos de ser fuertes —me dijo—. Quizá nos resulte imposible estar juntos, pero debemos saber que contamos el uno con el otro.

—No podemos tardar mucho. La salud de Sancho no es buena, y cree que no le queda mucho en este mundo.

Lucía se sorprendió.

—No puede ser; él siempre fue una persona fuerte, y aún lo es.

—No conoce la enfermedad que le afecta, pero sí sus síntomas. Y no son esperanzadores, a fe mía. Debemos estar preparados para lo que pueda venir.

Bajó la cabeza. La noticia de la enfermedad de Sancho la había dejado muy afectada. Para ella, como para mí, él había sido, más que un maestro, la luz que nos iluminó el camino.

—Si ésa es su voluntad —dijo—, la cumpliremos. No podemos fallarle. Juro que no lo haré.

—Yo tampoco —asentí.

La seguridad de Lucía en esos momentos tan difíciles me transmitió algo de la serenidad que necesitaba, y al tiempo me hizo estremecer. Había dicho que no podíamos fallar a Sancho; pero, ¿hasta dónde estaba dispuesta a llegar para no faltar a ese juramento?

Con un último beso nos despedimos aquella noche con el corazón sanado y el alma encogida por la incertidumbre.

Mientras todo eso ocurría, las cosas en mi casa iban de mal en peor. Para Pedro y Joaquín yo era el obstáculo con el que tropezaban para llevar a cabo sus planes. Sus miradas se habían vuelto agresivas y sus acciones me hacían sospechar que tramaban algo a espaldas de mi padre. Lo que no podía saber aún era el qué.

Uno de aquellos días fui a visitar a Sancho a su casa. Le encontré muy desmejorado, con el rostro amarillento y sentado junto a la lumbre envuelto en una gruesa manta de lana. A pesar de ello, tiritaba. Sin apenas hacer ruido me acomodé a su lado. Tomé su mano entre las mías. Estaba fría, como sin vida.

—¿Ya sabes con quién contarás? —me dijo sin más preámbulos.

—Sí.

—¿Y qué le parece a ella?

Volví el rostro para encontrarme con la sonrisa de Sancho, débil pero sincera.

—¿Cómo...?

—¡Quién si no! Sólo ella puede amar tanto como tú este tesoro, aunque no lo conozca aún. No es muy frecuente que ocurra, pero en ocasiones Dios se complace en agrupar a las almas gemelas. Lucía y tú tenéis esa suerte. Yo también la tuve con mi mujer, si bien su camino se terminó mucho antes que el mío. La muerte entró en nuestra casa sin ser invitada, como después volvió a hacer con mi hijo. No sé si merecí todo ese castigo. Sea como sea, no vale la pena lamentarse. He tenido la suerte de topar con Lucía y contigo y, como un ladrón, he hecho de vuestras vidas la mía. Tengo un sobrino, ya sabes, pero mis hijos sois vosotros dos...

—Lo que no sé es cómo podremos conservar la biblioteca, Sancho. No ignoráis que la situación en mi casa es muy delicada. Mis hermanos no me hablan y creo que traman algo con don Lope. Se están dejando engañar por sus tretas y en cierto modo les entiendo: están desesperados por su futuro. En realidad, sólo quieren lo que cualquier otro joven de su edad, pero se están vendiendo a un precio muy bajo.

—Están vendiendo su libertad, que es lo único que tienen. Ni don Lope ni Guzmán engañan a nadie. Sus intenciones se ven venir desde lejos, siempre se han visto, pero ahora están apurados porque don Lope desea casar de una vez por todas a su sobrino y para ello necesita reforzar su papel dominador en el concejo. Por eso presiona tanto, y por eso mismo es el momento de ser fuerte ante su presión.

—Así lo creo yo, maestro, pero desconozco la forma de actuar.

—Creo que podría darte alguna idea.

—¿Alguna idea?

—Sí, hijo. Todos al morir dejamos algo, y yo tengo bastante para dejar.

—Pero...

—Permite que me explique. Tengo mis libros, eso ya lo sabes, pero poseo más cosas: tierras, dinero. Y apenas me queda familia. Está mi sobrino Ramón al que, como te conté una vez, no tengo demasiado aprecio, pero de todos modos es el único de mi sangre y debo pensar en él. Le legaré las tierras más cercanas a su casa y cierta cantidad en dinero. Quiero donar también una parte a la Iglesia. Mi relación con los religiosos ha sido conflictiva en muchas ocasiones, pero a pesar de todo fueron los monjes quienes me dieron la oportunidad de aprender y de amar el conocimiento, y no me gusta ser desagradecido. Les dejaré algunas tierras que tengo fuera del concejo, así como algún dinero para obras de caridad y para que recen por mi alma. Busco la paz desesperadamente y creo que el mejor lugar para hallarla ha de ser al lado de Nuestro Señor.

»Las tierras más cercanas y el resto del dinero serán parte para el concejo y parte para tu familia. Con ello conseguiré dos cosas: en primer lugar, reforzar al pueblo frente a las pretensiones de don Lope; en segundo lugar, facilitar tu labor y permitir que salgáis de los apuros en los que ahora os encontráis. Tu padre es un buen hombre, como lo son tus hermanos, pero es difícil ser recto cuando las circunstancias vienen tan en contra de uno. Con lo que os deje, podréis mirar al futuro.

»Por último, mi casa la heredarás tú. La tendrás mientras necesites de ella para guardar la biblioteca y si un día, Dios lo quiera, abandonas este pueblo y encuentras una vida mejor lejos de estas montañas, llevarás todos mis libros a donde vayas y harás que otros disfruten de ellos tanto como tú lo has hecho.

—Pero, Sancho, no puedo aceptar lo que me proponéis.

—Puedes, hijo; puedes y debes. Es mi voluntad, y no está bien contradecir el deseo de un viejo moribundo.

—Maestro…

—No hables más, se hará como yo digo. Está escrito en mi testamento y no pienso cambiarlo.

No tenía fuerzas para rebatirle. Aquello era todo lo que podía desear: la forma de sacar a mi familia de la pobreza, de recuperar el aprecio de mis hermanos y de frenar la escalada de don Lope y Guzmán en el concejo; incluso la manera de pensar en un futuro con Lucía. Con una posición más holgada, probablemente su padre me mirase de otro modo.

—Nunca podré agradeceros todo lo que habéis hecho por mí, Sancho.

—No digas eso, hijo. Soy yo quien te agradece tu lealtad. Siempre supe que no me fallarías en el último momento.

Lo abracé y sentí su débil corazón sobre mi pecho. Estaba temblando y desprendía un aroma extraño que, aun así, me resultaba familiar. Cuando recordé su origen, me estremecí: era el olor de mi madre antes de morir.

Mientras regresaba al pueblo, oí a lo lejos un murmullo. Según me acercaba, comprobé que provenía de mi casa. Me abrí paso a empellones entre los vecinos y entré. Me dirigí al piso superior y vi a mi padre en la cama, tendido y con la boca abierta. Nicolás se acercó a mí.

—Se cayó mientras podaba la parra del corredor. Respira con dificultad y no dice palabra. Parece ido...

—¡Padre! ¡Padre! —grité arrodillado junto a la cama.

Él pareció reaccionar con los gritos, pero fue sólo un espejismo. Traté de encontrar su mirada; únicamente vi el vacío. Aún seguía con vida, mas había pasado ya la débil línea que lleva a la muerte. Levanté la vista y vi a mis hermanos mayores. Aunque afectados como todos por el fatal accidente, advertí en sus ojos algo que me aterró. De golpe habían hallado el medio para llevar a efecto sus planes.

56

Nicolás estaba demacrado. Su rostro, de natural grueso, había perdido toda la carne y los pómulos se le marcaban, prominentes, bajo unas ojeras profundas que hundían su mirada. Tenía la nariz pelada a causa del agua del mar y del frío, y los labios prácticamente le habían desaparecido. La barba, desaliñada y sucia, terminaba de darle el terrible aspecto de un pordiosero. Los demás no presentaban mejor aspecto que él. Yo tampoco.

Estábamos a comienzos de mayo de 1522 y aún no habíamos avistado el cabo de Buena Esperanza. El viento seguía soplando del oeste. Ni los juicios de los pilotos ni la experiencia de los portugueses habían servido; todas las previsiones habían fallado. Y, mientras, en la bodega del barco los víveres se acababan. Sin posibilidad de pescar, con aquella ventolera atroz y aquellas aguas endemoniadas, seguíamos alimentándonos únicamente de arroz y agua. Habíamos llegado al límite de nuestras fuerzas; o, al menos, eso pensábamos.

Pero Nicolás no estaba sólo famélico. Estaba también, y eso me preocupaba más, falto de ganas, cansado de luchar. Pensaba de continuo en el pasado, en el pueblo, en la infancia. Aquellos recuerdos que para mí eran dolorosos para él parecían su única tabla de salvación, el asidero necesario para no hundirse definitivamente.

—Me acuerdo mucho de padre —dijo uno de aquellos días—. No sé por qué, pero me viene a la cabeza a todas horas.

—Yo también le recuerdo a menudo, y lo mismo a madre. Les echo de menos.

—¿Cómo crees que habría sido nuestra vida en el pueblo si no hubiésemos tenido que salir huyendo? ¿Piensas que habríamos podido ser felices a pesar de todo?

—No lo sé, Nicolás. Vive Dios que habríamos llevado una existencia menos azarosa, pero a la par más doblegada. Nunca soporté vivir pisoteado y tampoco que nuestros padres tuvieran que aguantarlo por nosotros. Si pudiera dar vuelta atrás es probable que cambiara muchas cosas, pero no lo fundamental. Tuve fortuna de conocer a Sancho y también de descubrir el amor a una edad tan temprana, aunque luego lo perdiera. Eso es quizá lo que más me duele: en mi vida podré reencontrarme con muchas cosas, pero a Lucía la alejé de mí para siempre.

Nicolás levantó la mirada y fijó su atención en algún punto del horizonte. Puso su mano sobre la mía y, a pesar del frío y la humedad, sentí su calor.

—¡Quién sabe, hermano! El corazón de las mujeres es un misterio.

—El de Lucía no era un misterio, sino una puerta abierta. Y creo que al irme se cerró para siempre.

Nicolás me abrazó y noté sus costillas contra las mías. Si no conseguíamos pasar el cabo de una maldita vez, todo dejaría de tener importancia. Hasta los recuerdos.

El 5 de mayo el viento en contra comenzó a amainar. Primero fue algo imperceptible, pero al día siguiente pudimos apreciar que las fortísimas ventoladas que habíamos soportado hasta aquel momento perdían fuerza. Con detalle lo apunté en el diario de viaje, como si escribiéndolo se hiciera más real. Aunque del vendaval pasamos sólo a una calma inquietante. ¿Deberíamos esperar ahora a que apareciesen vientos de levante que nos impulsaran hasta el cabo de Buena Esperanza? Porque sin la ayuda del viento, sólo había un modo de lograrlo: acercarse a la costa para encontrar aire que hinchara las velas. Era muy arriesgado, pues corríamos el peligro de ser avistados por los portugueses. Pero había que tomar una decisión de inmediato; si no, moriríamos de hambre en el mar.

Del Cano ordenó tomar rumbo al continente. El día 8 de mayo, por fin, pudimos avistar, muy en la lejanía, el perfil de África. Poco a poco fue tomando forma para nuestro completo regocijo. Veíamos sierras, montes lejanos, acantilados... Sin pisar tierra sentía que caminaba de nuevo sobre suelo firme, que había de estar próximo el último trayecto de nuestro inacabable viaje. El corazón me latía aceleradamente; tenía ganas de gritar, de saltar, de bailar. ¡Qué no habría dado por sentir en la planta de mis pies aquellas arenas inmaculadas!

Pero no era el momento del júbilo, sino de la calma. Con toda la pericia y la atención, Del Cano hizo bordear despacio el litoral a una distancia prudencial para no ser sorprendidos y, al tiempo, lo suficientemente cerca para aprovechar la brisa costera. Todos le obedecíamos a una. En su rostro concentrado se reflejaba el nuestro; en su miedo, nuestro miedo. El que un día había sido traidor se encontraba ahora a la puerta de la gloria. ¡Un poco más y estaríamos en el mar Océano!

Me falla a veces la memoria, pero creo recordar que aquellos momentos fueron los de más tensión de toda nuestra travesía a lo largo del globo. El día 9 fondeamos cerca de la costa, pero nos fue imposible bajar a tierra ante los terribles vientos que nos volvían a azotar. Del Cano, temiendo que nos arrastrasen contra las rocas, ordenó que volviéramos mar adentro.

Durante días sufrimos otra vez espantosas tempestades y, en una de ellas, una ráfaga tronzó el palo del trinquete. Penosamente avanzamos legua a legua a las órdenes del capitán. Las olas barrían la cubierta y trabajábamos sin descanso para mantener el control del barco, al límite de nuestras fuerzas. Por fin, cuando ya creíamos que la nao se iría a pique sin remedio, el día 19, ya de tarde, el perfil del continente cambió de dirección a nuestros ojos y nos señaló, aún tímidamente, el nuevo rumbo que deberíamos adoptar. ¡Habíamos doblado el cabo de Buena Esperanza!

—¿Recuerdas que no hace mucho me preguntaste si esto era el fin? —le dije a Nicolás.

—Sí, lo recuerdo.

—Pues creo que lo es, pero para bien.

Tras dejar atrás el cabo más austral de África y enfilar el rumbo norte, toda la marinería suspiró aliviada. En una bahía pudimos fondear y hacer aguada, aunque apenas conseguimos comida. A pesar de ello, estábamos contentos de haber superado el mayor escollo que quedaba para alcanzar nuestra patria. Todos reían, hasta los más enfermos. En cuanto hubiera ocasión tomaríamos tierra de nuevo y nos haríamos con los víveres y el agua necesaria para afrontar el final de nuestra travesía. Sólo quedaba que Del Cano decidiera dónde. Yo estaba en la borda, y Pigafetta se me acercó. A pesar del éxito conseguido, no parecía contento. Lanzó de reojo una mirada de desprecio a Del Cano. Me pregunté por qué no aflojaba, por qué se empeñaba en no escribir siquiera el nombre del guipuzcoano en su diario.

—Siempre decíais que la historia debe construirse con verdades —le dije—. ¿Por qué, entonces, os empecináis en borrar al capitán en vuestro diario? El que una verdad nos disguste no la hace menos cierta.

—De contar embustes ya se encargará el guipuzcoano cuando lleguemos a España. Por eso no puedo limitarme a contar las cosas tal como son. He de tomar partido, por más que me pese.

—Sigo pensando que os equivocáis, pero por otro lado admiro vuestra entereza. No debe de ser fácil mantener esa postura continuamente.

—No es fácil, pero es la que he escogido. Y es posible que no esté tan equivocado, pues creo que se avecinan jornadas muy difíciles.

Las palabras de Pigafetta me sorprendieron.

—¿Por qué decís eso? Ya hemos doblado el cabo, y de aquí a España la ruta no es demasiado complicada.

—No lo sería con víveres, pero nosotros tenemos la bodega

casi vacía y varias vías de agua en el casco. Sólo fondeando y bajando a tierra podríamos solucionarlo, y no creo que Del Cano lo vaya a hacer.

—¡Eso es imposible! ¡Nos moriremos de hambre! Es indispensable para abastecernos y hacer aguada.

—El tiempo dirá si tengo razón. Con todo, me da que el capitán no tiene pensado realizar ninguna recalada más hasta las Canarias.

—Barrunto que habláis así por despecho. Del Cano ordenará una incursión en tierra en algún momento, y no creo que tarde mucho en hacerlo. No se puede pilotar una nave sin hombres.

—Sin ningún hombre, no; pero sí con menos de los que hay...

El italiano acabó así la conversación, sembrando en mí la duda de si tendría o no razón en sus aciagos vaticinios.

Poco después, con disgusto, descubrimos que Pigafetta no estaba errado. Del Cano, de acuerdo con los pilotos, decidió tomar el rumbo noroeste en dirección a las Canarias. Era la ruta más corta, pero también la que más se alejaba del continente. El descontento no se hizo esperar y pronto el clamor de la tripulación llegó a oídos del capitán, quien se refugió en su camarote para no atender nuestros ruegos. Al fin, una mañana salió a cubierta. En su rostro se mostraba la firmeza.

—¡Marineros! Nadie como vosotros sabe ni sabrá jamás de la dureza de la travesía que hemos realizado alrededor del mundo. Cuando partimos de Sevilla, algunos poníais un pie en un barco por primera vez en vuestra vida; hoy, todos sois hombres de mar. Habéis luchado con las olas, con el viento, con las tormentas, ¡y habéis vencido! Nadie olvidará nunca esta hazaña, que perdurará por siglos. Pero para alcanzar la gloria debemos superar aún las últimas dificultades. Si ahora recalamos en tierra, corremos el riesgo de ser apresados por los portugueses. Sabemos que están tras nuestra estela desde que llegamos a las Molucas, y si no nos han descubierto aún ha sido gracias a la divina clemencia de nuestra Señora la Virgen y del apóstol Santiago, que nos protegen y amparan en nuestro navegar. Caer ahora en sus manos, a tan poco de nuestra meta, constituiría un pecado que nunca nos sería perdonado. Seguiremos adelante con todo el valor de nuestro corazón y con toda nuestra decisión. No flaquearemos, no retrocederemos. Venceremos.

Tras sus palabras se hizo un silencio opresivo. Nadie se atrevía a ser el primero en hablar, pero al final una voz se alzó de entre los marineros.

—Capitán... —Bocacio había dado un paso al frente—. Magallanes nos ofreció comer el cuero de las vergas y lo hicimos. Pero el cuero se acabó. ¿Qué esperáis que comamos para sobrevivir? ¿Las tablas? ¿Los clavos? ¿Las jarcias?

Del Cano clavó sus ojos en los de Bocacio. Creo que en su fuero interno sabía que tenía razón, pero no podía mostrarse débil o dubitativo.

—Comeremos arroz y beberemos agua, como hasta ahora. Un hombre de mar lo aguanta todo. No seré menos que vosotros en las privaciones. Lo que vosotros sufráis lo sufriré yo. Si yo puedo, vosotros podréis.

—¿Y si ninguno podemos? —preguntó Antonio.

—Si ésa es la decisión de Dios, la aceptaremos y moriremos como valientes, no como desertores. Y mucho menos como presos en manos de los portugueses. Se lo debemos a nuestro Dios y a nuestro rey.

Sin tiempo para más objeciones, Del Cano dio media vuelta y se retiró a su camarote. Sentí que acababa de firmar nuestra sentencia de muerte.

—¿Qué opinas de todo esto? —pregunté a Bocacio.

—Que cuando alguien te pide que mueras por una causa elevada, lo que piensa es en cuánto va a elevarse él con tu muerte.

Tres semanas después de aquellas palabras, navegábamos en una zona indeterminada del mar Océano, al sur del Ecuador. El sol se mostraba inclemente y del alba al ocaso nos quemaba la piel sin misericordia. El calor era tan agobiante que deambulábamos casi todo el día medio vestidos; sólo el calzón raído nos cubría nuestras partes, pues, según decía el capitán, no era de cristianos andar desnudos como los indígenas que habíamos visto en nuestro periplo. Esteban se encontraba junto a mí cuando alguien nos llamó.

—Venid a echar una mano.

Hernando de Bustamante, marinero y curandero de la nao, traía a rastras el cuerpo de uno de los nativos de las Molucas, no más que un esqueleto cubierto por un pellejo reseco y ajado. Nos acercamos y levantamos entre los tres el cuerpo del pobre desgraciado. No era el único; dos de nuestros compañeros habían muerto también desnutridos y atacados por distintas enfermedades para las que no había cura posible a bordo. Con las pocas fuerzas que teníamos lo arrojamos al mar. Sin nada mejor que hacer, nos quedamos mirando cómo se hundía en las oscuras aguas del mar.

—¿Os habéis fijado?

Pigafetta, una vez más, se había acercado con sigilo a nuestra espalda.

—¿Qué os resulta extraño? —pregunté sin darme la vuelta.

—Los indios caen siempre boca abajo, mirando al mar. Los cristianos, en cambio, caen boca arriba, mirando al cielo. Al menos la Virgen aún está con nosotros.

Asombrados por el comentario nos volvimos hacia el italiano. Con su habitual diligencia estaba anotando el suceso en su diario. En aquel momento pensé que había perdido la cabeza. No me extrañaba; al igual que todos nosotros, estaba famélico y desesperado. Hernando lo miró con desprecio.

—Si ésta es la clemencia de Nuestra Señora, que Dios nos libre de su ira.

Pigafetta recibió con desdén el comentario.

—Cuida tus palabras, Hernando. Podrías ser azotado por lo que acabas de decir.

—Me gustaría que me azotasen tan fuerte que cayese muerto, pero no creo que nadie esté en condiciones de hacerlo.

El cronista se separó de nuestro grupo con su inseparable

cuaderno en la mano. Le costaba escribir, al igual que a mí, pero lo hacía con total entrega, día a día, sin descanso, sin desfallecer. ¿De dónde sacaba las fuerzas? ¿De dónde las sacábamos los demás? Estaba claro que de la comida no podía ser. El arroz que constituía nuestra dieta desde las Molucas no era más que un amasijo asqueroso con olor a podredumbre. El agua era igualmente nauseabunda y nos costaba un triunfo beber siquiera un trago. ¿Cómo sobrevivir así? Algunos no podían y sucumbían. Ahora un marinero moría consumido hasta los huesos, al poco lo seguía un indio. Nada podía hacerse. Cada día que pasábamos en altamar era un día menos en nuestro inexorable camino a la muerte. Todos éramos conscientes de ello, y yo sabía que a todos nos tocaría, pero había alguien por quien sufría infinitamente más: mi hermano Nicolás. En su cuerpo esquelético ya no quedaba rastro de aquel muchacho musculoso que yo recordaba. Le vi segando el verde con el dalle, en verano, bajo el tibio sol de nuestra tierra; le vi echando un trago de vino apoyada la espalda contra el tronco de un roble; le vi arando las tierras de nuestro padre, con los brazos y el pecho perlados de sudor. ¿Adónde habían ido a parar toda aquella vida y energía?

Una de aquellas desesperantes jornadas, Nicolás se me acercó y me habló con una media sonrisa.

—Hermano, sé que en la travesía del mar Pacífico, cuando estuve a punto de perecer, tú renunciaste a la mitad de tu ración para dármela a mí. Y sé que aquello estuvo a punto de costarte la vida. Cuando me encontré algo mejor quise decirte que dejaras de hacerlo, pero no hallé el valor. Tenía mucha hambre y estaba muy débil, y tenía miedo a morir. Fui un egoísta y te pido perdón por ello. Jugué con tu vida sólo por salvar la mía.

—¡Nicolás, qué más da ahora!

Me puso la mano en los labios.

—No, déjame hablar. Otra vez me encuentro débil y, sinceramente, no creo que vuelva a ver nunca más tierra firme. Ya no tienes ni con qué ayudarme aunque quisieras.

—Lo haría una y mil veces.

—Lo sé, pero ya no merece la pena, de veras. Siento que me

queda muy poco en este mundo. Pero ahora, a pesar de la cercanía de la muerte, no tengo miedo, ¿sabes? He hablado con Dios y creo que me perdona por todo lo que ocurrió. Estoy en paz con Él y conmigo mismo.

—¡No digas eso! Volverás a ver tierra firme, y yo también lo haré. En algún momento acabará el mar, desembarcaremos, y comeremos y beberemos hasta hartarnos. Ese día seremos ricos. ¿No lo recuerdas? ¡Llevamos bajo nuestros pies un tesoro! No podemos perder ahora la esperanza. ¡Hemos pasado tantas cosas juntos...!

Me miró con indulgencia. Le conocía demasiado para saber que no había creído ni una de mis palabras.

—Me temo que nada de eso va a pasar. ¿En alguna ocasión no has tenido la certeza de que algo ocurrirá sin que sepas muy bien el porqué? Pues eso me sucede a mí ahora. Sé que voy a morir y no me importa. Me siento lleno de paz.

Noté un nudo en la garganta que me impedía hablar. Nicolás siempre había sido la fuerza, el empuje, el optimismo. ¿Por qué ahora hablaba de ese modo? ¿Por qué se negaba a luchar?

—No me abandones ahora. No puedo seguir adelante sin ti. ¿Sabes?, desde que salimos del pueblo los recuerdos me han perseguido, inmisericordes. Cada día he pensado en nuestros padres, en nuestros hermanos, en aquellos campos de trigo que segábamos juntos, en Lucía, en Sancho. Fue mucho lo que dejé, y si no he sucumbido a la desesperación en todos estos años ha sido por ti. Tú eres lo único que me queda de todo aquello y, aunque me duela, me gusta que esos recuerdos sigan conmigo.

—Tú nunca perteneciste a aquel lugar. Tu alma siempre voló lejos de aquellas montañas. Creo que aquí, en estas aguas, has encontrado tu hogar. Yo sí amé todo aquello, pero no volveré jamás. Créeme: quiero acabar mis días aquí.

—Nicolás...

—No sigas, por favor. Estoy muy cansado.

Sin voluntad para discutir más, estreché a mi hermano entre mis brazos y le besé en la cabeza. La vida se le escapaba por los poros de la piel; a mí también. Levanté la vista y vi el mar. Pensé en los marineros que habían fallecido desde que salimos de las Molucas, en el rastro de cadáveres que habíamos dejado sobre las olas. ¿Por qué Nicolás habría de sobrevivir si otros no lo habían conseguido? ¿Por qué habría de hacerlo yo? «Me siento lleno de paz...», me había dicho. Envidié su aceptación de la muerte, porque a pesar de todo el dolor y el sufrimiento, las jornadas de hambre, la sed, el infinito cansancio, había algo en mí que me impedía rendirme. ¿Qué era: vanidad, jactancia, tozudez? Cerré los ojos tratando de encontrar la respuesta y vi a Lucía recostada sobre la hierba, joven y bella. Levantó sus brazos, sonrió y dijo mi nombre.

Sobre el dolor y la desesperación, ya sólo el amor podía ordenarme seguir.

57

A pesar del fatal accidente de mi padre y de la delicada situación en que quedó después, la muerte actuó de forma caprichosa. Cuando ya me resignaba a aceptar como algo natural el fin de su camino en este mundo, fue otra la pérdida que hube de sufrir. Una fría mañana, sin darle tiempo siquiera a despedirse, Sancho nos abandonó para siempre. Todavía hoy, después de todo lo que he tenido que pasar en mi larga y azarosa existencia, guardo aquel trance como uno de los más duros que hube de vivir nunca. Recuerdo aún el chirrido de la puerta de su casa al abrirse, mis pasos sobre las losas, el silencio de la estancia, el penetrante olor a muerte... Sabiendo lo que iba a encontrarme, avancé temblando hasta su alcoba y abrí la robusta puerta.

Su brazo desnudo colgando del borde de la cama fue todo lo que necesité para saber que Sancho se había ido. Sin poder evitarlo, noté mi rostro arrasado por las lágrimas. Me arrodillé y caí junto a la cama para besar su mano, la misma que tantas veces me había guiado con firmeza y amor. Sentí un nudo en el estómago y comencé a gemir sin consuelo posible. Mi maestro, mi guía y mi luz había dejado de existir. Su cuerpo inerte y blanquecino se me mostraba como una imagen borrosa y desdibujada de lo que hasta el día anterior había sido. ¿Cómo podía reconocer en él a la persona que más había influido en mi vida? No encontraba consuelo en nada: ni en sus enseñanzas, ni en mis recuerdos, ni en la esperanza de una vida mejor para él. Sólo podía verle allí tendido, sobre su cama, el pecho quieto, los ojos cerrados.

Con las piernas temblando salí de su casa sin saber bien adónde ir. ¿Qué había ocurrido tras la muerte de mi madre? No era capaz de recordarlo: veía gente alrededor de su cama lamentándose y murmurando, pero no podía acordarme de los protocolos que todo fallecimiento acarreaba. ¿Habría de avisar en primer lugar a don Teodulio, a su sobrino, a los vecinos? Dando traspiés enfilé hacia la iglesia. Si Sancho no había podido recibir la extrema unción, era preciso al menos que el párroco le ayudase ahora a encontrar el camino a la otra vida. Con lágrimas en las mejillas llegué a la casa del cura, pegada al ábside de nuestro pequeño templo. Llamé a la puerta casi deseando que nadie abriera, que todo aquello no fuera más que un mal sueño, algo que pasaría al despertarme.

—¿Qué quieres? —dijo don Teodulio al abrir—. ¿Por qué me molestas?

—Padre —balbuceé con voz entrecortada—, Sancho el Tuerto ha muerto.

—¿Muerto? ¿Lo has visto tú?

—Sí, fui a su casa y lo encontré tendido en la cama sin respiración, tenía la piel blanca y estaba frío.

Don Teodulio asintió con un leve gesto.

—Está bien, hijo. Ahora mismo voy hacia allí; no hay tiempo que perder. Se enfrenta a un difícil camino sin haber recibido los santos óleos.

Volvió a entrar en su casa y, al poco, salió con la casulla, un crucifijo y un pequeño frasco de cristal con aceite.

—¿Lo sabe alguien más? —me preguntó.

—No, padre. Pensé que lo mejor era venir a vuestra casa antes que a ningún otro sitio.

—Hiciste bien. Ahora déjame solo; tú debes avisar a sus familiares.

—Sancho no tenía a nadie salvo a un sobrino, Ramón, y vive en Piasca.

—Pues con más motivo has de ir; tardarás un rato en avisarle y regresar. No sabemos cuánto tiempo lleva muerto Sancho; por tanto, es necesario comenzar cuanto antes los preparativos para su entierro.

Asentí sin mucho convencimiento y tomé corriendo el camino a Piasca. Cuanto antes estuviera de vuelta, mucho mejor.

La caminata me llevó casi una hora. Ya en el pueblo me acerqué a casa de Ramón y le vi sentado delante de la puerta, tallando tarugos para las albarcas. Mi carrera y mi respiración agitada le hicieron sospechar algo nada más verme llegar.

—¿Qué ocurre? —preguntó intrigado—. Parece que te persigue el diablo.

—No es el diablo, sino la muerte.

Ramón dejó la navaja en el suelo y me miró sorprendido.

—Explícate, no entiendo nada.

—Vuestro tío Sancho ha muerto.

Ramón se levantó presuroso y entró en su casa. Al poco salió con una capa negra y una vara de avellano.

—Hemos de darnos prisa —me dijo—, mi tío habrá dejado dictado su testamento. Siempre fue muy previsor para esas cosas.

El comentario me pareció totalmente inapropiado. Sin derramar una lágrima, ni cambiar un ápice su gesto, Ramón sólo se preocupaba por el testamento y además de una forma descarada.

—Creo que no sufrió, si os interesa saberlo —dije.

—El que sufriera o no tiene poca importancia ahora. Tiempo habrá para llorarle. Lo que importa es cumplir su última voluntad como él la dejara escrita, si es que tuvo tiempo para ello.

—Sí lo tuvo. Hace poco me dijo que había dictado ya su última voluntad. Ya veía cercana la muerte.

—¿Viste tú el testamento? —me preguntó mientras me cogía por el hombro.

—No, pero él me dijo que lo tenía hecho.

En ese momento una imagen cruzó por mi mente de forma veloz pero muy nítida. Cuando entré en la alcoba de Sancho había un legajo en la mesilla, junto a su cama. Ahora lo veía de forma clara; aunque no sabía lo que ponía, había reconocido su letra. Estaba claro que era su última voluntad. ¿Cómo no había caído antes en ello? Me volví hacia Ramón y creo que él advirtió la determinación en mis ojos.

—Tenéis razón —le dije—, debemos darnos prisa en llegar a casa de vuestro tío.

En casa de Sancho, la quietud y el silencio opresivo con que me había encontrado al descubrir su cadáver se habían convertido en un ruido desconsiderado e insultante. Más de una veintena de personas hablaban a voz en grito dentro y fuera, perturbando un espacio que debía ser de respeto. Con el corazón acelerado crucé el umbral y miré hacia la despensa donde se ocultaba la entrada a la biblioteca de Sancho. Respiré aliviado. A pesar del tumulto, nadie parecía haber mancillado aquel lugar. Miré a mi alrededor. Allí estaban varios vecinos del pueblo. Sindo, Vicente y Gonzalo hablaban animadamente, sin tener en cuenta, por lo visto, que a pocos pasos Sancho estaba tendido sobre su lecho mortal. Una voz entre todas me llamó la atención. Me abrí paso entre los vecinos hasta llegar al lugar del que provenía. El corazón se me heló: don Lope charlaba distendidamente con Pedro y Joaquín. Al fondo de la estancia, Guzmán observaba con una mirada de triunfo.

—Acércate —me llamó don Lope—. No sabes cuánto lamento la muerte de, cómo decirlo, ¿tu maestro? Ha debido de ser duro para ti encontrar el cadáver sobre la cama. ¡No quiero ni imaginarlo!

Miré a mis hermanos. ¿Qué diablos hacían conversando con él? ¿Por qué sonreían?

—Vayamos afuera. Quiero hablaros —les dije.

—Puedes hablar con tranquilidad aquí dentro —dijo don Lope—, estás entre amigos.

—Los lobos nunca han sido mis amigos —respondí.

La sonrisa se borró de su cara, pero no su mirada triunfante. Algo me olía muy mal.

Tirando de mis hermanos los arrastré hasta el establo, donde nadie podía oírnos.

—¿Qué estabais tratando con don Lope, desgraciados?

—Lo que hablemos con él ha dejado de ser de tu incumbencia —respondió Pedro—. Pase que hayamos tenido que doblegarnos a tus caprichos durante estos años, pero se acabó. Ahora se hará lo que nosotros digamos.

—Maldita sea, Pedro, hablas como si te aliviara que padre esté en casa moribundo o que Sancho haya muerto. ¿No te da vergüenza?

—Que padre esté moribundo no me alivia, me entristece igual que a ti. Pero hoy por fin Joaquín y yo podremos comenzar una nueva vida. Resulta que el loco de tu maestro dejó algunas tierras al pueblo, y don Lope nos ha prometido que forzará al concejo para que nos las ceda a Joaquín y a mí a bajo precio.

—¡Necios! —exclamé irritado—. Sancho no cedió esas tierras al concejo, sino a nuestra familia. Él me habló de su testamento antes de morir. Dejó una parte de sus bienes a su sobrino Ramón, otra a la iglesia, otra al concejo y una más para nosotros. Su intención era evitar que don Lope continuara con sus planes de hacerse con el control del pueblo. ¿Es que no lo veis? ¡Os ha engañado como a unos estúpidos!

Pedro me miró y pude ver un atisbo de duda en sus ojos. Pero su orgullo fue más fuerte.

—¡Nunca más nos llamarás estúpidos, hermano! No vamos a creer ya ni una de tus palabras. Don Lope ha leído el testamento junto con don Teodulio. ¿Acaso crees que el cura también miente?

—Por supuesto que miente —respondí airado—, como acostumbra hacer cuando se trata de algo relacionado con don Lope. El muy sinvergüenza me envió a casa de Ramón para que no estuviera presente cuando cambiaban el testamento, pero Ramón debe enterarse del engaño. ¡He de evitar que se consume esta villanía!

El puñetazo de Joaquín en el vientre me dobló por la mitad. Sin aire caí al suelo tratando de encontrar de nuevo el aliento.

—No vamos a dejar que nos arruines la vida de nuevo —dijo—. Don Lope es el único que ha pensado en nuestro futuro alguna vez. Ni padre ni tú lo habéis hecho jamás. Pronto estaremos casados y dispondremos de medios para mantener a nuestras familias con su ayuda. Nuestras hermanas y tú habéis sido nuestra desgracia.

—La... la desgracia... —me costaba hablar— es... que hayáis confiado en... en alguien como él... y no en los de vuestra sangre. Pero esto... esto no quedará así.

—Haz lo que quieras, infeliz —dijo Joaquín—. Nadie creerá tus mentiras.

A duras penas me levanté para dirigirme de nuevo a la casa de Sancho. Bajo el dintel de la puerta pude ver dos figuras: don Lope y Ramón conversaban amigablemente en compañía del padre don Teodulio. Con la mano en el vientre y respirando con dificultad me acerqué.

—Ramón —comencé—, don Lope y el padre Teodulio te han engañado. El testamento de tu tío ha sido falsificado mientras yo iba a buscarte a tu casa. Sancho quiso dejarte buenas tierras, así me lo dijo.

—Y así lo hizo. Y no sólo tierras, también me dejó la casa.

Traté de protestar, pero no pude. El plan de don Lope era magnífico: favoreciendo a Ramón se encargaba de ponerle en mi contra ante cualquier reclamación. ¿Qué más podía desear el sobrino de Sancho que obtener la casa? Al fin y al cabo, tierras tenía suficientes y la venta de la casa a buen seguro que le reportaría unas jugosas ganancias.

—Malditos —masculé entre dientes—, malditos seáis por lo que habéis hecho.

Don Lope se me acercó.

—Ten mucho cuidado con tus palabras, muchacho —me dijo a un palmo de la cara—. Estás hablando con un hidalgo y con un religioso; tus acusaciones podrían salirte caras.

Con la rabia subiéndome hasta la garganta sólo pude dar media vuelta y jurar para mis adentros: «Esto no quedará así». A mi espalda pude oír la risa de don Lope e intuí la indiferencia cómplice de don Teodulio. Definitivamente, el pueblo había dejado de ser mi hogar.

Destrozado por la muerte de mi maestro y con el corazón encogido por la lamentable injusticia que se acababa de producir por no haber sabido guardar y hacer cumplir su última voluntad, tomé el camino a mi casa. Entré despacio y me dirigí al piso superior. Mientras subía, oía la débil respiración de mi padre en la cama. Me acerqué y le tomé la mano.

—Padre, ¿me oís?

Pareció despertar de su letargo y me miró. Por un momento, un brevísimo momento, vi en su mirada al hombre que siempre había sido. No fue más que un instante fugaz, pero suficiente para recordar su fortaleza y su entereza. Porque, por encima de todo, mi padre había sido una buena persona.

—Las cosas no marchan bien…

Apretó mi mano y respiró. No pude escrutar nada en la expresión de sus ojos ¿Me había entendido?

—Padre, disculpad y descansad.

Cerró los ojos de nuevo y se durmió. Quizá era mejor así. Si el fin había de llegarle pronto, al menos que no supiera que sus hijos mayores estaban pisoteando su voluntad.

Solté su mano al tiempo que oí pasos en el piso inferior. Supuse que serían Pedro o Joaquín, quizá Nicolás. Tomé la escalera para bajar.

—¿Qué tal tu padre?

La visión de Guzmán en el quicio de la puerta me llenó de un odio infinito. ¿Cómo se atrevía a penetrar así en mi hogar y en aquel momento?

—Sal de mi casa —dije por toda respuesta.

—No haces bien en ser tan desconsiderado con tus vecinos, podría traerte problemas.

—A ti se te han de plantear si se conoce toda la verdad sobre el hijo que tienes con María, y cómo la perseguiste, acosaste y chantajeaste hasta que prefirió marchar de aquí para que no pudieras ponerle nunca más tus sucias manos encima —dije mientras descendía—. No sé cómo se lo tomaría tu tío.

—Probablemente a mal ya que siempre tuvo mucho apego a la honradez de su familia y le preocupó dejar bien alto nuestro nombre. —Sacó un pañuelo, lo pasó por encima del banco de la mesa y se sentó—. Pero lo cierto es que ya no me importa. Reconozco, eso sí, que hace algún tiempo estuve... asustado con la idea de que mis sospechas se confirmaran porque pensé que había bastantes posibilidades de que el crío fuera mío. —Se guardó el pañuelo y lanzó una carcajada—. Me avergüenzo de haber sido tan cobarde. Pero ahora ya no hay temor: mi boda con Catalina Mendoza de la Vega es un hecho; al final de esta semana sellaremos los esponsales. Nada podrá detenerme entonces. Tus hermanos mayores se han vendido por poco, y lo mismo ha hecho Ramón. Sancho era antes el único capaz de frenarnos; los demás ni se atrevían a mover un dedo para contradecirnos. Y, por otra parte, ¿quién demonios te creerá a ti? Has dudado de la palabra de don Teodulio delante de todos. ¡E incluso le has maldecido! Sólo por ser un momento tan solemne no ha ordenado que te apresaran en ese mismo instante, que es lo que te merecías por semejante falta.

—Tu tío es casi tan sinvergüenza como tú, pero aceptaría al niño si lo viera, lo sé, y tú también lo sabes. ¡Lo juró delante de los vecinos! Nada sería igual si te vieses obligado a reconocer a tu hijo, y luego, cuando se supiera lo que hiciste a María, quedarías como el canalla que eres.

—Me haces reír. ¿Crees que permitiría que trajeses aquí a María y al mocoso? Tengo mil medios para impedirlo. Puedo matarte aquí mismo o mandar que alguien lo haga por mí. Ya te dije que te vigilaba, ¿no lo recuerdas? Nada se me escapa en este concejo. Es posible, incluso, que un día de éstos le suceda algo a la zorrita esa a la que te gusta espiar. ¡Quién sabe, los accidentes ocurren!

Sentí que la rabia me subía por las venas. Deseaba golpearle.

—Eres un malnacido, Guzmán —dije entre dientes.

—Te conviene dejar atrás esa actitud tan insultante. —Se levantó—. A partir de ahora en este concejo se hará lo que yo quiera, ni siquiera lo que mi tío diga. En cuanto me case pienso ser quien tome las riendas de todo esto; él es demasiado flojo para tratar con personas indóciles como tú.

—Un día toda la verdad se sabrá, lo juro.

Mi voz quería sonar amenazante, pero resultaba lastimosa. Guzmán se echó a reír.

—Me das pena, muchacho, eres tan patético... ¿De veras quieres traer a la puta de tu hermana con su hijo? ¡Tráelos! De hecho, me gustaría conocer a ese bastardo y ver si realmente se parece a mí. A lo mejor resulta que no.

Estaba a punto de golpear a Guzmán cuando una mueca le congeló el rostro. Muy despacio se llevó la mano a la espalda y con esfuerzo, temblándole la mano, se sacó del costado un puñal mientras su expresión de dolor se transformaba en asombro. Se volvió lentamente empuñando el arma ensangrentada.

—¡Maldito! —masculló.

Tras él estaba mi hermano Nicolás. En su rostro había más terror que en el semblante pálido de Guzmán.

Aprovechando su desconcierto, el sobrino de don Lope se abalanzó sobre Nicolás y ambos cayeron al suelo. Mi hermano estaba petrificado, era incapaz de moverse. Vi el puñal elevarse sobre su rostro y apuntar directamente a su garganta. Cuando Guzmán estaba a punto de clavárselo, me lancé hacia él, le arrebaté el cuchillo y, sin darle tiempo a reaccionar, se lo hundí en el pecho. Una vez, luego otra, otra más... No era capaz de parar mientras su sangre caliente me salpicaba el rostro. Su respiración cesó, y en el aire quedó sólo el eco del chasquido de sus costillas rotas. Me apoyé en las rodillas y me levanté despacio. Solté el cuchillo ensangrentado y me apoyé en la pared. Miré a Nicolás; tenía la cabeza entre las piernas y sollozaba.

—Lo siento, lo siento —repetía llorando—, yo no quería...

Me acerqué hasta él y le zarandeé.

—¿Qué has hecho, maldito? Has buscado nuestra ruina.

—¡Lo siento!

—¿No sabes decir más que eso? ¿Qué crees que nos pasará cuando se enteren de esto? ¡Estamos muertos!

Nicolás sacó la cabeza de entre las piernas.

—No pude evitarlo, hermano —dijo—. No debía permitir que hablase así de María. ¡Tú nunca me contaste la verdad!

—¿Qué sabes tú de María, si apenas la conociste? ¿Quién crees que eres para meterte en estos asuntos?

—¡María es mi hermana! ¡Mi hermana! ¡Es de mi sangre!

El corazón se me paró. Algo iba creciendo dentro de mí conforme oía las palabras de Nicolás. ¿Cómo podía sentir él algo así por una persona a la que apenas había conocido? Le abracé. Le temblaba todo el cuerpo.

—Está bien, está bien. Creo que si no te hubieses adelantado, lo habría hecho yo mismo. Que Dios me perdone, pero se lo merecía.

Me miró a los ojos.

—¿Qué me ocurrirá ahora?

Tomé su cabeza entre mis manos.

—Escúchame, estamos juntos en esto. Hoy se ha perpetrado una injustica sin nombre en este concejo. Sancho ha muerto esta mañana, y don Lope y don Teodulio han profanado su testamento para comprar la voluntad de nuestros hermanos y del sobrino de Sancho. Mi maestro había decidido favorecernos para aliviar nuestra situación, pero todo se ha ido al traste. Y ahora, con la muerte de Guzmán, no hay sitio en el pueblo para nosotros.

—Pero ¿adónde iremos? Éste es nuestro hogar y aquí está padre. ¿Quién cuidará de él?

—Nosotros ya no podemos hacerlo. Cuando esto se conozca nos detendrán y nos darán muerte, tenlo por seguro.

Nicolás seguía mirándome, con los ojos muy abiertos.

—Debemos pensar fríamente —continué—. En primer lugar, esconderemos el cadáver. Es necesario ganar algo de tiempo. Luego huiremos, pero antes de hacerlo tengo que cumplir la última voluntad de Sancho. Todos han mancillado su memoria, pero yo no lo haré, se lo juré. ¡Vamos, ayúdame!

Cogimos el cuerpo de Guzmán y lo sacamos por la puerta trasera de la casa. Miré alrededor y no vi a nadie. Arrastramos el cadáver hasta la pocilga. En aquel momento no teníamos ningún cerdo, pero todavía estaban sin limpiar los excrementos del último que habíamos criado. Dejamos el cuerpo en una esquina y cogimos dos palas.

—Le taparemos con la mierda de los puercos —dije—. Así nadie lo descubrirá durante un tiempo.

Sin descanso cubrimos el cuerpo de Guzmán hasta que quedó

completamente tapado. Ahora tenía unas horas de margen para resolver todos los asuntos pendientes que quedaban. Me acerqué a Nicolás y le abracé.

—Te quiero. A pesar de tu edad eres mucho más recto que nuestros hermanos mayores. Sabe Dios que no está bien lo que hemos hecho; aun así, me siento orgulloso de ti. Vamos a salir de ésta, ¡te lo aseguro! Limpia el suelo y no hables de nada en absoluto con nadie. Yo vendré a buscarte más tarde.

Dejé la pala apoyada contra la pared de la pocilga y, tras limpiarme y cambiarme, tomé el camino a casa de Lucía. A mi espalda oí el sollozo contenido de Nicolás. ¿Cómo habíamos llegado a esa situación?

58

En junio de 1522 nuestro barco se convirtió en un ataúd flotante. Sin fuerzas para más, sin ánimos, sin esperanzas y sin ilusión, nos dejamos morir a bordo. El primero de aquel mes falleció un grumete de Bermeo; el día 7, un portugués y uno de los nativos; el 8, un marinero navarro; el 9, otro grumete jerezano; el 18, dos de los nativos; el 21, un marinero de Huelva; el 22 un sobresaliente burgalés y otro nativo; el 26, un sobresaliente portugués...

Con los ojos hinchados, las encías sangrando y la piel quemada, mirábamos desesperados el mar. Con las pocas fuerzas que nos quedaban suplicábamos a Dios que cesara por fin aquella tortura, que terminara de una u otra forma aquel calvario. ¿Qué mal tan grande habíamos cometido para que Él nos tratase con tamaña crueldad? ¿Era por nuestra osadía de rodear el mundo? ¿Por nuestros excesos con los indígenas? ¿Por nuestra codicia y por nuestra sed de gloria? No podía saberlo. Pero si Nuestro Señor había tenido piedad hasta con los peores pecadores, ¿cómo ahora no nos asistía y nos dejaba morir de aquella manera tan lenta y desesperante?

—Las bodegas están vacías.

De forma lacónica Juan Sebastián del Cano nos dio la noticia que temíamos desde hacía días. Era el 1 de julio. Sin apenas pesca en las últimas jornadas y con todas las provisiones podridas o agotadas, llevábamos dos días casi sin probar bocado. Puede parecer mentira, pero sentí cierto alivio. Ya nunca tendría que volver a comer aquella inmundicia.

—¿Cómo seguiremos adelante sin provisiones, capitán? —preguntó Hans de Aquisgrán.

—No lo sé, no lo sé...

Del Cano bajó la cabeza y regresó a su camarote. Su autoridad estaba por los suelos, y si alguno hubiese tenido fuerzas en aquel momento, a buen seguro que el mando le habría sido arrebatado. Pero todos estábamos terriblemente débiles, y en ningún caso envidiábamos su cargo ni su responsabilidad.

Aquella misma tarde, Del Cano reunió en su camarote a los pilotos. Hablaron durante largo rato mientras los demás trabajábamos a duras penas en la cubierta. Nuestros estómagos castigados ya no protestaban por el hambre. Se habían resignado, como nosotros. Al cabo de un buen rato salieron y, por sus expresiones, supimos que iban a comunicarnos alguna novedad, aunque era difícil aventurar si buena o mala.

—Marineros —comenzó Del Cano—, hemos llegado al límite. Como esta mañana os dije, y de sobra sabéis, en las bodegas no queda nada comestible, y apenas tenemos agua para tres o cuatro días. En esta situación, moriremos sin remedio en menos de una semana. Tenemos dos opciones: ir al continente o dirigirnos a las islas de Cabo Verde, que se encuentran a sólo nueve leguas de aquí. Lograr mantenimientos en el continente es harto difícil; quizá no encontrásemos ni donde fondear. Por otra parte, arribar a las islas de Cabo Verde es correr el riesgo casi seguro de que nos apresen porque los portugueses tienen allí una guarnición. Pero hay una posibilidad: hacerles creer que venimos de las Indias Occidentales y no de las Molucas, y explicarles que sufrimos una tormenta en alta mar que nos alejó de nuestra ruta. Les pediremos provisiones y les pagaremos por ellas, y para evitar que descubran nuestro cargamento de especias, lo haremos con el oro que guardamos en la bodega.

Nadie se atrevía a hablar.

—¿Qué decís, pues? Quiero que sea decisión de todos tomar tierra en las islas o hacerlo en el continente.

Con poca confianza en uno u otro destino, la mayoría de nosotros nos decantamos por el plan propuesto por el capitán. Era más arriesgado, pero parecía el único factible en nuestras difíciles circunstancias.

—No es seguro que el plan funcione —continuó—, pero es nuestra única opción, ¡y vive Dios que la pondremos en práctica! Ah, y nadie dirá nada inconveniente cuando fondeemos en Cabo Verde o yo mismo me ocuparé de cortarle la cabeza, aunque sea lo último que haga. ¡Que la fortuna nos guíe! —concluyó Del Cano.

Tras tantos sinsabores, la posibilidad de jugarnos todo nuestro futuro a una carta no nos hacía especialmente felices. Con todo, al menos nos alegrábamos de que se tomase, por fin, alguna decisión, la que fuera.

—¡Que la fortuna nos guíe! —repitió con sorna Bocacio—. ¡No nos faltaba más que oír! Del Cano ya no debe confiar en la Virgen para acogerse de ese modo a la incierta suerte.

—¿Y qué esperas? —respondí—. ¿Por qué iba la Virgen a favorecernos a nosotros en vez de a los portugueses? ¿Hemos hecho algo digno por lo que debamos merecer la gracia divina?

Bocacio se recostó contra el costado del barco. No tenía muchas ganas de discutir, pero la posibilidad de hacerlo conmigo siempre acababa tentándole.

—Más que los portugueses, sí. Nosotros hemos dado la vuelta al mundo casi por completo, cosa que nadie concibió hacer jamás. Sólo por eso merecemos llegar a España y gozar de nuestro triunfo. ¡Y quizá no le falte razón a Del Cano clamando por un poco de suerte!

—Tengo mis dudas sobre la suerte, amigo. No sé si es caprichosa o simplemente no existe en absoluto. Lo que hemos logrado en este viaje ha sido por nuestros méritos y lo que ha ido mal, por nuestros pecados. ¿Llamas falta de suerte a la muerte de Magallanes? Yo creo, más bien, que fue falta de cabeza.

Bocacio cerró los ojos y sonrió.

—Me divierte discutir contigo, de veras, pero hoy no tengo fuerzas. Renuncia a la suerte si no crees en ella. Yo, a pesar de mis dudas, me acogeré a su misericordia como dice el guipuzcoano. Nos va a hacer falta mucha ventura si hemos de engañar a los portugueses.

Al final nos faltó ventura, pero en otro sentido. Después de que el capitán decidiera que nuestra única salvación para no morir de hambre era recalar en Cabo Verde, los vientos se negaron a empujarnos hasta el archipiélago; soplaban de proa, y entre los días 2 y 6 de julio no sólo no conseguimos recorrer las nueve leguas que nos separaban de aquellas islas, sino que retrocedimos hasta situarnos a veinte leguas de distancia. Aquello ya era demasiado. Sin probar en cinco días más que unos míseros pescados que cayeron por descuido en nuestros curricanes, creímos perder la cabeza de impotencia y desesperación. A un solo paso estaba nuestra salvación y éramos incapaces de alcanzarla. En las jornadas anteriores, cuando no albergábamos ninguna esperanza, el hecho de avanzar en mayor o menor medida, o incluso de retroceder algo con mal viento, no era más que un contratiempo de la navegación, pero en aquellas circunstancias era la débil barrera que separaba la vida de la muerte, el triunfo de la derrota. Manejar las velas, llevar el timón o tirar de los cabos era un trabajo de titanes que debía ser realizado por moribundos.

Nicolás me preocupaba sobremanera. Perseverando en las tristes palabras que me había dirigido no hacía mucho, estaba resuelto a morir antes que seguir sufriendo aquella agonía interminable. Haciendo caso omiso de las indicaciones del capitán, se pasaba el día apoyado contra el costado del barco, mirando al infinito. Las costillas se le marcaban en el pecho y su piel tenía un color enfermizo. Cada poco me acercaba a él y le animaba, y lo mismo hacían Esteban, Bocacio, Hans y Antonio.

—¡Ya no queda mucho!

—¡Pronto llegaremos!

Vanas palabras que ni nosotros creíamos, pero que de todas formas había que decir.

—¿Qué aspecto tendrá la muerte, hermano? ¿Será como estaba pintada en la iglesia del pueblo?

El corazón se me partía con sus palabras.

El día 7 de julio amaneció algo plomizo, pero, para nuestra fortuna, las nubes fueron rápidamente dispersadas por un fuerte viento de popa. El capitán salió de su camarote enfervorecido.

—¡Aprisa, no hay tiempo que perder!

Cada cual se dirigió a su puesto y largamos las velas con ahínco a pesar de que estábamos exhaustos. Aún hoy me sorprendo al pensar de dónde pudimos sacar ánimos. El caso es que con más voluntad que energía la nave consiguió tomar el rumbo a las islas. El palo mayor, dañado desde que cruzamos el cabo de Buena Esperanza y con las lonas destrozadas, parecía irse a romper ante cada embate del viento, pero resistía. Era para todos un símbolo de nosotros mismos.

Continuó soplando con bravura durante todo el día 8, con lo que pudimos recorrer sin problemas diez leguas. En la jornada siguiente, por fin, y tras casi una semana sin probar apenas bocado, nuestra desgraciada nave nos llevó ante la isla de Santiago, concretamente frente al poblado de Río Grande. Al gozo de alcanzar tierra y la esperanza de obtener víveres se oponía el miedo a ser descubiertos por los portugueses y caer en sus manos a tan poco de culminar nuestro viaje, pero no había elección.

Del Cano nos reunió en cubierta y repasó de nuevo el plan que habíamos tramado. Ante todo nadie debía desvelar nuestra verdadera identidad, pues ése sería nuestro fin inmediato. La historia que había de contarse era que al volver de las Indias Occidentales una tormenta nos sorprendió y nos apartó del resto de la flota. Navegamos durante días a la deriva hasta dar con el archipiélago. Nuestro lamentable aspecto ayudaría a hacer creíble aquel relato, siempre y cuando los portugueses no decidieran, por desconfianza, inspeccionar el interior del barco.

—Sabéis tan bien como yo que ésta es la última baza que nos queda para llegar a España. Sólo os pido un pequeño esfuerzo más para lograrlo. Confío en vosotros —dijo Del Cano.

A continuación escogió doce hombres, entre los que aún podíamos caminar, para descender a tierra bajo el mando del contador Martín Méndez.

Medio desnudos y con las huellas del hambre y la enfermedad en nuestros cuerpos, embarcamos en la chalupa y remamos hasta al embarcadero del puerto de Río Grande, donde ya nos esperaban los oficiales portugueses, extrañados de aquella inesperada visita. No sé si por la divina providencia o por la suerte en la que tan poco creía yo, el caso es que la patraña que Martín Méndez les contó mientras los demás nos echábamos alguna mirada de reojo, les pareció creíble desde un primer momento. Después de relatarles nuestras penurias, les pidió auxilio en forma de víveres, a cambio de una buena cantidad de oro. Los portugueses lo aceptaron sin preocuparse de nada más; nadie pidió subir al barco a comprobar la carga ni nadie puso en duda las palabras de Martín. Al poco, fueron llevadas al puerto varias cajas con vituallas, agua y vino, y tuvimos que hacer verdaderos esfuerzos para no llorar y para no lanzarnos sobre aquellos alimentos como animales. Con diligencia lo metimos todo en la chalupa y remamos hacia la *Victoria*. Cuando estuvimos cerca pudimos ver el asombro y el júbilo en el semblante de nuestros compañeros.

—¡Se acercan! ¡Traen alimentos!

Incluso en el rostro del capitán se advertía el pasmo por el triunfo de un plan en el que ni él mismo confiaba.

Nos recibieron con besos y abrazos, como auténticos héroes. Poco a poco fueron izadas las cajas: gallinas, galletas, pan, vino, hortalizas, fruta, agua. ¡Qué delicia contemplarlo todo tras tantos meses tragando aquellas raciones exiguas y pestilentes! Se me hacía la boca agua sólo de pensar en el momento en que pudiera hincar el diente a algo. Sin perder un minuto las provisiones fueron cocinadas, y el olor a verdura y a carne asada inundó nuestra pequeña nao. Mientras nos llevábamos la comida a la boca se nos caían las lágrimas sin que pudiéramos reprimirlas. ¡Qué enorme alegría la de aquellos momentos! Una única cosa la empañaba: a pesar del general alborozo, Nicolás permanecía como ausente. Tomó su ración sin mucho convencimiento y mordisqueó la gallina de su cuenco más por obligación que por gusto.

—¿Qué ocurre? ¿No estás contento de nuestro éxito? Por fin tenemos algo que comer tras tanto tiempo.

—¿Cómo no voy a estar feliz, hermano? Es sólo que las penas vividas han causado una herida muy profunda en mi alma y no creo que pueda curarla únicamente con un bocado de carne o un trago de vino.

—Ni debes hacerlo. Aun así, éste es un momento de regocijo. Tiempo habrá para pensar en lo que hemos vivido en estos años a bordo. Ahora no debes preocuparte más que de alimentar tu cuerpo, que ya encontrarás momento y lugar para sanar tu alma.

Nicolás me cogió una mano y sonrió tristemente.

—Hay heridas que no cicatrizan jamás. Tú deberías saberlo mejor que yo.

Me senté junto a él y tomé un largo trago de vino. Pensando en Lucía, en su ausencia, el pan era menos tierno y el vino más amargo. ¿Podría alguna vez curar yo aquella herida?

Con todo, la carne asada y el calor que dejaba el vino en mi interior me reconfortó y colmó de felicidad, pues ¿existe, por zafio que pueda resultar, alguna felicidad más completa y sincera que la de sentir el estómago lleno después de una larga hambruna? Quizá la de llenar el corazón de amor cuando se ha vivido demasiado tiempo en soledad. Pero en aquel momento mi corazón estaba solo y sin esperanza de ser nuevamente conquistado.

Entonces oí que Martín Méndez se acercaba a Del Cano.

—Capitán, hay algo muy extraño. Los portugueses afirman que hoy es jueves, pero hoy es miércoles, ¿no es así?

—Así es, por supuesto.

—Pues todo el rato repetían que es jueves. No he querido discutirlo para que no sospecharan nada, pero me parece imposible que nos hayamos comido un día.

—Es imposible por completo —intervino Francisco Albo—. He llevado con diligencia mis anotaciones, y hoy es miércoles 10 de julio de 1522. ¿No es así, don Antonio?

Pigafetta, sin dirigirse directamente al capitán, corroboró lo dicho por Martín y Francisco. Y añadió:

—Yo también he llevado día a día mi diario. Sin duda han de estar equivocados. A no ser que...

Pigafetta dejó la frase suspendida en el aire.

—¿Qué? —preguntó Francisco Albo.

—Teniendo en cuenta que hemos navegado en todo momento hacia poniente y que hemos regresado a la misma longitud que nos vio partir, quizá hubiésemos tenido que corregir las mediciones.

—No veo el sentido de tener que hacer tal cosa, don Antonio —dijo Francisco Albo—. Si hemos anotado correctamente cada día de travesía, no se nos puede esfumar uno por arte de magia. Si hoy es miércoles es miércoles, por mucho que digan esos oficiales y por más correcciones que queramos hacer.

—A mí también me resulta extraño, Francisco. Sin embargo creo que hay algo que se nos escapa, aunque no sé muy bien qué es.

—Es posible —contestó Del Cano sin mirar a Pigafetta—, pero no insistamos sobre esto cuando hablemos con los portugueses.

—Bien dicho —intervino Bocacio sin que nadie le invitase a la conversación—. Más valdrá abastecer esta nave y no marearlos con cuestiones sin sentido. En todo caso, no deja de ser irónico que aún no hayamos obtenido nada de este viaje, pero que ya hayamos perdido un día.

Del Cano sonrió ante la ocurrencia y dio por zanjado el asunto. Fuera miércoles o jueves, lo importante era continuar con el aprovisionamiento. Por lo demás, no fue hasta varios años después cuando pude comprender el motivo de aquel error.

Siguiendo las órdenes del capitán, al día siguiente los mismos hombres que habíamos embarcado los víveres fuimos a tierra y de nuevo la suerte nos sonrió. Sin ningún problema, los portugueses nos proporcionaron más hogazas, gallinas, vino y hortalizas en gran cantidad. ¡Estábamos salvados! Pero alguno, en su alegría, intimó en demasía y estuvo más tiempo del conveniente riendo y bromeando con ellos. Sólo con mucha insistencia Martín Méndez pudo separarle y apremiarle para volver a la *Victoria* cuanto antes, como nos había recomendado el capitán.

Mientras subíamos las provisiones, le oí hablar con Del Cano.

—No sé si será prudente bajar una vez más a tierra, señor. Alguno de los marineros podría hablar más de la cuenta. Y si alguien deja caer lo de la carga de especias...

—Nos descubrirían, sin duda. Pero aún nos haría falta un viaje más para poder regresar a España con garantías de no morir de hambre en el camino. Hemos de intentarlo por tercera vez.

—Es muy peligroso, capitán.

—Lo sé, Martín, lo sé, pero es indispensable lograr esas provisiones o llegaremos a casa como cadáveres en un barco destrozado. Mañana desembarca en el puerto de nuevo con los hombres y carga todo cuanto puedas. En cuanto estéis de vuelta, partiremos.

Me dirigí al costado del barco. Cuando estaba a punto de descender a la chalupa por tercer día consecutivo, Del Cano me llamó:

—¡Grumete, acércate un momento!

Abandoné al grupo y me dirigí hacia él.

—Hoy tú no bajas. Aprovecha y ponte a escribir en el diario, que hace un tiempo que no te veo hacerlo. Recuerda, has de contar mi historia además de la tuya.

Sonreí.

—La mía se acerca a un punto que quizá prefiráis no conocer, capitán. Es posible que al leerla deseéis echarme del barco.

—No lo creo. Aun así, tienes talento suficiente para enmascarar cualquier cosa que no quieras contar. Para eso eres el autor, ¿no es verdad?

—En efecto, pero me he propuesto no mentir. Sólo escribiendo conseguiré desprenderme de un pasado que me duele demasiado aún. He de limpiar mi alma, y no me importan las consecuencias.

—Con más motivo te quiero aquí entonces. Algo tan truculento sin duda ha de ser digno de contarse.

Asentí sin mucha convicción mientras el grupo descendía a la chalupa. En mi lugar se colocó Bocacio, contento de poder bajar a tierra después de tanto tiempo.

—Hoy me toca beber a mí, montañés. ¡Echaré un trago a tu salud!

—Que te aproveche, pero ¡acuérdate de mantener el pico cerrado!

—¿Y cómo voy a beber entonces?

—Ya sabes lo que quiero decir.

—Sí, lo sé, pero descuida. A la tarde comentaremos el trapicheo a bordo. ¡Si es posible, subiré hasta un cerdo!

Bocacio cogió la escala y bajó. Desde la cubierta le vi alejarse remando, junto con otros once; los demás permanecíamos en la nao en la entrada de la bahía, a la expectativa.

Las horas pasaron lentamente mientras esperábamos el regreso de nuestros compañeros. Del Cano caminaba sin cesar de un lado a otro de la cubierta, nervioso. Las provisiones nos eran imprescindibles, pero estaba inquieto. Los portugueses habían picado el anzuelo dos veces; con un poco de suerte lo harían una tercera. Yo me estiré en la cubierta junto a Nicolás después de haber escrito largo rato. Su aspecto había empeorado a pesar de los víveres frescos. Su cuerpo estaba flojo, como sin hálito, y tenía las pupilas dilatadas.

—Hermano, dime algo.

Me miró con desgana, como si no hubiese entendido siquiera lo que le pedía.

Cuando el sol comenzaba a declinar, Del Cano no pudo esperar más.

—Vamos a entrar al puerto. Algo ha debido de ocurrir. ¡Preparad los cañones!

Sin perder un instante ocupamos cada uno nuestro puesto para cumplir sus órdenes. Levamos el ancla e izamos las velas, pero no bien acabábamos de adentrarnos en la bahía cuando hasta nosotros se acercó una barcaza portuguesa. Iba llena de hombres armados. En el rostro de Del Cano se reflejaba la desolación. Era evidente que algo había ido mal. Cuando la barca ya estaba cerca el jefe nos increpó sin miramientos.

—¡Permitidnos subir! ¡Hemos de inspeccionar las bodegas!

Del Cano se asomó a la borda, desafiante.

—No haremos tal cosa, no tenéis por qué subir a nuestra nave.

—Sabemos de dónde venís. ¿Pensabais que somos tan estúpidos? Sois los hombres de Magallanes y vamos a deteneros. ¡Llevad el barco al puerto o lo tomaremos ahora mismo por la fuerza!

—Eso lo dudo —respondió el guipuzcoano señalando los cañones.

—¡Esto no va a quedar así! —gritó el oficial portugués mientras daban media vuelta—. ¡Os lo aseguro!

La barcaza regresó al puerto y al poco vimos que dos navíos levaban anclas e izaban las velas.

La orden del capitán no se hizo esperar.

—¡Nos vamos! ¡Aprisa!

—Pero, señor, ¿qué será de los nuestros en tierra? —gritó Francisco Albo.

—¡Qué será de nosotros! —masculló Del Cano.

La *Victoria* viró y enfilamos el mar con la mitad de las provisiones necesarias, el palo del trinquete roto y las velas sin reparar. En tierra habían quedado nuestros compañeros, prisioneros; entre ellos, uno de mis más queridos amigos. Ya sólo éramos veintitrés hombres para volver a España. ¿Llegaría vivo alguno de nosotros para contar tan aciaga aventura?

59

Tratando de no ser visto atravesé los campos hasta llegar a las inmediaciones de la casa de Lucía. Reinaba un silencio inquietante, como si todo el universo se hubiese detenido en aquella triste tarde. Me acerqué a la puerta y pegué el oído. No se oía nada. Probablemente, como yo esperaba, el padre de Lucía hubiese ido a acompañar en el duelo de Sancho, quizá su madre también. Era el momento de actuar. Con sigilo me escondí tras los árboles bajo la alcoba de Lucía y lancé una piedrecilla a la contraventana. Al poco, ella se asomó.

—Lo sé —dijo—. Mis padres me lo han contado.

Cerró la ventana. Poco después salía de casa y llegaba hasta el lugar en que me escondía torpemente. Nunca había visto una expresión tan triste en su rostro.

—Ocurrió esta mañana temprano —dije—. Murió en paz, en su cama, con el testamento dictado. Pero la paz le duró poco. A los de siempre les faltó tiempo para mancillar su recuerdo y violar su voluntad.

—¿Qué quieres decir?

Le conté lo que había ocurrido con el legado escrito de Sancho.

—Pero ¡eso no puede ser! ¿Qué será de la biblioteca? ¿Quién la guardará ahora? Él te lo encargó, nos lo encargó. ¡Lo prometimos!

—Lo hicimos, Lucía y ahora no podemos cumplirlo.

—¡No digas eso! Dimos nuestra palabra y encontraremos la forma de cumplirla como sea. Sancho confió en nosotros.

—No acierto a ver la forma. Hoy han ocurrido más cosas...

—¿Qué quieres decir?

No sabía cómo continuar. Aquello era demasiado doloroso, demasiado ruin, demasiado despreciable para que ella pudiera perdonármelo, incluso por encima del amor que me tenía.

—Hoy ha sucedido algo terrible además de la muerte de Sancho. Cuando salí de su casa me marché a la mía herido en lo más profundo, no sabía qué hacer. Poco después, mientras atendía a mi padre se presentó allí Guzmán.

—¿Guzmán?

—Vino a reírse de mí, de mi padre, de Sancho, de mi hermana María. Su rostro reflejaba victoria y maldad.

Le conté lo que había descubierto al ver a mi hermana y las consecuencias que ello podría tener de sacarlo a la luz. Lucía me miraba sin pestañear.

—Guzmán se rió de mis pretensiones y me amenazó de muerte si intentaba algo. También amenazó con hacerte daño a ti. Te juro que lo habría estrangulado en aquel mismo momento.

—¡Dios mío, cuéntame de una vez qué es lo que ocurrió!

Tragué saliva y, con todo el cuerpo temblándome, le relaté cómo me había dispuesto a abalanzarme sobre él y darle por fin su merecido por haber arruinado a mi hermana, haber causado tanto pesar a mi madre y haber hecho de nuestra vida un infierno. Cómo le había visto llevarse la mano al costado para sacarse un puñal ensangrentado, para enseguida descubrir con terror que Nicolás era quien se lo había clavado. Y cómo yo mismo, al darme cuenta de que iba a matar a mi hermano pequeño, le había arrebatado el cuchillo y se lo había hundido hasta que dejó de respirar.

—Lo maté, lo maté.

Lucía estaba llorando.

—Lo siento, no fue mi intención hacerlo, sólo trataba de proteger a Nicolás, pero la ira me cegó y actué como un asesino. Ahora estoy perdido; no puedo seguir en el pueblo. Pronto se conocerá la muerte de Guzmán y vendrán a por mi hermano y a por mí. ¿Qué me quedará entonces? ¡No quiero alejarme de ti, eres lo único que tengo!

Me abrazó sin dejar de llorar. Su calor me reconfortó como nada podía haberlo hecho en ese momento. Nunca hasta entonces me había dado cuenta de cuánto la necesitaba, de cuánto la amaba, de lo insufrible que sería vivir siquiera un solo día sin ella. Nos besamos con pasión, sabiendo que aquéllos podían ser los últimos besos de los que disfrutáramos, que quizá el destino no nos diera más oportunidades de estar tan cerca el uno del otro.

—¿Qué será de nosotros? —dijo Lucía.

—No lo sé. Aquí no nos queda nada; tus padres nunca me han aceptado, siempre se han opuesto a nuestro amor, y ahora... Tengo que marchar junto con Nicolás antes de que esto se sepa, y nunca más podré volver. Ni siquiera podré cuidar de mi padre en sus últimos días.

Me besó con ternura.

—Iría contigo a donde fuera.

—Pero no puedo obligarte a ello, sería un canalla si lo hiciera. Tú aquí tienes a tu familia, tienes un futuro. ¿Qué puedo ofrecerte?

—Aquí no tengo nada. En todos estos años Sancho y tú sois las únicas personas que habéis significado algo para mí.

Las palabras de Lucía me recordaron la promesa hecha a nuestro maestro.

—Sancho quiso que yo guardara su biblioteca. ¿Cómo podré hacerlo?

—Quizá si huyéramos podríamos llevarla con nosotros.

—Es imposible, nos haría falta una mula para transportar todos esos libros, y no pasaría ni medio día antes de que nos detuvieran. Además, ahora la casa es de Ramón, ¿de qué manera los sacaríamos?

Bajó la cabeza, apenada.

—Creo —continué— que quizá no me sea posible respetar su deseo.

—¡No digas eso! Él lo dio todo por ti. ¿Cómo puedes pensar en un futuro para los dos si no eres capaz de cumplir con tu palabra?

Recibí avergonzado su reprimenda. Tenía toda la razón.

—Lamento haber hablado así. No tengo tu valor y me siento impotente.

—Deja que piense. Ha de haber algo que podamos hacer. De lo que estoy segura es de que no fallaremos a Sancho por nada del mundo.

Lucía me besó y sentí sus lágrimas saladas resbalando por mi rostro hasta llegar a mis labios. Noté que su calor penetraba en mi piel y me calaba el alma hasta inundar todo mi ser. Cogió mi rostro entre sus manos sin dejar de besarme ni un instante, como si en cada uno de esos besos se concentrase el universo entero. Mi mente volaba, pensaba en cómo salir de la difícil situación en la que nos hallábamos, pero mi cuerpo estaba atado al suelo y me unía más que nunca a mi amor. Sin darnos cuenta nos alejamos de la casa y nos adentramos en un pequeño rodal de encinas. Lucía me arrastraba, dominaba mi voluntad sin dejarme reaccionar. Tomó mi mano y me llevó un poco más adentro aún, a un lugar en que nadie podría molestarnos.

—Hoy quiero ser tuya —me dijo.

Nos besamos de nuevo y caímos al suelo abrazados mientras nuestros cuerpos se unían. ¿Qué fuerza nos dominaba en aquellos instantes? Sentí que mi cuerpo no me pertenecía, que respondía a un mandato superior que me impulsaba a sentir, a gozar, a amar. Aquel momento juntos, unidos, bajo la sombra de las encinas fue el mejor de mi vida. Descubrí, por fin, el verdadero significado del amor.

Más de una hora permanecimos en el suelo, el uno con el otro, abrazados. El mundo había desaparecido, o eso pensaba yo, pero en realidad estaba más presente que nunca. El amor nos había dado la vida, pero con su sola ayuda no seríamos capaces de conservarla. El rostro de Lucía reflejaba tristeza y preocupación.

—¿Dónde está ahora Nicolás? —me preguntó.

—Está en casa. Le dije que no hablase con nadie.

—Eso no es suficiente. Es joven aún y los nervios pueden traicionarle.

—¿Y adónde podríamos ir? Una huida no haría más que levantar sospechas.

Permaneció un instante pensativa.

—Vuelve a tu casa y saca a tu hermano de allí antes de que cometa una imprudencia. Esta misma noche marcharemos.

—¿Marcharemos? ¿En qué has pensado?

—Prefiero no decírtelo ahora, pero creo que tengo una solución para nuestro problema. Permaneceremos juntos y cumpliremos con nuestra promesa a Sancho.

—Pero ¿cómo?

—Haz lo que pido y todo irá bien. Confía en mí. Ve a tu casa y llévate a tu hermano. Cuando caiga el sol nos veremos en el puente que lleva a Castilla, desde allí saldremos juntos.

—No entiendo cómo, Lucía.

—Confía en mí. Esta noche comienza una nueva vida para nosotros.

La miré con ternura y la besé. Estaba tan cansado y tan aterrado que preferí creerla, pero mientras nos despedíamos no pude evitar mirarla una vez más y advertir en su rostro una profunda sensación de tristeza, esa que sólo se siente cuando tememos la pérdida de la persona a la que amamos.

Regresé a mi hogar con un nudo en el estómago y rezando para que nadie hubiese descubierto aún el cuerpo de Guzmán bajo el montón de estiércol. Por fortuna, así era. La gente del pueblo debía de haberse ido a casa de Sancho, a acompañar en la vigilia. Abrí la puerta y me encontré a Nicolás en el extremo de la estancia, acurrucado en el suelo junto a la lumbre, ahora apagada. Como había predicho Lucía, habría sido imposible que disimulara el crimen cometido, pues su semblante delataba culpabilidad, temblaba y su piel tenía un tono tan apagado que parecía que hubiese perdido hasta la última gota de sangre.

—¿Dónde has estado? —me asaltó según me vio entrar.

—Urdiendo un plan para salvarnos. ¿Pensabas que te había abandonado?

—¿Qué esperabas? No tengo valor ni para mover un dedo.

Me acerqué a mi hermano y le besé la cabeza.

—Vamos a salir de ésta, Nicolás. Lucía tiene un plan para escapar de una maldita vez de este pueblo y comenzar una nueva vida. Esta noche será el momento. Sólo debes mantener el pico cerrado un rato más.

—¿Y en qué consiste ese plan?

—Aún no sé los detalles, pero siempre ha tenido seguridad en sus actos y ahora no nos fallará. Nos encontraremos con ella al caer el sol en el puente que lleva a Sierras Albas. Así que no hay tiempo que perder. Recoge lo que consideres imprescindible y ponlo en un hatillo. Luego sube a ver a padre y dile adiós. Yo lo haré tras de ti.

Nicolás tenía ganas de replicarme, pero le faltaron las fuerzas. Ascendió por la escalera y llorando se despidió de nuestro padre. Ya sólo un hilo de vida le unía a este mundo. Cuando mi hermano bajó, subí yo. Cada escalón era como una montaña. Cargaban cada uno de mis pasos el dolor y el peso de la más profunda amargura. Me allegué a la cama y me arrodillé. Su rostro era cadavérico y respiraba con dificultad, como si cada exhalación fuera a ser la última. Tomé su cabeza entre mis manos y le besé los blancos cabellos.

—Habéis sido un gran hombre, padre. Nunca podré igualarme a vos. Gracias por todo.

Aunque su cuerpo seguía en aquel lecho, su alma volaba ya muy lejos, espero que al lugar que por su bondad le correspondía.

Fui al arcón familiar y cogí algo de ropa de abrigo para Nicolás y para mí. Nos iba a hacer falta en nuestra huida.

Bajé la escalera sin mirar atrás, oyendo la torpe respiración de mi padre a cada una de mis pisadas. Su vida se apagaba y la mía se encaminaba a la ruina. ¿Qué había tramado Lucía para salvarnos? Por mucho que lo intentaba, no acertaba a adivinar la estratagema que decía tener preparada. Descendí los últimos travesaños y me acerqué a Nicolás. Le cogí por el hombro y lo conduje a la puerta. Al abrirla chirrió, como de costumbre.

—Mira esta casa por última vez, hermano. Hoy dejará de ser tu hogar.

Abrazados la abandonamos y tomamos el camino que, descendiendo primero al río, se dirigía luego a las altas tierras de la Pernía, esas que yo conocía pero de las que Nicolás sólo había oído hablar a los mayores. El sol caía a nuestra espalda mientras caminábamos sollozando por aquellos senderos de mi infancia.

60

Huyendo todo lo rápido que permitía nuestro maltrecho barco conseguimos eludir a duras penas a los portugueses. No podía quitarme de la cabeza a Bocacio; pensaba en los buenos ratos pasados juntos, en sus bromas groseras, en sus risotadas, incluso en las discusiones que mantuvimos. Pensaba también en los demás compañeros que se habían quedado en el camino, en Domingo Portugués, Juan Griego, Benito Genovés, Martín de Ayamonte... y tantos otros. ¿Encontraría las fuerzas suficientes para reemplazar su pérdida? Sentía como si una losa me impidiera levantarme y continuar. Pero debía hacerlo; Nicolás me necesitaba.

En todo caso, no había tiempo para lamentaciones. Nuestro único carpintero, Ricardo Normando, cuya ayuda resultaba ahora más necesaria que nunca, había quedado también en Cabo Verde. La quejumbrosa *Victoria* hacía aguas por todas partes, y poco a poco iba subiendo el nivel en el fondo del barco.

El capitán Del Cano organizó turnos para trabajar en la bomba de achique. En pleno mes de julio el calor era insufrible y el esfuerzo de achicar se hacía inabordable. A la enfermedad y la debilidad tendríamos que unir desde entonces el agotamiento extremo.

Las provisiones obtenidas en Cabo Verde habían aliviado nuestras necesidades más inmediatas, pero no significaron el fin de la hambruna. El capitán había decidido no tomar el rumbo a las Canarias, la ruta que le habría permitido un abastecimiento más completo, porque el viento soplaba en contra y, sobre todo, porque eso era precisamente lo que los portugueses esperaban que hiciéramos.

Así que Del Cano optó por navegar al norte hasta la altura de las Azores para virar luego en dirección este. Era un trayecto más largo, pero también menos peligroso. El único inconveniente era que no contábamos con víveres suficientes. Dos días después de dejar atrás el puerto de Río Grande los cuencos de comida volvieron a servírsenos racionados, en cantidades que apenas daban para calmar el rugido de nuestros estómagos, cuanto menos para darnos las fuerzas necesarias para realizar las tareas de a bordo.

Con sólo veintitrés hombres, veinte de los que partimos de Sanlúcar y tres de los nativos, los turnos se hicieron agotadores. Del Cano ordenó además que se trabajase por parejas en la bomba durante una hora seguida. Nadie se libraba de la tarea, ni los oficiales, ni el escuálido y poco acostumbrado al duro esfuerzo Pigafetta, ni siquiera el capitán. La bomba no daba abasto y debíamos sacar el agua también con cubos, subiéndolos desde la bodega. Descender allí era lo más parecido a la descripción que de pequeño me hicieron del Infierno, salvo que aquí las llamas se sustituían por agua putrefacta que nos llegaba unos días hasta las rodillas y otros hasta los genitales. Y de nada valía intentar escabullirse de la tarea o no esforzarse mucho en el achique; si no conseguíamos mantener el nivel a raya, nos iríamos todos a pique. Eso si antes el casco entero no reventaba y nuestra nave se hundía hasta el fondo del mar con toda la carga de especias.

—No pienso tirar ni un puñado de clavo de olor por la borda —nos dijo uno de aquellos días Del Cano—, así que si alguien lo estaba pensando, que se lo vaya quitando de la cabeza.

Claro que todos lo habíamos pensado, pero de sobra sabíamos que el capitán no lo permitiría. A pesar del gran éxito conseguido dando la vuelta al mundo y abriendo una nueva ruta de navegación a las Molucas, nuestra misión había sido financiada por comerciantes que esperaban obtener su beneficio a costa de nuestro sudor y nuestra muerte. Del Cano lo sabía y por eso no estaba dispuesto a perder ni una pizca de su cargamento, aunque eso nos obligase a trabajar hasta la extenuación.

Pigafetta deambulaba por el barco como un espíritu. Su inagotable curiosidad de los meses anteriores se había convertido en una apatía total. Del Cano había sido inmisericorde con él y, aunque era evidente que nunca en su vida había hecho más esfuerzo que limpiarse la tinta de los dedos, le obligaba a trabajar como uno más: con las velas, achicando agua e incluso de vigía en la maltrecha cofa del palo mayor. A pesar de todo, el italiano jamás abandonaba su manuscrito; yo tampoco el mío.

Sacando fuerzas, ya no recuerdo de qué lugar, para tomar en mis manos el papel y la pluma, seguí narrando la historia de mi vida al tiempo que registraba lo que nos sucedía cada jornada en paralelo al diario de Pigafetta y al derrotero de Francisco Albo. En mi relato el muchacho se enfrentaba a la agonía de su padre, a la traición de sus hermanos, a la muerte de su maestro y al odio de su peor enemigo. Demasiados frentes para un soldado tan poco aguerrido. Atemorizado por el futuro y cargado con el lastre de su pasado, aceptaba de buena gana que otros tomaran por él las decisiones, asumiendo que lo que parecía imposible de arreglar se solucionase como por mediación de una magia en la que no había más remedio que creer.

Cada poco soltaba la pluma; me vencían el sueño, el hambre y el cansancio. Ya sólo el capitán leía mi manuscrito. Esteban apenas hablaba. Y Nicolás... Yo trataba de darle ánimo, de ayudarle a superar aquel último tramo de nuestro desesperante periplo. Un poco más, sólo un poco más. Pero la vida se le escapaba sin remedio. El propio Del Cano se dio cuenta de la situación.

—Tu hermano no participará más en los turnos para achicar. Supongo que no lo soportaría.

—Gracias, señor; está desfallecido. Su cuerpo ya apenas le obedece. Aun así, mantener la cabeza ocupada en algo puede que le ayude a superar mejor estas penalidades.

Del Cano asintió.

—Puede. Le diré que ayude en la cocina o en algún otro trabajo menor. Como bien dices, hay que estar ocupado en algo para no desesperar. ¿Cómo lo llevas tú?

—Ya sabéis, capitán, que tengo mi propia escapatoria. Escribir es una forma de alejar la mente de los problemas cotidianos y acercarla, quizá, a los de tiempos anteriores. Me alegro de poder hacerlo, porque son tantas las penas que aloja mi corazón que no sabría qué hacer con ellas si no las fijase en el papel.

—Tendrías que esconderlas en algún rincón de tu alma, como hacemos los demás.

Del Cano se quedó unos instantes en silencio, como si no se decidiera a continuar o a callar.

—Yo también guardo penas y secretos —me dijo por fin—. No sólo tú huyes de tu pasado, montañés. Yo hube de salir de mi patria como un malhechor para evitar que cayese sobre mí el peso de la justicia. Y sabe Dios que no soy culpable de nada deshonroso, sino todo lo contrario. En mi tierra, en Guetaria, tenía mi barco y con él comerciaba legalmente. No voy a negar que alguna vez llevase algo prohibido, pero nunca en tanta cantidad o de tal naturaleza que me convirtiese en un delincuente. Pero la Corona me traicionó. Poco a poco fui dejando que atrasase los pagos por mis servicios hasta que me adeudó quinientos ducados de oro. Agobiado por los impagos tuve que acudir a los banqueros genoveses para que me financiasen, poniendo como garantía mi propio navío. Durante dos años protesté sin descanso para que la Corona me entregase la cantidad adeudada, pero todo fue en vano. Un día los genoveses se cansaron de esperar a que les pagase y me dieron un ultimátum: debía venderles mi barco o enfrentarme a su demanda ante la justicia.

—¿No está prohibido vender las naos castellanas a extranjeros?

—Lo está, por supuesto, pero ¿qué podía hacer? No tenía más opción que aceptar sus condiciones. De modo que vendí mi navío a los genoveses para poder afrontar el pago de las muchas deudas que tenía.

—¿Y qué ocurrió?

Del Cano bajó la cabeza mientras apretaba con rabia los puños.

—Dejé mi casa, mi hogar, y fui a Sevilla como un fugitivo. ¡Perseguido por la Corona cuando era ésta la que me había conducido a aquella situación! ¿Puedes imaginar algo más terrible?

Claro que podía, pero le dejé continuar.

—Con apenas unas monedas en los bolsillos abandoné mi tierra y vagué durante largo tiempo trampeando y ocultándome. Al final, llegué a Sevilla dispuesto a enrolarme en la primera expedición que encontrase a las Indias. El destino me llevó a tropezarme con Magallanes y su ambicioso proyecto. ¡Quién me iba a decir a mí que aquel loco viaje comenzado por él hubiera de culminarlo yo casi tres años después!

Sonreí con pocas ganas.

—Eso será si lo culminamos, capitán.

Asintió pesaroso.

—Así es, así es… En fin, confío en que si la aventura acaba con éxito la Corona olvide mi falta. Creo que tres años de tormento puede ser penitencia suficiente a ojos del rey don Carlos. A la postre, siempre hay perdón para los triunfadores, ¿no crees?

—Me haría falta haber triunfado alguna vez para saberlo.

Del Cano rió con ganas.

—Tu carácter no deja nunca de sorprenderme, montañés. Tan pronto estás tranquilo y confiado, como en un momento parece cernirse sobre ti la más negra sombra. Resistes como pocos las penurias y al tiempo te mantienes sereno cuando los demás desatan su alegría ante un vaso de vino o una pierna de cerdo. ¿Cuál es el secreto que guardas tan celosamente en tu corazón y que te resistes a revelar? ¿También a ti te persigue la justicia por algún pecado del pasado?

—Tendréis que tener paciencia para averiguarlo, señor. La historia está cercana a su fin. Pronto el joven embarcará en una increíble expedición a un mundo desconocido y el secreto será revelado en unas líneas que supongo temblorosas. Quizá un día cuente la experiencia de su viaje alrededor de la tierra, pero probablemente haya de escribirla en la penumbra de una celda o en la soledad de un lugar apartado de todo y de todos, lejos de cualquiera que haya oído alguna vez su nombre.

—Me niego a pensar que guardes algo tan terrible como lo que insinúas. No creo haber conocido en mi vida tantas personas de tu integridad. Sinceramente, me pica la curiosidad.

—Cualquier hombre es capaz de lo mejor o de lo peor según sea la coyuntura. El más sabio se ríe de una broma soez y el más burdo puede emocionarse con la dulce melodía surgida de una flauta.

—No te falta razón. Yo sé que todos me juzgáis y me consideráis duro e inflexible, y no me importa. Mi corazón no es de piedra, pero las circunstancias me obligan a mostrarme imperturbable ante el dolor y el sufrimiento de mis hombres. Sólo ante ti me confieso, no sé muy bien por qué.

—Quizá porque yo puedo comprender vuestro dolor. A pesar de que Pigafetta no os tenga aprecio, yo sí os admiro. Os seguiré aunque eso me lleve a la muerte. En cierto modo es un consuelo saber que no nos quedan más que dos caminos posibles: llegar triunfantes a España cargados de riquezas o perecer de hambre o cansancio en el mar.

—Olvidas a los portugueses, montañés. También podría ocurrir que nos diesen alcance y nos apresaran quedándose con nuestro cargamento.

—He borrado esa posibilidad de mi pensamiento, capitán. Creo que, después de todo el sufrimiento que llevamos a las espaldas, sólo nos queda alcanzar el éxito o la muerte. No concibo ningún camino intermedio.

Del Cano sonrió y se retiró a su camarote sin más palabras. Yo quedé en la cubierta mirando el horizonte de mar y cielo, tan azules el uno como el otro. Sentía en mi estómago un nudo de pena y nostalgia mientras mis recuerdos se iban muy lejos, hasta un hogar perdido y un amor nunca olvidado ¿Dónde estaría ahora Lucía? ¿Me recordaría aún?

Los tres primeros días de agosto supusieron un escalón más en nuestra lenta agonía. Sin recalar en tierra alguna, mantuvimos el rumbo norte hacia las Azores. Con el paso de las jornadas las vías de agua aumentaban y el trabajo de achique se hacía más urgente y penoso. Para mantener la nao a flote debíamos emplear todos nuestros esfuerzos y nuestra energía, que ya bien poca nos quedaba.

La mañana del 4 de agosto de 1522 Nicolás cayó derrumbado junto a la bomba de achique. Al final, el capitán, dada la escasez de hombres, no pudo hacer una excepción con él. Su compañero dio la voz de alarma y a todo correr acudí junto a él. Le tumbé a la sombra de la vela del palo mayor y le di agua del tonel que mejor la conservaba; la que guardábamos para los enfermos y los moribundos.

—¡Hermano! ¡Hermano, respóndeme!

Lo abofeteé en las mejillas tratando de sacarle de su inconsciencia.

—¡Despierta, hermano! ¡Despierta!

El corazón me latía apresuradamente. Sabía que debía hacer algo, pero ignoraba qué. Un marinero subió de la cocina algo de caldo caliente, pero fue en vano. En sus condiciones, Nicolás era incapaz de beber. Puse mi oído sobre su pecho y sentí el débil latido de su corazón.

—¡Despierta, despierta!

Tomé sus manos entre las mías y comencé a rezar entre balbuceos. Pedía a Dios que no me lo arrebatara, que le permitiera ver de nuevo un amanecer en tierra firme, un atardecer sobre lo alto de una montaña y el bello rostro de una mujer.

—¡Llevadme a mí, Señor! ¡Llevadme a mí! —gimoteaba desesperado sobre él.

Sentí su pecho hincharse y coger aire. Sus ojos se abrieron y me miraron fijamente. Su rostro no reflejaba terror, sino serenidad. Se zafó de mis manos y tomó mi rostro entre las suyas.

—Hermano —me dijo—, vuelve un día al pueblo. Vuelve y recupera tu vida y tus sueños. Me equivoqué cuando te dije que el mar se había convertido en tu hogar; sé que está en el corazón de una mujer y entre las páginas de los libros. Hazlo por mí y regresa. Nuestros padres merecen que alguien ponga flores sobre sus sepulturas.

Nicolás soltó mi rostro y dejó caer los brazos. Su boca se abrió tomando una última bocanada de aire y expiró.

La última persona que me quedaba en el mundo acababa de irse de mi lado sin que pudiera hacer nada por salvarle. Grité con todas mis fuerzas desde lo más hondo de mi ser, desde el más profundo dolor, desde la más amarga desesperación. Sentí las manos de mis compañeros sobre mis hombros y sus palabras de consuelo. ¿De qué podían servirme? ¿Qué frase podía aliviar aquel desgarro y aquella soledad que atravesaban mi corazón?

Caí de espaldas sin fuerzas para seguir viviendo, sin valor para alzarme una vez más y continuar luchando. El capitán Del Cano se acercó a mí y me abrazó mientras las lágrimas brotaban incontrolables de mis ojos.

—Ya no me queda nada en este mundo, capitán. ¿De dónde sacaré ahora ánimos para continuar adelante?

—Él ya ha alcanzado la paz, pero tú aún debes culminar tu prueba. No desesperes.

«No desesperes.» ¡Qué consabidas palabras para el momento de la muerte! ¿Cómo no iba a desesperar ante la pérdida de Nicolás, el ser más importante para mí, la única persona que me recordaba de dónde venía y cuáles eran mis orígenes?

Pigafetta se acercó y me dirigió unas breves frases de aliento.

—Tu hermano era un buen hombre. Debemos hacer los oficios para que encuentre cuanto antes el camino al cielo.

Sin perder tiempo nos reunimos todos los marineros en la cubierta y rezamos juntos unas oraciones por su alma. Lo hice con todo el fervor que me permitía la quebradiza fe de aquellos momentos. Sabía de sus pecados y sus malas acciones, pero no tenía duda de que Nuestro Señor le acogería en su seno como un buen y fiel cristiano, un hombre luchador y valiente hasta el último de sus días, y un gran hermano. Mirando su rostro, a mi cabeza regresaron los versos de Jorge Manrique: «Nuestras vidas son los ríos que van a dar a la mar, que es el morir».

Cuando terminaron las oraciones, mis compañeros tomaron el cuerpo de Nicolás y lo levantaron de la cubierta. A duras penas consiguieron llevarlo junto a la borda para arrojarlo al mar.

—Un momento, por favor —les dije.

Me acerqué a él y tomé su rostro entre mis manos. Acaricié sus cabellos y besé sus labios.

—Cumpliré con tu deseo, hermano; lo juro.

Los marineros dejaron caer su cuerpo por la borda. Quedó flotando unos instantes y luego se hundió lentamente en las oscurísimas aguas del océano. Unas suaves ondas sobre la superficie fueron la última huella que mi hermano dejó en este mundo, pero no en mi corazón.

—Hasta siempre —dije entre sollozos.

A mi espalda la voz del capitán me sacó de mi estado de postración.

—Se acerca una tormenta. Debemos prepararnos para su acometida. Que continúe la siguiente pareja en la bomba. No hay tiempo que perder ahora que somos uno menos.

Del Cano me miró y en su semblante advertí el arrepentimiento por las palabras que acababa de pronunciar.

—Perdón, no quería decir...

—No importa, capitán. Es así.

Sin tiempo para más lloros ni lamentaciones descendí a la bodega junto con tres de mis compañeros para cargar cubos de agua. Trabajar hasta la extenuación inmerso hasta la cintura era la mejor forma que se me ocurría de borrar de mi mente la imagen de mi hermano desapareciendo en el mar.

61

No sé cuánto tiempo pudimos estar escondidos Nicolás y yo bajo el puente, en la vera del río, aguardando la llegada de Lucía, pero la noche se nos echó encima con el corazón latiéndonos apresuradamente y los nervios apretándonos el estómago. Mi hermano no dejaba de suspirar y yo me mordía las uñas incapaz de soportar la ansiedad de la espera.

—¿Estás seguro de que vendrá?

—¡Calla, Nicolás! Por supuesto que vendrá. Me lo dijo, y no pongo en duda su palabra.

—Entonces ¿por qué tarda tanto?

—¿Cómo quieres que lo sepa? —respondí airado—. Uno no abandona su casa y a su familia así como así. Supongo que tendría asuntos que resolver antes de unirse a nosotros.

—Tú y yo lo hemos abandonado todo sin mirar atrás…

Así era. Sin mirar atrás, habíamos dejado nuestro hogar, nuestras tierras y a nuestro padre moribundo en su lecho. ¿Recibiríamos alguna vez el perdón por tamaña villanía? ¿Y por nuestro crimen?

—Mañana mismo, cuando estemos lejos de aquí, debemos confesarnos de nuestros pecados. Si Dios tiene misericordia de nosotros nos perdonará. Bien sabe que no hemos hecho nada despreciable por propia voluntad, sino movidos por la maldad de los demás.

—¿Crees que Él lo tendrá en cuenta?

—Creo que lo ve todo y que sabe que nunca en nuestra vida

hemos actuado mal por beneficio propio, sino por defender a los demás, especialmente a nuestra familia. ¿Es ése un pecado tan grave?

Nicolás bajó la cabeza.

—Supongo que no, pero lo que yo hice puede que no tenga perdón. Me dejé llevar por la ira y ése sí es un pecado muy grave, y mucho más sus consecuencias.

Cogí sus manos entre las mías.

—Ambos hemos cometido una falta muy grave, hermano, pero haremos penitencia para redimirnos, con la ayuda de Dios. Mañana mismo empezaremos una vida más digna.

Con aquellas palabras Nicolás se calmó unos instantes, pero el tiempo pasaba y Lucía no acudía a la cita. Al poco, mi hermano repitió:

—Lucía no llega. ¿Estás seguro de que vendrá?

Acunado por el borbolleo del río y recostado sobre el pecho de mi hermano, la somnolencia me venció y quedé en duermevela. En aquel letargo me acometieron unos extraños pensamientos, mezcla de realidad y ensoñación. Imaginé a Lucía llegando junto a nosotros con un carro cubierto por una enorme manta y tirado por dos caballos. Levantaba la manta y allí estaban los libros de Sancho. Nos abrazábamos, y notaba la calidez de sus pechos y su embriagador aliento. Me decía que todo estaba resuelto, que no había nada que temer. Yo le preguntaba cómo había conseguido arreglar la situación, pero no me contestaba. Sólo repetía una y otra vez: «Ya está hecho». Yo la besaba y la vida se me iba en cada beso. Quería hacerla de nuevo mía, volverme a sentir dentro de ella como aquella misma tarde. Ella sonreía y me decía de nuevo: «Ya está hecho», y tomaba las riendas de los caballos para coger el camino a Castilla. Nicolás y yo la seguíamos contentos, pero mi hermano no dejaba de preguntarme: «¿Cómo lo habrá conseguido?». «¡Qué sé yo!», le respondía.

Un ruido a cierta distancia me sacó de la somnolencia y me devolvió a la realidad. Procurando no hacer sonido alguno me puse en pie y coloqué mi dedo índice sobre los labios de Nicolás, que también estaba medio adormilado.

—Creo que viene alguien. Guarda silencio —susurré.

Oí el sonido de unas pisadas que se acercaban. Entre la oscuridad pude distinguir una figura cubierta por una gruesa capa de lana. Cuando se acercó a nosotros, descubrió su rostro.

—¡Lucía!

Nos abrazamos sin darnos tiempo a más palabras. Sentí sus pechos sobre mi pecho y sus labios sobre mis labios, como en mi sueño. Pero la realidad superaba el ensueño, y su cálido abrazo me devolvió el valor y la alegría mucho más que en mis fantasías. Permanecimos así unos instantes sin decir nada, sólo unidos.

—¡Has venido, por fin! —dije cuando nos separamos—. Pensábamos que algo había ocurrido, no sabíamos qué hacer.

—No ha sido fácil arreglar todas las cosas. Eran muchas nuestras obligaciones.

—Así es. ¿Cómo lo hiciste? Y ¿dónde están los libros? —pregunté inquieto.

—A buen recaudo. Siéntate y te lo explicaré.

Nos sentamos en una de las piedras del río envueltos por la oscuridad. Únicamente sus ojos brillaban al reflejar la pálida luna de aquella noche.

—La biblioteca de Sancho es grande, tú lo sabes mejor que nadie. Aunque hubiésemos querido nunca podríamos habérnosla llevado. Como tú bien dijiste, nos habrían apresado nada más escapar.

—¿Vamos a marcharnos entonces sin los libros?

Lucía me tomó las manos.

—Los libros se van a quedar aquí, éste es su sitio. Además, es nuestra única opción.

—Pero…

—Espera, ten paciencia. Los libros se quedan, pero no en manos de Ramón, ni de don Lope, ni de don Teodulio, ni de nadie que pueda mancillarlos. Se me ocurrió una forma para mantenerlos ocultos a cualquiera que queriendo o no arruinara el legado de Sancho. —Me sonrió mientras me acariciaba el rostro—. Hablé con mi padre y le expliqué todo. No había más remedio.

—¡Tu padre! Pero si él...

—Lo sé, lo sé. Él nunca aprobó lo nuestro, pero, a su manera, me quiere mucho. Su primera intención fue acudir a don Teodulio y contarle lo sucedido. Estaba rojo de ira, decía que eras un asesino, que no se había equivocado al juzgarte y que pagarías con tu vida ese crimen.

—No le falta razón, después de todo.

—No hables así. Sé que no eres ningún asesino, que no harías jamás daño de forma premeditada.

—Ya no sé qué pensar de mí mismo.

Lucía continuó:

—Conseguí detener a mi padre y le conté lo de la biblioteca de Sancho, lo mucho que habíamos aprendido allí los dos, su gran valor... y le convencí para que comprase su casa.

Traté de intervenir, pero me lo impidió.

—Le revelé también lo del cambio del testamento y cómo don Lope y Guzmán se habían conjurado con Ramón para repartirse los bienes de su tío y engañar a tus hermanos. Le dije que comprando la casa a Ramón obtendría un doble beneficio: hacerse con una propiedad y unas tierras que siempre había deseado y colocarse en mejor situación ante don Lope para aguantar su previsible reacción cuando se enterase de la muerte de su sobrino.

—¿Nadie lo ha descubierto aún?

—No, pero pronto sospecharán. Guzmán no aparece y vosotros estáis huidos. No tardarán en unir cabos y en llegarse a tu casa. Mi padre no apoya los métodos de don Lope, bien lo sabes. Protestó todas sus decisiones en la última junta del valle, pero hasta la fecha no había tenido ocasión de enfrentarse abiertamente a él. Comprando la casa de Sancho por un precio generoso, se granjeará la amistad de Ramón y evitará que don Lope cuente con un aliado en su intento por conseguir todas las tierras de aquí. Además, ahora que Guzmán ha muerto, su tío se halla en un momento delicado y, con el golpe de la noticia, no acertará a reaccionar ante esa maniobra. Por otro lado, mi padre tiene la intención de hablar con otros vecinos para hacer un frente común ante él. El tiempo de su dominio se ha terminado.

—¿Y tu padre se compromete a conservar la biblioteca?

—En cuanto cierre el trato con Ramón, se hará con la casa y evitará que nadie entre. Me ha prometido que la biblioteca se mantendrá íntegra y que será protegida. Nadie sabrá de su existencia.

—¡Es magnífico, Lucía! —exclamé—. ¡Lo has conseguido! Cumpliremos con la palabra dada a Sancho y nos marcharemos juntos de aquí. ¡Quién sabe! Quizá un día, cuando todo esto se haya olvidado, o cuando don Lope haya muerto, podremos regresar al pueblo y recuperar la biblioteca. Entonces los libros de Sancho volverán a ver la luz y otros niños disfrutarán con ellos y aprenderán de ellos la vida. Sólo nos queda irnos... ¡y aprisa!

Lucía me acarició el rostro mientras las lágrimas comenzaban a brotar de sus ojos.

—Sólo os queda iros, amor; sólo a vosotros...

Sentí que un puñal se clavaba en mi corazón y que brotaba en mi ser una sangre espesa y amarga.

—Pero ¿qué dices, Lucía? Nos iremos los tres. Así lo planeamos, y tú me confesaste que aquí no te quedaba nada.

—Me queda un tesoro que guardar y una vida que vivir. Mi padre accedió al trato que le propuse, pero con una condición: que no huyera contigo. Me dijo que en caso contrario, dejaría la casa en manos de Ramón o destruiría él mismo los libros si fuera necesario.

—Pero eso no es lo que planeamos —insistí.

—¡Qué importa ahora lo que planeamos! Es la única salida que nos queda. ¿Qué haríamos? ¿Adónde iríamos? Para Nicolás y para ti la huida es una salida; estáis acostumbrados a trabajar y a ganaros la vida, sois fuertes y podéis adentraros en el monte sin que os descubran. Pero ¿qué puedo hacer yo? No sería más que un estorbo para vosotros. Y ¿qué clase de vida llevaríamos juntos? ¿Siempre huyendo como bandidos y sabiendo que habíamos dejado atrás una promesa rota?

—No me iré sin ti, Lucía. Eres lo único que tengo. Te quiero desde que te conocí, lo sabes.

—Claro que sí —dijo con ternura—. Todavía recuerdo tus miradas furtivas en las clases de Sancho. ¿Pensabas que no te veía? Lo hacía, pero me gustaba disimular y sentir tus ojos clavados en mí.

Me abracé a ella; mi alma estaba a punto de romperse en pedazos.

—¿Adónde iré sin ti? Si no te tengo, únicamente puedo esperar la muerte.

—No digas eso. Tienes una vida muy larga por delante, pero no será conmigo, ni aquí. Has de marchar lo más lejos que puedas y descubrir todo aquello que sólo conoces por los libros.

—No quiero ver nada si no es contigo; prefiero dejarme morir ahora mismo.

Lucía comenzó a llorar desconsoladamente. Sentía su pecho agitado y su llanto incontrolable mientras trataba de darme ánimos, de darse fuerzas a sí misma. Entonces intervino Nicolás; él también lloraba.

—No pienso dejar que os separéis. Yo soy el culpable; si no le hubiera apuñalado, no estaríamos aquí. Me iré solo o me entregaré a la justicia y confesaré.

—No —dije negando con la cabeza.

—Eso no serviría de nada, Nicolás —intervino Lucía—. Tu hermano nunca te abandonará, jamás te condenaría a la muerte de esa forma. Y, aunque así fuera, nadie le creería. A estas alturas puede que ya hayan encontrado el cuerpo de Guzmán, y todos pensarán que lo hicisteis los dos. Tampoco mi padre lo aceptaría... Quiere veros a ambos lejos de aquí.

Mientras hablábamos oímos a lo lejos un murmullo. Al principio no pudimos identificarlo, pero poco después reconocimos las pisadas de un grupo de personas que se aproximaban. A toda prisa trepé a un sauce cercano y oteé a lo lejos. Por el camino que bajaba al río venía un grupo de hombres con antorchas. El tiempo se nos terminaba.

—¡Tenéis que huir! —nos urgió Lucía.

Bajé del sauce y me abracé de nuevo a ella.

—Prométeme que serás feliz, que encontrarás a alguien que te quiera y que tendrás una vida llena de amor. ¡Prométemelo!

—Te lo prometo, aunque nunca deje de quererte.

La besé con mi ser en los labios y sentí que la vida se me escapaba en aquel beso, que ya nada sería igual desde aquel momento.

—Vete —me dijo—. Aléjate de aquí y no regreses nunca. Guarda de mí sólo el recuerdo de tu primer amor. Eso será suficiente para mantenernos unidos por siempre.

Las voces se hacían más inteligibles a cada momento y las luces se veían cada vez más próximas entre la espesura del bosque que bordeaba el río. Miré a Lucía por última vez y musité un «adiós» que me quemó en la garganta.

Se escabulló entre la maleza para no ser descubierta. Yo cogí a Nicolás de la mano y salimos del camino principal, pues allí era donde esperarían encontrarnos. Cada paso era como una puñalada, un dolor insoportable que no me dejaba siquiera respirar. ¿Qué iba a ser de mi vida? ¿Cómo resistiría la existencia sin Lucía?

A toda prisa ascendimos por aquellos montes que yo tan bien conocía. Trepando por las rocas y atravesando arroyos dejamos atrás a nuestros perseguidores. Cada cierto tiempo mirábamos a nuestra espalda y escuchábamos, pero nada se oía. Sin apenas descanso continuamos peñas arriba hasta llegar a uno de los collados que daba paso a las tierras de la Pernía, ya en el llano de Castilla. El sol salía cuando vimos el inmenso páramo que se abría ante nuestros ojos. Aunque con el corazón roto, en aquel momento pensé que estábamos salvados.

Durante un instante recuperamos el resuello ocultos en la vera de un riachuelo, pero enseguida continuamos nuestro camino al sur, evitando en todo momento los pueblos y aldeas. En nuestro rostro llevábamos la huella de la culpabilidad. Nicolás estaba agotado, pero no se quejaba. Era tal el cargo de conciencia que lo abatía que no se atrevía ni a hablarme. De todas formas, yo no tenía nada que decir. Sólo sentía odio dentro. No hacia mi hermano, sino hacia mí.

Recordé mi vida y me vi como un miserable. Nunca tuve valor para enfrentarme a mi padre y pedirle abiertamente que me dejara estudiar; siempre utilicé a Sancho como protector y a mi madre como cómplice de mis engaños. No tuve valor para enfrentarme a los demás por defender lo que quería, ni siquiera con Lucía de por medio. No tuve valor para evitar la tentación y haberme mantenido puro para ella. Y, finalmente, no tuve valor para ser yo mismo el que hubiese terminado con la situación de opresión a la que nos sometía don Lope y que había terminado con mi hermano asestando una puñalada a Guzmán.

Maldije una y otra vez mi existencia, mi vida, mis sueños, mis pensamientos, mis fantasías. ¿Adónde me había llevado mi amor por el saber? ¿Por qué había antepuesto mis ansias de conocer al cuidado de mi familia y al amor de la persona que más había significado para mí? Si hubiese trabajado con más ahínco las tierras y hubiese mantenido unidos a los míos, quizá Lucía y yo habríamos conseguido una vida en común, puede que no la que yo soñaba, pero sí habría estado llena de amor, de cariño y de esperanza. Mis hermanos mayores tenían razón: no era más que un estúpido con ínfulas, un labriego engreído que se creía mejor que los demás sólo por conocer las letras y las cuentas. ¿De qué me servía ahora todo aquello?

Sin apenas comer ni descansar, únicamente bebiendo de vez en cuando el agua de los riachuelos, Nicolás y yo recorrimos los interminables campos de Castilla mientras yo alimentaba en mi interior el odio hacia mí mismo. Mi hermano me veía sumido en mis pensamientos, pero no se atrevía a hablar. Pensaba que mi odio iba dirigido contra él. Ni siquiera tuve el valor para hacerle ver que él no era el objeto de mis reproches, que era yo mismo el que me asqueaba. Era tal el desprecio que sentía por todo lo que había hecho que juré no volver jamás a recordar ni una sola de las cosas que había aprendido en mi juventud. Juré alejarme de todo lo que me había conducido a aquella situación: la literatura, la poesía, la filosofía, el ansia de aprender. Juré no sostener de nuevo entre mis manos un libro y no fingir ser alguien elevado. Sin Lucía sólo me quedaba abandonarme a mi propia destrucción, pues nada en la vida tenía sentido para mí sin ella. Decidí convertirme en un ser sin rumbo, en un miserable si era preciso, en un ladrón si las circunstancias lo hacían necesario. Juré no volver a buscar la belleza ni la verdad, palabras amables tras las que sólo había mentiras y sueños irrealizables.

Al cabo de unos días de huida, Nicolás me pidió clemencia. Yo, alimentado por mi odio, habría podido caminar hasta caer muerto, pero él estaba agotado. Bastante lejos ya de cualquiera que pudiera conocernos, entramos en una aldea y pedimos comida en la iglesia. El cura nos dio algo de pan, unas nueces y un poco de queso, y nos ofreció el templo para descansar.

Mi hermano cayó al suelo desplomado y durmió toda la noche. Yo permanecí despierto oyendo su respiración. Al amanecer, me encontró recostado contra uno de los pilares de la nave mayor.

—¿No has dormido?

Negué con la cabeza.

—Tenía cosas en que pensar.

Nicolás bajó el mentón.

—Supongo que me odias por lo que pasó, y no me extraña. Por mi culpa has perdido a Lucía y has tenido que huir de casa como un asesino.

—Es lo que soy. Cuando asestaste la puñalada a Guzmán, quise haber estado en tu lugar. Nada de esto habría pasado si hubiese tenido el valor de enfrentarme a él como un hombre.

—¿Y qué podías hacer? Guzmán y don Lope eran poderosos y nosotros una simple familia de campesinos.

—Siempre hay un camino cuando se tiene valor, Nicolás. Pero yo ya he perdido el valor y la esperanza. Sólo me queda alejarte de los que nos persiguen. Por lo demás, ya no espero nada de esta vida.

Se acercó a mí y me abrazó.

—No digas eso, hermano. Tú serás alguien grande un día, lo sé, siempre lo supe.

Lo aparté de mí y me levanté apresuradamente del suelo.

—¡Calla! Nunca seré nada. Viviré con lo que me den mis manos y, si no tengo tierras que cultivar, robaré, engañaré o haré lo necesario para obtener un pedazo de pan que llevarme a la boca. Mi amor por el saber no me ha traído más que desgracias. Después de todo, padre tenía razón cuando decía que las letras no eran para los labriegos. No quiero amargarte la vida obligándote a ver cómo me consumo persiguiendo sueños que no me corresponden. Desde hoy seré uno más: beberé vino, me reiré de las bromas soeces y gastaré el poco dinero que tenga en el juego o con las mujeres. Y ¿sabes lo que te digo? Que espero que tú hagas lo mismo que yo. Si no hemos encontrado la felicidad en nuestro pueblo, la encontraremos en otro lugar. Cualquier sitio es bueno cuando no se tienen sueños que hacer realidad.

Nicolás bajo la cabeza, sin estar muy convencido de si debía tener o no en consideración mis palabras.

—Y, sin nada en los bolsillos, ¿adónde iremos?

—Adonde el aire nos lleve. Hoy a un sitio y mañana a otro. Quizá pasemos un tiempo por Castilla, y puede que también por Aragón o por Galicia. ¿Qué más da? Iremos a donde nadie nos conozca, lejos de nuestro hogar. ¿Y si llegamos hasta el sur? Junto al mar hay puertos que abren el paso a otras tierras y otros reinos. ¿Te gustaría conocerlos? Allí siempre habrá sitio para los desheredados.

—¡Qué sé yo, hermano!

Sin más palabras abrimos la puerta de la iglesia y tomamos de nuevo camino dejando nuestras montañas cada vez más lejos a nuestra espalda. Un nuevo mundo se perfilaba ante nosotros y también una nueva vida. Aunque aún no lo sabíamos, Sevilla nos esperaba.

62

Cuando Nicolás se me fue, pensé que todo acabaría en breve, que la muerte vendría a buscarme y que me llevaría pronto con él al fondo del mar o a cualquier otra parte. Pero no fue así. Antes que tomarme a mí, como yo deseaba, se llevó al último de mis amigos, al bretón Esteban. Él no tuvo tiempo siquiera para decir sus últimas palabras. Cayó desfallecido tras haber estado trabajando en la bomba de achique, y nada pudimos hacer para ayudarle. Aquel marinero huido de la miseria de su tierra, tocado por la virtud de la templanza, que aguantó como nadie entre nosotros los momentos más duros sucumbió pocos días después que mi hermano, en silencio, sin proferir una queja. El ritual se cumplió y su cuerpo fue arrojado por la borda con un rezo por parte de la exigua tripulación. Todos estábamos demacrados y al límite de nuestras fuerzas: Juan Sebastián del Cano, Antonio Pigafetta, Francisco Albo, Hans de Aquisgrán, Hernando de Bustamante, Miguel de Rodas... No sé si en la vida de los hombres habrá existido un sufrimiento más grande y atroz.

Sin apenas víveres ni agua, alcanzamos con enorme esfuerzo la latitud de las Azores, como el capitán deseaba. Mediaba el mes de agosto y el calor era insoportable. Sin fuerzas ni para mantenernos en pie, oíamos desesperados nuestros nombres cuando tocaba trabajar en la bomba de achique. Nos dolía hasta el último músculo del cuerpo y los calambres eran insufribles. Yo sólo deseaba caer muerto y olvidar toda mi existencia, pero algo me impulsaba a continuar viviendo.

Cada vez que terminaba mi turno iba sin detenerme a coger mis papeles, mi caña y mi tintero, a veces arrastrándome sobre la cubierta. Con lágrimas que eran a la vez de sufrimiento y de nostalgia escribía de mis últimos días en el pueblo, de mis últimas horas con Lucía. Después de una infancia y una juventud dedicadas a la búsqueda de la virtud y el saber, mi hermano y yo salíamos del pueblo como unos vulgares asesinos, perseguidos por los que fueron nuestros vecinos y odiados por lo que restaba de nuestra desdichada familia. Allí quedaba mi amor, mi primer amor, mi único amor. Sola, bajo la férrea mano de su padre, Lucía permanecía atada a unos libros por una promesa que no quisimos romper. ¿Qué habría sido de nuestra vida de estar juntos?, pensaba. Me imaginaba recorriendo con ella los campos de Castilla. ¿Nos habrían perseguido durante mucho tiempo o habríamos podido vivir tranquilos en algún pueblo alejado? No podía saberlo. Lucía había decidido por los dos y había elegido el camino más virtuoso, pero también el más cruel: la separación. Ahora, tras casi tres años de navegación, ya no me quedaba nada. Había huido por salvar a mi hermano de la muerte y le había conducido a otra aún más cruel e inhumana.

En aquellos días en que escribía el final de mi relato en tierra, con Nicolás y yo saliendo de nuestro pueblo para dedicarnos a una vida pendenciera y miserable, una tempestad más vino a cebarse con nosotros. Fueron tres jornadas atroces en las que no dejó ni un solo momento de llover con furia y soplar el más violento de los huracanes. Todo el barco crujía ante los embates de la tormenta mientras los marineros nos afanábamos, desesperados, por que no se fuera a pique. El agua entraba por todas partes mientras achicábamos con cuanto teníamos: la bomba, los cubos, las manos... Aquellos tres días la situación se tornó tan crítica que no tuvimos tiempo ni de comer; dormíamos empapados, abandonados a una muerte que ya creíamos segura. Únicamente el capitán parecía conservar las fuerzas.

—¡Achicad! ¡Achicad! —repetía incansable.

Tres meses nos parecieron aquellas tres jornadas crueles. Y cuando ya sólo pensábamos en lo que tardaría la nave en irse al fondo del mar, el viento cesó y la lluvia amainó hasta desaparecer. Muy a nuestro pesar, estábamos salvados. Regresamos a los turnos normales de achique y echamos los pocos curricanes que nos quedaban para ver si atrapábamos algún pez incauto, labor difícil ésta puesto que no teníamos cebo para los anzuelos.

Pigafetta deambulaba por la cubierta como un fantasma. De su mirada inquisitiva de antaño no quedaba nada. Lo único que su rostro reflejaba era desesperación. Con rumbo al levante ganamos leguas con la nao en un estado lamentable, pero aun así sin desprendernos de ni un ápice de clavo. El capitán había jurado llegar a España con la carga al completo y pensaba cumplir su promesa costara lo que costase. Su aspecto no era mucho mejor que el nuestro. Sólo por su voluntad se le distinguía del resto.

Unos días más tarde, después de trabajar en la bomba de achique, caí de rodillas, completamente exhausto. Recorrí encorvado la cubierta y fui a recostarme en la borda. Aunque el sol calentaba, me temblaba todo el cuerpo. No tenía fuerzas ni para coger la pluma entre mis dedos. Tomé mi manuscrito y lo pegué contra el pecho. Los ojos se me cerraron y caí en un sueño tan profundo como la muerte. De hecho, pensé que era la muerte misma.

—¡Despierta, montañés!

Oí aquellas palabras como en un sueño, sin distinguir quién las pronunciaba.

—¡Despierta!

Sin apenas fuerza y con la boca temiblemente seca me incorporé a duras penas tratando de despegar los párpados.

—¿Qué ocurre? ¿Quién sois? —pregunté.

—Soy Antonio... ¡Pigafetta! ¿No me conoces?

Con un esfuerzo supremo abrí los ojos para encontrar frente a mí al italiano. Me alegró comprobar que aún estaba vivo.

—¿Qué ocurre? ¿Qué pasa?

—Da gracias a Dios, hermano. Estamos salvados.

Miré alrededor y vi a unos marineros que no eran los de nuestro barco. Estaban asando pescado y subiendo agua dulce. Uno de ellos se acercó a mí y me ofreció un trago. Di un sorbo y rompí a llorar.

—¿Dónde estamos? ¿Qué ha ocurrido?

—Estamos en España.

Con el estómago rugiendo de hambre ante el olor de la comida me levanté y me asomé por la borda para otear el horizonte. Allá, a lo lejos, cubierta por la neblina, se veía una débil línea de costa. La emoción que sentí no se puede describir con palabra alguna. Los labios me temblaban y un nudo en la garganta apenas me permitía hablar.

—¡No es posible, no recuerdo nada! —dije entre lágrimas mientras me dejaba resbalar por el costado y me quedaba sentado en cubierta—. ¿Cuándo hemos llegado?

—Ayer caíste desmayado. Estabas tan cansado que sólo pudimos darte de beber sacudiéndote para que te espabilaras un poco. Varios marineros estaban igual que tú. Yo me ocupé personalmente de que no murieras.

Sonreí a Pigafetta con las pocas fuerzas que me quedaban.

—Ya casi ninguno de nosotros era capaz de tenerse en pie —continuó—. El capitán escogió a los más fuertes y les obligó a trabajar en la bomba de achique. Han sido los únicos que han comido algo, los demás permanecimos en cubierta como muertos. Esta mañana, al igual que todos estos últimos días, me asomé por la borda tratando de descubrir un horizonte de tierra, pero lo que vi fue una barca que se acercaba a nosotros. ¿Te lo imaginas? ¡Una barca! No sabía ni qué hacer. Grité: «¡Estamos salvados!», y caí derrumbado al suelo.

—¡Salvados! No puedo creerlo. ¿Es éste el final?

—Éste es el final, amigo.

Me puse en pie de nuevo y miré por la borda otra vez. Aunque casi imperceptible, aquella línea de costa lo era todo para nosotros.

—Ahora debes comer —me dijo Pigafetta—. Los pescadores nos encontraron y subieron a bordo para socorrernos. Cuando les explicamos que éramos los supervivientes de la expedición de Magallanes no daban crédito a nuestras palabras. Pensaban que mentíamos porque ya nadie nos da por vivos en España. Estamos a sólo un día o dos de Sanlúcar.

—¡Un día!

Miré alrededor y vi a mis compañeros de viaje famélicos y demacrados, con un hilo de vida en sus cuerpos. Reían y lloraban, se abrazaban mientras comían el pescado. Antonio Hernández me trajo uno recién cocinado.

—¡Estamos salvados! ¡Estamos en casa!

Su rostro reflejaba la mayor de las alegrías. Aun con la boca llena me dirigí a Pigafetta:

—Esto habrá que escribirlo —le dije.

Nada más pronunciar aquellas palabras reparé en un detalle. Mi manuscrito no estaba junto a mí. Busqué alrededor, pero fue en vano.

—¡Mi libro! ¿Dónde está?

—No te alarmes, tu libro lo tiene el capitán. Ayer lo cogió mientras dormías y lo llevó a su camarote.

—¿Vos lo leísteis?

—Sí, también lo hice.

Bajé la cabeza, avergonzado.

—Entonces ya conocéis mi secreto.

Pigafetta levantó mi rostro con su mano.

—Lo conozco, y no me importa. De hecho siempre supe que en tu libro escribías de ti mismo, y sabía que ocultabas algo terrible para el final. En tu rostro vi desde el primer momento un dolor profundo y unas ganas inmensas de olvidar el pasado.

—Y en vez de eso me recreo recordándolo cada día.

Pigafetta sonrió.

—A veces recordar es la mejor forma de cerrar definitivamente un pasado doloroso.

—Puede ser. En todo caso, mis días de huida alrededor del mundo se han acabado.

—Todos tenemos secretos que ocultar.

—Eso mismo me dijo Del Cano, pero el mío es especialmente grave. De todos modos, ya no me quedan fuerzas. Lo que tenga que ser será.

Acompañados por la bonanza y ayudados en las labores de a bordo por los pescadores andaluces, conseguimos mantener el barco a flote durante los dos últimos días de navegación. Creo que de no haberles encontrado, la nave se habría ido definitivamente al fondo del mar, tal era la cantidad de agua que había entrado en las bodegas.

Aunque sabíamos que debíamos hacer el último esfuerzo para alcanzar la boca del Guadalquivir, sólo teníamos ojos para aquella estrecha línea de tierra que iba haciéndose cada vez más definida. ¡Tres años de navegación para volver a ver frente a nosotros el perfil de nuestra patria! Atrás habían quedado tierras de ensueño en Brasil, noches de frío aterrador en la tierra de los patagones, meses de navegación interminable por el mar al que llamamos Pacífico, pueblos acogedores y también traidores, jornadas de hambre y cansancio infinito durante la vuelta a casa... La alegría y la nostalgia se mezclaban en mi corazón, sin que supiera muy bien por cuál decantarme. Aquel viaje me había marcado, me había herido en el alma. A otros, como mi hermano, se les había llevado la propia vida. ¿Había merecido la pena?

Por de pronto, en las bodegas del barco se ocultaba un tesoro que Del Cano no había querido revelar a los pescadores, temeroso de que alguien pudiera arrebatarnos en el último momento nuestro gran botín. Con el ánimo renovado, el capitán nos dirigía con mano firme en aquellas horas postreras, sabedor de que su momento de gloria se acercaba. Su expresión era la misma que mostrara Magallanes cuando, desde el castillo de popa, vio abrirse ante sí el ancho mar al otro lado de las Indias. Pocos rostros son tan bellos como el del triunfo.

Por fin, el día 6 de septiembre de 1522, mientras el sol comenzaba a bañar con su luz el lugar en el que las aguas del Guadalquivir se unían a las del mar Océano, nuestra nao enfiló la boca del río y pudimos, así, sentirnos definitivamente en casa. Con unas sencillas palabras, Del Cano puso fin a nuestro viaje:

—¡Echad el ancla!

Obedecimos al capitán. Luego alcé la vista y miré nuestro barco. Al final, había hecho honor a su nombre: *Victoria*. Aun así, su aspecto era lamentable. Todas y cada una de las tablas crujían, las velas eran jirones y el palo mayor estaba destrozado. No creo que nadie en esas condiciones se hubiera atrevido siquiera a subirse a él, por miedo a perecer ahogado. Pero en esa mísera nao, ahora herida de muerte, nosotros habíamos dado la vuelta al mundo.

A pesar de las ansias que teníamos por pisar tierra firme, los marineros decidimos no desembarcar hasta nuestra definitiva llegada a Sevilla. El capitán nos previno contra los usureros y los comerciantes, que podían aprovechar nuestra debilidad o nuestra confusión para beneficiarse con el contenido de las bodegas de nuestro barco. Ansiosos por lo que nos esperaba a partir de entonces, aquella noche dormimos abrazados a los sacos repletos de especias.

Al día siguiente fuimos remolcados Guadalquivir arriba. Delante de nosotros la noticia de nuestro regreso corría como la pólvora y, a esas alturas, ya todo el mundo en Sevilla debía de saber de nuestra vuelta. Algunos de los marineros esperaban encontrar, entre la muchedumbre, un rostro familiar: una esposa, un hijo, una madre. A mí no me aguardaba nada en Sevilla, salvo la soledad. Pensaba en Nicolás y me lamentaba por no haber podido hacer más por salvarle la vida, por no haber evitado que sucumbiera a tan poco de alcanzar la meta.

La noche del 7 al 8 de septiembre continuamos nuestro trayecto río arriba. Del Cano quería que llegásemos a Sevilla el día 8 para la misa de mediodía. Casi tres años antes habíamos pedido protección a Nuestra Señora de la Victoria para que nos guiase en la travesía. Ahora tocaba darle las gracias. Mientras contemplaba las aguas del Guadalquivir y el suave reflejo de la luna sobre ellas, oí la voz del capitán a mi espalda.

—Montañés, ven. Quiero hablarte.

Siguiéndolo, accedí a su camarote. Sobre la mesa tenía una fuente con pescado y una copa de vino tinto. Sirvió otra para mí, que acepté con gusto.

—Nuestro viaje ha terminado —comenzó— y una nueva vida se abre para todos nosotros.

—Así es, capitán. Ha llegado el momento de poner las cosas en su sitio.

Del Cano tomó un largo sorbo de vino.

—Como ya sabrás, leí tu manuscrito mientras tú te debatías entre la vida y la muerte. Sé que puede parecer cruel, pero me habrías fastidiado de haber fallecido antes de acabar tu historia.

Sonreí.

—No es cruel, señor. La crueldad habría sido mía de haber cometido semejante desprecio ante un lector tan fiel.

Ambos reímos con las copas en la mano.

—La falta que cometiste —continuó Del Cano— es grave, bien lo sabes. Mi deber, en estos momentos, sería denunciarte ante las autoridades de Sevilla y ponerte en manos de la justicia. La persona a la que mataste tenía familia, y lo mismo que tú imploras perdón, ellos merecen justicia por un crimen por el que nadie pagó.

—Así es, y lo acepto. Ya os dije que asumiría las consecuencias de mis actos. Si hubiese querido escabullirme, no habría dejado mi confesión sobre el papel.

Del Cano me miró de arriba abajo, tratando de escrutar algo más en mi actitud de lo que mis palabras anunciaban.

—Sin embargo, como te dije hace unas semanas, todos tenemos pecados de los que avergonzarnos y faltas sin pagar. Si Dios ha decidido mantenerte con vida en este trágico viaje ha debido de ser por algo. Yo, por mi parte, no tengo ninguna intención de ir contra los designios del Señor. Pide perdón ante Nuestra Señora de la Victoria y ruega por el alma del desdichado al que arrebataste la vida. Y quédate tranquilo, pues aunque sé que tu nombre es falso, lo daré por bueno. Por lo que a mí respecta, desde hoy no sé nada de tu libro. En cambio, tu diario de viaje me será muy útil; lo presentaré ante el rey Carlos para contar todo lo que Pigafetta quiera ocultar o para contrarrestar lo que diga en mi contra. Me has sido de mucha utilidad, te lo agradezco.

—Soy yo el que os agradece vuestra magnanimidad, capitán. Haré como me recomendáis y pediré perdón por mis faltas. Espero que Dios se avenga a perdonarme.

—Así lo espero también yo.

Del Cano alzó su copa y brindamos.

—¿Qué vas a hacer ahora? —preguntó—. Sabes que serás rico con la venta de las especias que te corresponden, ¿verdad?

—Sí, lo sé, pero aún no he decidido qué haré con el dinero. Supongo que habrá tiempo de pensarlo. ¿Y vos, capitán?

—Lo primero que debo hacer es enviar a nuestro rey una carta que he escrito relatándole muy brevemente nuestro viaje y pidiéndole que interceda con el rey de Portugal para que liberen a los hombres que dejamos en Cabo Verde. No merecen un final así tras tantas penurias vividas. Después sólo espero poder descansar y volver a mi tierra, aunque supongo que habrá muchos asuntos que resolver ante la corte. Aún no estoy del todo seguro de que no me encierren por la rebelión contra Magallanes en la bahía de San Julián.

—A eso ya respondisteis vos hace unos días, capitán: «Siempre hay perdón para los triunfadores».

El día 8 de septiembre, Sevilla apareció ante nuestros ojos. Sobre el perfil de las murallas se erigía majestuosa la catedral, adornada por el sonido de las campanas de las iglesias de la ciudad. Todos los castellanos y los extranjeros estaban expectantes con nuestra llegada, pues nadie quería perderse el momento en que descendiéramos del barco. Por primera vez en la historia del hombre, alguien había osado dar la vuelta completa al mundo. Todos los allí presentes sabían que se encontraban ante los protagonistas de un hecho sin parangón. Al fin, la *Victoria* se paró y fue colocada una pasarela de madera para descender a los muelles del puerto. Cuando el capitán apareció en ella, se hizo el mayor de los silencios. El aire parecía haberse detenido a nuestro alrededor. Uno a uno, los dieciocho supervivientes de la expedición fuimos desembarcando con nuestras ropas hechas jirones y un cirio encendido en la mano mientras Del Cano nos nombraba ante las autoridades sevillanas:

—Hernando de Bustamante, Francisco Albo, Hans de Aquisgrán, Antonio Hernández, Miguel de Rodas...

Cuando subí a la pasarela, el capitán me sonrió.

—Juan de Santander.

Con mi falsa identidad sobre los hombros volví a pisar, tres años después, el suelo de Sevilla.

63

Sentado a mi mesa de roble, tomé los documentos que el oficial me pasó y los leí con detenimiento: una escritura de partición de bienes, una donación y un contrato de venta de una casa con su huerto. Últimamente se habían hecho muchas transacciones, y aquello me beneficiaba, beneficiaba a mi negocio.

—¿Necesitáis algo más, señor Juan?

—No, gracias, así está bien. Puedes marcharte a casa.

—Gracias, señor. Que paséis buena noche.

Julián era tan trabajador y servicial como despierto. No podía desear a nadie mejor para mi escribanía.

Me había instalado en una casa muy cercana a la alcazaba, y Málaga se había convertido en mi hogar. Allí nadie me conocía, y menos con mi nuevo nombre. Para todos era Juan de Santander o, simplemente, Juan el Escribano.

Lo cierto es que, poco después de culminar la travesía alrededor del mundo, supe que Sevilla no era ciudad para mí. Y eso que aquel 8 de septiembre de 1522, los dieciocho supervivientes acudimos en procesión hasta Nuestra Señora de la Victoria flanqueados a ambos lados de las calles por miles de sevillanos atónitos y admirados ante nuestra gesta. Su silencio respetuoso era para nosotros el mayor de los vítores. Descalzos y con cirios en las manos, entramos en la iglesia y postrados dimos gracias a la Virgen por nuestro regreso. Tanto nosotros como los fieles que se agolpaban en el interior del templo llorábamos. Y era tanta la emoción que me embargaba que me veía casi incapaz de sostener la vela.

Acabada la misa, todos nos asaltaron a preguntas:

—¿Qué tierras visteis?

—¿Cuántos mares navegasteis?

—¿Cómo es de grande el mundo?

Se acercaban y nos tocaban, como si el contacto con nosotros pudiera transmitirles una fuerza especial. Los niños nos miraban extasiados. En su cabeza, al igual que en la nuestra, no cabía la idea de que unos iluminados se hubiesen embarcado en una aventura tan descabellada, tan falta de sentido. Nosotros nos dejábamos querer y respondíamos con sonrisas a sus preguntas y sus abrazos. Más que otra cosa, necesitábamos calor humano para recuperarnos de tanto sufrimiento.

Después de aquello, no quise hacer otra cosa más que descansar. Busqué hospedaje en mejor lugar que los que frecuentara con mi hermano años atrás y, después de comer un poco, pues mi estómago aún no se acostumbraba del todo al alimento, dormí durante dos días seguidos. Sólo entonces, con el cuerpo repuesto en parte, comencé a pensar en mi futuro.

Era más rico de lo que nunca había soñado. La venta de la parte que me correspondía de las especias cargadas en el barco me reportó dinero suficiente para iniciar una nueva vida. Y que el capitán Del Cano diera por buena mi nueva identidad me allanaba el camino para lograrlo.

Aun así... no iba a ser fácil.

Sevilla me traía recuerdos muy tristes. Tres años después de partir, en sus calles aún resonaba el parloteo incesante de Tomás hablándonos de las tierras recién descubiertas y de las riquezas que nos aguardaban, así como también el eco de las carcajadas de Nicolás y mías. Aquella ciudad hermosa como ninguna otra nos devolvió a mi hermano y a mí la esperanza, la ilusión y el ferviente deseo de volver a ser dignos. Pero sin Nicolás, la última persona que me quedaba en el mundo, no quería pasar más tiempo en Sevilla.

Con esa certeza me llegó a la par el convencimiento de que no quería vivir demasiado lejos del sonido de las olas rompiendo en la orilla y del ajetreo alrededor de los barcos fondeados. A pesar de los tres años de padecimientos y sinsabores, el mar era el único hogar que me quedaba. Pensé en trasladarme a Huelva o a Cádiz, pero al final me sedujo la idea de instalarme en Málaga, aún no sé muy bien por qué. Quizá porque estaba bañada por unas aguas más sabias, más cargadas de historia y más alejadas de la locura mercantil que se desarrollaba en torno a los viajes a las Indias Occidentales. Nuestra circunnavegación me había reportado una fe ciega en la capacidad de los hombres para lograr todas las metas imaginables, pero al tiempo me había convencido de que la ambición, la envidia y la avaricia son cualidades tan presentes en los humanos como el esfuerzo o la perseverancia. No tenía más remedio que seguir viviendo entre hombres, pero al menos deseaba hacerlo en una plaza más tranquila.

Lo que también me reportó el viaje fue una confianza renovada en mí mismo y la férrea determinación de perdonarme de una vez mis pecados de juventud. Asentado en Málaga comencé a pensar de una forma diferente en mi vida y me di cuenta de que, por encima de todo, mi deambular había sido una lucha contra las circunstancias y las adversidades, una lucha en la que demasiadas veces me había visto obligado a elegir entre extremos opuestos sin ser capaz de distinguir entre la ancha senda que lleva al pecado y el estrecho camino que conduce a la virtud. Con la sabiduría de los años transcurridos y la infinidad de experiencias vividas en el mar, comprendí que era necesario perdonar al joven, pues otra cosa no era cuando salí del pueblo, y empezar a vivir como un hombre. En aquel mi nuevo hogar, recuperé del todo el que consideraba mi mayor amor: las letras.

Al poco de llegar a Málaga, comencé a trabajar en una escribanía como oficial. Sin aprietos económicos y con tiempo para dedicar a los libros, recuperé mi afición por la lectura y el saber. Mi fervor se convirtió en pura voracidad. Devoraba todo lo que llegaba a mis manos, y disfrutaba como un niño releyendo mis autores de juventud: Jorge Manrique, santo Tomás de Aquino, san Agustín, Raimundo Lulio... ¡Cuán diferentes eran entonces, con la experiencia de los años, mis reacciones ante aquellas páginas! Los que de joven me habían parecido seres cuasi divinos se me presentaban ahora como hombres de carne y hueso, enfrentados como yo a la vida, tratando de dar la mejor respuesta a sus inquietudes y a sus dudas. En aquellos momentos, mejor que antes, comprendía el dolor de perder a un padre, de enfrentarse a decisiones difíciles o de buscar la virtud ante todas las adversidades. Sin olvidar a aquel joven furioso con la injusticia y consigo mismo que abandonó su hogar y juró no volver a pensar nunca más en las letras ni en el conocimiento, construía un nuevo yo que deseaba recuperar, al menos, uno de los amores que se había visto obligado a dejar atrás. El de Lucía no iba a volver jamás, pero al menos me mantendría vivo el que sentía por los libros y por los autores que les habían dado vida.

Poco a poco fui haciéndome con una biblioteca humilde pero selecta. La imprenta estaba en pleno auge, y resultaba mucho más barato y sencillo acceder a obras que años atrás eran joyas inalcanzables, en especial viviendo en un pueblo alejado y mísero como el mío. En mi casa malagueña los libros descansaban en una alacena abierta y me congratulaba de no tener que esconderlos de los demás, aunque en mi fuero interno recordaba con cariño el cuartuco que Sancho el Tuerto se construyó para que nadie salvo él y yo pudiéramos disfrutar de su biblioteca. ¿Habría podido conservarla Lucía?

Pensaba mucho en ella. La veía cubriéndose con la capa de lana el día que la tormenta nos obligó a refugiarnos de la lluvia y nos regaló el primer beso, dulce e inocente, de nuestras vidas; la veía tendida en el suelo, desnuda, mirándome con sus ojos llenos de amor y de inquietud; la veía también de pie, envuelta en las sombras, diciéndome adiós por última vez y huyendo entre los arbustos. A menudo me preguntaba cómo era posible amar con semejante intensidad a una persona y por qué el amor tenía que doler tanto y ser tan cruel. ¿Por qué Dios nos daba a probar el sabor del cielo si luego nos lo arrebataba de los labios de forma tan despiadada?

Pasaban los días, los meses y los años, y no encontraba respuesta.

Para mis compañeros de viaje también pasaron los años, de manera muy distinta para cada uno de ellos.

A los más inteligentes, o los más avispados, el dinero obtenido por la venta de su parte de las especias les sirvió para abrir un negocio y vivir desahogadamente. Para los más torpes, la abundancia les condujo al despilfarro y a una ruina temprana. Algunos, nublada la visión por las mujeres, el vino y el juego, dilapidaron en poco tiempo sus riquezas y se vieron obligados a embarcar de nuevo camino a las Indias, quizá en pos de otra fortuna que malgastar.

El capitán Del Cano logró, como yo imaginaba, el indulto deseado. Empleó mi crónica del viaje, pero al cabo no le resultó de especial utilidad. Su versión de los hechos fue, sin más, la aceptada. Tras la hazaña de dar la vuelta al mundo, don Carlos, ahora emperador del Sacro Imperio y rey de España, le perdonó haber vendido su barco a los genoveses. También olvidó su rebelión a bordo contra Magallanes y, por tanto, contra el mando absoluto que él mismo había entregado al portugués. A cualquier efecto, todo lo ocurrido en la bahía de San Julián fue convenientemente olvidado. Incluso los desertores de la *San Antonio*, que habían permanecido encarcelados desde su regreso a España como supuestos autores de un imperdonable acto de indisciplina, fueron rápidamente liberados e indultados. Esteban Gomes, el inductor de la rebelión, no sólo obtuvo el perdón, sino que fue condecorado y reconocido como el descubridor del paso al mar del Sur.

Y mientras la relevancia de todos ellos se acrecentaba, el prestigio de Magallanes se venía abajo. Sus actos de autoritarismo y su decisión de dejar en la Patagonia al capitán Juan de Cartagena y al religioso Sánchez de Reina pesaron gravemente en su contra. También influyó, por descontado, que Del Cano fuera uno de los rebeldes de San Julián, pues el emperador y rey nuestro señor don Carlos no quería inculpar en un acto tan oscuro y desdichado al más valiente y famoso de sus navegantes. El insigne guipuzcoano recibió un escudo de armas con la imagen del mundo y la inscripción «Primus circumdedisti me». En efecto, fue el primero en dar la vuelta al mundo, pero sólo sobre los hombros de un desdichado que, tras lograr el mayor triunfo de su vida, cayó muerto en una playa tan lejana ya como su recuerdo.

Gracias a la carta enviada por nuestro capitán al emperador, éste intervino rápidamente para conseguir la liberación de los marineros apresados en Cabo Verde. Al cabo de unas semanas regresaron a Sevilla los doce retenidos, entre ellos mi buen amigo Bocacio Alonso.

—No ibas a librarte tan fácilmente de mí, montañés —me dijo nada más verme.

Juntos lloramos las muertes de Nicolás y de Esteban, y nos abrazamos recordando las penurias vividas, pero a la vez los lazos creados en nuestro viaje.

Antonio Pigafetta también permaneció poco tiempo en Sevilla, pues se dirigió a Valladolid para entregar su manuscrito al emperador. No obstante, sus páginas fueron hábil e interesadamente ocultadas ya que la versión aportada por el italiano era demasiado afín al portugués y sustancialmente lesiva para los intereses de los capitanes españoles, entre ellos Del Cano. Decepcionado, dejó España y recorrió las cortes de Portugal y Francia contando las maravillas de nuestro periplo. Supe años más tarde que regresó a su Vicenza natal y que sobre el dintel de su casa esculpió en una divisa el lema «No hay rosas sin espinas». Sólo con el esfuerzo, pero también con el sufrimiento, pueden lograrse las grandes hazañas. Quién mejor que él para saberlo.

Yo recibía aquellas noticias con sentimientos encontrados. Me agradaba oír acerca de los que fueron mis compañeros de viaje durante tres años, pero, por otra parte, mantenerme al margen me permitía centrarme en mi nueva vida y alejarme de recuerdos que me eran aún muy dolorosos. Sólo una promesa cumplí con total diligencia: entregar las cartas escritas por mis compañeros de la *Trinidad* a sus familiares. Mucho más tarde algunos pocos pudieron regresar a España, pero ésa sería una historia muy larga de contar. Al entregar aquellas cartas pensaba con afecto en todos ellos, pero sobre todo en Nicolás, en su juventud arruinada en un mar cruel que le robó la vida y la fortuna a tan poco de alcanzar la meta. Echaba de menos su ánimo, su vitalidad, su integridad, su cariño y también su inteligencia despierta. Nunca he olvidado su rostro alegre y sincero, como tampoco los ojos de mi madre ni el olor de mi padre.

Adormecido por la bonanza del clima de Málaga y arropado por la tranquilidad y la seguridad que me proporcionaba mi oficio, dejé pasar ocho años en aquel placentero sopor. Creo, con sinceridad, que fueron los más serenos de mi vida. Pasado un lustro desde mi llegada, el escribano para el que trabajaba puso en venta el negocio y yo me hice con él, tras superar el pertinente examen ante las autoridades concejiles. La gente me apreciaba y me quería, e incluso creo que aceptaban mis rarezas y mi afición excesiva por la lectura.

—Debéis de estar cerca de haber leído todo lo que se ha escrito —me dijo una vez uno de mis vecinos.

Yo me reí y negué con la cabeza, porque sabía que aquello era tan imposible como limpiar una playa de granos de arena o vaciar el mar con cubos y toneles.

Por aquel entonces nada me hacía sospechar que un día me iría de Málaga. Pero lo hice.

Tenía tanta confianza en Julián que no me costó en absoluto dejarle al mando de la escribanía.

—He de hacer un viaje. No creo que me demore demasiado en volver. Aunque ¡ya se verá!, pues cuando uno da un primer paso nunca sabe dónde acabará su camino.

Mi ayudante me miró con tristeza.

—Os veo melancólico.

—No, no. No es melancolía, es esperanza.

Bajó la cabeza apenado.

—Volveré, no temas. He de resolver algo que dejé inconcluso y que no me permite ser plenamente feliz. Cuando lo haya hecho podré, por fin, descansar.

Tomé un par de caballos y me dirigí al norte. Las leguas se

consumían mientras me acercaba a mi pasado. Casi doce años habían transcurrido desde que recorrí los caminos manchegos con mi hermano, buscando un futuro o huyendo de un pasado, o más bien haciendo ambas cosas. Aquellas inmensas llanuras me recordaban lo pequeño que era y lo insignificante de cada una de nuestras vidas si no se acompañan de algún objetivo o de alguna meta que lograr. «Trahit sua quemque voluptas.» Aún tenía grabadas en mí aquellas palabras de Virgilio pronunciadas por Sancho, mi maestro: «Cada uno tiene un placer que le arrastra». ¿Somos capaces de buscar nuestra propia vereda o son nuestros sueños los que nos arrastran por sendas que no siempre queremos recorrer? Pensaba que, después de todo, siempre escogemos nuestro camino en la vida, pues en todo momento tenemos la posibilidad de elegir; sólo que a veces hacerlo es tan doloroso que preferimos dejarnos arrastrar por los acontecimientos, como las tablas son llevadas por las olas o las hojas arrastradas por el viento.

Enfrascado en esos pensamientos que ya no me causaban daño, sino tan sólo algo de inquietud, recorrí caminos polvorientos hasta que me dieron paso a la vieja Castilla del norte. Esas tierras, más duras y frías, me sumían en mi soledad y en el vacío que con nada había conseguido llenar desde que marché de mi pueblo. Ni yendo al lugar más lejano puede uno huir de sí mismo. Yo, tras dar la vuelta al mundo, no deseaba otra cosa que encontrarme de nuevo con el joven que una vez fui.

Segovia, Burgos, Aguilar: cada legua recorrida me acercaba a mi tierra, al verdor que únicamente en las islas del mar del Sur había vuelto a reconocer. Aunque tenía los huesos molidos del viaje a caballo, apenas descansaba. En lo único en que pensaba era en superar las montañas y avistar mi comarca otra vez.

Una mañana, al fin, lo logré. Tras superar el poblado de Casavegas, remonté los últimos riscos y Liébana se mostró, bellísima, a mis pies. Bajo el cielo azul, tan puro que diríase que acabara de ser creado, un mar de nubes cubría mi tierra, sus sierras y sus valles, sus pueblos y sus caminos. El sol iluminaba aquel sereno océano de blancura prístina que chocaba contra las rocas sin producir sonido alguno, sólo bañando los campos y los montes sin empaparlos ni herirlos; era el mismo que me recibió muchos años antes, a la vuelta de mi visita a María en Herrera de Pisuerga. El corazón se me encogió ante aquella sublime visión y sentí renacer en mí pensamientos olvidados hacía mucho. En aquel momento fui consciente de todo el tiempo que había transcurrido y de cuánto había añorado mi terruño sin saberlo.

Arreé a mi montura y comencé a descender por el valle de Valdeprado, adentrándome en aquel mar de nubes que poco a poco se iba deshaciendo ante la insistencia del sol. Siguiendo a la inversa el camino que un día me llevó lejos de mi tierra, llegué por fin al puente de Castilla, el lugar en que Lucía me dijo adiós por última vez. Reconocía cada piedra, cada raíz, casi cada gota del río, como si todo se hubiese quedado congelado durante aquellos doce años de ausencia.

No quise regodearme en mi dolor y continué el ascenso en dirección a mi pueblo por un sendero que me era aún más familiar. Allí estaban el nogal de Vicente y, un trecho más allá, el cerezo de Tomasa, como siempre habían estado, bordeando el camino y dando sombra a los vecinos. Para aquellos árboles nada había ocurrido, pensé. Nada les importaba que un nuevo mundo hubiese sido descubierto o que la tierra hubiese sido circunnavegada. Ellos vivían en un perpetuo presente que, por otro lado, yo envidiaba. Tampoco les importaba el pasado, pero sabían mi nombre.

Cada paso me acercaba a mi casa. Pensé que no convenía encontrarme tan pronto con alguien conocido, aunque ¿quién iba a reconocerme con las ropas de buen paño y el sombrero calado sobre los ojos, aquella barba, las arrugas y las abundantes canas? Nadie. Aun así, decidí pasar de largo. De repente no soportaba la idea de ver todavía el hogar de mi familia.

Tomé un sendero que bordeaba las casas y me topé con Sindo, el amigo de mi padre, ya anciano y encorvado, acompañado de un hombre y un crío, que debían de ser su hijo y su nieto. Estaban sembrando en una de sus parcelas. A mi paso, el hombre más joven levantó la cabeza y, al ver que yo les miraba, me saludó.

—Buenos días, señor.

—Buenos días —respondí sin tener muy claro si iba o no a ser descubierto.

Detuve el caballo y él dio unos pasos adelante, sin acercarse al borde del camino.

—¿Qué os trae por Dosamantes?

Escuchar el nombre de mi aldea después de tantos años me produjo un escalofrío que me recorrió todo el cuerpo.

—Debo resolver unos asuntos. Soy escribano y he de informarme de la situación de unas tierras.

—¿De qué tierras se trata?

—Perdonad que no os responda, pero no puedo dar más detalles.

—¡Claro, claro! —respondió.

Se había quitado el sombrero, que hacía girar entre las manos. Recordé su nombre: Diego. Era de la edad de mi hermana María.

—¿Cuál es el párroco del lugar? —dije para romper el silencio.

—Don Anselmo. Pero no sé si él podrá ayudaros, pues sólo hace seis meses que llegó, tras morir don Teodulio, el anterior cura. Tal vez mi padre pueda facilitaros información —dijo bajando la voz—, aunque su memoria ya no es la de antes y no rige mucho. Es la edad, deberéis disculparlo.

Me habría gustado hablar con Sindo y preguntarle por mi padre, por mis hermanos, por todos los del pueblo, por Lucía... Pero no quería arriesgarme a ser descubierto.

—No es necesario, gracias. —Iba a proseguir mi camino cuando un pensamiento cruzó por mi cabeza—. ¿No reside en este pueblo un hidalgo llamado Lope?

Diego se quedó un momento callado. Finalmente dijo:

—Don Lope, sí. —Me miró con curiosidad y suspicacia—. Vivía aquí, es cierto, pero hace años que marchó del pueblo. Lo de esas tierras, ¿no tendrá que ver con él?

—En realidad no, eran de un tal Sancho el Tuerto. Pero me mencionaron a don Lope como alguien importante del concejo y...

Mientras hablábamos, Sindo se había acercado con pasos lentos a donde estaba su hijo.

—¿Alguien importante del concejo? —interrumpió—. ¿Eso es

lo que Lope iba diciendo por ahí? Pues sí que... Lo intentó, ¡vaya si lo intentó! Usurpó las tierras al común, eso hizo. Y cerró los caminos. Pero nos unimos, recuperamos las tierras y reabrimos los pasos, y tuvo que marcharse. Bien sabe Dios que lo que hicieron aquellos muchachos no estuvo bien, no, el Señor los haya perdonado, pero ¡qué demonios!, menudo problema que nos quitaron de encima. —Y dio un bufido iracundo.

—Padre, no os encoloricéis, que sabéis que no os hace bien. —Diego le acariciaba el brazo, tratando de calmarle, mientras me lanzaba una mirada de disculpa.

—Alguien importante del concejo... —Sindo parecía no poder quitárselo de la cabeza—. Al menos Manuel, que en paz descanse, el padre de los muchachos —explicó dirigiéndose a mí—, tuvo arrestos para enfrentarse a Lope abiertamente y defender lo suyo. Incluso los zagales, sus hijos menores —me aclaró—, le ayudaron. Aunque luego tuvieron que huir, si no les habrían prendido. Pero los hijos mayores, ¡vaya unos! Se deshicieron en cuanto pudieron del legado de su padre, ¿dónde se habrá visto? —Calló y luego en voz baja añadió—: Si el pobre Manuel levantara la cabeza... ¡Qué desgracia de familia le tocó!

—Padre, no os preocupéis más, ya todo pasó. —Diego se volvió hacia mí—. ¿Las tierras de Sancho el Tuerto, dijisteis? Sancho murió hace años, pero eso ya lo sabéis, ¿verdad? Un hombre extraño... Sus tierras las compraron varios vecinos de los pueblos de los alrededores, la mayor parte el padre de la maestra.

Sentí que el corazón se me paraba.

—¿La maestra? —pregunté azorado.

—Sí, ya sé que resulta extraño, pero es que doña Lucía, del pueblo de Lerones, enseña a algunos niños a leer y a escribir en su casa, y ellos la llaman maestra. Su padre compró la casa de Sancho y la mayor parte de sus tierras. Todos la relacionaban con el hijo de Manuel, uno de los muchachos que huyó, pero ese hombre se encargó de acallar los rumores. Mientras vivió la tuvo prácticamente recluida, pobre...

Necesitaba saber más de Lucía, descubrir qué había sido de ella, pero no podía seguir escuchando.

—Con esta información me basta. Iré a ver a esa mujer que me decís, si es que es la heredera de las propiedades de su padre.

—Sí lo es, cómo no.

Les agradecí su ayuda, me despedí y tomé el camino que de niño recorría cada día para ir de Dosamantes a casa de Sancho y que de allí continuaba hacia Lerones. Tenía un nudo en el estómago y sentía una enorme ansiedad. ¿Cómo estaría Lucía? ¿Qué habrían hecho de ella los años?

Mientras pensaba en todo aquello vi aparecer sobre el perfil de la loma la vieja casa de Sancho. Abandoné el camino principal y me acerqué. Su aspecto era deplorable: tenía el tejado medio hundido y las paredes se desmoronaban en varios lugares. El establo en el que yo había asistido oculto a las lecciones de mi maestro estaba totalmente destrozado e incluso un joven cerezo crecía en su interior, sacando las ramas por uno de los ventanucos. Avancé hasta encontrarme frente a la puerta, sin atreverme a entrar. No había tenido el valor para ir a ver mi casa y, sin embargo, estaba frente aquélla como si, en el fondo, hubiese sido la mía propia.

Las piernas me temblaban cuando empujé la desvencijada puerta de roble. Con un sonoro chirrido me dio paso al interior de la casa de Sancho, cubierto el suelo de tejas rotas y con una viga del tejado entorpeciendo el avance a la que había sido la estancia donde estudiábamos. ¡Qué recuerdos me traía todo aquello! Aparté unas maderas y me dirigí directamente a la zona donde había mantenido oculta su biblioteca. Allí estaba la puerta, que siempre había quedado tapada por la alacena. La cerradura estaba rota. Empujé con suavidad y se abrió. Cuando mis ojos se acostumbraron a la penumbra comprobé que el cuartuco estaba vacío. Respiré aliviado y di gracias a Dios: Lucía había cumplido mi promesa ante Sancho.

Salí a todo correr. Tenía que verla de inmediato; no me importaba que alguien pudiera reconocerme. Estaba tan orgulloso de ella que sólo pensaba en abrazarla de nuevo, en recuperar todos aquellos años perdidos.

Arreé a mi caballo y ascendí por la cuesta que llevaba a Lerones en busca de mi amada. El corazón me palpitaba aceleradamente, como el de un adolescente ante su primer beso. Recorrí a toda prisa el camino hasta que por fin pude ver ante mí el pueblo. Todo seguía igual, con sus campos de cereal en los llanos y sus viñas cubriendo las laderas más escarpadas y pobres. Reduje el paso y me adentré por el camino que atravesaba las tierras ante las miradas curiosas de los campesinos, extrañados de la llegada a su concejo de un desconocido ataviado con ricas ropas. Pero, al contrario que en mi pueblo, nadie se acercó a preguntarme el motivo de mi visita.

Sin detenerme ni desviar la mirada, continué hasta encontrarme frente a la casa de Lucía. Desmonté y me acerqué a la puerta. Cuando estaba a punto de tocar la aldaba, una voz me sorprendió a mi espalda.

—Queda poco para que termine la lección, es mejor que esperéis un momento.

—¿La lección?

—Sí, la lección de la maestra. No le gusta que la interrumpan cuando está con los niños.

Miré a la mujer que me hablaba. Era menuda y de complexión muy robusta.

—¿Qué os trae por aquí, si no es molestia preguntaros?

—Nada de importancia. Debo tratar unos asuntos relativos a unas tierras.

La mujer se quedó esperando a que añadiera algo más y, como no lo hice, preguntó:

—¿Relativos a qué tierras?

—No puedo contestaros a eso, disculpadme.

Me miró de arriba abajo con absoluta falta de discreción.

—¿No os conozco?

Aquello estaba empezando a importunarme.

—No lo creo, no soy de por aquí.

Entrecerró los ojos sin quitármelos de encima, pensativa, y al final desistió.

—Vaya, pues habría jurado que os conocía.

—No juréis de ninguna manera; ni por el cielo, porque es el trono de Dios; ni por la tierra, porque es el escabel de sus pies.

Aquel comentario terminó por disgustar a la buena mujer, que se retiró prudentemente.

En ese momento se abrió la puerta de la casa y salieron corriendo tres niños y dos niñas. Uno de los críos fue a coger la mano de la señora mientras le daba un beso. Ésta se alejó dirigiéndome una última mirada.

Sin apenas hacer ruido empujé un poco la puerta y entré en la casa. La luz bañaba suavemente la estancia. Sobre una gran mesa descansaban algunos libros y unos legajos con torpes escrituras infantiles. Pasé mi mano sobre los papeles tratando de controlar el temblor que me invadía. De pronto, tras de mí, sentí que alguien clavaba una intensa mirada en mi nuca. Supe que era ella. Cuando reuní el valor suficiente me volví para encontrarme con los ojos de Lucía, más bellos y luminosos que nunca.

—Has vuelto —me dijo.

No encontré palabras para responder. Sólo pude estrecharla entre mis brazos y besarla, besarla con todo el amor acumulado en aquellos años de separación, con toda la dulzura y la pasión robados en aquel tiempo. Temblaba, al igual que yo, mientras nos fundíamos el uno en el otro sin importarnos nada de lo que ocurría a nuestro alrededor.

—He vuelto, Lucía, mi amor. He vuelto, por fin.

Alzó el rostro.

—Siempre supe que regresarías. Sólo estaba esperando el momento.

Aquel día, mi ausencia de casi doce años me pareció nada más que un suspiro.

De repente, unos pasos a mi espalda me hicieron volverme. Cerca de mí estaba una niña de cabellos castaños, como los de Lucía, pero algo en sus ojos me resultaba extrañamente familiar. Me recordaban a los de mi madre. En ellos se reflejaba en ese momento una mezcla de asombro e intriga.

Me di la vuelta y miré a Lucía. Su expresión me dijo el resto.

64

Reencontrarme con Lucía fue maravilloso, pero descubrir que tenía una hija, después de aquellos años fuera de mi hogar, fue algo que nunca habría imaginado. Me parecía increíble, pero aquella niña que me miraba con enormes ojos de sorpresa era parte de mí. Con miedo alargué la mano y toqué su rostro. Permanecía quieta, sin saber muy bien quién era yo ni qué hacía abrazado a su madre.

—Hija —dijo Lucía—, éste es tu padre. Ha regresado a casa.

La niña se acercó y me rodeó la cintura. Sentí que el cuerpo se me derrumbaba con aquel abrazo. Mis lágrimas cayeron sobre sus cabellos ondulados.

—Hija, hija mía...

Los latidos de su corazón golpeaban sobre mi estómago. Lucía nos miraba embelesada.

—Escucha, Olalla —dijo—, ahora debes dejarnos solos un momento. Tu padre y yo tenemos muchas cosas de que hablar. Y, sobre todo, no digas nada a nadie, ¿prometido?

—No diré nada, madre, lo juro.

Mi hija dejó la sala dirigiéndome una mirada mezcla de alegría y de curiosidad.

—Lucía...

—Sí, el día en que Guzmán murió, una nueva vida fue concebida. Nuestro amor era tan intenso que una sola vez fue suficiente para producir el milagro. Jamás he olvidado aquel momento.

—Yo tampoco, te lo aseguro, lo he llevado siempre en mi pecho.

Lucía sonrió con ternura y su rostro se iluminó, a pesar de la palidez de sus mejillas.

—Te he estado esperando, pero nunca pensé que fueras a tardar tanto.

—Es una historia muy larga.

—No te preocupes, tengo el resto de mi vida para escucharla.

Salimos de la casa y caminamos uno junto al otro, mientras yo le relataba la historia de mi vida en aquellos años de separación. Le hablé de mi desesperación en la huida tras cometer el crimen, de la rabia contra mí mismo, de mi rechazo al saber y a las letras, de mi llegada a Sevilla. Con los ojos muy abiertos me escuchaba mientras le contaba mi viaje alrededor del mundo. Apenas era capaz de articular palabra ante la descripción de mi periplo por el mar del Sur, por las islas del Moluco, por el contorno de África. Le hablé de Nicolás, de su desgraciada muerte, del regreso a España y de la cobardía que me había impedido volver antes al pueblo.

—Algunas veces debemos dar un rodeo para hallar nuestro verdadero camino. Yo he tenido que dar la vuelta al mundo para encontrarte de nuevo, Lucía.

—Obraste bien, amor. Hacía falta tiempo para borrar las heridas y para sembrar el olvido en las gentes de estos pueblos. ¡Estás tan cambiado! No me extraña que nadie te haya reconocido.

—Yo, en cambio, aún veo en ti a la niña de la que me enamoré.

—No soy la misma, de veras. Por mí también han pasado los años, aunque no hayan sido tan intensos como los tuyos.

—¿Qué ocurrió tras mi huida? Me muero de ganas por saberlo.

—Al final de la tarde en que os marchasteis, encontraron el cuerpo sin vida de Guzmán, a quien su tío llevaba buscando desde hacía horas. Los hombres del pueblo salieron de noche para prenderos. Don Lope se quedó sumido en el dolor cuando recibió la noticia, pero al día siguiente la ira le cegó la razón. No sólo os acusaba a vosotros de su infortunio, sino que culpó a la totalidad de los vecinos de haberse conjurado contra él y su familia. Todo el mundo comprendía su desesperación, pero eso no estaban dispuestos a concedérselo. Y desde el concejo, por primera vez en mucho tiempo, empezaron a pararle los pies. Quizá deberían haberlo hecho antes… —Calló un momento, como recordando, y prosiguió—: Don Lope se sintió acorralado y se marchó, mascando su rabia. Tus hermanos no quisieron enfrentarse a él, para no ser acusados de cómplices de la muerte de Guzmán, y se unieron a su suerte; vendieron sus pocas tierras y se fueron a trabajar las de él en Potes. No he vuelto a saber de ellos.

—¿Qué ocurrió con mi padre? —Cuánto me costó hacer aquella pregunta—. Nunca me he perdonado haberle abandonado en su lecho de muerte.

—No te culpes más. Tu padre murió dos días después de aquello, sin enterarse de nada. Todos lloramos su pérdida. Fue un buen hombre.

—Sí, lo fue, y mereció más de lo que le deparó la vida.

Lucía tomó mi mano y la apretó con fuerza.

—¿Y la biblioteca? —pregunté—. ¿Cómo pudiste conservarla?

—Mi padre cumplió su palabra y compró inmediatamente la casa de Sancho a Ramón, su sobrino, que recibió complacido su generosa oferta y no se molestó en estar más tiempo del necesario en ella. Unos días después, de noche, trajimos los libros aquí.

—Cumpliste la promesa, Lucía. Estoy muy orgulloso de ti.

—Todos estos años me he preguntado si tanto sacrificio valió la pena, y aún no he encontrado respuesta.

—Yo también lo he hecho, pero ¿crees que habríamos sido más felices huyendo y faltando a nuestra palabra?

Bajó la mirada.

—En realidad creo que no. Hicimos lo que debíamos y pagamos por ello, pero… —Alzó la cara—. Ya no es momento de lamentarse, sino de mirar adelante. Nuestro amor nos unió y nos separó a un tiempo, pero también nos dio una hija.

—¿Cómo lo hiciste?

—¡Te aseguro que aquello fue lo más difícil de todo! Al cuarto mes el embarazo se hizo evidente, y no pude mentir a mi padre. Él montó en cólera y amenazó con echarme de casa, pero no cumplió sus amenazas, aunque encontró otra forma de castigarme. Me dijo que si no quería irme tenía que aceptar casarme con quien él dijera. Me arreglaron una boda con Matías, un vecino viudo del valle de Valderrodíes al que le importó poco mi embarazo, pues sólo estaba interesado en el provecho que el matrimonio pudiera proporcionarle. Mientras mi padre vivió, me obligó a permanecer recluida entre las paredes de mi casa. Falleció al cabo de dos años y mi madre poco más tarde. Sólo después pude volver a ver la luz.

—Siento mucho la muerte de tus padres, Lucía.

—Yo también lo sentí, de veras. Aunque vivía poco menos que encerrada, al menos tenía una protección y sabía que me querían. No les culpo de nada, para ellos también fue difícil la situación.

—¿Le hablaste a Olalla de mí?

—Cuando tuvo edad suficiente le conté que Matías no era su padre y que un día quizá te conocería. Para ella hoy también se ha cumplido un sueño. Matías no era bueno con nosotras; lo único que le interesaba era gastar dinero en mujeres y vino. Yo consentía sólo por no tenerle cerca.

—¿Qué fue de él?

—Ocurrió lo único que podía ocurrir. De tanto andar con rameras una le contagió un mal que decían llegado de las Indias. Murió hace un año, pero el muy canalla no me dejó en paz con su marcha.

—¿Qué quieres decir?

Me tomó el rostro entre sus manos y me besó.

—Caminemos.

Paseamos cogidos de la mano bajo la luz del atardecer, que teñía de anaranjado las montañas de nuestra comarca, esas que alguna vez me hicieron sentirme como un prisionero en su cautiverio y que ahora me acogían en su regazo. Llegamos hasta una encina solitaria y nos detuvimos de nuevo. Lucía me invitó a sentarme a su lado.

—Cuéntame, ¿qué querías decirme?

Tomó aire y dijo:

—Aun estando aquejado de su mal, y por no poder acudir a las tabernas en busca de mujeres, Matías se volvió a fijar en mí tras años de indiferencia. En una de aquellas ocasiones me transmitió su afección. Ahora estoy enferma.

Un escalofrío me recorrió el cuerpo.

—¿Enferma? —En ese momento reparé en que no sólo estaba pálida sino también muy delgada—. ¿Qué clase de mal es el que tienes?

Me tomó la mano con dulzura y la puso sobre su pecho. Luego me miró a los ojos.

—Me muero, amor. En realidad, creo que Dios te ha traído a mi lado para que pudiéramos despedirnos.

—Lucía...

—No desesperes. Todo en nuestra vida ha sido una continua despedida. Siempre hemos vivido esperando el momento de nuestra definitiva unión, pero en vez de eso hemos tenido que sortear una y mil pruebas para permanecer juntos. Hasta esta mañana pensé que no habíamos sido lo suficientemente fuertes para lograrlo, pero tu vuelta me ha traído de nuevo la ilusión.

—¿La ilusión?

—Sí, la ilusión de estar contigo lo que me quede de vida. Hoy, junto a ti, he olvidado todos los sinsabores de nuestra existencia y, en cambio, he recordado de pronto todo el amor que supimos darnos.

Apreté sus manos entre las mías.

—Tiene que haber algo que pueda hacerse. Algún médico podría sanarte, yo tengo dinero para procurárnoslo.

Besó mis manos.

—El mal está avanzado ya. Matías murió al poco de contraerlo y muchas otras personas han fallecido de la misma manera en los últimos años. No quiero creer en vanas esperanzas. Con tu regreso he hecho las paces con Dios.

—¡No hables así, Lucía! Ésas fueron las mismas palabras que pronunció Nicolás...

Me miró a los ojos.

—Entonces —dijo— ten por seguro que tu hermano murió en la gloria del Señor, porque así es como yo lo siento.

La abracé contra mi pecho, sintiendo su débil respiración. Yo temblaba, pero ella estaba serena.

—Sin ti no me queda nada.

—Te queda una vida junto a tu hija. En ella me verás cuando yo ya no esté aquí. Vivirás por ella, para darle una buena existencia y todo el amor que precise. Has de procurar que no sufra tanto como lo hicimos nosotros.

—Pero...

Me puso un dedo en los labios.

—No digas nada y recuéstate contra mí. Quiero sentirte de nuevo como cuando de niños nos refugiamos de la lluvia en la cueva, ¿lo recuerdas?

—¿Cómo olvidarlo, Lucía? Aquel día supe que te querría para siempre.

—Gracias a Dios, así ha sido.

Sonreí y recosté mi cabeza sobre su pecho como me había pedido. Mecido por su respiración y acariciado por la brisa, me quedé dormido en su regazo.

Mientras dormía soñé que estaba de nuevo en la *Victoria*, acunado por las olas y arrullado por el sonido del viento en las velas.

Al día siguiente de mi llegada comenzamos los preparativos para la partida. A cada rato que pasaba aumentaban las posibilidades de que alguien me reconociera. Para evitar sospechas me alojé en una casa del cercano pueblo de Perrozo mientras Lucía preparaba la marcha.

Una mañana, fui al cementerio del pueblo y, sin que nadie me viese, puse flores sobre la sepultura de mis padres. Así pude, por fin, cumplir mi última promesa a Nicolás y despedirme por siempre de ellos. Desde allí se veía nuestra casa, con muchas tejas rotas y una grieta en el muro de poniente. Por un instante borré todos los malos recuerdos y rememoré las tardes de invierno de mi infancia, con toda la familia unida al calor de la lumbre; también, los rostros de mis tíos Pedro y Elvira, la voz suave del padre Francisco, y la adusta de don Alfonso. Y, sobre todo, a Sancho, mi maestro. Algunos habían desaparecido; a los otros no me podía acercar sin ponerme o ponerlos en peligro. Todos permanecían vivos en mi pensamiento.

Luego le tocó a Lucía el momento del adiós. Desde la muerte de su marido, había tratado de continuar su vida de la mejor manera posible y haciendo lo que mejor sabía hacer: enseñando a los niños a leer y escribir, y a pensar por sí mismos. Se despidió de sus vecinos y de sus pupilos aduciendo su mal estado de salud y una estancia quizá definitiva en algún sitio de clima más benigno. A punto de partir, sacamos los libros de Sancho y los subimos al carro. Arreamos los caballos y dejamos a nuestra espalda las casas de Lerones. No miramos atrás.

Tomando el camino de Castilla, ascendimos de nuevo los altos montes que cerraban nuestra comarca y seguimos dirección a Málaga. Aquel viaje, lejos de parecernos una despedida, nos resultó lo más parecido a un encuentro. Sintiendo sobre nosotros el espléndido cielo de Castilla aprendimos a ser lo que nunca antes habíamos sido: una familia.

Ya en Málaga procuré a Lucía todos los cuidados que necesitaba para aliviarle su enfermedad. Hice llamar a los mejores médicos y no reparé en gastos para proporcionarle todo lo que pudiera necesitar. Juntos pasábamos los días conversando y leyendo los libros de mi juventud, aquellos que Sancho había preservado sólo para ella y para mí porque sabía que únicamente nosotros seríamos capaces de apreciarlos en su justa medida. Olalla se nos unía la mayor parte de las veces. A sus once años leía a la perfección y, lo que más me enorgullecía, disfrutaba de la lectura tanto como nosotros. Me gustaba ver sus labios moverse silenciosamente mientras articulaba las palabras. Me recordaba tanto a Lucía...

Cada mañana yo despertaba a mi amada y la atendía. Por las tardes, después de la comida, nos sentábamos delante de la casa y mirábamos al horizonte. A lo lejos, azul y quieto, estaba el mar. A mí me traía recuerdos del pasado; Lucía nunca me desveló sus pensamientos.

Durante casi un año le di todo el amor y todo el afecto que un hombre pueda dar a una mujer. Nada le faltó, pero fue en vano. Quizá mecida por la suavidad del clima mediterráneo y con la tranquilidad de haber encontrado un hogar seguro para nuestra hija, dejó de luchar. Al verla abandonarse a su suerte, sentí renacer en mí todo el dolor vivido por la muerte de Nicolás. Y de nuevo hube de ver que en sus ojos, como en los de mi hermano, no había sufrimiento ni reproche, sino paz. Habiéndonos perdonado nuestras faltas y nuestros errores, y habiéndonos jurado de nuevo amor eterno, Lucía murió una mañana de abril en su cama de lana y con las ventanas abiertas al mar.

—Te esperaré. Esta vez para siempre —me dijo mientras sus ojos se cerraban definitivamente.

Lejos de arrojarme a la locura o a la desesperación, acepté con serenidad su pérdida. Por primera vez en mi vida supe que estaba en disposición de no volver nunca a errar ni a pecar, y que mi camino se dirigía, por fin, a un punto conocido. Con el alma llena de amor, dediqué mis días a cuidar de mi hija y a continuar la labor de Sancho y Lucía. En los ratos libres que me dejaba el trabajo en la escribanía, enseñaba a los críos del barrio a conocer y amar las letras. En las manos torpes pero esforzadas de los chicos veía mis manos de niño; en las miradas fijas y aplicadas de las chicas veía los ojos de niña de Lucía. Verles progresar y desarrollar el amor por la escritura y por el conocimiento era el mayor de los regalos que la vida podía darme en aquel momento. Leyendo los libros de caballería, su mente volaba muy lejos; viéndoles leer, mi mente volaba siempre al pasado, guiada por mis recuerdos.

Así transcurrieron veintiocho años de mi vida, sin que en ninguno de aquellos días dejara de acordarme de Lucía. Siempre la tenía en mi mente y siempre le decía: «Espérame, amor». Y ella me esperaba, yo podía sentirlo. Sabía que en el lugar donde se hallara, estaría mirándome con cariño, aguardando paciente, como siempre lo había hecho, a pesar de mis faltas y mis pecados. En aquel tiempo gocé del aprecio de mis alumnos y del cariño de mis vecinos, suficientes para compensarme las muchas horas de trabajo y los pocos ratos de sueño. Cumplí también, como había jurado, con la promesa de cuidar de nuestra hija. Olalla creció feliz y sana a mi lado hasta que el amor la condujo a otros brazos y otros besos, como la naturaleza quiere que sea. Los tres nietos que juegan alrededor de mí cuando vienen a visitarme son el mayor de los regalos que un anciano pueda esperar. Son la huella indeleble de una vida plena y fructífera.

Cuando las fuerzas me abandonaron y me sentí incapaz de continuar con mis lecciones, no quise con ello privar a mis vecinos del placer de disfrutar de la biblioteca. Siempre que alguien lo deseaba, mi casa estaba abierta para la lectura. Todos eran bienvenidos, en especial los jóvenes. Mientras ellos leían, yo me sentaba en la habitación contigua, oyendo sus risas y sus comentarios.

Un día, sin que pueda recordar muy bien qué me impulsó a hacerlo, abrí el viejo arcón que tenía en mi despacho. Aparté unos cuantos legajos y unas prendas de abrigo y, en el fondo, como esperando pacientemente que volviera a abrirlo, apareció mi viejo manuscrito. Lo cogí mientras mi mano temblaba. Siempre había sabido que estaba ahí, pero durante todos aquellos años había hecho como que no existía, tratando de engañarme a mí mismo. Lo acerqué a la nariz y aspiré; todavía guardaba el aroma a sudor y a sal. Abrí aquellas hojas arrugadas y castigadas por el transcurso del tiempo y comencé a leer. Cada palabra, cada línea me llevaban de nuevo al mar, a cada uno de los lugares en que mi mano escribió sobre el papel la historia a la par real y ficticia de mi juventud.

¿Cómo había dejado pasar tantos años sin abrir aquellas páginas? No podía responderme. Quizá el miedo a recordar momentos tan intensos como dolorosos, o la incertidumbre de no saber si sería capaz de soportar tanta nostalgia y tantas emociones. A pesar de mi mala vista y el dolor en la espalda, me lancé sin descanso a su lectura, recordando algunos de los peores y los mejores momentos de mi vida, sintiendo renacer cada una de aquellas jornadas a bordo. Cuando dos días después terminé de leer, estaba exhausto, pero al mismo tiempo ilusionado. Fui consciente entonces de que ya sólo me quedaba una misión en la vida: continuar mi relato y cumplir, por fin, la promesa que había hecho a mis compañeros de travesía. Debía narrar nuestro viaje. En aquellas páginas ajadas estaba mi infancia, la partida de mi hermana, mi aprendizaje con Sancho, mi relación con Lucía, la lucha por el poder en mi pueblo, la muerte de Guzmán. Ahora era el turno de dar a conocer el viaje de la *Victoria* y completar la crónica de la mayor aventura que nadie en la historia de los hombres hubiera imaginado. Tomé la pluma y, cargado de ilusión y consciente de que iba a ser la última obra de mi vida, comencé a escribir el relato que ahora sostengo, casi finalizado, en mis manos. ¡Cuántos sufrimientos puede almacenar la memoria de un hombre! ¡Y cómo duele sacarlos de nuevo a la luz tras tantos años ocultos en lo más profundo del alma! Hoy, a las puertas de la muerte, sólo espero haber sido digno del aprecio que me ofrecieron mis amigos y del amor que me regaló Lucía.

Casi un año me ha llevado mi tarea, y aunque en un principio pensé que el mayor esfuerzo iba a ser el físico, en realidad el agotamiento ha venido de mi cabeza, obligada a recordar más detalles y vicisitudes de las que nadie pueda imaginar. Aun así, creo que ha merecido la pena. Me he reencontrado conmigo mismo y he recorrido con firmeza y diligencia mis últimos pasos en ese mundo.

Hoy, con estas líneas postreras que escribo apoyado sobre el viejo escritorio de roble, con la vista cansada y un temblor en la mano que apenas me permite sostener la pluma sobre el papel, acaba una vida y da comienzo otra cuya naturaleza se me escapa, pero que intuyo tan real como la que dejo. Mientras espero mi reencuentro con Lucía y siento sobre los labios su cálido aliento, sonrío feliz sabiendo que, al fin, tuve una vida salpicada de torpezas y de errores, pero llena también de dignidad.

Agradecimientos

El viage hecho por los españoles en el espacio
de tres años al rededor del mundo es una de las
cosas mas grandes y maravillosas que se han
ejecutado en nuestro tiempo, y aun de las em-
presas que sabemos de los antiguos, porque
esta excede en gran manera á todas las que hasta ahora conocemos.

GIOVANNI BATTISTA RAMUSIO, 1536
Discurso que precede a la *Carta escrita*
por Maximiliano Transilvano de cómo
y por qué y en qué tiempo fueron
descubiertas y halladas las islas Molucas

Las hazañas llevadas a cabo por los hombres de siglos pasados
nos dejan a menudo sin palabras. Por eso, no deja de ser una
osadía convertir hechos reales en una novela. ¿Qué le cabe hacer
a un escritor cuando se enfrenta a una historia como la de la primera vuelta al mundo?

Todo lo que pueda decirse se queda corto ante la que fue, sin
duda, la mayor aventura que se haya visto sobre la Tierra. Por
ello, cuando comencé a escribir este libro tuve claro que no quería
escribir el relato de un viaje con unos personajes, sino la historia
de un personaje dentro de un viaje, tanto alrededor del mundo
como a su conocimiento interior. No quería un capitán, ni un so-

bresaliente, sino un simple grumete. Este libro le honra a él y honra también a todos aquellos aventureros que se lanzaron a descubrir un mundo nuevo en busca de un futuro, o tratando de borrar un pasado.

Son muchas las fuentes de las que se han obtenido las informaciones. En primer lugar, los escritos de los protagonistas: la *Carta de Juan Sebastián de Elcano al Emperador, dándole breve relación de su viaje en la armada de Magallanes y de su regreso en la nao «Victoria»*, el *Derrotero del viaje de Magallanes, desde el cabo de San Agustín, en el Brasil, hasta el regreso a España en la nao «Victoria»*, escrito por Francisco Albo, la *Relación de un portugués compañero de Duarte Barbosa, que fue en la nao «Victoria» en el año de 1519*, la *Navegación y viaje que hizo Fernando de Magallanes desde Sevilla para el Moluco en el año de 1519 escrita por un piloto genovés*, la *Relación* de Ginés de Mafra y la obra *Primer viaje en torno del globo*, escrita por Antonio Pigafetta. También se han empleado fuentes clásicas como la *Carta escrita por Maximiliano Transilvano de cómo y por qué y en qué tiempo fueron descubiertas y halladas las islas Molucas*, las *Décadas del Nuevo Mundo*, de Pedro Mártir de Anglería, la *Historia General de los hechos de los castellanos en las Islas i Tierra Firme del mar Océano*, escrita por Antonio de Herrera y editada en 1601, la *Colección de los Viajes y descubrimientos que hicieron por mar los españoles desde fines del siglo xv*, por Martín Fernández de Navarrete, publicada en 1837, y la *Colección de Documentos inéditos para la Historia de Chile desde el viaje de Magallanes hasta la batalla de Maipó*, recopilados y publicados por José Toribio Medina en 1888, así como otros muchos estudios actuales de ensayo y de ficción, entre ellos *Magallanes: el hombre y su gesta*, de Stefan Zweig, y *Los navegantes*, de Edward Rosset.

He tratado de respetar los acontecimientos que vivieron los protagonistas de aquella aventura, y la mayor parte de las escenas son fieles a lo que ellos mismos y los cronistas de la época narraron. En ciertos casos, sobre todo en la historia que transcurre en Liébana, algunas estructuras y organizaciones especialmente complejas (como los concejos rurales o la división administrativa en corregimientos) se han simplificado, y también me he permitido alguna pequeña licencia en la descripción de la villa de San Vicente de la Barquera a comienzos de la Edad Moderna y en la utilización de algunos términos que, si bien no son de la época, resultan más expresivos e inteligibles hoy en día.

Desde febrero de 2007, en que esta historia vio su primera luz sobre el Atlántico, hasta hoy, han sido muchos años de esfuerzo, de estudio, de lectura y de relectura para que este libro, escrito entre Dosamantes, Santander, Madrid y Lausana, se completase. Ha merecido la pena.

Quiero en estas últimas líneas mostrar mi agradecimiento a todas aquellas personas que lo hicieron posible. En primer lugar, a mi mujer, Mayte, por su paciencia y sus ánimos; a mis hijos, César y Alonso, que vinieron al mundo mientras esta historia crecía; a mis padres, Antonio y Carmen, por regalarme una infancia y una juventud llenas de libros; a mis hermanos, María del Carmen y Antonio, por su aliento; a mis suegros, Andrea y Vicente, y a mis cuñados, Roberto, Juan María y Vicente, por las inestimables informaciones acerca de la vida y las costumbres de Liébana; a Fredo Arias de la Canal, por invitarme a dar el primer paso; a Beatriz Arízaga Bolumburu, por transmitirme sus inmensos conocimientos sobre el siglo XVI en Cantabria, y a Jorge Fernández García, Ana Fernández Llorente y Ruth Arroyo Bedia, por sus consejos, anotaciones y comentarios.

Y también a todo el equipo del grupo editorial Penguin Random House por confiar en mí, especialmente a mi editora, Mònica Tusell.

A todos, muchas gracias por acompañarme en este viaje.

Santander, 5 de diciembre de 2014

El papel utilizado para la impresión de este libro
ha sido fabricado a partir de madera
procedente de bosques y plantaciones
gestionados con los más altos estándares ambientales,
garantizando una explotación de los recursos
sostenible con el medio ambiente
y beneficiosa para las personas.
Por este motivo, Greenpeace acredita que
este libro cumple los requisitos ambientales y sociales
necesarios para ser considerado
un libro «amigo de los bosques».
El proyecto «Libros amigos de los bosques» promueve
la conservación y el uso sostenible de los bosques,
en especial de los Bosques Primarios,
los últimos bosques vírgenes del planeta.

Papel certificado por el Forest Stewardship Council®